Les secrets de Castelcerf

Robin Hobb

Les secrets de Castelcerf

*L'Assassin Royal**********

ÉDITIONS FRANCE LOISIRS

Titre original : *Golden Fool (The Tawny Man* – Livre II*)*
(première partie)

Traduit de l'anglais par A. Mousnier-Lompré

Édition du Club France Loisirs,
avec l'autorisation des Éditions Pygmalion/Gérard Watelet.

Éditions France Loisirs,
123, boulevard de Grenelle, Paris
www.franceloisirs.com

ISBN 2-7441-7380-0

Dans ce nouveau volume des aventures de Fitz, Robin Hobb introduit des personnages que ses lecteurs les plus fidèles reconnaîtront aisément : ils sortent tout droit de la série des *Aventuriers de la mer*. Ainsi parvient-elle, en faisant converger ses deux séries, à accroître la dimension de son œuvre.

Nous rappelons donc aux lecteurs qui voudraient connaître en détail l'histoire et le passé de ces nouveaux personnages que la série des *Aventuriers de la mer* est disponible chez France Loisirs.

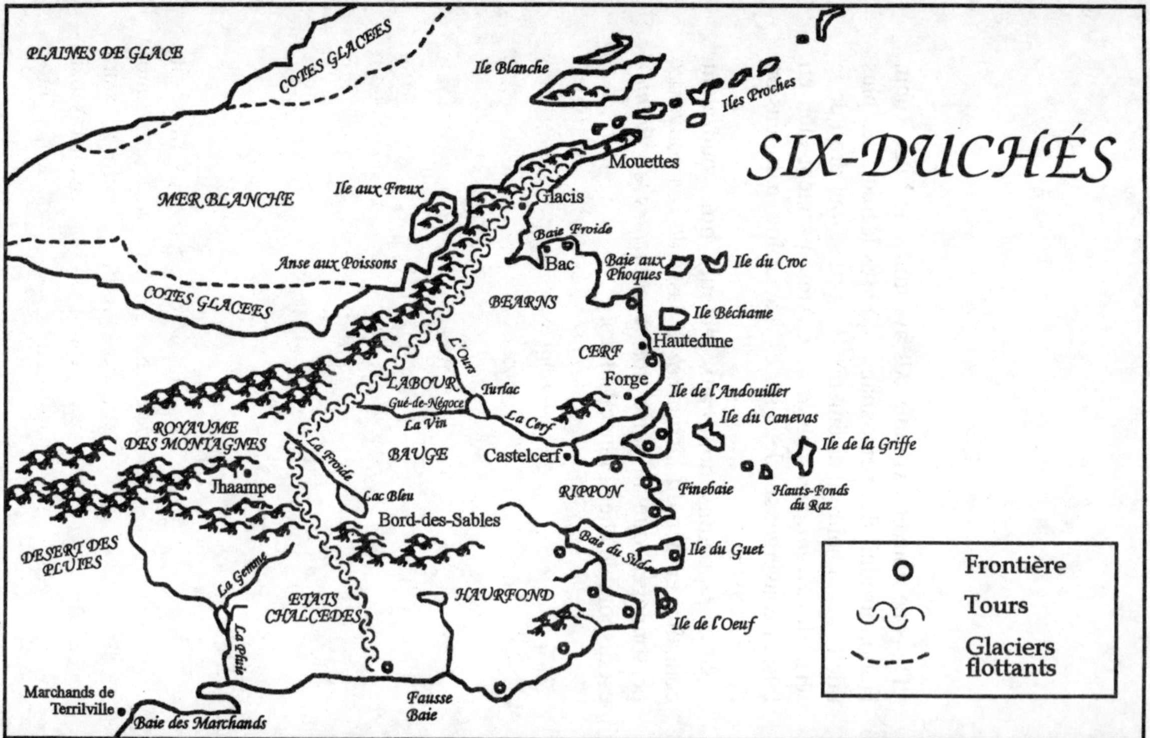

SIX-DUCHÉS
PLAINES DE GLACE
COTES GLACEES
Ile Blanche
Iles Proches
Mouettes
MER BLANCHE
Ile aux Freux
Glacis
Baie Froide
Bac
Baie aux Phoques
Ile du Croc
Anse aux Poissons
COTES GLACEES
BEARNS
Ile Béchame
Hautedune
L'Ours
CERF
Forge
LABOUR
Turlac
Ile de l'Andouiller
Gué-de-Négoce
La Cerf
Ile du Canevas
La Vin
ROYAUME DES MONTAGNES
La Froide
BAUGE
Castelcerf
Ile de la Griffe
Jhaampe
Lac Bleu
RIPPON
Finebaie
Hauts-Fonds du Raz
Bord-des-Sables
Baie du Sud
Ile du Guet
DESERT DES PLUIES
La Gemme
ETATS CHALCEDES
HAURFOND
Ile de l'Oeuf
La Pluie
Marchands de Terrilville
Fausse Baie
Baie des Marchands
Frontière
Tours
Glaciers flottants

Prologue
PEINES

La disparition d'un compagnon de Vif est une douleur difficile à expliquer au profane. Celui qui évoque la mort d'une bête en disant : « Ce n'était qu'un chien », celui-là ne comprendra jamais ; d'autres, plus compatissants, perçoivent cet événement comme la perte d'un animal aimé ; pourtant, même ceux qui déclarent : « Ce doit être comme voir mourir son enfant ou son épouse » ne voient qu'une facette du prix à payer. Perdre la créature à laquelle on a été lié, c'est plus que perdre un ami ou une personne aimée ; pour moi, ce fut l'amputation brutale de la moitié de mon corps. Ma vue baissa, les aliments privés soudain de saveur n'excitèrent plus mon appétit, les sons me parvinrent assourdis et

*

Le manuscrit, commencé bien des années plus tôt, s'achève là, parsemé de taches d'encre et des marques de mes coups de plume rageurs. Je me rappelle l'instant où je me suis rendu compte que mon récit avait insensiblement glissé des généralités à la description de ma peine personnelle. Les faux plis du parchemin témoignent du piétinement que je lui ai fait subir après l'avoir jeté par terre. L'étonnant est que je me sois contenté de l'écarter au lieu de le mettre au feu. J'ignore qui, saisi de pitié devant son état lamentable, l'a rangé dans mon casier à manuscrits ; peut-être Lourd, alors qu'il accomplissait ses tâches à sa façon méthodique où n'entre pas une once de réflexion. Pour ma part, je ne vois rien à sauver dans ce texte.

La plupart de mes tentatives d'écriture ont connu ce sort. Trop souvent, j'ai commencé à rédiger une histoire des Six-Duchés pour la voir dévier sur celle de ma vie ; partant d'un exposé sur les simples, ma plume s'égare dans les traitements des troubles de l'Art ; mes études sur les Prophètes blancs s'appesantissent exagérément sur leurs relations avec leurs catalyseurs. J'ignore si c'est par vanité que mes pensées se tournent toujours vers ma propre personne, ou bien si l'écriture constitue pour moi un pauvre moyen de m'expliquer mon existence à moi-même. Les années sont passées, pleines de virages et de tournants, et chaque soir je persiste à prendre la plume pour écrire ; je m'évertue encore à essayer de comprendre qui je suis ; je continue à me promettre : « La prochaine fois, je ferai mieux », dans ma certitude orgueilleuse et typiquement humaine qu'il me sera offert une prochaine fois.

Pourtant, je n'ai pas réagi ainsi à la mort d'Œil-de-Nuit ; je ne me suis pas juré de me lier à un autre compagnon et de faire mieux avec lui. Pareille idée m'aurait semblé une trahison. La disparition d'Œil-de-Nuit me laissait éviscéré ; j'errai blessé dans ma vie pendant les jours qui suivirent sans prendre la mesure de la mutilation que je venais de subir. J'étais semblable à ces gens à qui on a tranché une jambe et qui se plaignent de démangeaisons dans leur membre disparu ; ces fausses sensations distraient leur esprit de l'idée insupportable qu'ils vont devoir poursuivre leur vie à cloche-pied. De même, l'immédiateté du chagrin que me causait la mort du loup me dissimulait l'étendue des dégâts que j'avais subis. L'esprit confus, je confondais ma douleur et la disparition de mon compagnon, alors que l'une n'était que le symptôme de l'autre.

Curieusement, ce fut pour moi une seconde entrée en majorité ; il ne s'agissait pas cette fois de la venue de l'âge adulte, mais d'une lente prise de conscience de moi-même en tant qu'individu. Les circonstances m'avaient replongé dans les intrigues de la cour de Castelcerf, j'avais l'amitié du fou et d'Umbre, je me trouvais à l'orée d'une véritable relation avec Jinna, la sorcière des haies ; mon garçon, Heur, s'était lancé bille en tête à la fois dans son apprentissage et dans une aventure amoureuse, et paraissait ménager tant bien que mal la chèvre et le chou ; le jeune prince Devoir, dont les fiançailles avec la narcheska outrîlienne allaient bientôt être célébrées, m'avait choisi comme mentor non seulement comme enseignant de l'Art et du Vif, mais aussi comme guide pour l'aider à franchir les rapides qui mènent de l'adolescence à l'âge d'homme. Il ne manquait pas autour de moi de gens qui m'aimaient ni de personnes que je chérissais profondément, et, malgré tout, je me sentais plus seul que jamais.

Et le plus étrange était que cet isolement était de mon choix, comme je m'en rendis compte peu à peu.

Œil-de-Nuit était irremplaçable ; il avait opéré un grand changement en moi au cours des années que nous avions partagées. Il n'était pas la moitié de moi-même ; ensemble, nous formions un tout. Même quand Heur avait fait irruption dans notre vie, nous l'avions considéré comme un petit dont on nous confiait la responsabilité, et c'était l'unité du loup et de moi qui prenait les décisions. Nous fonctionnions en association. Œil-de-Nuit disparu, il ne me paraissait pas possible de retrouver pareil arrangement avec quiconque, homme ou animal.

Quand j'étais enfant et que je passais des après-midi auprès de Patience et de Brodette, sa dame de compagnie, il m'arrivait souvent d'entendre les jugements tranchés qu'elles portaient sur les courtisans, et elles partageaient une idée préconçue : passé sa trentième année, l'homme ou la femme qui ne s'est pas marié a toutes les chances de rester définitivement célibataire. « Il est trop ancré dans ses habitudes, déclarait Patience en apprenant que quelque seigneur grisonnant faisait la cour à une jeunette. Il se laisse étourdir par le printemps, mais elle va vite s'apercevoir qu'il n'y a pas de place pour elle dans sa vie ; il y a trop longtemps qu'il n'a de comptes à rendre à personne. »

Et c'était ainsi que, très lentement, je commençais à me percevoir. Je me sentais souvent seul ; mon Vif, je le savais, se tendait en quête d'un compagnon, mais cette solitude et cette recherche n'étaient que des réflexes, pareils aux tressaillements qui agitent un membre qu'on vient d'amputer. Aucune créature, humaine ou animale, ne pourrait jamais combler l'abîme qu'Œil-de-Nuit avait laissé dans ma vie.

J'avais fait part de mes réflexions au fou lors d'un de nos rares moments d'intimité sur la route qui nous ramenait à Castelcerf. Cette nuit-là, nous campions au bord du chemin, et j'avais laissé mon ami en compagnie du prince Devoir et de Laurier, la grand'veneuse royale, serrés devant le feu, essayant de s'accommoder du froid de la nuit et des vivres en quantité limitée. Le prince se montrait taciturne et morose, en proie à la souffrance de la mort récente de son marguet de lien, et me trouver près de lui équivalait à exposer une brûlure fraîche à la chaleur d'une flamme : cela réveillait de façon cuisante ma propre douleur. J'avais donc pris comme prétexte d'aller chercher du bois pour le feu afin de m'isoler du groupe.

L'hiver annonçait son arrivée par une soirée sombre et glacée. Le monde indistinct avait perdu toute couleur et, loin de la lumière du feu, je me mis à essayer de trouver des branches mortes à tâtons, aveugle comme une taupe ; je finis par renoncer et m'assis sur une pierre au bord du ruisseau en attendant que mes yeux s'adaptent à l'obscurité. Mais, à me sentir seul, cerné par le froid, je perdis courage : chercher du bois me parut une tâche insurmontable, et toute action me sembla vaine. Je restai sur ma pierre, les yeux ouverts mais sans rien voir, et j'écoutai le bruit de l'eau en laissant la nuit m'emplir de ses ténèbres.

Le fou me rejoignit, sans faire le moindre bruit malgré l'obscurité. Il s'assit par terre et nous nous tûmes pendant un moment ; puis il tendit le bras, posa une main sur mon épaule et dit : « J'aimerais connaître un moyen d'apaiser ta douleur. »

Il dut sentir lui-même l'inutilité de cette déclaration, car il n'ajouta rien. Peut-être le fantôme d'Œil-de-Nuit me reprocha-t-il le silence maussade que j'observais devant notre ami ; en tout cas, je finis par chercher les mots qui nous relieraient par-delà le noir de la nuit. « C'est comme une blessure, fou. Avec le temps, elle guérira mais tous les souhaits du monde n'accéléreront pas le processus ; même si j'avais la possibilité de chasser la souffrance, grâce à une herbe ou un alcool qui m'insensibiliserait, je refuserais cette solution. Rien n'allégera en rien sa mort ; tout ce que je puis espérer, c'est parvenir à m'habituer à la solitude. »

En dépit de ma bonne volonté, mes paroles sonnaient comme une rebuffade ; pis encore, elles donnaient l'impression que je m'apitoyais sur mon sort, et il est tout à l'honneur de mon ami de ne pas en avoir pris ombrage. Il se leva simplement d'un mouvement gracieux. « Je te laisse, alors. Si tu préfères porter seul le fardeau de ton affliction, je respecte ton choix ; ce n'est pas le meilleur, à mon avis, mais je le respecte. » Il se tut et poussa un petit soupir. « Je viens de m'aviser d'une chose : je suis venu te retrouver parce que je sais que tu souffres et je voulais que tu le saches ; non parce que j'étais capable de t'en guérir, mais pour te dire que je partage cette peine par le biais de notre lien. Il y a un certain égoïsme dans cette démarche, je le crains – je parle de ma volonté de t'annoncer mon sentiment. Un fardeau partagé n'est pas seulement plus léger ; il peut aussi créer un lien entre ceux qui se le répartissent. De cette façon, nul n'est obligé de le porter seul. »

Je sentis que ses paroles renfermaient un germe de sagesse, un germe qu'il me fallait inspecter, mais j'étais trop las et trop anéanti pour me mettre à sa recherche. « Je ne vais pas tarder à revenir près du feu », dis-je, et le fou comprit que je le congédiais. Il ôta sa main de mon épaule et s'en alla.

C'est plus tard seulement, en repensant à ses propos, que j'en saisis le sens. C'était moi qui avais voulu rester seul ; ce n'était pas la conséquence inéluctable de la mort du loup, ni même une décision mûrement réfléchie. J'enlaçais ma solitude à pleins bras, je courtisais ma souffrance ; ce n'était pas la première fois que je choisissais cette voie.

Je maniai cette pensée avec précaution, car elle était assez tranchante pour me tuer. C'était moi qui avais choisi de passer des années seul avec Heur dans ma chaumine ; personne ne m'avait imposé cet exil. De façon ironique, cet isolement résultait de la réalisation d'un souhait que j'avais souvent exprimé : durant toute ma jeunesse, j'avais affirmé que mon vœu le plus cher était de mener une existence où je serais libre de mes choix, sans avoir à tenir compte des « devoirs » de ma naissance et de ma position, et c'est seulement quand le destin me l'avait accordé que j'en avais compris le coût. Certes, je pouvais me décharger de toute responsabilité envers les autres et vivre ma vie sans me préoccuper d'eux, mais à condition de me couper entièrement d'eux. Pas question d'avoir le beurre et l'argent du beurre : appartenir à une famille ou, plus largement, à une communauté, c'est avoir des devoirs et des responsabilités, c'est être tenu par les règles du groupe. J'avais vécu à l'écart pendant quelque temps, et je voyais à présent que je l'avais décidé seul. J'avais choisi de renoncer à mes obligations envers ma famille et d'accepter la solitude comme prix à payer ; à l'époque, je m'étais persuadé que ce rôle m'avait été imposé par le destin, tout comme, alors que je choisissais à nouveau l'isolement, je tentais de me convaincre que je suivais simplement le chemin inévitable que le sort m'avait tracé.

Reconnaître qu'on est l'auteur de son propre isolement n'y porte pas remède, mais c'est un premier pas vers la constatation que son sort n'est pas inéluctable et que le choix qu'on a fait n'est pas irrévocable.

1

LES PRINCE-PIE

Les Fidèles du prince Pie avaient toujours prétendu ne chercher qu'à délivrer les vifiers des Six-Duchés des persécutions dont ils étaient victimes depuis des générations, mais cette revendication n'était rien d'autre qu'un mensonge et une ruse ingénieuse. Les Pie voulaient le pouvoir, et ils visaient à contraindre tous les vifiers du royaume à constituer une force unie capable de se soulever pour prendre les rênes de la monarchie et porter leurs propres membres à la tête des Six-Duchés. Une de leurs tromperies consistait à répéter que tous les rois, depuis l'abdication de Chevalerie, n'étaient que des usurpateurs, et qu'on avait à tort présenté le bâtard FitzChevalerie Loinvoyant comme un obstacle à l'accession de son père au trône. Défiant tout sens commun, des légendes proliféraient sur le « Bâtard cœur fidèle » sortant de la tombe pour servir le roi Vérité lors de sa quête, doté de pouvoirs qui haussaient FitzChevalerie au rang de demi-dieu ; c'est pour cette raison que le mouvement des Fidèles du prince Pie a aussi été connu sous l'appellation de Culte du Bâtard.

Ces affirmations grotesques avaient pour but de donner une sorte de légitimité à la volonté des Pie de renverser la dynastie des Loinvoyant et de placer un des leurs sur le Trône. À cette fin, ils se lancèrent dans une campagne astucieuse qui ne laissait aux vifiers que l'alternative suivante : ou bien ils se ralliaient à la cause des Pie, ou bien on révélait qu'ils possédaient la magie des bêtes. Cette stratégie leur avait peut-être été inspirée par Kebal Paincru, chef des Outrîliens lors de la guerre des Pirates rouges, car il se raconte qu'il se faisait obéir de ses hommes, non grâce à son charisme, mais par les représailles dont il menaçait leurs proches et leurs propriétés s'ils refusaient de se plier à ses objectifs.

La « technique » des Pie était très simple : les familles qui portaient la souillure du Vif devaient se joindre à eux sous peine de se voir victimes d'accusations publiques qui débouchaient sur leur exécution. On dit qu'ils commençaient souvent par des attaques insidieuses sur la frange d'une famille influente : ils révélaient d'abord qu'un domestique ou un cousin de moindre fortune avait le Vif, tout en laissant entendre sans équivoque que, si le chef de la maison principale ne se pliait pas à leurs désirs, il connaîtrait un sort similaire.

Ce ne sont pas là les actes d'individus qui souhaitent mettre un terme à la persécution de leurs semblables, mais plutôt ceux d'une faction sans pitié décidée à gagner du pouvoir et qui pour cela n'hésite pas à soumettre son propre sang.

La conspiration des Fidèles du prince Pie, de ROVELLE

*

La garde avait été relevée ; j'entendis la cloche et le cri rituel du veilleur de nuit malgré la tempête. La nuit venait officiellement de s'achever, nous nous acheminions vers le matin, et je me trouvais toujours chez Jinna, dans l'attente du retour de Heur. La jeune femme et moi partagions la douce chaleur que dispensait son âtre ; sa nièce était rentrée un peu plus tôt et elle avait bavardé un moment avec nous avant d'aller se coucher. Jinna et moi passions le temps en alimentant le feu et en parlant de tout et de rien. La petite maison de la sorcière des haies était accueillante, son occupante hospitalière, et attendre mon garçon était devenu un prétexte pour satisfaire mon désir, qui était simplement de rester là sans rien dire.

La conversation avait été sporadique ; Jinna m'avait demandé comment s'était déroulée ma mission, et j'avais répliqué que cela regardait mon maître et que je m'étais contenté de lui servir d'escorte. Pour atténuer la brusquerie de ma réponse, j'avais ajouté que sire Doré avait trouvé des plumes pour sa collection, et puis j'avais dévié sur Manoire ; entendre parler de ma jument n'intéressait pas vraiment mon hôtesse, mais elle m'avait aimablement écouté. Les mots emplissaient agréablement l'espace entre nous.

En réalité, notre mission n'avait rien à voir avec les plumes, et c'était à moi qu'on l'avait confiée plus qu'au seigneur Doré. Ensemble, nous avions arraché le prince Devoir des griffes des Pie qui l'avaient fait prisonnier après avoir gagné son amitié, et nous l'avions ramené à Castelcerf sans qu'aucun noble se doute de son aventure. Ce soir, l'aristocratie des Six-Duchés festoyait et dansait, et le lendemain les fiançailles du prince et de la narcheska outrîlienne, Elliania, seraient solennellement scellées. Pour le témoin non averti, rien d'anormal ne s'était passé.

Rares seraient les personnes qui apprendraient jamais ce que cette apparence de continuité ininterrompue nous avait coûté, au prince et à moi : le marguet de Vif de Devoir s'était sacrifié pour lui, et j'avais perdu mon loup. Près de vingt années durant, Œil-de-Nuit avait été mon autre moi-même, le dépositaire de la moitié de mon âme, et aujourd'hui il n'était plus. C'était un changement dans ma vie aussi brutal et profond que l'extinction d'une lampe dans une pièce alors que l'obscurité est tombée ; je percevais son absence comme un objet concret, un fardeau dont le poids s'ajoutait à celui de mon chagrin ; les nuits étaient plus noires, nul ne surveillait plus mes arrières. Et pourtant je savais devoir continuer à vivre, et parfois je ressentais cela comme l'aspect de sa mort le plus difficile à supporter.

Je me ressaisis avant de me laisser aller à m'apitoyer excessivement sur mon sort ; je n'étais pas le seul à souffrir. Le prince n'avait été lié à sa marguette que brièvement, mais je le savais profondément meurtri. La relation qui se noue grâce au Vif entre un homme et un animal est complexe, et sa rupture n'a rien d'anodin ; pourtant, le jeune garçon avait dominé sa peine et remplissait vaillamment ses devoirs de prince, même s'il avait la tête ailleurs. Moi, au moins, je n'étais pas obligé d'affronter mes propres fiançailles le lendemain soir ; le prince, lui, s'était retrouvé plongé dans sa vie quotidienne dès notre retour la veille dans l'après-midi. Ce soir, il devait banqueter, sourire, soutenir les conversations de ses voisins, recevoir leurs vœux de bonheur, danser, et paraître parfaitement satisfait du sort que le destin et sa mère lui imposaient. J'imaginai des lumières trop vives, une musique stridente, des rires et des bavardages bruyants, et je secouai la tête avec compassion.

« Pourquoi cette mine attristée, Tom ? »

La voix de Jinna rompit le fil de mes réflexions, et je m'aperçus que je n'avais plus rien dit depuis un long moment. J'inspirai profondément et trouvai un mensonge facile. « La tempête n'a pas l'air de vouloir se calmer ; je plaignais ceux qui doivent passer la nuit dehors, et je me réjouis de ne pas en faire partie.

— Et moi, j'ajoute que je me réjouis de la compagnie qu'elle me procure, dit-elle en souriant.

— Moi aussi », répondis-je gauchement.

Passer la nuit à bavarder tranquillement avec une femme amène était une expérience nouvelle pour moi. Le chat ronronnait sur mes genoux tandis que Jinna tricotait ; la lumière chaude du feu se reflétait sur ses boucles châtaines et faisait ressortir les taches de rousseur qui parsemaient son visage et ses avant-bras. Elle avait des traits agréables, sans réelle beauté, mais qui exprimaient le calme et la bonté. Notre conversation avait amplement divagué entre les plantes qu'elle avait employées pour la tisane et les morceaux de bois flottés qui donnent parfois des flammes multicolores, en passant par nous-mêmes ; à cette occasion, j'avais appris qu'elle avait à peu près six ans de moins que mon âge véritable, et elle s'était montrée surprise quand j'avais prétendu avoir quarante-deux ans, soit sept de plus que je n'en avais vraiment vécu ; ces années supplémentaires faisaient partie de mon rôle de Tom Blaireau. J'avais pris plaisir à l'entendre déclarer qu'elle me croyait plus proche de son âge. Cependant, nous ne prêtions guère attention ni l'un ni l'autre aux propos que nous échangions ; il régnait entre nous une intéressante petite tension alors que nous bavardions tranquillement devant le feu, une curiosité qui vibrait dans l'air comme la note d'une corde doucement pincée.

Avant de partir en mission avec sire Doré, j'avais passé un après-midi en compagnie de Jinna. Elle m'avait embrassé, sans un mot, sans déclaration enflammée ni protestation amoureuse. Il n'y avait eu que ce baiser, interrompu par le retour du marché de sa nièce ; et, à présent, nous ne savions ni l'un ni l'autre comment retourner au lieu où cet instant d'intimité avait été possible. Pour ma part, j'ignorais si je tenais vraiment à m'y risquer à nouveau ; je ne me sentais pas prêt pour un second baiser, ni surtout pour ce qui s'ensuivrait. Mon cœur était encore trop à vif. Pourtant, j'avais envie de me tenir là, près d'elle, devant le feu. Cela peut paraître contradictoire, et ça l'était peut-être. Je ne voulais pas des complications que des caresses amèneraient inévitablement, mais, dans le deuil de mon Vif, je tirais du réconfort de la compagnie de Jinna.

Toutefois, ce n'était pas pour elle que je me trouvais chez elle ce soir-là : il fallait que je voie Heur, mon fils adoptif. Arrivé récemment à Bourg-de-Castelcerf, il logeait chez Jinna, et je souhaitais m'assurer que son apprentissage chez Gindast, l'ébéniste, se passait bien. Je devais aussi lui annoncer la mort d'Œil-de-Nuit, aussi pénible cela fût-il. Autant que moi, le loup avait élevé le petit. Cependant, derrière la réticence que j'éprouvais à lui apprendre la nouvelle, je nourrissais l'espoir d'alléger ainsi le fardeau de ma peine, comme l'avait dit le fou. Avec Heur, je pourrais partager ma douleur, aussi égoïste que cela pût paraître ; depuis sept ans, il vivait avec moi en compagnie du loup. Si j'appartenais encore à quelqu'un, c'était à mon garçon, et j'avais besoin d'éprouver la réalité de ce lien.

« Encore un peu de tisane ? » demanda Jinna.

Je n'en avais nulle envie : nous en avions déjà bu trois bouilloires pleines et j'avais par deux fois visité ses latrines. Cependant, son offre avait pour but de me prévenir que je pouvais rester, si tard – ou si tôt – qu'il fût. Je répondis donc : « Oui, s'il vous plaît », et elle posa son tricot pour accomplir le rituel classique : tirer de l'eau fraîche du baril pour remplir la bouilloire, la suspendre au crochet et faire pivoter la tige pour la placer au-dessus du feu. Dehors, la tempête fit battre les volets dans une nouvelle crise de furie ; soudain, les coups ne furent plus ceux des éléments déchaînés, mais ceux de Heur qui frappait à la porte. « Jinna ? fit-il d'une voix mal maîtrisée. Vous êtes encore debout ?

— Oui », répondit-elle. Elle se détourna de la bouilloire qu'elle mettait à chauffer. « Et tu as de la chance, sans quoi tu terminerais la nuit dans l'appentis avec ta ponette ! J'arrive. »

Comme elle tirait le loquet, je me levai en faisant glisser doucement le chat à terre.

Imbécile ! Le chat était à son aise ! se plaignit Fenouil en touchant le sol, mais le grand matou roux était trop abruti par la chaleur pour protester énergiquement ; il sauta sur le fauteuil de Jinna et s'y roula en boule sans daigner m'adresser un regard.

La tempête s'engouffra dans la maison en même temps que Heur lorsqu'il poussa la porte, et une bourrasque apporta de la pluie jusqu'au milieu de la pièce. « Holà ! Referme vite, mon garçon ! » dit Jinna alors que Heur entrait en trébuchant. Docilement, il repoussa le battant, le verrouilla, puis s'y adossa, tout dégouttant de pluie.

« Il fait un temps de chien, cette nuit », fit-il. Il arborait un sourire béat d'ivrogne, mais l'éclat de ses yeux n'était pas dû qu'à l'alcool : c'était l'amour qui brillait là, aussi évident que la pluie qui dégoulinait de sa chevelure aplatie sur son visage. Il lui fallut un moment pour s'apercevoir que je me trouvais là et que je le regardais. « Tom ! s'écria-t-il. Tom, tu es revenu, enfin ! » Et il ouvrit grand les bras avec l'exubérance excessive de l'ivresse ; j'éclatai de rire et m'avançai pour accepter son étreinte mouillée.

« Ne va pas tremper le plancher de Jinna ! fis-je d'un ton de réprimande.

— T'as raison. Attends, je m'en occupe », répondit-il, et il ôta tant bien que mal son manteau imprégné de pluie. Il l'accrocha à une patère près de la porte, puis en fit autant de son bonnet de laine. Il tenta de retirer ses bottes debout et perdit l'équilibre ; il s'assit par terre, les enleva en ahanant, s'étira de tout son long pour les placer au pied de son manteau, et enfin se redressa sur son séant en souriant aux anges. « Tom, j'ai rencontré une fille.

— Vraiment ? À ton haleine, j'aurais plutôt pensé à une bouteille.

— Ah oui, aussi, avoua-t-il sans vergogne. Mais on a dû boire à la santé du prince, tu comprends, et puis à celle de sa fiancée. Et à un mariage heureux, et à de nombreux enfants, et enfin à un bonheur pareil pour nous. » Il me fit un grand sourire d'idiot. « Elle a dit qu'elle m'aimait. Mes yeux lui plaisent.

— Ah ! Eh bien, tant mieux. » Combien de fois dans sa vie avait-il vu des gens remarquer ses yeux vairons, l'un brun, l'autre bleu, et faire le signe de protection contre le mal ? Trouver une fille qui les jugeait séduisants devait lui mettre du baume à l'âme.

Je me rendis compte alors que l'heure était mal choisie pour lui imposer le poids de mon chagrin. Avec douceur mais fermeté, je déclarai : « Il faudrait peut-être que tu songes à te coucher, fiston. Ton maître ne t'attend-il pas demain matin ? »

Sa réaction n'aurait pas été différente si je l'avais giflé sans crier gare. Son sourire s'effaça soudain. « Ah ! Oui, oui, c'est vrai, il m'attend. Le père Gindast exige de ses apprentis qu'ils arrivent avant ses ouvriers, et de ses ouvriers qu'ils aient bien entamé le travail de la journée quand lui-même arrive. » Il se leva lentement. « Tom, cet apprentissage, ce n'est pas du tout ce que j'espérais. Je balaye, je transporte des planches, je retourne le bois en cours de séchage, j'affûte les outils, je les nettoie, je les graisse, et puis je passe à nouveau le balai. On me donne les pièces terminées à huiler pour la finition, mais depuis le début, jamais je ne me suis servi d'un ustensile. C'est tout le temps : "Observe comment on s'y prend, petit", "Répète ce que je viens de te dire", ou bien : "Ce n'est pas le bois que j'ai demandé. Remets-le à la réserve et rapporte-moi le cerisier à grain fin, et ne traîne pas." Et on se moque de moi, Tom ; on me traite de paysan et de niais.

— Gindast rebaptise tous ses apprentis de cette façon, Heur. » La voix placide de Jinna était à la fois apaisante et réconfortante, mais l'intervention d'une tierce personne dans notre conversation me fit tout de même une curieuse impression. « C'est bien connu ; un de ses anciens apprentis a même conservé son surnom quand il a monté sa propre affaire, et il faut débourser aujourd'hui une somme rondelette pour acheter une table de chez Simplet. » Jinna était retournée près de son fauteuil et avait repris son tricot, mais sans se rasseoir : le chat occupait la place.

Je m'efforçai de dissimuler la consternation dans laquelle les paroles de Heur m'avaient jeté. Je m'attendais à l'entendre exprimer le plaisir que lui procurait son travail et sa reconnaissance envers moi pour le lui avoir obtenu ; je croyais que, au contraire du reste des éléments de ma vie, son apprentissage se déroulait sans heurt. « Ça, je t'avais prévenu qu'il faudrait faire des efforts, dis-je, hésitant.

— Et j'y étais prêt, Tom, vraiment ! Je veux bien couper du bois, l'apprêter et le ciseler toute la journée ! Mais je ne pensais pas m'ennuyer à mourir. Passer le balai, nettoyer les pièces, jouer les garçons de course... Pour ce que j'apprends, j'aurais aussi bien fait de rester à la maison. »

Peu de mots sont aussi acérés que ceux d'un adolescent irréfléchi. Le mépris qu'il affichait si ouvertement pour notre ancienne existence me laissa pantois.

Il leva vers moi un regard accusateur. « Et toi, où étais-tu ? Pourquoi es-tu demeuré absent si longtemps ? Tu ne te doutais pas que je risquais d'avoir besoin de toi ? » Il plissa soudain les yeux. « Qu'est-ce que tu as fait à tes cheveux ?

— Je les ai coupés. » Gêné, je passai la main dans ma tignasse, raccourcie en signe de deuil, et je me tus ; je n'osais pas en dire davantage ; Heur n'était encore qu'un enfant et il y avait des chances pour qu'il ne voie d'abord en tout événement que l'impact sur lui-même. Mais mon laconisme lui mit la puce à l'oreille.

Il me dévisagea. « Qu'y a-t-il ? » demanda-t-il d'une voix tendue.

J'inspirai longuement ; je ne pouvais plus reculer. « Œil-de-Nuit est mort, répondis-je tout bas.

— Mais... est-ce que c'est ma faute ? Il s'est enfui, Tom, mais je l'ai cherché partout, Tom, je te le jure ! Jinna peut te dire que...

— Non, ce n'est pas ta faute. Il est parti sur mes traces et il m'a rattrapé. J'étais auprès de lui quand il est mort. Tu n'y es pour rien, Heur ; il était vieux, c'est tout. Son heure était venue et il m'a quitté. » Malgré tous mes efforts, je prononçai ces paroles d'une voix étranglée, la gorge serrée.

Le soulagement que je lus sur les traits de l'adolescent me perça le cœur d'une deuxième flèche. Se sentir innocent était-il donc plus important pour lui que la disparition du loup ? Mais quand il déclara : « Je n'arrive pas à y croire ! », je compris soudain : c'était l'exacte vérité ; il lui faudrait un jour, voire plusieurs, pour se convaincre qu'il ne reverrait plus jamais le vieux loup. Œil-de-Nuit ne s'étalerait plus jamais près de lui sur la pierre d'âtre, ne lui fourrerait plus jamais le museau dans la main pour se faire gratter les oreilles, ne l'accompagnerait plus jamais à la chasse au lapin. Les larmes me montèrent aux yeux.

« Ça va aller, tu verras ; il faut un peu de temps, c'est tout, dis-je d'une voix rauque.

— Espérons-le, répondit-il dans un murmure.

— Va dormir. Il te reste une bonne heure de sommeil avant de te lever.

— Oui ; il vaut mieux que j'aille me coucher. » Il s'approcha de moi. « Tom, tu ne sais pas combien j'ai de la peine », dit-il, et il me serra maladroitement dans ses bras, effaçant une grande partie de la douleur qu'il m'avait infligée auparavant. Puis il me regarda dans les yeux, l'air grave. « Tu viendras demain soir ? Il faut que je te parle ; c'est très important.

— Je reviendrai, si ça ne dérange pas Jinna. » Et je lançai un coup d'œil à la jeune femme par-dessus l'épaule de Heur alors que je relâchais mon étreinte.

« Ça ne dérangera pas du tout Jinna, assura-t-elle, et j'espérai être le seul à percevoir la note plus que chaleureuse de sa réponse.

— C'est dit, je te verrai ce soir, quand tu seras à jeun. Et maintenant, au lit, mon garçon. » Je lui ébouriffai les cheveux, il marmonna un vague « bonsoir », puis il se rendit dans sa chambre, et je me retrouvai seul avec Jinna. Une bûche se rompit bruyamment dans le feu, puis on n'entendit plus que les crépitements de la flambée. « Eh bien, voilà ; je dois partir. Je vous remercie de m'avoir permis d'attendre Heur chez vous. »

Jinna reposa son tricot. « C'était avec plaisir, Tom. »

Ma cape était accrochée à une patère près de la porte. Je la pris et la passai sur mes épaules ; Jinna s'affaira soudain à la nouer autour de mon cou, puis elle rabattit la capuche sur ma chevelure rase et sourit en tirant sur le tissu pour attirer mon visage vers le sien. « Bonne nuit », fit-elle dans un souffle, et elle leva le menton vers moi. Je posai les mains sur ses épaules et l'embrassai. J'en avais envie, mais en même temps je m'étonnais : où pouvait mener cet échange de baisers, sinon à des difficultés et des soucis ?

Perçut-elle ma réserve ? Comme je décollais mes lèvres des siennes, elle secoua légèrement la tête. « Vous vous rongez trop les sangs, Tom. » Elle prit ma main et déposa un baiser plein de chaleur au creux de ma paume. « Tout n'est pas aussi compliqué que vous l'imaginez, loin de là. »

Mal à l'aise, je réussis à répondre : « Si c'était vrai, je serais le premier à m'en réjouir.

— Voilà qui est élégamment dit. » L'apaisement que me procurèrent ces mots ne dura pas. « Mais ce ne sont pas de belles paroles qui vont empêcher Heur de se jeter à la côte ; il faut que vous repreniez ce garçon en main. Heur a besoin qu'on lui impose quelques limites, sans quoi Bourg-de-Castelcerf va vous le gâter. Ce ne serait pas le premier jeune homme de la campagne qui tournerait mal en ville.

— Je connais mon garçon, je pense, répondis-je avec une certaine raideur.

— Le garçon, peut-être ; mais c'est pour le jeune homme que je crains. » Et elle eut le front d'éclater de rire devant ma mine renfrognée, puis d'ajouter : « Faites plutôt les gros yeux à Heur ! Bonne nuit, Tom. À demain.

— Bonne nuit, Jinna. »

Elle m'ouvrit la porte et resta dans l'encadrement à me regarder m'éloigner. Je jetai un coup d'œil par-dessus mon épaule à cette femme qui m'observait dans un rectangle de chaude lumière jaune ; le vent agitait ses boucles et les rabattait sur son visage rond. Elle me salua de la main et j'en fis autant avant qu'elle ferme la porte, après quoi, en soupirant, je m'emmitouflai plus étroitement dans ma cape. Le plus gros de la pluie était déjà tombé, et il ne subsistait plus de la tempête que des bourrasques tourbillonnantes qui paraissaient attendre de surprendre le passant au coin des rues. Les ornements festifs de la ville avaient souffert : les violentes rafales de vent avaient éparpillé les guirlandes sur le pavé et déchiré les bannières. D'ordinaire, des torches brûlaient aux portes des tavernes pour guider les clients jusqu'à l'entrée, mais à l'heure qu'il était, elles avaient déjà fini de se consumer ou bien on les avait retirées, et la plupart des établissements avaient fermé pour la nuit. Les honnêtes gens dormaient depuis longtemps, et la majorité des malhonnêtes aussi, d'ailleurs. Je pressai le pas dans les rues obscures et froides, me fiant davantage à mon sens de l'orientation qu'à ma vue. Il ferait encore plus sombre une fois que j'aurais quitté la ville accrochée à la falaise et entamé la montée sinueuse qui menait à travers bois au château de Castelcerf, mais je connaissais la route depuis l'enfance. Mon instinct me conduirait à bon port.

C'est en laissant derrière moi le dernier semis de maisons à la sortie de Bourg-de-Castelcerf que je me rendis compte qu'on me suivait ; il y avait plusieurs hommes, et ils ne se trouvaient pas sur le même chemin que moi par hasard, car, lorsque je ralentissais, ils en faisaient autant. Manifestement, ils ne tenaient pas à me rattraper avant que je ne me sois éloigné de la ville ; cela n'augurait rien de bon quant à leurs intentions. J'avais quitté la citadelle sans armes, trop habitué à ma vie de paysan ; le couteau que tout un chacun possède et qui sert un peu à tous les usages était bien accroché à ma ceinture, mais je n'avais rien de plus dissuasif. Mon épée habituelle, sans grâce et strictement utilitaire, avec son fourreau usé, se trouvait dans ma petite chambre, suspendue à un mur. Je songeai que j'avais probablement affaire à de simples tire-laine en quête d'une proie facile ; ils me croyaient sans doute ivre et inconscient de leur présence, et ils prendraient la fuite dès que je ferais mine de résister.

Mince réconfort : je n'avais nulle envie de me battre. J'étais las des bagarres et j'en avais assez de rester sans cesse sur mes gardes. Cependant, mes états d'âme ne devaient guère intéresser ceux qui me suivaient, aussi m'arrêtai-je au milieu de la route et me retournai-je ; je tirai mon couteau de sa gaine, me campai fermement sur mes jambes et attendis mes assaillants.

Je n'entendis d'abord que le souffle du vent dans les frondaisons murmurantes au-dessus du chemin, puis le fracas lointain des vagues qui se jetaient contre les falaises. Je tendis l'oreille dans l'espoir de capter des bruits de mouvement dans les buissons ou de pas sur la chaussée, mais en vain. L'impatience me saisit. « Allons, venez donc ! criai-je dans la nuit. Je n'ai rien qui vous intéresse, à part mon couteau, et ce n'est pas par la poignée que vous le prendrez ! Finissons-en ! »

Le silence se referma sur mon défi, et je me sentis soudain ridicule de crier ainsi dans le noir. À l'instant où j'en arrivais à me convaincre que mes poursuivants n'étaient nés que de mon imagination, je sentis un petit animal passer en courant sur mon pied, vif et souple comme un rat, une belette ou peut-être un écureuil ; en tout cas, ce n'était pas une créature sauvage car elle me mordit la jambe. Effrayé, je fis un bond en arrière, et, dans les buissons sur ma droite, je perçus un rire étouffé ; alors que je me tournais vers l'origine du son en scrutant les ténèbres du sous-bois, une voix s'éleva sur ma gauche, plus près de moi que le rire.

« Où est ton loup, Tom Blaireau ? »

Il y avait de la moquerie et de la provocation dans la question. J'entendis dans mon dos des griffes crisser sur des cailloux, comme celles d'un animal de la taille d'un chien, mais, quand je me retournai d'un bloc, la créature s'était déjà fondue dans l'obscurité. Je pivotai à nouveau au son d'un autre rire étouffé. Au moins trois hommes, me dis-je, et deux bêtes de Vif. Je m'efforçai de me concentrer sur la meilleure façon d'aborder le combat à venir sans réfléchir à ce qu'il cachait ; j'en étudierais plus tard les tenants et les aboutissants. Je pris deux profondes inspirations que je relâchai lentement en attendant l'assaut, et j'ouvris grand mes sens à la nuit, repoussant une brusque bouffée de nostalgie non seulement pour les perceptions aiguisées d'Œil-de-Nuit mais aussi pour la sensation réconfortante de savoir le loup en train de surveiller mes arrières. Cette fois, je repérai le piétinement léger du plus petit animal des deux qui s'approchait ; je lui décochai un coup de pied plus violent que je ne le voulais, mais ma botte ne le toucha qu'obliquement, et il disparut à nouveau.

« Je vais le tuer ! » criai-je à la nuit ramassée, prête à bondir, mais seul un éclat de rire railleur me répondit. Alors je m'abaissai à hurler d'un ton furieux : « Que me voulez-vous ? Fichez-moi la paix ! »

Mes agresseurs laissèrent le vent emporter les échos de

ma question et de ma supplique puériles, et le silence qui tomba ensuite fut comme l'ombre de ma solitude.

« Où est ton loup, Tom Blaireau ? fit une autre voix, celle d'une femme cette fois, avec la mélodie du rire réprimé. Est-ce qu'il te manque, renégat ? »

La peur qui jusque-là parcourait mes veines se transforma soudain en rage glaciale : j'allais tous les tuer et laisser leurs entrailles fumantes sur la route. Ma main crispée sur la poignée de mon couteau se desserra brusquement et tout mon corps se détendit, prêt au combat. En position, j'attendis l'attaque. Elle proviendrait de tous les côtés à la fois, les animaux au niveau du sol, les humains à ma hauteur et armés. Muni de mon seul couteau, il me faudrait rester sans bouger jusqu'à ce qu'ils soient assez près. Si je tentais de m'enfuir, ils m'assailleraient de dos, je le savais ; non, mieux valait les obliger à se rapprocher de moi. Alors je les tuerais ; je les tuerais tous.

Je n'ai aucune idée du temps que je passai ainsi planté au milieu de la route. Dans l'état où je me trouvais, paré à la bataille, le temps peut s'arrêter ou au contraire filer comme le vent. J'entendis une créature de l'aube chanter, une autre lui répondre, et je ne bougeai toujours pas. Quand le ciel nocturne commença de s'éclaircir, je respirai plus profondément et parcourus longuement les alentours du regard, scrutant les sous-bois, mais sans rien voir. Les seuls mouvements que je percevais étaient ceux de petits oiseaux qui voletaient haut dans les branches et la chute argentée des gouttes d'eau que leur passage faisait tomber des feuilles. Ceux qui m'avaient pris en chasse étaient partis, et l'animal qui m'avait mordu n'avait laissé aucune trace sur la route empierrée ; l'autre, plus grand, que j'avais senti dans mon dos avait marqué de son empreinte le bord terreux de la chaussée : un petit chien. Il n'y avait rien d'autre.

Je me retournai et repris le chemin du château de Castelcerf. Comme je marchais, je me mis à trembler, non de peur, mais sous l'effet de la tension qui m'abandonnait et de la colère qui prenait sa place.

Quel objectif poursuivaient-ils ? M'effrayer ; m'annoncer leur présence et me faire savoir qu'ils connaissaient ma nature et ma tanière. Eh bien, ils avaient obtenu le résultat désiré, et plus encore. Je fis un effort pour mettre de l'ordre dans mes idées, puis tentai d'estimer de façon froide et logique le danger qu'ils présentaient, et pas seulement pour moi. Étaient-ils au courant de ma relation avec Jinna ? M'avaient-ils suivi jusqu'à sa porte et, si oui, avaient-ils fait le rapprochement entre Heur et moi ?

Je maudis ma stupidité et mon imprudence : comment avais-je pu imaginer un instant que les Pie me laisseraient tranquille ? Ils savaient que sire Doré venait de Castelcerf et que son serviteur Tom Blaireau avait le Vif ; ils savaient que ledit Blaireau avait tranché le bras de Laudevin et arraché le prince-otage de leurs griffes. Ils étaient certainement assoiffés de vengeance, et il leur suffirait pour obtenir satisfaction d'afficher un de leurs lâches petits placards me dénonçant comme pratiquant du Vif, la magie des bêtes abhorrée, et je me retrouverais aussitôt pendu, démembré et incinéré. M'étais-je donc cru à l'abri de leur vindicte à Castelcerf ?

J'aurais dû prévoir que cela finirait par arriver : une fois replongé dans les affaires politiques et les intrigues de la cour, j'étais devenu vulnérable aux complots et aux machinations que suscite le pouvoir. Et puis je me l'avouai avec amertume : je l'avais bel et bien prévu, et c'est bien pourquoi j'étais resté quinze ans à l'écart de Castelcerf ;

il avait fallu qu'Umbre m'implore de l'aider à récupérer le prince pour que j'accepte d'y revenir. Le froid de la réalité s'infiltrait peu à peu en moi ; il ne s'ouvrait plus devant moi que deux voies possibles : soit je coupais tous les ponts et je m'enfuyais comme je l'avais déjà fait, soit je me jetais complètement dans le tourbillon d'intrigues qu'était la cour des Loinvoyant. Si je restais, je devrais à nouveau penser en assassin, ne jamais oublier les risques et les menaces qui pèseraient sur moi ni l'impact qu'ils pourraient avoir sur mon entourage.

Puis je me fis violence et engageai mes réflexions sur une voie plus proche de la vérité : il ne suffirait pas que je pense de nouveau en assassin, il faudrait que j'en redevienne un, que je sois prêt à tuer quand je croiserais la route de gens qui en voudraient à la vie de mon prince ou à la mienne. Le lien était inévitable : ceux qui se gaussaient de Tom Blaireau et de la mort de son loup savaient aussi que le prince partageait leur magie des bêtes, objet du mépris général. C'était ainsi qu'ils tenaient Devoir, et par ce moyen ils chercheraient non seulement à mettre un terme aux persécutions des vifiers mais aussi à gagner du pouvoir. La sympathie que m'inspirait en partie leur cause n'arrangeait rien : dans ma propre existence, j'avais moi aussi souffert du Vif et de sa souillure, et je ne souhaitais à personne de supporter un tel fardeau. Si ces gens n'avaient pas représenté une si considérable menace pour mon prince, j'aurais peut-être rallié leur camp.

J'arrivai à grandes enjambées furieuses près des sentinelles postées à l'entrée de Castelcerf. Du corps de garde proche s'échappaient des voix d'hommes et des cliquetis de couverts qui indiquaient que des soldats s'y restauraient. Un des factionnaires, gamin d'une vingtaine d'années, faisait les cent pas devant la porte, du pain et du fromage dans une main, une chope de bière matinale dans l'autre ; il me jeta un coup d'œil puis, la bouche pleine, me fit signe de passer. Je m'arrêtai, brusquement saisi d'une colère qui m'envahit comme un poison.

« Tu sais qui je suis ? » fis-je avec sécheresse.

Il sursauta, puis m'examina plus attentivement. À l'évidence, il craignait d'avoir offensé un nobliau, mais la vue de ma tenue le rassura.

« Tu sers au château, non ?

— Qui est mon maître ? » demandai-je d'un ton cassant. C'était pure stupidité d'attirer ainsi l'attention sur moi, mais je n'avais pas pu retenir ma langue. D'autres personnes étaient-elles passées par ici avant moi au cours de la nuit ? Se trouvaient-elles dans le château ? Une sentinelle négligente avait-elle laissé entrer des gens qui en voulaient à la vie du prince ? Toutes ces possibilités n'étaient que trop réalistes.

« Mais... mais je n'en sais rien, moi, qui est ton maître ! » répondit le jeune homme en bafouillant. Il se redressa, mais il dut encore lever les yeux pour me jeter un regard noir. « Comment veux-tu que je le sache ? Et qu'est-ce que j'en ai à fiche ?

— Tu en as à fiche, petit crétin, que tu gardes l'entrée principale du château de Castelcerf ! La vie de ta reine et de ton prince dépend de ta vigilance, et ils comptent sur toi pour barrer la route à leurs ennemis. C'est bien pour ça que tu es ici, non ?

— Je... euh... » Il secoua la tête, furieux de ne pouvoir répondre, puis il se tourna tout à coup vers la porte du corps de garde. « Kespin ! Tu peux venir ? »

Le nommé Kespin était plus grand et plus âgé que son collègue. Il avait la démarche d'un bretteur et son regard était perçant au-dessus de sa barbe poivre et sel ; il estima la menace potentielle que je représentais et la jugea négligeable. « Eh ben, que se passe-t-il ? » nous demanda-t-il, au jeune homme et à moi. Sa question ne cachait pas une mise en garde, mais l'assurance qu'il était capable d'infliger à chacun de nous le sort qu'il méritait.

La sentinelle me désigna de sa chope. « Il est en rogne parce que je ne sais pas qui est son maître !

— Je suis le serviteur de sire Doré, expliquai-je, et je m'inquiète parce que les sentinelles ont l'air de se contenter de regarder les gens aller et venir ; je n'arrête pas de sortir de ce château et d'y rentrer depuis une quinzaine de jours, et pas une fois on ne m'a interpellé. Ça ne me paraît pas normal. Quand je suis passé ici il y a vingt ans, les sentinelles en faction prenaient leur tâche au sérieux ; il fut un temps où... »

Kespin me coupa la parole. « Il fut un temps où c'était nécessaire, oui, pendant la guerre des Pirates rouges, mais nous sommes en paix maintenant, l'homme ; et puis le château et la ville grouillent d'Outrîliens et de nobles venus des autres duchés à l'occasion des fiançailles du prince. Nous ne pouvons pas tous les connaître. »

J'avalai ma salive, regrettant d'avoir entamé cette discussion, mais résolu à la mener jusqu'au bout. « Une seule erreur suffirait à mettre la vie de notre prince en danger.

— Ou à insulter un dignitaire d'Outre-mer. Je tiens mes ordres de la reine Kettricken, et elle veut que nous nous montrions accueillants et hospitaliers, pas soupçonneux ni désagréables. Mais je suis prêt à faire une exception pour vous. » Le sourire qui accompagna ces derniers mots en atténua un peu la hargne ; cependant, à l'évidence, il n'appréciait pas que je doute de son discernement.

J'inclinai la tête ; je m'y étais pris complètement de travers. J'allais devoir étudier la question avec Umbre afin de voir s'il ne pouvait pas exiger un peu plus de vigilance de la part des gardes. « Je comprends, fis-je, conciliant. Je m'étonnais, c'est tout.

— Eh bien, la prochaine fois que vous sortirez par ici sur votre grande jument noire, souvenez-vous qu'il ne faut pas toujours en dire beaucoup pour en savoir long. Et, maintenant que vous avez éveillé ma curiosité, comment vous appelez-vous ?

— Tom Blaireau, serviteur de sire Doré.

— Ah ! Son serviteur. » Il eut un sourire entendu. « Et son garde du corps, c'est ça ? Oui, je suis au courant, et ce n'est pas tout ce qu'on m'a raconté sur lui. Je n'imaginais pas qu'il aurait choisi un type comme vous pour s'occuper de ses affaires personnelles. » Et il me lança un regard étrange, comme s'il attendait une certaine réponse de ma part, mais je me tus, ignorant ce qu'il sous-entendait exactement. Il finit par hausser les épaules. « Enfin, c'est bien d'un étranger de croire qu'il a besoin d'un garde du corps alors qu'il habite au château de Castelcerf ! Allons, passez votre chemin, Blaireau ; nous vous connaissons maintenant. J'espère que ça vous aidera à mieux dormir la nuit. »

Et ils me laissèrent entrer. Je m'éloignai d'eux avec un sentiment de ridicule et d'insatisfaction. Il fallait que je parle à Kettricken afin de la convaincre que les Pie représentaient toujours une menace bien réelle pour Devoir ; cependant, il y avait peu de chances que la reine eût un seul instant à m'accorder au cours des jours à venir. La cérémonie de fiançailles devait avoir lieu le soir même, et elle ne pensait sans doute qu'aux négociations qu'elle allait mener avec les Outrîliens.

La plus grande agitation régnait dans les cuisines. Des servantes et des pages s'affairaient à préparer des cohortes de tisanières et des armées de soupières remplies de gruau, et les arômes qui flottaient dans l'air réveillèrent mon appétit. J'entrepris de préparer un plateau pour le petit déjeuner de sire Doré ; j'entassai sur une grande assiette du jambon fumé, des petits pains tout juste sortis du four, un pot de beurre et un autre de confiture de fraises. J'avisai un panier de poires fraîchement cueillies dans le verger du château parmi lesquelles je choisis quelques-unes des plus fermes. Comme j'allais sortir, une jardinière m'interpella, encombrée d'une brassée de fleurs. « Vous êtes le domestique du seigneur Doré ? » demanda-t-elle, et j'acquiesçai de la tête ; elle me fit alors signe de m'arrêter pour déposer sur mon plateau un grand bouquet, auquel elle en ajouta un autre, plus petit, de fleurs blanches en bouton et à l'odeur suave. « Pour sa seigneurie », me dit-elle de façon superflue, et elle s'esquiva en hâte.

Je gravis l'escalier qui menait aux appartements de sire Doré, frappai à l'huis puis entrai. La porte de sa chambre était close mais, avant que j'eusse achevé de préparer la table, il apparut vêtu de pied en cap. Un ruban de soie bleue retenait sur sa nuque ses cheveux aux reflets d'or, tirés en arrière ; sur son bras était jetée une veste bleue, et il portait une chemise de soie blanche à jabot de dentelle, ainsi que des chausses d'un bleu un peu plus sombre que sa veste. Le contraste avec sa chevelure dorée et ses yeux couleur ambre donnait un effet de ciel d'été. Il me fit un sourire chaleureux. « Vous avez enfin compris que vos devoirs exigent de vous voir tôt levé, je le constate avec plaisir, Blaireau. Il ne reste plus qu'à souhaiter que vos goûts vestimentaires s'éveillent à leur tour. »

Je m'inclinai gravement devant lui et tirai sa chaise, puis m'adressai à lui à mi-voix, sans formalisme, comme un ami et non comme un domestique. « La vérité, c'est que je ne me suis pas couché. Heur n'est rentré qu'aux premières heures du jour, et, en remontant au château, j'ai rencontré quelques Pie qui m'ont encore retardé davantage. »

Son sourire s'effaça. Au lieu de l'accoudoir de sa chaise, il serra mon poignet dans sa main fraîche. « Es-tu blessé ? demanda-t-il avec inquiétude.

— Non », répondis-je en lui faisant signe de s'asseoir. Il obéit à contrecœur. Je m'approchai de la table et retirai les couvercles des plats. « Ce n'était pas leur but. Ils voulaient seulement m'avertir qu'ils savaient comment je m'appelle, où je vis et que j'ai le Vif. Et que mon loup est mort. »

Je peinai à prononcer ces derniers mots, comme si cette vérité n'était supportable que si je la taisais. Je m'éclaircis la gorge, puis saisis vivement les grandes fleurs coupées. « Je vais les placer sur ta table de chevet, marmonnai-je en lui tendant le petit bouquet.

— Merci », répondit-il d'une voix aussi étrange que la mienne.

Je trouvai un vase dans sa chambre. À l'évidence, même la jardinière connaissait mieux que moi les goûts raffinés de mon maître. Je remplis le récipient avec l'eau du broc de toilette, y insérai les fleurs et déposai le tout sur une petite table près du lit. Quand je ressortis, sire Doré avait enfilé sa veste bleue et fixé le bouquet blanc sur le devant.

« Il faut que je voie Umbre le plus vite possible, dis-je en versant la tisane ; mais, en tant que serviteur, je ne peux pas aller tambouriner à sa porte. »

Sire Doré leva sa tasse et but une gorgée d'infusion. « Les passages secrets ne te donnent pas accès à ses appartements ? »

Je lui jetai un bref coup d'œil. « Tu connais ce vieux

renard : ses secrets n'appartiennent qu'à lui, et il ne courra jamais le risque qu'on le surprenne la garde baissée. Il a sûrement des galeries qui débouchent sur les couloirs du château, mais il ne me les a pas montrées. A-t-il veillé tard hier soir ? »

Sire Doré fit une petite grimace. « Il était encore en train de danser quand j'ai décidé d'aller me coucher. Pour un vieillard, il dispose d'étonnantes réserves d'énergie quand il s'agit de s'amuser. Mais je vais envoyer un page lui porter un message d'invitation à une promenade à cheval cet après-midi. Sera-ce assez tôt ? » Il avait perçu mon inquiétude mais gardait ses questions pour lui, et je lui en étais reconnaissant.

« Ça ira, répondis-je. De toute manière, il n'aura sans doute pas l'esprit très clair avant cela. » Je secouai la tête comme si j'espérais ainsi apaiser mes pensées en ébullition. « C'est si soudain, toutes ces idées qu'il faut reconsidérer, tous ces détails dont je dois me préoccuper. Si ces Pie sont au courant que j'ai le Vif, ils en savent sûrement autant sur le prince.

— Les as-tu reconnus ? Faisaient-ils partie de la bande de Laudevin ?

— La nuit était sombre, et ils se sont bien gardés de s'approcher. J'ai entendu une voix d'homme et une autre de femme, mais je suis certain qu'il y avait au moins un troisième larron. L'un d'eux était lié à un chien, un autre à un petit animal rapide, comme un rat, une belette ou un écureuil. » Je repris mon souffle. « Je veux que les gardes des entrées du château se tiennent sur le qui-vive ; il faut aussi quelqu'un qui escorte le prince partout et ne le quitte pas d'une semelle ; “un précepteur du genre musclé”, comme l'a dit Umbre lui-même autrefois. Il faut également que je prenne avec lui des dispositions afin de pouvoir le contacter si j'ai un besoin urgent de son aide ou de ses conseils. Des patrouilles quotidiennes doivent aussi parcourir le château pour tuer les rats, surtout dans les appartements du prince. »

Le seigneur Doré s'apprêta à poser une question, puis il se ravisa et déclara : « Je dois malheureusement te charger d'un souci supplémentaire : le prince Devoir m'a fait passer un billet hier soir où il demandait à savoir quand tu comptais commencer à lui enseigner l'Art.

— Il a écrit ça en toutes lettres ? »

Épouvanté, je vis sire Doré acquiescer de la tête à contrecœur. J'avais parfaitement conscience que Devoir se raccrochait à moi : liés par l'Art comme nous l'étions, je ne pouvais pas l'ignorer; j'avais dressé mes murailles mentales pour l'empêcher de capter mes pensées personnelles, mais lui-même était loin d'y parvenir aussi efficacement, et, à plusieurs reprises, j'avais senti ses efforts inopérants pour me contacter; je les avais négligés en me promettant que viendrait un moment plus propice pour y répondre. D'évidence, mon prince ne partageait pas ma patience. « Il faut que ce garçon apprenne la prudence. Il ne faut jamais laisser de traces écrites de ce genre de sujets, et ces... »

Ma langue se pétrifia tout à coup et je dus blêmir, car le seigneur Doré se leva brusquement et m'offrit sa chaise, redevenu mon ami le fou. « Ça va, Fitz ? Tu sens une crise venir ? »

Je m'effondrai sur le siège. La tête me tournait alors que je prenais toute la mesure de ma folie, et c'était à peine si je parvenais à trouver le souffle pour avouer ma stupidité. « Fou ! Tous mes manuscrits, tous mes parchemins ! J'ai répondu si précipitamment à l'appel d'Umbre que je les ai laissés chez moi ! J'ai dit à Heur de verrouiller la maison avant de me suivre à Castelcerf, mais il ne les a sûrement pas cachés ; il s'est sans doute contenté de fermer la porte de mon bureau. Si les Pie sont assez malins pour faire le rapprochement entre lui et moi... »

Je laissai ma phrase en suspens. Il n'était pas nécessaire de l'achever : le fou ouvrait des yeux démesurés. Il avait lu tout ce que, sans réfléchir, j'avais couché sur le papier ; non seulement j'y révélais ma véritable identité, mais aussi de nombreux secrets des Loinvoyant qu'il aurait mieux valu laisser dans l'oubli. J'exposais aussi mes propres points faibles dans ces maudits manuscrits : Molly, mon amour perdu, Ortie, ma fille naturelle... Sinistre imbécile ! Comment avais-je pu mettre tout cela par écrit ? Pourquoi m'étais-je laissé aller au réconfort illusoire que m'apportait le fait de confier au vélin des informations aussi dangereuses ? Un secret n'est en sécurité que s'il reste enfermé à double tour dans l'esprit d'une seule personne. Tous ces textes auraient dû finir au feu depuis bien longtemps.

« Je t'en prie, fou, parle à Umbre à ma place ! Il faut que je retourne là-bas tout de suite, aujourd'hui même ! »

Il posa une main circonspecte sur mon épaule. « Fitz, si ces manuscrits ont déjà disparu, il est trop tard, et, si l'on voit Tom Blaireau partir en trombe, tu ne feras que susciter des interrogations et inviter à te suivre ; tu risques alors de mener les Pie tout droit sur tes écrits. Ils doivent s'attendre à ce que tu prennes la fuite à la suite de leurs menaces, et ils surveillent sans doute les issues de Castelcerf. Ressaisis-toi et réfléchis. Il est possible que tes inquiétudes soient dénuées de tout fondement ; comment pourraient-ils faire le lien entre Tom Blaireau et Heur, et surtout comment apprendraient-ils d'où vient le petit ? Ne prends pas de décision inconsidérée ; consulte d'abord

Umbre et expose-lui tes craintes ; et parle au prince Devoir. Ses fiançailles sont pour ce soir ; apparemment, il supporte la situation avec calme, mais ce n'est qu'une façade, mince et fragile. Va le voir, rassure-le. » Il se tut, puis reprit d'un ton hésitant : « Peut-être pourrait-on envoyer quelqu'un d'autre pour...

— Non, fis-je d'un ton ferme. Je dois y aller en personne. Je garderai certaines choses et détruirai le reste. » En pensée, je revis le cerf chargeant que le fou avait gravé sur le dessus de ma table ; l'emblème de FitzChevalerie Loinvoyant décorait la maison de Tom Blaireau. Même cela me paraissait une menace à présent. Il fallait tout brûler, incendier la maison et ne laisser nulle trace indiquant que j'y avais vécu. Même les plantes qui poussaient dans mon potager en révélaient trop sur moi. Jamais je n'aurais dû abandonner derrière moi cette mue à la disposition du premier fouineur venu ; jamais je n'aurais dû laisser d'empreintes aussi visibles.

Le fou me tapota l'épaule amicalement. « Mange un peu, dit-il, puis fais un brin de toilette et change-toi. Ne décide rien dans la précipitation. Si nous ne dévions pas de notre cap, nous nous en sortirons, Fitz. »

Je le corrigeai : « Blaireau. » Je me levai lourdement. Il fallait absolument nous en tenir à nos rôles respectifs. « Je vous demande pardon, votre seigneurie. J'ai été pris de faiblesse un instant, mais je vais mieux. Je vous présente mes excuses pour avoir interrompu votre repas. »

L'espace d'une seconde, la compassion brilla dans les yeux du fou, puis, sans un mot, il se rassit à table ; je remplis sa tasse, et il se restaura dans un silence pensif pendant que j'arpentais la pièce, cherchant des tâches qui m'occuperaient, mais son sens inné de l'ordre ne surchargeait pas de corvées le domestique que je jouais.

Dans un éclair d'intuition, je compris soudain que cette manie du rangement protégeait son intimité : il s'était entraîné à ne laisser traîner aucune indication sur lui-même, hormis celles qu'il souhaitait qu'on vît. C'était là une discipline que je ferais bien d'adopter. « Votre seigneurie voudrait-elle m'excuser un moment ? » demandai-je.

Il posa sa tasse et resta un instant songeur. « Certainement. Je pense sortir bientôt. Blaireau. Débarrassez la table, changez l'eau des brocs, nettoyez l'âtre et rapportez du bois pour le feu ; ensuite, je vous suggère de continuer à perfectionner vos techniques de combat avec les gardes. Vous m'accompagnerez lors de ma promenade à cheval cet après-midi. Veillez à vous vêtir en conséquence.

— Oui, monseigneur », répondis-je à mi-voix. Je le laissai à son petit déjeuner et me rendis dans ma chambre obscure. Je réfléchis rapidement ; non, je n'y entreposerai rien d'autre que les affaires normales de Tom Blaireau. Je me débarbouillai, mouillai mes cheveux hirsutes pour mieux les aplatir et enfilai ma livrée bleue, puis je rassemblai tous mes vieux vêtements, la trousse de passe-partout et d'autres instruments que m'avait donnés Umbre, et les quelques affaires que j'avais apportées de ma chaumine. Alors que je faisais rapidement le tri parmi mes possessions, je tombai sur une bourse fripée par l'eau de mer dans laquelle un objet faisait une bosse ; je dus pour l'ouvrir trancher le cordon de cuir qui s'était raidi en séchant. Quand j'en fis tomber le contenu dans ma main, je constatai qu'il s'agissait de l'étrange figurine que le prince avait ramassée sur la plage, lors de nos périlleux transferts entre piliers d'Art. Je la remis dans sa pauvre bourse pour la rendre plus tard à Devoir, la posai sur mon paquetage, puis je fermai la porte extérieure de ma chambre, déclenchai le loquet dissimulé dans le mur, et traversai la pièce plongée dans les ténèbres pour appuyer sur certaine pierre. Elle s'enfonça sans bruit, et de timides rais de lumière au-dessus de ma tête révélèrent les fentes qui permettaient au jour d'éclairer les passages camouflés de la citadelle. Je refermai soigneusement la porte secrète derrière moi et entamai l'ascension des escaliers escarpés qui menaient à la tour d'Umbre.

2

LE SERVITEUR D'UMBRE

Hoquin le Blanc possédait un lapin pour lequel il éprouvait une extrême affection ; l'animal vivait dans son jardin, accourait quand il l'appelait et dormait des heures durant sur ses genoux. Le catalyseur de Hoquin était une jeune fille, guère plus qu'une enfant ; elle s'appelait Redda mais Hoquin la surnommait « Fol-Œil » parce qu'un de ses yeux regardait toujours sur le côté. Elle n'aimait pas le lapin, car, chaque fois qu'elle s'asseyait près de Hoquin, la petite bête s'efforçait de la chasser en la mordillant méchamment. Un jour l'animal mourut, et Redda, ayant découvert son cadavre dans le jardin, le vida, le dépeça et le découpa pour le mettre à cuire. C'est seulement après le repas que Hoquin s'enquit de son lapin, inquiet de ne pas le voir, et Redda, ravie, lui apprit qu'il venait d'en faire son dîner. Aux reproches amers que lui fit Hoquin, le catalyseur répondit sans une once de repentir : « Mais, maître, vous avez vous-même prédit cet événement. N'avez-vous pas écrit dans votre septième manuscrit : "Le Prophète avait faim de la chaleur de sa chair alors même qu'il savait que cela serait sa fin" ? »

Hoquin le Prophète blanc, du SCRIBE CATEREN

*

J'étais à mi-chemin de la tour d'Umbre quand je pris conscience de ce que j'étais en train de faire : j'étais en train de fuir, de chercher refuge dans un terrier en espérant secrètement que mon vieux mentor s'y trouverait et que je n'aurais qu'à obéir à ses ordres, comme à l'époque où j'étais son apprenti.

Mon pas se ralentit. Le réflexe approprié chez un gamin de dix-sept ans convient mal à l'homme de trente-cinq : il était temps que j'apprenne à m'orienter seul parmi les intrigues de la cour – ou que je la quitte définitivement.

Je passais à cet instant devant une des petites niches du boyau qui indiquaient la présence d'un trou d'observation ; elle était garnie d'un petit banc sur lequel je posai mon paquet d'affaires et pris place moi-même afin de mettre de l'ordre dans mes pensées. Rationnellement, quelle était ma ligne de conduite la plus efficace ?

Éliminer tous les gêneurs.

C'eût été un plan excellent si j'avais connu leur identité. L'autre possibilité qui s'offrait à moi était plus compliquée : elle m'obligeait à protéger des Pie non seulement ma propre personne, mais aussi celle du prince. J'écartai de mes réflexions toute appréhension concernant ma sécurité personnelle pour estimer le danger que courait Devoir ; ses ennemis disposaient d'un moyen de pression sur lui : la menace de révéler au royaume qu'il possédait le Vif. Les ducs n'accepteraient jamais un monarque porteur d'une telle tare ; en outre, pareille annonce, non contente d'anéantir les espoirs que Kettricken nourrissait d'une alliance pacifique avec les îles d'Outre-mer, déboucherait très vraisemblablement sur la chute des Loinvoyant. Toutefois, autant que je pusse m'en rendre compte, un résultat aussi extrême ne présentait aucun intérêt pour les Pie : une fois Devoir écarté du pouvoir, ce qu'ils savaient de lui ne leur servirait plus à rien. Pire encore, ils auraient contribué à renverser une reine qui pressait son peuple de se montrer tolérant avec les vifiers. Non, la menace de dévoiler publiquement la tare du prince restait utile uniquement si Devoir demeurait en lice pour le pouvoir ; ils ne chercheraient pas à le tuer, seulement à le plier à leur volonté.

Que s'ensuivrait-il ? Quelles seraient leurs exigences ? Demanderaient-ils que la reine fasse appliquer à la lettre les lois qui interdisaient l'exécution de vifiers au seul motif d'avoir cette magie dans le sang ? Voudraient-ils davantage ? Ils seraient bien bêtes de ne pas en profiter pour tenter d'accroître leur influence. S'il se trouvait parmi les ducs et le reste de la noblesse des membres du Lignage, peut-être les Pie chercheraient-ils à les faire entrer dans les bonnes grâces royales ; à ce propos, les Brésinga étaient-ils venus assister à la cérémonie de fiançailles ? Il serait peut-être intéressant de mener une petite enquête là-dessus ; mère et fils appartenaient au Lignage, je le savais pertinemment, et ils avaient collaboré avec les Pie pour attirer Devoir dans leurs griffes. S'apprêtaient-ils à jouer maintenant un rôle plus actif ? Et comment les Pie s'y prendraient-ils pour convaincre Kettricken que leurs menaces n'avaient rien d'un jeu ? Qui pourraient-ils tuer pour apporter la preuve de leur force ?

La réponse était simple : Tom Blaireau. De leur point

de vue, je n'étais qu'un pion sur l'échiquier, un petit domestique, mais aussi un personnage détestable qui avait déjoué leurs plans et mutilé un de leurs chefs. Ils s'étaient manifestés à moi la nuit précédente, certain que je transmettrais le « message » aux tenants du pouvoir à Castelcerf ; ensuite, afin de faire toucher du doigt aux Loinvoyant leur vulnérabilité, les Pie me saigneraient comme un chien de chasse égorge un cerf. Mon exemple servirait de leçon pratique à Kettricken et Devoir.

J'enfouis mon visage dans mes mains. Le mieux était que je m'enfuie ; mais, à présent que j'étais revenu à Castelcerf, si récemment que ce fût, l'idée d'en repartir me répugnait. Dans cette froide citadelle de pierre, j'avais autrefois été chez moi, et, malgré ma naissance illégitime, les Loinvoyant étaient mes parents.

Je perçus soudain une sorte de murmure lointain. Je me redressai sur mon banc et compris qu'il s'agissait de la voix d'une jeune fille qui traversait l'épaisse muraille devant moi pour parvenir jusqu'à mon poste d'espionnage. Avec une curiosité lasse, j'approchai mon œil du trou d'observation et découvris une chambre à coucher au mobilier luxueux. Une enfant aux cheveux noirs me tournait le dos, et, près de l'âtre, un guerrier grisonnant occupait un fauteuil. Il arborait sur son visage des scarifications, minces lacérations frottées de cendre que les Outrîliens considéraient comme des ornements, mais aussi des cicatrices reçues au combat, à la pointe de l'épée. Sa chevelure était parcourue de fils gris et sa courte barbe était poivre et sel. Il se nettoyait et se taillait les ongles à l'aide de son couteau tandis que la jeune fille répétait des pas de danse devant lui.

« ... et deux sur le côté, un en arrière, et on tourne », chantonnait-elle, le souffle court, tandis que ses pieds suivaient ses propres instructions. Comme elle pivotait sur elle-même dans un tourbillon de jupes brodées, j'entr'aperçus son visage : c'était la narcheska Elliania, la future fiancée de Devoir. Elle s'entraînait sans doute pour leur première danse ce soir. « Et on recommence, deux pas sur le côté, deux en arrière, et...

— Un seul pas en arrière, Ellia, fit le vieil homme. Et ensuite on tourne. Essaye encore. »

Elle se figea et prononça rapidement quelques mots dans sa langue natale.

« Elliania, emploie l'idiome des fermiers. Il va avec leur danse, répondit-il d'un ton implacable.

— Je n'en ai pas envie ! dit l'enfant avec irritation. Leur parler est aussi insipide que cette pavane ! » Elle lâcha ses jupes et croisa les bras sur sa poitrine. « Tous ces petits pas et ces virevoltes, c'est ridicule ! On dirait des pigeons qui se haussent du col et qui s'envoient des coups de bec avant de s'accoupler !

— En effet, répondit l'homme d'un ton affable, et le but est exactement le même. À présent, au travail, et je veux la perfection. Si tu es capable de retenir les mouvements d'un exercice à l'épée, tu es capable d'apprendre ces pas. Préfères-tu que ces fermiers hautains croient que les Runes du Dieu ont envoyé une petite batelière maladroite épouser leur joli prince ? »

Elle lui fit une grimace qui découvrit des dents d'un blanc immaculé, puis elle saisit ses robes, les souleva jusqu'à une hauteur inconvenante qui me permit de voir qu'elle avait les jambes et les pieds nus, puis répéta la danse à toute allure. « Deux-pas-sur-le-côté-et-un-pas-en-arrière-et-on-tourne-et-deux-pas-sur-le-côté-et-un-pas-en-arrière-et-on-tourne-et-deux-pas-sur-le-côté... »

Son débit furieux transformait la gracieuse pavane en

galopade échevelée. Amusé, l'homme sourit de ses caracoles et la laissa faire. « Les Runes du Dieu... », me dis-je, et je finis par mettre le doigt sur le vague souvenir que cette expression avait éveillé en moi : c'était ainsi que les Outrîliens désignaient l'archipel qui composait leur territoire ; de fait, la seule carte indigène des îles d'Outre-mer que j'eusse jamais eue sous les yeux donnait une forme de rune à chaque petit bout de terre qui pointait hors de leurs eaux glacées.

« Assez ! » grogna soudain le guerrier.

La jeune fille était rouge des efforts qu'elle fournissait et elle avait le souffle court, mais elle n'arrêta sa cavalcade que lorsque l'homme quitta brusquement son fauteuil et la souleva de terre. « Suffit, Elliania, suffit. Tu m'as prouvé que tu sais exécuter ce pas, et à la perfection ; cesse, à présent. Ce soir, tu dois n'être que grâce, charme et beauté ; si tu laisses paraître la petite furie que tu es, ton joli prince risque de te préférer une fiancée moins fougueuse. Ce n'est pas ce que tu veux, n'est-ce pas ? » Il la reposa et se rassit dans son fauteuil.

« Si, c'est ce que je veux ! » La réponse avait fusé aussitôt.

D'un ton plus mesuré, l'autre répliqua : « Non. À moins que tu ne veuilles aussi tâter de ma ceinture ?

— Non. » Sa voix tendue m'indiqua qu'il ne s'agissait pas d'une menace en l'air.

« Non. » Dans la bouche de l'homme, le mot prit des allures d'acquiescement. « Je n'aimerais pas cela, mais tu es la fille de ma sœur et je ne veux pas voir déshonorer la lignée de nos mères. Et toi ?

— Je ne veux pas déshonorer la lignée de nos mères. » L'enfant se tint raide et impassible en prononçant ces mots, et puis ses épaules se mirent à tressauter quand elle poursuivit : « Mais je ne veux pas épouser ce prince ! Sa mère ressemble à un vampire des neiges ! Il va me faire des enfants et ils seront pâles et froids comme des spectres de glace ! Je t'en prie, Peottre, ramène-moi à la maison ! Je n'ai pas envie de vivre dans cette grande caverne toute froide ! Je ne veux pas que ce garçon me fasse ce qui donne des enfants ! Tout ce que je veux, moi, c'est habiter dans la maison basse de nos mères, me promener sur mon poney dans le vent, et aussi avoir mon bateau à moi pour traverser le Sendalfjord, et mes raies de pêche à moi pour attraper le poisson. Et, quand je serai grande, mon banc à moi dans la maison des mères, et un homme qui sache qu'il est juste et normal d'habiter chez les mères de son épouse. Tout ce que je demande, c'est ce que désirent toutes les filles de mon âge. Ce prince va m'arracher à la lignée de nos mères comme une branche à un arbre, et je vais me dessécher ici et devenir toute fragile jusqu'à ce que je me casse en petits morceaux !

— Elliania, Elliania, mon cher cœur, non ! » L'homme se leva de son fauteuil avec la grâce fluide d'un guerrier, bien que ce fût un Outrîlien typique, trapu et râblé. Il prit l'enfant dans ses bras et elle enfouit son visage contre son épaule, convulsée de sanglots, tandis que des larmes brillaient aux yeux de son oncle. « Allons, calme-toi, calme-toi. Si nous jouons bien la partie, si tu te montres forte et vive, que tu danses comme les hirondelles au-dessus de l'eau, cela n'arrivera jamais. Jamais. Ce soir, ce ne sont que des fiançailles, petite lumière, pas un mariage. Crois-tu que Peottre t'abandonnerait ici ? Petit poisson sans cervelle ! Personne ne va te faire d'enfant cette nuit, ni aucune autre nuit avant de longues années, et, même alors, cela n'arrivera que si tu le désires. Je te le promets. T'imagines-tu que je laisserais humilier la lignée de nos mères en permettant qu'il en soit autrement ? C'est une simple danse que nous exécutons ; toutefois, il faut l'exécuter parfaitement. » Il déposa la toute jeune fille sur ses pieds menus, lui souleva le menton pour l'obliger à le regarder et essuya les larmes de ses joues d'une main couturée de cicatrices. « Là, voilà ; allons, fais-moi un sourire. Et n'oublie pas : tu dois la première danse au joli prince, mais la seconde est pour Peottre. Alors montre-moi comment nous allons nous sortir ensemble de cette ridicule parade fermière. »

Il se mit à fredonner un air sans mélodie particulière pour donner la cadence, et la jeune fille lui tendit ses petites mains. Ensemble, ils effectuèrent les premiers pas, elle avec des mouvements de duvet de pissenlit, lui comme un combattant, et je les observai ; l'enfant ne quittait pas l'homme des yeux, et lui avait le regard perdu au-dessus de sa tête.

Un coup à la porte les interrompit. « Entrez ! » fit Peottre, et une domestique apparut, une robe jetée sur un bras. Aussitôt, l'homme et l'enfant se séparèrent et se tinrent immobiles ; ils n'auraient pas eu l'air plus méfiants si un serpent s'était introduit dans la chambre. Pourtant la femme, vêtue à l'outrîlienne, était manifestement des leurs.

Son attitude attisa ma curiosité : sans faire de révérence, elle leur présenta la robe en la secouant un peu pour la déplisser. « C'est ce que portera la narcheska ce soir. »

Peottre examina le vêtement. Je n'en avais jamais vu de pareil : c'était une robe de femme taillée à la mesure d'une enfant. Bleu pâle, elle était largement échancrée à l'encolure ; un jabot de dentelle doublé de fronces astucieusement placées remontait le tissu, ce qui prêterait à Elliania une poitrine qu'elle ne possédait pas encore.

L'enfant rougit devant la robe ; la réaction de Peottre fut plus directe : il se plaça entre Elliania et le vêtement comme pour l'en protéger. « Non, elle ne portera pas ça.

— Si. La Dame l'a décidé. Le jeune prince trouvera cette tenue très séduisante. » Ce n'était pas une opinion qu'elle exposait, mais une évidence.

« Non. C'est se moquer d'elle et de son rang. Cette robe n'est pas celle d'une narcheska des Runes du Dieu ; Elliania insulterait la maison de nos mères en s'affichant dans de tels atours. » Un pas, un geste de la main, et Peottre jeta la robe à terre.

Je m'attendais à ce que la servante recule, effrayée, ou lui demande pardon, mais non : elle le regarda froidement dans les yeux, puis déclara : « La Dame dit : “Cela n'a rien à voir avec les Runes du Dieu. C'est une robe qui parlera aux hommes des Six-Duchés. Elle la portera.” » Elle se tut, parut réfléchir, puis ajouta : « Si elle refusait de la mettre, cela représenterait un danger pour la maison de vos mères. » Et, comme si le geste de Peottre n'avait été rien de plus que celui d'un enfant entêté, elle ramassa la robe et la tint à nouveau devant elle.

Derrière l'homme, Elliania poussa un petit cri étouffé, comme un gémissement de douleur. Alors qu'il se retournait vers elle, j'entr'aperçus le visage de l'enfant : il était figé en un masque de détermination, mais la transpiration perlait à son front et elle était devenue aussi pâle qu'elle avait rougi auparavant.

« Arrête ! » dit Peottre dans un souffle, et je crus tout d'abord qu'il s'adressait à Elliania, mais il jeta soudain un regard par-dessus son épaule. Pourtant, quand il parla, il ne parut pas s'adresser davantage à la servante. « Arrête ! L'habiller comme une putain ne faisait pas partie de notre accord, et nous ne nous laisserons pas forcer la main.

Arrête ou je la tue, et tu perdras tes yeux et tes oreilles dans ce château. » Il dégaina son couteau et, s'avançant vers la domestique, il posa le fil de la lame sur sa gorge. Sans reculer ni même blêmir, la femme le regarda, les yeux étincelants, avec un sourire presque moqueur, et ne répondit pas. Tout à coup, Elliania poussa un soupir haché, et ses épaules tombèrent ; l'instant d'après, elle se redressa, la tête haute, et pas une larme ne roula sur ses joues.

D'un mouvement vif et souple, Peottre arracha la robe des mains de la femme. Son couteau devait être aiguisé comme un rasoir, car il trancha sans difficulté le tissu du haut jusqu'en bas. L'homme jeta par terre le vêtement définitivement abîmé, puis le piétina. « Dehors ! ordonna-t-il à la femme.

— Comme il vous plaira, monseigneur, naturellement », murmura-t-elle sur un ton de persiflage avant de se retirer. Elle prit son temps, et Peottre attendit qu'elle eût refermé la porte derrière elle pour se tourner vers Elliania. « Tu n'as pas trop mal, petit poisson ? »

Elle secoua la tête d'une saccade sèche et brève, le menton levé. C'était pure bravade, car elle paraissait plutôt sur le point de s'évanouir.

Je quittai mon banc sans bruit, le front couvert de poussière là où je m'étais appuyé au mur pour observer la scène. Umbre savait-il que la narcheska n'avait aucune envie d'épouser notre prince ? Savait-il que Peottre ne considérait pas les fiançailles comme un engagement ferme ? De quoi souffrait la narcheska ? Qui était « la Dame » ? Pourquoi la servante se montrait-elle si peu révérencieuse ? Je rangeai ces questions en compagnie des bribes de renseignements que j'avais glanés jusque-là, pris mon paquet d'affaires et me remis en route pour la tour d'Umbre. Au moins, cette petite séance d'espionnage m'avait fait oublier un temps mes propres soucis.

Je gravis la dernière volée de marches escarpées qui menait au réduit, dont je poussai la porte. Je captai une mélodie lointaine ; sans doute des ménestrels qui se chauffaient les doigts et accordaient leurs instruments pour les festivités du soir. J'entrai dans la salle d'Umbre en faisant pivoter un casier à bouteilles ; je retins alors ma respiration, remis sans bruit le meuble en place d'une pression de l'épaule et déposai mon paquet à côté. L'homme penché sur la table de travail d'Umbre marmonnait d'une voix gutturale une suite de plaintes ininterrompues et monotones, et la musique me parvenait plus forte et plus claire. À pas de loup, je gagnai la cheminée à l'angle de laquelle était appuyée l'épée de Vérité. Ma main avait à peine effleuré la garde que l'homme se tourna vers moi : c'était le simple d'esprit que j'avais entrevu dans la cour des écuries quinze jours plus tôt. Dans sa surprise, il inclina le plateau qu'il portait, et les bols, le pilon et la tasse qui s'y trouvaient se mirent à glisser ; il le posa précipitamment sur la table. La mélodie s'était tue.

Nous restâmes un moment à nous regarder en chiens de faïence, aussi surpris et méfiant l'un que l'autre. Ses paupières à demi fermées lui donnaient l'air constamment somnolent, et le bout de sa langue pointait, plaqué contre sa lèvre supérieure. Il avait de petites oreilles collées au crâne sous sa chevelure taillée à la va-vite ; ses vieilles frusques pendaient sur lui, ses manches et ses bas de pantalon coupés indiquant qu'elles avaient appartenu à un homme de plus grande taille. Il était petit, pansu, et, je ne sais pourquoi, ses différences le rendaient un peu effrayant ; un frisson de répulsion me parcourut : il ne présentait pas de danger, j'en étais sûr, mais je n'avais aucune envie qu'il m'approche. Vu le regard noir qu'il posait sur moi, la réciproque était vraie.

« Va-t'en ! » Il parlait d'une voix rauque, la bouche molle.

Je me ressaisis et déclarai d'un ton calme. « J'ai le droit de me trouver ici. Et toi ? » J'avais déjà conclu qu'il devait s'agir du domestique d'Umbre, le garçon qui apportait son bois, son eau, et faisait son ménage ; toutefois, j'ignorais jusqu'à quel point il connaissait les activités de mon mentor, dont je me gardai de prononcer le nom. Le vieil assassin n'aurait sûrement pas l'imprudence de confier ses secrets à un simple d'esprit.

Va-t'en ! Ne me vois pas !

Le coup de boutoir d'Art qu'il m'envoya me fit reculer, chancelant. Si mes murailles mentales n'avaient pas été dressées, j'aurais certainement obéi : je serais parti sans le voir. En toute hâte, je renforçai encore mes défenses, tout en me demandant fugitivement s'il m'avait déjà infligé un tel ordre d'Art ; si oui, en conserverais-je seulement le souvenir ?

Laisse-moi ! Ne me fais pas de mal ! Va-t'en, pue-le-chien !

Je sentis ce deuxième impact, mais j'en fus moins ébranlé ; je n'ouvris pas pour autant mes murailles d'Art à l'idiot, et, malgré tous mes efforts, c'est d'une voix tremblante que je m'adressai à lui. « Je ne te ferai pas de mal. Je ne veux pas te faire du mal. Je ne te dérangerai pas, si c'est ce que tu désires, mais je ne m'en irai pas. Et je ne te laisserai plus me bousculer comme ça. » J'avais tâché de prendre le ton ferme qu'on emploie pour réprimander un enfant qui se conduit mal. Il ne se rendait sans doute pas compte de la portée de sa réaction ; il se servait simplement d'une arme jusque-là efficace.

Mais, au lieu de la contrition, ce fut la colère que je lus sur ses traits – et peut-être de la peur. Quand il les plissa, ses yeux, déjà petits, disparurent presque complètement derrière ses grosses joues ; sa bouche resta un moment ouverte, la langue plus apparente, et puis il saisit son plateau et le reposa violemment sur la table, faisant sursauter les objets qui le garnissaient. *Va-t'en !* Son Art tonna dans sa voix. *Tu ne me vois pas !*

Sans le quitter du regard, je trouvai à tâtons le fauteuil d'Umbre et m'y assis d'un air décidé. « Si, je te vois, répondis-je d'un ton uni. Et je ne m'en irai pas. » Je croisai les bras sur ma poitrine ; j'espérais qu'il ne se rendait pas compte à quel point j'étais ébranlé. « Tu devrais faire ton travail en feignant, toi, de ne pas me voir, moi. Et, quand tu auras fini, c'est toi qui devrais t'en aller. »

Il n'était pas question que je batte en retraite ; c'était impossible. Sortir lui révélerait par où j'étais entré, et, s'il ne le savait pas, ce n'était pas moi qui le lui montrerais. Je me laissai aller contre mon dossier en tâchant de prendre l'air détendu.

Il m'observait d'un air assassin, et les coups furieux de son Art contre mes murailles étaient impressionnants. Il était très puissant. S'il possédait une telle force à l'état brut, quels sommets atteindrait son talent s'il apprenait à le maîtriser ? L'effroi me saisissait rien que d'y songer. Je fis semblant de me plonger dans la contemplation de l'âtre froid, mais je le surveillai du coin de l'œil. Ou bien il avait terminé ses corvées, ou bien il avait décidé de ne pas les exécuter ; quoi qu'il en fût, il prit son plateau, traversa la pièce à pas circonspects et tira vers lui un casier à manuscrits. En une occasion, j'avais vu Umbre emprunter cette issue. Il disparut dans l'ouverture mais, comme le meuble reprenait sa position derrière lui, sa voix et son Art me parvinrent encore. *Tu pues le caca de chien. On te coupe en morceaux et on te brûle.*

Sa rage était comme une marée qui se retirait lentement et me laissait échoué sur la grève. Au bout de quelque temps, je pressai mes doigts sur mes tempes. L'effort qu'il me fallait fournir pour maintenir mes remparts solidement dressés commençait à m'épuiser, mais je n'osais pas me relâcher : s'il sentait que je baissais ma garde, s'il décidait de m'imposer un ordre d'Art avec toute sa puissance, je serais incapable de m'y opposer, pas plus que Devoir n'avait pu parer mon commandement impulsif de ne pas me résister. Je craignais que l'esprit de mon prince n'en portât encore la marque indélébile.

C'était là une autre inquiétude sur laquelle il fallait que je me penche : restait-il soumis à cet ordre ? Je résolus de trouver le moyen d'annuler mon injonction, sans quoi, je le savais, elle ferait bientôt obstacle à toute amitié véritable entre Devoir et moi. Avait-il seulement conscience de ce que je lui avais infligé ? Je songeai que c'était arrivé par accident, et puis je me fis honte de mon propre mensonge : c'était mon caractère emporté, ma colère à moi qui avaient imprimé cet ordre dans l'esprit de mon prince. Je m'en sentais mortifié, et plus vite j'effacerais cette empreinte, mieux cela vaudrait pour nous deux.

Je me rendis compte que j'entendais à nouveau de la musique, et je fis un rapprochement hasardeux : je baissai peu à peu mes remparts et elle devint de plus en plus audible. Je me bouchai les oreilles, mais cela n'y changea rien. Artiser de la musique... Jamais je n'avais imaginé pareil phénomène, et pourtant c'était ce que faisait le simple d'esprit. Quand j'en détournai mon attention, elle disparut derrière l'écran de pensées qui voletaient toujours aux limites de mon Art, murmures informes pour la plupart, brefs éclats d'individus qui possédaient juste assez de talent pour lancer leurs idées les plus pressantes dans le flot de l'Art. Si je me concentrais sur elles, je parvenais parfois à capter des pensées et des images complètes de ces esprits, mais ils manquaient de force pour percevoir ma présence et, à plus forte raison, répondre. Le simple d'esprit était différent ; son Art était un brasier rugissant, sa musique le rythme et la fumée de son talent indompté. Il ne cherchait pas à le dissimuler ; il ignorait peut-être comment s'y prendre, ou bien il n'en avait jamais vu l'utilité.

Je me détendis en ne gardant en place que la muraille qui assurait l'intimité de mes pensées face au talent bourgeonnant de Devoir, et puis, avec un brusque gémissement, j'enfouis mon visage dans mes mains tandis que le coup de tonnerre d'une migraine d'Art éclatait dans mon crâne.

*

« Fitz ? »

J'avais senti la présence d'Umbre une fraction de seconde avant qu'il ne touche mon épaule. Cela ne m'empêcha pas de sursauter en m'éveillant et de lever les mains comme pour parer un coup.

« Que t'arrive-t-il, mon garçon ? me demanda-t-il d'un ton inquiet avant de se pencher pour m'examiner de plus près. Mais tu as les yeux injectés de sang ! À quand remonte la dernière fois que tu as dormi ?

— À l'instant, je crois. » Je réussis à lui faire un pâle sourire. Je passai mes mains dans ma tignasse hirsute : elle était poisseuse de transpiration. J'avais eu un cauchemar mais seuls des lambeaux épars en demeuraient dans ma mémoire. « J'ai fait la connaissance de votre serviteur, dis-je d'une voix mal assurée.

— Lourd ? Ah ! Oui, ce n'est pas le cerveau le plus brillant du château, mais il convient admirablement à mes desseins : il aurait du mal à trahir le moindre secret alors qu'il ne serait pas fichu d'en reconnaître un s'il y mettait les deux pieds. Mais assez parlé de lui. Je suis monté dès que j'ai reçu le message de sire Doré, en espérant te voir. Il y aurait donc des Pie à Bourg-de-Castelcerf ?

— C'est ce qu'il vous a écrit ? m'écriai-je, furieux.

— Non, pas aussi clairement. Nul autre que moi n'aurait pu en décoder le sens. Allons, raconte-moi.

— Ils m'ont suivi cette nuit – enfin, ce matin – pour m'effrayer et me prévenir qu'ils me connaissaient, qu'ils étaient en mesure de me retrouver quand ils le voulaient. Umbre, laissons un moment ce sujet de côté. Savez-vous que votre serviteur... comment s'appelle-t-il, déjà ? Lourd ? Saviez-vous que Lourd possède l'Art ?

— L'art de quoi ? De casser la vaisselle ? » Le vieil homme eut un bref éclat de rire comme si je venais de faire une mauvaise plaisanterie, puis il poussa un soupir en désignant l'âtre éteint d'un air désespéré. « Normalement, il doit allumer un petit feu dans cette cheminée tous les jours, mais il oublie une fois sur deux. De quoi parles-tu ?

— Lourd possède l'Art, et il est très puissant. Il a failli me faire tomber raide quand je l'ai effrayé en arrivant ici impromptu ; si mes murailles mentales n'avaient pas été déjà dressées pour empêcher toute intrusion de Devoir, je crois bien qu'il aurait effacé mon esprit sous l'impact de son Art. "Va-t'en", m'a-t-il dit, et aussi : "Ne me vois pas." Et : "Ne me fais pas de mal." Et je ne pense pas que ce soit la première fois qu'il agit ainsi ; j'en ai moi-même été victime. Il y a quelque temps, dans les écuries, j'ai vu certains des garçons le taquiner, et puis j'ai entendu, presque comme si on avait prononcé tout haut ces mots : "Ne me voyez pas." Les garçons d'écurie ont repris le travail sans paraître se rendre compte de rien, et moi-même je n'ai aucun souvenir de lui après cette phrase. »

Umbre s'assit lentement dans mon fauteuil, puis il me prit la main comme si cela pouvait lui rendre mes propos plus compréhensibles. Mais peut-être voulait-il simplement vérifier que je n'avais pas de fièvre. « Lourd possède la magie de l'Art, fit-il d'un ton circonspect ; c'est bien ce que tu dis ?

— Oui. À l'état brut et complètement indisciplinée, mais elle brûle en lui comme un incendie. Je n'ai jamais rencontré quelqu'un d'aussi puissant. » Je fermai les yeux, posai les mains à plat sur mes tempes et m'efforçai de rassembler mon crâne en un seul morceau. « J'ai l'impression d'avoir été roué de coups. »

Au bout d'un moment, Umbre fit d'un ton bourru : « Tiens, essaye ceci. »

Je pris le linge humide et froid qu'il me tendait et l'appliquai sur mes yeux. Je ne tentai même pas de lui demander une médication : le vieil entêté avait décidé une fois pour toutes de m'interdire les produits contre la douleur, de crainte qu'ils ne m'empêchent d'enseigner correctement l'Art à Devoir. Inutile donc de me perdre en vains regrets sur le soulagement que pourrait m'apporter l'écorce elfique ; s'il en restait à Castelcerf, il l'avait bien dissimulée.

« Que faire ? murmura-t-il, et je soulevai un coin de la compresse pour le regarder.

— À quel sujet ?

— Lourd et son Art.

— Faire ? Que voulez-vous faire ? Il l'a, c'est tout. »

Il se rassit. « D'après ce que j'ai traduit des vieux manuscrits sur l'Art, il constitue plus ou moins un danger pour nous. Il possède un talent à l'état naturel, sans maîtrise ni discipline ; son Art risque à tout instant de détruire celui de Devoir ; si on le met en colère, il peut l'utiliser contre les autres, comme ça s'est déjà produit, à t'en croire. Et il est puissant, par-dessus le marché, plus encore que toi. »

Je levai la main en un geste futile. « Ça, je n'ai aucun moyen de le savoir. Mon don a toujours été erratique, Umbre, et je ne vois pas comment le mesurer. Mais la dernière fois que je me suis senti poussé ainsi dans mes derniers retranchements, c'était quand le clan de Galen a uni toutes ses forces contre moi.

— Mmh... » Il se laissa aller contre le dossier du fauteuil et contempla le plafond. « Le plus prudent serait peut-être de l'éliminer, tout simplement. En douceur, naturellement : ce n'est pas sa faute s'il nous met en péril. De façon moins radicale, on pourrait glisser de l'écorce elfique dans ses aliments pour amoindrir, voire anéantir son talent ; cependant, ton usage sans restriction de cette substance au cours des dix dernières années n'a pas complètement effacé tes capacités d'artiseur ; j'ai donc moins confiance en son efficacité que les auteurs des textes anciens. Mais c'est une troisième voie qui aurait ma préférence. Une voie plus dangereuse, peut-être, et qui sait si ce n'est pas pour ça qu'elle m'attire : parce que les risques sont aussi grands que les possibilités qu'elle recèle.

— Le former ? » Je gémis devant son sourire plein

d'espoir. « Umbre, non ! À nous deux, nous ignorons si nous disposons des connaissances nécessaires pour enseigner l'Art à Devoir en toute sécurité, or c'est un garçon raisonnable et intelligent. Votre Lourd, lui, m'est déjà hostile, ses insultes me font craindre qu'il a détecté mon Vif, je ne sais comment, et il est parvenu seul à un niveau qui représente un danger pour moi si je tente de lui en apprendre davantage.

— Tu es donc d'avis de l'éliminer ? Ou de détruire son talent ? »

Je ne voulais pas endosser une telle décision ; je ne voulais même pas savoir si elle était prise ou non, mais c'était impossible : je me trouvais de nouveau plongé jusqu'au cou dans les sombres machinations des Loinvoyant. « Je ne suis d'aucun de ces avis, murmurai-je. Ne peut-on l'envoyer très loin d'ici, tout simplement ?

— L'arme dont tu te débarrasses dans un fourré aujourd'hui sera sur ta gorge demain, répliqua Umbre, implacable. C'est pour cette raison que le roi Subtil avait décidé, il y a bien longtemps, de garder son petit-fils près de lui. Nous avons un choix similaire à faire aujourd'hui concernant Lourd. Il faut l'utiliser ou le rendre inutilisable ; il n'y a pas d'intermédiaire. » Il leva la main pour m'empêcher de l'interrompre et ajouta : « Nous en avons eu la preuve avec les Pie. »

J'ignore s'il y avait un reproche dans cette dernière phrase, mais je la ressentis douloureusement. Je m'adossai dans mon fauteuil et replaçai la compresse humide sur mes yeux.

« Qu'auriez-vous attendu de moi ? Que je tue tout le monde, non seulement les Pie qui avaient enlevé le prince mais aussi les anciens du Lignage qui s'étaient portés à notre secours ? Et puis la propre grand'veneuse de la reine ? Et toute la famille Brésinga ? Et pourquoi pas Sydel, la fiancée du fils Brésinga, et aussi... »

Il interrompit mon exposé du cercle grandissant d'assassinats, qui n'auraient tout de même pas suffi à protéger complètement notre secret. « Je sais, je sais ; mais vois la situation telle qu'elle est. Ils nous ont donné la preuve de leur promptitude et de leur efficacité ; tu n'es pas revenu à Castelcerf depuis deux jours qu'ils t'ont déjà à l'œil, prêts à te tuer. Arrête-moi si je me trompe, mais c'était la première fois hier soir que tu t'aventurais en ville, n'est-ce pas ? » J'acquiesçai de la tête. « Ils t'ont repéré aussitôt et ils te l'ont annoncé sans équivoque. C'est une manœuvre qui ne doit rien au hasard. » Il poussa un long soupir et je compris qu'il retournait l'épisode en tous sens en s'efforçant d'en extraire le message que les Pie avaient voulu me transmettre. « Ils savent que le prince a le Vif ; ils savent que tu l'as aussi. Ils peuvent vous anéantir quand bon leur semble.

— Nous étions déjà au courant. Non, je pense que leur intention était autre. » Je mis de l'ordre dans mes pensées et fis à Umbre un compte rendu succinct de ma rencontre. « Je la perçois sous un nouveau jour à présent. Ils voulaient m'effrayer et m'obliger à réfléchir aux différents moyens de me protéger d'eux ; je puis me poser en menace pour eux, auquel cas ils n'hésiteront pas à m'éliminer, ou bien collaborer avec eux. » Ce n'était pas exactement ainsi que je voyais la situation, mais les sous-entendus me paraissaient maintenant évidents : ils avaient monté leur guet-apens pour me faire peur, et puis ils m'avaient laissé partir sain et sauf pour me donner le temps de comprendre que je ne pouvais pas les tuer tous : combien de personnes connaissaient désormais mon secret ? Par conséquent, le seul moyen pour moi de rester en vie était de me mettre à leur service. Qu'exigeraient-ils de moi ? « Peut-être d'espionner pour leur compte à Castelcerf, ou de jouer les spadassins prêts à détruire les Loinvoyant de l'intérieur. »

Umbre avait suivi mon raisonnement sans difficulté. « Ne pourrions-nous choisir cette dernière solution ? Hum... Oui, je te conseille, pendant quelque temps du moins, de te montrer prudent, quoique en conservant l'esprit ouvert : tiens-toi prêt à un nouveau contact, et vois alors ce qu'ils exigent et ce qu'ils proposent. Si nécessaire, laisse-leur croire que tu acceptes de trahir le prince.

— L'asticot au bout de la ligne, quoi. » Je me redressai en ôtant le linge humide de mes yeux.

Un sourire tira un coin de sa bouche. « Exactement. » Il tendit la main et je lui rendis la compresse. Il se pencha vers moi et m'observa d'un air critique. « Tu as une mine épouvantable, pire que si tu sortais d'une semaine de beuverie. Tu as mal ?

— Je survivrai », répondis-je d'un ton bourru.

Il hocha la tête, satisfait. « Tu n'as pas le choix, de toute façon. Mais la douleur s'atténue chaque fois, n'est-ce pas ? Ton organisme apprend à y faire face. J'ai l'impression que tu es un peu dans la situation d'un soldat qui entraîne ses muscles à supporter les longues heures d'exercices. »

Je me laissai aller en avant avec un soupir et me frottai les yeux. « J'ai plutôt l'impression d'être dans la situation d'un bâtard qui apprend à supporter la douleur.

— Peu importe ; ça me convient », répondit-il d'un ton enjoué. Inutile de compter sur sa compassion. Il se leva. « Va faire ta toilette, Fitz ; restaure-toi, puis montre-toi. Porte tes armes de façon visible, mais non ostentatoire. » Il se tut un instant. « Tu n'as pas oublié où je range mes poisons et mes instruments, n'est-ce pas ? Sers-toi, mais laisse-moi une liste de ce que tu prélèves afin que je fasse regarnir la réserve par mon apprenti. »

Je ne répondis pas que je ne prendrais rien, que je n'étais plus un assassin : j'avais déjà songé à une ou deux poudres qui pourraient se révéler utiles si je me retrouvais seul contre plusieurs comme ce matin-là. « Quand vais-je voir votre apprenti ? demandai-je sans avoir l'air d'y toucher.

— Tu l'as déjà vu. » Il sourit. « Quant à vous présenter l'un à l'autre, je crois que ce serait peu judicieux et assez gênant pour vous deux, et pour moi aussi. Fitz, je dois faire appel à ton sens de l'honneur sur ce sujet. Laisse-moi ce secret et ne cherche pas à le percer. Fais-moi confiance, il vaut mieux ne pas y toucher.

— À propos d'indiscrétion, j'ai autre chose à vous apprendre. En montant chez vous, je me suis arrêté un moment dans les escaliers, et j'ai alors entendu des voix ; j'ai mis l'œil au trou d'observation et je me suis aperçu qu'il correspondait à la chambre de la narcheska. J'ai glané quelques renseignements dont je dois vous faire part. »

Il pencha la tête. « C'est tentant, très tentant, mais tu n'as pas réussi à me distraire complètement. Ta promesse, Fitz, avant que tu recommences à essayer de changer le fil de mes idées. »

À la vérité, je n'avais nulle envie de donner ma parole. Ce n'était pas seulement de la curiosité, qui certes me dévorait, ni une jalousie mal placée : cette promesse allait à l'encontre de tout ce que m'avait enseigné le vieillard. Sa formation m'incitait à en apprendre le plus possible sur tout ce qui se passait autour de moi, car on ne sait jamais quel détail peut se révéler utile. Sous son regard vert à l'éclat inquiétant, je finis par détourner les yeux, secouai la tête et dis à contrecœur : « Je promets de ne pas chercher volontairement à découvrir l'identité de votre nouvel apprenti. Mais puis-je poser au moins une question ? Connaît-il mon existence, sait-il qui j'étais ?

— Mon garçon, je ne divulgue jamais les secrets qui ne m'appartiennent pas. »

Je poussai un petit soupir de soulagement. J'aurais été mal à l'aise de m'imaginer sous la surveillance de quelqu'un du château, quelqu'un qui me connaîtrait mais que je ne verrais jamais. Au moins, je me trouvais sur un pied d'égalité avec ce nouvel apprenti.

« Bien. Revenons à la narcheska », dit Umbre.

Et je lui fis mon compte rendu comme à une époque que je croyais révolue. De la même façon qu'au temps de mon adolescence, je lui rapportai mot pour mot les propos que j'avais surpris, après quoi il m'interrogea sur le sens que je leur supposais. Je répondis sans détours. « J'ignore la place qu'occupe l'homme dans le présent que les Outrîliens font à la reine Kettricken en lui offrant la narcheska, mais il ne se sent pas lié par ces fiançailles, et les conseils que je l'ai entendu donner à la jeune fille la poussent à partager ce sentiment.

— C'est très intéressant. Je puis t'affirmer que c'est un précieux élément que tu m'apprends, Fitz. Cette étrange domestique m'intrigue aussi. Quand tu en auras l'occasion, espionne-les à nouveau et mets-moi au courant de ce que tu apprendras.

— Votre nouvel apprenti ne s'en chargerait-il pas aussi bien que moi ?

— Tu cherches de nouveau à fourrer ton nez là où il n'a rien à faire et tu le sais très bien. Mais je vais te répondre cette fois : non, mon apprenti ne connaît pas plus que toi à l'époque l'existence des galeries d'observation. Ces passages ne regardent pas les novices ; ils ont déjà bien assez à faire à s'occuper de leur propre personne et à préserver leurs propres secrets sans que j'aille les encombrer des miens. Je crois cependant que je vais tout de même lui demander de prêter une attention particulière à la servante ; elle est la pièce que je redoute le plus dans ce nouveau casse-tête que tu me soumets. Mais les galeries d'observation et les couloirs dissimulés de Castelcerf demeurent notre domaine privé, à toi et à moi. Dès lors... (il eut un curieux sourire torve) tu peux considérer, je pense, que tu as été promu au rang de compagnon – ce qui ne veut pas dire que tu es redevenu un assassin. Nous savons l'un comme l'autre que ce n'est pas le cas, naturellement. »

Sa petite pique toucha un point sensible chez moi : je n'avais nulle envie qu'on me fasse toucher du doigt à quel point j'avais rendossé mes anciens rôles d'espion et d'assassin. J'avais déjà recommencé à tuer à plusieurs reprises au nom de mon prince, mais toujours sous l'impulsion de la colère, pour me défendre et sauver Devoir. Étais-je prêt à me remettre à tuer, en secret, par le poison, de sang-froid sous la pression de la nécessité, pour les Loinvoyant ? Le plus troublant, dans cette question, était que je n'en connaissais pas la réponse. Je fis un effort pour orienter mes pensées vers des voies plus productives.

« Qui est l'homme que j'ai vu dans la chambre de la narcheska ? C'est son oncle Peottre, je sais, mais à part ça ?

— Ah ! Sans t'en douter, tu as répondu à ta propre interrogation. C'est l'oncle de la narcheska, le frère de sa mère ; traditionnellement, dans les îles d'Outre-mer, ce rôle dépasse en importance celui du père, car c'est le lignage par la mère qui compte, et les frères d'une femme tiennent la place masculine prépondérante dans la vie de ses enfants. Les maris entrent dans le clan de leur épouse et les enfants adoptent le symbole clanique de leur mère. »

Je hochai la tête sans rien dire. Pendant la guerre des Pirates rouges, j'avais lu les rares textes sur les Outrîliens que renfermait la bibliothèque de Castelcerf, dans l'espoir de comprendre ce qui motivait leurs agressions. J'avais aussi servi aux côtés de guerriers outrîliens dissidents à bord du *Rurisk*, et glané auprès d'eux quelques renseignements sur leur pays et leurs mœurs ; ce qu'Umbre m'apprenait aujourd'hui confirmait mes souvenirs.

Il se frotta le menton d'un air pensif. « Quand Arkon Sangrépée nous a soumis son idée d'alliance, il avait l'appui de son Hetgurd. J'ai accepté ce fait, tout comme j'ai accepté qu'en tant que père d'Elliania il arrange son mariage ; j'ai pensé que les îles d'Outre-mer avaient peut-être abandonné leurs coutumes matriarcales. Mais, après ton compte rendu, je me demande si la famille d'Elliania n'y reste pas fidèle. Pourtant, si c'est le cas, pourquoi aucune parente n'est-elle présente pour s'exprimer au nom de la narcheska et négocier les termes des fiançailles ? Apparemment, Arkon Sangrépée mène seul les tractations. Peottre Ondenoire joue les chaperons et les gardes du corps d'Elliania, mais je constate qu'il est également son conseiller. Hmm... Peut-être les égards que nous avons eus jusqu'ici pour son père étaient-ils mal placés ; je veillerai à ce qu'on accorde plus de respect à Peottre. » Il fronça les sourcils, révisant rapidement son point de vue sur la proposition de mariage. « Je connais l'existence de la servante ; je la prenais pour la confidente de la narcheska, peut-être une vieille nourrice ou une parente pauvre, mais, d'après ce que tu me rapportes, elle paraît en désaccord avec Elliania et son oncle. Il y a anguille sous roche, Fitz. » Il poussa un grand soupir et reconnut son erreur avec réticence. « Je croyais que nous négociions cette union avec Sangrépée, le père d'Elliania, mais c'est peut-être sur la famille maternelle de la petite que je devrais me renseigner. Toutefois, si c'est bien le clan de sa mère qui nous l'offre, cela fait-il de Sangrépée une dupe ou un homme de paille ? Dispose-t-il d'une autorité quelconque ? »

Le front creusé de plis profonds, il se perdit dans ses réflexions, et je pris soudain conscience que la menace des Pie qui pesait sur moi s'était réduite à un souci d'ordre mineur qu'Umbre me jugeait parfaitement en mesure de régler par moi-même. Je ne savais pas si je devais me sentir flatté de sa confiance ou diminué de me voir considéré comme un pion sans importance. Il me rappela soudain à la réalité.

« Bien. Je pense que nous avons débrouillé la situation autant qu'il l'est possible pour le moment. Présente mes regrets à ton maître, Tom Blaireau ; explique-lui qu'une migraine me prive du plaisir de sa compagnie pour cet après-midi, mais que mon prince s'est montré heureux d'accepter son invitation. Cela donnera enfin à Devoir ce qu'il désire, et il cessera peut-être de me casser les pieds pour que je lui obtienne du temps avec toi. Inutile de te rappeler de faire preuve de discrétion avec le prince ; il ne faut pas que vos entrevues suscitent d'interrogations. En outre, je te suggère de limiter votre promenade à des zones où nul ne peut vous entendre, ou bien au contraire à des lieux très fréquentés où il faudrait beaucoup d'audace aux Pie pour chercher à t'aborder. En vérité, j'ignore ce qui serait le plus sage. » Il poussa un soupir et son ton changea. « Fitz, ne sous-estime pas ton influence sur le prince. Lors de nos conversations privées, où il peut s'exprimer en toute liberté, il manifeste une grande admiration pour toi. Je ne suis pas sûr que tu aies eu raison de lui révéler notre relation, mais ce qui est fait est fait. Ce n'est pas seulement un apprentissage dans la magie de l'Art qu'il veut de toi, mais les conseils d'un homme adulte sur tous les aspects de sa vie ; sois donc prudent : un mot irréfléchi de ta part et notre prince pourrait bien emprunter un chemin où aucun d'entre nous ne pourrait le suivre sans danger. Je t'en prie, parle en bien de ses fiançailles et encourage-le à exécuter ses devoirs royaux de bon cœur. Quant aux menaces des Pie à ton encontre... ma foi, le jour serait peut-être mal choisi pour lui imposer des inquiétudes à ton sujet ; certains verront peut-être déjà d'un œil étonné notre prince partir en promenade en compagnie d'un noble étranger et de son garde du corps. » Il s'interrompit soudain. « Mais ne crois pas que je veuille te dicter ton attitude vis-à-vis du prince ; je sais qu'une relation s'est déjà nouée entre vous.

— En effet », répondis-je en m'efforçant de gommer toute brusquerie de mon ton, car, à la vérité, j'avais senti l'agacement monter en moi à mesure qu'il dévidait sa liste de directives. J'inspirai profondément. « Umbre, vous l'avez dit : ce garçon attend de moi des conseils d'homme fait. Je ne suis ni courtisan ni conseiller ; si je tente d'orienter sa façon de penser strictement dans l'optique des buts que poursuivent les Six-Duchés... » Je me tus pour éviter de déclarer à Umbre que le résultat serait faussé pour tout le monde. Je m'éclaircis la gorge. « Je souhaite ne jamais mentir à Devoir. S'il me demande mon avis, je lui dirai franchement ce que je pense. Mais je ne crois pas que vous ayez à vous inquiéter outre mesure : c'est Kettricken qui a élevé son fils, qui l'a formé, et il sera fidèle à son enseignement. Quant à moi, ma foi, à mon sens, ce garçon a moins besoin de quelqu'un qui lui parle que de quelqu'un qui l'écoute ; aujourd'hui je l'écouterai. En ce qui concerne ma rencontre de ce matin avec les Pie, je ne vois guère l'utilité d'en avertir Devoir tout de suite ; je le préviendrai peut-être, tout de même, qu'il ne doit pas les oublier complètement et qu'ils demeurent une force avec laquelle il faut compter. Cela m'amène d'ailleurs à vous poser une question : les Brésinga assisteront-ils à la cérémonie de fiançailles ?

— Je suppose. Ils sont invités et on les attend dans la journée. »

Je me grattai la nuque. Ma migraine ne passait pas, mais elle semblait se muer en un mal de tête ordinaire. « S'il ne vous dérange pas de partager ces renseignements avec moi, j'aimerais savoir qui fait partie de leur suite, quels sont leurs chevaux, quelles bêtes de chasse ils amènent, faucons et même animaux de compagnie, le tout avec autant de détails que possible. Ah, une chose encore : je crois qu'il faut prendre un furet ou un ratier pour surveiller les appartements où nous nous trouvons, une petite créature au pas léger qui serait chargée de faire la guerre aux rats et autre vermine. Une des bêtes de Vif de ce matin était un rat, ou peut-être une belette ou un écureuil ; un tel espion aurait accès pratiquement à tout le château. »

Umbre parut épouvanté. « Je vais demander un furet, je pense ; c'est moins bruyant qu'un ratier, et tu pourrais t'en faire accompagner dans les passages secrets. » Il pencha la tête de côté. « Tu envisages de le prendre comme animal de Vif ? »

Je sentis mes lèvres se crisper. « Umbre, ça ne marche pas ainsi. » Je m'efforçai de garder à l'esprit qu'il avait posé la question par ignorance et non par manque de cœur. « Je me sens comme un homme qui vient de perdre son épouse ; je n'ai aucune envie de tisser un nouveau lien pour le moment.

— Pardonne-moi, Fitz. J'ai du mal à comprendre. Ma formulation va peut-être te paraître insolite, mais je n'avais pas l'intention de lui manquer de respect. »

Je changeai de sujet. « Bien ; il faut que j'aille me préparer si je dois sortir à cheval avec le prince cet après-midi. Et nous aurions intérêt, tous les deux, à réfléchir à ce que nous allons faire de votre serviteur.

— Je vais m'arranger pour que nous ayons une entrevue avec lui, mais pas aujourd'hui ni ce soir ; même pas demain, peut-être. Les fiançailles passent avant tout actuellement, et elles doivent se dérouler sans anicroche. Penses-tu que la question de Lourd puisse attendre ? »

Je haussai les épaules. « Il faudra bien. Bonne chance pour tout le reste. » Je me levai et pris la cuvette ainsi que la compresse humide pour me débarbouiller en cours de route.

« Fitz. » Au ton de sa voix, je m'arrêtai. « Je ne te l'ai pas dit ouvertement, mais tu peux considérer ces appartements comme les tiens à présent. Je le sais, un homme dans ta position a besoin parfois de solitude et d'intimité. Si tu veux apporter des changements, la place du lit, les tentures, ou si tu désires qu'on t'y dépose de quoi manger, ou une réserve d'eau-de-vie, enfin, ce qui te fait plaisir, tu n'as qu'à me le demander. »

Sa proposition fit courir un frisson glacé le long de mon dos. Jamais je n'avais souhaité m'approprier cet atelier d'assassin. « Non. Merci, mais non. Laissons ces pièces en l'état pour le moment. J'y rangerai peut-être certaines de mes affaires, comme l'épée de Vérité et quelques objets personnels. »

Je lus dans ses yeux un regret dissimulé quand il hocha la tête. « Si tu ne désires rien de plus, c'est parfait – pour le moment. » Il m'observa d'un air critique, mais c'est avec douceur qu'il ajouta : « Tu portes toujours le deuil, je ne l'ignore pas ; mais tu devrais me laisser égaliser tes cheveux, ou demander à quelqu'un d'autre de s'en occuper. Ta coiffure actuelle attire l'attention.

— Je m'en chargerai moi-même, dès aujourd'hui. Ah ! J'allais oublier... » Il était étrange de constater que ce souci, pourtant pressant, s'était effacé devant mes autres inquiétudes. Je marquai une pause : il me paraissait presque plus difficile à présent d'avouer ma négligence à Umbre. « J'ai fait preuve d'incurie. Quand j'ai quitté ma chaumière, je pensais y revenir bientôt, et j'y ai laissé des manuscrits... qui pourraient bien se révéler dangereux. Des textes où j'exposais mes réflexions, ainsi qu'une relation de la façon dont nous avons réveillé les dragons, peut-être un peu trop précise et à ne pas mettre entre toutes les mains. Il faut que j'y retourne, et très vite, pour mettre ces parchemins en sécurité ou bien les détruire. »

La mine d'Umbre s'était faite de plus en plus grave à mesure que je parlais. Il poussa un long soupir. « Toute vérité n'est pas bonne à écrire », murmura-t-il. Le reproche était des plus mesurés, mais j'y fus tout de même sensible. Il leva les yeux vers le mur sans paraître le voir. « Mais, je dois le reconnaître, il est précieux qu'elle soit inscrite quelque part. Songe à ce qu'aurait pu éviter Vérité lors de sa quête des Anciens si un seul texte détaillé avait subsisté. Oui, récupère tes écrits, mon garçon, et apporte-les ici, où nous les mettrons en sécurité. Je te conseille d'attendre un ou deux jours avant de partir : les Pie s'attendent peut-être à te voir t'enfuir précipitamment ; si tu prends la route tout de suite, certains se lanceront sans doute sur tes traces. Je vais arranger le moment et le moyen les plus propices à ton départ. Veux-tu que je te fasse accompagner par quelques hommes dignes de confiance ? Ils ignoreront qui tu es et ce que tu vas chercher ; ils sauront seulement qu'ils doivent t'assister. »

Je réfléchis, puis secouai la tête. « Non. Je n'ai déjà laissé que trop transparaître mes secrets. Je m'en chargerai seul, Umbre. Mais j'ai un autre sujet de préoccupation : je trouve que les gardes des issues de Castelcerf prennent leur travail beaucoup trop à la légère. Avec les Pie qui rôdent, les fiançailles du prince qui s'organisent et les Outrîliens qui vont et viennent, il faut leur ordonner de se montrer plus vigilants.

— Eh bien, je vais voir cela aussi. C'est tout de même étonnant : je pensais que ta venue me permettrait de te déléguer une partie de mon travail et me laisserait plus de temps pour jouir de ma vieillesse, mais non : on dirait que tu t'acharnes à me gaver d'ouvrage et de problèmes à résoudre. Non, ne me regarde pas ainsi ; c'est très bien comme cela, je pense. Le travail, ça conserve, disent les vieux. Mais, s'ils le disent, c'est peut-être parce qu'ils savent devoir continuer à trimer. Allons, va-t'en, Fitz, et tâche de ne pas m'accabler de nouvelles catastrophes avant demain. »

Et je le laissai donc assis dans son fauteuil près de l'âtre éteint, l'air à la fois songeur et curieusement satisfait.

3

ÉCHOS

La nuit où l'infâme Bâtard-au-Vif assassina le roi Subtil dans sa chambre, la reine montagnarde du roi-servant Vérité décida de quitter la sécurité du château de Castelcerf. Seule et enceinte, elle s'enfuit dans l'obscurité froide et inhospitalière ; certains prétendent que le bouffon du roi, craignant pour sa propre vie, implora sa protection et partit en sa compagnie, mais il ne s'agit peut-être là que d'une légende inventée par les résidents de la citadelle pour expliquer sa disparition. Avec l'aide discrète de personnes compatissant à sa situation, la reine Kettricken parvint à traverser les Six-Duchés pour regagner le foyer de son enfance au royaume des Montagnes. Là, elle s'efforcerait de découvrir ce qu'il était advenu de son époux, le roi-servant Vérité, car, selon son raisonnement, s'il vivait encore, il était désormais le souverain légitime des Six-Duchés, et leur dernier espoir face aux déprédations des Pirates rouges.

Quand elle arriva au royaume des Montagnes, son roi ne s'y trouvait plus ; on lui apprit qu'il avait quitté Jhaampe pour continuer sa quête, et l'on n'avait plus reçu aucune nouvelle de lui depuis. Seuls quelques-uns de ses hommes étaient revenus, l'esprit confus, et certains victimes de blessures qu'on eût dites reçues au combat. Le cœur de la reine sombra dans le désespoir, et elle demeura un temps à l'abri parmi les siens. Une des tragédies de sa douloureuse aventure fut la mise au monde d'un héritier au trône des Loinvoyant, mais d'un héritier mort-né. On dit que ce nouveau coup la fortifia dans sa conviction que retrouver son roi était essentiel, car, si elle n'y parvenait pas, la lignée du roi Vérité s'éteindrait avec lui et le Trône irait à Royal l'Usurpateur. Munie d'une copie de la carte dont son époux espérait qu'elle le guiderait jusqu'au pays des Anciens, la reine Kettricken se lança sur ses traces. Accompagnée par la fidèle ménestrelle Astérie et plusieurs serviteurs, elle s'enfonça dans la formidable forteresse que sont les Montagnes, où trolls, follettes et magie mystérieuse de ces régions rébarbatives ne furent que quelques-uns des nombreux obstacles qu'elle dut affronter. À force de persévérance, pourtant, elle réussit à gagner le pays des Anciens.

Ses recherches furent longues et pénibles, mais elle parvint enfin au château secret des Anciens, immense édifice de pierre noir et argent ; là, elle découvrit que son roi avait persuadé le roi-dragon des Anciens de se porter au secours de son royaume. Le même roi-dragon, n'ayant pas oublié l'antique serment d'alliance qui unissait son peuple aux Six-Duchés, ploya le genou devant la reine Kettricken et son époux pour les emmener sur son dos, en compagnie de la fidèle ménestrelle Astérie Chant-d'Oiseau. Le roi Vérité fit déposer sa reine et sa ménestrelle à Castelcerf, puis, avant que ses loyaux sujets eussent le temps de saluer son retour, avant même que son peuple sût qu'il était revenu, il repartit. Son épée scintillant au soleil, chevauchant le roi-dragon des Anciens, il s'éleva dans le ciel pour combattre les Pirates rouges.

Durant cette longue guerre sanglante et triomphale, le roi Vérité mena ses alliés contre l'ennemi, et, partout où les gens voyaient dans l'azur les ailes des dragons, étincelantes comme des pierres précieuses, ils se savaient protégés par leur souverain. Comme les forces royales frappaient les citadelles et la flotte adverses, ses ducs fidèles suivaient leur exemple, et les rares navires rouges qui échappèrent à la destruction fuirent nos côtes à pleines voiles pour raconter dans les îles d'Outre-mer le courroux des Loinvoyant. Une fois nos rivages débarrassés des envahisseurs qui rôdaient au large et la paix rétablie dans les Six-Duchés, le roi Vérité tint la promesse qu'il avait faite aux Anciens : pour prix de leur aide, ils avaient demandé qu'il résidât avec eux dans leur lointain pays sans jamais revenir en son royaume. Certains prétendent qu'il reçut une blessure mortelle au cours des derniers jours de la guerre des Pirates rouges et que les Anciens n'emportèrent que sa dépouille ; les mêmes affirment que le corps du roi Vérité gît dans un caveau d'ébène et d'or luisants, au cœur d'une immense caverne de leur citadelle des montagnes. Là, les Anciens honorent pour l'éternité l'homme valeureux qui sacrifia tout pour secourir son peuple. Mais d'autres soutiennent que le roi Vérité est toujours en vie, qu'il festoie en compagnie des Anciens dont tout le royaume le porte aux nues, et que, si jamais les Six-Duchés se trouvent à nouveau menacés, il accourra pour aider ses sujets avec l'appui de ses héroïques alliés.

Le bref règne de Vérité Loinvoyant, de NOLUS LE SCRIBE

*

Je regagnai l'oppressante obscurité de ma petite cellule. Quand j'eus refermé l'accès au passage secret, j'ouvris la porte qui donnait sur les appartements du fou dans l'espoir de bénéficier d'un peu de lumière naturelle. Le gain fut peu appréciable, mais il suffit à mes besoins réduits ; je fis mon lit, puis parcourus du regard la pièce austère : elle était parfaitement anonyme et donc sans danger pour moi. Elle aurait pu être occupée par n'importe qui – ou par personne, comme je me le dis avec ironie. Je ceignis mon épée disgracieuse et m'assurai de la présence de mon couteau à ma ceinture avant de quitter ma chambre.

Le fou m'avait laissé une généreuse portion de son petit déjeuner. Froid, le repas n'avait rien de particulièrement appétissant, mais ma faim compensa son manque d'attrait ; je terminai les plats puis, me rappelant les instructions qu'avait reçues Tom Blaireau, je descendis la vaisselle aux cuisines. À mon retour, je rapportai du bois pour la cheminée et de l'eau pour les brocs, je vidai les cuvettes de toilette, les nettoyai, bref j'effectuai toutes les petites tâches indispensables du ménage d'une chambre. Pour finir, j'ouvris grand les volets et les fenêtres pour laisser entrer l'air, et je constatai que la journée s'annonçait belle, bien que frisquette ; je les refermai avant de sortir.

J'avais quartier libre en attendant la promenade à cheval de l'après-midi. J'envisageai de me rendre à Bourg-de-Castelcerf mais rejetai promptement cette idée : j'avais besoin de mettre de l'ordre dans mes sentiments pour Jinna avant de la revoir, et je souhaitais réfléchir à ses inquiétudes pour Heur ; en outre, je ne tenais pas à courir le risque de me faire suivre par les Pie. Moins je manifesterais d'intérêt pour Jinna et Heur, plus ils resteraient en sécurité.

Je me dirigeai donc vers les terrains d'entraînement. Fontcresson, le maître d'armes, m'accueillit par mon nom et me demanda si Vallarie s'était montrée à la hauteur de mes talents. Je répondis par un grognement appréciateur, un peu étonné qu'il se souvienne si bien de moi ; c'était à la fois réconfortant et déconcertant, et je dus me convaincre que le meilleur moyen, peut-être, pour qu'on ne reconnaisse pas en moi le FitzChevalerie qui avait vécu à Castelcerf seize ans plus tôt consistait à consolider mon identité de Tom Blaireau. Je pris donc un moment pour bavarder avec le maître d'armes, et j'avouai en toute humilité que Vallarie s'était révélée trop forte pour moi ; je lui demandai de me recommander un adversaire, et, à pleins poumons, il appela un homme à l'autre bout des terrains. L'intéressé répondit en s'approchant avec la démarche souple et bien équilibrée d'un combattant aguerri.

Des fils gris apparaissaient dans la barbe de Ouime et sa taille commençait à s'épaissir. Je lui donnai dans les quarante-cinq ans, soit à peu près dix de plus que moi, et pourtant il s'avéra un adversaire de taille. Il avait plus de souffle et d'endurance que moi, mais je connaissais quelques passes à l'épée qui rétablissaient la moyenne. Cela ne l'empêcha pas de me battre trois fois de suite, mais il eut la gentillesse de m'assurer ensuite que mes capacités et ma vigueur reviendraient avec la pratique. Maigre consolation : on aime à penser qu'on s'est maintenu en forme au cours des années, et, de fait, mon corps s'était endurci aux travaux d'une petite ferme et aux efforts de la chasse ; mais il ne possédait plus du tout la musculature ni le souffle nécessaires à un guerrier, et j'allais devoir le rebâtir de fond en comble. J'espérais ne jamais avoir besoin de ces compétences, mais j'étais résigné à m'exercer quotidiennement. Malgré le froid de l'air, la transpiration collait ma chemise à mon dos quand je quittai les terrains d'entraînement.

Je pris le chemin des thermes, derrière la caserne, parfaitement conscient que je pénétrais sur le territoire des gardes et des employés d'écurie ; à cette heure du jour, il n'y aurait guère de monde, et il conviendrait mieux à mon personnage de Tom Blaireau que je m'y rende plutôt que de tirer de l'eau pour me préparer un bain en pleine journée. Les thermes se trouvaient dans un vieux bâtiment en pierre brute, sans étage et tout en longueur. J'ôtai mes vêtements trempés de sueur dans le vestiaire qui donnait dans les salles d'étuve et de toilette, puis les pliai avant de les déposer sur un banc. Je passai l'amulette de Jinna par-dessus ma tête, la fourrai sous ma chemise, et, nu comme un ver, je poussai la lourde porte qui ouvrait sur les thermes proprement dits. Il me fallut quelques instants pour m'habituer à la pénombre ; des gradins suivaient le pourtour de la salle autour d'un foyer bas, et la seule lumière provenait du rougeoiement terne des braises dans leur enceinte de pierre ; le feu avait été visiblement bien approvisionné. Comme je m'en doutais, les étuves étaient pratiquement désertes, hormis trois Outrîliens qui faisaient partie du contingent de gardes de la narcheska. Ils se tenaient dans leur coin, au fond de la pièce embrumée, et conversaient tout bas dans leur langue aux consonances dures ; après avoir jeté un regard dans ma direction, ils firent comme si je n'existais pas, et je ne me fis pas prier pour les laisser à leur intimité.

À l'aide d'une louche, je pris de l'eau de la barrique installée dans un angle de la pièce et en aspergeai copieusement les pierres brûlantes. Une colonne de vapeur s'en éleva, que j'inhalai profondément. Je demeurai près du foyer fumant aussi longtemps que je le supportai, jusqu'à ce que je sente la transpiration sourdre de mes pores et ruisseler sur ma peau, piquante sur les égratignures mal refermées de mon cou et de mon dos. Il y avait près de moi une boîte de gros sel et quelques éponges, tout comme quand j'étais adolescent ; je me frottai vigoureusement avec le sel en grimaçant de douleur, puis m'en débarrassai à l'aide des éponges. J'avais presque terminé quand la porte s'ouvrit et qu'entrèrent une dizaine de gardes ; les vétérans du groupe avaient l'air las tandis que les plus jeunes poussaient des cris de joie et se bousculaient avec une brutalité bon enfant, tout gaillards de la fin de la longue patrouille dont ils revenaient. Deux jeunes gens entreprirent de regarnir le foyer cependant qu'un troisième jetait de l'eau sur les pierres. Une muraille de vapeur monta, et le brouhaha des bavardages emplit soudain la pièce.

Deux hommes plus âgés pénétrèrent à leur tour dans l'étuve, à pas plus lents ; ils ne faisaient visiblement pas partie du groupe. Leur physique noueux et leur corps couturé de cicatrices témoignaient de leurs nombreuses années de service. Ils étaient plongés dans leur conversation, où ils paraissaient se plaindre de la bière de la salle des gardes. Ils me saluèrent et je leur répondis d'un grognement avant de me détourner, la tête baissée, le visage dissimulé : l'un d'eux m'avait connu quand j'étais enfant. Il s'appelait Lame, et le vieux garde avait été un ami proche. J'écoutai ses jurons familiers tandis qu'il maudissait la raideur de son dos. Que n'aurais-je pas donné pour l'accueillir franchement et bavarder avec lui ! Mais je me contentai de sourire à part moi en l'entendant débiner la bière, et je lui souhaitai de tout mon cœur d'être heureux.

J'observai subrepticement comment nos hommes d'armes de Castelcerf allaient s'entendre avec les Outrîliens. Curieusement, ce furent les plus jeunes qui les évitèrent en leur lançant des regards méfiants ; les plus vieux, ceux qui avaient participé à la guerre des Pirates rouges, paraissaient plus à l'aise. Peut-être, lorsqu'on est resté soldat assez longtemps, la guerre devient-elle un simple métier et a-t-on plus de facilité à voir en l'autre un guerrier semblable à soi plutôt qu'un ancien ennemi. En revanche, il me sembla que les Outrîliens montraient plus de réticence que les gardes de Cerf à échanger des civilités, mais n'était-ce pas à mettre sur le compte de la prudence naturelle de soldats désarmés et entourés d'inconnus ? J'aurais aimé pouvoir assister à la suite de la rencontre, mais c'était dangereux ; Lame avait toujours eu l'œil vif, et je ne tenais pas à m'attarder au risque qu'il me reconnaisse.

Comme je me levais, un jeune garde me heurta de l'épaule. Ce n'était pas un accident et il ne fit guère d'efforts pour le dissimuler ; il s'en servit comme prétexte pour s'exclamer : « Vous ne pouvez pas faire attention, non ? Qui vous êtes, d'abord ? De quelle compagnie ? » C'était un gaillard blond-roux, peut-être d'origine baugienne, bien musclé et doté de l'ardeur belliqueuse de la jeunesse. Je lui donnai dans les seize ans ; il devait mourir d'envie d'impressionner ses collègues plus aguerris.

Je le regardai avec la tolérance méprisante d'un vétéran pour un bleu. Une réaction trop passive l'aurait seulement invité à se montrer plus agressif, or je voulais m'éclipser le plus vite possible sans trop attirer la curiosité. « Regarde plutôt où tu marches, petit », répondis-je d'un ton calme, et je le contournai, mais il me donna une bourrade par-derrière. Je me retournai, prêt au combat mais sans laisser percer d'hostilité dans mon attitude. Il était déjà en garde, poings levés. Je secouai la tête d'un air indulgent, et plusieurs de ses compagnons rirent sous cape. « Laisse tomber, petit, dis-je d'un ton d'avertissement.

— Je vous ai posé une question ! lança-t-il, hargneux.

— En effet, fis-je calmement, et, si tu avais daigné te

présenter avant d'exiger de savoir mon nom, j'y aurais peut-être répondu. C'était l'usage autrefois à Castelcerf. »

Ses yeux s'étrécirent. « Moi, c'est Rastaud, de la garde de Brillant. Je n'ai pas honte de mon nom ni de ma compagnie.

— Moi non plus, assurai-je. Tom Blaireau, serviteur de sire Doré, qui m'attend présentement. Bonne journée.

— Le larbin de sire Doré ; j'aurais dû m'en douter ! » Il prit un air dégoûté puis se tourna vers ses camarades pour qu'ils confirment sa supériorité. « Vous n'avez rien à faire ici. C'est réservé aux gardes ; on n'accepte ni les pages, ni les laquais, ni les "serviteurs spéciaux".

— Vraiment ? » Un petit sourire ironique sur les lèvres, je le parcourus du regard. « Ni les pages ni les laquais ? Très curieux. » Tous les yeux étaient braqués sur nous ; espérer passer inaperçu était vain désormais. J'allais devoir asseoir mon identité de Tom Blaireau. Le jeune homme rougit sous l'insulte et son poing jaillit vers moi.

J'esquivai et fis un pas en avant. J'aurais pu riposter à sa façon, mais je préférai lui faucher les jambes d'un coup de pied ; c'était une attaque plus digne d'un habitué des bagarres de taverne que du garde du corps d'un grand seigneur, et mon adversaire en fut visiblement surpris et outré à la fois. Alors qu'il trébuchait, je lui envoyai mon talon dans les côtes, lui coupant la respiration. Suffoquant, il s'effondra périlleusement près du foyer, et je m'approchai vivement pour le clouer au sol en posant mon pied sur sa poitrine. « Laisse tomber, gamin, avant que ça tourne mal », lui dis-je d'un ton menaçant.

Deux de ses camarades voulurent intervenir mais Lame lança : « Halte ! » et ils s'immobilisèrent. Le vieux garde s'avança, une main sur les reins. « Ça suffit ! Je ne veux pas de ça ici ! » Il jeta un regard noir à un homme, probablement l'officier responsable de la patrouille. « Rufous, reprends ton roquet en main ! Je suis venu pour me reposer le dos, pas pour me faire enquiquiner par un fanfaron mal dressé ! Fiche-moi ce gosse dehors. Vous, là, Blaireau, enlevez votre pied de sa poitrine. »

Malgré son âge, ou peut-être grâce à lui, le vieux Lame commandait le respect de tous les gardes. Je m'écartai et le jeune homme se releva en me jetant un regard où brûlaient à la fois le dépit et l'envie de meurtre, mais son officier ordonna : « Dehors, Rastaud ! On t'a assez vu pour aujourd'hui. Penne et Lauque, vous le suivez, pour avoir eu la bêtise de vouloir défendre un imbécile. »

Les trois intéressés passèrent devant moi, les épaules bien redressées, sans hâte, comme s'ils se souciaient de la réprimande comme d'une guigne. Les gardes restants se mirent à murmurer entre eux, mais ils paraissaient convenir que leur camarade aurait dû s'appeler Rustaud plutôt que Rastaud. Je me rassis, estimant préférable d'attendre que les jeunes gens se soient rhabillés et aient quitté les thermes avant de sortir à mon tour. À mon grand désarroi, Lame s'approcha d'un pas raide et s'installa près de moi ; il me tendit la main et, quand je la saisis, j'y sentis les cals du bretteur. « Lame Havrebuse, annonça-t-il d'un ton solennel. Je sais reconnaître les cicatrices d'un homme d'armes, au contraire du petit roquet. Ne faites pas attention aux aboiements de ce gamin : les thermes vous sont ouverts. Il est nouveau dans sa compagnie et il en est encore à essayer d'oublier que Rufous l'a engagé pour rendre service à sa mère.

— Tom Blaireau, répondis-je. Je vous remercie. Je me suis rendu compte qu'il cherchait à se faire bien voir de ses camarades, mais j'ignore pourquoi il m'a choisi comme victime ; je n'avais aucune envie de me battre avec lui.

— C'était évident, et c'était manifestement une chance pour lui. Quant à ses motifs, ma foi, il est jeune et il prête trop l'oreille aux racontars ; on ne juge pas quelqu'un sur des commérages. Vous êtes originaire de la région, Blaireau ? »

J'éclatai d'un rire bref. « Disons de Cerf en général. »

Il demanda en indiquant les marques de griffures sur ma gorge : « Et qui vous a fait ça ?

— Une chatte », dis-je sans avoir eu le temps de réfléchir ; il crut à une plaisanterie paillarde et s'esclaffa. Et nous bavardâmes ainsi quelque temps, le vieux garde et moi. J'observais son visage couvert de balafres, hochais la tête et souriais à ses souvenirs de soudard, et ne découvrais nul indice qu'il m'eût reconnu. J'aurais dû me sentir rassuré, j'imagine, que même un vieil ami comme Lame n'identifie pas FitzChevalerie Loinvoyant ; mais non, au contraire, ce fut un accablement sans nom qui m'envahit. Avais-je donc été si facile à oublier, si peu remarquable ? J'avais du mal à suivre le fil de sa conversation, et, quand je pris enfin congé, j'éprouvai comme du soulagement à le quitter avant de céder à la tentation de me trahir, de lâcher un mot, une phrase qui lui aurait laissé penser qu'il m'avait côtoyé autrefois. C'était une impulsion puérile, la soif d'être reconnu comme important, proche de celle qui avait poussé Rastaud à se battre avec moi.

Je sortis de l'étuve pour me rendre aux bains où je me débarrassai à grande eau du sel encore collé à ma peau, puis me séchai. Je retournai dans la pièce d'entrée, renfilai mes vêtements et poussai la porte extérieure, propre mais non rajeuni. Un coup d'œil au soleil m'apprit que l'heure approchait de la promenade à cheval de sire Doré. Je dirigeai mes pas vers les écuries mais, comme je m'apprêtais à y entrer, je tombai nez à nez avec un employé qui sortait avec Manoire, Malta et un hongre gris que je ne connaissais pas. Les trois montures avaient été brossées à en avoir le poil luisant et on les avait sellées. J'expliquai à l'homme que j'étais le serviteur de sire Doré, mais il me dévisagea d'un air soupçonneux jusqu'au moment où une voix de femme m'interpella : « Hé, Blaireau ! Vous accompagnez notre prince et sire Doré aujourd'hui ?

— Telle est ma bonne fortune, en effet, maîtresse Laurier », répondis-je à la grand'veneuse de la reine. Elle portait une tenue vert chasse, avec la tunique et les jambières propres à son métier, mais elle dégageait une tout autre impression ; elle avait relevé ses cheveux en un chignon pratique mais informe et sans séduction, qui pourtant ne mettait sa féminité que davantage en valeur. L'employé d'écurie s'inclina brusquement devant moi et me laissa me charger des chevaux. Quand il se fut éloigné, Laurier me sourit et me demanda dans un murmure : « Et comment va notre prince ?

— Il est en excellente santé, je n'en doute pas, maîtresse Laurier. » Je lui adressai un regard d'excuse et elle ne parut pas se froisser de ma réponse circonspecte. Ses yeux s'arrêtèrent brièvement sur l'amulette accrochée à mon cou ; Jinna s'était servie de sa magie des haies pour me la confectionner, afin d'inciter les gens à se sentir bien disposés à mon égard. Le sourire de Laurier gagna en chaleur, et je relevai mon col, mine de rien, afin de dissimuler le charme.

Elle détourna le regard et prit alors un ton plus formaliste, celui d'une grand'veneuse s'adressant à un domestique. « Eh bien, j'espère que la promenade vous sera agréable. Veuillez transmettre mes salutations à sire Doré.

— Je n'y manquerai pas, maîtresse. Je vous souhaite aussi la bonne journée. » Et, tandis qu'elle s'éloignait, je sacrai tout bas contre mon rôle ; j'aurais aimé parler davantage avec elle, mais on ne tient pas une conversation privée au beau milieu des écuries.

Je menais les montures devant les portes du château et attendis mes compagnons.

Et l'attente dura.

Le hongre du prince y paraissait accoutumé, mais Malta s'énervait manifestement, et Manoire éprouvait ma patience par diverses tactiques, depuis la brusque saccade sur les rênes jusqu'à la traction constante. Il me faudrait quelques heures avec elle si je voulais en faire une bonne monture, mais où trouver ce temps ? Je maudis celui que j'étais en train de perdre, et puis je réprimai cette réaction : le temps d'un serviteur appartient à son maître, et je devais me comporter comme si c'était ma conviction. Le froid commençait à me gagner autant que l'exaspération quand un brouhaha soudain m'avertit de me redresser et d'afficher une expression plus avenante.

Au bout de quelques instants, le prince et sire Doré franchirent les portes, entourés d'une foule d'admirateurs et de suivants. Je n'aperçus ni la future fiancée de Devoir ni aucun Outrîlien ; fallait-il s'en étonner ? Je l'ignorais. En revanche, plusieurs jeunes femmes étaient là, dont une qui ne dissimulait pas une moue déçue ; à coup sûr, elle avait espéré que le prince l'inviterait à l'accompagner. Nombre de ses semblables masculins affichaient eux aussi une mine un peu déconfite. Devoir, lui, avait une expression amène, mais les petits plis de tension aux coins de sa bouche et de ses yeux m'indiquaient qu'il ne la conservait qu'au prix d'un effort. Je remarquai Civil Brésinga à l'extérieur du cercle idolâtre ; Umbre avait dit qu'on l'attendait dans la journée. Il m'adressa un regard noir, et j'observai qu'il s'arrangeait pour se rapprocher du prince mais sur le flanc opposé au seigneur Doré. Sa présence déclencha chez moi un picotement à la fois d'irritation et d'inquiétude. Une fois que nous serions en route, allait-il se hâter d'apprendre à certains que j'étais parti en promenade avec le prince ? Espionnait-il pour le compte des Pie ou bien était-il aussi innocent qu'on l'avait prétendu ?

Visiblement, à mes yeux du moins, le prince souhaitait se mettre en chemin sans tarder, et pourtant nous restâmes encore un moment, le temps qu'il dise au revoir à chacun et promette à nombre des courtisans de leur accorder ultérieurement son attention. Il se débrouilla de ces formalités avec grâce et courtoisie, et je me rendis compte que c'était par le fil d'Art entre nous que je sentais l'irritation et l'impatience que lui inspiraient les nobles aux beaux atours qui l'entouraient ; je me surpris alors, comme devant un cheval rétif, à lui transmettre des pensées calmes et apaisantes. Il me jeta un coup d'œil, mais je n'eus pas la certitude qu'il fût conscient de mon contact mental.

Un de ses compagnons me prit des mains la bride de son cheval et tint l'animal pendant que le prince se mettait en selle ; j'en fis autant avec Malta pour sire Doré puis, sur son signe de la tête, enfourchai ma propre monture. Nous eûmes droit alors à de nouveaux adieux et souhaits de bon voyage, comme si nous nous lancions dans quelque long périple au lieu d'une simple promenade d'un après-midi. Enfin, le prince fit tourner son hongre d'un geste ferme et le fit avancer ; sire Doré l'imita et je laissai Manoire lui emboîter le pas. Les au revoir plurent dru derrière nous.

Malgré les conseils d'Umbre, je n'eus pas l'occasion de proposer un itinéraire pour notre sortie : Devoir mena le pas et nous le suivîmes jusqu'aux portes de l'enceinte, où nous dûmes à nouveau nous arrêter pour permettre aux gardes de saluer militairement leur jeune prince avant de le laisser passer ; dès l'instant où nous eûmes franchi les portes, il talonna sa monture, et l'allure ainsi imposée interdit toute conversation. Il quitta bientôt la route pour emprunter une piste moins fréquentée et lança son hongre gris au petit galop ; nous le suivîmes et je sentis le plaisir de Manoire de pouvoir enfin dégourdir ses muscles ; elle appréciait moins que je la retienne, car elle se savait capable de distancer sans difficulté Malta et le hongre si je lui en laissais le loisir.

La course du prince nous conduisit sur des collines ensoleillées, autrefois couvertes de bois où Vérité chassait le daim et le faisan. À présent, des brebis s'écartaient de mauvaise grâce de notre chemin tandis que nous traversions leurs pâturages ; nous poussâmes dans la région plus sauvage et vallonnée qui s'étendait au-delà, sans échanger le moindre mot. Quand nous eûmes laissé derrière nous les troupeaux qui paissaient. Devoir lâcha la bride à son gris et nous nous mîmes à galoper dans les collines comme devant un ennemi. Manoire avait perdu de sa nervosité lorsque le prince ramena enfin son cheval au pas. Sire Doré se plaça derrière lui tandis que les bêtes s'ébrouaient et soufflaient ; pour ma part, je restai à l'arrière jusqu'au moment où le prince se retourna dans sa selle et, d'un geste irrité, me fit signe de le rejoindre. Je laissai Manoire le rattraper et Devoir, en guise de salut, me demanda d'un ton glacé : « Où étiez-vous passé ? Vous aviez promis d'assurer ma formation, or je ne vous ai pas vu depuis notre retour à Castelcerf. »

Je retins d'extrême justesse la réponse qui m'était venue aussitôt ; je ne devais pas oublier qu'il s'adressait à moi comme un prince à un domestique, non comme un fils à son père. Néanmoins, mon silence parut avoir sur lui l'effet d'une réprimande ; il ne prit certes pas l'air contrit, mais je reconnus le pli têtu de ses lèvres. Je finis par répondre : « Mon prince, nous sommes revenus depuis deux jours à peine. J'ai supposé que les obligations de votre rang vous tiendraient fort occupé ; en attendant, j'ai repris les tâches de ma propre existence. Je pensais, s'il plaisait à mon prince, que vous me feriez mander quand vous souhaiteriez ma présence.

— Pourquoi vous exprimer ainsi ? s'exclama-t-il avec colère. Mon prince par-ci, mon prince par-là ! Vous ne me parliez pas de cette façon alors que nous rentrions chez nous. Qu'est-il advenu de notre amitié ? »

Je perçus la mise en garde du fou dans le coup d'œil que me jeta sire Doré, mais je n'en tins pas compte et dis d'une voix basse et mesurée : « Si vous me réprimandez comme un domestique, mon prince, j'en conclus que je dois répondre d'une façon appropriée à ma condition.

— Arrêtez ! » s'exclama Devoir avec colère comme si je me moquais de lui ; il n'avait pas tout à fait tort, mais l'effet en fut désastreux. Ses traits se crispèrent et je crus qu'il allait pleurer, puis il fit avancer son cheval au trot et nous le laissâmes partir. Le seigneur Doré hocha la tête d'un air désapprobateur et me fit signe de remonter à la hauteur du garçon. J'avais envie d'obliger le prince à tirer les rênes et à nous attendre, mais il n'était peut-être pas capable d'en rabattre à ce point : l'orgueil d'un adolescent manque souvent de flexibilité.

Je laissai Manoire rattraper le gris à son train, et, avant même que j'ouvre la bouche, Devoir déclara : « J'ai mal engagé cette conversation. Je me sens assiégé, acculé, et furieux d'être pieds et poings liés. Ces deux derniers jours ont été affreux... oui, affreux ! Je dois me conduire avec la plus parfaite courtoisie même quand j'ai envie de hurler de rage, et sourire aux compliments fleuris qu'on m'adresse sur une situation que je donnerais tout pour éviter ! Tout le monde me croit heureux et impatient, et j'ai entendu assez d'anecdotes paillardes sur la nuit de noces pour donner la nausée à un bouc, mais personne ne sait le deuil que je porte ni ne s'y intéresse ; on ne s'est même pas aperçu de l'absence de ma marguette. Je n'ai personne à qui parler de ma peine. » Sa voix s'étrangla soudain. Il tira les rênes, se tourna vers moi et prit une grande inspiration. « Pardon. Je m'excuse, Tom Blaireau. »

Sa brutale franchise et sa façon sincère de me tendre la main m'évoquèrent tant Vérité que je ne doutai plus que c'était bien son esprit qui avait engendré ce garçon. J'éprouvai un sentiment de mortification devant ma propre attitude ; j'acceptai solennellement sa main puis l'attirai pour poser la mienne sur son épaule. « Trop tard pour les excuses, fis-je d'un ton grave. Je vous ai déjà pardonné. » Je repris mon souffle et le lâchai. « Moi aussi, j'ai l'impression de me trouver dos au mur, et mon caractère s'en ressent. J'ai eu tant de tâches à remplir que j'ai eu à peine le temps de voir mon propre fils. Je regrette de n'avoir pas cherché à vous contacter plus tôt, mais j'ignore comment organiser nos rendez-vous sans révéler que je vous ai pris comme élève. Cependant, vous avez raison ; ces leçons doivent avoir lieu et ce n'est pas en tergiversant que nous y arriverons. »

Le visage du prince s'était figé pendant que je parlais ; j'avais senti une distance s'instaurer entre nous, mais je n'en compris la raison qu'au moment où il fit à voix basse : « Votre “fils” ? »

Son inflexion m'intrigua. « Mon fils adoptif, Heur.

Il est en apprentissage chez un ébéniste de Bourg-de-Castelcerf.

— Ah ! » Les échos de cette seule exclamation parurent mourir peu à peu dans le silence. Enfin il reprit : « J'ignorais que vous aviez un fils. »

Sa jalousie se parait d'un masque de courtoisie mais, par mon lien avec lui, je la sentais comme une plaie ouverte. Je ne savais comment y répondre, aussi lui dis-je la vérité. « Il vit avec moi depuis l'âge de huit ans à peu près. Sa mère l'avait abandonné et personne ne voulait de lui. C'est un bon garçon.

— Mais ce n'est pas vraiment votre fils », observa le prince.

Je répondis d'un ton ferme : « Je le considère comme tel même s'il n'est pas de ma chair. »

Sire Doré avait arrêté son cheval non loin de nous, mais je n'osais pas le consulter du regard. Le prince se tut un long moment, puis il serra les genoux, et sa monture se mit au pas ; je laissai Manoire imiter son train tandis que le fou nous suivait en retrait. À l'instant où je m'apprêtais à rompre le silence avant qu'il ne se transforme en muraille infranchissable entre nous, Devoir déclara tout à trac : « Alors quel besoin avez-vous de moi, si vous avez déjà un fils ? »

La jalousie avide que je perçus dans son ton me laissa pantois. Elle dut le surprendre lui aussi, car, d'un brusque coup de talons, il lança son cheval au trot et me devança de nouveau. Je ne cherchai pas à le rattraper avant que le fou ne me soufflât : « Rejoins-le. Ne le laisse pas se fermer à toi. Tu devrais savoir, depuis le temps, combien il est facile de perdre quelqu'un simplement en ne le retenant pas. » Toutefois, ce fut sur l'ordre de mon cœur, je crois, que je talonnai Manoire pour remonter à la hauteur du gamin – car c'était bien à un gamin qu'il ressemblait à présent, avec son menton fermement levé et son regard buté. Il ne tourna pas les yeux vers moi, mais je sus qu'il m'écoutait.

« Quel besoin j'ai de vous ? Vous-même, quel besoin avez-vous de moi ? L'amitié ne se fonde pas toujours sur la nécessité, Devoir. Cependant, je vous le dis sans détours : j'ai besoin de vous dans mon existence, à cause de ce que votre père représentait pour moi et parce que vous êtes le fils de votre mère, mais surtout parce que vous êtes ce que vous êtes et que nous avons trop en commun pour que je puisse me désintéresser de vous. Je ne veux pas vous voir grandir ignorant de vos magies comme je l'étais. Si je puis vous épargner les tourments que j'ai endurés, je me serai peut-être sauvé moi aussi par la même occasion. »

Je me trouvai soudain à court de mots. Peut-être, comme le prince Devoir, éprouvais-je de la surprise devant mes propres pensées. Il arrive que la vérité jaillisse de soi comme le sang d'une blessure, et ce peut être un spectacle aussi déconcertant.

« Parlez-moi de mon père. »

De son point de vue, sa requête découlait peut-être logiquement de mes propos, mais, du mien, elle était totalement inattendue, et je me sentis sur le fil du rasoir : en conscience, je me devais de lui dire tout ce que je savais de Vérité, mais comment lui narrer des anecdotes sur son père sans révéler ma véritable identité ? J'avais décidé une fois pour toutes qu'il resterait dans l'ignorance de mon ascendance. Ce n'était pas le moment de lui apprendre que j'étais FitzChevalerie Loinvoyant, le Bâtard-au-Vif, ni qu'il était né de ma propre chair ; il lui serait beaucoup trop difficile de comprendre que l'esprit de Vérité, par la force de sa magie de l'Art, avait possédé mon corps pendant ces heures cruciales. À vrai dire, j'avais moi-même du mal à l'accepter.

Aussi, à la manière d'Umbre avec moi jadis, je biaisai. « Qu'aimeriez-vous savoir de lui ?

— N'importe quoi ; tout. » Il s'éclaircit la gorge. « On ne m'a jamais beaucoup parlé de lui. Umbre évoque parfois des souvenirs de lui enfant, et j'ai lu les archives officielles de son règne, qui deviennent d'ailleurs très vagues après son départ pour sa quête ; j'ai entendu des ménestrels interpréter des chansons sur lui, mais il y est présenté comme une figure de légende, et aucune n'est d'accord avec les autres sur la façon dont il s'y est pris pour sauver les Six-Duchés. Quand je pose des questions sur ce sujet ou l'homme qu'il était, tout le monde se tait, comme si personne ne le savait, ou bien comme si je touchais à un secret honteux que j'étais le seul à ne pas connaître.

— Aucun secret honteux ne reste attaché au nom de votre père ; c'était quelqu'un de probe et d'honorable. Mais j'ai peine à croire que vous en sachiez si peu sur lui ; votre mère elle-même ne vous en dit jamais rien ? » demandai-je, incrédule.

Il poussa un soupir et ramena son cheval au pas. Manoire tira sur son mors, mais je la bridai à l'allure du prince. « Ma mère parle de son roi, parfois de son époux, et, dans ces occasions, je sens qu'elle le pleure encore ; c'est pourquoi je répugne à l'accabler de questions. Pourtant, je veux connaître mon père, connaître l'homme qu'il était.

— Ah ! » De nouveau, nos points communs me frappèrent ; moi aussi j'avais été avide d'apprendre les mêmes vérités sur mon propre père. Les seules évocations concernaient Chevalerie l'abdicateur, le roi-servant déchu de son trône avant même de s'y être vraiment assis. Tacticien brillant et habile négociateur, il avait renoncé à son avenir de souverain pour étouffer le scandale de mon existence. Non seulement le noble prince avait engendré un bâtard, mais il l'avait eu d'une Montagnarde anonyme, ce qui rendait son mariage infécond encore plus intolérable pour son royaume sans héritier. Voilà tout ce que je savais de mon père. J'ignorais quelles forêts il aimait ou s'il avait le rire facile ; j'ignorais tout de ce que sait un fils qui a grandi aux côtés de l'auteur de ses jours.

« Tom ? fit Devoir d'un ton intrigué.

— Je réfléchissais », répondis-je, et c'était vrai : je m'efforçais d'imaginer ce que j'aimerais savoir moi-même sur mon père. Tout en songeant ainsi, j'observais les collines alentour ; nous suivions une piste tracée par les animaux sauvages qui traversait une prairie envahie de broussailles. Je scrutai les arbres qui poussaient au bas des piémonts mais n'y relevai, ni par la vue ni par mes autres sens, nulle trace de la présence d'humains. « Vérité... Ma foi, c'était un homme bien découplé, presque aussi grand que moi, mais avec un poitrail de taureau et des épaules en conséquence. En tenue de combat, il avait autant l'air d'un soldat que d'un prince, et je crois que parfois il aurait préféré la vie plus active du premier ; il n'appréciait pas particulièrement la guerre, mais il aimait le grand air et ne tenait pas en place. Il adorait la chasse. Il avait un chien de loup baptisé Léon qui le suivait partout, et...

— Il avait donc le Vif ? demanda le prince avec empressement.

— Non ! répondis-je, effaré. Il éprouvait seulement une profonde affection pour cet animal. Et...

— Alors pourquoi ai-je le Vif ? On dit que c'est de famille. »

Je haussai les épaules, un peu désorienté. Ce garçon sautait d'un sujet à l'autre comme une puce de chien en chien ; je tâchai de le suivre. « C'est comme l'Art, j'imagine, qui est normalement la magie des Loinvoyant, ce qui n'empêche pas un enfant né chez un pêcheur d'en manifester le don. On ne sait pas ce qui fait qu'on naît doué ou non de magie.

— D'après Civil Brésinga, le Vif appartient à la lignée des Loinvoyant. Il dit que le prince Pie tenait peut-être sa magie autant de sa mère royale que de son père roturier ; parfois, elle reste latente dans deux familles différentes mais, quand elles se croisent, le don apparaît. C'est comme une portée de chatons où l'un a la queue cassée alors que tous les autres sont normaux.

— Et quand Civil vous a-t-il parlé de ça ? » demandai-je d'une voix tendue.

Le prince me jeta un regard intrigué mais répondit : « Ce matin, à son arrivée de Castelmyrte.

— En public ? » J'étais épouvanté. J'observai que sire Doré s'était discrètement rapproché.

« Non, bien sûr que non ! Il était très tôt ; je n'avais même pas encore pris mon petit déjeuner. Il s'est présenté chez moi et m'a demandé audience d'un ton pressant.

— Et vous l'avez laissé entrer comme ça ? »

Devoir se tut et me dévisagea un moment, puis il déclara d'un ton guindé : « C'est un ami. Il m'a donné ma chatte, Tom, et vous savez l'importance qu'elle avait pour moi.

— Je sais également quel but servait ce cadeau, et vous aussi ! Civil Brésinga est peut-être un traître dangereux, mon prince ; il a conspiré avec les Pie pour vous arracher à votre trône et même à votre propre corps ! Il faut être plus prudent ! »

Devoir avait rosi des oreilles sous ma réprimande ;

pourtant, il parvint à conserver un ton uni. « Il dit que c'est faux, qu'il n'a jamais comploté avec les Pie. Dans le cas contraire, croyez-vous qu'il serait venu me trouver pour expliquer son attitude ? Sa mère et lui ignoraient tout du rôle de... de la marguette ; ils ne savaient même pas que j'avais le Vif quand ils me l'ont donnée. Oh, ma petite chatte ! » Sa voix se brisa, et je compris qu'il ne pensait plus qu'à la mort de sa compagne de Vif.

La bise glacée de la douleur soufflait dans ces derniers mots, et elle attisa mon propre chagrin. J'eus le sentiment de retourner le couteau dans la plaie quand je demandai : « Dans ces conditions, pourquoi ont-ils obéi ? Il a dû leur paraître étrange qu'on requière d'eux un tel service, que quelqu'un vienne chez eux, leur remette un marguet et leur dise : "Tenez, donnez-le au prince." En outre, ils n'ont jamais révélé qui le leur avait confié. »

Devoir ouvrit la bouche, puis se ravisa. « Civil m'a parlé en confidence. Je ne sais pas si j'ai le droit de trahir ses propos.

— Lui avez-vous promis de vous taire ? » demandai-je, redoutant la réponse. Il fallait que je sache ce que Civil lui avait dit, mais je ne voulais pas l'obliger à rompre un serment.

Il me regarda d'un air abasourdi. « Voyons, Tom, un noble n'exige pas de son prince qu'il promette de se taire ! Cela ne siérait pas à nos rangs respectifs.

— Contrairement à votre présent entretien », intervint le fou d'un ton ironique. À cette remarque inattendue, le prince éclata de rire, dissipant la tension qui grandissait entre nous et dont je n'avais pris conscience qu'à l'instant où le fou l'avait désamorcée. J'éprouvai une impression étrange à ne m'apercevoir que maintenant de ce talent chez lui alors que je le connaissais depuis des années.

« Vous avez raison », reconnut le prince, et dès lors nous partageâmes à trois la conversation, nos chevaux de front. Pendant un moment, rien ne rompit le silence que le claquement des sabots et le murmure de la brise froide, puis Devoir reprit la parole. « Il ne m'a soutiré aucune promesse, mais... il s'en est remis à moi ; il s'est agenouillé devant moi pour me présenter ses excuses. Je pense qu'une telle attitude donne droit à ne pas voir ses confessions criées en place publique.

— Ce n'est pas moi qui les révélerais, mon prince, ni le fou, je vous le promets. Je vous en prie, dites-moi ce qu'il vous a appris.

— Le fou ? » Devoir se tourna vers sire Doré avec un sourire ravi.

L'intéressé eut un grognement dédaigneux. « Une vieille plaisanterie entre vieux amis – et beaucoup trop éculée pour prêter encore à rire, Tom Blaireau », ajouta-t-il à mon intention d'un ton d'avertissement. Je courbai la tête sous le reproche sans pouvoir m'empêcher de sourire moi aussi, tout en espérant que le prince accepterait cette explication improvisée ; la gorge nouée, je me mordais les doigts de mon imprudence. Une partie de moi-même avait-elle envie de révéler mon identité au prince ? Je me sentais un nœud à l'estomac, vieille impression familière qui trahissait mes remords de celer des secrets à ceux qui me faisaient confiance. Ne m'étais-je pas promis un jour que cela n'arriverait plus jamais ? Si, mais avais-je le choix ? Je me tus donc tandis que sire Doré entreprenait d'arracher ce qu'il savait au prince.

« Si vous nous révélez la teneur de votre entretien, je vous promets que ma bouche restera cousue. À l'instar de Tom, je doute de la loyauté de Civil Brésinga envers vous, en tant qu'intime comme en tant que sujet. Je crains que vous ne soyez en danger, mon prince.

— Civil est mon ami, répondit Devoir d'un ton qui n'admettait pas la contradiction, et sa foi d'adolescent en son propre discernement m'effraya. Je le sais au plus profond de moi-même. En revanche (et une expression étrange passa sur ses traits), il m'a mis en garde contre vous, sire Doré ; il paraît éprouver pour vous une... extrême aversion.

— Résultat d'un léger malentendu entre nous lors de mon séjour chez lui, répliqua l'intéressé avec désinvolture. Nous le réglerons bien vite, je n'en doute pas. »

Je n'en étais pas aussi certain, mais le prince parut se satisfaire de l'explication. Il demeura songeur quelque temps et obliqua vers l'ouest pour longer la forêt. Je fis manœuvrer Manoire pour me placer entre Devoir et d'éventuels assaillants dissimulés dans les arbres, puis m'efforçai de surveiller à la fois les bois et mon prince ; je repérai un corbeau à la cime d'un arbre proche et me demandai, morose, s'il s'agissait d'un espion des Pie. Si c'était le cas, je n'y pouvais pas grand-chose. Mes compagnons ne parurent pas remarquer l'oiseau, et Devoir se décida à parler à l'instant où le corbeau s'élançait en croassant de sa branche et s'éloignait.

« Les Brésinga avaient reçu des menaces des Pie, dit le prince avec réticence. Civil n'a pas voulu me préciser lesquelles ; il m'a seulement révélé qu'elles étaient très indirectes. La marguette a été confiée à sa mère avec un mot d'instruction pour qu'elle me donne l'animal en guise de présent. En cas de refus d'obéissance, elle devait craindre des représailles, mais Civil s'est abstenu de m'en fournir les détails.

— Je les devine », déclarai-je sans ambages. Le corbeau avait disparu, mais je ne m'en sentais pas davantage en sécurité. « S'ils ne vous remettaient pas la marguette, l'un d'eux serait dénoncé comme vifier – sans doute Civil.

— C'est vraisemblable, en effet, fit le jeune garçon.

— Ça n'excuse rien. Dame Brésinga avait un devoir envers son prince. » À part moi, je décidai de trouver un moyen de surveiller la chambre de Civil. Une visite et une fouille discrètes me paraissaient s'imposer aussi. Avait-il amené son propre marguet ?

Devoir me regarda dans les yeux et c'est avec la brutale franchise de Vérité qu'il me demanda : « Seriez-vous capable de faire passer vos obligations envers votre monarque avant la protection d'un membre de votre famille ? Je me suis moi-même posé la question : si l'on menaçait ma mère, à quoi pourrait-on me forcer ? Trahirais-je les Six-Duchés pour lui sauver la vie ? »

Sire Doré m'adressa un coup d'œil dans lequel je reconnus le fou, un fou enchanté de l'attitude du garçon. Je hochai la tête, mais distraitement ; les propos de Devoir avaient déclenché en moi comme une démangeaison ; j'avais soudain le sentiment de négliger un souvenir important, mais j'étais incapable de remonter cette idée jusqu'à sa source. Comme je ne trouvais pas non plus de réponse à la question de Devoir, le silence se prolongea jusqu'au moment où je déclarai : « Soyez prudent, mon prince. Je vous déconseille de placer votre confiance en Civil Brésinga et de vous agréger à ses amis.

— Il n'y a guère à craindre de ce côté, Blaireau : je n'ai pas le loisir d'avoir des amis en ce moment. Je suis cerné par les obligations. J'ai dû faire des pieds et des mains pour arracher cette heure à mon emploi du temps quand j'ai déclaré que je sortais avec vous deux seuls ; on m'a prévenu que cette excursion allait paraître insolite, voire déplacée, aux ducs, dont je dois quêter l'appui, et qu'il vaudrait bien mieux que je me fasse accompagner de quelques-uns de leurs fils. Mais j'avais besoin de ces quelques moments avec vous ; j'ai une question importante à vous poser, Blaireau. » Il s'interrompit puis demanda de but en blanc : « Assisterez-vous à ma cérémonie de fiançailles ce soir ? Si je dois en passer par là, j'aimerais avoir un véritable ami près de moi. »

Je sus aussitôt la réponse mais je fis semblant de réfléchir. « C'est impossible, mon prince. Mon statut ne me le permettrait pas ; ma présence paraîtrait encore plus déplacée que notre promenade actuelle.

— Ne pourriez-vous pas venir en tant que garde du corps de sire Doré ? »

Le fou intervint. « Cela donnerait l'impression que je ne fais pas confiance à mon hôte le prince pour assurer ma sécurité. »

Devoir tira les rênes de son cheval et prit une expression butée. « Je veux que vous soyez là. Débrouillez-vous. »

Cet ordre direct me fit grincer des dents. « J'y réfléchirai », répondis-je avec raideur. Je n'étais pas encore complètement sûr de mon anonymat à Castelcerf et je souhaitais établir plus fermement mon identité de Tom Blaireau avant d'affronter des gens qui risquaient d'avoir gardé souvenir de moi ; ils seraient nombreux à la cérémonie de ce soir. « Mais je tiens à vous prévenir, mon prince, que, même si je suis présent, il sera hors de question que je parle avec vous, et vous ne devrez me manifester aucune attention qui pourrait attirer un intérêt indésirable sur notre relation.

— Je ne suis pas stupide ! répliqua-t-il, au bord de la colère devant mon refus oblique. J'aimerais seulement que vous soyez là, pour avoir au moins un ami dans la foule de ceux qui viennent assister à mon sacrifice.

— Vous dramatisez, je crois, dis-je d'un ton uni en

m'efforçant d'éviter de donner à ma réponse une tournure insultante. N'oubliez pas que votre mère sera auprès de vous, Umbre aussi, ainsi que sire Doré. Tous ne songent qu'à votre intérêt. »

Il rougit légèrement et lança un regard au fou. « Je ne mésestime nullement votre amitié, sire Doré ; pardonnez-moi si j'ai parlé de façon irréfléchie. Quant à ma mère et à Umbre, ils sont comme moi tenus de faire passer le devoir avant l'affection. Ils ne veulent que mon bien, c'est vrai, mais, dans la majorité des cas, mon bien est d'abord celui de mon règne futur ; à leurs yeux, mon bonheur est intrinsèquement lié à celui des Six-Duchés. » Il prit soudain l'air las. « Et, quand je les contredis, ils répondent qu'après quelque temps d'exercice du pouvoir je comprendrai que les contraintes dont ils m'accablent sont un service qu'ils me rendent, que gouverner un pays prospère et en paix m'apportera au cours des ans bien plus de satisfaction que choisir moi-même mon épouse. »

Nous nous tûmes quelque temps puis sire Doré rompit le silence d'un ton chagrin. « Mon prince, le soleil ne nous attend pas, malheureusement ; il faut songer à retourner à Castelcerf.

— Je sais, répondit Devoir d'une voix éteinte. Je sais. »

Les propos que je lui tins alors n'étaient d'aucun réconfort, j'en avais parfaitement conscience, mais nous sommes tous prisonniers des coutumes de la société ; m'efforçant de le convaincre de sourire à son destin, je dis : « Elliania ne me paraît pas une future épouse trop épouvantable ; elle est très jeune, certes, mais elle possède une joliesse qui augure d'une véritable beauté à venir. Umbre la décrit comme une reine en bouton et semble très satisfait du parti que les Outrîliens nous offrent.

— Oh, il a raison », fit Devoir en faisant obliquer sa

monture. Manoire émit un reniflement désapprobateur quand le hongre lui coupa la route et elle rechigna à le suivre : galoper encore dans les collines l'attirait bien davantage. « Elle est reine avant d'être enfant ou femme. Elle n'a pas fait une seule faute de langage devant moi, et elle n'a pas dit un mot qui laisse entrevoir ce qui se passe derrière l'éclat de ses yeux noirs. Elle m'a remis son présent avec une correction impeccable – c'est une chaînette d'argent incrustée de diamants jaunes de son pays ; je dois la porter ce soir. En retour, je lui ai donné le cadeau que ma mère et Umbre avaient choisi, un diadème en argent enchâssé de cent saphirs. Les pierres sont petites mais, à de plus grosses, ma mère a préféré le motif raffiné qu'elles forment. La narcheska m'a fait la révérence en acceptant le bijou puis m'a dit en termes mesurés qu'elle le trouvait charmant ; je n'ai pas pu m'empêcher de remarquer le vague de ses remerciements : elle a parlé de mon "présent généreux" sans évoquer une seule fois la finesse de l'exécution ni me préciser si elle aimait ou non les saphirs. On aurait cru qu'elle avait appris par cœur une réponse passe-partout et l'avait récitée sans la moindre erreur. »

C'était le cas, j'en étais quasiment sûr ; pourtant, il me semblait injuste de lui en faire grief. Elle n'avait que onze ans, tout de même, et son pouvoir de décision quant à ses fiançailles devait être égal à celui de notre prince ; j'en fis la remarque à Devoir.

« Je sais, je sais, répondit-il d'un ton las. Pourtant, j'ai cherché à croiser son regard pour lui laisser entrevoir dans mes yeux un peu de moi-même. À son arrivée, quand elle s'est tenue à côté de moi, Tom, j'ai ressenti un élan de compassion pour elle : elle paraissait si jeune, si menue, et si étrangère à la cour ! J'ai éprouvé pour elle ce que j'aurais ressenti pour n'importe quel enfant arraché à ses parents et contraint à servir un but qui n'est pas le sien. De mon côté, j'avais choisi un cadeau qui venait de moi et non des Six-Duchés. Il l'attendait dans sa chambre, mais elle ne m'en a rien dit, pas un mot.

— De quoi s'agissait-il ? demandai-je.

— D'un présent qui m'aurait plu quand j'avais onze ans : tout un jeu de marionnettes sculptées par Epoint. Leurs costumes étaient ceux de la pièce “La Jeune Fille et le Destrier des Neiges”. J'avais appris que c'est une histoire aussi connue dans les îles d'Outre-mer que dans les Six-Duchés. »

D'un ton neutre, sire Doré déclara : « Epoint est un sculpteur de talent. N'est-ce pas dans ce conte que l'héroïne est enlevée aux griffes de son cruel parâtre par son cheval magique, qui l'emporte en un pays d'abondance où elle épouse un beau prince ?

— Ce n'était peut-être pas l'intrigue idéale à choisir dans les circonstances présentes », fis-je à mi-voix.

Le prince resta interdit. « Je n'avais pas songé à ce point de vue. Croyez-vous que je l'ai insultée ? Dois-je lui présenter des excuses ?

— Mieux vaut en dire le moins possible pour le moment, répondit sire Doré. Quand vous la connaîtrez mieux, vous pourrez toujours en reparler.

— Oui, d'ici une dizaine d'années peut-être », fit Devoir sur le ton de la plaisanterie tandis que je sentais vibrer son appréhension dans le lien d'Art qui nous unissait ; je compris tout à coup qu'une partie de son insatisfaction tenait à son impression de ne pas plaire à la narcheska, et mon intuition fut confirmée lorsqu'il reprit : « À côté d'elle, j'ai le sentiment de n'être qu'un barbare mal dégrossi. Elle est issue d'un village en rondins au pied d'un glacier, et pourtant, près d'elle, je me sens inculte et fruste. Quand elle me regarde, elle a des miroirs à la place des yeux ; je n'y vois que son image de moi, celle d'un rustre stupide. J'ai bénéficié de la meilleure éducation, je suis de grande lignée, mais, devant elle, je ne suis qu'un paysan aux mains pleines de terre qui risque de la souiller en la touchant. Je n'y comprends rien !

— Il existe entre vous de nombreux écarts qu'il vous faudra combler ensemble à mesure que vous apprendrez à vous connaître. Admettre que vous provenez chacun d'une culture distincte, mais qui a sa valeur propre, peut constituer un premier pas dans ce sens, déclara sire Doré avec diplomatie. Il y a plusieurs années, je me suis pris d'intérêt pour les Outrîliens et j'ai étudié leur civilisation. C'est une matriarchie, comme vous le savez, et les tatouages qu'ils portent indiquent leur clan maternel. Si je ne me trompe pas, la narcheska vous a déjà grandement honoré en venant à vous au lieu d'exiger que son prétendant se présente à la maison de ses mères. Il doit être difficile pour elle d'affronter la cour que vous lui faites sans les conseils de ses mères, de ses sœurs ni de ses tantes. »

Devoir hocha la tête d'un air pensif ; cependant, l'aperçu que j'avais eu de la narcheska m'incitait à songer que le prince avait apprécié avec exactitude les sentiments de la jeune fille pour lui. Je gardai cette réflexion pour moi et déclarai : « Manifestement, elle s'est renseignée sur les mœurs des Six-Duchés. En avez-vous fait autant sur son pays et la famille dont elle est issue ? » Devoir m'adressa le regard oblique de l'élève qui a rapidement parcouru sa leçon et sait qu'il ne la connaît pas. « Umbre m'a remis tous les manuscrits que nous possédons, en me prévenant qu'ils sont vieux et peut-être dépassés. Les Outrîliens ne confient pas leur histoire au parchemin, mais à la mémoire de leurs bardes. Tout ce que nous en savons est décrit du point de vue de ressortissants des Six-Duchés qui ont visité ces îles. La plupart de ces textes sont des comptes rendus de voyageurs qui expriment leur dégoût de la cuisine locale, le miel et la graisse étant apparemment les ingrédients les plus prisés, et leur effarement devant les habitations, glacées et balayées de courants d'air. D'après ce que j'ai lu, les gens de là-bas n'offrent pas l'hospitalité aux étrangers fatigués et méprisent celui qui a la stupidité de se fourrer dans une situation telle qu'il est contraint d'implorer un toit et un couvert au lieu de les obtenir par marchandage. Faiblesse et manque d'intelligence méritent la mort ; tel est, semble-t-il, le principe fondamental des Outrîliens. Même le dieu qu'ils ont choisi est un dieu dur et sans pitié. Ils préfèrent l'El de la mer à l'Eda généreuse des champs. » Et le prince poussa un grand soupir.

« Avez-vous écouté un de leurs bardes ? demanda sire Doré à mi-voix.

— J'ai écouté mais je n'ai pas compris. Sur l'insistance d'Umbre, je me suis efforcé d'apprendre les rudiments de leur langue ; elle possède de nombreuses racines communes avec la nôtre, et je la maîtrise assez bien pour me faire comprendre, même si la narcheska m'a déclaré qu'elle aimait mieux employer mon parler avec moi que m'entendre déformer le sien. » Un instant, il resta les dents serrées au souvenir de ce reproche insultant, puis il reprit : « Les bardes sont plus difficiles à comprendre ; naturellement, ils bénéficient de licences poétiques qui leur permettent d'allonger ou de raccourcir des syllabes selon les besoins de la métrique. Ils appellent ce système la langue des bardes, et, lorsqu'ils y ajoutent toute la puissance de leur musique ampoulée, j'ai peine à saisir davantage que le sens général des ballades ; de toute façon, autant que je puisse en juger, elles n'évoquent que le massacre d'ennemis dont le héros rapporte l'un ou l'autre morceau comme trophée, comme Echet Cheveulit qui dormait sous un couvre-lit formé du cuir chevelu entretissé de ses adversaires, ou Sixdoigts qui servait à manger à ses chiens dans le crâne évidé de ceux qu'il avait vaincus.

— Charmant », dis-je d'un ton ironique. Sire Doré me fit les gros yeux.

« Nos chansons doivent paraître tout aussi étranges à la narcheska, comme les tragédies où de jeunes vierges se meurent d'amour pour un homme qu'elles ne peuvent posséder, remarqua le fou avec douceur. Ce sont là des obstacles que vous devrez surmonter ensemble, mon prince. Ces petites incompréhensions fondent comme neige au soleil lors de conversations à bâtons rompus.

— C'est cela, oui, fit le prince d'un ton aigre. Dans dix ans, nous pourrons peut-être bavarder ainsi que vous le dites ; mais, pour le moment, cernés comme nous le sommes par ses courtisans et les miens, nous devons nous entretenir au milieu d'une véritable foule, en criant pour nous faire entendre, et chacun de nos propos est repris et discuté par tous. Et je ne parle pas de son cher oncle Peottre qui monte la garde auprès d'elle comme un chien surveille son os. Hier après-midi, quand j'ai voulu me promener avec elle dans les jardins, j'ai eu l'impression de conduire une horde au combat, à cause du piétinement et des jacasseries de la quinzaine de personnes qui nous suivaient ; et, quand j'ai cueilli une fleur tardive pour l'offrir à Elliania, son oncle s'est interposé pour me l'arracher des doigts et l'examiner avant de la remettre à la narcheska, comme si j'allais essayer de l'empoisonner ! »

Je ne pus retenir un sourire en coin au souvenir de la

plante toxique que Kettricken elle-même m'avait fait goûter quand elle me croyait une menace pour son frère. « Ce genre de fourberie n'est pas inconnue, mon prince, même dans les meilleures familles, et son oncle n'accomplit que son devoir. Nos deux pays étaient en guerre il n'y a pas si longtemps ; laissez le temps refermer et guérir les anciennes blessures. Cela viendra.

— Mais, pour le moment, il faut hélas donner du talon à nos montures, fit sire Doré. Ne vous ai-je pas entendu dire que vous aviez un rendez-vous cet après-midi avec votre mère ? Il serait peut-être bon d'accélérer un peu l'allure.

— Sans doute », répondit Devoir d'un ton distrait. Soudain, il se tourna vers moi avec une expression autoritaire. « Alors, Tom Blaireau, à quand notre prochaine entrevue ? Je suis très impatient de commencer mes leçons. »

Je hochai la tête ; j'aurais aimé partager son enthousiasme, mais l'honnêteté me contraignit à déclarer : « L'Art n'est pas toujours une magie clémente pour qui l'étudie, mon prince. Vous risquez de trouver vite ces leçons moins attrayantes que vous ne l'imaginez.

— Je m'y attends. Jusqu'ici, mes expériences dans ce domaine ont été à la fois déroutantes et inquiétantes. » Son regard devint vague et lointain. « Quand vous m'avez emmené... je sais qu'il y avait un rapport avec un pilier. Nous sommes arrivés... quelque part, sur une plage. Mais, quand j'essaye de me remémorer cet épisode, les événements qui se sont déroulés à ce moment ou tout de suite après, c'est comme tenter de me rappeler un rêve de mon enfance. Les éléments ne s'imbriquent pas les uns dans les autres ; je ne sais pas si je m'exprime clairement. Je croyais comprendre ce qui m'était arrivé, mais, lorsque j'ai voulu en parler à Umbre et à ma mère, tout est parti en lambeaux. Je me suis senti très bête. » Il leva la main pour frotter son front barré de plis. « Je suis incapable d'emboîter les morceaux pour obtenir un souvenir complet. » Il planta son regard dans le mien. « C'est insupportable, Tom. Je dois résoudre cette énigme. Si cette magie est destinée à faire partie de moi, il faut que je la maîtrise. »

Son attitude était beaucoup plus intelligente que ma propre répugnance à étudier l'Art. Je poussai un soupir. « Demain à l'aube, dans la haute salle de la tour de Vérité, dis-je en pensant qu'il allait refuser.

— D'accord », répondit-il sans réticence. Un curieux sourire étira ses lèvres. « Je croyais qu'Umbre était le seul à désigner la tour du guet de la mer sous le nom de "tour de Vérité". C'est intéressant. Vous auriez au moins pu dire, en parlant de mon père, "le roi Vérité".

— Pardon, mon prince. » Je n'avais rien trouvé de mieux à répondre, et il repartit seulement d'un grognement moqueur. Soudain, il posa sur moi un regard impérieux.

« Vous ferez tout pour assister à ma cérémonie ce soir, Tom Blaireau. »

Avant que j'aie le temps de réagir, il talonna son cheval gris, se hâtant vers Castelcerf comme un homme pris en chasse par une troupe de démons, et nous ne pûmes que le suivre. Il ne ralentit qu'aux portes de la citadelle, où nous nous arrêtâmes pour permettre aux gardes de nous identifier et de nous laisser entrer. À partir de là, nous continuâmes au pas, mais Devoir garda le silence, et je ne trouvai rien à dire. Des courtisans grouillaient déjà devant les hautes portes du château ; un valet se précipita pour saisir le harnais de tête de la monture princière tandis qu'un palefrenier prenait les rênes de Malta. On me laissa me débrouiller seul et je m'en réjouis. D'un ton empesé, sire Doré remercia le prince de lui avoir donné l'extrême plaisir de sa compagnie exclusive, à quoi Devoir fit une réponse courtoise, puis le fou et moi, sur nos chevaux, le regardâmes se laisser engloutir et emporter par la masse de courtisans. Je fis pivoter Manoire et attendis les instructions de mon maître.

« Eh bien, c'était une bien agréable promenade ! » fit-il, et il mit pied à terre. Comme sa botte effleurait le sol, elle parut glisser sous lui et il tomba lourdement. Jamais je n'avais vu le fou manquer de grâce à ce point. Il se redressa sur son séant, les lèvres serrées, puis se pencha en gémissant pour saisir sa cheville à deux mains.

« Par Eda, que c'est donc douloureux ! s'écria-t-il avant de lancer, péremptoire : Non, non, n'approchez pas, occupez-vous plutôt de ma jument ! » Et il chassa le palefrenier d'un geste de la main. Il s'adressa ensuite à moi d'un ton cassant : « Eh bien, ne restez donc pas planté là, gourde que vous êtes ! Donnez votre cheval au garçon d'écurie et aidez-moi à me relever ! Voulez-vous que je regagne ma chambre à cloche-pied ? »

Le prince se trouvait déjà loin, entraîné par la vague bavarde des dames et des seigneurs, et il ne s'était certainement pas rendu compte de l'accident de sire Doré. Quelques-uns de ses suivants s'étaient tournés vers nous, mais la plupart n'avaient d'yeux que pour Devoir. Je m'accroupis donc et, tandis que mon maître passait le bras sur mes épaules, je lui demandai à mi-voix : « Est-ce grave ?

— Très ! répliqua-t-il sèchement. Je ne pourrai pas participer au bal de ce soir, alors qu'on m'a livré hier mes nouveaux escarpins de danse. Ah, c'est trop injuste ! Aidez-moi à remonter chez moi, Blaireau. » En entendant ses propos irrités, plusieurs nobliaux se hâtèrent vers nous, et ses manières changèrent aussitôt ; il répondit à leurs questions inquiètes que tout allait certainement s'arranger et que rien ne pourrait l'empêcher de se présenter aux festivités des fiançailles. Il s'appuya lourdement sur moi, mais un jeune homme compatissant prit son autre bras, et une dame envoya sa servante ordonner qu'on fasse chauffer de l'eau, qu'on apporte sans attendre des herbes à emplâtre dans les appartements de sire Doré, et qu'on envoie chercher un guérisseur. Deux jeunes seigneurs et trois dames tout à fait charmantes nous suivirent dans notre traversée de Castelcerf.

Le temps que nous parvenions chez mon maître, avec force embardées claudicantes dans les couloirs et les escaliers, il m'avait accablé de reproches au moins une dizaine de fois pour ma maladresse. Le guérisseur et l'eau chaude nous attendaient devant la porte ; l'homme me déchargea de sire Doré, et l'on me fit aussitôt redescendre en quête d'eau-de-vie, pour calmer les nerfs du patient, et de quoi le sustenter. En sortant, j'eus une grimace compatissante en entendant les cris perçants de douleur que lui arrachait le guérisseur en lui retirant sa botte. Quand je remontai, porteur d'un plateau garni de pâtisseries et de fruits prélevés aux cuisines, le mire était parti, sire Doré était enfoncé dans son fauteuil, le pied soutenu par un tabouret, et sa petite cour compatissante occupait les autres sièges. Je posai le plateau sur la table et apportai son eau-de-vie au fou. Dame Calendule s'apitoyait sur lui et s'indignait du manque de cœur et de l'incompétence du guérisseur. Quel incapable ! Occasionner tant de souffrances à ce pauvre sire Doré pour déclarer finalement qu'il ne décelait guère de signes d'une lésion ! Le jeune seigneur Chênes, lui, raconta l'histoire longue, détaillée et pitoyable du médecin de son père qui avait failli le laisser mourir d'un mal à l'estomac dans des circonstances similaires. Quand il parvint enfin à la conclusion de son anecdote, sire Doré fit appel à la compréhension de tous : il avait besoin de repos à la suite de son accident. Dissimulant mon soulagement, je saluai chacun alors qu'il quittait la pièce.

J'attendis que la porte fût fermée et que le bruit de bavardages et de pas se fût éteint pour revenir auprès du fou. La tête appuyée contre son dossier, il avait posé sur ses yeux un mouchoir parfumé à la rose.

« C'est grave ? demandai-je à voix basse.

— Autant qu'il siéra à ton bon plaisir, répondit-il sans ôter le carré de tissu de son visage.

— Quoi ? »

Il souleva le mouchoir et m'adressa un sourire empreint d'espièglerie. « Toute cette esbroufe, et rien que pour toi ! Tu pourrais au moins manifester quelque gratitude !

— Mais qu'est-ce que tu racontes ? »

Il posa son pied bandé par terre, se leva et se dirigea d'un pas désinvolte vers la table où il choisit quelques friandises parmi les reliefs du plateau. Il ne boitait même pas. « Désormais, sire Doré a une excuse pour se faire accompagner de son serviteur Tom Blaireau ce soir. Je m'appuierai sur ton bras pour me déplacer, et tu porteras mon petit repose-pied et mon coussin ; tu iras me chercher ce que je demanderai, tu transmettras mes salutations et mes messages dans toute la salle. Devoir te verra présent, et tu bénéficieras d'un meilleur point de vue pour tes petites tâches d'espion que dans les passages secrets des murs. » Il me jeta un coup d'œil critique tandis que je le regardais, bouche bée. « Heureusement pour nous deux, la nouvelle livrée que je t'ai commandée est arrivée ce matin. Viens donc t'asseoir, que je reprenne ta coupe de cheveux ; tu ne peux pas assister au bal avec une tête pareille. »

4

LES FIANÇAILLES

L'emploi des drogues peut être utile pour vérifier l'aptitude d'un aspirant à l'Art, mais le maître doit faire preuve de prudence ; en petite quantité, une plante appropriée comme la feuille d'Hebben, le synxove, l'écorce de tériban ou la covaire peut détendre un candidat, l'ouvrir au sondage d'Art et lui permettre d'artiser de façon rudimentaire, mais, en dose trop forte, elle risque de l'empêcher de se concentrer assez pour manifester son talent. Bien que certains maîtres d'Art, fort rares, aient signalé s'être servis avec succès de simples au cours de la formation proprement dite de leurs élèves, les Quatre Maîtres conviennent que, dans la majorité des cas, d'abord béquilles, ces drogues deviennent des entraves ; sans l'aide de ces produits, les étudiants n'apprennent jamais à mettre convenablement leur esprit dans un état d'Art réceptif. En outre, certains indices laissent penser que les disciples formés à l'aide de plantes n'acquièrent jamais la capacité à se plonger en état d'Art profond ni à manipuler la magie complexe qu'on peut alors mettre en œuvre.

Le manuscrit des Quatre Maîtres,
traduction d'UMBRE TOMBÉTOILE

*

« Je n'aurais jamais cru me voir avec des rayures, grommelai-je de nouveau.

— Cesse donc de te plaindre », fit le fou, un bouquet d'épingles serré entre les lèvres. Il les prit l'une après l'autre pour fixer la petite poche qu'il cousit ensuite en place avec du fil et une aiguille. « Je te le répète : tu es resplendissant dans cette tenue, et elle s'assortit parfaitement à la mienne.

— Je n'ai pas envie d'être resplendissant ; je veux passer inaperçu. » Je renfonçai une aiguille dans la ceinture de mon pantalon et me piquai le pouce. Que le fou se retînt d'éclater de rire ne fit que m'irriter davantage. Lui-même était déjà vêtu de façon impeccable et extravagante. Assis en tailleur dans son fauteuil, il m'aidait à munir rapidement ma livrée de poches d'assassin ; sans lever les yeux, il répondit : « Tu passeras inaperçu. Si on te remarque, c'est ta livrée qu'on se rappellera, non ton visage ; tu resteras de service auprès de moi la plus grande partie de la soirée, et ta tenue te désignera comme mon valet. Elle te dissimulera autant que des habits de domestiques peuvent transformer une ravissante damoiselle en simple femme de chambre. Voilà, essaye ceci maintenant. »

Je posai le pantalon et enfilai la chemise. Trois fioles minuscules en os d'oiseau, prélevées sur la réserve d'Umbre, emplissaient exactement la nouvelle poche, invisibles une fois la manchette boutonnée. L'autre poignet abritait déjà plusieurs pilules de soporifique puissant ; si l'occasion s'en présentait, j'offrirais une bonne nuit de sommeil au jeune seigneur Brésinga pendant que j'effectuerais une visite de sa chambre. Je m'étais déjà assuré qu'il n'avait pas amené son marguet – du moins, que l'animal ne se trouvait pas dans ses appartements ni logé avec les autres bêtes de chasse du château ; rien ne me disait qu'il ne rôdait pas dans les bois voisins de Castelcerf. Dame Brésinga, selon ce que sire Doré avait appris par les potins de la cour, n'était pas venue assister à la cérémonie de fiançailles, prétextant un méchant tour de reins à la suite d'une chute de cheval pendant une partie de chasse. S'il s'agissait d'une invention, je me demandais pourquoi elle avait cru bon de rester chez elle à Castelmyrte tout en envoyant son fils représenter son nom ; pensait-elle le placer ainsi hors du danger, ou au contraire l'y exposer et se protéger elle-même ?

Je soupirai : sans faits tangibles, il était vain de spéculer. Tandis que je rangeais les fioles de poison dans ma poche de manchette, le fou avait achevé la couture de ma ceinture de pantalon ; il y avait fixé une autre poche, plus solide, destinée à dissimuler une dague fine. Nul ne porterait d'arme visible durant la cérémonie à venir : ce serait manquer de courtoisie envers l'hospitalité des Loinvoyant ; les assassins n'étaient toutefois pas tenus de se plier à ces subtilités.

Comme s'il avait suivi le fil de mes réflexions, le fou me demanda en me tendant mon pantalon rayé : « Umbre s'embarrasse-t-il encore de toute cette panoplie de poches secrètes et d'armes camouflées ?

— Je l'ignore », répondis-je, et je ne mentais pas. Pourtant j'avais du mal à l'imaginer sans son matériel ; l'intrigue était une seconde nature chez lui. J'enfilai le pantalon et rentrai le ventre pour le fermer. Il était un peu trop serré à mon goût. Je passai la main dans mon dos et, d'un ongle, accrochai la petite garde de la dague ; je tirai l'arme de son étui et l'examinai. Elle provenait du magasin de la tour d'Umbre ; de la longueur d'un doigt, elle était munie d'une poignée tout juste suffisante pour la saisir entre le pouce et l'index, mais elle pouvait facilement trancher une gorge ou s'enfoncer entre deux côtes. Je la replaçai dans sa cachette.

« Rien n'est visible ? » demandai-je en tournant sur moi-même.

Il m'examina, un sourire aux lèvres, puis répondit d'un ton salace : « Tout est bien visible, mais pas ce dont tu te soucies. Tiens, mets le doublet, que je voie l'effet d'ensemble. »

J'acceptai le vêtement à contrecœur. « Autrefois, un pourpoint et des chausses suffisaient pour accéder à n'importe quelle partie de Castelcerf, dis-je avec aigreur.

— Tu te racontes des histoires, rétorqua le fou du tac au tac. On tolérait ta tenue parce que tu n'étais qu'un enfant et que Subtil ne tenait pas à ce que tu attires l'attention, c'est tout. Je crois me rappeler qu'en une ou deux occasions maîtresse Pressée a reçu carte blanche et t'a vêtu alors de façon élégante.

— Une fois ou deux, oui. » Je frémis à ces souvenirs. « Mais tu sais très bien ce que je veux dire, fou : pendant mon enfance, on s'habillait à Castelcerf... ma foi, à la mode cervienne. On ne parlait pas de "style jamaillien", on ne voyait pas de ces capes baugiennes avec des capuches à la pointe si longue qu'elle traîne par terre. »

Il acquiesça de la tête. « Dans ta jeunesse, Castelcerf était plus provincial qu'aujourd'hui ; la guerre faisait rage, et, quand toutes les ressources sont mobilisées par un conflit, on a moins à dépenser en frivolités. Subtil était un bon roi, mais il lui plaisait de maintenir le caractère rural des Six-Duchés, alors que la reine Kettricken s'évertue à ouvrir le royaume au négoce, non seulement avec ses Montagnes d'origine, mais aussi avec Jamaillia, Terrilville et les territoires plus lointains encore ; une telle politique ne peut qu'apporter le changement à Castelcerf, et ce n'est pas obligatoirement néfaste.

— Le Castelcerf d'autrefois avait aussi ses qualités, ronchonnai-je.

— Mais changer prouve qu'on est toujours vivant ; c'est souvent l'aune qui nous permet de mesurer notre tolérance à l'égard des autres peuples. Sommes-nous capables d'accepter leur langage, leurs coutumes, leurs habitudes vestimentaires, leur cuisine, et de les intégrer à notre vie ? Si oui, nous pouvons alors former des liens qui réduisent les risques d'affrontement ; sinon, si nous nous crispons sur la croyance qu'il faut s'en tenir strictement à la tradition, nous devons nous battre pour préserver ce que nous sommes, ou bien périr.

— Quel optimisme !

— C'est pourtant la vérité. Terrilville a vécu récemment une telle révolution, et elle se retrouve aujourd'hui en guerre contre Chalcède ; le motif essentiel de ce conflit, c'est que Chalcède refuse d'admettre que le changement est nécessaire. Or ces hostilités risquent de s'étendre jusqu'aux Six-Duchés.

— Ça m'étonnerait : je ne vois pas en quoi nous sommes concernés. Certes, nos duchés du Sud sauteront dans la mêlée parce qu'ils rêvent depuis toujours d'en découdre avec Chalcède ; ce sera l'occasion pour eux de grignoter un peu de territoire. Mais que l'ensemble du royaume s'engage... non, j'en doute. »

J'enfilai le pourpoint d'un haussement d'épaules et le fermai ; serré à la taille, il était muni d'un nombre de boutons très excessif et de volants semblables à des jupes qui descendaient jusqu'à mes genoux. « J'ai horreur de ces fanfreluches jamailliennes ! Comment vais-je attraper ma dague si j'en ai besoin ?

— Je te connais : tu te débrouilleras. Et permets-moi de te dire qu'à Jamaillia tu aurais au moins trois ans de retard sur la mode ; tu passerais pour un provincial de Terrilville qui cherche à singer la capitale. Mais cela suffira ; nos tenues renforcent le mythe de mes origines d'aristocrate jamaillien. Si on accepte mes atours exotiques, on accepte tout le reste. » Il se leva. Il portait au pied droit un escarpin de danse à dentelle, tandis que le gauche était emmailloté d'un bandage comme s'il avait une faiblesse à la cheville. Il se munit d'une canne sculptée que je reconnus comme son œuvre ; aux yeux de tout autre, elle donnerait l'impression d'avoir coûté un prix extravagant.

Nous étions vêtus de blanc et de violet – comme des navets, selon l'aigre réflexion qui me vint. Le costume de sire Doré était beaucoup plus élaboré et voyant que le mien. Mes manches flottaient à mes poignets, mais les siennes s'achevaient en longs rubans qui lui couvraient entièrement les mains ; sa chemise était blanche, et le pourpoint violet qui lui prenait le torse se terminait par des volants sur lesquels brillaient des milliers de petites perles de jais. Au lieu d'un pantalon, vêtement de domestique, il portait des chausses de soie, et ses cheveux tombaient sur ses épaules en longues boucles d'or scintillant ; j'ignorais quel produit il avait employé pour parvenir à cet effet tape-à-l'œil. Enfin, ainsi qu'il était de coutume chez certains nobles jamailliens, il s'était appliqué au-dessus des sourcils et des pommettes un maquillage bleu qui évoquait des écailles. Il surprit mon regard posé sur lui. « Eh bien ? fit-il, comme inquiet.

— Tu as raison : tu fais un aristocrate jamaillien tout à fait convaincant.

— Descendons, dans ce cas. Prends mon repose-pied et mon coussin ; ma blessure nous fournira un prétexte pour nous présenter en avance à la grand'salle et observer les autres arrivants. »

Je saisis le petit meuble, coinçai le coussin sous mon bras droit et lui offris le gauche tandis qu'il affectait une claudication très réussie ; comme toujours, il jouait son rôle avec un art consommé, et, grâce peut-être au lien d'Art que nous partagions, je sentais le vif plaisir que lui procurait cette comédie. Cependant, il n'en laissa rien voir et ne cessa de me réprimander de ma maladresse dans les escaliers.

Non loin des immenses portes qui ouvraient sur la grand'salle, nous fîmes une courte pause. Sire Doré reprit apparemment son souffle en s'appuyant lourdement sur mon bras, mais le fou me glissa à l'oreille : « N'oublie pas que tu es un serviteur. De l'humilité, donc, Tom Blaireau. Quoi qu'il arrive, ne regarde personne d'un air provocateur ; ce ne serait pas bienséant. Prêt ? »

J'acquiesçai de la tête, jugeant ces conseils superflus, et remontai le coussin sous mon bras, puis nous entrâmes dans la grand'salle. Là encore, je constatai des changements. Dans mon enfance, c'était la pièce où se réunissait tout Castelcerf ; près de cette cheminée, je m'étais assis pour réciter mes leçons à Geairepu, le scribe, pendant que, souvent, des groupes se formaient devant les autres foyers, les hommes occupés à empenner des flèches, les femmes à broder en bavardant, les ménestrels à répéter des chansons ou à en composer de nouvelles. Malgré les feux ronflants alimentés sans cesse par de jeunes domestiques, la grand'salle restait dans mes souvenirs toujours un peu froide et humide, et les ombres régnaient dans ses angles. En hiver, les tapisseries et les bannières qui ornaient les murs s'effaçaient dans l'obscurité d'un crépuscule intérieur. La plupart du temps, le pavage glacé était recouvert de roseaux qui moisissaient rapidement. Quand on dressait les tables pour le couvert, les chiens se couchaient entre les tréteaux ou rôdaient tels des requins affamés entre les bancs dans l'attente d'un os ou d'un croûton de pain. C'était un lieu vivant, animé par le brouhaha sonore des guerriers et des gardes qui racontaient leurs exploits. Le Castelcerf du roi Subtil était une place militaire, château et forteresse avant d'être palais royal.

Était-ce le temps ou la reine Kettricken qui l'avait changé ?

Même les odeurs étaient différentes ; on y sentait moins le chien et la sueur, et davantage la bonne cuisine et le bois de pomme en train de brûler. La pénombre que les âtres et les bougies de jadis ne parvenaient pas à dissiper avait cédé, quoique à contrecœur, devant la lumière des lustres suspendus au bout de chaînes argentées au-dessus des longues tables aux nappes bleues. Les seuls chiens que je voyais étaient de petite taille, descendus des genoux de leur maîtresse le temps d'aboyer contre un autre bichon ou de flairer des bottes inconnues ; les roseaux qui tapissaient le sol étaient propres et reposaient sur une couche de sable. Une grande section du milieu de la salle était seulement couverte de sable ; les dessins complexes qu'y avaient tracés les râteaux en l'égalisant disparaîtraient bientôt sous le piétinement des danseurs. Nul n'était assis aux tables, pourtant déjà garnies de saladiers de fruits mûrs et de panières pleines de miches fraîches. Les tôt-venus formaient de petits groupes, debout ou assis sur les coussins des chaises et des bancs installés devant les cheminées, et le bourdonnement de leur conversation se mêlait à la musique qu'égrenait doucement un harpiste sur une scène près du grand âtre.

Il émanait de la salle une impression d'attente voulue et soigneusement mise au point. Des rangées de torches dans de grands supports illuminaient la haute estrade à gradins ; leur éclat et les dimensions de la tribune attiraient le regard et proclamaient l'importance de ceux qui allaient s'y tenir. Sur la marche la plus élevée se trouvaient des fauteuils aux allures de trônes destinés à Kettricken, Devoir, Elliania et deux autres personnages ; au degré inférieur, des sièges moins somptueux mais toujours magnifiques recevraient les ducs et duchesses du royaume réunis pour assister aux fiançailles de leur prince. Une seconde estrade de mêmes proportions avait été montée pour les nobles qui escortaient Elliania. Le dernier étage était réservé à ceux qui avaient la considération de la reine.

À peine fûmes-nous entrés que plusieurs damoiselles ravissantes interrompirent leur conversation avec de jeunes aristocrates et convergèrent sur le seigneur Doré. On se fût cru dans un vol de papillons : les voiles arachnéens paraissaient de mise, mode ridicule, importée de Jamaillia, qui ne protégeait aucunement du froid permanent de la grand'salle, comme j'en eus la confirmation en observant les bras couverts de chair de poule de dame Jaspe qui s'apitoyait sur le sort de sire Doré. De quand datait cette lubie d'adopter des styles vestimentaires étrangers ? Avec réticence, je reconnus avoir du mal à me faire aux changements que je constatais autour de moi, d'abord parce qu'ils gommaient le Castelcerf de mon enfance, ensuite et surtout parce que, devant eux, je me sentais lourdaud et suranné. Avec des caquètements et des roucoulades de basse-cour, les jeunes femmes menèrent mon maître jusqu'à un fauteuil confortable près d'une cheminée ; docilement, j'installai devant lui le repose-pied garni de son coussin. À cet instant, le juvénile seigneur Chênes s'interposa et, avec un « Laissez-moi faire, mon ami » autoritaire, il insista pour aider sire Doré à étendre la jambe.

Je m'écartai, levai les yeux et, sans en avoir l'air, observai un groupe d'Outrîliens qui venaient d'entrer. Ils se déplaçaient à la façon d'une phalange militaire, en bloc, et, une fois dans la salle, ils demeurèrent entre eux. Ils me rappelaient les combattants que j'avais affrontés sur l'île de l'Andouiller bien des années plus tôt : les hommes portaient leur tenue de cuir et leur pelisse, et certains des plus âgés arboraient des trophées guerriers, colliers d'os de doigts ou tresses pendues à la ceinture et composées de mèches de cheveux prélevées sur les ennemis vaincus. Les femmes affichaient une attitude aussi fière, vêtues de robes de laine tissée aux teintes superbes et bordées de fourrure uniformément blanche : hermine, renard et ours des neiges.

Les Outrîliennes n'étaient pas des guerrières : chez les leurs, elles avaient la responsabilité de la terre. Dans une culture où les hommes restaient souvent absents des années à pratiquer la piraterie, elles étaient plus que les gardiennes temporaires de la propriété ; maisons et fermes se transmettaient de mère en fille, ainsi que la fortune de la famille sous forme de bijoux, d'objets ornementaux et d'outils. Les hommes allaient et venaient dans la vie des femmes, mais une fille conservait toujours les liens qui la rattachaient à la maison de sa mère, et ceux d'un fils à l'égard de sa branche maternelle étaient plus solides et plus durables que ceux de son mariage. La femme jugeait seule des limites de son union avec un homme : s'il restait trop longtemps loin de chez lui à guerroyer, elle pouvait prendre un autre époux ou un amant ; or, comme les enfants appartenaient à la mère et à la famille maternelle, peu importait qui était le père. J'étudiai donc ces gens en gardant à l'esprit qu'il ne s'agissait pas de seigneurs ni d'aristocrates au sens où nous l'entendions ; selon toute vraisemblance, les femmes étaient de grandes propriétaires foncières et les hommes s'étaient distingués au combat et lors d'opérations de pillage.

Alors que je les regardais, je me demandai soudain si le vent du changement était parvenu jusqu'à leurs rivages. Chez eux, les femmes n'avaient jamais été les biens personnels des hommes ; celles qu'ils capturaient lors de leurs sacs, ils les vendaient, mais leurs compatriotes ne faisaient l'objet d'aucun maquignonnage de ce genre. Dans ces conditions, que ressentait un père qui obtenait le droit d'offrir sa fille pour assurer la paix et la liberté commerciale de son pays ? Était-ce vraiment celui d'Ellania qui tirait les ficelles ou bien une famille plus ancienne et plus influente ? Mais, dans ce dernier cas, pourquoi le cacher ? Pourquoi laisser croire que son père agissait de son seul chef ? Et pourquoi la maison maternelle n'était-elle représentée que par Peottre ?

Dans le même temps, j'écoutais d'une oreille distraite les bavardages des femmes qui entouraient sire Doré. Deux d'entre elles, dame Jaspe et dame Calendule, étaient passées plus tôt dans ses appartements, et, à les entendre, je déduisais à présent qu'elles étaient sœurs autant que rivales ; quant à la façon de sire Chênes de s'arranger pour s'interposer constamment entre dame Calendule et mon maître, elle me portait à me demander s'il ne désirait pas pour lui-même les attentions de la jeune aristocrate. Dame Armérie, elle, était plus âgée que ses compagnes, voire plus que moi, et je la soupçonnais de cacher un époux quelque part à Castelcerf : elle affichait l'agressivité assurée de celle qui ne doute pas de son mariage mais goûte néanmoins l'excitation de la poursuite ; en cela, elle me faisait songer à certains chasseurs de renard que j'avais connus. Elle n'avait nul besoin d'attraper sa proie, elle jouissait simplement de se montrer en mesure de s'en emparer même face à la concurrence la plus féroce. Son décolleté dévoilait sa gorge plus que de convenance, bien que sa poitrine ne parût pas aussi ferme que celle d'une femme plus jeune, et elle avait une manière presque possessive de poser la main sur l'épaule ou le bras de sire Doré. Par deux fois, je vis le fou la saisir, la tapoter ou la serrer puis la relâcher délicatement. Dame Armérie se sentit sans doute flattée, mais j'eus plutôt l'impression de le voir chasser une peluche de sa manche.

Sire Laluique, aristocrate d'âge moyen au visage avenant, vint s'agglomérer à la cour qui entourait le seigneur Doré ; tiré à quatre épingles, il avait des manières aimables et se fit un devoir de se présenter à moi, marque de courtoisie rare envers un domestique, et je m'inclinai avec un sourire. À plusieurs reprises, il me heurta en s'efforçant de se rapprocher de sire Doré pour s'introduire dans la conversation, mais je lui pardonnai bien volontiers sa maladresse : chaque fois que je m'excusais en m'écartant, il m'adressait un sourire chaleureux et m'assurait que c'était de sa faute. Les bavardages portaient sur l'entorse du malheureux sire Doré, la rudesse du guérisseur au cœur de pierre et la tristesse que tous éprouvaient à voir leur cher ami incapable de se joindre à eux sur la piste de danse. Dame Armérie en profita pour prendre une longueur d'avance sur ses concurrentes, déclarant en prenant la main de mon maître qu'elle lui tiendrait compagnie pendant que « ces demoiselles danseraient avec leurs prétendants ». Sire Laluique intervint aussitôt : il serait ravi de se charger de cette tâche auprès du seigneur Doré, car il était lui-même piètre danseur. Le fou répliqua que c'était fausse modestie de sa part et qu'il ne voulait pas avoir la cruauté de priver les dames de Castelcerf d'un cavalier aussi gracieux ; l'intéressé parut déchiré entre la déception de se voir ainsi écarté et le plaisir que lui procurait le compliment.

Avant que la rivalité entre les dames eût le temps de franchir un nouvel échelon, le ménestrel cessa soudain de jouer. Manifestement prévenu par un page qui se tenait près de lui, il se leva et, d'une voix au timbre exercé qui emplit la grand'salle et couvrit le brouhaha des conversations, il annonça l'entrée de Sa Majesté Kettricken Loinvoyant et du prince Devoir, héritier du Trône. Le fou me fit un signe, et je lui offris mon bras pour l'aider à se redresser. Le silence s'établit et toutes les têtes se tournèrent vers les portes ; les plus proches reculèrent parmi la foule pour dégager une large allée jusqu'à la haute estrade.

La reine Kettricken apparut, le prince Devoir à sa droite. Elle avait beaucoup appris depuis la dernière fois où, de nombreuses années auparavant, je l'avais vu faire une telle entrée ; je n'étais pas préparé aux larmes qui me piquèrent brusquement les yeux et je dus résister de toutes mes forces au sourire triomphant qui menaçait de me tirer les lèvres.

Elle était magnifique.

Une robe au style plus recherché n'aurait eu pour effet que de distraire l'attention de celle qui la portait. Le bleu de Cerf contrastait avec la garniture noire qui la bordait, et ses lignes pures mettaient en valeur la minceur et la haute taille de la reine. Kettricken se tenait droite, avec la raideur d'un soldat et pourtant la souplesse d'un roseau dans le vent. La masse dorée de sa chevelure était remontée en une tresse qui partait de son front et tombait dans son dos, et la couronne royale paraissait terne sur ses boucles d'or. Nulle bague n'ornait ses doigts, nul collier n'enserrait la colonne pâle de son cou ; sa majesté émanait de sa personne et non de ce qu'elle portait.

À côté d'elle, Devoir arborait une simple robe bleue, qui me rappelait la tenue de Kettricken et de Rurisk le jour où j'avais fait leur connaissance ; j'avais pris les héritiers du royaume des Montagnes pour des domestiques. Les Outrîliens verraient-ils dans la mise sans ostentation du prince une marque d'humilité ou le signe d'un manque de fortune ? Un cercle d'argent était posé sur ses boucles sombres et indisciplinées ; il n'avait pas encore l'âge de coiffer la couronne de roi-servant : jusqu'à ses dix-sept ans, il restait prince même s'il était l'unique héritier du Trône. Son seul autre bijou était une chaînette d'argent incrustée de diamants jaunes. Ses yeux étaient aussi sombres que ceux de sa mère étaient clairs ; il avait le type Loinvoyant, mais sa calme acceptation de son sort, lisible sur son visage, provenait de l'éducation montagnarde que Kettricken lui avait donnée.

La reine traversa la foule de son peuple avec dignité et simplicité à la fois, car c'est avec une chaleur non feinte qu'elle promena son regard sur l'assemblée. Devoir gardait une expression grave, peut-être parce qu'il se savait incapable de dissimuler son chagrin s'il souriait. Il offrit son bras à sa mère pour gravir les marches de l'estrade, puis ils prirent leurs places à la table mais restèrent debout. D'une voix empreinte de courtoisie et parfaitement audible, Kettricken déclara : « Mon peuple, mes amis, veuillez accueillir dans notre grand'salle la narcheska Elliania, fille de la lignée Ondenoire des îles des Runes du Dieu. »

Je notai avec approbation qu'elle désignait non seulement Elliania par son ascendance maternelle mais aussi son pays par le nom que ses habitants donnaient aux îles d'Outre-mer. Je remarquai aussi que notre reine avait choisi d'annoncer elle-même la narcheska au lieu de confier ce soin au ménestrel. Elle indiqua les portes d'un geste, et toutes les têtes se tournèrent ; le ménestrel répéta l'annonce de l'arrivée d'Elliania, puis déclina les noms d'Arkon Sangrépée, son père, et de Peottre Ondenoire, « le frère de sa mère ». Sa façon de prononcer ces derniers mots me laissa penser qu'il s'agissait d'un terme unique en outrîlien et qu'il s'efforçait d'en traduire au mieux le sens. Puis les invités entrèrent.

Arkon Sangrépée venait le premier, figure imposante à la taille encore accentuée par une cape rejetée sur son épaule, coupée dans la fourrure blanc-jaune d'un ours des neiges. Il portait un pourpoint et un pantalon tissés, mais un gilet et une large ceinture en cuir lui donnaient un air martial bien qu'il n'eût pas d'armes. L'or, l'argent et les pierres précieuses scintillaient sur toute sa personne, à son cou et ses poignets, sur son front et au lobe de ses oreilles ; des anneaux d'argent ceignaient son biceps gauche, des cercles d'or le droit, certains incrustés de cailloux brillants. Son attitude orgueilleuse transformait ce déploiement de richesse en fanfaronnade voyante, sa façon de se déplacer combinait la démarche chaloupée du marin et la foulée hautaine du guerrier, et j'eus le pressentiment qu'il n'allait pas me plaire. Il parcourut des yeux la salle avec un grand sourire comme s'il n'arrivait pas à se convaincre de sa bonne fortune ; son regard passa sur les tables garnies et la foule des nobles pour s'arrêter enfin sur Kettricken qui l'attendait sur l'estrade. Son sourire s'élargit encore comme devant un butin à saisir, et je sus alors qu'il ne me plaisait pas du tout.

La narcheska le suivait. Peottre l'escortait, un pas en retrait sur sa droite. Il portait une simple tenue de soldat, tout en fourrure et en cuir, des boucles d'oreilles et un lourd torque d'or, mais ne paraissait pas prêter attention à ses bijoux. J'observai qu'il adoptait non seulement la place mais aussi l'attitude d'un garde du corps : il scrutait la foule avec vigilance; si quelqu'un nourrissait des intentions malveillantes envers la narcheska et décidait de les mettre en pratique, il était prêt à tuer l'agresseur. Pourtant, il émanait de lui une aura, non de suspicion, mais de compétence tranquille. L'enfant marchait devant lui, sereine dans son halo protecteur.

Je me demandai qui avait choisi sa tenue. Elle portait une tunique courte en laine d'un blanc de neige, une cape retenue sur son épaule par une fibule émaillée en forme de narval bondissant, et une jupe bleue à panneaux dont l'ourlet effleurait le sol. De temps en temps, son pas laissait entrevoir de petites pantoufles de fourrure blanche; une pince d'argent ramenait sa chevelure noire sur l'arrière de sa tête, d'où elle s'écoulait sur son dos comme une rivière d'encre où scintillaient de minuscules clochettes. Le diadème d'argent aux cent saphirs brillait sur son front.

Elle avançait à sa propre cadence, un pas, un arrêt, un autre pas. Son père, sans en tenir compte ou peut-être sans même s'être aperçu de rien, s'approcha de l'estrade à grandes enjambées, gravit les degrés puis dut patienter à côté de la reine Kettricken. Peottre, lui, suivait calmement le rythme d'Elliania. Elle ne gardait pas les yeux fixés devant elle mais tournait alternativement la tête à droite et à gauche à mesure qu'elle progressait, et elle dévisageait avec intensité ceux qui croisaient son regard, comme pour graver leurs traits dans sa mémoire. Le petit sourire qu'elle affichait paraissait sincère, et cette attitude avait quelque chose d'effrayant chez une enfant si jeune. La petite fille que j'avais vue au bord de la crise de rage avait laissé la place à une présence majestueuse, celle en effet d'une reine en bouton. Quand elle ne se trouva plus qu'à deux pas de l'estrade, Devoir descendit lui offrir son bras. Ce fut le seul instant où je la sentis incertaine ; elle jeta un rapide coup d'œil à son oncle par-dessus son épaule, comme pour l'implorer de lui offrir le sien. J'ignore comment il lui fit comprendre qu'elle devait accepter le geste du prince ; j'observai seulement la résignation avec laquelle elle plaça sa main au-dessus du bras plié. Elle ne dut pas s'y appuyer plus lourdement qu'un papillon sur une fleur alors qu'elle gravissait les marches avec Devoir. Peottre les suivit d'un pas pesant puis, au lieu de prendre place devant un siège, il resta debout derrière celui de la narcheska. Quand chacun se fut installé, il fallut que la reine insiste d'un geste appuyé de quelques mots à voix basse pour qu'il accepte de s'asseoir à son tour.

Alors les ducs et duchesses du royaume firent leur entrée, traversèrent lentement la salle et prirent place sur l'estrade prévue pour eux. La duchesse de Béarns apparut la première, accompagnée de son époux. Fidélité avait acquis l'envergure de son titre ; je me la rappelais encore comme une jeune fille élancée qui, une épée ensanglantée à la main, se battait en vain contre les Pirates rouges pour sauver son père. Ses cheveux noirs étaient aussi courts et lisses qu'alors. L'homme à ses côtés, plus grand qu'elle, avait les yeux gris et se déplaçait avec la démarche féline d'un guerrier ; le lien qui les unissait était presque palpable, et je me réjouis qu'elle eût trouvé le bonheur.

Ensuite vint le duc Kelvar de Rippon, courbé sous le poids des ans, accroché d'une main à un bâton, de l'autre à l'épaule de son épouse. D'âge moyen, dame Grâce était devenue une femme aux formes arrondies, et sa main posée sur celle de son mari ne le soutenait pas que physiquement. Elle portait une robe et des bijoux très simples, comme si elle avait enfin pris confiance dans sa stature de duchesse de Rippon, et elle accordait son pas sur celui, aujourd'hui hésitant, de l'homme qui l'avait élevée du rang de paysanne à celui d'aristocrate et envers qui son dévouement était sans faille.

Le duc Shemshy de Haurfond, désormais veuf, se présenta seul. La dernière fois que je l'avais vu, il se tenait en compagnie du duc Brondi de Béarns devant ma cellule, dans les cachots de Royal. Il ne m'avait pas condamné mais il ne m'avait pas non plus jeté son manteau pour me préserver du froid, au contraire de Béarns. Son regard d'aigle n'avait pas changé, et la légère voussure de ses épaules était sa seule concession aux années ; il avait délégué à sa fille et héritière la gestion de la guerre qui l'opposait aujourd'hui à Chalcède pendant qu'il assistait aux fiançailles du prince.

Le duc Brillant de Bauge entra à sa suite. Il avait mûri depuis l'époque où Royal s'était déchargé sur son étroite carrure de la défense de Castelcerf ; c'était un homme fait à présent, et je découvrais sa duchesse pour la première fois. L'air moitié plus jeune que son époux quadragénaire, c'était une belle jeune femme mince qui souriait avec chaleur aux nobles mineurs dont elle croisait les regards en gravissant l'estrade. Enfin, le duc et la duchesse de

Labour apparurent. Je ne les connaissais pas : la toux sanguine avait ravagé leur territoire trois ans plus tôt et emporté non seulement le vieux duc mais aussi ses deux fils aînés. Je fouillais mes souvenirs pour retrouver le nom de la fille qui avait hérité quand le ménestrel annonça la duchesse Panache de Labour et son époux le duc Joër. Intimidée par la solennité de l'occasion, elle paraissait plus jeune que son âge réel, et la main de Joër posée sur la sienne semblait la guider autant que la rassurer.

L'estrade réservée aux nobles et aux guerriers outrîliens qui avaient accompagné la narcheska dans son voyage attendait ses invités. La coutume des entrées en grande pompe devait leur être inconnue car ils se présentèrent en groupe compact, montèrent jusqu'à leur table et s'assirent où bon leur semblait en échangeant force sourires et commentaires sous l'œil visiblement réjoui d'Arkon Sangrépée ; la narcheska, elle, paraissait en proie à un conflit entre sa compréhension pour leur attitude et sa contrariété qu'ils n'aient pas pris la peine d'observer nos mœurs ; quant à Peottre, son regard passait au-dessus de leurs têtes comme s'il ne se sentait pas concerné. C'est seulement quand ils se furent assis que je me rendis compte qu'ils appartenaient au clan d'Arkon et non de Peottre : chacun d'entre eux affichait sous une forme ou une autre l'image d'un sanglier. Celui d'Arkon était en or moulé sur sa poitrine, une femme le portait en tatouage sur le dos de la main et un homme arborait un sanglier en os sculpté sur sa ceinture. Je ne repérai le motif ni sur la narcheska ni sur Peottre ; en revanche, il me revint à l'esprit le narval bondissant que j'avais vu brodé sur les vêtements d'Ellianía la première fois que je l'avais aperçue ; sous forme de broche, l'emblème servait aujourd'hui à agrafer sa cape. Une observation approfondie de la tenue de Peottre me révéla que sa boucle de ceinture représentait le même animal, et le tatouage qui ornait son visage pouvait évoquer la défense stylisée d'un narval. Avions-nous donc affaire à deux clans qui offraient la narcheska ? Il faudrait que j'étudie la question.

Ceux qui devaient occuper la table au pied de l'estrade entrèrent avec moins d'apparat. Umbre en faisait partie, ainsi que Laurier, la grand'veneuse royale ; elle portait une robe rouge vif, et je me réjouis de lui voir dévolue une place d'honneur. Je ne reconnus pas les autres, hormis deux, les derniers. C'était exprès qu'Astérie, si je ne me trompais pas, avait choisi de fermer la marche, resplendissante dans une robe verte qui m'évoqua la gorge d'un oiseau-mouche ; elle portait de fins gants de dentelle comme pour souligner que, ce soir, elle était l'invitée de la reine et non sa ménestrelle, et l'une de ses mains reposait sur le bras musclé de l'homme qui l'escortait. C'était un jeune gaillard de belle allure, bien découplé, au visage ouvert ; la fierté que lui inspirait son épouse était manifeste dans son sourire radieux et la façon dont il l'accompagnait : on aurait dit un fauconnier exhibant sur son bras un oiseau de la plus belle qualité. Devant ce jeune homme que j'avais cocufié sans le savoir, j'éprouvai de la honte pour Astérie et moi. Elle souriait, très à l'aise, et, quand ils passèrent près de nous, elle me regarda droit dans les yeux. Je me détournai et fixai mon attention ailleurs comme si je ne la connaissais pas. Son époux ignorait mon existence et je tenais à en rester là ; je ne voulais même pas apprendre son nom, mais mes oreilles perfides l'entendirent néanmoins : sire Pêcheur.

Quand le couple se fut assis, la foule s'écoula vers les tables. Je pris le repose-pied et le coussin de sire Doré, que j'aidai à gagner sa chaise clopin-clopant et à s'y installer confortablement. Il bénéficiait d'une bonne place, pour un noble étranger récemment arrivé à la cour ; il avait dû intriguer pour se trouver ainsi coincé entre deux couples mariés et d'un certain âge. Sa cour féminine l'abandonna avec moult promesses de revenir lui tenir compagnie pendant le bal ; le seigneur Laluique, lui, au moment de s'éloigner à son tour, s'arrangea pour frotter une dernière fois son postérieur contre ma hanche. Je compris enfin que ses contacts répétés étaient intentionnels, et il remarqua sans doute mon expression saisie, car, en plus d'un sourire, il m'adressa une œillade discrète. Dans mon dos, sire Doré eut un petit toussotement amusé. Je regardai l'homme d'un air mauvais et il se hâta de s'en aller.

Comme chacun se mettait à son aise et que les serviteurs allaient et venaient en grande tenue dans la salle, le brouhaha des conversations s'éleva. Sire Doré charmait ses compagnons de table par ses propos légers et bien tournés tandis que je me tenais derrière lui, prêt à répondre à ses ordres, et parcourais des yeux la foule des invités. Quand je levai le regard vers la haute estrade, je croisai celui du prince et le vis briller de reconnaissance. Je me détournai et il suivit mon exemple, mais je perçus son soulagement et son appréhension qui vibraient dans le lien magique entre nous. Je me sentis à la fois honoré et effrayé de l'importance qu'il accordait à ma présence.

Je m'efforçai de ne pas laisser cette impression me distraire de mes devoirs. Je repérai Civil Brésinga ; il partageait une table réservée à la petite noblesse venue de fiefs mineurs de Cerf et de Bauge. Je ne vis pas Sydel, sa fiancée, parmi les femmes qui l'entouraient, et je me demandai s'ils avaient rompu leurs accordailles ; sire Doré avait fait une cour outrageuse à la jeune fille lors de son séjour à Castelmyrte, le château des Brésinga, et c'était de cette discourtoisie ajoutée à l'intérêt apparemment égal qu'il avait manifesté pour le jeune homme qu'était née l'intense aversion de Civil pour lui. Le fou n'avait fait que jouer la comédie, mais l'héritier des Brésinga devait toujours l'ignorer. J'observai que deux jeunes gens au moins paraissaient bien connaître Civil et je décidai de découvrir leur identité. Dans une assemblée si considérable, la signature vitale de tant d'êtres menaçait de submerger mon Vif, et il m'était impossible de déterminer si une des personnes présentes possédait cette magie ; de toute façon, si quelqu'un avait le Vif, il devait bien le dissimuler.

On ne m'avait pas prévenu que dame Patience serait là. Quand mon regard tomba sur elle, à l'une des plus hautes tables, mon cœur bondit puis se mit à cogner dans ma poitrine. La veuve de mon père bavardait vivement avec un jeune homme assis à côté d'elle ; du moins, elle parlait ; lui la regardait fixement, la bouche entrouverte, en clignant les yeux. Je ne pouvais le lui reprocher : moi-même, je n'avais jamais réussi à rester à flot devant le torrent d'observations, de questions et d'avis qu'elle déversait dès qu'elle ouvrait la bouche. Je détournai brusquement le regard, comme si je craignais qu'elle ne prenne conscience de ma présence par son biais, mais, au cours des minutes qui suivirent, je l'examinai à la dérobée. Elle portait les rubis que mon père lui avait offerts, ceux qu'elle avait vendus autrefois afin de se procurer de quoi alléger les souffrances des habitants de Cerf ; ses cheveux grisonnants étaient ornés de fleurs tardives selon une coutume aussi désuète que sa robe, mais son excentricité même m'était chère et précieuse au cœur. J'aurais aimé pouvoir m'approcher, m'agenouiller devant elle et la remercier de tout ce qu'elle avait fait pour moi, non seulement durant ma vie mais aussi alors qu'elle me croyait mort. Cependant, d'une certaine façon, c'était là un souhait égoïste. Alors que je détournai les yeux d'elle, je reçus le second choc de la soirée.

Les dames de compagnie et les filles d'honneur de la reine étaient installées à une table qui touchait presque la haute estrade, marque de la faveur royale qui ne tenait aucun compte du rang. J'en connaissais certaines depuis longtemps ; dame Espoir et dame Pudeur étaient amies avec la reine lors de mon dernier séjour à Castelcerf, et je me réjouis de les voir toujours auprès d'elle. De dame Cœurblanc, je ne me rappelais que le nom. Les autres, plus jeunes, n'étaient sans doute que des enfants quand je servais jadis ma reine, mais l'une d'elles me parut familière. Avais-je connu sa mère ? Puis, quand elle tourna son visage rond et pencha la tête en réponse à quelque plaisanterie, je la remis : Romarin !

La gamine potelée s'était transformée en femme rondelette. Elle était autrefois la petite fille d'honneur de la reine, toujours sur les talons de Kettricken, toujours présente, enfant au caractère inhabituel, placide et accommodant, qui dormait ordinairement aux pieds de sa maîtresse pendant que la reine et moi nous entretenions – ou du moins le croyions-nous. En réalité, elle espionnait Kettricken pour le compte de Royal, et non seulement elle lui rapportait tout, mais, plus tard, elle avait prêté la main à ses attentats contre la vie de la souveraine. Je n'avais été témoin d'aucune de ses trahisons mais, par la suite, Umbre et moi avions déduit qu'elle seule pouvait être la taupe de Royal. Mon ancien mentor savait, Kettricken savait ; comment alors se faisait-il que Romarin fût encore en vie, qu'elle rît et banquetât tout près de la reine, qu'elle levât son verre en son honneur ? Avec difficulté, je détournai mon regard d'elle en m'efforçant de réprimer le tremblement furieux qui me secouait.

Je restai un long moment les yeux baissés, à respirer profondément pour me calmer, en attendant que le rouge de la colère se fût effacé de mes joues.

Souci ?

La pensée ténue tinta dans mon esprit comme une pièce de monnaie sur du carrelage. Je levai les yeux et vis le regard inquiet du prince posé sur moi. Je lui répondis d'un haussement d'épaules puis tirai sur mon col comme si la coupe étroite de mon gilet me gênait ; je ne lui répondis pas par l'Art. Qu'il eût réussi à m'atteindre malgré mes murailles normalement dressées m'alarmait, mais moins que son usage du Vif pour véhiculer, comme il l'avait déjà fait, une pensée formée avec l'Art. Je ne voulais pas qu'il se serve du Vif, et je ne tenais surtout pas à l'encourager à employer les deux magies ensemble ; il risquait de prendre des habitudes impossibles à rompre. J'attendis un petit moment avant de croiser à nouveau son regard troublé et de lui adresser un discret sourire. Je détournai ensuite les yeux à nouveau. Je perçus sa répugnance mais il imita mon exemple. Que quelqu'un remarque notre petit jeu et se demande pourquoi le prince Devoir échangeait des regards entendus avec un domestique n'aurait pas du tout fait mes affaires.

Le banquet fut somptueux et interminable ; je remarquai que ni Devoir ni Elliania ne firent guère honneur aux plats, mais Arkon Sangrépée mangea et but assez pour compenser leur manque d'appétit. À l'observer, je le jugeai bon vivant, doué d'une intelligence acérée, mais dénué du sens de la diplomatie et de la tactique, et incapable d'avoir négocié le mariage de sa fille. L'intérêt tout personnel qu'il portait à Kettricken était évident et peut-être flatteur du point de vue outrîlien. Mes brefs coups d'œil à la haute table me montrèrent que, si Kettricken réagissait courtoisement à sa conversation, elle paraissait chercher surtout à s'adresser à la narcheska ; la jeune fille répondait de façon laconique mais aimable. Elle semblait plus réservée que maussade. À mi-repas, j'eus l'impression que l'oncle Peottre se dégelait vis-à-vis de Kettricken, malgré lui peut-être. Umbre avait sans doute avisé la reine qu'il serait judicieux d'accorder une certaine attention au « frère de la mère » de la narcheska ; en tout cas, l'homme y avait l'air sensible. Il commença par étoffer de quelques commentaires les réponses d'Elliania, et bientôt Kettricken et lui conversèrent par-dessus la tête de la jeune fille. L'admiration brillait dans les yeux de la reine, et elle l'écoutait avec un intérêt non feint. Elliania, elle, paraissait soulagée de n'avoir plus qu'à manger du bout des dents en hochant la tête aux propos échangés.

Devoir, en garçon bien élevé qu'il était, avait engagé la conversation avec Arkon Sangrépée ; apparemment, il avait compris quelles étaient les meilleures questions à poser pour relancer l'Outrîlien loquace par nature. À ses gesticulations, je devinai que Sangrépée narrait ses prouesses cynégétiques et guerrières ; Devoir, lui, prenait l'air impressionné, et il acquiesçait et riait là où il le fallait.

La seule fois où j'accrochai le regard d'Umbre, je désignai Romarin de l'œil et fronçai les sourcils. Mais, quand je me retournai vers lui pour voir sa réaction, il était à nouveau en train de bavarder avec sa voisine de gauche. Je grommelai tout bas, mais je savais que les explications viendraient plus tard.

Alors que le banquet touchait à sa fin, je sentais la tension monter en Devoir : il souriait trop largement et, quand la reine fit un signe au ménestrel puis demanda le silence, je le vis fermer les yeux un instant comme pour se préparer à l'épreuve à venir. Je portai ensuite mon attention sur Ellиania : elle se passa la langue sur les lèvres et il me sembla la voir crisper les mâchoires pour retenir un tremblement. La posture légèrement penchée de Peottre me laissa penser qu'il tenait serrée sous la table la main de l'enfant. Quoi qu'il en fût, elle prit une grande inspiration puis se redressa sur son siège.

La cérémonie fut très simple, et je m'intéressai davantage à l'expression de ceux qui y assistaient. Tous les participants s'avancèrent sur le devant de la haute estrade, Kettricken à côté de Devoir, et Arkon Sangrépée près de sa fille. Peottre se posta derrière elle de son propre chef. Quand Arkon plaça la main de sa fille dans celle de la reine, je notai que la duchesse Fidélité plissa les yeux et pinça les lèvres ; peut-être les habitants de Béarns gardaient-ils un souvenir encore vif des souffrances qu'ils avaient endurées pendant la guerre des Pirates rouges. La réaction du duc et de la duchesse de Labour fut tout autre : ils échangèrent un regard empreint d'affection, comme s'ils se rappelaient le jour où ils avaient échangé leurs vœux. Patience ne manifesta rien, immobile et grave, les yeux lointains. Civil Brésinga eut une expression envieuse puis il se détourna comme si le spectacle lui était insupportable. Je ne vis personne observer le couple avec malveillance, même si certains, à l'instar de Fidélité, entretenaient à l'évidence des réticences sur cette alliance.

Les mains des deux jeunes gens ne se touchèrent pas ; pendant que celle d'Elliania reposait dans la paume de Kettricken, Devoir et Arkon se serrèrent les poignets à l'ancienne façon de se saluer des guerriers. Chacun parut un peu surpris quand l'Outrîlien décrocha un anneau d'or de son bras et le referma sur celui de Devoir ; il s'esclaffa, ravi, en voyant le bijou pendre sur la musculature encore fluette du jeune homme ; Devoir réussit à éclater d'un rire bon enfant et leva même le bras pour faire admirer l'ornement à la foule. La délégation outrîlienne parut prendre ce geste pour un signe de caractère, car elle se mit à tambouriner sur sa table pour marquer son approbation. Un léger sourire flottait sur les lèvres de Peottre ; était-ce parce que le bracelet dont Arkon avait fait cadeau à Devoir portait gravé un sanglier et non un narval ? Le prince venait-il de s'attacher à un clan qui n'avait aucune autorité sur la narcheska ?

Ici se place le seul incident qui interrompit le déroulement sans heurt de la cérémonie. Arkon saisit le poignet du prince et le tourna vers le haut ; Devoir se laissa faire mais je remarquai son expression inquiète. Sans paraître s'en apercevoir, Arkon lança d'une voix sonore : « Qu'on mêle à présent leur sang en présage des enfants à venir qui le partageront ! »

Je vis la narcheska retenir sa respiration, mais elle ne recula pas pour se mettre sous la protection de Peottre ; ce fut lui qui se rapprocha d'elle. En un geste possessif inconscient, il posa la main sur l'épaule de la jeune fille, et il répliqua d'une voix calme et réfléchie, sans agressivité : « Ce n'est ni l'heure ni le lieu, Sangrépée. Le sang de l'homme doit tomber sur les pierres d'âtre de la mère de la femme pour que le mélange soit de bon augure. Mais libre à toi d'offrir ton sang aux pierres de la mère du prince, si tu le désires. »

Ces paroles devaient dissimuler un défi, une coutume incompréhensible à nous autres des Six-Duchés, car, lorsque Kettricken fit mine d'intervenir pour déclarer qu'un tel geste n'était pas nécessaire, Arkon tendit le bras et remonta sa manche ; puis, nonchalamment, il sortit son couteau de sa ceinture et s'entailla du creux du coude jusqu'au poignet. Tout d'abord, le sang ne fit que sourdre légèrement de l'estafilade ; alors il pressa sur son bras puis le secoua pour accélérer l'écoulement. Avec sagesse, Kettricken se tut et laissa le barbare accomplir le rite qu'il jugeait approprié à l'honneur de sa maison. Il exhiba sa blessure à l'assistance et, pendant que s'élevait un murmure impressionné, il recueillit son propre sang dans sa main en coupe, puis le projeta sur nous en un vaste geste circulaire, comme une bénédiction écarlate.

De nombreux cris s'élevèrent tandis que les gouttelettes rouges mouchetaient les visages et les habits de la noblesse assemblée, puis le silence retomba quand Arkon Sangrépée descendit de l'estrade. À grandes enjambées, il se dirigea vers la plus vaste cheminée de la salle, où il laissa de nouveau son sang s'accumuler dans sa main puis le jeta dans les flammes ; enfin, il se pencha pour frotter sa paume ensanglantée sur les pierres du foyer, se redressa et, pendant que sa manche retombait, il écarta les bras devant la foule, attendant une réaction. À leur table, les Outrîliens de son clan se mirent à marteler le plateau de bois en poussant des hurlements d'admiration, et, au bout d'un moment, applaudissements et acclamations s'élevèrent à leur tour des spectateurs des Six-Duchés. Même Peottre Ondenoire arborait un sourire radieux, et, lorsque Arkon le rejoignit sur l'estrade, ils se serrèrent les poignets devant l'assistance.

Je les observai en songeant que leur relation était sans doute plus complexe que je ne l'imaginais. Certes, Arkon était le père d'Elliania, mais je doutais que Peottre lui cédât quelque honneur là-dessus ; toutefois, ainsi face à face comme deux guerriers d'égale valeur, je sentais entre eux la camaraderie d'hommes qui ont combattu l'un à côté de l'autre. Il y avait donc de l'estime entre eux, même si Peottre jugeait qu'Arkon n'avait pas le droit d'offrir Elliania en signe d'alliance.

Ces réflexions me ramenèrent à l'énigme principale : pourquoi Peottre autorisait-il ces fiançailles ? Pourquoi Elliania s'y prêtait-elle ? Si ce rapprochement lui était favorable, pourquoi sa maison maternelle ne se chargeait-elle pas elle-même de présenter l'enfant et ne se tenait-elle pas ouvertement derrière elle ?

J'étudiai la jeune fille à la façon que m'avait inculquée Umbre. Le geste de son père l'avait frappée d'admiration, et elle lui souriait, fière de son courage et de la démonstration qu'il en avait donnée à la noblesse des Six-Duchés. Une partie d'elle-même se laissait transporter par la cérémonie, l'apparat, les beaux atours, la musique, les gens assemblés qui n'avaient d'yeux que pour elle ; toute cette fièvre et cette magnificence lui faisaient envie mais, au bout du compte, elle désirait aussi retrouver la sécurité d'un environnement familier, vivre l'existence qu'elle avait rêvée dans la maison de ses mères, sur la terre de ses mères. Je me demandai alors comment Devoir pourrait se servir de ce conflit pour gagner sa faveur. Avait-on déjà projeté de le présenter, avec cadeaux et hommages, chez les mères d'Elliania ? Peut-être le verrait-elle d'un meilleur œil s'il lui manifestait son attention chez elle, devant ses parents du côté maternel. Les femmes appréciaient en général d'être ainsi placées de façon spectaculaire sur un piédestal, me semblait-il. Je mis ces conclusions de côté pour en faire part le lendemain à Devoir, tout en me demandant si elles étaient exactes et si elles lui serviraient.

Tandis que je réfléchissais ainsi, Kettricken adressa un hochement de tête au ménestrel, qui fit signe aux musiciens de se tenir prêts. La reine sourit alors puis échangea quelques mots avec ceux qui partageaient l'estrade royale avec elle. Chacun reprit sa place et, comme les premières notes de musique s'élevaient, Devoir tendit la main à Elliania.

La pitié me saisit au spectacle de ces deux enfants jetés en pâture au public, échangés comme des objets précieux pour assurer l'alliance de deux peuples. Les doigts de la narcheska restèrent au-dessus du poignet de Devoir sans le toucher tandis qu'il l'escortait jusqu'au sable égalisé de la piste de danse. Dans une brève bouffée d'Art, je sentis que le frottement de son col irritait sa nuque humide de transpiration, mais rien n'en transparut dans son sourire ni dans sa façon gracieuse de s'incliner devant sa cavalière. Il ouvrit les bras et elle s'avança juste assez pour lui permettre de lui effleurer la taille du bout des doigts ; elle ne plaça pas ses mains sur ses épaules comme le voulait la tradition, mais saisit ses jupes et les déploya comme pour faire admirer leur splendeur et la vivacité de son pas. La musique les emporta dans son tourbillon et ils se mirent à danser avec la perfection de marionnettes manipulées par un maître. Ils offraient un spectacle charmant, empreint de jeunesse, de grâce et de promesses.

Je parcourus l'assistance du regard et m'étonnai de la vaste palette d'émotions que j'observai sur les visages. Umbre rayonnait de satisfaction tandis que l'expression de Kettricken paraissait plus hésitante ; je supposai qu'elle espérait en secret voir son fils trouver en sa fiancée un amour authentique en plus d'un solide avantage politique. Arkon Sangrépée, les bras croisés, regardait les deux jeunes gens comme si leur couple représentait le vivant témoignage de son autorité personnelle. À mon instar, Peottre épiait la foule, garde du corps avant tout ; il ne souriait pas mais n'affichait pas non plus une mine sombre. Par coïncidence, son regard croisa le mien alors que je le dévisageais ; n'osant pas détourner les yeux, je pris une expression vide et feignis de ne pas le voir. Son attention se reporta sur Elliania et l'ombre imperceptible d'un sourire passa sur ses lèvres.

Intrigué, je suivis son regard, et je me laissai prendre un instant au spectacle. Accompagnant les pas et les mouvements de la danse, pantoufles et jupes traçaient dans le sable des dessins spiralés. Plus grand que sa cavalière, Devoir se sentait sûrement plus à l'aise de baisser les yeux vers elle qu'Elliania de lever le visage tout en souriant et en gardant le rythme. Les bras tendus, il donnait l'impression d'encadrer le vol d'un papillon tant elle se mouvait avec légèreté devant lui, et je devinais que naissait en moi l'approbation que j'avais lue sur les traits de Peottre sous l'aspect d'un sourire qu'il n'avait pu retenir. Mon garçon ne cherchait pas à s'emparer de la jeune fille ; ses mains se contentaient d'esquisser la fenêtre de sa liberté. Il ne se l'appropriait pas, ne tentait pas de la restreindre ; au contraire, il permettait à tous d'être témoins de sa grâce et de son indépendance. Où avait-il acquis pareille sagesse ? Agissait-il sur les conseils d'Umbre, ou bien selon l'instinct diplomatique que certains Loinvoyant semblaient posséder ? Mais c'était finalement sans importance : il avait su plaire à Peottre et un pressentiment me disait qu'il en tirerait profit.

Le prince et la narcheska restèrent seuls sur la piste pour la première danse ; ensuite, d'autres vinrent les rejoindre, ducs et duchesses du royaume et invités outrîliens. Fidèle à sa parole, Peottre enleva la jeune fille à Devoir pour la seconde danse, et le prince se retrouva seul ; il réussit néanmoins à paraître à l'aise, un sourire aimable aux lèvres. Umbre échangea quelques mots avec lui jusqu'au moment où une jeune femme d'à peine vingt ans l'entraîna sur la piste.

Arkon Sangrépée eut l'audace de tendre sa main à Kettricken ; je déchiffrai sans mal l'expression qui passa sur les traits de la reine : elle aurait volontiers refusé mais cela n'aurait pas été dans l'intérêt des Six-Duchés ; elle descendit donc à son bras de l'estrade. Sangrépée manquait de la délicatesse de Devoir en ce qui concernait les préférences de sa cavalière ; il saisit franchement la souveraine par la taille, l'obligeant à se retenir à ses épaules pour suivre son pas enlevé, sous peine de partir dans un tournoiement impossible à maîtriser. Kettricken dansa joliment, le sourire aux lèvres, mais je doute qu'elle se fût vraiment amusée.

Le troisième morceau était plus lent, et je vis avec plaisir Umbre abandonner sa jeune cavalière, malgré sa moue implorante, pour inviter ma dame Patience. Elle agita son éventail, prête à refuser, mais le vieil homme insista et elle en fut secrètement heureuse, je le savais. Elle se montra aussi gracieuse que d'habitude, c'est-à-dire qu'elle n'était jamais tout à fait dans le rythme, mais Umbre, souriant, la guida d'une main sûre d'un bout à l'autre de la piste, et je trouvai sa cavalière à la fois adorable et charmante.

Peottre se porta au secours de Kettricken qu'il réussit à distraire de l'attention de Sangrépée, lequel s'en alla danser avec sa fille. La reine paraissait plus à l'aise avec le vieil homme d'armes qu'avec son beau-frère ; ils bavardèrent tout en suivant la cadence, et le vif intérêt que je vis briller dans les yeux de Kettricken n'était pas feint. Je croisai un instant le regard de Devoir. Je savais à quel point il se sentait mal à l'aise, planté sur la piste, à faire tapisserie pendant que sa fiancée tournoyait dans les bras de son père. Toutefois, à la fin de la danse, j'eus l'impression que Sangrépée s'en était lui aussi rendu compte et avait pris le jeune prince en pitié, car il lui remit avec fermeté sa fille pour la suivante.

La soirée se continua ainsi. Pour la plupart, les nobles outrîliens choisirent leurs cavaliers parmi leurs compatriotes, encore qu'une jeune femme se montrât assez hardie pour aborder sire Shemshy ; à mon grand étonnement, le vieillard parut flatté, et il dansa, non pas une fois, mais trois avec elle. Quand les évolutions en couple s'achevèrent et que commencèrent les contredanses, la grande noblesse regagna ses places et céda la piste à la petite aristocratie. Pour ma part, je passai la majorité du temps debout sans bouger, à observer la salle ; toutefois, à de nombreuses reprises, mon maître me chargea de missions qui consistaient en général à transmettre à des dames ses salutations et ses regrets sincères de ne pouvoir les inviter à danser à cause de sa blessure ; plusieurs vinrent en groupe s'apitoyer sur son sort. Durant toute cette longue fête, je ne vis pas une fois Civil Brésinga poser le pied sur la piste de danse ; dame Romarin s'y rendit, en revanche, et fut même en une occasion la cavalière d'Umbre. Je les regardai parler, elle avec un sourire espiègle, lui avec une expression neutre mais courtoise. Dame Patience se retira de bonne heure, comme je m'y attendais : elle ne s'était jamais sentie vraiment à l'aise au milieu de la pompe et de la société de la cour. Devoir aurait dû s'estimer honoré qu'elle eût pris la peine de se déranger.

La musique, la danse et le banquet se poursuivirent par-delà les abysses de la nuit jusqu'aux hauts-fonds de l'aube. Je tâchai d'inventer un prétexte pour m'approcher du verre ou de l'assiette de Civil Brésinga, mais en vain. La soirée perdit peu à peu de son allant ; j'avais les jambes douloureuses à force de rester debout et je songeais avec accablement à mon rendez-vous matinal avec le prince Devoir. Il ne s'y présenterait sans doute pas, et pourtant je devrais l'attendre au cas où il viendrait tout de même. Que j'avais donc été stupide ! Il aurait mieux valu repousser la leçon de quelques jours et en profiter pour retourner à ma chaumine.

Sire Doré paraissait infatigable. Alors que les heures passaient et qu'on écartait les tables pour agrandir l'espace de danse, il s'était trouvé une place confortable près du feu et y tenait sa cour. Nombreux et variés étaient ceux qui venaient le saluer puis s'attardaient à bavarder. À cette occasion, j'eus la preuve encore une fois que le fou et sire Doré étaient deux personnages bien distincts : l'aristocrate se montrait spirituel et charmant mais il ne manifestait jamais l'humour acéré du fou ; il avait aussi une attitude typiquement jamaillienne, extrêmement courtoise mais aussi, parfois, intolérante à l'égard de ce qu'il appelait sans ambages « les idées attardées des Six-Duchés » sur ses mœurs et ses habitudes. Il discutait mode et bijoux avec une cruauté implacable pour ceux qui n'appartenaient pas à son cercle de favoris. Il faisait une cour éhontée aux femmes, mariées ou non, buvait excessivement et refusait la Fumée qu'on lui offrait, répondant avec dédain que seules les feuilles de la meilleure qualité ne le laissaient pas nauséeux le matin et que sa fréquentation de la cour du Gouverneur l'avait sans doute rendu difficile. Il parlait de la lointaine Jamaillia et de ce qui s'y passait avec tant d'aplomb que je finis par me convaincre qu'il y avait non seulement résidé mais été familier de la cour.

Et, comme la soirée s'avançait, des brûleurs à Fumée, devenus populaires au temps de Royal, commencèrent à faire leur apparition. La mode actuelle les voulait réduits, petites cages de métal qui, suspendues à des chaînettes, renfermaient de minuscules récipients où se consumait la drogue ; les nobles les plus jeunes et quelques dames en arboraient des personnels, portatifs, attachés à leur poignet. Çà et là, des domestiques diligents imprimaient des mouvements de pendule aux encensoirs pour envelopper leurs maîtres des vapeurs qui s'en échappaient.

Je n'avais jamais bien supporté cette drogue ; en outre, elle restait associée pour moi au souvenir de Royal, ce qui me portait encore moins à l'apprécier. Pourtant, même la reine s'y adonnait, quoique modérément, car la Fumée était connue dans les Montagnes comme dans les Six-Duchés, bien que les plantes employées fussent différentes. Autre plante, même appellation, mêmes effets, me dis-je, le cerveau un peu vague. Kettricken était remontée sur la haute estrade ; je vis qu'elle avait les yeux brillants malgré la brume qui flottait dans la salle. Elle bavardait avec Peottre, qui souriait et répondait, mais sans jamais quitter des yeux Elliania que Devoir pilotait dans un quadrille. Arkon Sangrépée les avait rejoints sur la piste et passait de cavalière en cavalière ; il avait ôté sa cape, ouvert sa chemise, et dansait avec entrain, même si la Fumée et le vin rendaient son rythme parfois un peu incertain.

Ce fut, je pense, par commisération pour moi que sire Doré annonça enfin que la douleur de sa cheville le fatiguait et qu'il devait se retirer, à son grand regret. On le pressa de rester, et il feignit d'y songer mais répondit que son entorse l'incommodait trop. Il lui fallut néanmoins une éternité pour faire ses adieux, et, quand je pus finalement me charger de son repose-pied et de son coussin pour l'escorter hors de la salle, nous nous fîmes arrêter encore à quatre reprises au moins par des invités qui tenaient à souhaiter la bonne nuit à mon maître. Lorsque nous fûmes parvenus lentement en haut des escaliers et que nous entrâmes dans ses appartements, j'avais une vue beaucoup plus nette de sa popularité à la cour.

Une fois que j'eus bouclé la porte, j'alimentai le feu mourant, puis je me servis un verre de vin et m'effondrai dans un fauteuil près de la cheminée tandis qu'il s'asseyait par terre pour défaire son bandage.

« Je l'avais trop serré ! Regarde mon pauvre pied : presque bleu et tout froid !

— Bien fait pour toi », fis-je sans la moindre compassion. Mes vêtements empestaient la Fumée ; je soufflai par le nez dans l'espoir de me débarrasser de l'odeur, puis je regardai le fou occupé à masser ses pieds nus et j'éprouvai soudain un profond soulagement à retrouver mon ami. « Comment as-tu inventé ce personnage de sire Doré ? Je crois n'avoir jamais connu d'aristocrate plus médisant et dépourvu de moralité ! Si je ne t'avais pas connu avant ce soir, je t'aurais méprisé de tout mon cœur. Tu me faisais penser à Royal.

— Vraiment ? Ma foi, cela tient peut-être à ma conviction qu'on peut toujours apprendre de toutes les rencontres. » Il bâilla à s'en décrocher la mâchoire, se pencha en avant jusqu'à toucher ses genoux de son front puis en arrière jusqu'à ce que ses cheveux défaits effleurent le plancher. Enfin, sans effort apparent, il se redressa. Il me tendit la main, je l'aidai à se relever, et il se laissa tomber dans un fauteuil près du mien. « Se montrer acerbe est un excellent moyen d'inciter les autres à exposer leurs opinions les plus mesquines et les plus noires.

— Sans doute, mais quel intérêt ? »

Il prit le verre que je tenais. « Rustre insolent ! Voler le vin de ton maître ! Va te chercher un autre verre. » Et, comme j'obéissais, il reprit : « En fouillant dans cette méchanceté, je découvre les ragots les plus ignobles de Castelcerf : qui est grosse de tel seigneur marié, qui est criblé de dettes, qui s'est montré imprudent et avec qui, qui est soupçonné d'avoir le Vif ou d'entretenir des relations avec quelqu'un qui l'a. »

Je faillis renverser mon vin. « Et qu'as-tu appris ?

— Ce à quoi il fallait s'attendre, rien de plus, répondit-il d'un ton rassurant. Pas un mot sur le prince ni sa mère, nulle rumeur sur toi. Un intéressant potin selon lequel Civil Brésinga a rompu ses fiançailles avec Sydel Omble parce qu'elle serait issue d'une famille douée du Vif. Un orfèvre vifier, avec son épouse et ses six enfants, a été chassé de Bourg-de-Castelcerf la semaine dernière et dame Esomal est très contrariée, car elle venait de lui passer commande de deux bagues. Ah, oui ! Dame Patience abrite dans sa tenure trois gardeuses d'oies qui ont le Vif, et peu lui chaut qu'on le sache. Comme un nobliau, cousin d'un dignitaire quelconque, accusait l'une d'elles d'avoir jeté un sort à ses faucons, dame Patience lui a répondu que non seulement le Vif n'opérait pas ainsi, mais que, s'il continuait à lancer ses faucons sur ses tourterelles, elle lui ferait donner une cravachée, quand bien même il serait le cousin de la reine.

— Ah ! Toujours aussi prudente et mesurée, Patience », dis-je en souriant, et le fou acquiesça de la tête. Je repris mon sérieux. « Mais si la vague d'intolérance contre les vifiers continue de monter, Patience risque de se retrouver en danger, à prendre ainsi parti pour eux. J'aimerais parfois qu'elle fasse preuve d'autant de circonspection que de courage.

— Elle te manque, n'est-ce pas ? » demanda le fou à mi-voix.

Je soupirai. « Oui, c'est vrai. » Rien que de l'avouer me nouait la gorge. Ce n'était pas seulement qu'elle me manquait : j'avais l'impression de l'avoir abandonnée. Ce soir, c'était une femme déclinante que j'avais vue, sans plus personne au monde hormis ses domestiques, fidèles mais vieillissants.

« Pourtant, tu n'as jamais envisagé de lui apprendre que tu avais survécu ? Que tu étais toujours en vie ? »

Je secouai la tête. « Non, pour le motif que je viens de mentionner : elle n'a aucune prudence. Non seulement elle crierait la nouvelle sur tous les toits, mais elle menacerait sans doute de bastonnade ceux qui refuseraient de partager sa joie – cela après m'avoir passé un copieux savon, naturellement.

— Naturellement. »

Nous souriions tous les deux, de ce sourire doux-amer qui monte aux lèvres quand on imagine une scène à laquelle le cœur aspire mais que la raison redoute. Le feu brûlait devant nous, et des langues de flamme léchaient la bûche que j'y avais ajoutée. Derrière les volets clos, le vent soufflait, annonciateur de l'hiver. Un sursaut de réflexes anciens me fit songer à toutes les tâches que je n'avais pas accomplies en prévision de sa venue : je n'avais pas fini la récolte du potager ni fait moisson d'herbe des marais pour le fourrage de la ponette. Mais c'étaient les préoccupations d'un autre homme dans une autre vie ; installé à Castelcerf, je n'avais plus à m'en soucier. Pourtant, au lieu d'éprouver de la satisfaction, je me sentais dépouillé.

« Crois-tu que le prince viendra me retrouver à l'aube dans la tour de Vérité ? »

Le fou avait les yeux clos, mais il tourna la tête vers moi. « Je l'ignore. Il dansait encore quand nous sommes partis.

— Il faudra malheureusement que je m'y rende à l'heure dite, au cas où il se présenterait. Je regrette ce rendez-vous ; je dois absolument retourner à la chaumière pour y effacer toutes mes traces. »

Il émit un bruit, mi-assentiment, mi-soupir, puis il remonta les pieds sur son fauteuil, les genoux presque sous le menton, comme un enfant.

« Je vais me coucher, déclarai-je. Tu devrais en faire autant. »

Il poussa un grognement. Je gémis, puis me rendis dans sa chambre, y pris un dessus-de-lit que je rapportai près du feu et drapai sur lui. « Bonne nuit, fou. »

Il me répondit d'un profond soupir en resserrant le couvre-lit sur lui.

Je soufflai toutes les bougies sauf une, qui me servit à m'éclairer pour gagner ma chambre. Je la posai sur mon petit coffre à vêtements et m'assis sur mon lit dur avec un geignement : ma vieille blessure dans le dos et toute la région qui l'entourait me faisaient souffrir. Rester debout sans bouger l'avait toujours réveillée bien davantage que monter à cheval ou travailler dans ma ferme. Il faisait froid dans le réduit que j'occupais, et l'air trop immobile sentait le renfermé, vicié par les odeurs accumulées au cours des siècles. Je n'avais pas envie de dormir là. Je songeai à monter à l'atelier d'Umbre pour m'étendre sur le grand lit moelleux ; cette perspective m'aurait souri s'il n'y avait pas eu tant de marches à gravir.

J'ôtai mes beaux vêtements et fis l'effort de les plier convenablement. Comme je m'enfouissais sous ma couverture, je décidai de demander de l'argent à Umbre pour m'en acheter une autre moins agressivement râpeuse. Et puis de voir ce que devenait Heur. Et aussi de m'excuser auprès de Jinna de ne pas m'être présenté chez elle ce soir comme je l'avais promis. Et de détruire les manuscrits restés dans ma chaumine. Et d'apprendre les bonnes manières à ma jument. Et d'enseigner au prince l'Art et le Vif.

Je poussai un long soupir par lequel j'évacuai tous mes sujets de préoccupation et sombrai dans le sommeil.

Fantôme-de-Loup.

Le contact manquait de puissance. On eût dit de la fumée portée par le vent. Ce n'était pas mon nom ; c'était le nom par lequel quelqu'un me désignait, mais cela ne m'obligeait pas à y répondre. Je me détournai de l'appel.

Fantôme-de-Loup.

Fantôme-de-Loup.

Fantôme-de-Loup.

L'image me vint de Heur qui tirait sur le bas de ma chemise quand il était enfant, avec insistance et persévérance, agaçant comme le zonzon d'un moustique la nuit.

Fantôme-de-Loup.

Fantôme-de-Loup.

Pas moyen de faire taire la voix.

Je dors. Et, avec la logique insolite du songe, je compris soudain que c'était le cas : je dormais et je faisais un rêve. Les rêves n'ont pas d'importance, en principe.

Moi aussi. C'est le seul moment où j'arrive à te contacter. Tu ne le sais pas ?

En lui répondant, j'avais apparemment renforcé son émission, et j'avais presque l'impression qu'elle s'accrochait à moi. *Non, je ne le savais pas.*

Je promenai paresseusement mon regard autour de moi. Le paysage m'était vaguement familier. C'était le printemps et, non loin de moi, des pommiers croulaient sous les fleurs parmi lesquelles bourdonnaient des abeilles ; je sentais de l'herbe moelleuse sous mes pieds nus et une brise légère jouait dans mes cheveux.

Je m'introduis si souvent dans tes rêves pour y observer ce que tu fais que j'ai eu envie de t'inviter dans l'un des miens. Il te plaît ?

Il y avait une femme près de moi. Non, une jeune fille... Enfin, quelqu'un. Je la distinguais mal ; je voyais sa robe, ses petits souliers de cuir et ses mains hâlées, mais le reste demeurait flou ; je ne discernais pas ses traits. Quant à ma propre personne... elle était étrange. Je pouvais m'examiner moi-même comme si je me trouvais hors de mon corps, mais je n'avais pas sous les yeux l'image que me renvoyait habituellement le miroir. J'avais les cheveux ébouriffés, j'étais beaucoup plus grand que ma taille réelle, et beaucoup plus robuste aussi. Ma crinière hirsute et grise tombait dans mon dos et pendait sur mon front ; mes ongles étaient entièrement noirs et je sentais dans ma bouche mes canines exagérément longues. L'inquiétude me rongeait ; il y avait du danger, mais pas pour moi. Pourquoi n'arrivais-je pas à me rappeler ce qu'était cette menace ?

Ce n'est pas moi, ça. Je ne ressemble pas à ça.

Elle éclata d'un rire empreint d'affection. *Ma foi, comme tu ne me laisses pas voir de quoi tu as l'air, il va falloir t'habituer à l'aspect que je te prête ! Fantôme-de-Loup, où étais-tu passé ? Tu m'as manqué, et j'ai eu peur pour toi. J'ai perçu ta grande douleur mais j'ignore ce qui l'a provoquée. As-tu été blessé ? Je te sens moins complet, et tu parais las et plus âgé. Vous m'avez manqué, tes rêves et toi. Tu ne venais plus et j'ai cru que tu étais mort ; c'était affreux. Il m'a fallu un temps fou pour m'apercevoir que je pouvais aller à toi au lieu d'attendre que tu viennes.*

Elle était bavarde comme une enfant. Un effroi bien réel et qui ne devait rien à mon imagination montait peu à peu en moi ; j'avais l'impression qu'une brume glacée s'insinuait dans mon cœur. Et, tout à coup, dans le rêve, je vis de la brume s'élever autour de moi. Sans savoir comment, je l'avais fait apparaître ; alors, consciemment, je la voulus plus dense, plus opaque, et je m'efforçai de mettre ma visiteuse en garde : *Ce que tu fais n'est pas bien, et c'est dangereux. Ne m'approche pas, reste à l'écart de moi.*

Ce n'est pas juste ! s'exclama-t-elle d'un ton plaintif tandis que la brume formait un mur entre nous. Ses pensées me parvinrent moins distinctement. *Regarde l'état de mon rêve maintenant ! Je me suis donné un mal de chien pour le créer, et tu l'as gâché ! Où t'en vas-tu ? Mal élevé !*

Je me dégageai de son étreinte défaillante et constatai que j'étais libre de me réveiller. D'ailleurs, j'étais déjà réveillé, et, un instant plus tard, je m'assis au bord de mon lit. Je me passai les doigts dans les cheveux pour redresser ce qu'il en restait. J'étais encore en train de me préparer à l'assaut d'une migraine d'Art quand elle jaillit du creux de mon estomac et heurta violemment le sommet de mon crâne. Je respirai profondément, calmement, résolu à ne pas vomir. Le temps passa, une minute ou six mois, je n'en sais rien, puis j'entrepris de renforcer laborieusement mes murailles mentales. Avais-je fait preuve de négligence ? S'étaient-elles détériorées sous l'effet de la fatigue ou de la Fumée ?

Ou bien, tout simplement, ma fille était-elle assez forte pour les franchir ?

5

DOULEURS PARTAGÉES

Ouragan de joyaux, écailles scintillantes,
Voilure adamantine à l'éclat terrifiant,
L'œil embrasé de feu et les ailes battantes,
Les dragons vinrent.

Lumière insoutenable à la mémoire humaine,
Promesse enfin tenue d'un millier de chansons,
Serre qui déchiquette et gueule meurtrière.
Le roi revint.

La quête de Vérité, d'ASTÉRIE CHANT-D'OISEAU

*

Un courant d'air effleura ma joue, et j'ouvris les yeux avec difficulté. Je m'étais endormi malgré le froid de l'aube qui entrait par la fenêtre ouverte. Une immense étendue d'eau se déployait devant moi, froncée par des vagues aux crêtes blanches sous un ciel de plomb. Je m'extirpai du fauteuil de Vérité avec un gémissement et gagnai l'ouverture en deux enjambées. La vue, plus large, me montra les falaises à pic et les forêts qui s'accrochaient à leur pied, au flanc de Castelcerf. L'odeur d'une tempête prochaine flottait dans l'air, et le vent affûtait ses crocs pour l'hiver. Le soleil avait dépassé l'horizon d'un bon empan ; l'aube s'était enfuie depuis longtemps et le prince n'était pas venu.

Je ne m'en étonnai pas ; Devoir dormait sans doute

encore à poings fermés après les festivités de la veille. Non, il n'était pas surprenant qu'il eût oublié notre rendez-vous, ou qu'il se fût réveillé assez pour juger que ce n'était pas important et sombrer à nouveau dans le sommeil. Pourtant, j'éprouvais une certaine déception, qui ne tenait pas seulement à ce que mon prince préférât son lit à ma compagnie : il avait promis de se présenter et il n'en avait rien fait ; pis, il ne m'avait même pas fait prévenir qu'il annulait notre rencontre, ce qui m'eût épargné du temps et de l'énergie. Certes, pour un garçon de son âge, c'était une faute sans gravité, une simple négligence ; mais l'inconséquence n'était pas admissible chez un prince, et j'avais fort envie de l'en réprimander comme Umbre n'y aurait pas manqué avec moi à son âge. Ou comme Burrich. J'eus un sourire triste : adolescent, étais-je si différent de Devoir ? Burrich ne m'avait pas fait confiance pour me présenter ponctuellement à mes rendez-vous matinaux, et je me rappelais nettement les coups dont il martelait ma porte pour s'assurer que je serais présent à mes séances d'entraînement à la hache. Ma foi, si nos rôles avaient été autres, je serais volontiers allé tambouriner à la porte du prince.

En l'occurrence, je me contentai de lui laisser un message inscrit dans la poussière accumulée sur la petite table près du fauteuil. « J'étais là ; pas vous. » C'était concis et le prince pouvait y lire ou non une rebuffade, comme il lui plairait. C'était anonyme, aussi ; on pouvait y voir un mot laissé par un page dépité à une femme de chambre en retard.

Je tirai les volets et sortis par où j'étais entré, c'est-à-dire un panneau latéral du parement décoratif qui encadrait la cheminée. Je dus me contorsionner pour franchir l'étroite ouverture, puis la refermer convenablement. Ma bougie s'était consumée et c'est dans l'obscurité presque totale que je descendis un long escalier, chichement éclairé par de minuscules ajours dans la muraille extérieure qui laissaient filtrer de minces doigts de lumière et de vent. J'empruntai ensuite une section horizontale dans de profondes ténèbres ; elle me parut plus longue que dans mon souvenir, et je fus soulagé quand je trouvai enfin, d'un pied tâtonnant, la première marche de l'escalier suivant. Hélas, arrivé en bas, je me trompai d'embranchement et, la troisième fois qu'une toile d'araignée se colla sur mon visage, je compris que je m'étais égaré. Je fis demi-tour, les mains tendues devant moi, et quand, quelque temps après, j'émergeai dans la salle d'Umbre, derrière le casier à bouteilles, j'étais couvert de poussière, trempé de sueur et de très mauvaise humeur, bref, très mal préparé à ce qui m'attendait.

Umbre quitta brusquement son fauteuil près de l'âtre et déposa la tasse qu'il tenait. « Te voici, FitzChevalerie ! » s'exclama-t-il ; au même instant, une onde d'Art me heurta de plein fouet.

Ne me vois pas, pue-le-chien !

Je chancelai, puis me rattrapai au bord de la table pour ne pas tomber. Sans prêter attention à Umbre qui me regardait, les sourcils froncés, je me concentrai sur Lourd. L'idiot, le visage maculé de suie, se tenait près de l'âtre de travail ; sa silhouette ondoyait devant mes yeux et je me sentais étourdi. Si je n'avais pas renforcé mes murailles d'Art la nuit précédente pour me garder du contact d'Ortie, je crois qu'il serait parvenu à effacer toute image de lui de mon esprit. Je serrai les dents.

« Je te vois. Je te verrai toujours. Mais ça ne veut pas dire que je te ferai du mal, sauf si tu tentes de m'en faire ou que tu continues à m'insulter. » L'envie me tenaillait d'user du Vif contre lui, de le *repousser* d'une décharge de pure énergie animale, mais je me retins. Je ne voulais pas non plus employer l'Art ; j'aurais dû baisser mes murailles et cela lui aurait révélé les limites de mes capacités ; je ne m'y sentais pas encore prêt. « Reste calme, me dis-je. Il faut te dominer avant de pouvoir le dominer. »

« Non, non. Lourd ! Arrête ! Il est gentil. Il a le droit de venir. C'est moi qui lui ai permis. »

Umbre le gourmandait comme un enfant de trois ans ; or, bien que les petits yeux qui me regardaient d'un air furieux au milieu du visage lunaire ne fussent certainement pas ceux de mon égal intellectuel, j'y lus pourtant de la rancœur à s'entendre apostropher de cette façon. Je sautai sur l'occasion : sans me détourner de Lourd, je m'adressai à Umbre.

« Il n'est pas nécessaire de lui parler ainsi. Il n'est pas stupide ; il est... » Je cherchai un mot pour exprimer ce que je savais soudain avec certitude : l'intellect de Lourd avait beau être limité par certains aspects, il existait bel et bien. « Il est différent », déclarai-je enfin, faute de mieux. Différent comme un cheval est différent d'un chat, et que tous deux sont différents d'un homme, mais pas inférieurs. J'avais l'impression de percevoir la manière qu'avait son esprit d'emprunter d'autres directions que le mien, d'attacher de l'importance à des détails que je négligeais tout en se désintéressant de pans entiers de ce que j'appelais la réalité et auxquels j'ancrais mon existence même.

L'œil noir, Lourd nous regarda tour à tour, Umbre et moi, puis il s'empara de son balai, d'un seau plein de cendres, et sortit. À l'instant où le casier à bouteilles se refermait derrière lui, je captai un dernier fragment de pensée. *Pue-le-chien.*

« Il ne m'aime pas. Et il sait que j'ai le Vif », dis-je à Umbre en me laissant tomber dans le deuxième fauteuil. D'un ton maussade, j'ajoutai : « Le prince Devoir ne s'est pas présenté à la tour de Vérité ce matin. Il m'avait affirmé qu'il viendrait, pourtant. »

Le vieil homme parut ne rien entendre. « La reine désire te voir sur-le-champ. » Vêtu d'une robe bleue, simple et de bon goût, voire élégante, il était chaussé de pantoufles de fourrure moelleuses. Avait-il mal aux pieds d'avoir trop dansé ?

« À quel propos ? » demandai-je en me levant pour le suivre. Alors qu'il déclenchait l'ouverture du casier à bouteilles, j'observai : « Lourd n'avait pas l'air surpris de me voir entrer par ici. »

Umbre haussa les épaules. « Je ne le crois pas assez intelligent pour s'en étonner. Il n'a sans doute même rien remarqué. »

Je réfléchis : il avait peut-être raison. L'idiot n'y attachait peut-être aucune importance. « Et pourquoi la reine désire-t-elle me voir ?

— Parce qu'elle me l'a dit », répondit-il d'un ton un peu acerbe, après quoi je le suivis en silence. Il devait avoir aussi mal à la tête que moi. Il connaissait un remède aux conséquences de l'excès d'alcool, je le savais, mais je savais également que la concoction n'en était pas simple. Il est parfois plus facile de supporter un mal de tête, si douloureux soit-il, que de se donner la peine de fabriquer un traitement.

Nous pénétrâmes comme la première fois dans les appartements privés de la reine : Umbre jeta un coup d'œil par un trou dans le mur et tendit l'oreille pour s'assurer de l'absence de tout témoin, puis il nous fit entrer dans une pièce secrète et de là dans le salon royal où Kettricken nous attendait. Elle leva vers nous un sourire las. Elle était seule.

Nous nous inclinâmes avec solennité. « Bonjour, ma reine », dit Umbre, et elle tendit les mains pour nous inviter à nous approcher. Lors de ma dernière visite, c'était une Kettricken angoissée, uniquement préoccupée de la disparition de son fils, qui nous avait reçus dans une salle austère ; aujourd'hui, dans la même salle, on voyait partout sa touche personnelle et l'ouvrage de ses mains. Au centre d'une petite table, six lames d'or en forme de feuille d'arbre étaient disposées sur un plateau couvert de galets luisants ; les trois chandelles qui en pointaient diffusaient un parfum de violette. Plusieurs tapis de laine atténuaient le froid hivernal qui s'insinuait peu à peu dans le pavage, et des peaux de moutons moelleuses rendaient les fauteuils plus accueillants. Un feu de jour brûlait dans l'âtre et une bouilloire suspendue au-dessus des flammes lâchait de petites bouffées de vapeur. Ce décor m'évoqua le séjour de Kettricken dans les Montagnes. Elle avait aussi préparé un petit buffet, et de la tisane chaude fumait dans une théière rebondie. À l'instant où je remarquai la présence de deux tasses seulement, Kettricken déclara : « Merci de m'avoir amené FitzChevalerie, sire Umbre. »

C'était une façon courtoise de le congédier. Le vieil homme s'inclina de nouveau, peut-être avec un peu plus de raideur que la première fois, et ressortit par la pièce secrète. Je me retrouvai seul devant ma reine, en proie à la curiosité. Quand la porte se fut refermée sur Umbre, Kettricken poussa un grand soupir puis s'assit à table et m'indiqua l'autre fauteuil. « Je vous en prie, Fitz », et, par ces mots, elle me priait autant de prendre place que de laisser tout formalisme de côté.

Comme je m'installais en face d'elle, j'étudiai ses traits.

Nous avions à peu près le même âge, mais elle portait ses années beaucoup plus gracieusement que moi ; là où le passage du temps m'avait rudement balafré, il l'avait effleurée en ne laissant qu'un entrelacs de rides au coin de ses yeux et de sa bouche. Sa robe verte rehaussait l'or de sa chevelure et allumait des éclats de jade dans son regard. Sa vêture était simple, tout comme le nattage de ses cheveux, et elle n'arborait ni bijoux ni maquillage.

Et c'est sans cérémonie qu'elle me servit une tasse de tisane et la posa devant moi. « Il y a aussi des gâteaux, si cela vous fait envie », dit-elle, et j'aurais volontiers accepté l'invitation car je n'avais encore rien mangé ce matin-là. Cependant, j'avais décelé dans sa voix une note rauque qui m'avait intrigué ; je replaçai sur la table la tasse que j'avais commencé à lever. Kettricken détournait les yeux, évitant mon regard ; je vis ses cils battre frénétiquement, et puis une larme déborda et roula sur sa joue.

« Kettricken ? » fis-je, inquiet. Que s'était-il passé ? Avait-elle découvert la répugnance de la narcheska à épouser son fils ? De nouvelles menaces au sujet du Vif avaient-elles été proférées ?

Elle prit une inspiration hachée puis se tourna brusquement vers moi. « Oh, Fitz ! Ce n'est pas pour cela que je vous ai fait venir ; je voulais le garder pour moi. Mais... j'ai trop de peine, pour nous tous. Quand j'ai appris la nouvelle, j'étais déjà au courant. Je m'étais réveillée un matin à l'aube avec l'impression d'une cassure, d'une grande rupture. » Elle tenta de s'éclaircir la gorge et n'y parvint pas ; elle poursuivit d'une voix gutturale, le visage inondé de larmes : « J'ignorais de quoi il s'agissait mais, quand Umbre m'a rapporté les événements de votre mission, j'ai compris aussitôt. Je l'ai senti s'en aller, Fitz. J'ai senti Œil-de-Nuit nous quitter. » Un violent sanglot la secoua, elle enfouit son visage dans ses mains et pleura comme une enfant au désespoir.

J'avais envie de m'enfuir. J'avais presque réussi à dominer ma douleur, et voici qu'elle retournait le couteau dans la plaie. Je restai de marbre, pétrifié par la peine. Pourquoi fallait-il qu'elle y touche ?

Elle ne parut pas s'apercevoir de ma soudaine froideur. « Les années passent mais jamais on n'oublie un ami comme lui. » Elle se parlait à elle-même, ses propos étouffés par ses mains et ses larmes. Elle se balançait légèrement d'avant en arrière. « Je ne m'étais jamais sentie aussi proche d'un animal avant notre voyage ensemble ; mais lui était toujours là pendant nos longues heures de marche ; il partait reconnaître la route, revenait et s'en allait en arrière vérifier qu'on ne nous suivait pas. Il était pour moi comme un bouclier, car, lorsque je le voyais s'approcher au petit trot, je savais qu'il s'était porté en avant et que nul danger ne nous attendait. Sans la confiance que j'avais en lui, mon pauvre courage m'aurait sûrement fait défaut cent fois. Quand nous avons entamé notre quête, je le considérais comme une simple extension de vous, mais j'ai appris à le connaître ; j'ai découvert sa vaillance, sa ténacité, même son humour. En certaines occasions, surtout à la carrière, nous partions chasser ensemble et j'avais le sentiment qu'il était le seul à comprendre ce que j'éprouvais. Certes, je pouvais le prendre dans mes bras, me laisser aller à pleurer dans sa fourrure sans craindre qu'il révèle ma faiblesse, mais ce n'est pas tout : il se réjouissait aussi de ma force. À la chasse, quand je tuais une proie, je percevais son approbation comme... comme une exultation farouche qui m'affirmait que j'avais le droit de survivre, que j'avais mérité ma place dans ce monde. » Elle reprit difficilement son souffle. « Il me manquera toujours, je pense. Et dire que je n'ai pas eu l'occasion de le revoir une dernière fois avant... »

La tête me tournait : je ne m'étais jamais douté qu'ils fussent aussi proches. Œil-de-Nuit savait bien garder ses secrets lui aussi. Je me doutais que la reine Kettricken possédait une prédisposition au Vif, car il m'était arrivé de sentir son esprit se tendre vaguement lors de ses méditations, et j'avais souvent songé que, dans les Six-Duchés, on aurait désigné d'un terme moins bienveillant ce qu'en Montagnarde elle appelait son « lien » avec la nature. Mais mon loup et elle ?

« Il vous parlait ? Vous entendiez les pensées d'Œil-de-Nuit ? »

Elle secoua la tête, le visage toujours dans les mains, puis répondit d'une voix étouffée : « Non, mais je le sentais dans mon cœur quand je n'étais plus sensible à rien d'autre. »

Je me levai lentement et fis le tour de la petite table. Je voulais seulement poser une main amicale sur son épaule mais, à mon contact, elle se dressa soudain puis s'effondra dans mes bras. Je la soutins pendant qu'elle sanglotait contre moi, et, malgré que j'en eusse, les larmes montèrent à mes yeux ; alors sa peine, non sa pitié pour moi mais le chagrin que lui inspirait la mort d'Œil-de-Nuit, permit à la mienne de s'exprimer, et ma douleur se libéra dans un grand déchirement d'âme. Toute la détresse que j'avais tenté de celer à ceux qui ne pouvaient comprendre la profondeur de ma souffrance, cette détresse exigea d'avoir libre cours. Je ne pris conscience, je crois, de l'interversion de nos rôles qu'au moment où Kettricken me fit doucement asseoir dans son fauteuil ; elle me tendit son mouchoir minuscule et inutile, puis baisa délicatement mon front et mes joues. Mes larmes coulaient sans que je puisse les endiguer. Elle resta debout près de moi, tenant ma tête contre son sein, me caressa les cheveux et me laissa pleurer tout en parlant d'une voix brisée de mon loup et de ce qu'il avait représenté pour elle ; je l'entendais à peine.

Elle ne chercha pas à faire cesser mes pleurs ni à m'affirmer que tout allait bien : elle savait que c'était faux. Mais, quand mes larmes s'épuisèrent enfin, elle se pencha pour déposer un baiser sur mes lèvres, un baiser d'apaisement, de guérison. Ses larmes avaient donné un goût salé à ses propres lèvres. Elle se redressa.

Elle poussa tout à coup un grand soupir, comme si elle déposait un lourd fardeau. « Vos pauvres cheveux, murmura-t-elle en les aplatissant de la main. Oh, mon cher Fitz, comme nous vous avons maltraités, lui et vous ! Jamais je ne pourrai... » Elle parut se rendre compte de l'inutilité de ses paroles et s'interrompit. « Mais... enfin, buvez votre tisane tant qu'elle est chaude. » Elle s'écarta et, au bout d'un moment, je sentis que j'avais recouvré la maîtrise de moi-même. Comme elle s'installait dans mon fauteuil, je pris sa tasse et la portai à ma bouche : la tisane était encore brûlante. Peu de temps s'était donc écoulé, et pourtant j'avais le sentiment d'avoir franchi un jalon important de mon existence. J'inspirai profondément et il me sembla remplir plus complètement mes poumons que je ne l'avais fait depuis bien des jours. Kettricken but à ma tasse, et, quand je la regardai, elle me fit un petit sourire. Ses pleurs avaient souligné de rouge ses yeux clairs et rosi le bout de son nez. Jamais elle ne m'avait paru plus jolie.

Nous passâmes ainsi quelques minutes en silence. Elle avait préparé de la tisane aux épices, chaleureuse et revigorante ; nous avions à notre disposition des friands à la saucisse, de petites tourtes aux fruits acides, et des gâteaux d'avoine, simples et fermes. Nous n'osions parler ni l'un ni l'autre de peur que notre voix ne nous trahisse, et nous n'en avions nul besoin. Quand les herbes eurent infusé, je remplis nos tasses à nouveau. Kettricken resta encore un moment sans rien dire, puis elle se laissa aller contre son dossier et déclara calmement : « Ainsi, vous le voyez, cette soi-disant "tare" que porte mon fils vient de moi. »

Elle s'exprimait comme si elle poursuivait une conversation ininterrompue. Je m'étais demandé si elle opérerait le rapprochement ; à présent qu'elle avait fait le lien, mon cœur se serrait en percevant dans sa voix son chagrin et son remords. « Il y a eu des Loinvoyant doués du Vif avant Devoir, répondis-je. Moi, entre autres.

— Et vous aviez une mère montagnarde. N'est-ce pas à Œil-de-Lune qu'on vous a remis à Vérité ? Qui d'autre qu'une Montagnarde aurait pu vous mettre au monde là-bas ? Je la vois dans la finesse de vos cheveux et je l'ai entendue dans la promptitude avec laquelle vous vous êtes rappelé la langue de votre enfance, la première fois que vous vous êtes rendu à Jhaampe. Si les Montagnes vous ont ainsi marqué, pourquoi n'auraient-elles pas laissé d'autres empreintes ? Il est possible que votre mère soit à l'origine de votre Vif ; peut-être le sang montagnard charrie-t-il cette magie. »

Je m'approchais dangereusement de la vérité quand je répondis : « À mon point de vue, Devoir a pu hériter son Vif aussi bien de son père que de sa mère.

— Mais...

— Mais peu importe d'où il le tient », dis-je, coupant grossièrement la parole à ma reine. Je voulais détourner la conversation du chemin qu'elle avait emprunté. « Il l'a, et c'est tout ce dont il faut se préoccuper. Quand il m'a demandé de lui enseigner ce que je sais, j'ai d'abord été horrifié, mais je crois aujourd'hui que son instinct ne l'a pas trompé. Mieux vaut qu'il en apprenne le plus possible sur les magies dont il est doué. »

Le visage de Kettricken s'illumina. « Vous avez donc accepté de le former ! »

Décidément, mon talent pour la dissimulation s'était bien rouillé – à moins que, comme je m'en fis aigrement la réflexion, ma dame n'eût découvert au fil des ans que la subtilité et la douceur pouvaient lui dévoiler des secrets que même l'habileté retorse d'Umbre n'avait pas réussi à m'arracher. Le regard pénétrant qu'elle posait sur moi m'inclinait à pencher pour la seconde hypothèse.

« Je n'en parlerai pas avec le prince. S'il souhaite que cela reste exclusivement entre vous, il en sera ainsi. Quand commencerez-vous ?

— Dès que cela conviendra au prince », répondis-je évasivement. Je ne voulais pas rapporter à sa mère qu'il avait déjà manqué sa première leçon.

Elle hocha la tête, apparemment satisfaite de s'en remettre à moi. Elle s'éclaircit la gorge. « FitzChevalerie, je vous ai fait mander pour... vous rendre justice. Autant qu'il est possible, en tout cas. Dans bien des domaines, je ne puis vous traiter comme vous le mériteriez, mais je désire que tout soit fait pour votre bien-être ou votre plaisir. Vous jouez le rôle du serviteur de sire Doré, et j'en comprends les raisons ; néanmoins, il me chagrine qu'on ne reconnaisse pas la valeur d'un prince de votre lignage parmi son propre peuple. Aussi, quels sont vos souhaits ? Aimeriez-vous d'autres appartements auxquels vous pourriez accéder secrètement et où vous pourriez jouir d'un véritable confort ?

— Non, répondis-je vivement, puis, conscient de ma brusquerie, je continuai : La situation est parfaite telle qu'elle est. Je n'ai pas besoin de mieux. » Je pouvais vivre à Castelcerf mais jamais je n'y serais chez moi ; il était vain de l'espérer. Cette idée m'ébranla soudain. Être chez soi, c'était se trouver dans un lieu qu'on partageait, comme la soupente des écuries avec Burrich ou la chaumine avec Œil-de-Nuit et Heur. Et les appartements où je vivais aujourd'hui en compagnie du fou ? Non ; il y avait en nous deux trop de circonspection, trop d'intimité préservée, trop de contraintes imposées par nos rôles respectifs.

« ... pris les dispositions pour une allocation mensuelle. Umbre s'occupera de vous la faire verser, mais je tenais à vous donner ceci aujourd'hui même. »

Et ma reine posa une bourse devant moi, petit sac de tissu brodé de fleurs stylisées qui tinta lourdement sur la table. Je rougis malgré moi et ne pus le dissimuler. Je levai les yeux et constatai que les joues de Kettricken avaient rosi elles aussi.

« L'effet est gênant, n'est-ce pas ? Mais ne vous y trompez pas, FitzChevalerie ; cet argent ne sert pas à vous payer de ce que vous avez fait pour moi et les miens ; aucune somme ne le pourrait. Cependant nous avons tous nos dépenses, et il ne sied pas que vous deviez mendier ce dont vous avez besoin. »

Je comprenais son point de vue mais ne pus me retenir : « Votre famille est la mienne, ma reine ; et vous avez raison : aucune somme ne peut rétribuer ce que je fais pour elle. »

Une autre aurait peut-être pris cette réponse pour un reproche, mais je vis une fierté farouche illuminer le regard de Kettricken, qui me sourit. « Je me réjouis de cette parenté, FitzChevalerie. Rurisk était mon seul frère et nul ne saurait le remplacer ; pourtant, vous en approchez autant qu'il est possible. »

À ces mots, je songeai que nous nous comprenions parfaitement, et j'eus chaud au cœur de constater qu'elle nous liait par nos attaches familiales, par le sang que je partageais avec son époux et son fils. Bien des années plus tôt, le roi Subtil s'était approprié ma personne par le biais d'un marché scellé par une épingle d'argent. Souverain et bijou avaient disparu depuis longtemps ; le marché tenait-il toujours ? Subtil, pour s'assurer ma fidélité, avait préféré user de son droit de roi plutôt que de sa position de grand-père. Aujourd'hui Kettricken, ma reine, me reconnaissait d'abord comme parent et ensuite comme frère. Elle ne marchandait pas, et elle aurait froncé le sourcil à l'idée qu'il fût nécessaire de mettre des conditions à ma loyauté.

« Je souhaite révéler à mon fils votre véritable identité. »

Avec un sursaut, je sortis de mes réflexions béates. « Je vous en prie, non, ma reine. Cette information représente un risque et un lourd fardeau ; pourquoi l'en charger ?

— Pourquoi refuser le droit de savoir à l'héritier des Loinvoyant ? »

Un long silence tomba. « Plus tard, peut-être », dis-je enfin.

Elle acquiesça de la tête et j'en fus soulagé, mais cela ne dura pas. « Quand le moment sera venu, je le saurai », répondit-elle.

Puis elle me prit la main et déposa un objet dans ma paume. « Il y a longtemps, vous portiez une petite épingle en argent sertie d'un rubis que le roi Subtil vous avait donnée ; elle vous désignait comme son homme lige et disait que sa porte vous restait ouverte. J'aimerais que vous arboriez aujourd'hui ceci dans le même esprit. »

Le petit bijou représentait un renard d'argent à l'œil vert et scintillant, assis, l'air alerte, la queue enroulée sur ses pattes. Il était fixé à une longue broche; je l'examinai de près : l'ouvrage était parfait.

« Vous l'avez créé vous-même.

— Je suis flattée; vous n'avez pas oublié que j'aime travailler l'argent. Oui, en effet. Et le renard est ce dont vous avez fait mon symbole ici, à Castelcerf. »

Je délaçai ma chemise, l'ouvris et, sous le regard attentif de la reine, enfonçai l'épingle dans le revers. Ainsi placée, elle était invisible, mais, quand je refermai mon col, je sentis le petit renard contre ma poitrine.

Je m'éclaircis la gorge. « Vous m'honorez. Et, puisque vous dites me considérer comme aussi proche que votre frère, je vais vous poser une question que Rurisk vous aurait sûrement posée lui aussi. Pardonnez mon audace, mais je tiens à savoir pourquoi il se trouve parmi vos dames de compagnie une femme qui a voulu attenter à votre vie, ainsi qu'à celle de votre enfant à naître. »

Elle me dévisagea un instant avec une expression de perplexité non feinte. Puis elle sursauta comme si on venait de la piquer et dit : « Ah, vous parlez de dame Romarin ?

— Oui.

— Il y a si longtemps... Tout cela s'est passé il y a bien des années, Fitz. Vous savez, quand je la regarde, je n'y pense même plus. Lorsque Royal et son train sont revenus après la guerre des Pirates rouges, Romarin faisait partie de sa suite. Sa mère était morte, et on l'avait... négligée. Tout d'abord, je ne pouvais pas supporter leur présence, à Royal ni à elle; mais il fallait préserver les apparences, et les excuses abjectes et les promesses de fidélité de votre oncle envers l'héritier à venir et moi-même ont été...

utiles. Elles ont servi à réunir les Six-Duchés, car il avait derrière lui la noblesse de Labour et de Bauge dont le soutien nous était absolument nécessaire. À la suite du conflit, une guerre civile aurait pu aisément éclater dans le royaume, tant étaient profonds les différends qui divisaient les duchés ; mais, grâce à l'influence de Royal, les nobles ont accepté de me prêter serment d'allégeance. Et puis il est mort, de façon étrange et violente, et il était inévitable qu'on m'accusât tout bas de l'avoir fait assassiner par vengeance. Umbre m'a fermement conseillé alors de faire quelques gestes pour l'aristocratie afin de m'assurer sa fidélité, et je me suis exécutée ; j'ai confié à dame Patience la province de Gué-de-Négoce, car je jugeais avoir besoin d'un appui solide dans cette ville, mais j'ai judicieusement distribué les autres fiefs de Royal entre ceux qu'il fallait apaiser au plus vite.

— Et la réaction de sire Brillant à tout cela ? » demandai-je. J'ignorais tout des événements qu'elle décrivait. Brillant était l'héritier de Royal et occupait aujourd'hui le rang de duc de Bauge ; une grande partie de ce qui avait été « distribué » représentait sans doute ce qui aurait dû lui revenir.

« Je l'ai récompensé sous d'autres formes. Après la façon désastreuse dont il avait défendu Cerf et Castelcerf, il se trouvait dans une position précaire, et il ne pouvait guère protester trop fort, car il n'avait pas hérité de l'influence de Royal sur l'aristocratie ; toutefois, je me suis efforcée de faire en sorte que non seulement il soit satisfait de son sort, mais qu'il devienne meilleur dirigeant qu'il ne l'aurait été autrement. J'ai veillé à ce qu'il reçoive une éducation qui ne concerne pas que la qualité des vins et des parures, et la plupart de ses années en tant que duc de Bauge se sont déroulées ici même, à Castelcerf.

Patience gère à sa place ses tenures de Gué-de-Négoce, sans doute beaucoup mieux qu'il ne s'y prendrait lui-même, car elle a le talent et le bon sens de confier les postes importants à des gens compétents ; elle transmet chaque mois à Brillant des comptes rendus, avec un luxe de détails dont elle se passerait volontiers, et j'exige qu'il les étudie sous l'égide d'un de mes trésoriers, d'abord pour m'assurer qu'il les comprend, ensuite pour qu'il se déclare publiquement satisfait de la gestion de ses biens. Et je crois qu'aujourd'hui il l'est bel et bien.

— Sa duchesse n'en serait-elle pas un peu responsable ? » demandai-je.

Kettricken eut la grâce de rougir légèrement. « Umbre considérait que le mariage concourrait à son bonheur ; en outre, il est temps qu'il se donne un héritier. Célibataire, il invitait à la discorde dans la cour.

— Qui a choisi l'heureuse élue ? » Je tâchai de gommer toute froideur de ma voix.

« Sire Umbre m'a soumis une liste de plusieurs jeunes filles de bonne famille qui possédaient les... qualités requises, et je me suis chargée de les présenter à Brillant. J'ai aussi laissé entendre aux parents que je verrais d'un bon œil le duc jeter son dévolu sur une de leurs filles. La compétition a vite fait rage parmi les prétendantes, mais c'est le seigneur Brillant lui-même qui a choisi sa future épouse parmi elles. Mon rôle s'est borné à lui offrir la possibilité d'élire... »

Je l'interrompis pour achever à sa place : « Quelqu'un de docile, sans trop d'ambition. La fille d'un noble fidèle à la Couronne. »

Elle me regarda dans les yeux. « Oui. » Elle poussa un petit soupir. « M'en faites-vous reproche, FitzChevalerie ?

Vous qui, le premier, m'avez enseigné à tourner les intrigues de la cour à mon avantage ? »

Je souris. « Non. En vérité, je suis fier de vous ; et, si j'en crois l'expression qu'affichait sire Brillant hier soir lors de la fête, il est pleinement satisfait de sa dame. »

Elle eut un nouveau soupir, comme de soulagement cette fois. « Merci. Votre considération m'est chère, FitzChevalerie, aujourd'hui comme jadis, et je ne voudrais pas croire un jour m'être avilie à vos yeux.

— Je doute que vous le puissiez », répondis-je avec autant de sincérité que de galanterie. Je décidai de ramener la conversation sur le sujet qui m'intéressait. « Et Romarin ?

— Quand Royal est mort, la plupart de ses courtisans ont regagné leurs propriétés familiales, et certains sont allés visiter de nouvelles tenures que je leur avais offertes, mais personne n'a emmené Romarin. Son père était mort avant sa naissance et sa mère portait son titre, dame Céleffa de Sapinière, mais ce n'étaient guère plus que des mots : Sapinière est une tenure minuscule, un fief de mendiant. Il s'y dresse un manoir mais, à ce que je sais, il n'est plus habité depuis des années. Si elle n'avait pas bénéficié de la faveur de Royal, dame Céleffa n'aurait jamais mis les pieds à la cour. » Elle soupira. « Romarin se trouvait donc à Castelcerf, orpheline à huit ans, et elle n'était pas dans les bonnes grâces de la reine. Inutile, je crois, que je vous décrive quelle était sa vie à la cour. »

Je ne pus m'empêcher de faire la grimace : je n'avais pas oublié comment on m'y avait traité moi-même.

« J'essayais de faire comme si elle n'existait pas, mais Umbre refusait d'oublier sa présence. Et, en vérité, je n'y arrivais pas non plus.

— Elle représentait une menace pour vous ; bien qu'incomplètement formé, c'était un assassin que Royal avait dressé à vous haïr. Il n'était pas possible de la laisser vagabonder partout sans surveillance. »

Kettricken se tut un moment, puis répondit : « On croirait entendre Umbre. Non, c'était pire que cela : il y avait chez moi une enfant rejetée, une petite fille à qui j'en voulais d'être devenue ce qu'on l'avait faite. Je la négligeais, et son existence même était un reproche constant à ma dureté. Si j'avais été pour elle ce qu'une dame doit être pour son page, Royal n'aurait jamais réussi à la détourner de moi.

— Sauf s'il la tenait sous sa coupe avant même que vous ne la preniez à votre service.

— Même dans ce cas, j'aurais dû m'en apercevoir ; mais je ne m'intéressais qu'à ma vie et à mes soucis personnels.

— Voyons, c'était votre page, non votre fille !

— Vous oubliez que, par mon éducation montagnarde, je suis l'Oblat de mon peuple, Fitz, et non une reine telle que vous vous la représentez. J'exige davantage de moi-même. »

J'esquivai la question. « C'est donc vous qui avez décidé de la garder.

— D'après Umbre, c'était cela ou bien je devais l'éliminer. Ces mots m'ont emplie d'horreur : tuer une enfant parce qu'elle a agi selon ce qu'on lui a enseigné ? Et puis ces mêmes mots m'ont aidée à y voir plus clair. Il aurait été plus miséricordieux de la tuer que de la torturer en la négligeant comme je l'avais fait jusque-là. Je me suis donc rendue chez elle le soir même, seule. Elle était terrorisée devant moi ; sa chambre était glacée, presque nue, et j'ignore depuis combien de temps sa literie n'avait pas été nettoyée. Sa chemise de nuit était devenue trop petite pour elle ; elle était déchirée aux épaules et bien trop courte pour sa taille. Elle s'est pelotonnée sur son lit, aussi loin de moi que possible, et elle m'a regardée, les yeux agrandis de peur. Je lui ai demandé alors ce qu'elle préférait : être confiée à dame Patience ou redevenir mon page.

— Et elle a choisi cette dernière solution.

— Elle a éclaté en larmes, elle s'est jetée au sol, s'est cramponnée à mes jupes et m'a dit qu'elle croyait que je ne l'aimais plus. Elle sanglotait si fort que, le temps que je parvienne à la calmer, ses cheveux étaient trempés de sueur et elle tremblait comme une feuille. Fitz, quelle honte j'ai ressentie à m'être montrée si cruelle avec une enfant, non en la battant mais en feignant simplement de ne pas la voir ! Seuls Umbre et moi l'avions suspectée de chercher à me nuire ; cependant, rien qu'en la repoussant, j'avais donné l'autorisation tacite aux rangs moins élevés que le mien de la traiter avec brutalité. Ses petites pantoufles étaient en lambeaux... » Sa voix mourut, et, malgré moi, mon cœur se serra pour Romarin. Kettricken prit une grande inspiration et poursuivit son récit. « Elle m'a suppliée de la reprendre à son service. Elle n'avait pas sept ans quand elle avait obéi aux ordres de Royal, Fitz. Elle ne m'avait jamais détestée et elle n'avait jamais compris ce qu'on lui demandait. Pour elle, j'en suis sûre, écouter mes conversations et les répéter n'était qu'un jeu. »

Je me voulus terre à terre et insensible. « Et enduire les marches de graisse pour provoquer votre chute ?

— Lui aurait-on expliqué l'objectif de sa mission ? Ne lui aurait-on pas seulement ordonné d'étaler la graisse sur les marches après que je serais montée au jardin de la tour ? Aux yeux d'une enfant, cela pouvait avoir l'air d'une simple plaisanterie.

— Lui avez-vous posé la question ? »

La reine se tut un instant. « Il est des sujets qu'il vaut mieux ne pas mettre sur le tapis. Même si elle savait que le but était de me faire tomber, je ne crois pas qu'elle en mesurait toute l'importance. Peut-être voyait-elle deux personnes en moi, la femme que Royal désirait abattre et Kettricken qu'elle servait quotidiennement. Le responsable de sa conduite est mort, et, depuis que je l'ai reprise auprès de moi, elle s'est toujours montrée fidèle et diligente. » Elle poussa un soupir et son regard se porta sur le mur dans mon dos. « Il faut laisser le passé au passé, Fitz, et cela s'applique particulièrement à ceux qui ont la charge du pouvoir. Je dois marier mon fils à la fille d'un Outrîlien, je dois instaurer une alliance politique et commerciale avec un peuple qui a mené mon roi à la mort. Vais-je chicaner pour une petite espionne que j'ai prise sous mon aile et dont j'ai fait une dame de ma cour ? »

Je soupirai à mon tour. Si elle ne regrettait pas sa décision quinze ans après, aucun de mes arguments n'y changerait rien ; et c'était peut-être mieux ainsi. « Non, c'est sans doute normal de votre part ; à votre arrivée à Castelcerf, vous n'avez pas hésité à écouter les conseils d'un assassin. »

Elle me corrigea d'un ton grave : « De mon premier ami en ces lieux. » Elle fronça les sourcils. Quand je l'avais connue autrefois, il n'y avait pas toutes ces rides sur son front et entre ses yeux, mais sa fonction les avait creusées. « Ce mystère qu'il faut préserver autour de vous ne me plaît pas. Je voudrais vous avoir à mes côtés pour me guider et dispenser votre enseignement à mon fils ; je voudrais vous honorer comme ami autant que comme Loinvoyant.

— C'est impossible, répondis-je avec fermeté, et je m'en réjouis : je vous suis plus utile dans le rôle que je joue, et je représente un danger moindre pour le prince et vous-même.

— Mais vous courez davantage de risques. J'ai appris par Umbre que des Pie vous avaient menacé sur le pas de notre porte. »

J'en pris alors conscience, j'aurais préféré qu'elle n'en sût rien. « Mieux vaut que je me charge personnellement de cette affaire ; j'arriverai peut-être à les attirer au grand jour.

— Peut-être ; néanmoins, j'ai honte de songer que vous affrontez ce péril apparemment seul. À vous dire la vérité, savoir qu'un tel sectarisme existe encore dans les Six-Duchés et que notre noblesse ne s'y oppose pas m'emplit de dégoût. Je m'efforce de protéger au mieux mes sujets vifiers, mais les progrès sont lents. Quand les premiers placards des Pie sont apparus, la fureur m'a prise, et Umbre m'a pressée de ne pas agir sous le coup de la passion ; aujourd'hui je me demande s'il n'aurait pas été plus avisé de déclarer publiquement ma colère. Ma seconde réaction a été d'informer ceux de mon peuple qui sont doués du Vif que ma justice leur était accessible ; j'ai voulu inviter les chefs des vifiers à venir me voir afin qu'ensemble nous puissions leur forger un bouclier contre la malveillance de ces Pie. » Elle secoua la tête. « Là encore, Umbre s'est interposé : les vifiers n'avaient pas de dirigeants ni d'organisation, et ils se méfieraient trop des Loinvoyant pour répondre à mon appel. Nous ne disposions d'aucun intermédiaire auquel ils accorderaient leur confiance ni d'aucune preuve à leur soumettre pour les convaincre que nous ne leur tendions pas un piège. Il m'a persuadée d'abandonner cette idée. » Comme à contrecœur, elle ajouta : « Umbre est un bon conseiller, avisé en politique et fin connaisseur des arcanes du pouvoir ; pourtant, j'ai parfois l'impression qu'il voudrait gouverner avec pour seul objectif la stabilité du royaume, sans se soucier autant que moi de la justice. » Son front pâle se plissa. « Selon lui, plus le pays est stable, plus la justice a de chances d'y régner. Il a peut-être raison ; mais j'ai bien souvent regretté les longues discussions que nous avions sur ces sujets, vous et moi. En cela aussi, vous m'avez manqué, FitzChevalerie. Il me déplaît de ne pouvoir vous garder près de moi et d'être obligée de vous faire mander en secret quand je souhaite votre présence. J'aimerais pouvoir vous inviter à nous accompagner au jeu aujourd'hui, Peottre et moi, car votre opinion sur lui me serait précieuse. C'est un personnage très intrigant.

— Vous jouez avec Peottre aujourd'hui ?

— J'ai bavardé avec lui hier soir, et, comme nous évoquions les chances de Devoir et d'Elliania d'être vraiment heureux ensemble, nous avons abordé le sujet de la chance en général, puis nous avons dévié sur les jeux de hasard. Vous rappelez-vous une distraction des Montagnes où interviennent des cartes et des cailloux marqués de runes ? »

Je fouillai mes souvenirs. « Oui, vous m'en avez parlé une fois, je crois ; et il me revient maintenant d'avoir lu un texte à ce sujet, après le premier attentat de Royal contre moi, pendant ma convalescence.

— On utilise des cartes en épais papier ou de minces tablettes de bois ; elles portent, peintes ou gravées, des images tirées de nos contes, comme le Vieux Tisserand ou le Chasseur à l'Affût. Des runes sont inscrites sur les cailloux et désignent la Pierre, l'Eau et la Pâture.

— Oui, je connais ce jeu, j'en suis sûr.

— Eh bien, Peottre souhaite que je lui en enseigne les règles. Il s'est montré fort intéressé quand je l'ai décrit ; selon lui, il en existe un dans les îles d'Outre-mer qui se pratique avec des cubes runiques que l'on agite puis que l'on jette ; alors le joueur dispose ses pions sur un carré de tissu ou une plaque de bois où sont représentés des dieux mineurs comme le Vent, la Fumée ou l'Arbre. Cela rappelle fort mon jeu, n'est-ce pas ?

— Peut-être », dis-je, plus intéressé par le visage de Kettricken : à la perspective de se faire le professeur de Peottre, elle s'était illuminée d'une façon qui n'avait aucune commune mesure avec le plaisir que cette idée aurait dû lui procurer. Ma reine trouvait-elle à son goût ce guerrier outrîlien rugueux ? « Il faudra m'en apprendre davantage sur ce jeu plus tard ; j'aimerais savoir si les runes inscrites sur les dés sont similaires à celles de vos cailloux.

— Ce serait curieux, en effet, d'autant que certaines runes de mon jeu ressemblent à celles des piliers d'Art.

— Ah ! » Ma reine restait capable de me prendre au dépourvu. J'avais toujours eu l'impression qu'elle possédait une rare aptitude à suivre plusieurs trains de pensées à la fois et à rassembler des éléments étrangement disparates en un tout organisé auquel nul n'avait songé. C'est de cette manière qu'elle avait redécouvert la carte perdue de la route qui menait au royaume des Anciens. Je me sentis soudain comme surchargé de sujets de réflexion.

Je me levai pour prendre congé, m'inclinai et cherchai en vain les mots pour la remercier, tout en m'étonnant de cette impulsion qui m'incitait à témoigner de la reconnaissance à quelqu'un qui pleurait un être que j'avais aimé. Je bafouillai maladroitement jusqu'à ce qu'elle me fît taire en s'emparant de mes mains. « Vous êtes peut-être vous-même le seul qui ait compris ce que j'ai ressenti à la disparition de Vérité, à le voir transformé, à le savoir bientôt triomphant, sans pouvoir m'empêcher d'éprouver un chagrin égoïste à l'idée de ne plus jamais retrouver l'homme qu'il avait été. Ce n'est pas la première tragédie que nous partageons, FitzChevalerie. Vous et moi avons traversé seuls une grande part de notre existence. »

Faisant fi de la bienséance, je pris Kettricken dans mes bras et la serrai un long moment contre moi. « Il vous adorait », dis-je, et je m'étranglai sur ces paroles que je prononçais au nom de mon roi perdu.

Elle posa son front sur mon épaule. « Je le sais, répondit-elle à mi-voix. Son amour me soutient toujours. J'ai parfois l'impression de le sentir près de moi, en train de me souffler des conseils pendant les heures difficiles de ma vie. Puisse Œil-de-Nuit demeurer avec vous comme Vérité reste avec moi. »

Je tins longuement l'épouse de Vérité sur mon cœur. Tout aurait pu être si différent ! Mais son souhait était un bon souhait, et il m'apaisait l'âme. Avec un soupir, je la libérai de mon étreinte, et la reine et le domestique se séparèrent pour vaquer à leurs tâches quotidiennes.

6

EFFAÇAGE

... et il est quasiment certain que les Chalcédiens auraient vaincu les Marchands de Terrilville et se seraient approprié leur territoire s'ils avaient pu maintenir un blocus efficace sur la baie de Terrilville.

Deux magies les ont contrariés dans cette entreprise, et il s'agissait bel et bien de magie, quoi qu'en disent d'aucuns, car, chacun le sait, les Marchands sont des négociants et non des guerriers. Tout d'abord, ils possèdent des vivenefs, bâtiments de commerce qui, par quelque pratique mystérieuse qui exige le sacrifice de trois enfants ou doyens d'une famille, accèdent à la vie et à la sensibilité ; les figures de proue de ces navires sont douées non seulement de la parole et du mouvement mais aussi d'une force prodigieuse qui leur permet de broyer des bâtiments de moindre taille lorsqu'elles s'en saisissent. Certaines sont capables de cracher le feu jusqu'à une distance égale à trois fois la longueur de leur vaisseau.

Les ignorants contesteront sans doute l'existence de la seconde magie comme de la première, mais, comme votre serviteur fut lui-même témoin de ses effets, il ne craint pas ceux qui n'y voient que mensonge. Un dragon, habilement fabriqué à l'aide de pierres précieuses bleues et argent, et animé par une combinaison merveilleuse de magie et de... [ici, le parchemin est endommagé et ne permet pas la lecture] fut créé en hâte par les artisans de Terrilville pour défendre leur port. Cette créature, baptisée Tinnitgliat par ses auteurs, s'éleva des ruines fumantes auxquelles les Chalcédiens avaient réduit le quartier des entrepôts et chassa les navires ennemis des eaux de Terrilville.

Mes tribulations autour du monde, de VINFRODA

*

Je suivis en sens inverse le dédale de passages secrets pour arriver enfin à la cellule qui me servait de chambre. Par l'œilleton, j'en scrutai l'obscurité avant d'entrer, puis, une fois dedans, je refermai soigneusement le battant derrière moi. Je m'immobilisai alors dans le noir : j'avais entendu des voix de l'autre côté de la porte qui donnait chez le fou.

« Ma foi, j'ignore quand il est parti et pourquoi ; je n'ai donc aucune idée de l'heure à laquelle il compte revenir. L'idée m'a paru tout d'abord exquise d'engager un homme d'armes robuste et compétent, capable non seulement de me protéger des brigands des rues mais aussi de me servir de valet et de répondre à mes autres besoins ; il s'est hélas révélé indigne de confiance en ce qui concerne les tâches ménagères. Regardez ma table ! J'ai dû saisir au vol un page dans le couloir et lui ordonner de faire monter mon petit déjeuner, et ce qu'on m'a porté ne correspond pas du tout à mes goûts ! Je suis fort tenté de renvoyer ce Blaireau mais, avec ma cheville blessée, le moment est mal choisi pour me passer d'un domestique vigoureux. Enfin, peut-être vais-je devoir m'accommoder de ses limites et embaucher un page ou deux pour les corvées quotidiennes. Mais voyez donc la couche de poussière sur ce manteau de cheminée ! C'est honteux ! Je ne puis recevoir des visiteurs dans un salon dans cet état ; j'en viens presque à me réjouir que mon entorse m'oblige actuellement à un certain isolement. »

Je ne remuais plus d'un cil. Je voulais savoir à qui il s'adressait et pourquoi son interlocuteur me cherchait, mais je ne pouvais guère sortir soudain de ma chambre alors que le fou avait affirmé que j'étais absent.

« Très bien. Dans ce cas, puis-je laisser un message pour votre valet, sire Doré ? »

La voix était celle de Laurier, qui ne cherchait pas à dissimuler son irritation. Elle avait observé de trop près nos relations lors de notre aventure commune pour se laisser prendre à notre comédie ; nous étions si souvent sortis de nos rôles respectifs qu'elle ne pouvait plus croire que notre couple était seulement celui d'un maître et de son domestique. Toutefois, je comprenais aussi pourquoi sire Doré persistait à maintenir notre façade ; toute autre attitude aurait inévitablement abouti à ce que la cour apprît un jour ou l'autre la vérité.

« Certainement. À moins que vous ne préfériez revenir ce soir ; vous seriez la bienvenue, et vous auriez peut-être la chance qu'il se fût rappelé ses devoirs et eût regagné son poste. »

S'il avait voulu apaiser Laurier, c'était un échec. « Un message suffira. En passant dans les écuries, j'ai remarqué un détail inquiétant chez sa jument. S'il veut bien me retrouver auprès d'elle à midi, je le lui montrerai.

— Et s'il n'est pas rentré à cette heure... Par Sa, que je déteste cette situation ! Être obligé de jouer les secrétaires de mon propre valet ! »

Laurier interrompit son monologue aux accents de tragédien. « Sire Doré, je suis très inquiète. Assurez-vous qu'il soit ponctuel au rendez-vous ou qu'il se débrouille pour me trouver. Bonne journée. »

Et elle ferma sèchement la porte. J'attendis quelques minutes encore afin d'être sûr que le fou était bien seul, puis j'ouvris sans bruit ma propre porte, sans toutefois parvenir à prendre en défaut les sens supérieurement affinés de mon ami. « Te voici ! s'exclama-t-il avec un soupir de soulagement. Je commençais à me faire du souci pour toi. » Il me regarda de plus près et un sourire éclaira son visage. « La leçon du prince paraît s'être très bien déroulée.

— Le prince a préféré ne pas s'y présenter. Et je regrette les embarras que je t'ai causés ; j'ai complètement oublié de faire préparer le petit déjeuner de sire Doré. »

Il écarta mes excuses d'un geste désinvolte. « Crois-moi, te connaissant, je n'attends pas de toi la compétence d'un véritable domestique. Je suis parfaitement capable de m'occuper seul de mes repas. Il sied toutefois que j'élève quelques plaintes quand je me vois obligé d'arrêter un page pour me servir ; je pense avoir fait maintenant assez d'histoires pour ajouter un jeune serviteur à mon personnel sans éveiller de curiosité déplacée. » Il se servit une tasse de tisane, en but une gorgée et fit la grimace. « Froide. » Il désigna de la main les restes de son repas. « Tu as faim ?

— Non. J'ai mangé avec Kettricken. »

Il hocha la tête sans marquer de surprise. « Le prince m'a fait parvenir un message ce matin, dont le sens me devient clair à présent. Il disait : "J'ai constaté avec tristesse que votre blessure vous empêchait de participer au bal de ma cérémonie de fiançailles. Je sais combien il est désagréable qu'un contretemps imprévu interdise un plaisir attendu de longue date. Je vous souhaite de tout cœur d'être en mesure de reprendre bientôt vos activités favorites." »

Je souris, satisfait. « C'est adroitement tourné, et il parvient à transmettre ce qu'il veut dire. Notre prince apprend la subtilité. »

Le fou acquiesça. « Il a la finesse d'esprit de son père. » Je tournai vers lui un regard acéré, mais il affichait une expression parfaitement innocente. Il poursuivit : « Tu as un autre message, de Laurier cette fois.

— Oui, j'ai entendu.

— Je m'en doutais. »

Je secouai la tête. « Celui-là m'intrigue et m'alarme à la fois. À sa façon de s'exprimer, ce rendez-vous n'a sans doute aucun rapport avec ma monture, mais je m'y présenterai tout de même pour savoir de quoi il retourne. Ensuite, j'aimerais descendre à Bourg-de-Castelcerf voir Heur et m'excuser auprès de Jinna. »

Il haussa ses sourcils pâles d'un air interrogateur.

« J'avais dit que je passerais chez elle hier soir pour parler à Heur, mais, comme tu le sais, j'ai dû assister avec toi aux festivités des fiançailles. »

Il saisit un petit bouquet blanc posé sur son plateau et le huma d'un air songeur. « Tous ces gens qui veulent un peu de ton temps... »

Je soupirai. « Ce n'est pas facile pour moi. Je ne sais pas jongler avec tous mes devoirs. Je m'étais habitué à mon existence d'ermite où les seules demandes provenaient d'Œil-de-Nuit et de Heur, et je crois que je ne me débrouille pas très bien. J'ignore comment Umbre réussit à répondre à toutes ses tâches depuis tant d'années. »

Le fou sourit. « C'est une araignée, une tisserande dont les fils partent dans toutes les directions. Lui, il est installé au centre de la toile et il interprète les vibrations. »

Je lui rendis son sourire. « Oui, c'est bien ça. Ce n'est pas très flatteur, mais c'est bien ça. »

Il pencha soudain la tête. « C'est Kettricken, alors, n'est-ce pas ? Pas Umbre.

— Je ne comprends pas. »

Il baissa les yeux sur ses doigts entre lesquels il faisait tourner le bouquet. « Tu as changé. Tes épaules sont de nouveau droites, tu me regardes en face quand je te parle ; je n'ai plus l'envie constante de jeter un coup d'œil derrière moi pour voir s'il n'y a pas un fantôme dans mon dos. » Délicatement, il reposa les fleurs sur la table. « Quelqu'un t'a ôté une partie de ton fardeau.

— Oui, c'est Kettricken », fis-je au bout d'un moment. Je m'éclaircis la gorge. « Elle était plus proche d'Œil-de-Nuit que je ne le croyais. Elle aussi pleure sa disparition.

— Tout comme moi. »

Je pesai mes mots avant de les prononcer, incertain qu'ils fussent nécessaires, craignant qu'ils ne fissent mal au fou. « C'est différent. Kettricken pleure Œil-de-Nuit comme moi, pour lui et pour ce qu'il représentait pour elle. Toi... » J'hésitai, ne sachant comment tourner mes paroles.

« Je l'aimais à travers toi. C'est par notre relation qu'il était devenu réel à mes yeux. Dans un sens, donc, je ne pleure pas Œil-de-Nuit comme toi : je souffre de ta souffrance.

— Tu as toujours eu plus de talent que moi pour exprimer les sentiments.

— En effet. » Il soupira et croisa les bras sur sa poitrine. « Ma foi, je suis heureux que quelqu'un ait pu t'aider. Même si je suis jaloux de Kettricken. »

Avait-il perdu la tête ? « Tu es jaloux de sa tristesse ?

— Non, je l'envie d'avoir su te consoler. » Puis, avant que j'eusse le temps de songer à une réponse, il ajouta d'un ton vif : « Je te laisse le soin de rapporter la vaisselle aux cuisines. Veille à te montrer maussade, car tu viens de recevoir une sévère réprimande de ton maître. Ensuite, tu peux aller voir Laurier et te rendre à Bourg-de-Castelcerf ; j'ai l'intention de passer une journée au calme à poursuivre mes propres recherches. J'ai fait annoncer que ma cheville me faisait mal, que je souhaitais me reposer et que je ne voulais pas de visites. Cet après-midi, je suis invité à participer à un jeu avec les favoris de la reine ; si tu ne me trouves pas ici, cherche-moi chez elle. Seras-tu revenu pour m'aider à descendre au dîner ?

— J'espère. »

Son visage s'assombrit soudain, comme s'il souffrait

vraiment. Il hocha gravement la tête. « Je te verrai peut-être à ce moment-là. » Il quitta la table, se dirigea vers sa chambre, ouvrit la porte sans un mot et la referma soigneusement derrière lui.

Je rassemblai les plats et les couverts sur le plateau. Malgré ma soi-disant incompétence comme domestique, je mis toute la pièce en ordre, puis descendis le plateau aux cuisines avant de rapporter du bois et de l'eau. La porte de la chambre du fou resta close. Était-il indisposé ? J'étais prêt à frapper à son huis mais il était déjà près de midi ; je me rendis donc dans ma propre chambre pour ceindre mon épée de service, prendre quelques pièces dans la bourse que m'avait donnée Kettricken et cacher le reste sous un coin de mon matelas. Je vérifiai que mes poches secrètes étaient bien garnies, décrochai ma cape et gagnai les écuries.

Avec l'afflux de visiteurs provoqué par les fiançailles du prince, elles étaient totalement occupées par les montures des invités ; les chevaux des rangs moindres, dont je faisais partie, avaient été transférés dans les « vieilles écuries », celles de mon enfance, ce qui me convenait parfaitement : je risquais beaucoup moins d'y tomber nez à nez avec Pognes ou d'autres personnes qui auraient conservé le souvenir du petit protégé du maître d'écurie Burrich.

Je trouvai Laurier accoudée au battant du box de Manoire, occupée à parler doucement à l'oreille de la jument. Avais-je mal interprété son message ? Je me sentis envahi d'inquiétude pour l'animal et me hâtai de rejoindre la jeune femme. « Qu'a-t-elle ? demandai-je, avant de me rappeler mes manières. Bonjour, grand'veneuse Laurier. Me voici, comme vous le souhaitiez. » L'air indifférent, Manoire ne nous accordait aucune attention.

« Bonjour, Blaireau. Merci d'honorer mon rendez-vous. » Elle jeta un coup d'œil alentour, mine de rien ; il n'y avait personne dans notre coin des écuries, mais elle se pencha quand même vers moi pour murmurer : « Il faut que je vous parle en privé. Suivez-moi.

— Comme il vous plaira, madame. » Elle s'éloigna à grandes enjambées ; je lui emboîtai le pas. Nous longeâmes les rangées de boxes jusqu'au fond du bâtiment puis, à mon immense surprise, nous nous engageâmes dans l'escalier aux marches aujourd'hui branlantes qui menait à la soupente de Burrich. À l'époque où il avait la charge des écuries, il déclarait préférer vivre près de ses animaux plutôt que dans un logement plus luxueux dans le corps du château, et je croyais alors que c'était la vérité ; mais, les années passant, j'étais arrivé à la conclusion qu'il conservait cet humble séjour autant pour préserver son intimité que pour éviter qu'on ne me remarque trop. Aujourd'hui, alors que je suivais Laurier, je m'interrogeais : que savait-elle ? M'emmener dans mon vieux galetas lui servait-il de prélude pour m'annoncer qu'elle avait découvert ma véritable identité ?

La porte n'était pas verrouillée. Elle la poussa de l'épaule et le battant racla contre le plancher. Laurier pénétra dans la pièce obscure et me fit signe de l'imiter. Je courbai la tête pour éviter une toile d'araignée alourdie de poussière, tendue en travers de l'encadrement. La seule lumière filtrait par l'entrebâillement du volet disjoint qui fermait la fenêtre à l'autre bout du réduit. Que tout me paraissait étriqué ! Les quelques meubles qui nous avaient suffi, à Burrich et moi, avaient disparu depuis longtemps, remplacés par les rebuts habituels d'une écurie, vieux mors tordus, outils cassés, couvertures mangées aux mites ; tout le matériel usagé qu'on met de côté avec l'idée qu'on le réparera un jour ou qu'il pourra encore servir le cas échéant, tout ce fourbi encombrait la chambre où j'avais passé mon enfance.

Je voyais d'ici la réaction horrifiée de Burrich à ce spectacle ! Je m'étonnai moi-même que Pognes laisse s'accumuler une telle pagaille, et puis je songeai qu'il avait sûrement des soucis autrement urgents ; les écuries représentaient une responsabilité plus lourde et de plus grande importance qu'au temps de la guerre des Pirates rouges. Il ne passait certainement pas ses nuits à graisser et à remettre en état de vieux harnais.

Laurier se méprit sur mon expression. « Je sais, ça ne sent pas bon ici, mais au moins c'est à l'écart. Je vous aurais volontiers parlé dans votre chambre si le seigneur Doré n'avait pas été trop occupé à jouer les aristocrates.

— Mais c'est un aristocrate », protestai-je, et puis je me tus devant le regard noir qu'elle m'adressa ; je m'aperçus avec retard que sire Doré lui avait accordé beaucoup d'attention pendant notre voyage, mais qu'ils n'avaient pas échangé une seule parole lors de la soirée précédente. Ah !

« Peu importe ce qu'il en est et qui vous êtes réellement. » Elle chassa de son esprit l'agacement qu'elle éprouvait envers nous, manifestement préoccupée par des questions plus graves. « J'ai reçu un message de mon cousin. La mise en garde de Fradecerf n'était pas adressée à vous mais à moi, et je ne pense pas qu'il approuverait que je vous la transmette, car il a de très bonnes raisons de ne pas vous aimer. Toutefois, la reine paraît vous tenir dans une certaine estime, et je lui suis fidèle.

— Tout comme moi, répondis-je. Lui avez-vous fait part de ce fameux message ? »

Elle se tut un instant. « Pas encore, avoua-t-elle. Il est

possible que ce ne soit pas nécessaire, que vous soyez en mesure de régler seul cette affaire. En outre, il est moins facile pour moi de trouver un moment seul avec Sa Majesté que de vous faire mander.

— Et cette mise en garde ?

— Il me presse de fuir ; les Pie savent qui je suis et où je vis, et je les ai doublement trahis à leurs yeux. Par la famille dont je suis issue, ils me considèrent comme du Lignage, or je sers le régime Loinvoyant qu'ils haïssent. Ils me tueront s'ils en ont l'occasion. » Elle m'avait exposé la menace qui pesait sur elle d'une voix où ne filtrait aucune émotion, mais elle baissa le ton et détourna le regard pour ajouter : « Et cela vaut pour vous aussi. »

Le silence tomba entre nous. Je réfléchis en regardant des particules de poussière danser dans le rai de soleil qui passait par les volets, puis Laurier reprit au bout d'un moment : « Le message m'apprend aussi que Laudevin s'étiole dans l'attente de la cicatrisation du moignon que vous lui avez laissé. À la suite de notre petite aventure, nombre de ses partisans l'ont abandonné pour revenir aux authentiques traditions du Lignage, et les familles ont fait pression sur leurs fils et leurs filles pour qu'ils rejettent la politique extrémiste des Pie. Beaucoup partagent le sentiment que la reine fait des efforts sincères pour améliorer le sort des gens du Lignage ; la nouvelle que son fils a le Vif s'est répandue et ils lui portent désormais une certaine bienveillance. Ils sont prêts à se retenir d'agir, pour l'instant du moins, en attendant de voir quelle sera son attitude envers nous.

— Et ceux qui restent chez les Pie ? » demandai-je non sans répugnance.

Laurier secoua la tête. « Les fidèles de Laudevin sont les plus dangereux et les plus jusqu'au-boutistes. Il attire ceux qui veulent faire couler le sang et semer l'anarchie, qui ont plus soif de revanche que de justice, de pouvoir que de paix. Certains, comme lui, ont vu leur famille et leurs amis exécutés parce qu'ils avaient le Vif ; d'autres ont plus de folie que de sang dans les veines. Ils ne sont pas nombreux mais ils ne s'arrêteront à rien pour atteindre leurs objectifs, ce qui les rend aussi redoutables qu'une armée entière.

— Leurs objectifs ?

— Rien de compliqué : l'autorité pour eux, le châtiment pour ceux qui ont opprimé les vifiers. Ils détestent les Loinvoyant mais, plus encore, ils vous détestent, vous, et Laudevin ne se prive pas de jeter de l'huile sur le feu ; il se vautre dans la haine et la répand sur ses affidés comme si c'était de l'or. Vous avez éveillé leur fureur contre ceux du Lignage qui "lèchent les bottes des tyrans Loinvoyant". Les sbires de Laudevin exercent des représailles sur les gens du Lignage qui vous ont prêté main-forte pour faire échec aux Pie : des maisons ont été incendiées, des troupeaux éparpillés ou volés. Ces agressions se produisent déjà, mais on nous menace de pire encore ; les Pie déclarent qu'ils dénonceront quiconque refusera de s'allier à eux contre les Loinvoyant et ils s'amusent de songer que nous pourrions nous laisser exécuter par ceux-là mêmes auxquels nous ne voulons pas nous opposer. Selon eux, les gens du Lignage doivent choisir : ou bien faire cause commune avec eux, ou bien être éliminés de la communauté. » Le visage grave de Laurier avait pâli. Je compris qu'une menace pesait sur sa famille, et mes entrailles se nouèrent à l'idée que j'en étais en partie responsable.

Je pris mon souffle. « Ce que vous dites n'est pas complètement nouveau pour moi ; il y a quelques nuits à peine, un groupe de Pie m'attendait sur la route qui monte de Bourg-de-Castelcerf. Ce qui m'étonne, c'est qu'ils m'aient laissé la vie sauve. »

Elle haussa les épaules pour exprimer, non son indifférence devant le danger que j'avais couru, mais l'impossibilité de comprendre les Pie. « Vous représentez une cible très particulière ; vous avez tranché une main à Laudevin, vous êtes du Lignage, vous servez les Loinvoyant et vous vous opposez clairement aux Pie. » Elle secoua de nouveau la tête. « Ne vous bercez pas de faux espoirs du fait qu'ils ne vous ont pas touché alors qu'ils avaient l'occasion de vous abattre facilement ; cela signifie simplement qu'ils ont besoin de vous vivant. Mon cousin me l'a laissé entendre en m'écrivant que je m'étais peut-être fourvoyée en pire compagnie que je ne m'en rendais compte. Les Pie font courir le bruit que Tom Blaireau et sire Doré n'étaient pas ceux qu'on croyait ; ce n'est pas une nouveauté pour moi, mais Fradecerf paraît s'en inquiéter. »

Elle s'interrompit comme pour me laisser la parole ; je me tus mais réfléchis frénétiquement. Les Pie avaient-ils fait le rapprochement entre Tom Blaireau et le Bâtard au Vif des chansons et des légendes ? Et, si oui, quel besoin pouvaient-ils avoir de moi qui exige que je demeure en vie ? S'ils avaient voulu s'emparer de moi pour faire pression sur les Loinvoyant, ils en avaient eu le loisir l'autre soir. Laurier fronça les sourcils et coupa le fil de mes réflexions en reprenant : « Leurs agressions et autres opérations contre leur propre sang montent ceux du Lignage contre eux, même parmi d'anciens membres de leur mouvement. Certaines attaques auraient pour but de régler de vieux comptes ou d'assurer des profits personnels plutôt que de répondre à des motifs "élevés", et nul n'y met de frein ; Laudevin reste trop faible pour reprendre sa place de chef, sujet à des crises de fièvre à la suite de sa mutilation. Ses plus proches compagnons vous en haïssent doublement, et, quand ils le décideront, leur vengeance s'abattra sur vous comme l'éclair. La preuve : vous n'êtes de retour à Castelcerf que depuis quelques jours et ils vous ont déjà repéré. »

Nous demeurâmes quelque temps sans rien dire dans la pièce poussiéreuse, chacun plongé dans des pensées trop noires pour les partager. Laurier reprit finalement la parole avec réticence.

« Comprenez-moi bien : Fradecerf conserve des relations avec les Pie ; ils lui font du charme pour le ramener dans leur camp, et il doit... feindre d'y être sensible afin de protéger notre famille. Sa position est extrêmement délicate, il surprend des conversations très dangereuses à répéter, mais cela ne l'a pas empêché de me prévenir. » Elle parlait d'une voix hachée en regardant la fenêtre aux volets fermés comme si elle voyait le paysage au-delà.

Je compris ce qu'elle s'efforçait d'exprimer. « Vous devriez parler à la reine, lui expliquer qu'il faut donner à Fradecerf l'apparence d'un traître à la Couronne pour préserver votre famille. Fuirez-vous comme il vous le demande ? »

Elle secoua lentement la tête. « Fuir où ? Dans ma famille ? Je ne ferais que la mettre davantage en péril. Ici, au moins, les Pie doivent s'exposer au danger pour m'attraper. Non, je resterai à Castelcerf pour servir ma reine. »

Je me demandai si Umbre serait en mesure de la protéger, sans parler de son cousin.

Elle reprit d'une voix monocorde : « Fradecerf me dit que, selon certains bruits, les Pie seraient en train de former une alliance avec des tiers, “des gens puissants qui ne demanderaient qu'à détruire les Loinvoyant et à les remplacer par des affidés de Laudevin". » Elle me regarda d'un air soucieux. « Ça sonne comme une fanfaronnade creuse, non ? Ça ne peut pas être vrai, n'est-ce pas ?

— Mieux vaut tout de même en avertir la reine. » J'espérais n'en laisser rien paraître, mais c'était tout à fait plausible. J'allais devoir rendre compte à Umbre.

« Et vous ? demanda-t-elle. Allez-vous fuir ? Ce serait préférable, je pense, car vous fourniriez un parfait accessoire aux Pie : dénoncé, vous démontreriez que des vifiers se cachent jusque dans les murs de Castelcerf ; démembré et brûlé, vous serviriez d'exemple aux autres traîtres du Lignage : ceux qui renient et trahissent les leurs finissent à leur tour trahis par les leurs. »

Elle n'avait pas le Vif, au contraire de son cousin. La magie coulait dans le sang de sa famille, pourtant elle éprouvait de l'aversion pour elle et ceux qui la maniaient ; comme la plupart des habitants des Six-Duchés, elle considérait mon aptitude à percevoir l'esprit des animaux et à me lier à eux comme une magie méprisable. Son emploi du terme « traître » aurait dû peut-être m'en paraître moins cinglant, mais le dédain de ses paroles me cuisit néanmoins douloureusement.

« Je ne suis pas félon au Lignage ; je me plie seulement au serment que j'ai prêté aux Loinvoyant. Si le Lignage n'avait pas tenté de nuire au prince, je n'aurais pas été obligé de le lui reprendre de force.

— Je ne fais que répéter les mots de mon cousin, répondit sèchement Laurier. Il me les a envoyés pour que j'avertisse la reine, d'abord parce qu'il se sent une dette envers moi, ensuite parce que, de tous les derniers souverains Loinvoyant, Sa Majesté se montre la plus tolérante à l'égard du Lignage ; il veut lui éviter toute humiliation publique ou perte d'influence. À mon avis, il croit qu'elle se débarrasserait de vous si elle apprenait qu'on peut vous utiliser contre elle, mais je la connais : elle ne tiendra aucun compte de mes mises en garde et elle ne vous renverra pas de Castelcerf malgré le risque. »

Ah ! Tel était donc le véritable message de la jeune femme. « Vous pensez donc qu'il vaudrait mieux pour tout le monde que je m'éclipse, en épargnant à la reine d'avoir à m'en prier ? »

Son regard devint lointain et elle parut s'adresser au vide. « Vous êtes brusquement apparu d'on ne sait où. Il serait peut-être bon que vous y retourniez. »

Je réfléchis un moment à cette option. Oui, je pouvais me rendre aux écuries, seller Manoire et disparaître. Heur était en apprentissage et Umbre s'arrangerait pour qu'il y demeure jusqu'au bout ; pour ma part, j'avais toujours envisagé avec répugnance d'enseigner l'Art à Devoir et encore plus ce que je savais sur le Vif. En effet, c'était peut-être la solution la plus simple. Et pourtant...

« Ce n'est pas moi qui ai voulu venir à Castelcerf ; je m'y suis rendu à la demande de ma reine. Par conséquent, je reste. D'ailleurs, mon départ ne changerait rien aux menaces qui pèsent sur elle ; Laudevin et ses partisans n'ignorent pas que le prince a le Vif.

— Je me doutais de votre réponse, fit Laurier ; et, pour ce que j'en sais, il est possible que vous ayez raison. Je transmettrai tout de même l'avertissement à la reine.

— En quoi vous serez fidèle à votre serment d'allégeance. Néanmoins, je vous remercie d'avoir pris le temps de m'en faire part. Je sais que je n'ai guère donné de motifs à Fradecerf de m'apprécier, mais c'est volontiers que j'enterrerai tout ce qui a pu se passer entre nous. Si vous en avez l'occasion, dites-lui que je n'ai rien contre lui ni contre ceux qui suivent les véritables traditions du Lignage ; mon service va d'abord et avant tout aux Loinvoyant, rien de plus.

— C'est aussi mon cas, fit-elle d'un air sombre.

— Vous ne m'avez pas parlé des intentions de Laudevin en ce qui concerne le prince Devoir.

— Parce que le message de Fradecerf n'en fait pas mention ; je peux donc seulement vous répondre que je ne les connais pas.

— Je vois. »

Et nous n'eûmes soudain plus rien à nous dire. Je laissai partir Laurier la première afin qu'on ne nous vît pas ensemble, et je m'attardai plus que nécessaire dans la vieille soupente. Sous la poussière qui recouvrait l'appui de la fenêtre, je distinguai les griffures que, par désœuvrement, j'avais tracées dans le bois de la pointe de mon couteau ; j'observai le plafond incliné au-dessus de l'ancien emplacement de ma paillasse et retrouvai la silhouette de hibou dans les veines du bois. Il ne restait pas grand-chose de notre présence, à Burrich et moi ; le temps et les occupants successifs nous avaient effacés de la pièce. Je sortis et refermai la porte derrière moi.

J'aurais pu prendre Manoire pour descendre à Bourg-de-Castelcerf, mais je préférai marcher malgré la brise frisquette : je reste convaincu qu'il est plus difficile de filer un homme à pied qu'à cheval. Je franchis les portes de l'enceinte sans incident ni commentaire et poursuivis mon chemin d'un pas vif, mais, dès que je me trouvai hors de vue des gardes et des passants, je quittai la route, me cachai dans les broussailles du sous-bois et vérifiai que nul ne me suivait. À force de rester immobile, je sentis la vieille blessure de mon dos commencer à m'élancer. Il y avait de l'humidité dans l'air, annonciatrice de pluie ou de neige pour la nuit. J'avais froid au bout du nez et des oreilles. Je finis par me convaincre que je ne faisais l'objet d'aucune surveillance, ce qui ne m'empêcha pas d'exécuter à deux reprises encore la même manœuvre avant d'arriver au bourg.

J'empruntai un trajet détourné pour me rendre chez Jinna, à la fois par prudence et par indécision : j'avais envie de lui offrir un cadeau pour m'excuser de mon absence la veille et la remercier de l'aide qu'elle m'apportait pour Heur, mais je ne parvenais pas à fixer mon choix. Des boucles d'oreilles me paraissaient un présent exagérément personnel qui prêterait à notre relation une nature trop définitive ; l'écharpe de laine aux couleurs vives qui retint mon attention chez un tisserand m'inspira les mêmes réflexions. Des filets de saumon fumés excitèrent mon appétit mais me semblèrent peu appropriés. Adulte, je me retrouvais confronté aux affres de l'indécision d'un adolescent : comment exprimer remerciements, excuses et intérêt pour elle sans apparaître exagérément reconnaissant, mortifié et intéressé ? Non, ce qu'il me fallait, c'était un présent qu'on fait à une amie, et je résolus de choisir quelque chose que j'eusse pu offrir sans gêne au fou ou à Heur ; je me décidai pour un sac de noix de hève de la dernière récolte, charnues et brillantes, et une miche fraîche de pain aux épices. Ainsi muni, c'est presque avec assurance que je toquai à la porte marquée du signe de la chiromancie.

« Un instant ! » fit Jinna de l'intérieur, et puis elle ouvrit la moitié haute de l'huis, les yeux plissés à cause du soleil. Il faisait sombre derrière elle ; les volets étaient clos et des bougies parfumées brûlaient sur la table. « Ah, Tom ! Je suis en pleine séance avec un client. Vous pouvez attendre ?

— Naturellement.

— Parfait. » Et elle claqua le battant, me laissant planté dehors. Ce n'était pas l'accueil que j'avais espéré mais, en y réfléchissant, je ne méritais pas mieux ; je patientai donc humblement en regardant la rue et les passants et en tâchant de paraître à mon aise malgré le vent mordant. La maison de la sorcière des haies se dressait dans un quartier tranquille de Bourg-de-Castelcerf, et pourtant un flot réduit mais régulier de gens empruntait sa rue ; elle avait pour voisin un potier ; sa porte était fermée au vent, ses produits empilés à côté d'elle, et j'entendais le tour cogner sourdement. En face vivait une femme dotée d'un nombre invraisemblable d'enfants en bas âge, dont plusieurs paraissaient déterminés à s'échapper dans la rue boueuse malgré le froid ; une fillette, guère plus vieille qu'eux, ramenait inlassablement les petits fuyards sous l'auvent de la maison. D'où je me tenais, j'entr'apercevais l'entrée d'une taverne au bout de la rue ; l'enseigne suspendue au-dessus représentait un porc coincé dans une clôture, et la majorité des clients venaient, semblait-il, se ravitailler en bière qu'ils emportaient chez eux dans de petits seaux.

Je commençais à me demander si je devais m'en aller ou tenter de frapper à nouveau à la porte quand elle s'ouvrit. Une femme d'âge mûr aux vêtements coûteux et ses deux filles sortirent ; la plus jeune avait les larmes aux yeux tandis que sa sœur avait l'air de s'être ennuyée à mourir. La mère remercia Jinna longuement et avec effusion avant d'ordonner d'un ton hargneux à ses rejetons de cesser de rester les bras ballants et de l'accompagner ; le regard qu'elle me lança au passage n'avait rien d'appréciateur.

Si j'avais imaginé que Jinna m'avait laissé dehors par esprit de rancune, le sourire à la fois chaleureux et las qu'elle m'adressa chassa bien vite cette idée. Elle portait une robe verte avec une large ceinture jaune qui lui serrait la taille et soulevait sa gorge ; cette tenue la mettait bien en valeur. « Entrez, entrez ! Par Eda, quelle matinée ! C'est quand même curieux : les gens veulent à tout prix savoir ce qu'on lit dans leur paume, mais, une fois sur deux, quand on le leur dit, ils n'y croient pas. »

Elle ferma la porte derrière moi et nous nous retrouvâmes dans une demi-obscurité.

« Je m'excuse de n'être pas passé hier soir. Mon maître m'a donné des tâches à effectuer. Je vous ai apporté du marché du pain frais aux épices.

— Comme c'est gentil ! Je vois que vous avez aussi acheté des noix de hève ; si j'avais su que vous aimiez ça ! Les arbres de ma nièce ont tant donné cette année qu'on ne sait plus quoi faire de toutes ces noix. Un de ses voisins va peut-être lui en acheter pour nourrir ses porcs, mais il y en a tant qu'on y enfonce jusqu'aux chevilles dans le verger ! »

Eh bien, au temps pour les fruits. Mais elle me prit le pain des mains et le posa sur la table en s'exclamant de ravissement sur sa bonne odeur, puis elle me dit que Heur se trouvait évidemment chez son maître. Sa nièce avait emprunté la ponette et la carriole pour aller chercher du bois pour le feu, et Jinna espérait que je ne m'en formalisais pas. Heur lui avait donné l'autorisation, en ajoutant qu'il valait mieux pour la vieille bête d'accomplir des tâches légères que rester à l'écurie à ne rien faire. Je l'assurai que c'était tout à fait exact. « Et Fenouil ? Il n'est pas là ? demandai-je, étonné de l'absence du chat.

— Fenouil ? » Elle parut surprise de ma question. « Oh, vous connaissez les chats ; il doit traîner dehors, occupé à ses propres affaires. »

Je posai le sac de noix près de la porte et suspendis ma

cape au-dessus. Il faisait bon dans la petite pièce et mes oreilles me cuisaient en recouvrant leur sensibilité. Comme je me retournais vers la table, je constatai que Jinna avait servi deux tasses de tisane, et la vapeur qui s'en élevait annonçait une chaleur bienvenue. Un ramequin de beurre et un pot de miel accompagnaient le pain. « Avez-vous faim ? me demanda-t-elle en levant les yeux vers moi, un sourire aux lèvres.

— Un peu », avouai-je. Son sourire était contagieux.

Elle me dévisagea. « Moi aussi », dit-elle, puis elle s'avança et je la retrouvai dans mes bras tandis que sa bouche montait à la rencontre de la mienne. Je dus me courber pour l'accueillir. Ses lèvres s'ouvrirent sous mes lèvres ; elles avaient goût de tisane et d'épice. La tête me tourna soudain.

Elle rompit le baiser pour appuyer sa joue contre ma poitrine. « Tu es glacé, fit-elle. Je n'aurais pas dû te laisser dehors.

— Ne t'inquiète pas, je me réchauffe », répondis-je.

Elle leva les yeux vers moi et sourit. « Je sais, oui. » Et, comme elle plaquait sa bouche sur la mienne, sa main descendit en chercher la preuve. Je tressaillis à ce contact mais, l'autre main sur ma nuque, elle maintint mes lèvres sur les siennes.

Elle nous emmena en crabe dans sa chambre sans jamais interrompre notre baiser, puis elle se détacha de moi pour refermer la porte ; l'obscurité était presque complète, hormis les petits rais de lumière qui passaient par les fentes des bardeaux du toit et entre les chevrons d'une petite soupente. Des édredons bedonnaient sur le lit, et il régnait un parfum de femme dans la pièce. Je m'efforçai de reprendre mon souffle et mes esprits. « Ce n'est pas raisonnable », dis-je. C'est à peine si je parvins à prononcer ces quelques mots.

« Non, c'est vrai. » Ses doigts relâchèrent les lacets de ma chemise et durcirent mon désir. Elle me poussa doucement en arrière et je m'assis au bord de son lit.

Comme elle faisait passer ma tunique par-dessus ma tête, mon regard tomba sur une amulette posée sur la table de chevet, chapelet de perles rouges et noires entortillé autour d'un cadre de petits bouts de bois. J'eus l'impression de recevoir une douche glacée qui éteignit mes envies et m'inspira un sentiment de futilité. Alors qu'elle dégrafait sa ceinture, ses yeux suivirent mon regard, puis elle étudia mon expression et secoua la tête en souriant. « Ah ! En voilà, un grand sensible ! Ne t'occupe pas de ce charme ; c'est à moi qu'il est destiné, pas à toi. » Et elle le recouvrit d'un geste désinvolte avec la chemise qu'elle me prit des mains.

Je me trouvais alors dans un état de lucidité où j'aurais pu arrêter ce qui était en train de se produire, mais Jinna ne me laissa pas le temps de m'en remettre à mon discernement : ses mains se portèrent à mon ceinturon, je sentis ses doigts chauds sur mon ventre, et je cessai de réfléchir. Me dressant, j'ôtai sa robe dont le passage laissa ses cheveux ébouriffés et lui fit comme un nimbe bouclé autour de son visage, puis nous restâmes un moment debout l'un contre l'autre à nous caresser. Elle fit une remarque appréciative sur l'amulette qu'elle m'avait fabriquée et qui, en cet instant, me vêtait seule ; quand elle me demanda d'où provenaient les griffures récentes qui balafraient ma gorge et mon ventre, je la bâillonnai d'un baiser. Je me rappelle l'avoir soulevée sans effort et m'être retourné pour la déposer sur le lit. Je m'agenouillai au-dessus d'elle, contemplai sa volupté, ses mamelons qui se dressaient, roses et ardents, et humai sa délicieuse fragrance féminine.

Sans un mot, je m'allongeai sur elle et la possédai, soudain pris d'une irrésistible soif charnelle. « Tom ! » fit-elle d'une voix hoquetante, saisie par ma fougue brutale. Mes mains agrippèrent ses épaules, ma bouche couvrit la sienne, et elle monta, cambrée, à ma rencontre. Un effrayant besoin d'elle m'envahit soudain, la nécessité de la toucher, peau contre peau, dans l'intimité et la passion, de me partager complètement avec un autre être, d'oublier l'enfermement et la solitude de ma propre chair. Je ne retins rien, et je crus emporter Jinna avec moi.

Et puis, alors que je gisais sur elle dans le vertige de l'assouvissement, elle dit d'une petite voix : « Eh bien, tu es un rapide, Tom. »

Ma respiration rauque devint soudain un silence hideux ; la honte m'inonda. Au sortir d'une terrible immobilité, Jinna s'agita sous moi, et je l'entendis reprendre son souffle. « Tu devais vraiment mourir de faim, dis donc ! » Elle regrettait peut-être d'avoir exprimé sa déception, mais ce qui était fait était fait, et ses efforts bien intentionnés pour donner à ses paroles une tournure humoristique achevèrent de me mettre le rouge aux joues et de me plonger dans l'humiliation. Je laissai tomber mon front sur l'oreiller à côté d'elle. J'entendais le vent souffler dehors et des gens passer dans la rue, de l'autre côté du mur de planches. Un homme éclatant de rire me fit tressaillir ; dans la soupente, il y eut un bruit sourd suivi d'un couinement, et puis Jinna m'embrassa dans le cou et ses mains coururent doucement sur mon dos. Elle dit dans un murmure apaisant : « Tom, la première fois est rarement la meilleure. Tu m'as montré ta passion d'adolescent ; voyons tes talents d'adulte, à présent, d'accord ? »

Elle m'offrait l'occasion de me rattraper, et je lui en fus honteusement reconnaissant. Je procédai cette fois avec une habileté qui eut tôt fait de réveiller nos sens ; Astérie m'avait enseigné plusieurs trucs, et Jinna parut satisfaite de ma seconde prestation. Elle suscita pourtant l'inquiétude en moi à la fin, alors que nous haletions allongés l'un sur l'autre, en déclarant : « Alors, Tom (je la sentis reprendre son souffle sous moi), c'est donc ainsi pour une louve. »

Je crus avoir mal entendu et me redressai sur un coude pour la regarder. Elle cligna les yeux, un curieux sourire aux lèvres. « Je n'avais encore jamais couché avec un vifier », fit-elle sur le ton de la confidence. Elle inspira de nouveau, plus profondément. « J'avais entendu d'autres femmes en parler ; elles disaient que ce genre d'homme est plus... » Elle s'interrompit, cherchant le mot.

« Animal ? » suggérai-je. Le ton que j'avais employé en faisait une insulte.

Elle écarquilla les yeux puis éclata d'un rire gêné. « Non, ce n'était pas le terme que j'allais utiliser, Tom. N'entends pas une injure quand on t'adresse un compliment. Indompté, voilà ce que j'allais dire ; naturel, comme un animal peut l'être, sans souci de ce que les autres pensent de sa conduite.

— Ah ! » Je ne voyais pas qu'ajouter. Une question surgit tout à coup dans mon esprit : qu'étais-je pour elle ? Une curiosité ? Une créature pas tout à fait humaine avec laquelle elle s'était laissée aller à des plaisirs interdits ? Il était effrayant de songer qu'elle me considérait peut-être comme un être bestial et à part. Nos magies nous séparaient-elles donc à ce point à ses yeux ?

À cet instant, elle m'attira de nouveau contre sa poitrine et m'embrassa dans le cou. « Cesse de réfléchir », me dit-elle d'un ton d'avertissement, et j'obéis.

Elle resta ensuite à somnoler quelque temps contre moi, mon bras sous sa nuque, la tête reposant sur mon épaule. J'estimais ne pas m'être mal débrouillé, mais, tandis que je regardais le soleil se déplacer lentement sur le mur, je pris conscience que nous avions seulement accompli une performance physique. Nous n'avions parlé d'amour ni l'un ni l'autre. Nous avions simplement fait quelque chose ensemble, quelque chose d'agréable pour quoi je manifestais une certaine compétence ; cependant, si la première fois avait laissé Jinna inassouvie, les dernières me donnaient une impression plus profonde d'insatisfaction, et la nostalgie me reprit brutalement, plus aiguë que depuis bien des années, de Molly et de notre relation simple, douce et sincère. Cela n'avait rien à voir avec ce que je venais de vivre avec Jinna, pas plus qu'avec ce que j'avais connu avec Astérie. La question n'était même pas de partager une couche. Au cœur de mon malaise, il y avait l'envie de tomber amoureux comme la première fois, le désir de quelqu'un que je puisse toucher, qui me prenne dans ses bras, quelqu'un qui rehausse la valeur de tout le reste par sa simple existence.

Ce matin-là, Kettricken m'avait serré contre elle comme un frère, et son étreinte avait eu plus d'importance et renfermé plus de passion que mes récents ébats. J'eus brusquement l'envie de m'en aller, de faire que rien ne se soit passé. Jinna et moi étions en route pour devenir des amis ; je commençais à peine à la connaître. Où nous avais-je emmenés ? Et Heur ? Il était dans le même bateau que moi. Si Jinna désirait poursuivre cette relation, comment allais-je me débrouiller ? Allais-je l'afficher publiquement au mépris des règles que j'avais enseignées à mon garçon sur la façon de mener sa vie ? Ou bien la garder secrète, la cacher à Heur, entrer furtivement dans le lit de Jinna pour en ressortir tout aussi discrètement un peu plus tard ?

J'étais las à en mourir des mystères ; j'avais l'impression qu'ils éclosaient sans cesse autour de moi pour se coller à ma peau et se nourrir de ma vie comme des sangsues glacées. J'avais soif de limpidité, de franchise, de sincérité ; pouvais-je transformer ma relation avec Jinna dans ce sens ? J'en doutais : non seulement il n'existait entre nous aucun socle d'amour profond et sans faux-semblant, mais je me trouvais déjà pris dans les rets des intrigues de Castelcerf. Je serais obligé de lui celer des secrets, des secrets qui finiraient par mettre son existence en danger.

Je ne m'étais pas rendu compte qu'elle ne dormait plus, à moins que mon profond soupir ne l'eût tirée de sa somnolence. Elle tapota légèrement ma poitrine de la main. « Ne t'en fais pas, Tom ; tout n'est pas ta faute. Je pensais bien qu'il risquait d'y avoir un ennui quand je t'ai vu démonté en l'apercevant ; et maintenant tu te sens d'humeur morose, tu as des idées noires, non ? »

Je haussai les épaules. Elle se redressa, se pencha en travers de moi en pressant sa chair tiède contre ma peau et ôta ma chemise de l'amulette. Le charme paraissait avachi sur la table, triste et désolé.

« Il est destiné aux femmes. Il est difficile à créer, et il doit être accordé très précisément à celle qui le porte ; pour en fabriquer un, il faut connaître la personne très intimement ; c'est pourquoi une sorcière des haies peut en façonner un pour elle-même, mais pour personne d'autre... du moins de façon certaine. Celui-ci est à moi, accordé à moi. Il a pour but d'empêcher la conception. J'aurais dû me douter qu'il t'affecterait : un homme qui désire des enfants si fort qu'il est prêt à prendre un petit abandonné pour l'élever est imprégné jusqu'au plus profond de lui-même de ce besoin. Tu peux le nier, mais ce petit espoir brûle en toi chaque fois que tu couches avec une femme ; c'est pour cela que tu te montres si ardent, je pense, Tom. Or cette petite amulette t'a dépouillé de ce souhait inexprimé avant même que tu aies le temps d'y songer ; elle t'a déclaré tout net que notre union serait vaine et inféconde. C'est l'impression que tu as en ce moment, n'est-ce pas ? »

Un vague à l'âme expliqué n'est pas toujours résolu pour autant. Je détournai les yeux. « N'est-ce pas vrai ? demandai-je, puis je fis la grimace en percevant l'amertume qui sous-tendait ma voix.

— Mon pauvre », fit-elle d'un ton compatissant. Elle déposa un baiser sur mon front, au même endroit que Kettricken plus tôt. « Bien sûr que non. Le monde est ce qu'on en fait.

— Je ne puis me permettre d'être père. Je ne suis même pas passé voir Heur hier soir, alors qu'il m'avait dit que c'était important. Je ne veux pas donner le jour à une autre vie que je ne serai pas en mesure de protéger. »

Elle secoua la tête. « Il y a une grande différence entre ce que désire le cœur et ce que sait l'esprit. N'oublie pas que j'ai lu tes lignes de la main, mon tendre ; je perçois peut-être mieux ton cœur que tu ne le connais toi-même.

— Tu as affirmé que mon véritable amour me reviendrait. » Encore une fois, malgré moi, j'avais donné un accent accusateur à mes paroles.

« Non, Tom, c'est faux. Je sais bien que ce que je dis correspond rarement à ce que les gens entendent, mais je vais te répéter ce que j'ai vu. C'est ici. » Et elle prit ma main pour l'approcher de ses yeux myopes. Ses seins nus effleurèrent mon poignet tandis qu'elle suivait du doigt une ligne de ma paume. « Il y a un amour qui va et vient, mêlé à ta vie. Il s'éloigne parfois mais alors il court parallèlement à toi avant de revenir. » Elle examina ma main de plus près, puis y déposa un baiser puis la replaça sur sa poitrine. « Cela ne t'oblige pas à rester seul sans rien faire en attendant son retour », chuchota-t-elle.

Fenouil m'épargna la gêne d'un refus. *Tu veux un rat ?* Je levai les yeux : le chat roux était tapi au bord de la soupente et nous regardait, une proie s'agitant entre ses crocs. *On peut encore s'amuser longtemps avec.*

Non. Tue-le, c'est tout. Je percevais l'étincelle rouge de la souffrance du rat. Il n'avait aucun espoir de survivre, mais la vie ne le quitterait pas facilement. La vie ne renonce jamais à lutter.

Fenouil fit la sourde oreille ; il sauta de son perchoir pour atterrir près de nous sur le lit, où il lâcha son gibier. Éperdu, le rongeur s'élança vers nous sur trois pattes, traînant la quatrième derrière lui. Jinna poussa un cri de dégoût et bondit hors des draps. Je saisis vivement le rat et mis fin à son martyre d'une torsion du poignet.

Tu es rapide ! dit Fenouil d'un ton appréciateur.

Tiens, prends-le et emporte-le. Je lui tendis le cadavre.

Il le flaira. *Tu l'as cassé !* Le chat se coucha et, les yeux ronds, me jeta un regard désapprobateur.

Emporte-le.

Je n'en veux pas. Il n'est plus amusant. Il m'adressa un grondement sourd puis sauta sur le plancher. *Tu l'as fini trop vite. Tu ne sais pas jouer.* Il se dirigea droit vers la porte et se fit les griffes sur le chambranle, demandant à sortir. Jinna, cachant sa nudité derrière sa robe, lui ouvrit et il se faufila par l'entrebâillement. Je restai assis au milieu du lit, nu comme un ver, un rat mort entre les mains. Du sang coulait de son museau et de sa bouche dans mes paumes.

Jinna me jeta mon pantalon et mon caleçon en paquet. « Ne mets pas de sang sur mes draps », me dit-elle ; aussi, gardant le rat dans une main, j'enfilai tant bien que mal mes vêtements de l'autre.

Je me débarrassai ensuite du cadavre sur un tas de fumier derrière la maison ; quand je rentrai, Jinna versait de l'eau bouillante sur des feuilles dans une tisanière. Elle me sourit. « C'est curieux, mais l'infusion que j'avais préparée à ton arrivée a refroidi.

— Tiens donc ! » dis-je en m'efforçant d'imiter son ton badin. Je retournai dans sa chambre mettre ma chemise, puis refis le lit en évitant de poser les yeux sur l'amulette. Quand j'eus fini, je réduisis au silence mon envie de partir et m'assis à la table, où nous nous restaurâmes de tartines beurrées au miel accompagnées de tisane brûlante. Jinna me parla des trois femmes que j'avais croisées sur le pas de sa porte ; elle avait lu les lignes de la main de la plus jeune des filles afin de voir ce qu'augurait certaine demande en mariage, et elle lui avait conseillé de reporter sa réponse à plus tard. Elle me raconta toute l'histoire, longue et compliquée, avec force détails, et je l'écoutai d'une oreille distraite. Fenouil s'approcha de moi, se dressa sur ses pattes de derrière, planta ses griffes dans ma cuisse et se hissa sur mes genoux ; ainsi juché, il parcourut la table du regard.

Du beurre pour le chat.

Je n'ai aucune raison de me prêter à tes caprices.

Si. Je suis le chat.

Devant cette suprême assurance, je ne pus que beurrer un bout de pain et le lui donner. Je m'attendais à ce qu'il l'emporte pour le manger, mais non : il me fit l'honneur de me laisser tenir le croûton pendant qu'il le léchait avec application. *Encore.*

Non.

« ... ou bien Heur risque de se retrouver dans une situation tout aussi désagréable. »

Je tentai de remonter le fil de ce dont parlait Jinna mais compris aussitôt que je l'avais lâché depuis trop longtemps. Sans prêter attention à Fenouil qui enfonçait vicieusement ses griffes dans mes cuisses, je répondis : « De toute façon, j'avais l'intention de m'entretenir avec lui aujourd'hui », en espérant ne pas dire de bêtise.

« Tu ferais bien, oui. Naturellement, l'attendre ici ne sert à rien. Même si tu étais venu hier soir, tu aurais dû rester debout bien avant dans la nuit pour le voir : il rentre à des heures indues, en pleine nuit, et chaque matin il part en retard pour son travail. »

Je sentis l'inquiétude m'envahir : un tel comportement ne ressemblait pas à Heur.

« Que dois-je faire, à ton avis ? »

Elle poussa un soupir légèrement agacé, réaction que j'avais sans doute méritée. « Ce que je viens de te dire : te rendre à la boutique et parler à son maître. Demande à t'entretenir un instant avec Heur, mets-le au pied du mur et impose-lui quelques règles, en le menaçant, s'il ne les observe pas, d'exiger qu'il loge chez son maître comme les autres apprentis. Donne-lui le choix entre se brider lui-même et se laisser brider – car, s'il emménage dans les quartiers des apprentis, il n'aura droit qu'à une soirée libre deux fois par mois. »

J'écoutai désormais Jinna avec la plus grande attention. « Tous les autres élèves de Gindast habitent donc chez leur maître ? »

Elle me dévisagea d'un air abasourdi. « Mais naturellement ! Et il les tient de court, ce qui ferait peut-être du bien à Heur ; mais tu es son père et tu sais sans doute mieux que moi ce dont il a besoin.

— Jamais il n'a eu besoin qu'on le tienne en laisse, dis-je doucement.

— Oui, parce que vous viviez à la campagne, pas au milieu des tavernes et des jeunes femmes.

— Euh... oui. Mais je n'avais pas songé qu'il pourrait loger chez son maître.

— Les apprentis habitent à l'arrière de l'atelier de Gindast, ce qui leur permet de se lever, faire leur toilette, prendre leur petit déjeuner et se mettre au travail dès l'aube. Tu n'étais pas en pension chez ton maître, autrefois ? »

Si, sans doute, maintenant que j'y pensais ; mais je n'avais jamais perçu ma situation sous cet angle. « Je n'ai pas suivi d'apprentissage dans les règles, répondis-je en mentant effrontément ; ce que tu m'apprends est donc tout nouveau pour moi. Je croyais devoir fournir le gîte et le couvert à Heur ; c'est pourquoi j'ai apporté ceci. » J'ouvris ma bourse et la vidai sur la table.

Devant les pièces étalées, j'éprouvai soudain un sentiment de gêne ; et si Jinna voyait dans mon geste le paiement d'un autre service ?

Elle me regarda un moment en silence, puis déclara : « Tom, j'ai à peine entamé l'argent que tu m'as déjà fait parvenir. Combien crois-tu que coûte l'entretien d'un jeune garçon ? »

Je haussai les épaules d'un air d'excuse. « Encore un domaine de la vie citadine que j'ignore. À la maison, la basse-cour, le potager et la chasse suffisaient à nos besoins ; mais je sais que Heur dévore après une journée de labeur, et je pensais qu'il reviendrait cher à nourrir. » Umbre avait dû faire envoyer une bourse à Jinna, mais je n'avais aucune idée de la somme qu'elle contenait.

« Eh bien, quand j'aurai épuisé son allocation, je te préviendrai. Pouvoir utiliser la ponette et la carriole soulage bien ma nièce ; il y a longtemps qu'elle veut acheter un attelage mais tu sais combien il est difficile d'économiser assez pour cela.

— Je lui en laisse l'usage de grand cœur. Comme Heur te l'a dit, il vaut mieux pour Trèfle de prendre de l'exercice que de rester cloîtrée dans une écurie. Tiens, j'y pense : il faut aussi que je paye pour son fourrage.

— Nous n'avons pas de mal à nous en procurer, et il me paraît normal que nous fournissions nous-mêmes la nourriture d'un animal dont nous nous servons. » Elle se tut et parcourut la pièce du regard. « Tu vas donc voir Heur aujourd'hui.

— Bien sûr ; c'est pour ça que je suis descendu en ville. » Non sans un certain embarras, je commençai à former des piles de pièces avant de les remettre dans ma bourse.

« Ah ! C'est donc pourquoi tu es passé chez moi, dit Jinna avec un sourire taquin. D'accord ; je ne veux pas te retenir plus longtemps. »

Je compris : il était temps pour moi de m'en aller. Je fis glisser les pièces dans ma bourse et me levai. « Eh bien, merci pour la tisane », fis-je avant de m'interrompre brusquement. Jinna éclata d'un rire gentiment moqueur et je sentis mes joues devenir écarlates, mais je réussis tout de même à sourire. Devant elle, je me sentais aussi mal à l'aise qu'un adolescent qui s'est ridiculisé ; j'en ignorais la raison, mais cette impression ne me plaisait pas du tout. « Bon, eh bien, je vais voir Heur.

— C'est ça », répondit-elle, et elle me tendit ma cape. Je m'arrêtai à la porte pour enfiler mes bottes ; je venais de me redresser quand on frappa. « Un instant ! » cria Jinna, et je sortis en saluant au passage son client, un jeune homme à l'expression tourmentée. Il esquissa en réponse une inclination du buste, puis entra promptement. La porte se referma tandis que Jinna lui souhaitait la bienvenue, et je me retrouvai seul une fois de plus dans la rue venteuse.

Je me dirigeai à pas lents vers la boutique de Gindast. L'air se refroidissait et commençait à sentir la neige : l'été s'était longuement attardé mais l'hiver tenait désormais le terrain. Levant les yeux vers le ciel, je jugeai que les flocons allaient tomber dru, ce qui suscita en moi des sentiments mélangés. Quelques mois plus tôt, pareille constatation m'aurait incité à vérifier ma réserve de bois, puis à effectuer une dernière inspection critique de mes provisions pour l'hiver ; à présent, c'était le Trône des Loinvoyant qui pourvoyait à mes besoins. Ma survie assurée, je n'avais plus à me soucier que de celle de la lignée royale. C'était là un joug auquel je ne me faisais pas encore tout à fait.

Gindast était connu à Bourg-de-Castelcerf et je n'eus aucun mal à trouver son échoppe, à l'enseigne minutieusement gravée et splendidement encadrée comme pour mieux afficher son talent. Le décor de l'entrée simulait un salon accueillant où des fauteuils confortables entouraient une grande table ; un feu de copeaux de bois sec brûlait joyeusement dans l'âtre, et plusieurs des plus belles pièces du maître étaient exposées aux regards des clients potentiels. Le jeune homme responsable de la boutique écouta ma requête puis me fit signe de gagner l'arrière.

Le bâtiment évoquait une grange remplie d'ouvrages à différents stades d'exécution ; un immense châlit s'étendait près d'un jeu de coffres en cèdre odoriférant marqués d'un emblème en forme de chouette. Agenouillé, un compagnon peignait des taches sur les silhouettes d'oiseaux. Gindast était absent ; il s'était rendu, avec trois de ses ouvriers, au château du seigneur Faucheux pour prendre des mesures et discuter de la fabrication d'un imposant linteau de cheminée et de fauteuils assortis. Un de ses compagnons les plus anciens, un homme guère plus jeune que moi, me donna l'autorisation de m'entretenir un moment avec Heur ; il déclara ensuite d'un ton grave qu'il pourrait être bon que je repasse prendre rendez-vous avec maître Gindast afin de discuter des progrès de mon fils. Au ton qu'il employait, la rencontre paraissait lourde de menaces.

Je trouvai Heur derrière la boutique en compagnie de quatre autres apprentis, tous plus petits et, me sembla-t-il, plus jeunes que lui. Ils étaient occupés à déplacer une pile de bois, dont ils retournaient chaque morceau avant de le reposer ; aux traces visibles sur la terre battue, je compris qu'il s'agissait du troisième tas ainsi traité ; les deux précédents étaient recouverts de toiles maintenues par des cordes. Heur affichait une mine sombre, comme s'il prenait pour un affront personnel la corvée inintéressante mais nécessaire qu'on lui avait confiée. Profitant de ce qu'il n'avait pas remarqué ma présence, je l'observai un moment, et ce que je vis me troubla : à la chaumière, il ne rechignait jamais à la tâche, mais aujourd'hui je décelais de la colère dans tous ses gestes et de l'impatience à travailler avec des enfants moins âgés et moins robustes que lui. Je restai à le regarder sans rien dire et il finit par lever les yeux vers moi ; il déposa la planche qu'il portait et se redressa, murmura quelques mots aux autres apprentis puis se dirigea vers moi à grandes enjambées, les épaules carrées. Je me demandai, alors qu'il s'approchait, ce qui, dans son attitude, provenait de ce qu'il ressentait réellement et ce qui relevait de la comédie à l'usage de ses jeunes camarades ; en tout cas, je n'aimais guère le dédain qu'il exprimait pour la tâche qui l'occupait.

Je le saluai gravement : « Heur.

— Tom », répondit-il. Nous nous serrâmes les poignets, puis il reprit à mi-voix : « Tu vois maintenant de quoi je parlais.

— Je vois que tu tournes du bois pour qu'il sèche bien. Ça me paraît un travail indispensable chez un ébéniste. »

Il soupira. « Ça ne me dérangerait pas trop si ce n'était que de temps en temps ; mais toutes les tâches qu'on me donne font appel uniquement à mes muscles et pas du tout à mon cerveau.

— Les autres apprentis ont-ils droit à un traitement différent ?

— Non, reconnut-il à contrecœur. Mais regarde-les : ce ne sont que des gosses.

— Ça n'y change rien, Heur, dis-je. Ce n'est pas une question d'âge mais d'expérience. Sois patient ; tu as de quoi apprendre de tout travail, ne serait-ce que la façon de confectionner un tas de bois et la connaissance que tu acquiers en en voyant un fait convenablement. De plus, c'est une corvée nécessaire ; à qui d'autre pourrait-on la confier ? »

Il avait baissé les yeux pendant mon sermon, et, s'il ne répondit pas, il n'en était pas convaincu pour autant. Je repris : « Crois-tu que tu t'en tirerais mieux si tu logeais ici avec les autres apprentis plutôt que chez Jinna ? »

Il leva vers moi un regard à la fois outré et atterré. « Non ! D'où te vient une idée pareille ?

— Ma foi, j'ai appris que c'était la coutume. Habiter sur place te faciliterait peut-être la vie ; tu aurais moins de chemin à parcourir pour arriver à l'heure le matin, et...

— Je deviendrais fou si je devais vivre ici en plus d'y

travailler ! Les autres m'ont raconté comment ça se passe : on mange la même chose à tous les repas et la femme de Gindast tient le compte des bougies pour être sûre qu'on ne les laisse pas allumées tard le soir ; il faut aérer les lits, laver soi-même ses couvertures et ses sous-vêtements toutes les semaines ; en plus, Gindast impose des corvées supplémentaires après le boulot, pelleter de la sciure pour pailler les rosiers de sa femme, ramasser les copeaux pour le petit bois, faire... »

Je l'interrompis, car il s'énervait manifestement tout seul. « Ça ne me paraît pas si terrible ; c'est une existence disciplinée, comme celle d'un homme d'armes durant sa formation. Ça ne te ferait pas de mal, Heur. »

Il jeta les bras en l'air d'un geste furieux. « Ça ne me ferait pas de bien non plus ! Si j'avais décidé de gagner ma vie en fracassant des têtes, là, d'accord, je comprendrais qu'on me dresse comme un animal ; mais je ne m'attendais pas à ce que mon apprentissage se passe ainsi !

— Tu estimes donc t'être trompé de voie ? » demandai-je, et je retins mon souffle en attendant sa réponse : s'il avait changé d'avis, j'ignorais que faire de lui ; je ne pouvais pas le loger avec moi à Castelcerf ni le renvoyer seul à la chaumière.

Avec réticence, il déclara : « Non, je ne me suis pas fourvoyé ; c'est bien le métier qui m'intéresse. Mais il vaudrait mieux que mon véritable enseignement commence bientôt, sinon... »

Il laissa sa phrase en suspens : lui aussi ignorait ce qu'il deviendrait s'il quittait Gindast. Je voulus y voir un signe de bon augure. « Je me réjouis que tu tiennes toujours à apprendre l'ébénisterie. Tâche de faire preuve d'humilité, de patience, applique-toi, écoute et retiens. Je crois que si tu suis mes conseils et que tu apprends vite, on t'affectera sous peu à des tâches plus intéressantes. J'essaierai de te voir ce soir, mais je n'ose plus formuler de promesses : avec sire Doré, je ne manque pas d'occupations, et j'ai déjà eu du mal à obtenir ces quelques heures de liberté.

— Très bien, mais ne passe pas ici ; rends-toi au Porc Coincé. C'est à côté de chez Jinna.

— Et ? fis-je pour l'inciter à poursuivre, sachant qu'il y avait une autre raison.

— Et je te présenterai Svanja. Elle habite tout près et elle guette mon arrivée. Quand elle en a la possibilité, elle me rejoint à la taverne.

— Lorsqu'elle parvient à sortir discrètement de chez elle, tu veux dire ?

— Euh... oui, il y a de ça. Sa mère est indifférente, mais son père me déteste.

— Pour commencer sa cour, ce n'est pas l'idéal, Heur. Qu'as-tu fait pour mériter son aversion ?

— J'ai embrassé sa fille. » Et il eut un grand sourire crâneur que je ne pus m'empêcher de lui rendre.

« Eh bien, nous en parlerons aussi ce soir. Je te trouve un peu jeune pour courtiser une fille ; mieux vaudrait attendre que tu aies des perspectives d'avenir solides et de quoi subvenir aux besoins d'une épouse. Son père fermerait peut-être alors les yeux sur un ou deux baisers volés. Si je réussis à me libérer, je te retrouverai tout à l'heure à la taverne. »

L'humeur de mon garçon paraissait radoucie quand il me salua de la main avant de reprendre son travail d'empilage ; en revanche, je me sentais le cœur lourd en m'éloignant. Jinna ne s'était pas trompée : la vie en ville changeait Heur et l'entraînait dans des directions que je n'avais pas prévues. Je n'avais pas l'impression qu'il avait vraiment prêté l'oreille à mes conseils ni donc qu'il allait en tenir compte. Ma foi, peut-être devrais-je me montrer plus ferme quand je le reverrais.

Comme je traversais le bourg, les premiers flocons de neige firent leur apparition, et, quand j'arrivai à la route qui montait en lacet jusqu'au château, ils se mirent à tomber dru en une averse moelleuse. À plusieurs reprises, je m'arrêtai dans le sous-bois pour observer la chaussée, mais je n'aperçus nul signe de poursuite. Je n'arrivais pas à comprendre pourquoi les Pie m'avaient menacé puis avaient aussitôt disparu alors que je me trouvais à leur merci ; la logique aurait voulu qu'ils me tuent ou me prennent en otage. Je m'efforçai de me mettre à leur place, d'imaginer une raison expliquant qu'ils laissent leur proie en liberté, mais rien ne me vint. Quand je parvins aux portes de la citadelle, un épais manteau blanc recouvrait le paysage et le vent avait commencé à siffler à la cime des arbres. Le ciel bas avançait l'heure du crépuscule ; le temps s'annonçait épouvantable pour la nuit, et je me réjouissais de la passer à l'abri.

Je tapai des pieds pour débarrasser mes bottes de leur neige devant le seuil de la grande pièce sur laquelle donnaient les cuisines et la salle des gardes ; en y pénétrant, je sentis un mélange d'odeurs, bouillon de bœuf chaud, pain frais et laine mouillée. J'étais las et j'aurais aimé pouvoir me mêler aux soldats, partager leur repas simple, leurs grosses plaisanteries et leur décontraction, mais je redressai les épaules, pressai le pas et me rendis aux appartements de sire Doré. Il ne s'y trouvait pas, et je me rappelai alors qu'il m'avait dit être invité chez la reine à participer à un jeu outrîlien ; je supposai devoir l'y rejoindre. J'entrai dans ma chambre pour ôter ma cape humide et découvris un bout de parchemin sur mon lit ; il portait un seul mot : « Monte. »

Peu après, je débouchai dans la salle d'Umbre. Elle était déserte, mais un change de vêtements chauds m'attendait sur mon fauteuil, accompagné d'un manteau vert en laine épaisse muni d'une capuche démesurée. L'endroit portait un emblème inconnu représentant une loutre, et, plus inhabituel, l'envers était doublé de simple toile, du bleu de la domesticité. Je trouvai à côté un sac de voyage en cuir contenant des vivres et un flacon d'eau-de-vie, et, en dessous, aplati et plié, un étui à parchemin, en cuir également. Sur cet attirail était posé un billet de la main d'Umbre. « La troupe d'Heffam part en patrouille à la porte nord, ce soir au coucher du soleil. Joins-t'y puis quitte-la pour effectuer ta mission. J'espère que tu ne regretteras pas trop de manquer la fête des Moissons. Reviens le plus vite possible, je t'en prie. »

J'eus un petit rire de dérision : la fête des Moissons ! Avec quelle impatience je l'attendais quand j'étais enfant ! Et aujourd'hui j'avais presque oublié que la date en approchait. Ce n'était sans doute pas un hasard si la cérémonie de fiançailles du prince avait eu lieu juste avant cette célébration de l'abondance. Ma foi, je n'y avais plus assisté depuis quinze ans, une fois de plus ne me dérangerait pas.

Un repas copieux était disposé à une extrémité de la table de travail : viande froide, fromage, pain et bière. Je me résolus à faire confiance à Umbre pour expliquer mon absence auprès de sire Doré : je n'avais pas le temps d'aller trouver le fou pour lui annoncer mon départ et il me semblait risqué de lui laisser un message. Je songeai avec regret à mon rendez-vous avec Heur, d'ores et déjà reporté, et je me consolai à l'idée de l'avoir prévenu que je risquais de ne pouvoir m'y présenter. En outre, l'occasion inattendue qui m'était offerte d'agir seul exerçait sur moi un attrait irrésistible : je voulais vérifier une fois pour toutes si les Pie avaient repéré ma tanière, et, même si je découvrais que c'était le cas, j'aimais mieux cela que rester dans l'incertitude à me ronger les sangs.

Je me restaurai puis changeai de vêtements. À l'heure où le soleil se couche, je m'approchai de la porte nord, monté sur Manoire, mon capuchon bien rabattu sur mon visage pour me protéger du vent mordant et des bourrasques de neige. D'autres cavaliers anonymes, emmitouflés dans des manteaux verts, se regroupaient, certains se plaignant amèrement de devoir patrouiller sur les routes tandis que les festivités des fiançailles et des moissons battraient leur plein. Je me joignis à eux et hochai la tête avec commisération aux propos d'un bavard qui régalait la nuit du récit de ses malheurs ; il s'était lancé dans la longue évocation d'une femme, la plus accueillante et la mieux disposée qui se puisse imaginer, qui allait l'attendre en vain ce soir dans une taverne de Bourg-de-Castelcerf. Assis à côté de lui sur ma jument, je le laissai dévider son histoire alors que de nouveaux venus s'agrégeaient à notre groupe. Dans l'obscurité croissante, des cavaliers indistincts courbaient le dos sous leurs manteaux et leurs capuches. Nos traits disparaissaient derrière les écharpes et dans la pénombre.

La nuit était tombée quand Heffam se montra enfin. Apparemment aussi contrarié que sa troupe, il annonça d'un ton brusque que nous gagnerions rapidement Prime-Gué pour assurer la relève de la garde, puis que nous entamerions la patrouille habituelle des routes au matin. Ses hommes semblaient familiers de cette activité de service, et nous nous plaçâmes derrière lui sur deux colonnes à l'alignement approximatif ; j'eus soin de prendre position parmi les derniers, puis il se mit en marche, et nous franchîmes la porte pour nous enfoncer dans la nuit et la tourmente. Pendant quelque temps, la route suivit une pente raide, puis nous bifurquâmes sur la piste du fleuve qui partait vers l'est le long de la Cerf.

Une fois les lumières de Castelcerf loin derrière nous, je commençai à retenir Manoire. Elle n'appréciait ni le mauvais temps ni l'obscurité et ne se fit pas prier pour ralentir. À un moment, je tirai les rênes et mis pied à terre sous prétexte de resserrer une sangle, et la patrouille poursuivit son chemin dans la tempête de neige ; je remontai en selle et la rejoignis, mais je me trouvais désormais en dernière position. Je continuai de freiner l'allure pour accroître la distance qui me séparait du reste de la troupe, et, quand les soldats disparurent enfin dans un virage, je fis s'arrêter ma jument. Je descendis à nouveau de ma selle et fis semblant de régler des courroies du harnais en espérant que les tourbillons de neige dissimuleraient mon absence. Au bout de quelques minutes, personne n'étant revenu sur ses pas voir ce qui me retenait, je retournai mon manteau, remontai sur Manoire et repartis en sens inverse.

Comme Umbre me l'avait demandé, je me hâtai, mais je me heurtai à des retards inévitables : je dus attendre pour franchir la Cerf le bac du matin dont la tourmente alourdissait de glace le pont et les câbles et ralentit notre embarquement et notre traversée. Sur l'autre berge, je constatai que la route était plus large, mieux entretenue et plus fréquentée que dans mes souvenirs ; une bourgade prospère où se tenait un marché permanent s'était développée sur ses bords, ses tavernes et maisons particulières bâties sur pilotis pour échapper aux crues, qu'elles fussent saisonnières ou dues aux tempêtes. À midi, elle se trouvait déjà loin derrière moi.

Le trajet qui me ramenait chez moi se déroula sans incident, au sens où l'on entend ce terme ordinairement. Je m'arrêtai plusieurs fois dans de petites auberges sans caractère particulier, et mon sommeil ne fut troublé que dans une seule d'entre elles. Mon rêve avait commencé de façon paisible : un feu brûlait joyeusement dans un âtre et j'entendais les membres d'une famille bavarder tout en s'occupant des tâches du soir.

« *Ouf! Descends de là, ma fille. Tu es beaucoup trop grande pour t'asseoir encore sur mes genoux.*

— *Je ne serai jamais trop grande pour les genoux de mon papa.* » J'avais perçu un rire dans la voix. « *À quoi travailles-tu ?*

— *Je répare une des chaussures de ta mère – du moins j'essaye. Tiens, enfile-moi donc cette alène. À la lumière du feu, j'ai du mal à voir le chas ; tu y arriveras mieux avec tes jeunes yeux.* »

C'est cette phrase qui m'avait réveillé, bouleversé d'entendre papa avouer que sa vue baissait. Je m'étais efforcé d'écarter cette idée de mon esprit tandis que je glissais à nouveau dans un sommeil vigilant.

Nul ne paraissait remarquer mon passage. Je profitai de ces journées pour améliorer les manières de Manoire, et nous évaluâmes nos volontés réciproques de toute sorte de façons. Le temps restait affreux ; la nuit, le vent soufflait de la neige et du grésil, et, le jour, lorsqu'à l'occasion la tourmente se calmait brièvement, la neige fondait superficiellement sous le soleil indistinct, transformant la terre de la route en boue que je retrouvais figée en glace sale et traîtresse le lendemain matin. Voyager dans ces conditions n'était pas un plaisir.

Toutefois, le froid qui m'assaillit pendant ce trajet

n'était pas entièrement dû au climat : nul loup ne partait en éclaireur devant moi pour voir si la route était dégagée, ni derrière pour vérifier qu'on ne nous suivait pas. Je devais me fier à mes seuls sens et à ma seule épée pour me protéger ; je me sentais nu et amputé.

Le soleil perça les nuages l'après-midi où j'abordai le sentier qui menait à ma chaumine. Les flocons avaient cessé de tomber et la chaleur relative changeait leur dernière chute en un tapis spongieux, humide et lourd. Des chocs sourds me parvenaient de la forêt chaque fois qu'un arbre laissait choir son fardeau de neige. Le chemin de ma maison était uni et intact sauf là où des lapins l'avaient traversé et où des branches avaient déversé leur charge en excès. Sans doute personne ne l'avait-il emprunté depuis le début de la tempête ; c'était rassurant.

Pourtant, quand je parvins devant la bâtisse, l'inquiétude me saisit à nouveau : à l'évidence, quelqu'un l'avait visitée, et tout récemment. La porte était ouverte, et des monticules de taille inégale indiquaient l'emplacement des meubles et autres affaires qu'on avait jetés dans la cour. Des parchemins pointaient de la neige qu'on devinait piétinée sous le tapis de la dernière chute. La clôture du potager avait été abattue, tout comme le poteau auquel pendait l'amulette de Jinna. Je restai un moment immobile sur ma jument, m'efforçant de conserver un visage impassible tandis que mes yeux et mes oreilles glanaient tous les renseignements possibles, puis je mis pied à terre sans bruit et m'approchai de la chaumière.

Elle était vide, et il y faisait froid et sombre. J'eus une impression de déjà-vu, puis une vague d'angoisse m'envahit et me permit de mettre le doigt sur le souvenir évanescent : celui d'une maison où j'étais revenu après que des forgisés l'avaient pillée. Dans la lumière du jour déclinant, je distinguai les traces de pattes boueuses d'un porc sur le sol ; poussés par la curiosité, plusieurs animaux avaient fouillé la chaumine. Il y avait aussi des empreintes de bottes dont l'entrecroisement m'indiquait qu'on avait fait de nombreux allers et retours entre l'intérieur et l'extérieur.

On avait volé tous les objets utiles et facilement transportables : couvertures des lits, salaisons et fumaisons pendues aux poutres, marmites et casseroles de la cheminée, tout avait disparu. On s'était servi de manuscrits pour allumer un feu dans l'âtre et on avait mangé dans la pièce principale, sans doute en piochant dans les réserves que Heur et moi avions constituées pour l'hiver ; il restait des arêtes près des cendres froides. Les traces de pattes de porc suscitaient chez moi de forts soupçons quant à l'identité du visiteur indélicat.

Mon bureau n'avait pas bougé : illettré, mon voisin ne devait guère avoir besoin d'un tel meuble. Dans la petite pièce, des encriers avaient été renversés, des parchemins déroulés puis jetés par terre ; cela m'inquiéta profondément : dans un pareil désordre, il m'était impossible de savoir s'il manquait des manuscrits, si des Pie avaient fouillé mes possessions à l'instar du porcher. La carte de Vérité demeurait fixée de guingois au mur, et je m'étonnai de la violence de mon soulagement à la voir intacte : je ne m'étais pas rendu compte que j'y tenais à ce point. Je la décrochai, la roulai et l'emportai tandis que je poursuivais l'examen du sac de ma maison. J'entrepris de scruter minutieusement chaque pièce, sans oublier l'écurie et le poulailler, avant de commencer à réunir ce que j'allais récupérer.

La petite réserve de grain et tous les ustensiles avaient disparu de l'appentis de l'écurie, et je trouvai dans ma remise un méli-mélo d'outils rejetés. Il me paraissait peu vraisemblable que ce fût l'œuvre de Pie ; mes suspicions concernant un voisin désagréable qui occupait le vallon à côté du mien devenaient conviction. Il élevait des cochons et m'avait accusé une fois de lui avoir dérobé des bêtes. Lors de mon départ précipité, j'avais dit à Heur de lui remettre nos poules, non par bonté d'âme mais parce que je savais qu'il en prendrait soin pour leurs œufs ; cette solution m'avait paru plus humaine que les laisser se faire tuer par les prédateurs. Mais, naturellement, il avait compris que nous comptions rester absents pendant une longue période. Je parcourus des yeux la petite écurie, les poings crispés. Je ne reviendrais sans doute plus jamais dans la chaumière, et, même si les outils s'y étaient encore trouvés, je les aurais laissés sur place ; quel usage avais-je désormais d'une pioche ou d'une houe ? Pourtant, ce pillage était une injure difficile à mépriser, et l'envie de me venger bouillonnait en moi alors que je me répétais que je n'en avais pas le temps, que le voleur m'avait peut-être rendu service en saccageant ma maison avant le passage des Pie.

J'installai Manoire dans l'écurie, lui donnai à manger le mauvais foin qui restait, lui tirai un seau d'eau, après quoi je m'attelai à mon entreprise de récupération et de destruction.

À l'examen, l'amoncellement recouvert de neige dans la cour se révéla composé d'un châlit, de ma table, de mes chaises et de plusieurs étagères, sans doute déposés là par mon voisin dans l'intention de revenir les chercher avec une carriole. J'allais les brûler. Je dégageai un peu la neige, contemplai avec regret le cerf chargeant que le fou avait sculpté sur le plateau de ma table, puis me rendis dans la maison pour chercher de quoi allumer un feu. La paille de mon matelas qui traînait au milieu de la pièce principale convenait parfaitement, et, en peu de temps, j'obtins un superbe brasier.

Je m'efforçai d'opérer avec méthode. Profitant de la clarté déclinante du jour, je m'attachai à ramasser tous les manuscrits qui avaient été jetés dans la cour; l'humidité en avait définitivement abîmé certains, d'autres avaient été piétinés et déchirés par des sabots boueux, et d'autres encore n'existaient plus que sous forme de fragments. Je n'oubliai pas les recommandations d'Umbre et tâchai d'en sauver quelques-uns en les lissant puis en les roulant, même quand il n'en restait plus que de petits morceaux; mais je livrai impitoyablement la plupart aux flammes. Enfin, je quadrillai la cour en donnant des coups de pied dans la neige jusqu'à ce que j'eusse acquis la conviction raisonnable qu'il n'y subsistait plus un texte de ma main.

Le soir était tombé. Je rentrai dans la chaumière et j'allumai un feu dans la cheminée, autant par souci de m'éclairer que de me tenir chaud, puis je commençai à faire le tri de mes possessions. La majorité finit dans la flambée : vieilles tenues de travail, instruments d'écriture, tire-botte et autres articles inutiles. J'eus le cœur moins dur avec les affaires de Heur : il tenait peut-être à sa toupie, avec laquelle il ne jouait pourtant plus depuis longtemps. Prenant un vieux manteau comme balluchon, j'y entassai ce genre de bric-à-brac, puis je m'installai près de l'âtre et opérai un choix soigneux des manuscrits de ma bibliothèque. Ils étaient beaucoup plus nombreux que je ne m'y attendais, bien trop pour que je puisse les emporter tous.

Je décidai d'abord de garder ceux que je n'avais pas écrits moi-même. La carte de Vérité alla naturellement dans l'étui, où la rejoignirent bientôt des parchemins acquis durant mes pérégrinations ou apportés par Astérie. Certains étaient fort vieux et rares; je me réjouis de les trouver intacts et résolus d'en effectuer des copies une fois de retour à Castelcerf. Mais, hormis ces documents, ma sélection fut féroce, et rien de ce qui provenait de ma plume n'échappa à un examen approfondi. Mes traités sur les simples illustrés de dessins méticuleux alimentèrent le feu : toutes ces connaissances, je les gardais en mémoire et, si besoin était, je pouvais les coucher à nouveau sur le vélin ; je ne conservai donc que peu de ces textes. Négligeant les recommandations du bon sens, je fourrai dans mon sac improvisé les manuscrits qui parlaient de mon séjour dans les Montagnes et ceux où j'exposais mes réflexions sur ma vie ; une lecture rapide de certains fit monter le rouge à mes joues : quelle puérilité, quelle sensiblerie outrée ! Ce n'étaient que plaintes sur mon sort, affirmations échevelées de ma propre importance et grandes résolutions ; mais qui donc étais-je quand j'avais écrit ces lignes ?

Je glissai dans l'étui mon traité sur l'Art et le Vif, ainsi que ma longue relation de notre traversée du royaume des Montagnes, de notre arrivée dans celui des Anciens et de la naissance de Vérité-le-dragon. Mes poèmes maladroits sur Molly finirent dans les flammes où ils brûlèrent dans une ultime bouffée de passion ; l'abécédaire et les tableaux de chiffres que j'avais tracés pour apprendre à Heur à écrire et calculer les suivirent. Je terminai mon tri et m'aperçus qu'il restait encore trop de documents ; ils subirent donc une seconde sélection, encore plus impitoyable, et enfin je pus boucler l'étui.

Alors je me levai, fermai les yeux et m'efforçai de réfléchir : avais-je oublié des manuscrits ? Je finis par conclure qu'il m'était impossible de me les rappeler tous. J'avais eu assez de discernement pour en détruire certains quelques jours après les avoir écrits, et j'en avais confié d'autres à Astérie pour qu'elle les remette à Umbre ; j'étais incapable de savoir s'il en manquait. Qu'on essaye de se souvenir de tout ce qu'on a couché sur le papier durant quinze années de sa vie, et on constatera immanquablement des lacunes. Avais-je jamais rédigé un compte rendu de mon séjour en compagnie de Rolf le Noir et d'autres membres du Lignage ? Je savais avoir évoqué ces quelques mois dans un texte, mais faisaient-ils l'objet d'un parchemin à part ou bien avais-je simplement émaillé d'autres écrits d'épisodes de cette époque ? Je l'ignorais. En outre, comment déterminer quels manuscrits le porcher avait utilisés pour allumer son feu ? Je soupirai ; mieux valait abandonner. J'avais fait mon possible ; à l'avenir, je ferais preuve de plus de circonspection avant de confier mes pensées à ma plume.

Je ressortis dans la cour et repoussai les extrémités encore intactes des meubles dans le brasier. Le vent qui se levait à nouveau et la neige auraient tôt fait de l'étouffer, mais les flammes avaient entièrement rongé la gravure du cerf chargeant, et le reste n'avait guère d'importance. J'effectuai un dernier tour de la petite chaumière qui m'avait si longtemps abrité ; je n'y avais laissé aucune affaire personnelle. Toute trace de ma présence était effacée. Je me demandai si je devais bouter le feu à la bâtisse, et préférai m'en abstenir : elle était là avant mon arrivée ; qu'elle subsiste après mon départ. Peut-être servirait-elle à un autre homme dans le besoin qui passerait par là.

Je sellai Manoire et la menai hors de l'écurie, puis je glissai dans ses fontes l'étui à manuscrits et le balluchon qui contenait les affaires de Heur. J'ajoutai deux derniers objets, deux pots hermétiquement fermés, l'un d'écorce elfique moulue, l'autre de carryme. Enfin, je mis le pied à l'étrier et m'éloignai de ce bout de mon existence. Le brasier de mon passé en train de brûler faisait danser des ombres étranges devant nous tandis que nous nous enfoncions dans la tourmente renaissante.

7

LEÇONS

Voici comment se créent les meilleurs clans : le maître d'Art doit regrouper les élèves qu'il souhaite former ; il faut qu'ils soient au moins au nombre de six, et de préférence davantage s'il se trouve assez de candidats disponibles. Le maître d'Art doit les réunir quotidiennement, non seulement pour partager les leçons mais aussi les repas, les divertissements, voire un dortoir commun, s'il juge que cette situation ne suscitera ni distractions ni rivalités. Il faut leur laisser passer du temps ensemble, établir des liens entre eux, et, à la fin d'une année, le clan se sera constitué de lui-même. Ceux qui n'auront pas tissé de liens avec d'autres serviront le roi à titre individuel.

Certains maîtres peuvent éprouver quelque peine à se retenir de guider la formation d'un clan ; il est en effet tentant de ne garder que les meilleurs élèves et de rejeter ceux qui paraissent lents ou d'un naturel difficile. Le maître avisé s'en abstiendra, car seul le clan lui-même sait quel appui il trouvera chez chacun de ses membres. L'étudiant qui, à première vue, manque de vivacité peut apporter de la stabilité et modérer par sa prudence une trop grande impulsivité ; le malcommode peut se révéler celui chez qui se produisent les traits d'inspiration. Chaque clan doit choisir ses propres membres et son propre chef.

Clans du maître d'Art OKLEF, traduction de BOISCOUDÉ

*

« Où étiez-vous passé ? » demanda Devoir d'un ton impérieux en ouvrant à la volée la porte de la tour. Il la referma derrière lui et alla se planter au milieu de la pièce, les bras croisés. Je me levai lentement du fauteuil de Vérité d'où je contemplais les crêtes blanches des vagues. Il y avait de l'impatience et de l'agacement dans la voix de mon prince, et un pli mécontent barrait son front ; voilà qui me semblait augurer mal des débuts de notre relation de professeur et d'élève. Je respirai à fond ; il fallait d'abord avoir la main légère. Je pris un ton affable et dégagé.

« Bonjour, prince Devoir. »

Il redressa brusquement la tête comme un poulain énervé puis il se ressaisit et décida manifestement de repartir d'un meilleur pied. « Bonjour, Tom Blaireau. Il y a quelque temps que je ne vous ai vu.

— D'importantes affaires personnelles m'ont tenu éloigné un moment de Castelcerf. Elles sont à présent réglées et je pense pouvoir rester à votre disposition tout le reste de l'hiver.

— Merci. » Et puis, comme s'il devait évacuer les derniers vestiges de son irritation, il ajouta : « Je ne puis vous en demander davantage, j'imagine. »

Avec un effort, je gardai une expression grave et répondis : « Vous pourriez, mais vous n'obtiendriez rien de plus. »

Alors le sourire de Vérité illumina soudain ses traits et il s'exclama : « Mais d'où sortez-vous donc ? Personne d'autre que vous n'ose me parler ainsi dans ce château ! »

Je fis semblant de me méprendre sur le sens de sa question. « J'ai dû me rendre dans mon ancienne demeure pour rapporter ou éliminer mes possessions, suivant le cas. Je n'aime pas laisser traîner mes affaires ; mais tout est en ordre désormais, je suis de retour à Castelcerf et je dois vous former. Par où commençons-nous ? »

L'air déconcerté, il parcourut la pièce du regard. Umbre avait ajouté des meubles et tout un bric-à-brac à la tour du Guet de la mer depuis l'époque où Vérité s'en servait comme poste d'Art pour combattre les Pirates rouges. Moi-même, ce matin-là, j'avais contribué à sa décoration en accrochant au mur la carte des Six-Duchés dessinée par mon roi. Le centre de la pièce était occupé par une grande et lourde table en bois sombre, entourée de quatre fauteuils massifs. Je plaignais les malheureux qui avaient dû monter ce mobilier par l'étroit escalier en colimaçon. Contre un des murs incurvés se dressait une bibliothèque à casiers bourrée de manuscrits, dont Umbre, je le savais, soutiendrait qu'ils étaient parfaitement classés ; pour ma part, je n'avais jamais réussi à comprendre la logique qui présidait à sa façon de les ranger. Il y avait aussi plusieurs coffres, soigneusement fermés à clé, qui contenaient des traités sur l'Art tirés de la collection de la maîtresse d'Art Sollicité ; Umbre et moi les avions jugés trop dangereux pour les laisser au libre examen des curieux. Un garde était d'ailleurs posté en sentinelle au pied de l'escalier, et l'accès à la pièce où nous nous trouvions était limité au conseiller Umbre, au prince et à la reine : nous ne tenions pas à courir le risque de perdre à nouveau ces recueils.

Bien longtemps auparavant, à la mort de maîtresse

Sollicité, tous ces documents étaient tombés aux mains de Galen, son apprenti ; il avait revendiqué sa place alors que sa formation restait inachevée, et il avait soi-disant terminé celle des princes Chevalerie et Vérité, bien qu'Umbre et moi le soupçonnions de l'avoir délibérément tronquée. Par la suite, il n'avait plus formé personne jusqu'au jour où le roi Subtil avait exigé qu'il crée un clan d'Art, et, pendant les années où il était resté maître d'Art, nul n'avait jamais pu avoir accès à ces manuscrits. Il avait fini par affirmer que ces recueils n'existaient pas, et, quand il avait péri, on n'en avait pas trouvé trace.

On ignore comment ils avaient été transmis à Royal l'Usurpateur ; à sa disparition, on les avait enfin redécouverts, rendus à la reine et donc à la garde d'Umbre, mais lui comme moi pensions que la collection de traités était autrefois beaucoup plus considérable. Il avait émis une hypothèse selon laquelle nombre des documents les plus précieux concernant l'Art, les dragons et les Anciens auraient été vendus à des marchands outrîliens aux premiers jours des attaques des Pirates rouges ; de fait, ni Royal ni Galen n'éprouvaient une profonde loyauté pour les duchés côtiers victimes des assauts, et peut-être ne se seraient-ils pas fait scrupule de traiter avec ceux qui nous harcelaient ou avec leurs agents. Les manuscrits auraient assurément rapporté une somme confortable à Royal ; or, à l'époque où le Trésor des Six-Duchés avait été quasiment épuisé, il n'avait apparemment jamais manqué d'argent pour ses divertissements et ceux des ducs de l'Intérieur dont il cherchait à s'attirer la fidélité ; en outre, il avait bien fallu que les Pirates rouges acquièrent quelque part leur science de l'Art et des usages possibles des piliers en pierre de mémoire. Peut-être, dans un de ces textes disparus, avaient-ils découvert le secret de la forgisation. Cependant, les chances étaient minces qu'Umbre ou moi parvenions un jour à en apporter la preuve.

La voix du prince me ramena à la réalité. « Je pensais que vous auriez tout prévu, par où commencer et le reste. » L'incertitude que je perçus dans ses mots me fendit le cœur, et j'aurais voulu le rassurer ; mais je préférais me montrer franc.

« Venez vous installer près de moi », dis-je en me rasseyant dans le vieux fauteuil de Vérité.

Il resta un moment à me dévisager, l'air perplexe, puis il traversa la pièce, saisit un des lourds sièges et le tira jusqu'à moi. Je gardai le silence pendant qu'il y prenait place. Je n'avais pas oublié nos rangs respectifs, mais j'avais décidé que, dans la tour, je m'adresserais à lui comme à mon élève et non à mon prince. J'hésitai un instant : trop de sincérité ne risquait-elle pas de saper mon autorité sur lui ? Je respirai profondément et me jetai à l'eau.

« Mon prince, il y a une vingtaine d'années, j'étais assis par terre dans cette même pièce aux pieds de votre père ; lui occupait ce fauteuil et, les yeux tournés vers la mer, il artisait. Il dépensait son talent sans compter, à la fois contre l'ennemi et au détriment de sa santé. D'ici, il employait sa puissance mentale à balayer l'immensité pour repérer les navires rouges et les dérouter avant qu'ils n'atteignent nos côtes ; il s'alliait le ciel et l'océan pour les combattre, égarant les navigateurs afin de drosser leurs vaisseaux sur les rochers ou insufflant aux capitaines une assurance excessive qui les envoyait droit dans les tempêtes.

» Vous avez certainement entendu parler du maître d'Art Galen ; il devait créer puis former un clan, un groupe soudé d'artiseurs destiné à soutenir les forces et le talent du roi-servant Vérité pour l'assister contre les Pirates rouges. Ce clan, il l'a effectivement créé, mais ses membres étaient félons, fidèles uniquement à Royal, le jeune frère ambitieux de Vérité, et, au lieu d'aider votre père, ils ont fait obstacle à ses efforts ; ils retardaient la transmission de ses messages, voire l'empêchaient totalement, bref, ils faisaient passer Vérité pour un roi incompétent ; dans le but d'anéantir la loyauté de ses ducs, ils livraient notre peuple aux massacres et aux forgisations des Pirates. »

Le prince ne me quittait pas des yeux. Incapable de soutenir son regard avide, je contemplai derrière lui la mer grise et houleuse par les hautes fenêtres, puis je rassemblai mon courage et m'engageai sur le chemin étroit et périlleux qui sinue entre l'abîme de la vérité insupportable et celui du lâche mensonge. « Je faisais partie des élèves de Galen. Il me méprisait à cause de ma naissance illégitime. J'ai appris de lui ce que j'ai pu, mais le traitement injuste et cruel qu'il me réservait m'a tenu à l'écart d'un savoir qu'il ne voulait pas me transmettre ; sous sa tutelle brutale, j'ai acquis les rudiments de l'Art, mais rien de plus. J'étais incapable de maîtriser mon talent et de m'en servir de façon prévisible, et j'ai donc échoué. Il m'a renvoyé avec les autres candidats qui ne correspondaient pas à ses critères.

» J'ai continué à travailler comme domestique ici, à Castelcerf. À l'époque où votre père œuvrait le plus durement dans la pièce où nous sommes, il faisait monter ses repas ; c'était moi qui m'en occupais, et c'est ici que nous avons découvert, de façon tout à fait fortuite, que, même si je n'étais pas en mesure d'artiser par moi-même, il pouvait puiser en moi l'énergie de l'Art. Plus tard, lors des rares moments qu'il pouvait m'accorder, il m'a enseigné ce qu'il a pu de cette magie. »

Je me tus et me tournai vers Devoir. Ses yeux noirs sondaient les miens. « Lorsqu'il est parti accomplir sa quête, l'avez-vous accompagné ? »

Je secouai la tête et répondis franchement : « Non. J'étais jeune et il me l'a interdit.

— Et vous n'avez pas tenté de le suivre après son départ ? » Il n'en croyait manifestement pas ses oreilles ; son imagination bouillonnait sans doute des aventures audacieuses dans lesquelles il se serait lancé à ma place.

Les mots suivants eurent du mal à sortir. « Nul ne savait où il se rendait ni par quelle route. » Je retins mon souffle, espérant que mon prince ne poserait pas d'autre question. Je ne tenais pas à lui mentir.

À son tour, il contempla la mer par la fenêtre. Je l'avais déçu. « En quoi la situation aurait-elle été différente si vous l'aviez escorté ? J'aimerais bien le savoir. »

J'avais souvent songé que, dans ce cas, la reine Kettricken ne serait pas sortie vivante du règne de Royal. Mais je déclarai : « J'ai fréquemment réfléchi moi-même à cette question, mon prince, et je ne crois pas possible d'y apporter de réponse. Je l'aurais peut-être aidé, certes, mais, rétrospectivement, je considère comme tout aussi vraisemblable que j'aurais constitué une entrave à son entreprise ; j'étais très jeune, j'étais impétueux et j'avais le caractère vif. » Je repris mon souffle et orientai la conversation dans la direction que je désirais. « Si je vous révèle tout cela, c'est pour bien vous faire comprendre que je n'ai rien d'un maître d'Art. Je n'ai pas étudié tous les manuscrits que vous voyez ici ; je n'en ai lu que quelques-uns. En un sens, nous sommes des étudiants l'un comme l'autre. Je m'efforcerai d'améliorer mes connaissances à l'aide de ces documents tout en vous apprenant les fondements de ce que je sais. C'est un chemin périlleux que nous emprunterons ensemble. Est-ce bien clair ?

— Tout à fait. Et le Vif ? »

Je n'avais pas prévu d'aborder ce sujet ce jour-là. « Ma foi, j'ai découvert cette magie d'une manière très semblable à la vôtre, par hasard, en me liant à un chiot, et c'est seulement à l'âge adulte que j'ai rencontré un homme qui a tenté de donner un cadre cohérent au savoir que j'avais grappillé à droite et à gauche au cours de ma vie. Là encore, le temps jouait contre moi. J'ai beaucoup appris de cette personne, mais pas tout – loin de là, en vérité. Donc, comme pour l'Art, je vous enseignerai ce que je sais, mais vous aurez un professeur imparfait.

— Vous faites preuve d'une confiance en vous extrêmement encourageante », murmura Devoir d'un air sombre. L'instant d'après, il éclatait de rire. « Nous allons faire une belle paire, à tâtonner ensemble dans le noir ! Par où commençons-nous ?

— Hélas, mon prince, je crois qu'il va d'abord falloir aller à reculons. Vous devez désapprendre certains acquis que l'expérience vous a enseignés. Avez-vous conscience que, lorsque vous essayez d'utiliser l'Art, vous l'entremêlez de Vif ? »

Il me dévisagea d'un air de totale incompréhension.

Un instant découragé, je me repris. « Bien ! Notre première démarche consistera donc à débrouiller vos deux magies l'une de l'autre. » Comme si je savais comment m'y prendre ! Je n'étais même pas sûr que mes propres talents fonctionnaient indépendamment. Je repoussai cette pensée. « J'aimerais commencer par vous enseigner les rudiments de l'usage de l'Art. Nous laisserons le Vif de côté pour éviter de nous égarer.

— Avez-vous connu d'autres personnes comme nous ? »

Je ne le suivais pas. « Comme nous ?

— Douées à la fois du Vif et de l'Art. »

J'inspirai profondément puis relâchai ma respiration. Vérité ? Mensonge ? Vérité. « Oui, une, mais je ne l'ai pas reconnue comme telle sur le moment. Je crois d'ailleurs qu'elle-même ne s'en rendait pas compte. À l'époque, je la pensais seulement dotée d'un Vif très puissant ; depuis, je me suis parfois demandé si elle ne percevait pas aussi, dans une certaine mesure, les pensées que nous échangions, le loup et moi. À mon avis, elle possédait les deux magies mais, comme elle ne les distinguait pas l'une de l'autre, elle les employait ensemble.

— Qui était-ce ? »

Je me mordis les doigts d'avoir commencé à répondre à ses questions. « Je vous l'ai dit, cela se passait il y a longtemps. C'était un homme qui m'aidait à m'instruire dans le Vif. Et maintenant intéressons-nous sur ce qui nous amène ici.

— Civil.

— Pardon ? » Son esprit sautait en tous sens comme une puce. Il allait devoir apprendre à se fixer sur un sujet.

« Civil a été formé au Vif depuis son enfance ; il accepterait peut-être de me l'enseigner. Comme il sait déjà que je le possède, on ne trahirait aucun secret, et puis... »

Il s'interrompit, à cause, je pense, de l'expression de mon visage, et j'attendis d'être sûr de maîtriser ma voix avant de répondre ; à ce moment-là, je m'efforçai de faire preuve de sagesse, et décidai de l'écouter avant de parler. « Dites-m'en davantage sur Civil », fis-je. Puis, incapable de retenir ma langue, j'ajoutai : « Expliquez-moi pourquoi on peut se fier à lui sans crainte. »

Il réfléchit un instant, et je m'en réjouis. Il fronça les sourcils, puis déclara sur un ton tel qu'on eût pu croire qu'il évoquait des événements qui remontaient à de longues années : « J'ai fait sa connaissance le jour où il m'a fait don de ma marguette. Comme vous le savez, c'était un cadeau des Brésinga ; il me semble que sa mère était déjà venue à Castelcerf auparavant, mais je n'ai aucun souvenir que Civil l'ait accompagnée. C'est sa façon de me remettre la chatte qui a suscité ma curiosité... Il en prenait grand soin, manifestement ; il ne me l'a pas donnée comme on offre un objet, mais plutôt comme on présente une amie. Cela tient peut-être au fait qu'il a lui aussi le Vif. Il m'a dit qu'il m'apprendrait à chasser avec elle, et, le lendemain même, au matin, nous sommes sortis ensemble. Nous étions seuls, Tom, afin de ne pas distraire la marguette, et il m'a effectivement enseigné la manière de chasser avec elle ; à l'évidence, c'était beaucoup plus important pour lui que d'avoir le privilège de passer quelques heures en tête à tête avec le prince Devoir. » Il s'interrompit pendant que ses joues rosissaient légèrement.

« Cela peut vous paraître prétentieux, mais c'est un fait que je dois constamment affronter : quand j'accepte une invitation dont l'objet me semble intéressant, je m'aperçois en général qu'au bout du compte celui ou celle qui m'a invité cherche davantage à capter mon attention qu'à partager quoi que ce soit avec moi. Par exemple, dame Ouesse m'a convié à un spectacle de marionnettes exécuté par des maîtres de cet art venus de Labour ; eh bien, elle s'est installée à côté de moi et a passé toute la représentation à me parler d'une querelle foncière qui l'opposait à son voisin.

Civil n'était pas ainsi. Il m'a appris à chasser avec la

marguette. S'il m'avait voulu du mal, ne croyez-vous pas qu'il aurait pu profiter de l'occasion ? Les accidents de chasse ne sont pas rares ; il aurait pu s'arranger pour que je tombe d'une falaise. Mais non ; nous sommes sortis à l'aube ce matin-là, et tous ceux de la semaine qu'il a passée à Castelcerf, et il ne s'est rien produit, sinon que chaque jour était meilleur que le précédent parce que je progressais ; et j'ai atteint le sommet du bonheur quand il a amené son propre marguet pour nous accompagner. J'ai eu le sentiment d'avoir enfin trouvé un véritable ami. »

J'employai la vieille astuce d'Umbre : je me tus. Le silence pose des questions trop gênantes à exprimer tout haut ; il en pose même auxquelles on n'avait pas pensé.

« Eh bien, euh... quand je... quand j'ai senti que je me prenais d'affection pour quelqu'un, que je devais fuir ces fiançailles, ma foi, je me suis tourné vers Civil. Je lui ai envoyé un message ; lors de son départ de Castelcerf, il m'avait dit que, s'il pouvait me rendre service, je n'avais qu'à le lui demander. Je lui ai donc envoyé un message, et une réponse m'est parvenue, m'indiquant où me rendre et qui m'aiderait. Et c'est là qu'il y a un détail insolite, Tom : Civil affirme n'avoir jamais reçu le moindre mot de ma part ni retourné aucune réponse. Ce qui est sûr, c'est que je ne l'ai pas vu une seule fois après avoir quitté Castelcerf ; même à mon arrivée à Myrteville, même durant mon séjour là-bas, je ne l'ai pas vu – pas davantage que sa mère, d'ailleurs. Je n'ai eu affaire qu'à des domestiques ; ils avaient préparé une place pour ma marguette dans la chatterie. »

Il se tut et, cette fois, je sentis qu'il ne reprendrait pas sans un petit coup de pouce.

« Mais vous vous êtes bien installé dans le château, n'est-ce pas ?

— Oui. La chambre avait été arrangée de frais, mais j'ai l'impression que l'aile où elle se trouvait ne servait guère. On ne cessait de me répéter que la discrétion était essentielle si jamais je devais m'éclipser. On m'apportait mes repas, et, quand on a appris que... que vous approchiez, il a été décidé que je devais m'enfuir à nouveau. Cependant, ceux qui devaient m'emmener n'étaient pas encore arrivés, si bien que la marguette et moi nous sommes mis en route seuls dans la nuit, et... votre loup m'a découvert. »

Il s'interrompit à nouveau. « Je connais la suite », dis-je par égard pour nous deux. Toutefois, afin d'être sûr que j'avais bien compris, je demandai : « Et Civil soutient aujourd'hui qu'il ignorait tout de votre présence chez lui ?

— Ni lui ni sa mère n'était au courant, il me l'a juré. Il pense qu'un domestique a intercepté mon message et l'a transmis à quelqu'un d'autre, qui y a répondu et a ourdi le reste de l'affaire.

— Et ce domestique ?

— Évanoui dans la nature depuis longtemps. Il a disparu la nuit où j'ai quitté Castelmyrte, du moins d'après nos calculs.

— On dirait que Civil et vous avez sérieusement creusé la question. » Je n'avais pu empêcher une note de désapprobation de se glisser dans ma remarque.

« Quand Laudevin a mis bas le masque et révélé ses véritables desseins, j'ai jugé que Civil avait certainement trempé dans le complot et je me suis senti trahi, ce qui n'a fait qu'accentuer mon désespoir : j'avais non seulement perdu ma marguette, mais aussi découvert que mon ami m'avait poignardé dans le dos. Je ne puis exprimer la joie que j'ai ressentie en apprenant que je m'étais trompé. » Et son visage était illuminé de soulagement et de confiance béate.

Il accordait donc une foi aveugle aux dires de Civil, au point même de croire que le jeune seigneur Brésinga pouvait lui enseigner la magie interdite du Vif sans jamais le trahir ou l'exposer au danger. Dans quelle mesure cet abandon puisait-il ses racines dans son besoin vital d'un ami ? Je songeai à la promptitude avec laquelle il s'en était remis à moi et je fis la grimace : il avait toutes les raisons du monde pour refuser tout rapprochement avec moi, et pourtant il m'avait accepté. On l'eût dit si seul que toute relation un peu étroite devenait de l'amitié dans son esprit.

Je gardai le silence et me demandai si j'aurais le courage d'agir, alors même qu'une détermination glacée m'envahissait : oui, j'irais scruter le cœur de ce Civil Brésinga pour voir ce qui s'y dissimulait ; s'il était infesté de traîtrise, il le paierait – et s'il avait trahi mon prince puis lui avait menti, s'il utilisait à son avantage son naturel confiant, il le paierait doublement. Mais, pour le présent, je préférais conserver mes soupçons pour moi. « Je vois, dis-je gravement.

— Il a offert de m'enseigner le Vif... le Lignage, comme il l'appelle. Je n'ai rien demandé ; il me l'a proposé spontanément. »

Cela ne me rassurait nullement mais, encore une fois, je tins ma langue et répondis franchement : « Prince Devoir, j'aimerais mieux que vous remettiez à plus tard vos leçons sur le Lignage. Comme je vous l'ai expliqué, il faut séparer chez vous ces deux magies ; laissons le Vif en friche pour le moment et occupons-nous de cultiver votre Art. »

Il contempla la mer pendant quelque temps. Il attendait

l'enseignement de Civil avec impatience, il avait soif de ce partage, je le savais, mais il inspira profondément et répondit à mi-voix : « Si c'est ce que vous recommandez, nous le ferons. » Puis il se tourna vers moi. Je ne lus aucune rétivité dans son expression ; il acceptait la discipline que je lui proposais.

Il était d'un naturel docile, aimable et ouvert à la nouveauté. Je scrutai son regard franc en espérant me montrer un professeur digne de lui.

Nous commençâmes sans plus tarder. Je m'installai en face de lui à la table, lui demandai de fermer les yeux et de se détendre, puis de baisser toutes les barrières dressées entre lui-même et l'extérieur afin de s'ouvrir au monde. Je m'adressais à lui doucement, d'un ton apaisant, comme à un poulain qui s'apprête à sentir pour la première fois le poids d'un harnais, et puis je me tus peu à peu en surveillant l'immobilité de ses traits juvéniles : il était prêt. Il était pareil à un bassin d'eau limpide dans lequel il ne me restait plus qu'à plonger.

Si j'en trouvais le courage.

Par habitude, mes murailles d'Art demeuraient dressées. Elles s'étaient peut-être érodées par manque de soin, mais je ne les avais jamais complètement éliminées. Joindre le prince n'était pas aussi simple que pénétrer dans l'Art lui-même, car ce processus me rendait vulnérable ; il y avait longtemps que je n'avais plus artisé d'esprit à esprit ; n'allais-je pas montrer davantage de moi-même que je ne le voulais ? De fait, alors que je me posais ces questions, je sentis les remparts qui protégeaient mes pensées s'épaissir, et les baisser complètement se révéla plus compliqué qu'on ne pourrait le croire. Les maintenir dressés était devenu un réflexe protecteur que j'avais le plus grand mal à surmonter ; c'était comme regarder le soleil en me retenant de plisser les yeux. Lentement, pourtant, je les baissai jusqu'au moment où j'eus l'impression de me tenir nu devant le prince. Il ne me restait plus qu'à franchir l'espace de la table qui nous séparait ; je pouvais pénétrer dans ses pensées, je le savais, mais j'hésitais encore : je ne souhaitais pas le submerger comme Vérité l'avait fait la première fois que nous étions entrés en contact d'Art. Pas à pas, donc, sans hâte.

Je rassemblai mon courage et me tendis vers lui en douceur.

Il sourit, les yeux clos. « J'entends de la musique. »

Ce fut une double révélation : il suffisait de dire à ce garçon qu'il était capable d'artiser pour qu'il y parvienne aussitôt, et il possédait une grande perception, bien plus grande que la mienne. J'ouvris largement mon Art et captai la musique de Lourd, semblable à un filet d'eau ruisselant au fond de mon esprit ; comme le vent qui soufflait au-dehors, c'était un élément du monde auquel je m'étais inconsciemment habitué à ne pas prêter attention, à l'instar de tous les autres chuchotements de pensée qui flottent sur l'éther, comme des feuilles mortes sur un ru des sous-bois. Pourtant, en effleurant l'esprit de Devoir, j'entendis clairement la musique de Lourd, nette et mélodieuse comme la voix pure d'un ménestrel qui se détache d'un chœur. Lourd était vraiment très puissant.

Et le talent de mon prince ne le lui cédait en rien, car, lorsque je le frôlai, il tourna son attention vers moi et je fus aussitôt en sa présence. Nous partageâmes un instant de découverte mutuelle en nous reconnaissant par le biais de ce lien. Je regardai dans son cœur et n'y décelai pas une once de cautèle ni de fourberie ; il abordait l'Art avec la même limpidité dont il faisait preuve dans sa vie. Je me sentis à la fois petit et plein d'obscurité devant lui, car, pour ma part, je m'avançais masqué, en ne lui laissant voir de moi que ce que je pouvais partager, la seule facette de moi-même qui était son professeur.

Avant même que je lui demande de me contacter, ses pensées se mêlèrent aux miennes. *La musique vous sert à éprouver mes capacités ? Je l'entends ; elle est très jolie.* Ses propos me parvenaient clairs et nets, mais j'y sentais un relent de Vif. C'était donc ainsi qu'il pointait son Art sur moi : il se servait de la conscience que le Vif lui donnait de moi pour isoler mon esprit du bruit de fond des pensées de Castelcerf et des environs. Comment allais-je rompre cette habitude ? *J'ai l'impression d'avoir déjà entendu cet air, mais je ne m'en rappelle pas le titre.* Sa réflexion me ramena à l'instant présent. Attiré par la musique, il s'écartait de lui-même.

La question était réglée ; Umbre avait raison : il fallait former Lourd ou l'éliminer. Je dissimulai cette noire pensée au prince. *De la prudence à présent, mon garçon ; ne nous précipitons pas. Le fait que vous entendiez cette musique démontre à l'évidence que vous êtes capable d'artiser. Ce que vous percevez, cette mélodie et les pensées éparses qui l'environnent, est comparable aux débris qui flottent à la surface d'un cours d'eau ; il faut apprendre à ne pas en tenir compte et à chercher le flot limpide et pur par lequel vous pourrez transmettre vos pensées à volonté. Celles que vous captez, les murmures tronqués, les bouts d'émotions proviennent tous de gens qui possèdent un petit talent inexploité pour l'Art ; vous devez vous entraîner à rester sourd à ces bruits. La musique, elle, est émise par quelqu'un de plus puissant, mais dont nous ne nous occuperons pas non plus pour le moment.*

Pourtant elle est si jolie !

En effet, mais cette mélodie n'est pas l'Art lui-même ; ce n'est que le produit d'un seul homme. Comparez-la à une feuille qui flotte sur un fleuve : elle est ravissante, gracieuse, mais en dessous d'elle passe la puissance glacée du courant. Si vous vous laissez distraire par la feuille, vous risquez d'oublier la force du fleuve et de vous faire emporter.

Fou que j'étais ! J'avais trop bien attiré son attention ; j'aurais dû me rappeler que son talent dépassait sa maîtrise. Il tourna ses pensées vers le fleuve et, avant que je puisse intervenir, se concentra sur lui. En un clin d'œil, il fut entraîné loin de moi.

Ce fut comme si je voyais un enfant qui marchait dans une eau peu profonde soudain saisi et aspiré par le courant. D'abord pétrifié d'horreur, je plongeai à sa suite, parfaitement conscient de la difficulté que j'aurais à le rattraper.

Plus tard, je tentai de décrire la situation à Umbre. « Imaginez une grande assemblée où se tiennent d'innombrables conversations. On commence par en écouter une, mais une remarque prononcée derrière soi retient l'attention, puis une phrase de quelqu'un d'autre, et tout à coup on se retrouve perdu, rebondissant d'un propos à l'autre, sans parvenir à se rappeler à qui on a prêté l'oreille en premier, incapable de distinguer ses propres pensées. L'esprit est tiraillé entre les répliques qui fusent et l'on n'est plus en mesure de discerner leur importance relative ; elles existent toutes simultanément, toutes aussi attirantes, et chacune arrache un peu de soi-même au passage. »

Dans l'Art, il n'y a ni vue, ni audition, ni toucher ; tout n'est que pensée. Jusque-là, le prince se tenait près de moi, solide, intact, seul en lui-même, et brusquement il avait accordé trop d'attention à une idée puissante qui ne lui appartenait pas. De même qu'on peut rapidement défaire un grand tricot simplement en tirant sur un fil qui dépasse, le prince commença de se décomposer. S'emparer du fil et le rouler en pelote ne reconstitue pas le chandail, mais cela ne m'empêcha pas de me jeter dans le maelström de pensées disparates et de saisir tous les brins de son être que je trouvais et de les réunir, tandis que je cherchais éperdument leur cœur et leur source de plus en plus réduits. J'avais affronté des courants d'Art beaucoup plus furieux que celui où je naviguais alors et je maintenais sans mal mon intégrité, mais l'expérience du prince était beaucoup plus limitée ; il partait rapidement en lambeaux, il se dissolvait dans le flot de conscience. Pour le ramener, j'allais devoir me dévoiler, mais, comme la faute m'en incombait, ce n'était que justice.

Devoir ! Je lançai cette pensée au loin, puis ouvris mon esprit dans l'espoir de capter une réponse ; je reçus en retour une grêle d'incompréhension : les gens alentour qui possédaient un léger talent avaient perçu l'intrusion de mon appel dans leur esprit et s'interrogeaient sur ma nature. Le poids de leur brusque attention s'abattit sur moi, puis me tirailla comme mille crochets déchiquetant ma chair.

C'était une impression étrange, à la fois effrayante et vivifiante, et le plus étrange était peut-être la clarté avec laquelle je la percevais. Umbre avait-il eu raison de m'interdire l'écorce elfique, finalement ? Cette idée me quitta aussi vite qu'elle m'était venue : j'avais à faire. Je m'ébrouai violemment pour décrocher ces pensées importunes comme un chien se débarrasse de l'eau qui imprègne sa fourrure ; je captai de brefs sentiments d'étonnement et de désorientation quand elles tombèrent, puis je retrouvai ma concentration. *DEVOIR!* Je criai, non pas son nom, mais son concept, la forme que j'avais si nettement vue quand mon esprit avait effleuré le sien. Je perçus en retour un écho interrogateur, comme s'il n'arrivait plus à se rappeler l'identité qui était la sienne quelques instants plus tôt.

Je passai le flot de pensées emmêlées au crible, retenant les fils de son être tout en laissant les autres traverser ma perception de lui. *Devoir. Devoir. Devoir.* Je répétais ce nom qui devint pour lui le battement d'un cœur et une confirmation, puis je le tins un moment contre moi pour le calmer, et je le sentis enfin revenir en lui-même. Promptement, il se rassembla sur ses fils centraux que je n'avais pas perçus comme à lui. Je l'enfermai en moi comme dans une bulle d'immobilité pour l'aider à tenir à distance les pensées du monde extérieur pendant qu'il se recomposait.

Tom ? fit-il enfin. L'image schématique qu'il me tendait représentait une portion fractionnée de moi-même, la facette unique que je lui avais montrée.

Oui, répondis-je. *Oui, Devoir. C'est assez, et plus qu'assez, pour aujourd'hui. Suivez-moi ; revenez à vous.*

Ensemble, nous quittâmes le flot tentateur, puis nous séparâmes l'un de l'autre et regagnâmes nos corps respectifs. Mais, quand nous nous éloignâmes du fleuve d'Art, j'eus l'impression d'entendre quelqu'un me parler, comme un lointain écho mental.

C'était un bel exploit. Mais, la prochaine fois, fais plus attention, à toi autant qu'à lui.

Le message me visait seul, comme une flèche pointée sur sa cible. Je pense que Devoir n'en capta rien. Quand j'ouvris les yeux, je vis tout d'abord la table, puis le visage du prince, et sa pâleur chassa de mon esprit toute question sur l'origine de ce contact. Il était effondré dans son fauteuil, la tête de côté, les yeux mi-clos ; des gouttes de sueur avaient dégouliné de la racine de ses cheveux sur son visage, et ses lèvres entrouvertes bougeaient au rythme de son souffle. Ma première leçon avait bien failli être sa dernière.

Je fis le tour de la table et m'accroupis près de lui. « Devoir ! M'entendez-vous ? »

Il eut un hoquet. *Oui.* Un sourire effrayant s'épanouit sur ses traits avachis. *C'était magnifique ! Je veux y retourner, Tom !*

« Non. Ne faites pas ça ; n'y songez surtout pas. Restez ici et maintenant. Ne pensez qu'à demeurer dans votre corps. » Je parcourus la pièce d'un coup d'œil ; je n'avais rien à lui faire boire, ni eau ni vin. « Vous allez bientôt vous remettre », lui dis-je avec plus d'assurance que je n'en ressentais. Comment donc avais-je pu ne pas prévoir une telle possibilité ? Pourquoi ne l'avais-je pas prévenu à l'avance des dangers de l'Art ? Parce que je n'aurais jamais cru qu'il pût artiser si bien dès sa première leçon ? Je n'avais pas imaginé que son talent fût assez grand pour le mettre dans une mauvaise situation ? Eh bien, je le savais à présent. Former le prince serait plus périlleux que je ne m'y attendais.

Je posai une main sur son épaule pour l'aider à se redresser dans son fauteuil, mais, à ce contact, j'eus l'impression que nos esprits bondissaient à la rencontre l'un de l'autre. J'avais baissé mes défenses afin de le retrouver, et lui n'en avait pas. L'exaltation de l'Art me submergea quand nos êtres mentaux se touchèrent et s'emboîtèrent parfaitement ; mêlé à Devoir, je perçus le rugissement assourdi des pensées, semblable au grondement lointain d'un fleuve en crue. *Non, ne vous approchez pas de cela,* lui dis-je, et, je ne sais comment, je l'éloignai de la berge. La fascination qu'il éprouvait m'effrayait; moi aussi, par le passé, j'avais connu l'attirance du grand courant de l'Art. Il exerçait toujours une terrible séduction sur moi, mais j'en connaissais les dangers, et les deux s'équilibraient. Le prince, lui, avait l'attitude du petit enfant qui veut attraper la flamme d'une bougie. Je le forçai à reculer, me plaçai entre le fleuve et lui, et sentis enfin qu'il fermait son esprit au murmure de l'Art.

« *Devoir.* Je prononçai son nom en même temps que je l'artisai. Il est temps d'arrêter. C'est assez pour une journée, et très excessif pour une première leçon.

— *Mais... je veux...* » Derrière l'Art, sa voix n'était guère plus qu'un chuchotement, mais je me réjouis qu'il se fût exprimé tout haut.

« Ça suffit », dis-je en ôtant ma main de son épaule. Avec un soupir, il se laissa aller contre le dossier de son fauteuil et renversa la tête en arrière. Sans rien en montrer, je combattis les tentations qui m'assaillaient : pouvais-je lui fournir de l'énergie pour l'aider à se revigorer ? Pouvais-je dresser des murailles autour de lui pour le protéger en attendant qu'il soit plus à même de négocier les courants de l'Art ? Pouvais-je effacer l'ordre mental que je lui avais imposé de ne pas me résister ?

Quand on m'avait jadis annoncé que j'allais apprendre l'Art, j'avais vu dans cette nouvelle une arme à double tranchant : on m'offrait la possibilité extraordinaire d'acquérir cette magie mais, tempérant mon enthousiasme, il y avait le risque que Galen découvre que j'avais le Vif et me détruise. Jamais donc je n'avais abordé l'Art avec la confiance et l'empressement de Devoir; très tôt, la peur et la souffrance avaient émoussé la curiosité que m'inspirait la magie royale. Je m'en servais à contrecœur, attiré par sa séduction vénéneuse mais terrifié par la menace de m'y consumer. Quand j'avais découvert que l'infusion d'écorce elfique pouvait me rendre sourd à l'appel de l'Art, je n'avais pas hésité à m'en servir malgré la mauvaise réputation de cette substance. Aujourd'hui, délivrée de son effet insensibilisant, mon attirance pour l'Art avait été rallumée par l'ardeur du prince et ma lecture des parchemins sur ce sujet; autant que Devoir, je rêvais de replonger dans ce flot à l'irrésistible séduction. Je bandai ma volonté : il ne fallait pas que l'adolescent perçoive cette envie chez moi.

Un coup d'œil au soleil m'apprit que le temps dévolu à notre leçon touchait à son terme. Devoir avait recouvré quelque couleur mais ses cheveux étaient poisseux de transpiration.

« Allons, mon garçon, finissez de vous reprendre.

— Je suis épuisé. Je crois bien que je pourrais dormir toute la journée. »

Je ne dis rien de ma migraine naissante. « C'est normal, mais je vous le déconseille; il faut au contraire rester éveillé. Bougez, prenez de l'exercice, allez faire un tour à cheval ou entraînez-vous à l'épée, et surtout ne pensez pas à cette première leçon. Ne laissez pas l'Art vous induire à le rechercher à nouveau. Tant que je ne vous aurai pas appris à vous concentrer sur lui tout en lui résistant, il représentera un danger pour vous. L'Art est une magie utile mais il a le pouvoir d'attirer ceux qui l'emploient comme le miel attire les abeilles. Aventurez-vous-y seul, abandonnez-vous à son charme et vous vous retrouverez là d'où personne, moi compris, ne pourra vous rappeler, tandis que votre corps demeurera ici comme une coquille vide, un nourrisson géant qui bave et ne voit rien de ce qui l'entoure. »

Je lui répétai sur tous les tons qu'il ne devait pas chercher à pratiquer l'Art sans moi, que toutes ses expériences devaient se faire sous ma conduite. Je le sermonnai sans doute exagérément, car il finit par répondre d'un ton irrité qu'il m'avait accompagné dans ma plongée et se rendait parfaitement compte de sa chance d'en être revenu entier.

Je me déclarai satisfait qu'il en eût conscience, et nous nous séparâmes sur ces mots. Toutefois, arrivé à la porte, il hésita puis se retourna vers moi.

« Qu'y a-t-il ? » fis-je comme il gardait le silence.

Il eut l'air soudain très gêné. « Je voudrais vous poser une question. »

J'attendis qu'il poursuive, mais il se tut et je demandai enfin : « Et laquelle ? »

Il se mordit la lèvre et son regard se perdit par la fenêtre. « C'est à propos de sire Doré et de vous, dit-il avant de s'interrompre à nouveau.

— Eh bien, quoi ? » Je sentais l'impatience me gagner ; la matinée avançait et j'avais à faire, comme trouver un moyen de calmer la migraine qui m'assaillait à présent de toutes ses forces.

« Est-ce que... est-ce que vous appréciez de travailler pour lui ? »

Je compris aussitôt que ce n'était pas la question qu'il souhaitait me poser. Qu'est-ce qui le troublait ? Était-il jaloux de mon amitié avec le fou ? En éprouvait-il un sentiment d'exclusion ? J'adoucis ma voix. « Nous sommes amis depuis longtemps, je vous l'ai déjà dit à l'auberge lors de notre retour à Castelcerf. Les rôles que nous jouons aujourd'hui, ceux d'un maître et de son valet, n'ont qu'un but utilitaire ; ils me donnent la possibilité de m'introduire là où un homme tel que moi n'a normalement pas sa place, c'est tout.

— Alors vous n'êtes pas vraiment son... domestique. »

Je haussai les épaules. « Seulement quand mon rôle l'exige, ou que j'ai envie de lui faire plaisir. Nous sommes amis de longue date, Devoir ; je serais prêt à tout ou presque pour lui, et lui pour moi. »

À son expression, je compris que je n'avais pas apaisé ses interrogations, mais j'aurais volontiers laissé le sujet en suspens en attendant qu'il trouve les mots pour dire ce qui le chagrinait ; il paraissait partager mon sentiment, car il se retourna vers la porte. Mais, la main sur la poignée, il reprit soudain la parole, d'une voix rauque, comme si on lui arrachait les mots contre sa volonté. « Civil dit que sire Doré aime les garçons. » Comme je me taisais, il ajouta péniblement : « Pour coucher avec. » Il était resté dos à moi et sa nuque était devenue écarlate.

J'éprouvai tout à coup une grande lassitude. « Devoir, regardez-moi, s'il vous plaît.

— Je m'excuse, fit-il en se retournant, mais incapable de soutenir mon regard. Je n'aurais pas dû poser cette question. »

Je le regrettais aussi ; je regrettais surtout de n'avoir pas découvert que la rumeur s'était assez propagée pour parvenir jusqu'à ses oreilles. Il était temps d'y mettre fin. « Devoir, sire Doré et moi ne couchons pas ensemble ; à dire vrai, je ne l'ai jamais vu coucher avec personne. Son attitude à l'égard de Civil était une comédie destinée à pousser dame Brésinga à nous mettre à la porte de chez elle, rien de plus. Mais vous ne pouvez pas le révéler à Civil, naturellement ; cela reste entre vous et moi. »

Il poussa un grand soupir. « Je refusais de vous prêter de telles mœurs, mais vous paraissiez très intimes, tous les deux, et puis sire Doré est jamaillien, après tout ; chacun sait que ces gens font peu de cas de ces choses. »

Je songeai un instant à lui dire la vérité, mais je préférai me taire : en savoir trop peut devenir un fardeau trop pesant. « Le mieux serait sans doute que vous ne parliez pas de sire Doré avec Civil. Si la conversation tombe sur ce sujet, déviez-la. Vous en pensez-vous capable ? »

Il eut un sourire torve. « Moi aussi j'ai été l'élève d'Umbre.

— J'avais remarqué votre froideur à l'égard de sire Doré, ces derniers temps. Si elle tient au motif que vous venez de m'exposer, vous ne savez pas ce que vous perdez en ne le connaissant pas davantage. Une fois qu'il est devenu votre ami, on ne saurait en trouver de plus fidèle. »

Il hocha la tête sans répondre. Je n'avais pas dissipé tous ses doutes, apparemment, mais j'avais fait mon possible.

Il franchit la porte, et je l'entendis tourner la clé dans la serrure avant d'entamer la longue descente des degrés en spirale. Si on l'interrogeait, il prétendrait qu'il avait choisi la tour comme nouveau lieu de méditation matinale.

Je parcourus encore une fois la pièce du regard et résolus d'y apporter de quoi me prémunir contre les dangers comme celui que nous avions affronté ce matin : une bouteille d'eau-de-vie au cas où Devoir aurait besoin d'un reconstituant, et une réserve de bois pour la cheminée afin de nous préserver de la morsure de l'hiver. Je ne partageais pas les vues austères de Galen sur l'enseignement, selon lesquelles le confort empêche de bien apprendre ; il faudrait que j'en touche un mot à Umbre.

Je bâillai à m'en décrocher la mâchoire en regrettant de ne pouvoir retourner me coucher. Je n'étais revenu à Castelcerf que la veille au soir, et un bain brûlant suivi d'un long compte rendu à Umbre avait occupé plusieurs heures que j'aurais préféré consacrer au sommeil. Mon vieux maître s'était chargé de garder les documents que j'avais rapportés ; cela ne m'avait pas réjoui outre mesure, mais les parchemins ne renfermaient guère d'informations qu'il ne sût ou n'eût devinées déjà. Transi de froid, je m'étais réchauffé dans l'eau, puis je m'étais installé devant l'âtre d'Umbre et j'avais longuement parlé avec lui.

Un furet brun de l'année avait déjà pris ses quartiers dans la salle de la tour. Il s'appelait Girofle et se passionnait strictement pour sa propre jeunesse, son nouveau territoire et les bruits de rongeurs. Son intérêt pour moi se limita à flairer mes bottes sur toutes leurs coutures puis à s'introduire dans mon paquetage. Son esprit vif et ardent détonnait agréablement sur l'atmosphère triste de la tour. Il me considérait comme une créature trop grande pour être mangée qui partageait son espace personnel.

Les propos d'Umbre avaient couvert une multitude de sujets, depuis le duc de Labour qui fournissait des armes à des esclaves échappés de Chalcède et leur dispensait des cours de tactique militaire jusqu'à Kettricken dont on avait requis la médiation entre sire Carolsine de Cendrelac et sire Dignité de Grumier, le premier accusant le second d'avoir séduit et enlevé sa fille ; le seigneur Dignité répondait qu'elle était venue à lui de son plein gré et que, comme ils étaient désormais mariés, toute question de séduction était oiseuse. Il y avait aussi l'affaire des nouveaux appontements qu'un marchand de Castelcerf souhaitait bâtir ; deux de ses confrères affirmaient que les nouvelles constructions leur couperaient l'accès à leurs entrepôts par voie de mer. Par on ne savait quelle aberration, cette querelle sans importance qui aurait dû être résolue par le conseil de la ville avait pris de telles proportions qu'on avait fini par la soumettre au jugement de la reine elle-même. Umbre avait évoqué une dizaine d'autres problèmes ennuyeux et sans intérêt, et cela m'avait rappelé que Kettricken et lui avaient à régler chaque jour quantité de questions, qu'elles fussent banales ou de première importance.

Quand je lui en avais fait la remarque, il avait répondu : « Et c'est pourquoi il est heureux que tu sois revenu à Castelcerf, avec le prince Devoir comme seule charge. Il ne manque plus au bonheur de Kettricken que tu puisses t'afficher ouvertement avec lui, mais je reste sur mon opinion : ta situation actuelle te donne la possibilité d'observer la cour sans faire partie, apparemment, de l'entourage immédiat du prince, et elle présente des avantages. »

Il n'avait pas observé de nouveaux agissements des Pie : nul placard dénonçant des vifiers, nul message secret, nulle menace à l'encontre de la reine. « Mais la mise en garde de Laurier à Kettricken, les rumeurs rapportées par Fradecerf ? » avais-je demandé.

L'espace d'un instant, il avait eu l'air déconfit. « Alors tu es au courant de ça aussi ? Non, je parlais seulement de messages directs des Pie à la reine ; nous avons pris les renseignements de Laurier au sérieux et mis en place toutes les mesures possibles pour la protéger de façon discrète : elle forme un nouveau grand'veneur qui est son propre assistant ; c'est un solide gaillard, expert à l'épée, qui ne la quitte pas d'une semelle. J'ai totale confiance en lui. À part cela, j'ai donné instruction aux gardes des portes de faire particulièrement attention aux inconnus, surtout accompagnés d'animaux. Naturellement, nous savons que les Pie sont à couteaux tirés avec le Lignage ; mes espions m'ont rapporté des rumeurs concernant des familles entières massacrées pendant leur sommeil, leur maison incendiée pour détruire toute trace. Tant mieux, diront certains ; qu'ils s'entre-tuent, nous aurons la paix un moment. Ne me fais pas les gros yeux, Fitz ; j'ai bien précisé "diront certains" ; ce n'est pas mon souhait personnel. Que veux-tu que je fasse ? Que j'envoie la garde ? Mais où ? Personne n'a demandé l'intervention de la reine. Devons-nous pourchasser des ombres que nul n'accuse d'aucun crime ? J'ai besoin de charges solides, Fitz, d'un homme ou de plusieurs, désignés nommément et accusés de ces meurtres. Tant qu'aucun membre du Lignage n'osera parler, mes moyens resteront limités. Si cela peut te consoler, les seules rumeurs de ces assassinats ont mis la reine dans une colère noire. » Là-dessus, il était passé à d'autres sujets.

Civil Brésinga résidait encore à la cour, il voyait Devoir quotidiennement et ne laissait toujours rien paraître qui pût le dénoncer comme traître ou comploteur ; je me réjouis de constater qu'en mon absence Umbre avait fait surveiller le garçon. La fête des Moissons s'était bien déroulée ; les Outrîliens y avaient participé avec plaisir, semblait-il, et la cour officielle de Devoir et d'Elliania se poursuivait sous l'œil vigilant des parties concernées : ils se promenaient ensemble, chevauchaient ensemble, dînaient ensemble, dansaient ensemble. Les ménestrels de Castelcerf chantaient la grâce et la beauté de la narcheska. Superficiellement, tout était parfait, mais Umbre soupçonnait les jeunes gens d'être moins amoureux qu'ils ne le montraient, et il espérait qu'ils resteraient en termes courtois jusqu'au départ d'Elliania pour son pays. Les négociations avec les marchands qui avaient accompagné la délégation outrîlienne avançaient fort bien, et les réticences de Béarns quant à l'alliance s'étaient quelque peu apaisées quand la reine avait accordé à Baie-aux-Phoques le statut de port de commerce exclusif pour les fourrures, l'ivoire et l'huile animale ; de Castelcerf partiraient les produits des duchés de l'Intérieur, vins, eaux-de-vie et céréales, et Haurfond et Rippon traiteraient le plus gros du négoce de la laine, du coton, du cuir et autres marchandises similaires.

« Croyez-vous que les duchés respecteront les privilèges les uns des autres ? » avais-je demandé en faisant tourner de l'eau-de-vie dans mon verre.

Umbre avait eu un petit rire de dérision. « Non, naturellement. La contrebande est une profession ancienne et respectable dans tous les ports que j'ai visités ; mais on a jeté à chaque duc un os à défendre, et tous sont déjà occupés à calculer les profits que l'alliance avec les îles d'Outre-mer va rapporter à leurs provinces respectives. C'est tout ce que nous recherchions : les convaincre que l'ensemble des Six-Duchés bénéficierait de l'opération. » Il avait poussé un soupir et s'était laissé aller contre le dossier de son fauteuil en se frottant l'arête du nez. Au bout d'un moment, il s'était agité, l'air mal à l'aise, puis avait fait : « Ah ! »

D'un repli de sa robe, il avait tiré la figurine de la plage. Elle oscillait au bout de sa chaîne, petite et parfaite ; un diadème bleu ornait ses cheveux noirs et luisants. « J'ai trouvé cet objet sur un tas de guenilles dans un coin. Il est à toi ?

— Non, mais les "guenilles" dont vous parlez sont sans doute mes vieux vêtements de travail ; le pendentif appartient au prince. » Comme il me regardait d'un œil perplexe, les sourcils froncés, j'avais ajouté : « Je vous ai raconté cet épisode où nous nous sommes retrouvés sur une plage ; c'est là qu'il l'a ramassé, et finalement je l'ai fourré dans sa bourse. Il faudrait que je le lui rende. »

Umbre s'était alors assombri. « Quand il m'a fait le récit de ses aventures, il ne s'est guère étendu sur son voyage par les piliers d'Art ni sur son séjour sur la plage, et il n'a fait aucune mention de cette statuette.

— Il ne cherchait pas à vous cacher la vérité. Même pour un artiseur aguerri, franchir un pilier d'Art représente une expérience déroutante. Or je l'ai conduit sur cette plage sans crier gare ; il n'a rien compris à ce qui lui arrivait ; puis, au retour, je lui ai fait traverser trois piliers de suite. Rien d'étonnant à ce que ses souvenirs soient embrouillés ; d'ailleurs, nous avons de la chance qu'il ait encore toute sa tête ; la plupart des jeunes artiseurs de Royal ne s'en sont pas si bien sortis. »

Un pli avait barré le front d'Umbre. « Ainsi, un artiseur inexpérimenté ne peut pas traverser seul un pilier d'Art ?

— Je l'ignore. La première fois que ça m'est arrivé, c'était par pur accident ; cependant, j'avais passé toute la journée dans une espèce de stupeur d'Art, sur une route des Anciens... Umbre ! Qu'avez-vous derrière la tête ? »

Son expression empreinte de curiosité était trop innocente.

« Umbre, ne vous approchez pas de ces colonnes : elles sont dangereuses. Peut-être plus encore pour vous que pour les gens normaux, car votre sang charrie peut-être quelques traces de la magie de l'Art.

— Que redoutes-tu ? m'avait-il demandé à mi-voix. Que je me découvre un talent pour l'Art ? Que, si on me l'avait enseigné enfant, je puisse moi aussi l'employer aujourd'hui ?

— Vous en seriez peut-être capable, en effet ; mais ce que je crains, c'est que vous tombiez sur un vieux manuscrit poussiéreux et tout craquelé, et que vous vous lanciez dans une expérience irréfléchie au moment où les Six-Duchés ont le plus besoin de vous. »

Il avait émis un grognement désapprobateur et s'était levé pour poser la figurine sur le manteau de sa cheminée. « J'y pense : la reine t'envoie ceci. » Il avait pris un petit parchemin sur le linteau et me l'avait tendu ; le manuscrit était roulé mais j'avais aussitôt reconnu l'écriture carrée de Kettricken. Elle n'avait jamais pu s'habituer à employer la cursive en usage dans les Six-Duchés. Douze runes étaient tracées à l'encre sur le vélin, et, en regard de chacune, un ou plusieurs mots : *port, grève, glacier, caverne, montagne, maison maternelle, chasseur, guerrier, pêcheur, toute-mère, forgeron, tisserand.*

« Cela provient du jeu auquel elle a joué avec Peottre. Je vois pourquoi elle t'a fait parvenir cette liste ; et toi ? »

J'avais hoché la tête. « Les runes ressemblent à celles des piliers d'Art ; elles ne sont pas exactement semblables mais, à leur aspect, elles pourraient appartenir au même système scriptural.

— Très bien ; mais il y en a une au moins qui est quasiment identique. Tiens, regarde : voici les runes inscrites sur le pilier que vous avez utilisé, le prince et toi ; celui qui se trouve près des anciens tertres. »

Umbre avait déroulé un second manuscrit posé sur la table qui nous séparait. C'était visiblement l'œuvre d'un scribe professionnel. Il portait quatre symboles soigneusement recopiés, avec l'orientation de chaque face marquée du pilier ainsi que des notes sur les dimensions et la disposition des originaux. À l'évidence, Umbre avait envoyé ses petites abeilles butiner des renseignements. « Quel signe vous a transportés sur la plage ? m'avait-il demandé.

— Celui-ci. » Il était semblable à celui que Kettricken avait traduit par « plage », hormis une ou deux queues en plus.

« Et c'en est un pareil qui vous a ramenés ? »

J'avais froncé les sourcils. « Je n'ai guère eu le loisir de l'examiner. Je constate que vous n'avez pas perdu votre temps en mon absence. »

Il avait acquiescé de la tête. « Il existe d'autres piliers d'Art dans les Six-Duchés ; j'en apprendrai plus long sur eux d'ici quelques semaines. Manifestement, ils servaient jadis aux artiseurs, et puis le secret de leur fonctionnement s'est perdu ; mais nous avons maintenant des chances de le retrouver.

— Au prix d'énormes risques. Umbre, dois-je vous rappeler que notre arrivée sur la plage s'est effectuée sous l'eau ? Ç'aurait pu être bien pire : imaginez qu'un des piliers de sortie soit couché, le glyphe contre terre, ou qu'il ait été fracassé. Qu'arrive-t-il à l'utilisateur dans ce cas ? »

Umbre avait paru à peine ému. « Ma foi, je suppose qu'on s'aperçoit que la route est bloquée et qu'on fait demi-tour.

— Mon hypothèse à moi est plutôt qu'on se matérialise dans le sol. Il ne s'agit pas d'une porte qu'on peut entrouvrir pour jeter un coup d'œil avant de la franchir ; on en tombe en vrac comme on dégringole d'un panneau de cale.

— Ah ! Je vois ; eh bien, il faudra se montrer très prudent lors de l'étude de leur maniement. Mais, en examinant les traités sur l'Art, nous parviendrons peut-être à déterminer la signification de chaque rune et à établir au moins où chaque « porte » débouchait ; ainsi, nous finirons par savoir lesquelles on peut employer sans risque, voire redresser ou réparer les autres. Ce que les artiseurs du passé ont créé, nous nous le réapproprierons.

— Umbre, je ne suis pas du tout certain que ces piliers soient l'œuvre d'artiseurs. Certains s'en sont peut-être servis mais, chaque fois que j'en ai traversé un, la sensation de désorientation et de... » J'avais cherché un terme approprié, puis dit en désespoir de cause : « D'altérité que j'ai éprouvée m'incline à douter que des artiseurs soient à l'origine de leur existence, pour autant qu'ils aient été créés par des hommes.

— Les Anciens ? avait-il demandé après un moment de silence.

— Je l'ignore. »

Les échos de cette conversation résonnaient dans mon esprit tandis que je parcourais du regard les casiers remplis de parchemins et les coffres fermés à clé de la tour d'Art. Les réponses se trouvaient peut-être là, attendant que je les découvre.

Je choisis dans la bibliothèque trois manuscrits parmi les plus récents d'apparence ; je comptais commencer par les textes rédigés dans un alphabet et une langue que je connaissais bien. Je n'en découvris aucun de Sollicité, ce que je jugeai curieux : notre maîtresse d'Art avait certainement couché sur le papier une partie de sa science ; on estimait en général qu'une personne parvenue au statut de maître devait détenir un savoir unique à transmettre à ses disciples. Pourtant, si Sollicité avait laissé des documents de sa main, ils ne faisaient pas partie de ceux qui étaient réunis dans la tour. Les trois que je sélectionnai finalement étaient signés d'un certain Boiscoudé et présentés comme des traductions de manuscrits plus anciens écrits par le maître d'Art Oklef, commanditées par le maître d'Art Orge. Ces noms m'étaient inconnus. Je fourrai les trois parchemins sous mon bras et sortis par le faux panneau du manteau de la cheminée.

Je comptais déposer les documents dans la salle d'Umbre : ils n'avaient rien à faire dans la chambre de Tom Blaireau ; toutefois, avant de m'y rendre, j'effectuai un petit détour par les passages secrets jusqu'à une fissure dans un des murs. Je m'en approchai sans bruit et y collai mon œil : la chambre de Civil Brésinga était déserte. Cela confirmait ce que m'avait appris Umbre la veille au soir : le jeune garçon devait accompagner le prince lors d'une sortie à cheval avec sa fiancée et un groupe de courtisans. Parfait ; j'aurais peut-être l'occasion de me livrer à une visite rapide de ses appartements, même si je ne pensais pas en tirer grand-chose : il n'y gardait rien que ses vêtements et les affaires qui servent au quotidien ; le soir, ils étaient vides ou bien il s'y trouvait seul. Quand il était présent, sa distraction la plus habituelle consistait à jouer du flûtiau, très mal, ou à s'adonner à la Fumée puis à rester à la fenêtre, les yeux lointains. De toute ma carrière d'espion, Civil était de loin le sujet de surveillance le plus ennuyeux.

Je repris le chemin de la tour d'Umbre et, avant de déclencher le loquet dissimulé, m'arrêtai pour tendre l'oreille et jeter un coup d'œil dans la salle par un trou dans la muraille. J'entendis des marmonnements, puis le bruit sourd d'un tas de bois qu'on dépose. Je faillis m'en retourner en laissant les manuscrits dans le passage pour les ranger plus tard, puis je jugeai qu'il y avait trop de « plus tard » dans ma vie et que je m'en remettais exagérément à Umbre. J'étais le seul à pouvoir me charger de cette tâche. Je respirai à fond pour me calmer, maîtrisai mes pensées puis baissai légèrement mes défenses.

N'aie pas peur, s'il te plaît. C'est moi, je vais entrer.

Peine perdue : je franchissais l'ouverture quand la vague me frappa de plein fouet. *Ne me vois pas, pue-le-chien! Ne me fais pas mal! Va-t'en!*

Heureusement, mes murailles étaient dressées et j'étais préparé.

« Arrête, Lourd ; tu devrais savoir que ça ne marche pas sur moi et que je n'ai pas l'intention de te faire du mal. Pourquoi me crains-tu tant ? » Je posai les manuscrits sur la table de travail.

Lourd s'était redressé face à moi, une hotte à bois à ses pieds. Il avait transvasé la moitié de son contenu dans la huche près de la cheminée. Il me regardait en plissant ses yeux à l'expression éternellement endormie. « Pas peur. Je ne t'aime pas, c'est tout. »

Il avait une façon bizarre de prononcer les mots, non en zézayant mais en ne les achevant pas tout à fait, un peu comme un très petit enfant. Il fixait sur moi un regard mauvais, le bout de la langue dépassant sur sa lèvre inférieure. Malgré sa petite taille, son élocution et ses réactions infantiles, ce n'était pas un enfant, et je décidai d'en tenir compte en m'adressant à lui.

« Vraiment ? Moi, je tâche de connaître les gens avant de savoir si je les aime ou non. Je ne crois pas t'avoir donné de raison de me détester. »

Son front se plissa et son expression s'assombrit encore, puis il désigna la pièce d'un geste de la main. « Beaucoup de raisons. Tu me donnes du travail en plus, de l'eau pour des bains, apporter à manger, emporter la vaisselle. Beaucoup plus de travail que le vieux tout seul.

— Je dois reconnaître que c'est vrai. » J'hésitai puis demandai : « Que puis-je faire pour réparer ?

— Réparer ? » Il me dévisagea d'un air soupçonneux.

Avec d'infinies précautions, je baissai ma garde afin de percevoir ses sentiments, mais j'aurais pu m'en dispenser tant c'était évident. Toute sa vie, on s'était moqué de lui, on l'avait tourmenté, et il était convaincu que cela continuait avec moi.

« Je pourrais te payer pour ce que tu fais pour moi.

— Payer ?

— De l'argent. » Il restait quelques pièces au fond de ma bourse ; je la sortis et la fis tinter devant lui.

« NON ! Pas de pièces ! Je ne veux pas de pièces. Il frappe Lourd et il prend les pièces. Il frappe Lourd et il prend les pièces. » Et il répéta cette phrase avec gestes à l'appui, décochant dans le vide des coups de son poing épais au bout de son petit bras.

« Qui ça ? »

Il se tut, m'observa en étrécissant les yeux, puis secoua la tête d'un air buté. « Quelqu'un. Tu ne connais pas. Je n'ai rien dit à personne. Il frappe Lourd et il prend les pièces. » Et il se relança dans sa pantomime, manifestement perdu dans le souvenir de sa colère ; sa respiration devenait courte.

Je tentai de l'interrompre. « Lourd, qui te frappe ?

— Il frappe Lourd et il prend les pièces. » Il donna un nouveau coup de poing, la langue et la lèvre inférieure pendantes, les yeux plissés, presque clos. J'attendis qu'il achevât son geste, puis m'avançai. Je posai les mains sur ses épaules avec l'intention de le calmer afin de pouvoir lui parler, mais il poussa un cri strident, un hurlement éperdu, et s'écarta d'un bond, tout en émettant : « *NE ME VOIS PAS ! NE ME FAIS PAS DE MAL !* »

Je reculai sous le choc, le visage crispé de douleur. « Lourd ! Ne me fais pas de mal toi non plus ! » répliquai-je ; puis je repris mon souffle et demandai : « Ça ne marche pas toujours, n'est-ce pas ? Certaines personnes ne sentent pas que tu les repousses ainsi. Mais je connais d'autres façons, d'autres moyens de les arrêter. »

Donc, quelques-uns des autres domestiques étaient totalement insensibles à son contact d'Art, ou bien ce qu'ils en percevaient les mettait simplement en colère. Intéressant. Avec la puissance qui était la sienne, je l'aurais cru en mesure d'imposer sa volonté à tout un chacun ou presque. Il faudrait que j'en informe Umbre, mais plus tard ; l'impact que je venais de subir, ajouté à la migraine d'Art consécutive à ma leçon avec Devoir, me donnait l'impression que mes yeux saignaient. Je dus faire un effort pour écarter le rideau rouge de souffrance qui enveloppait mes pensées et reprendre : « Je peux les obliger à s'arrêter, Lourd. Je les empêcherai de continuer.

— Quoi ? Arrêter quoi ? fit-il d'un air méfiant. Arrêter Lourd ?

— Non, les autres. Je les empêcherai de frapper Lourd et de prendre ses pièces.

— Peuh ! » Il n'en croyait rien. « Il a dit : "Va chercher un bonbon." Mais après il a pris les pièces. Il frappe Lourd et il prend les pièces.

— Lourd... » Son idée fixe rendait la conversation difficile. « Écoute-moi. Si je les empêche de te frapper, si je les empêche de prendre tes bonbons, cesseras-tu de me détester ? »

Il ne répondit pas, l'air à la fois soupçonneux et perplexe. Manifestement, il n'opérait pas le lien entre les termes de ma question ; je décidai de la simplifier. « Lourd, je peux les obliger à cesser de t'embêter. »

Il émit un nouveau « peuh ! », puis il déclara : « Tu ne sais pas. Je ne t'ai rien dit. » Il fourra le reste du bois dans la huche, y enfonça de force quelques bûchettes réfractaires, puis s'en alla de son pas pesant. Quand il fut sorti, je me laissai tomber dans un fauteuil et restai un moment les poings serrés sur mes tempes. J'eus à peine la force de reprendre les manuscrits et de les porter d'une démarche vacillante jusqu'à la table de chevet. Je m'assis au bord du lit, puis m'étendis pour me reposer quelques instants. L'oreiller frais fit un nid à ma tête et je m'endormis.

8

AMBITIONS

Ainsi, chaque art occupe une place précise dans le spectre des magies, et ensemble elles forment le grand cercle du pouvoir. Toute science magique s'y trouve incluse, les talents du modeste sorcier des haies avec ses amulettes, la divination par l'eau ou le cristal, la pratique bestiale du Vif, la spiritualité céleste de l'Art, et tous les rites domestiques de l'âtre et du cœur; tous ces savoirs peuvent se disposer comme je l'ai indiqué en un vaste spectre, et il devient alors évident qu'un fil commun les relie.

Mais ce n'est pas pour autant qu'un adepte peut ou doit tenter d'assimiler le cercle entier. Une telle envergure n'est donnée à aucun mortel, et à juste raison. Nul n'est fait pour commander tous les pouvoirs. Un artiseur peut étendre son domaine de connaissance à la divination, et l'on parle de magiciens des bêtes qui auraient acquis une certaine maîtrise de la magie du feu et de la sourcellerie des sorciers des haies. Comme on le voit sur le dia-

gramme, chacun de ces secteurs mineurs est contigu aux arts majeurs concernés et, ainsi, un mage peut développer ses aptitudes pour absorber ces petits talents. Mais outrepasser cette ambition est une grave erreur ; pour celui qui lit l'avenir dans un cristal, c'est se fourvoyer que tenter d'apprendre la création du feu : ces deux magies ne sont pas voisines, et l'effort à fournir pour les faire cohabiter malgré leurs différences risque de semer la confusion dans l'esprit. Pour un artiseur, s'abaisser à pratiquer la magie bestiale du Vif, c'est provoquer le délabrement et l'avilissement de sa noble science, et il faut condamner l'ignominie d'une telle attitude.

Le Cercle de la magie, du maître d'Art OKLEF,
traduction de BOISCOUDÉ

*

Rétrospectivement, je pense avoir appris davantage que Devoir de notre première leçon. Crainte et respect furent les enseignements que j'en tirai : j'avais eu l'audace de me poser en professeur d'un art que je comprenais à peine moi-même. Mes jours et mes nuits furent dès lors beaucoup plus occupés que je ne l'aurais jamais cru, car il me fallait être à la fois maître et élève sans pour autant pouvoir abandonner mes autres rôles de domestique de sire Doré, de père de Heur ni d'espion des Loinvoyant.

Comme l'hiver écourtait les journées, mes leçons en compagnie de Devoir débutèrent au noir, avant l'aube. D'ordinaire, nous quittions la tour de Vérité avant même que l'aurore éclaircisse le ciel ; le prince et Umbre me pressaient d'accélérer la cadence, mais j'avais résolu de rester dans les limites de la prudence après la catastrophe que nous avions failli subir.

Dans le même ordre d'idées, j'avais sans cesse remis à plus tard l'évaluation des capacités d'artiseur de Lourd qu'Umbre me demandait instamment ; pourtant, je me donnais du mal pour rien : Lourd éprouvait autant de répugnance à mon contact que moi à la perspective de le former. En trois occasions, Umbre avait arrangé une rencontre entre nous deux dans ses appartements ; à chaque reprise, l'idiot avait manqué le rendez-vous, et je ne m'étais pas attardé, espérant un simple retard de mon élève rétif. J'arrivais, notais son absence et repartais. Les trois fois, Lourd avait expliqué à Umbre qu'il avait « oublié » l'entrevue, sans pouvoir dissimuler à mon vieux maître l'inquiétude et l'aversion que je lui inspirais.

« Que lui as-tu donc fait pour qu'il te déteste tant ? » m'avait demandé Umbre, à quoi j'avais pu répondre sans mentir que je l'ignorais. La raison de son antipathie me demeurait mystérieuse, mais, en attendant, je m'en réjouissais.

L'ambiance de mes séances avec Devoir était exactement à l'opposé : le garçon me saluait avec chaleur et empressement à son entrée, et il attendait ses leçons avec impatience. Je ne parvenais pas à m'y faire, et je me demandais parfois, avec une curiosité teintée de regret, comment j'aurais réagi si mon premier instructeur avait été le prince Vérité. Me serais-je montré aussi avide d'apprendre que son fils ? Je ne conservais des cours de maître Galen que des souvenirs extrêmement pénibles, et je n'avais vu que folie à vouloir imiter ses habitudes de vie indéréglables et ses exercices mentaux destinés à préparer l'étudiant à l'Art. D'ailleurs, Devoir ne paraissait avoir besoin de rien de tout cela : quand il artisait, il ouvrait sans effort son âme à tous les vents, au point que je finis par m'interroger : le combat quotidien que j'avais dû mener très tôt pour assimiler l'Art ne m'avait-il pas été utile, finalement ? J'avais été obligé d'apprendre à me frayer un chemin dans mes propres défenses ; Devoir, lui, paraissait ne se découvrir aucune limite, et pouvait me faire partager aussi bien les sensations de son estomac barbouillé que ses réflexions les plus affinées. Quand il s'ouvrait, il laissait le champ libre à toutes les pensées éparses du monde ; sentinelle et témoin de son esprit, je m'en sentais quasiment submergé ; quant à lui, il en éprouvait à la fois de l'effroi et de la fascination, et ces deux émotions l'empêchaient de se concentrer complètement sur le but recherché. Pis, lorsqu'il m'artisait, on eût dit qu'il tentait de faire passer un câble par le chas d'une aiguille. Vérité m'avait raconté jadis que, lorsque mon père, Chevalerie, l'artisait, il avait l'impression de se faire piétiner par un étalon : son frère déboulait sans crier gare, larguait son message et disparaissait aussitôt. Avec Devoir, c'était pareil.

« S'il réussit à maîtriser son talent, il dépassera bientôt son professeur », me plaignis-je à Umbre un soir, très tard, alors que le hasard avait voulu que nous nous croisions dans ses anciens appartements. S'étais assis à notre vieille table de travail, entouré d'un fouillis de traités sur l'Art. « J'ai presque éprouvé du soulagement à lui enseigner le jeu des cailloux de Caudron. Il a eu du mal à en comprendre les règles, mais il a l'air de commencer à les saisir. J'espère que cela va l'obliger à ralentir et lui apprendre à détecter des niveaux plus profonds de sa magie. Tout le reste lui vient naturellement ; il artise aussi instinctivement qu'un chiot de chasse repère une piste. On dirait, non qu'il étudie, mais qu'il retrouve progressivement la mémoire.

— Et ce n'est pas bien ? » demanda le vieil assassin d'un ton enjoué. Il se mit à fouiller parmi les herbes à tisane des hautes étagères, où il avait toujours rangé ses concoctions les plus dangereuses et les plus puissantes. Avec un petit sourire, je le regardai se jucher sur un tabouret et me demandai s'il les croyait encore hors de ma portée.

« Cela pourrait être dangereux. Une fois qu'il m'aura dépassé et entreprendra d'explorer les autres possibilités de l'Art, il s'aventurera là où je n'ai aucune expérience. Je ne serai même pas en mesure de le prévenir des risques qu'il courra, et encore moins de le protéger. » Démoralisé, j'écartai de moi un manuscrit d'Art et la traduction maladroite que j'en avais effectuée : dans ce domaine aussi, Devoir me surpassait. Il avait le même don qu'Umbre pour les langues. Alors que je déchiffrais les textes lentement, mot à mot, il lisait chaque phrase après l'autre et en transcrivait le sens en une prose concise. Des années sans pratiquer ce genre d'exercice avaient émoussé mes aptitudes linguistiques. Étais-je jaloux de la vivacité d'esprit de mon élève ? La qualité de mon enseignement risquait-elle d'en souffrir ?

« Peut-être l'a-t-il hérité de toi, fit Umbre d'un ton songeur.

— Quoi donc ?

— L'Art. Nous savons que tu as eu des contacts mentaux avec lui depuis sa plus tendre enfance ; cependant, tu affirmes que le Vif ne permet pas ce type d'échange ; par conséquent, il doit s'agir de l'Art. Tu lui as peut-être appris comment artiser alors qu'il était encore très jeune, ou du moins tu y as préparé son esprit. »

Je n'aimais pas la pente que suivaient ses réflexions. Je songeai à Ortie et me sentis aussitôt mauvaise conscience : l'avais-je mise en danger elle aussi ? « Je vous vois venir : vous cherchez à me rendre responsable de ce qui arrive à ce garçon. » Je m'efforçais de prendre un ton léger comme si cela pouvait chasser l'angoisse subite qui m'avait saisi. Avec un soupir et à contrecœur, j'attirai à moi ma traduction inachevée : si je tenais à poursuivre mon œuvre en tant que professeur de Devoir, il me fallait accroître mes connaissances sur l'Art. Le manuscrit d'origine proposait divers exercices à donner à l'étudiant pour améliorer ses capacités de concentration ; j'espérais qu'ils me serviraient.

Umbre vint jeter un coup d'œil par-dessus mon épaule. « Hum ! Et qu'as-tu pensé de l'autre texte, celui qui traite de la douleur en relation avec l'Art ? »

Je levai les yeux vers lui, perplexe. « Quel autre texte ? »

L'agacement se peignit sur ses traits. « Tu sais bien, voyons ! Je l'ai sorti à ton intention. »

Je parcourus la table d'un regard chargé de sous-entendus : elle était encombrée d'au moins une dizaine de parchemins et d'autres documents. « Lequel est-ce ?

— Un de ceux-là. Je te l'ai montré, mon garçon, j'en suis sûr. »

J'étais tout aussi certain du contraire ; toutefois je me tus. La mémoire d'Umbre le trahissait parfois, je le savais ; il le savait aussi, mais refusait de l'avouer. Je m'étais aperçu également que le simple fait de mentionner cette éventualité le mettait dans un état de fureur qui m'ébranlait plus que l'idée de voir mon vieux mentor perdre son acuité intellectuelle. C'est donc sans rien dire que je le laissai fouiller dans la masse de manuscrits, dont il tira enfin un parchemin orné d'une bordure bleue. « Tiens ! Le voici, là où je l'avais posé pour toi. Tu ne l'as même pas ouvert.

— Non, en effet, reconnus-je sans remords, peu désireux de m'attarder sur le sujet. De quoi parle-t-il, avez-vous dit ? »

Il m'adressa un regard de mécontentement. « De la douleur liée à l'Art, comme tes fameuses migraines. On y évoque certains remèdes, à base d'exercices autant que de plantes, mais on y déclare aussi qu'avec le temps elles peuvent simplement cesser d'apparaître. Cependant, c'est la note qu'on trouve vers la fin qui m'a intéressé ; Boiscoudé affirme que certains maîtres d'Art imposaient des barrières de douleur à leurs étudiants pour les empêcher de se lancer seuls dans des expériences, sans préciser si on pouvait rendre ces obstacles assez solides pour interdire définitivement l'Art à quelqu'un. Mon attention a été attirée à double titre : je me suis d'abord demandé si Galen ne t'avait pas infligé un tel traitement, et ensuite si on pouvait employer ce moyen pour brider Lourd. » Je remarquai qu'il ne suggérait pas d'utiliser cette méthode comme garde-fou pour le prince.

Lourd revenait donc sur le tapis. Mais, après tout, le vieil assassin avait raison : tôt ou tard, il faudrait bien régler la question du simple d'esprit. Je répondis néanmoins : « Il me déplairait de me servir de la souffrance pour plier une créature à ma volonté. Lourd artise sa musique pratiquement sans arrêt. Si on l'en punit par la douleur, si on l'empêche de l'émettre... j'ignore ce que cela peut provoquer chez lui. »

Umbre chassa l'idée d'un grognement : avant même de me la soumettre, il savait que je la rejetterais. En revanche, Galen n'aurait certainement pas hésité à m'estropier ainsi ; l'avait-il fait ? Umbre déroula le parchemin devant moi et son doigt noueux désigna le passage mentionné ; je le lus mais n'y découvris rien qu'il ne m'eût déjà dit. Je me radossai. « Je tâche de me rappeler quand j'ai commencé à souffrir après avoir artisé. Ce qui est sûr, c'est que l'Art me fatiguait toujours ; la première fois que Vérité a puisé dans mon énergie, je suis tombé raide inconscient, et, quand j'employais l'Art de façon soutenue, j'en ressortais exténué, le cœur presque au bord des lèvres. Pourtant je n'ai pas le souvenir d'avoir souffert de migraines avant... » Je réfléchis un moment puis secouai la tête. « Non, impossible de donner une date. Lorsque, par accident, j'ai découvert comment me déplacer dans le monde grâce à l'Art, je me suis réveillé tremblant d'épuisement, et j'ai pris de l'écorce elfique pour me remettre ; j'ai continué par la suite et, au bout de quelque temps, mon état de faiblesse après avoir artisé s'est doublé de migraines. » Je soupirai. « Non, je ne crois pas qu'on m'ait imposé une barrière de douleur. »

Umbre était retourné près de ses étagères ; il revint avec deux bouteilles. « Le fait que tu as le Vif pourrait-il être en cause ? On évoque souvent dans les textes le danger d'employer les deux magies simultanément. »

Cherchait-il à me faire toucher du doigt l'étendue de mon ignorance ? Ses questions m'exaspéraient ; elles me rappelaient sans ménagement que je guidais mon prince à travers un territoire que je ne connaissais pas. Je secouai la tête avec lassitude. « Encore une fois, Umbre, je n'en sais rien. Nous pourrons peut-être juger cette hypothèse fondée si le prince commence à souffrir de maux de tête après avoir artisé.

— Je croyais que tu comptais séparer son Vif de son Art.

— Oui, si je savais comment m'y prendre. Je tâche pour l'instant de trouver des moyens de lui faire employer l'Art indépendamment du Vif. J'ignore comment l'obliger à détacher l'un de l'autre, tout comme j'ignore comment le débarrasser de l'ordre d'Art que j'ai imprimé en lui sur la plage. »

Umbre haussa ses sourcils blancs tout en mettant une mesure de tisane à infuser. « L'ordre de ne pas te résister ? »

J'acquiesçai de la tête.

« Ma foi, ça me paraît tout simple : inverse-le. »

Je serrai les dents en retenant la réponse qui me venait : « Ça vous paraît simple parce que vous ne possédez aucune de ces magies et que vous ne savez pas de quoi vous parlez ! » J'étais las et je m'en voulais de ne pas trouver la solution ; le vieil assassin n'y était pour rien. « Je ne comprends pas précisément comment j'ai gravé cet ordre en lui ; je n'ai donc pas d'idée précise sur la façon de l'effacer. Inverser le processus n'a rien de simple ; quel contrordre dois-je lui donner ? "Résistez-moi" ? Songez que Chevalerie a infligé le même traitement à Galen ; dans un moment de colère, il a imprimé un ordre en lui ; or ni lui ni Vérité n'ont jamais réussi à découvrir comment le faire disparaître.

— Mais Devoir est ton prince et ton élève ; ta position vis-à-vis de lui est différente.

— Je ne vois pas le rapport, répondis-je en m'efforçant de ne pas prendre un ton trop sec.

— Ma foi, cela pourrait te faciliter la tâche. » Il fit tomber quelques gouttes d'un liquide indéterminé dans l'infusion, puis reprit avec délicatesse : « Le prince est-il au courant ? Sait-il que tu lui as ordonné de ne pas lui résister ?

— Non ! » J'avais laissé ma colère éclater sur ce mot ; je tâchai de me calmer. « Non, et j'ai honte de mon geste, honte aussi de vous avouer que j'ai peur de le lui révéler. Dans bien des domaines, j'en suis encore à découvrir qui il est, Umbre ; je ne veux pas lui donner de motif de se méfier de moi. » Je me frottai le front. « Notre rencontre n'a pas eu lieu dans les meilleures conditions, vous savez.

— Je sais, je sais. » Il vint tapoter amicalement mon épaule. « Alors dis-moi, comment t'y prends-tu avec lui ?

— J'apprends surtout à le connaître. Nous traduisons ensemble des manuscrits ; j'ai emprunté des épées d'exercice à l'armurerie et nous avons pris la mesure l'un de l'autre ; il est bon bretteur. Si je puis en juger d'après le nombre de bleus qu'il m'a infligés, je pense avoir atténué, voire effacé, mon ordre d'Art.

— Mais tu n'en es pas certain ?

— Non, pas vraiment. Quand nous nous entraînons à l'épée, nous ne cherchons pas à nous blesser pour de bon ; c'est un jeu, comme lorsque nous pratiquons la lutte. Pourtant je n'ai jamais l'impression qu'il retient ses coups ni qu'il me laisse gagner.

— D'accord. Tu sais, je me réjouis que tu sois près de lui, que ce soit pour le former au combat ou à l'Art. Je pense que l'absence de cette camaraderie un peu brusque était une lacune dans son existence et qu'il le sentait. » Umbre ôta la bouilloire du feu et versa l'eau bouillante sur son mélange de feuilles. « Enfin, le temps nous le dira, je suppose. Allons, raconte-moi : as-tu artisé avec lui ? »

Je me cachai le nez derrière la main : la vapeur qui montait de la tisanière me faisait pleurer ; Umbre y paraissait insensible. « Oui. Nous avons pratiqué quelques exercices afin de l'aider à concentrer sa magie.

— Concentrer sa magie ? » Umbre fit tournoyer l'eau dans le récipient, puis referma le couvercle.

« Actuellement, lorsqu'il artise, il hurle à tue-tête du haut d'une tour et n'importe qui peut l'entendre. Nous nous efforçons de réduire ce cri à un murmure audible par moi seul ; en outre, nous travaillons à lui faire transmettre uniquement ce dont il souhaite me faire part, en laissant de côté toutes les autres pensées qui traînent dans son esprit. D'où des exercices précis : je lui demande d'entrer en contact avec moi alors qu'il se trouve à table, en pleine conversation avec d'autres ; ensuite nous affinons le processus : est-il capable de m'artiser et de me décrire ce qu'il mange tout en conservant à l'esprit l'identité de ses voisins ? Après cela, nous nous fixons d'autres objectifs : est-il en mesure de m'interdire l'accès à ses pensées ? Peut-il mettre en place des murailles qu'il me soit impossible de franchir même en pleine nuit, tandis qu'il dort à poings fermés ? »

Le front plissé, Umbre alla chercher une tasse et se servit du pan flottant de sa manche pour la nettoyer. Je réprimai un sourire. Parfois, quand nous étions seuls, il quittait son rôle de grand dignitaire de la cour pour redevenir le vieillard inflexible qui m'avait formé à mon premier métier. « Crois-tu qu'il soit judicieux de lui enseigner à t'exclure de ton esprit ?

— Il faut bien qu'il l'apprenne au cas où il se trouverait confronté à quelqu'un qui n'aurait pas de bonnes dispositions à son égard. Pour le moment, je suis le seul artiseur avec lequel il puisse s'exercer.

— Il y a Lourd », observa Umbre en se servant. Un liquide noir verdâtre et brûlant emplit la tasse ; il le contempla d'un air dégoûté.

« Je ne crois pas pouvoir m'occuper de plus d'un étudiant pour l'instant, répliquai-je. Avez-vous réglé l'autre problème de Lourd ?

— Quel problème ? » Umbre se rassit devant la cheminée, sa tasse à la main.

L'inquiétude me saisit ; je m'efforçai de la dissimuler sous un ton dégagé. « Je pensais vous en avoir parlé : il a des ennuis avec les autres domestiques qui le brutalisent et lui volent son argent.

— Ah oui ! » Il s'adossa dans son fauteuil comme si le sujet n'avait pas d'importance, et je poussai un discret soupir de soulagement : il n'avait pas oublié notre conversation. « J'ai inventé un prétexte pour que la cuisinière lui fournisse un logement à part. Officiellement, c'est là qu'il travaille, tu sais : aux cuisines. Il dispose donc à présent d'une chambre près des dépenses ; elle n'est pas grande mais, à ce que j'ai compris, c'est la première fois qu'il a un espace rien qu'à lui. Je crois qu'il en est content.

— Tant mieux. » Je me tus un instant. « Avez-vous déjà songé à l'envoyer loin de Castelcerf ? En attendant que le prince maîtrise mieux l'Art, veux-je dire. Par moments, sa façon d'artiser sans retenue nous dérange un peu. C'est comme essayer d'effectuer un calcul compliqué à côté de quelqu'un qui compte tout haut. »

Umbre prit une gorgée de son infâme décoction ; après une grimace de dégoût, il l'avala résolument. Je crispai le visage par sympathie, puis le regardai sans rien dire tendre son long bras pour s'emparer de mon verre et faire passer l'infusion d'une grande lampée de vin. Il me répondit d'une voix rauque : « Tant que Lourd demeure le seul candidat artiseur que nous connaissions en dehors du prince, je le maintiens ici, où je peux le surveiller et toi tenter de gagner sa confiance. As-tu effectué des tentatives dans ce sens ?

— Je n'en ai pas eu l'occasion. » Je me levai, allai chercher un deuxième verre et nous versai du vin à tous les deux. Umbre revint près de la table, déposa côte à côte décoction et alcool et les contempla d'un air douloureux. « J'ignore s'il m'évite, repris-je, ou bien si, tout simplement, les tâches qu'il accomplit à votre service l'empêchent de croiser mon chemin.

— Je lui en ai ajouté d'autres, ces derniers temps.

— Ah ! Cela explique son manque de soin ici, fis-je d'un ton un peu acerbe. Certains jours, il pense à remplacer les bougies consumées par de nouvelles, et d'autres jours non ; parfois, je trouve la cheminée propre, le feu prêt à être allumé, et parfois l'âtre est plein de cendres et de brandons froids. À mon avis, c'est à cause de son aversion pour moi ; il en fait le moins possible.

— Songe que, comme il ne sait pas lire, je ne peux pas lui donner de liste écrite de corvées ; aussi, je les lui énumère oralement et quelquefois il se les rappelle toutes et les exécute, et quelquefois il en oublie. Cela fait de lui un piètre serviteur, mais pas obligatoirement paresseux ni rancunier. » Umbre prit une nouvelle gorgée de son infusion. Cette fois, malgré tous ses efforts, il ne put retenir une quinte de toux et aspergea la table ; j'écartai vivement les manuscrits. Il s'essuya les lèvres avec son mouchoir, dont il se servit ensuite pour nettoyer la table. « Pardon », fit-il gravement, les yeux larmoyants, et il avala une gorgée de vin.

— Qu'y a-t-il dans cette tisane ?

— Sylvefeuille, beurre de sorcière, crêpe de mer et quelques autres plantes. » Il en but une nouvelle rasade qu'il fit descendre avec du vin.

« À quoi sert-elle ? » Un souvenir frappait à l'huis de ma mémoire.

« À traiter de petits maux dont je souffre », répondit-il d'un ton évasif. Je me levai, me mis à fouiller parmi les manuscrits entassés sur la table et trouvai presque aussitôt celui que je cherchais. Les couleurs des illustrations étaient restées vives malgré les années. Je déroulai le parchemin et posai le doigt sur un dessin de sylvefeuille.

« Ces plantes sont désignées ici comme utiles à qui veut s'ouvrir à l'Art. »

Il me regarda d'un air impavide. « Et alors ?

— Umbre, à quoi jouez-vous ? Qu'essayez-vous de faire ? »

Il me dévisagea un moment sans rien dire, puis il me demanda d'un ton froid : « Serais-tu jaloux ? Crois-tu toi aussi qu'il faut m'interdire ce à quoi ma naissance me donne droit ?

— Pardon ? »

Alors, dans un flot de paroles où perçait une étrange sorte de colère, il déclara : « On ne m'a jamais offert l'occasion de passer les épreuves pour savoir si j'avais l'Art ou non ! On n'enseignait pas cette magie aux bâtards, du moins jusqu'à ton arrivée, où Subtil a fait une exception. Pourtant je ne suis pas moins Loinvoyant que toi ! Et je possède certaines magies mineures, comme tu dois t'en douter depuis le temps que tu me connais ! »

Il était dans tous ses états, je le voyais bien, mais je n'en comprenais pas la raison. J'acquiesçai de la tête et répondis d'un ton apaisant : « Oui, comme la lecture de l'eau ; c'est ainsi que vous avez appris l'attaque des Pirates rouges contre Finebaie, pendant la guerre.

— En effet », fit-il d'un air satisfait. Il s'adossa dans son fauteuil mais ses mains allaient et venaient sur le bord de la table, doigts tambourinants, comme des araignées. Les substances contenues dans sa tisane commençaient-elles à l'affecter ? « Oui, je possède mes magies personnelles ; et, peut-être, si la possibilité m'en était donnée, pourrais-je aussi pratiquer celle de mon sang, celle qui me revient de droit. Ne tente pas de me l'interdire, Fitz. De son vivant, mon propre frère m'a toujours défendu de me soumettre aux simples examens de vérification. Ma naissance m'autorisait à le protéger, à former ses fils et son petit-fils, mais pas à apprendre ma magie légitime ! »

Depuis combien de temps nourrissait-il cette rancœur ? Je me remémorai soudain son exaltation le jour où Subtil avait donné son aval à ma formation à l'Art, puis son dépit et sa colère quand j'avais apparemment échoué et refusé de lui parler de mes leçons. C'était un très vieux ressentiment que je découvrais seulement aujourd'hui.

« Pourquoi maintenant ? demandai-je sur le ton de la conversation. Ces manuscrits sur l'Art sont en votre possession depuis quinze ans ; pourquoi avoir attendu si longtemps ? » Je pensais connaître la réponse : il voulait que je sois présent pour l'aider. Mais il me surprit encore une fois.

« Qu'est-ce qui te fait croire que j'ai attendu ? Cependant, j'ai récemment accentué mon effort, c'est exact, parce que j'ai absolument besoin de cette magie. Nous en avons déjà parlé ; je savais que tu refuserais de m'assister. »

Il avait raison ; pourtant, s'il m'en avait demandé la raison en cet instant, j'aurais été bien en peine de la lui fournir. J'évitai la question. « Quelle urgence y a-t-il ? Le royaume est en paix ; pourquoi vous exposer au danger ?

— Regarde-moi, Fitz. Regarde-moi ! Je vieillis ! Le temps m'a joué un tour ignoble : quand j'étais jeune et vigoureux, je restais enfermé dans ces appartements, obligé de me cacher, réduit à l'impuissance ; aujourd'hui, alors que l'occasion m'est fournie de donner de solides fondations au trône des Loinvoyant, je suis vieux et affaibli. Mon esprit chancelle, mon dos m'élance, mes souvenirs s'embrument. Crois-tu que je ne remarque pas ton expression inquiète quand je te dis que je dois chercher dans mes notes pour te trouver un renseignement ? Imagine alors ce que je ressens, moi ! Représente-toi ce que c'est, Fitz, de ne plus avoir sa mémoire à disposition immédiate, de tenter vainement de se rappeler un nom, de perdre subitement le fil de la conversation au beau milieu d'un trait d'humour. Adolescent, tu pensais ne plus pouvoir faire confiance à ton corps à cause de tes crises, tu te jugeais trahi et tu sombrais dans le désespoir ; mais tu avais toujours ta tête ! Moi, je crois que je suis en train de la perdre. »

C'était une révélation terrible, aussi terrible que si je venais d'apprendre que les fondations du château de Castelcerf s'étaient effritées et commençaient à s'écrouler. C'était seulement de façon récente que j'avais pris toute la mesure du travail de jongleur qu'Umbre accomplissait pour Kettricken. Je m'étais empêtré dans la nasse des relations sociales où se jouait la politique de Castelcerf, et, saisi dans ses mailles, je m'efforçais d'en comprendre les tenants et les aboutissants. Quand j'étais jeune, Umbre m'expliquait ce qui se passait dans le château et cela me semblait tout naturel ; à présent, je voyais la situation d'un œil d'adulte et je restais confondu devant sa complexité.

Confondu et fasciné à la fois. On eût dit le jeu des cailloux de Caudron, à une échelle bien supérieure. Les pions se déplaçaient, les alliances changeaient et l'équilibre du pouvoir se modifiait, le tout parfois en l'espace de quelques heures ; je n'en éprouvais que plus d'ébahissement devant la science approfondie qu'en avait Umbre, qui devait guider la reine Kettricken dans les méandres périlleux des loyautés instables de l'aristocratie. Tout était relié à tout, mais j'aurais été incapable de m'y retrouver.

Depuis mon retour à Castelcerf, je m'émerveillais de la capacité d'Umbre à intégrer tous les éléments dans un tableau cohérent, et je redoutais la venue du jour où il n'y parviendrait plus. Il n'avait plus les mêmes facilités qu'autrefois; preuve qu'il ne se fiait plus à sa mémoire, ses journaux, épais volumes reliés à plat à la jamaillienne, qu'il annotait fréquemment. Il y en avait six identiques, hormis les couvertures, d'une couleur différente pour chaque duché : rouge, bleu, vert, jaune, violet et or. Quel critère il employait pour savoir dans quel livre classer tel ou tel renseignement, j'étais incapable de l'imaginer. Dans un septième volume, blanc et orné du cerf Loinvoyant, il inscrivait ses notes quotidiennes, et il s'y référait souvent pour retrouver une rumeur, un extrait de conversation ou le résumé d'un rapport d'espion; et, jusque dans ce journal secret qui ne quittait jamais ses appartements dissimulés, il écrivait en code. Il ne m'avait jamais proposé l'accès à ces livres et je ne le demandais pas : ils renfermaient certainement quantité d'informations que je ne tenais pas du tout à connaître. En outre, c'était une mesure de sécurité supplémentaire pour ses espions qui œuvraient dans les Six-Duchés, car je ne risquais pas de révéler fortuitement des secrets que j'ignorais. Pourtant, qu'Umbre s'effrayât de ses pertes de mémoire ne m'expliquait pas son attitude. « Je sais que vous avez des difficultés, et je m'inquiète pour vous. Mais, dans ces conditions, pourquoi vous fatiguer davantage à essayer d'apprendre l'Art ? »

Ses mains se crispèrent en poings noueux sur la table. « À cause de ce que j'ai lu et à cause de l'usage que tu en as fait. D'après les textes, un artiseur est capable de réparer son propre organisme, de prolonger sa vie. Quel âge avait cette Caudron avec qui tu as voyagé ? Deux siècles ? Trois ? Or elle était restée assez solide pour affronter un hiver montagnard. Toi-même, tu m'as raconté t'être introduit dans ton loup et l'avoir remis en état, du moins provisoirement. Si je réussissais à m'ouvrir à ton

Art, ne pourrais-tu en faire autant pour moi ? Ou bien, si tu refusais comme je le suppose, ne serais-je pas en mesure d'opérer sur moi-même ? »

Et, comme pour démontrer l'inflexibilité de sa résolution, il saisit la tasse et l'avala vaillamment cul sec. Il s'étrangla aussitôt et toussa en postillonnant. Les lèvres humides de potion noirâtre, il s'empara de son verre de vin et l'engloutit également. « Je remarque que tu ne te précipites pas pour m'offrir ton aide », fit-il d'un ton aigre en s'essuyant la bouche.

Je poussai un grand soupir. « Umbre, c'est à peine si je comprends les rudiments que je tente d'apprendre au prince. Comment pourrais-je vous proposer de vous enseigner une magie qui me demeure mystérieuse ? Imaginez que je...

— C'est ta plus grande faiblesse, Fitz, et ce depuis toujours : tu es trop prudent. Tu manques d'ambition. C'est ce qui plaisait à Subtil chez toi ; il ne t'a jamais craint comme il me redoutait, moi. »

Je restai bouche bée, meurtri jusqu'à l'âme, mais il poursuivit sans paraître se soucier du coup terrible qu'il venait de me porter : « Je me doutais que tu ne serais pas d'accord. Toutefois, ton assentiment n'est pas nécessaire ; mieux vaut que j'explore seul l'orée de cette magie. Une fois que j'aurai ouvert la porte, eh bien, on verra alors ce que tu penses de ton vieux mentor. À mon avis, je vais t'étonner, Fitz ; je crois posséder l'Art, peut-être depuis toujours, et c'est toi-même qui m'en as fourni l'indice en évoquant la musique de Lourd : je l'entends – enfin, il me semble —, aux extrêmes limites de mon esprit, au moment où je sombre dans le sommeil le soir. Oui, je pense que j'ai l'Art. »

J'étais incapable de répondre. Il s'attendait à une

réaction à sa revendication alors que je n'avais qu'une idée en tête : j'avais l'impression, non pas d'avoir jamais manqué d'ambition, mais seulement de n'avoir pas entretenu d'aspirations correspondant aux objectifs qu'il m'avait fixés. Le silence s'éternisa entre nous au point de devenir gênant ; et, quand il le rompit pour changer de sujet, ce fut encore pire.

« Eh bien, tu n'as rien à dire, je vois. » Avec un sourire forcé, il demanda : « Alors, comment se passe l'apprentissage de ton garçon ? »

Je me levai. « Mal. Je suppose que Heur, comme son père adoptif, manque d'ambition. Bonne nuit, Umbre. »

Je sortis et descendis dans ma chambre de domestique. Je ne dormis pas ; je n'osais pas. J'évitais mon lit autant que possible et ne m'y allongeais que lorsque l'épuisement m'y contraignait. Certes, j'avais besoin de ces heures sombres pour étudier les traités d'Art, mais surtout je me retrouvais assiégé dès que je fermais les yeux : chaque nuit, avant de me coucher, je dressais mes murailles d'Art, et, presque toujours, Ortie montait à leur assaut. Sa puissance et son obstination me déroutaient. Je ne voulais pas que ma fille pratique l'Art ; il m'était impossible de l'amener à Castelcerf pour la former, et ses excursions sans personne pour la guider m'effrayaient. J'avais donc tenu le raisonnement suivant : si je la laissais pénétrer dans mon esprit, cela ne servirait qu'à l'encourager à poursuivre sa découverte de la magie ; tant qu'elle ignorait qu'elle artisait, tant qu'elle croyait entrer en contact avec un personnage né de ses rêves, un être imaginaire et sans existence réelle, je parviendrais peut-être à l'empêcher de prendre des risques, même au prix d'une certaine frustration. Si je réagissais à sa présence une seule fois, ne fût-ce que pour la repousser, je craignais qu'elle n'apprît, je ne sais comment, qui et où j'étais. Mieux valait qu'elle reste dans l'ignorance ; à force d'échouer à communiquer avec moi, peut-être finirait-elle par baisser les bras. Qui sait si elle ne trouverait pas un autre sujet d'intérêt, un beau jeune homme du voisinage ou une vocation subite pour un métier ? C'était en tout cas mon espoir ; cela ne m'empêchait pas de me lever chaque matin aussi épuisé que je m'étais couché la veille.

Le reste de ma vie personnelle avait pris une tournure tout aussi ingrate. Mes efforts pour réserver quelques heures afin de parler avec Heur étaient aussi vains que les rencontres arrangées par Umbre entre Lourd et moi ; mon garçon était complètement entiché de Svanja. Pendant trois semaines, je passai la plupart de mes soirées libres attablé au Porc Coincé en attendant l'occasion de m'entretenir seul avec lui, et la salle commune pleine de courants d'air où l'on servait une bière fadasse ne me poussait pas à la patience. Souvent il ne venait pas, et, quand il lui arrivait de se présenter, c'était en compagnie de Svanja. C'était une ravissante jeune fille aux cheveux noirs et aux grands yeux, longue et souple comme une tige de saule, qui pourtant donnait en même temps une impression d'inflexibilité ; bavarde comme une pie, elle me laissait rarement l'occasion de placer un mot et encore moins de m'entretenir seul à seul avec Heur. Assis à côté d'elle, il s'imbibait de sa présence et de sa beauté rayonnante tandis qu'elle me parlait à n'en plus finir d'elle-même, de ses parents, de ses projets d'avenir, de son opinion sur Heur, Castelcerf et l'existence en général. J'avais retiré de ce flot de paroles que sa mère, épuisée par sa fille qui n'en faisait qu'à sa tête, se réjouissait plutôt de la voir fréquenter un jeune homme avec quelques perspectives de carrière ; son père portait sur Heur un avis moins charitable, mais Svanja pensait l'amener bientôt à partager ses vues – et, dans le cas contraire, s'il n'acceptait pas que sa fille choisisse elle-même son prétendant, il valait peut-être mieux qu'il ne se mêle plus de sa vie. Qu'une jeune femme à l'esprit indépendant affiche une telle hardiesse ne manquait pas de panache, mais j'étais père moi aussi, et la personnalité de celle sur laquelle Heur avait jeté son dévolu m'inspirait quelques réserves. Svanja, pour sa part, paraissait indifférente au fait que j'approuve ou non son attitude et, en réfléchissant, je conclus que j'appréciais son caractère entier, mais pas du tout sa désinvolture envers mes sentiments.

Enfin, un soir. Heur arriva seul, mais cette occasion de parler en tête à tête avec lui se révéla peu satisfaisante. Il se montra d'humeur morose à cause de l'absence de Svanja et se plaignit amèrement de l'entêtement de son père qui forçait avec plus de fermeté que jamais sa fille à rester à la maison une fois la nuit tombée, tout cela pour l'empêcher de voir son amoureux. Quand, à grand ahan, je réussis à orienter la conversation sur son apprentissage, il se contenta de répéter ce qu'il m'avait déjà dit : il était mécontent de la façon dont on le traitait ; Gindast le prenait pour un lourdaud et se moquait de lui devant les compagnons ; on lui attribuait les corvées les plus ennuyeuses sans jamais lui donner la possibilité de faire ses preuves. Pourtant, quand, sur mon insistance, il me fournit des exemples, j'en retirai de Gindast l'impression d'un maître exigeant mais pas de façon déraisonnable.

Loin de me convaincre qu'on mésusait de lui, ses lamentations me donnèrent une image de la situation différente de celle qu'il s'en faisait : il était épris de Svanja, elle occupait toutes ses pensées, et on pouvait mettre au compte de la distraction dont elle était la cause les fautes qu'il commettait à répétition et ses fréquentes arrivées tardives au travail. J'avais la conviction que, sans Svanja, Heur se montrerait plus appliqué et apprendrait avec moins de réticence. Un père plus strict lui aurait peut-être interdit de la revoir. Je n'en fis rien. Je songe parfois que j'agis ainsi parce que je me rappelais combien ce genre de contraintes me pesait à son âge ; à d'autres moments, je me demande si je ne craignais pas que Heur ne désobéît à une telle injonction, et si, pour cette raison, je n'osais pas la lui imposer.

Je vis aussi Jinna mais, lâchement, je m'arrangeai pour ne lui rendre visite que lorsque la ponette et sa carriole dans l'appentis indiquaient la présence probable de sa nièce. Je souhaitais freiner notre relation charnelle et irréfléchie, même si la seule idée de son lit chaud exerçait sur moi une attirance à laquelle je résistais difficilement. Je fis pourtant des efforts : quand je passais chez elle, j'abrégeais mon séjour en prétextant des commissions urgentes pour mon maître. La première fois, Jinna parut accepter mon excuse ; la seconde, elle me demanda quand je pensais disposer d'un après-midi libre, et, bien qu'elle eût posé la question devant sa nièce, elle m'en transmit une autre du regard. Je répondis en biaisant que mon maître était capricieux et ne m'accordait jamais de journée précise pour m'occuper de mes propres affaires ; j'avais pris un ton de regret, et elle hocha la tête avec compassion.

La troisième fois où je lui rendis visite, sa nièce était partie aider une amie de Bourg-de-Castelcerf qui venait de connaître un accouchement difficile, comme me l'apprit Jinna après s'être fougueusement jetée dans mes bras et m'avoir longuement embrassé. Devant tant d'ardeur et d'empressement, ma résolution de refréner mes passions fondit comme sel sous la pluie. Sans autre préliminaire, elle loqueta la porte derrière moi, me prit par la main et m'emmena dans sa chambre. « Un instant, me dit-elle sur le seuil, et je m'arrêtai. Tu peux entrer », annonça-t-elle peu après, et je vis alors qu'elle avait recouvert son amulette d'un châle épais. Elle prit une grande inspiration, comme un affamé avant un bon repas, et je ne vis plus soudain que ses seins qui tendaient le tissu de son corsage. C'était une grosse bêtise, je le savais bien, mais cela ne m'empêcha pas de la commettre, et à plusieurs reprises. Quand nous parvînmes enfin au bout de nos forces et que Jinna se mit à somnoler contre mon épaule, j'en commis une encore plus grosse.

« Jinna, murmurai-je, crois-tu que nous agissions sagement ?

— Folie, sagesse, quelle importance ? répondit-elle d'une voix endormie. Nous ne faisons pas de mal. »

Elle avait pris ma question à la plaisanterie, mais je déclarai d'un ton grave : « Si, je pense que c'est important – et que nous faisons peut-être du mal. »

Elle poussa un long soupir et se redressa près de moi en écartant ses boucles emmêlées de ses yeux. Elle me dévisagea de son regard de myope. « Tom, pourquoi tiens-tu toujours à compliquer notre relation ? Nous sommes adultes, nous ne sommes promis à personne et je t'ai donné la garantie que je ne pouvais pas tomber enceinte. Pourquoi n'aurions-nous pas le droit de prendre un plaisir simple et honnête quand nous en avons l'occasion ?

— Peut-être parce que ça ne me paraît ni simple ni honnête. » Je m'efforçai de donner une tournure logique à ce que je ressentais. « Ma conduite est précisément celle que j'ai toujours présentée à Heur comme condamnable : je couche avec une femme à laquelle je n'ai pas juré fidélité. S'il venait m'avouer aujourd'hui qu'il fait avec Svanja ce que nous venons de faire, je le réprimanderais sévèrement et je lui dirais qu'il n'a pas le droit de... »

Elle m'interrompit : « Tom, nous donnons à nos enfants des règles destinées à les protéger. Une fois adultes, nous connaissons les risques et nous choisissons en conscience ceux que nous acceptons de courir. Nous ne sommes plus des enfants, ni toi ni moi ; nous ne nous berçons pas d'illusions sur ce que nous avons à nous offrir mutuellement. Que peux-tu bien trouver à redouter, Tom ?

— Je... j'ai peur de ce que Heur penserait de moi s'il apprenait la vérité ; et puis je n'aime pas le tromper en m'autorisant ce que je lui interdis. » Je détournai les yeux. « J'aimerais aussi que notre relation soit davantage que seulement... celle d'adultes qui prennent des risques pour un peu de plaisir.

— Ah ! Eh bien, cela viendra peut-être avec le temps », dit-elle ; mais, à sa voix, je la sentis blessée, et je compris alors que, malgré ses protestations, elle avait peut-être bel et bien entretenu des illusions sur ce que nous vivions.

Qu'aurais-je dû répondre ? Je l'ignore. J'endossai le rôle du lâche et répétai : « Cela viendra peut-être avec le temps » sans en croire le premier mot. Nous paressâmes encore quelque temps au lit puis nous nous levâmes pour boire une tasse de tisane au coin du feu. Quand j'annonçai enfin qu'il me fallait partir et, répondant à sa question par une mauvaise excuse, lui dis que je n'étais pas en mesure de prévoir quel soir je pourrais revenir, elle détourna les yeux et murmura : « Dans ce cas, passe quand tu en auras envie, Tom. »

Sur ces mots, elle me donna un baiser d'adieu ; quand sa porte se fut refermée derrière moi, je regardai les étoiles qui scintillaient avec éclat dans le ciel d'hiver, soupirai puis, la conscience tourmentée, entamai le long trajet qui me ramènerait à Castelcerf. Je volais Jinna, non en lui refusant un serment d'amour qu'elle aurait su faux, mais en me laissant aller à notre attirance mutuelle : jamais sans doute je n'aurais pour elle de sentiments plus forts que ceux que j'éprouvais aujourd'hui. Pire encore, je ne parvenais pas à me jurer de ne plus la revoir, alors que je n'avais à lui offrir qu'une amitié mêlée de passion purement physique. Je me dégoûtais, et cela ne s'arrangea pas quand je m'avouai non sans mal que Heur avait dû deviner que je partageais à l'occasion la couche de Jinna. Piètre exemple à donner à mon garçon ! Le chemin jusqu'à Castelcerf me parut très sombre et très froid cette nuit-là.

9

PARI DE PIERRE

À mesure que l'artiseur progresse en force et en connaissance, la séduction que l'Art exerce sur lui croît en proportion. Le bon professeur se montrera prudent avec les candidats à l'Art, strict avec les débutants et implacable avec ses élèves avancés : trop nombreux sont les étudiants prometteurs que l'Art lui-même a détruits. Les signes indiquant qu'un disciple se trouve en proie à la tentation comprennent l'inattention et l'irritabilité lors de ses occupations quotidiennes ; lorsqu'il artise, il emploie plus d'énergie que l'exercice n'en requiert, à cause du plaisir qu'il éprouve à la sentir le parcourir, et il passe plus de temps en état d'artisation qu'il n'est nécessaire pour accomplir la tâche demandée. L'instructeur doit remarquer ces étudiants et les corriger sans tarder : mieux vaut un prompt châtiment que de vaines lamentations devant un élève qui émet des sons inarticulés en bavant, incapable de se déplacer par ses propres moyens, et finit par mourir de faim et de soif.

Les devoirs d'un professeur d'Art,
traduction de BOISCOUDÉ

*

Les jours s'en venaient et s'en allaient sans plus de rémission que les marées qui montaient et descendaient sur les grèves de Bourg-de-Castelcerf, et de façon tout aussi monotone. La fête de l'Hiver approchait, annonciatrice à la fois de la nuit la plus longue de l'année et de la réduction progressive des suivantes. Jadis, j'aurais attendu cette occasion avec impatience, mais j'avais désormais trop de devoirs à accomplir et pas assez de temps pour les remplir correctement. Mes matinées commençaient par ma leçon avec le prince, et, le reste du temps, je jouais mon rôle de domestique de sire Doré ; il avait engagé deux valets pour s'occuper de sa garde-robe et de ses petits déjeuners, mais je restais obligé de l'accompagner lors de ses sorties à cheval et des réceptions auxquelles il participait. On s'était habitué à ma présence près de lui et, alors que sa cheville s'était apparemment tout à fait remise, je continuais à l'escorter, ce qui se révélait souvent utile : parfois, sire Doré orientait la conversation de façon à inciter les nobles à dire leur sentiment sur les échanges avec les Outrîliens ou la répartition des privilèges commerciaux. J'entendais exposer de nombreuses opinions lors d'entretiens à bâtons rompus, et je rapportais à Umbre les renseignements ainsi glanés.

Sire Doré manifestait aussi de l'intérêt pour le Vif et posait de fréquentes questions sur cette étrange magie. La virulence des réponses de certains interlocuteurs me laissait pantois ; le sujet dévoilait une profonde acrimonie d'où toute logique était absente. Quand le fou demandait quel était le tort de cette magie, on accusait les vifiers de tout et de n'importe quoi, depuis s'accoupler avec des animaux pour acquérir la capacité de parler leur langage jusqu'à jeter des malédictions sur les volailles et les troupeaux des voisins. On les disait capables de se changer en bêtes pour s'approcher de ceux ou celles qu'ils voulaient séduire, voire, pire encore, pour commettre des viols et des assassinats. Certains reprochaient avec colère à la reine son indulgence pour la magie des bêtes, et affirmaient à sire Doré qu'on vivait mieux dans les Six-Duchés à l'époque où l'on pouvait se débarrasser facilement des vifiers. Ah, les soirs où je jouais le rôle du domestique du seigneur Doré, j'en apprenais plus que je ne le souhaitais sur l'intolérance de mes compatriotes envers leurs voisins ! Durant les heures où il me donnait congé, je m'efforçais d'approfondir mes connaissances sur l'Art à partir des manuscrits, mais, plus souvent que je n'aime à l'avouer, je délaissais mes études pour descendre à Bourg-de-Castelcerf, et pas afin d'y voir mon garçon. Parfois, je le croisais alors qu'il sortait de chez Jinna pour aller retrouver Svanja ; nos échanges se limitaient à un bref salut et à sa promesse creuse de rentrer tôt afin que nous puissions tenir une véritable conversation. Souvent, une expression mi-songeuse mi-interrogative passait sur ses traits alors qu'il nous regardait, Jinna et moi, et, souvent également, je me réjouissais qu'il ne revînt pas du travail aussi tôt qu'il l'avait annoncé.

J'étais en passe de m'installer dans une routine, sinon

agréable, du moins prévisible, et par là même dangereuse. Malgré ma résolution de ne jamais relâcher ma vigilance, l'absence totale de manifestation des Pie endormait peu à peu mon attention, et je n'étais pas loin d'espérer que Laudevin avait succombé à ses blessures. Ses partisans s'étaient peut-être égaillés et leur menace avait disparu. En dépit de l'effroi que m'avait inspiré leur embuscade nocturne sur la route de Castelcerf, j'avais du mal à rester constamment sur le qui-vive alors que leur seul assaut contre moi était un silence absolu et permanent. Le laisser-aller me guettait. Périodiquement, Umbre m'interrogeait sur les résultats de ma surveillance, mais je n'avais jamais rien à lui signaler. Autant que je pusse en juger, les Fidèles du prince Pie nous avaient oubliés.

J'espionnais régulièrement Civil Brésinga sans trouver aucun élément pour justifier mes soupçons à son égard. Il se comportait comme n'importe quel nobliau venu à la cour dans l'espoir d'améliorer son statut dans l'aristocratie. Je ne voyais jamais trace de son marguet dans les écuries. Il sortait souvent accompagné de son harnacheur mais, les rares fois où je le suivis, son seul but parut de donner de l'exercice à son cheval. Je fouillai sa chambre à plusieurs reprises sans rien découvrir de plus intéressant qu'un billet de sa mère l'assurant que tout allait pour le mieux et qu'elle préférait le voir demeurer à la cour, car, disait-elle, « nous sommes tous ravis que ton amitié avec le prince se porte si bien ». Et, de fait, cette amitié se portait à merveille malgré mes prières insistantes auprès de Devoir pour qu'il fasse preuve de prudence. Nous avions discuté de cette situation, Umbre et moi, et nous eussions aimé mettre un terme définitif à cette relation ; mais nous ignorions quelle serait la réaction du Lignage.

Nous n'avions plus reçu de communications directes d'aucun groupe de vifiers, Lignage ou Pie. Ce silence ne laissait pas de nous inquiéter. « Nous avons rempli notre part du marché, déclara un jour Umbre d'un ton bougon : depuis qu'on nous a rendu le prince, plus un seul vifier n'a été exécuté en Cerf. Peut-être n'avaient-ils pas d'autre objectif. Quant aux agressions des Pie contre leurs semblables, ma foi, nous ne pouvons pas en protéger ceux du Lignage s'ils ne portent pas plainte, et puis elles semblent s'être apaisées ; pourtant, au fond de moi, je crains qu'il ne s'agisse du calme qui précède la tempête. Ouvre l'œil, mon garçon, ouvre l'œil. »

Umbre avait raison en ce qui concernait l'arrêt des exécutions publiques ; la reine Kettricken l'avait obtenu en usant d'un expédient très simple : elle avait fait annoncer que personne ne pouvait plus être condamné à mort pour aucun crime sinon par décret royal, et qu'alors le supplice aurait lieu à Castelcerf et nulle part ailleurs. Jusque-là, aucune ville n'avait jugé utile de demander une mise à mort : la paperasserie refroidit les volontés de vengeance même les plus ardentes. Cependant, le temps passait sans nous apporter de nouvelles des Pie, mais, loin de me sentir soulagé, j'avais l'impression de faire l'objet d'une surveillance constante ; même si ces vifiers rebelles cessaient de nous tourmenter, il m'était impossible d'oublier qu'un grand nombre de membres du Lignage savaient le prince doué du Vif ; c'était un moyen de pression qu'on pouvait employer contre nous à tout instant. Je regardais les animaux que je ne connaissais pas d'un œil soupçonneux et me réjouissais de savoir que Girofle patrouillait dans les murs de Castelcerf.

Un soir vint qui raviva ma vigilance. Descendu à Bourg-de-Castelcerf, je frappai à la porte de Jinna, et sa nièce m'informa que sa tante était sortie livrer plusieurs amulettes à une famille dont le troupeau de chèvres était infesté de gale. Tout en me demandant si des charmes étaient capables de remédier à une telle épidémie, je priai la jeune fille d'annoncer à Jinna que j'étais passé. Quand je m'enquis de Heur, elle prit une expression désapprobatrice et me dit que je le trouverais peut-être au Porc Coincé en compagnie de « la Cordaguet »; sa façon méprisante de désigner l'amie de mon fils me fit mal. Comme je me dirigeais vers la taverne dans l'air sec et froid de la nuit, je m'interrogeai sur l'attitude à adopter : l'engouement passionné de Heur pour Svanja manquait de mesure et gênait son apprentissage, mais, pour ces motifs mêmes, il ferait sans doute la sourde oreille à mes conseils pour tempérer son ardeur.

Toutefois, en pénétrant dans la salle pleine de vents coulis du Porc Coincé, je ne repérai ni Heur ni Svanja. Alors que je me demandais où les chercher, la vue de Laurier assise à l'une des tables couvertes de taches détourna soudain mon attention. La grand'veneuse royale buvait seule, ce qui me fit froncer les sourcils : je me rappelais parfaitement qu'Umbre lui avait assigné un garde du corps. Le garçon de l'établissement vint remplir sa chope, et, à la façon brusque dont elle la leva, je compris que ce n'était pas la première de la soirée.

Je me payai une bière puis parcourus du regard les occupants de la salle. Je crus que trois personnages, à une table d'angle, s'étaient installés là pour surveiller la grand'veneuse, mais, alors que je m'efforçais de déterminer s'ils entretenaient de mauvaises intentions, un des hommes et la femme du groupe, manifestement en couple, se levèrent, saluèrent leur compagnon et sortirent d'un air enjoué sans un regard en arrière. L'homme resté seul fit signe à une servante de s'approcher, et, à ses mimiques, il me sembla comprendre qu'il tentait d'obtenir d'elle quelque chose qui le réchauffe mieux que la bière. Ses manières de rustre apaisèrent mes inquiétudes.

Je traversai la salle bondée. Laurier sursauta quand je posai ma chope sur sa table, puis elle détourna les yeux, la mine accablée, pendant que je m'asseyais près d'elle sur le banc.

« Ce n'est pas le genre d'établissement où l'on s'attendrait à trouver la grand'veneuse de la reine en train de boire », fis-je à mi-voix en promenant mon regard sur la taverne crasseuse pour souligner mon propos. Je demandai : « Et où est passé votre apprenti ? » J'avais aperçu une fois ou deux l'agent d'Umbre : par sa seule masse, il aurait fait hésiter tout assaillant potentiel. Son intellect m'inspirait moins de respect, surtout en cet instant. « N'est-il pas un peu imprudent de visiter Bourg-de-Castelcerf sans lui ?

— Imprudent ? Et vous alors, où est votre protecteur ? Vous courez bien plus de risques que moi ! » rétorqua-t-elle d'un ton acerbe. Elle avait les yeux rouges, mais j'ignorais si elle avait pleuré ou simplement trop bu.

Je conservai un ton bas. « Je suis peut-être plus habitué que vous à ce genre de dangers.

— Ça, c'est bien possible. Je ne vous connais pas assez pour savoir de quoi vous avez l'habitude. Mais, pour ma part, je n'ai pas du tout l'intention de m'y habituer ! Ni de laisser la peur confiner mon existence dans d'étroites limites ! » Laurier paraissait épuisée, et j'observais des ridules aux coins de sa bouche et de ses yeux que je n'avais pas remarquées jusque-là. Elle vivait dans la crainte, malgré ses airs bravaches.

« Avez-vous reçu de nouvelles menaces ? » murmurai-je.

Son sourire ne fut guère plus qu'un rictus. « Pourquoi ? Une seule ne vous suffit pas ?

— Que s'est-il passé ? »

Elle secoua la tête et termina sa bière. Je fis signe au garçon de nous resservir. Au bout d'un moment, elle dit : « La première, personne d'autre que moi n'y aurait reconnu une menace : ce n'était qu'une pousse de laurier attachée au loquet du box de mon cheval, au bout d'un petit nœud coulant. » Comme malgré elle, elle ajouta : « Il y avait aussi une plume, coupée en quatre et brûlée.

— Une plume ? »

Il lui fallut un long moment avant de se décider à répondre. « Une personne qui m'est chère est liée à une oie. »

Mon cœur cessa de battre un instant puis repartit brutalement. « Ils vous font comprendre ainsi qu'ils ont accès à l'intérieur du château », dis-je à mi-voix. Elle acquiesça de la tête tandis que le garçon, venu avec une grosse carafe, remplissait nos chopes. Je le payai et il s'éloigna ; Laurier s'empara aussitôt de sa bière, dont une vaguelette déborda pour éclabousser sa main. Elle était un peu ivre.

« Vous ont-ils demandé quelque chose, ou bien voulaient-ils simplement vous montrer que vous n'étiez pas hors de leur portée ?

— Ils m'ont demandé quelque chose, de façon très claire.

— Comment ?

— Un petit parchemin laissé parmi mon matériel de pansage. Tout le monde savait dans les écuries que je tenais à m'occuper personnellement de Casqueblanc ; le billet disait que, si j'avais pour deux sous de bon sens, je devais laisser votre jument noire et la Malta de sire Doré dans le pré le plus écarté pendant la nuit. »

Une sensation de froid naquit au creux de mon ventre et s'étendit à tout mon corps. « Vous n'avez pas obéi.

— Non, naturellement. J'ai donné à un palefrenier en qui j'ai confiance la tâche de les surveiller toutes les deux la nuit dernière.

— Ah, c'est donc tout récent ?

— Oh oui ! » Elle eut un hochement de tête vacillant. « Et vous avez averti la reine ?

— Non. Je n'en ai parlé à personne.

— Mais pourquoi donc ? Comment voulez-vous que nous vous protégions si nous ignorons qu'on vous menace ? »

Elle se tut un moment puis répondit : « Je refusais de laisser les Pie s'imaginer qu'ils pouvaient se servir de moi contre Sa Majesté ; je voulais, s'ils devaient m'éliminer, n'entraîner personne avec moi. Je dois me défendre seule, Tom, et non me cacher dans les jupes de la reine en la contaminant avec mes craintes. »

C'était très courageux et complètement stupide, mais je gardai pour moi cette réflexion. « Eh bien, qu'est-il arrivé ?

— À vos chevaux ? Rien. Mais j'ai trouvé Casqueblanc morte dans son box ce matin. »

Je restai sans voix. Casqueblanc était la jument de Laurier, un animal docile et franc du collier qui faisait la fierté de sa cavalière. Comme je ne disais rien, la jeune femme m'adressa un regard noir. « Je sais ce que vous pensez. » Elle parlait bas, dans un chuchotement plein d'un terrible sarcasme. « "Elle n'a pas le Vif ; pour elle, cette jument n'était rien de plus qu'une bête, un moyen bien commode de se déplacer." Mais vous vous trompez. J'avais élevé Casqueblanc depuis qu'elle était toute petite, et c'était mon amie autant que ma monture. Nous n'avions pas besoin de partager nos pensées pour faire cœur commun.

— Je ne pense rien de tel, répondis-je dans un murmure. J'ai compté de nombreux animaux parmi mes amis sans pour autant être uni à eux par le lien particulier du Vif. Il suffit de vous avoir vues ensemble, Casqueblanc et vous, pour savoir que cette jument vous adorait. » Je secouai la tête. « Je suis horrifié de songer que vous avez protégé nos chevaux et que vous l'avez payé de la vie du vôtre. »

J'ignore si elle m'entendit. Regardant sans le voir le plateau éraflé de la table, elle dit : « Elle... elle est morte lentement. Ils lui ont fait avaler quelque chose, je ne sais comment, qui s'est coincé dans sa gorge et l'a étouffée en gonflant. Je pense... Non, je suis sûre que c'était une façon de se moquer de moi, du fait que je suis issue d'une famille du Lignage mais sans en posséder la magie. Si j'avais eu le Vif, j'aurais senti que ma jument allait mal, je me serais précipitée et j'aurais pu la sauver. Quand je l'ai découverte, elle était étendue sur le flanc, la bouche, les naseaux et le poitrail trempés de bave et de sang... Elle a longtemps agonisé, Tom, et je n'étais même pas là pour lui procurer une mort plus douce ni lui dire adieu ! »

Effaré, bouleversé à l'idée qu'une personne douée du Vif puisse commettre un acte aussi monstrueux, je restai pétrifié, comme taillé dans un bloc de glace. Une telle malveillance dépassait mon imagination. Je me sentais souillé de partager ma magie avec des gens prêts à s'abaisser à des gestes aussi barbares. Toutes les horreurs qu'on racontait sur les vifiers s'en trouvaient confirmées.

Laurier prit soudain une inspiration hoquetante et tourna vers moi des yeux qui ne me voyaient pas. Ses traits affichaient une expression éperdue sous l'effet d'un chagrin qu'elle refusait d'avouer. J'ouvris mon bras et elle enfouit son visage contre ma poitrine tandis que je la serrais sur mon cœur. « Je regrette, chuchotai-je à son oreille.

Je regrette affreusement, Laurier. » Elle ne pleurait pas mais respirait à longues goulées entrecoupées de sanglots. Elle était au-delà des larmes et presque de la peur. Je songeai que, si les Pie la faisaient basculer dans la fureur, ils risquaient de se retrouver face à un adversaire plus terrible qu'ils ne l'avaient souhaité – sauf s'ils la tuaient d'abord. Je me décalai sur le banc ; par habitude, je m'étais placé dos au mur ; à présent, je voulais avoir une vue dégagée de la salle afin de vérifier si la jeune femme avait été suivie.

C'est alors que j'aperçus Jinna. Sans doute s'était-elle rendue à la taverne pour me retrouver après avoir parlé à sa nièce. Elle se tenait près de la porte qu'elle venait de franchir. Pendant une fraction de seconde, nos regards se croisèrent, puis elle vit la femme que je tenais dans mes bras et ses yeux s'agrandirent. Si elle s'était approchée, elle aurait peut-être compris que j'essayais seulement de consoler une amie, mais elle ne bougea pas, et il m'était impossible d'abandonner Laurier pour aller m'expliquer. Je lui adressai un regard implorant, mais le sien devint glacé et me traversa soudain comme si elle ne m'avait pas vu ni reconnu. Elle fit demi-tour et ressortit d'une démarche raide qui ne me laissait rien ignorer de ses sentiments.

Je sentis une colère impuissante m'envahir. Je ne faisais rien de mal, mais le maintien de Jinna me disait que je l'avais profondément meurtrie ; cependant, même si j'en avais eu envie, je n'aurais pas pu laisser Laurier seule et à moitié soûle pour rattraper la sorcière des haies. Je macérai donc dans cette situation inconfortable pendant que la grand'veneuse respirait profondément pour se ressaisir, puis se redressait brusquement en me repoussant presque. Je dégageai mon bras. Elle s'essuya les yeux puis s'empara de sa chope et la vida d'un trait. J'avais à peine touché à la mienne.

« Je me suis conduite comme une sotte, déclara-t-elle sans préambule. Je suis venue à cause d'une rumeur qui fait de cette taverne un lieu de rendez-vous pour les vifiers, et j'espérais que l'un d'eux s'approcherait de moi et que je pourrais le tuer. Mais c'est sans doute moi qui me serais fait occire : je ne connais rien à cette façon de combattre. »

Son expression me dérouta : son regard était devenu froid et calculateur alors qu'elle jugeait ses propres aptitudes à se battre. « Vous devriez laisser ce genre d'exercice à ceux qui... »

Elle m'interrompit : « Ils n'avaient qu'à ne pas s'en prendre à mon cheval, dit-elle d'un ton âpre, et je compris qu'elle ne voulait pas en entendre davantage sur la question.

— Rentrons », proposai-je.

Elle acquiesça de la tête, la mine lasse, et nous sortîmes. Seule la lueur qui sourdait par les volets clos éclairait les rues glacées. Comme nous sortions de la ville et entamions la longue montée de la route enténébrée qui menait à Castelcerf, je lui demandai, à ma propre surprise : « Qu'allez-vous faire ? Quitter le château ?

— Pour aller où ? Dans ma famille, afin de lui faire partager le danger que je cours ? Non, certainement pas. » Elle inspira longuement puis poussa un grand soupir qui forma un panache de vapeur dans le froid nocturne. « Mais vous n'avez pas tort : je ne peux pas rester. Qui sait quelle sera leur prochaine action ? Qu'y a-t-il de pire que tuer mon cheval ? »

Les possibilités ne manquaient pas, et elle le savait aussi bien que moi. Nous poursuivîmes notre chemin sans un mot de plus. Toutefois, Laurier n'était ni en colère ni renfermée ; je sentais les efforts qu'elle faisait pour y voir malgré la lumière incertaine de la lune, et elle tournait la tête au moindre bruit. Ma vigilance n'était pas moindre. Une fois, je rompis le silence pour lui demander : « Cette rumeur selon laquelle le Porc Coincé sert de point de réunion pour les vifiers est-elle fondée ? »

Elle haussa les épaules. « On le dit, en tout cas. De nombreuses gargotes ont cette réputation. "Bon pour les vifiers" : vous avez sûrement déjà entendu cette expression. »

Je ne la connaissais pas, mais j'engrangeai ce détail dans ma mémoire ; peut-être la médisance cachait-elle un germe de vérité. Existait-il à Bourg-de-Castelcerf une taverne qui servait de lieu de ralliement aux vifiers ? Qui pourrait me le confirmer, et que pourrais-je y apprendre ?

Nous venions de franchir les portes de l'enceinte quand je vis le prétendu apprenti de Laurier se hâter à notre rencontre. Son expression inquiète se transforma en rictus hostile lorsqu'il m'aperçut. Laurier soupira et lâcha mon bras ; elle se dirigea vers l'homme d'une démarche vacillante et c'est tout juste s'il ne fondit pas sur elle pour l'empêcher de trébucher. Malgré les propos sans doute apaisants qu'elle lui tint sur moi, il me jeta un regard noir et lourd de soupçons avant de ramener la jeune femme à ses appartements. Pour ma part, avant de regagner ma propre chambre, je fis sans bruit un tour rapide des écuries. Manoire m'accueillit par ses manifestations habituelles de totale indifférence qui me réchauffaient toujours le cœur, mais je ne lui en voulus pas : je n'avais guère de temps à lui consacrer ces derniers jours. À la vérité, elle n'était pour moi « qu'un animal » : je la montais quand sire Doré sortait avec Malta mais, hormis cela, j'en remettais le soin aux employés des écuries. Je jugeai tout à coup mon attitude envers elle bien insensible, mais, je le savais, il m'était impossible de m'occuper d'elle davantage. Je me demandai quel but poursuivaient les Pie : si on avait parqué nos chevaux dans l'enclos le plus écarté, les aurait-on volés ? Ou pire ?

Le Vif aux aguets, je longeai les boxes en examinant attentivement les palefreniers et autres garçons d'écurie que je croisais. Je ne vis personne dont les traits me fussent familiers, et Laudevin ne se dissimulait pas sous l'escalier ni derrière les portes. Pourtant, ce n'est qu'une fois dans les appartements d'Umbre que je sentis la tension me quitter ; le vieil assassin ne s'y trouvait pas, mais je rédigeai un compte rendu détaillé des propos de Laurier que je laissai à son intention.

Nous en discutâmes le lendemain, sans parvenir à aucune conclusion véritable. Il réprimanderait le garde du corps d'avoir laissé sa protégée lui fausser compagnie, mais il ne voyait pas comment assurer davantage la sécurité de la grand'veneuse sans restreindre encore sa liberté de mouvement. « Et elle refuserait ; elle supporte déjà très mal que j'aie placé un de mes hommes auprès d'elle. Pourtant, que puis-je faire de plus, Fitz ? Elle nous est précieuse, car c'est peut-être elle qui obligera les Pie à sortir de leur cachette.

— Mais à quel prix ? demandai-je d'un ton sec.

— Le moins élevé possible, répondit-il, la mine sombre.

— Quel besoin pouvaient-ils donc avoir de ma jument et de celle de sire Doré ? »

Umbre leva les sourcils. « Tu connais mieux que moi la magie du Vif. Est-il concevable qu'ils aient voulu les ensorceler pour qu'elles vous jettent à terre et vous piétinent, ou bien pour écouter vos conversations ?

— Le Vif n'opère pas ainsi, dis-je avec lassitude.

Pourquoi nos montures ? Pourquoi pas celle du prince ? C'est à croire que c'est nous, le fou et moi, qui sommes leurs cibles, et non Devoir ! »

Umbre eut l'air mal à l'aise, puis il déclara comme à contrecœur : « La prudence conseillerait peut-être de suivre cette idée pour voir où elle aboutit. »

Je regardai le vieil assassin en me demandant ce qu'il cherchait à me dire à sa façon oblique ; il pinça les lèvres et secoua la tête comme s'il regrettait ses propos. Peu après, il trouva un prétexte pour me quitter, et je restai assis près du feu, perdu dans mes réflexions.

Les jours suivants, la gêne m'empêcha de retourner chez Jinna ; c'était ridicule, je m'en rendais compte, et pourtant c'était ainsi. Je ne pensais pas lui devoir d'explication, mais j'avais la certitude qu'elle en attendrait une, or aucun mensonge commode ne me venait pour justifier la présence de Laurier entre mes bras à la taverne du Porc Coincé ; je n'avais nulle envie de parler de la grand'veneuse à Jinna, car cela nous mènerait trop près de sujets dangereux. Par conséquent, j'évitai purement et simplement la sorcière des haies.

Lorsqu'il m'arrivait de descendre à Bourg-de-Castelcerf, j'allais voir Heur sur son lieu de travail. Nos échanges étaient brefs et me laissaient sur ma faim : il se savait observé par les autres apprentis et il me parlait comme s'il voulait afficher clairement devant eux le mécontentement que lui inspirait son maître. Il s'exaspérait aussi de voir contrariée la cour qu'il faisait à Svanja, dont le père s'ingéniait à l'empêcher de voir sa fille et refusait de lui adresser la parole dans la rue. Je sentais qu'une partie de sa rancœur était dirigée contre moi : il paraissait considérer que je le négligeais, alors que, quand je lui proposais de passer un moment le soir avec moi, il préférait profiter de ce temps en compagnie de Svanja. Je me promettais sans cesse de m'occuper davantage de lui et de faire amende honorable auprès de Jinna, mais les jours s'écoulaient sans que je trouve un seul instant pour mettre de l'ordre dans ma vie.

Au château de Castelcerf, les festivités et les négociations qui entouraient les fiançailles du prince continuaient. La fête de l'Hiver vint puis passa, plus splendide que je ne l'avais jamais vue, et nos hôtes outrîliens y prirent grand plaisir. À sa suite, les journées furent occupées par d'intenses discussions commerciales et les nuits par les divertissements de l'aristocratie ; marionnettistes, ménestrels, jongleurs et autres artistes des Six-Duchés firent d'excellentes affaires. Les Outrîliens se fondirent dans le décor habituel des salles de Castelcerf, et certains nouèrent de véritables amitiés, tant avec les nobles qui résidaient au château qu'avec les marchands et négociants venus de Bourg-de-Castelcerf. Dans la ville, la tradition du commerce avec les îles d'Outre-mer commença de refleurir : des vaisseaux entrèrent dans le port et entreprirent de proposer leurs cargaisons à la vente ; les échanges épistolaires entre les deux pays reprirent aussi, et on cessa de considérer comme socialement inacceptable de se reconnaître un ou deux cousins outrîliens. La stratégie de Kettricken semblait porter ses fruits.

Les longues soirées de distraction de la cour me laissaient voir un Castelcerf que je n'avais jamais soupçonné. En tant que domestique, je jouissais d'une invisibilité semblable à celle de l'enfant anonyme que j'étais autrefois ; la différence tenait à ce que, valet de sire Doré, j'accompagnais mon maître aux fêtes les plus distinguées, où notre aristocratie s'adonnait au jeu, aux plaisirs du palais et à la danse. Là, je la vis dans ses plus beaux atours et ses conduites les plus basses, ivre de vin ou alanguie de Fumée, affolée de concupiscence ou éperdue de dettes de jeu, prête à tout pour retrouver ses mises... S'il m'était arrivé de croire nos seigneurs et nos dames constitués d'une étoffe plus raffinée que les pêcheurs et les tailleurs qui s'entassaient dans les tavernes de Castelcerf, je perdis mes dernières illusions cet hiver-là.

Jeunes, vieilles, célibataires ou mariées, les femmes tombaient sous le charme de sire Doré et papillonnaient autour de lui, tout comme de jeunes gens désireux de se parer du titre d'« ami du seigneur jamaillien ». Je m'amusais quelque peu d'observer que même Astérie et sire Pêcheur ne parvenaient pas à résister à l'attrait du fou : ils se joignaient souvent à lui à la table de jeu, et ils entrèrent même dans ses appartements pour une dégustation d'eaux-de-vie fines de Jamaillia en compagnie d'autres invités. J'avais du mal à demeurer dans mon rôle de domestique impavide en présence de la ménestrelle; son époux lui manifestait fréquemment son affection en l'attirant contre lui et en lui volant des baisers, à la façon d'un adolescent; elle lui reprochait alors en riant de ne pas savoir se tenir en public, tout en s'arrangeant de temps en temps pour me lancer un coup d'œil, comme pour s'assurer que j'avais bien remarqué avec quelle ardeur sire Pêcheur courtisait encore sa femme. En certaines occasions, j'éprouvais les plus grandes difficultés à conserver un visage impassible. Ce n'était pas que mon corps brûlât encore de passion pour elle, non : mon cœur se serrait en ces moments-là parce qu'elle étalait son bonheur dans le seul but de me rappeler la solitude de mon existence. Serviteur muet, je me tenais au milieu des raffinements de la cour, de ses fêtes et de ses divertissements sophistiqués, et j'avais le droit d'observer ses plaisirs, mais pas d'y participer.

Le long crépuscule de l'hiver passa ainsi lentement. Le tourbillon étourdissant et constant de la vie de cour finit par épuiser le prince autant que moi-même ; un matin, de bonne heure, nous arrivâmes à la tour sans la moindre envie d'étudier ni de lever le petit doigt. Le prince était resté éveillé tard la nuit précédente à jouer avec Civil et les autres jeunes nobles qui résidaient à Castelcerf.

J'avais eu le bon sens de me coucher plus tôt et j'avais profité de plusieurs heures d'un sommeil réparateur avant qu'Ortie ne s'insinue dans mes rêves. J'étais en train d'attraper du poisson en enfonçant délicatement mes mains dans le courant avant de projeter brusquement sur la rive le poisson qui rôdait dans l'onde. C'était un songe agréable, réconfortant : invisible mais perceptible, Œil-de-Nuit s'y trouvait avec moi. Tout à coup, j'avais senti sous mes doigts une poignée de porte au fond de l'eau froide ; j'avais plongé ma tête sous la surface pour l'examiner, et, comme je la détaillais dans la lumière glauque, elle s'était ouverte et m'avait aspiré. Je m'étais retrouvé debout, trempé, dégoulinant, dans une petite chambre ; au plafond en pente, j'avais compris que j'étais apparu au dernier étage d'une maison. Le silence régnait autour de moi, et le seul éclairage provenait d'une bougie dégouttante de cire. Curieux de savoir comment j'étais arrivé là, je m'étais retourné vers la porte ; une jeune fille se tenait le dos fermement appuyé contre le battant, les bras écartés pour me barrer le passage. Elle portait une longue chemise de nuit en coton et la longue natte de ses cheveux sombres tombait sur son épaule. Je l'avais dévisagée, ahuri.

« Puisque tu m'interdis d'entrer dans tes rêves, je te prends au piège dans le mien », avait-elle déclaré d'un ton triomphant.

J'avais observé un mutisme et une immobilité absolus.

Au fond de moi, je sentais que, si je lui donnais quelque chose de moi, un mot, un geste, un regard, je ne ferais que renforcer son emprise sur moi. J'avais détourné les yeux de son visage, car, en la reconnaissant, je pénétrais plus profondément dans son rêve, et les avais baissés sur mes mains. Avec un étrange soulagement, j'avais constaté que ce n'étaient pas les miennes : elle s'était emparée de moi tel qu'elle m'imaginait, non tel que j'étais réellement. Mes doigts étaient courts et carrés, mes paumes et la face interne de mes phalanges noires et rudes comme les coussinets d'un loup, et un pelage sombre et raide couvrait le dessus de mes mains et de mes poignets.

« Ce n'est pas moi. » J'avais prononcé cette phrase tout haut : on eût dit un grondement bizarre. J'avais voulu toucher mon visage et je l'avais découvert remplacé par un mufle.

« Si, c'est toi ! » avait-elle affirmé, mais déjà je m'effaçais, je quittais l'enveloppe dans laquelle elle avait pensé me retenir prisonnier : le piège n'avait pas la forme qui convenait pour me prendre. Ortie avait bondi vers moi pour me saisir le poignet, mais elle n'avait plus entre les doigts qu'une pelisse de loup vide.

« La prochaine fois, je t'attraperai ! s'était-elle exclamée, furieuse.

— Non, Ortie. Tu ne m'attraperas pas. »

Elle s'était pétrifiée en m'entendant prononcer son nom. Alors qu'elle s'efforçait de se reprendre pour me demander comment je le connaissais, j'avais disparu de son rêve et m'étais réveillé ; je m'étais retourné sur mon lit dur puis j'avais ouvert les yeux dans les ténèbres désormais familières de ma chambre de serviteur. « Non, Ortie. Tu ne m'attraperas pas », avais-je répété tout haut comme pour m'en convaincre ; mais je n'avais plus fermé l'œil de la nuit.

Et voilà comment nous nous retrouvions, Devoir et moi, assis face à face, à nous regarder d'un œil vitreux, dans la tour d'Art l'aube suivante – aube qui n'en était une qu'en vertu de l'heure, car le ciel d'hiver était d'un noir d'encre et les chandelles qui brûlaient sur la table ne parvenaient pas à dissiper l'obscurité tapie dans les angles de la pièce. J'avais allumé un feu dans l'âtre, mais le fond de l'air restait frisquet. « Y a-t-il pire qu'avoir froid et sommeil en même temps ? » fis-je de façon toute rhétorique.

Devoir soupira, et j'eus le sentiment qu'il n'avait même pas entendu ma question. Celle qu'il posa fit naître un froid qui n'avait rien à voir avec la température de la pièce. « Avez-vous déjà employé l'Art pour obliger quelqu'un à oublier un souvenir ?

— Je... non. Non, je n'ai jamais rien fait de tel. » Puis, redoutant sa réponse, je demandai : « Pourquoi cela ? »

Il poussa un nouveau soupir, plus profond encore. « Parce que, si l'on pouvait s'en servir ainsi, cela me simplifierait beaucoup la vie. Je crois hélas avoir... avoir dit quelque chose hier soir à quelqu'un, sans aucune intention de... Enfin, ce n'était même pas dans ce sens-là que je l'entendais, mais elle... » Il finit par se taire, l'air accablé.

« Et si vous commenciez par le commencement ? » suggérai-je.

Il prit une longue inspiration qu'il relâcha brutalement, irrité contre lui-même. « Civil et moi jouions au jeu des cailloux, et... »

Je l'interrompis. « Au jeu des cailloux ? »

Il soupira encore une fois. « Je me suis fabriqué un damier en tissu et des pions. Je pensais m'améliorer en jouant contre d'autres adversaires en plus de vous. »

Je ravalai l'objection qui m'était venue : quel motif lui interdisait de faire connaître ce jeu à ses amis ? Aucun, à première vue ; pourtant, cela me contrariait.

« J'avais fait une ou deux parties avec Civil ; il les avait perdues, comme il se devait et comme il s'y attendait lui-même, car nul ne brille à un jeu qu'il vient d'apprendre. Mais il a déclaré en avoir assez pour le moment, car ce n'était pas le genre de distraction qu'il appréciait le plus, et il a quitté la table pour aller bavarder avec quelqu'un d'autre près de la cheminée. Dame Vanta nous observait depuis quelque temps et nous avait dit vouloir apprendre à jouer, mais, comme nous étions en pleine partie à ce moment-là, il n'y avait pas de place pour elle ; toutefois, elle était demeurée près de notre table à nous regarder, et, au départ de Civil, au lieu de le suivre comme je le pensais, car elle paraissait lui porter une grande attention, elle s'est assise à sa place. J'étais en train de ranger le damier et les pions, mais elle a pris mon poignet et m'a demandé avec fermeté de redéployer le jeu, car c'était son tour.

— Dame Vanta ?

— Ah, vous ne devez pas la connaître. Elle a, voyons... dans les dix-sept ans, et elle est très sympathique. Son vrai prénom est Avantage, mais elle le trouve trop long. Elle s'entend avec tout le monde, elle raconte des histoires très amusantes et... ma foi, je ne sais pas, je me sens plus à l'aise avec elle qu'en compagnie de la plupart des filles. Les autres donnent l'impression de ne jamais oublier qu'elles sont des filles ; elle non : elle se comporte normalement. C'est la nièce de sire Shemshy de Haurfond. » Il haussa les épaules en conclusion de sa présentation. « Bref, elle voulait jouer et, quand je l'ai prévenue qu'elle allait sans doute perdre les premières parties, elle a répondu que cela lui était égal, et même que, si j'acceptais d'en jouer cinq d'affilée, elle pariait qu'elle en gagnerait au moins deux. Une de ses amies nous avait entendus et s'est approchée pour s'enquérir de la mise ; alors dame Vanta a déclaré qu'en cas de victoire elle désirait sortir à cheval en ma compagnie le lendemain – c'est-à-dire aujourd'hui —, et que, si elle perdait, elle me laissait le choix du gage. Et elle a dit cela d'une façon qui me, euh... me mettait au défi de lui imposer un enjeu... comment dire ? frisant l'inconvenance, ou...

— Comme un baiser, fis-je, l'estomac noué, ou un gage de ce genre.

— Jamais je n'irais jusque-là, vous le savez bien !

— Eh bien, jusqu'où êtes-vous allé ? » Umbre était-il au courant de ce pari ? Et la reine Kettricken ? À quelle heure de la nuit cette anecdote s'était-elle déroulée ? Et quelle quantité de vin les protagonistes avaient-ils ingurgitée ?

« J'ai décidé que, si elle perdait, elle devrait nous apporter notre petit déjeuner, à Civil et moi, dans la galerie des glaces, et nous le servir elle-même, en reconnaissance du bien-fondé de l'affirmation selon laquelle une fille est incapable d'apprendre à jouer aux Cailloux.

— Quoi ? Mais, Devoir, c'est une femme qui m'a enseigné ce jeu !

— Ah ! » Il eut la grâce de prendre l'air gêné. « Je l'ignorais. Comme vous aviez dit que cela faisait partie de la formation à l'Art, je pensais que vous l'aviez appris auprès de mon père. Enfin, peu importe... Mais attendez ! Une femme a donc participé à votre apprentissage ? Je croyais que mon père avait été votre seul maître ! »

Je maudis ma négligence. « Oubliez cela, ordonnai-je d'un ton sec. Achevez votre histoire. »

Il eut un toussotement entendu et me jeta un regard qui me promettait de revenir plus tard sur le sujet. « Très bien.

De toute façon, ce n'est pas moi qui l'avais dit à Elliania, mais Civil, et...

— Dit quoi à Elliania ? L'angoisse m'étreignait le cœur.

— Que ce n'était pas un jeu fait pour l'esprit féminin. C'est Civil qui le lui avait affirmé. Nous jouions ensemble, lui et moi, et elle s'est approchée en déclarant qu'elle aimerait apprendre. Mais... voyez-vous, Civil n'apprécie guère Elliania ; d'après lui, elle est comme Sydel, la fille qui l'a insulté et bafoué : elle cherche seulement un bon parti. Donc, il déteste qu'elle reste près de nous quand nous parlons ou que nous nous livrons à des jeux de hasard. » Il baissa le nez devant mon froncement de sourcils et ajouta d'un ton ronchon : « C'est vrai, elle n'est pas comme dame Vanta : elle n'oublie jamais qu'elle est une fille, comment on doit se tenir en société ni quelles politesses échanger avec les uns et les autres. Son éducation est si parfaite qu'elle en devient mauvaise, vous comprenez ce que je veux dire ?

— J'entends, pour ma part, qu'elle se conduit comme une étrangère à la cour qui s'applique à observer nos coutumes. Mais poursuivez.

— Eh bien, Civil était au courant de son habitude de faire preuve de manières absolument irréprochables ; il en a conclu que le plus rapide pour se débarrasser d'elle consistait à prétendre que, dans les Six-Duchés, on considérait le jeu des cailloux comme une distraction masculine. C'est ce qu'il lui a expliqué d'une façon apparemment très gentille, mais en même temps affreusement drôle, d'un humour cruel, parce que Elliania ne connaît pas assez bien notre langue ni notre culture pour se rendre compte à quel point le prétexte était grotesque... Ne me regardez pas ainsi, Tom. Ce n'est pas moi qui lui ai joué ce tour. Et puis, une fois engagé. Civil n'avait aucun moyen de battre en retraite sans aggraver la situation. Bref, il lui a dit que le jeu des cailloux n'était pas pour les filles, et Elliania a quitté notre table pour rejoindre son oncle ; il jouait aux osselets avec son père à une table à l'autre bout de la salle. Elle ne se trouvait donc pas dans les parages quand dame Vanta m'a interpellé. J'ai disposé les pions et nous avons commencé le jeu. Les deux premières parties se sont achevées comme je l'avais prévu ; à la troisième, j'ai commis une erreur grossière et c'est mon adversaire qui a gagné. J'ai gagné la quatrième, et puis, au milieu de la dernière – et c'est à mon honneur, je pense —, j'ai songé qu'il pourrait paraître inconvenant, lorsqu'elle aurait perdu, qu'elle nous serve le petit déjeuner, à Civil et moi ; sire Shemshy risquait de se sentir insulté de voir sa nièce obligée de jouer les soubrettes, même si cela ne dérangeait pas Elliania ni ma mère. J'ai donc jugé qu'il valait mieux la laisser remporter la dernière manche ; je devrais me promener à cheval avec elle, mais je pourrais toujours m'arranger pour me faire accompagner par d'autres, voire par Elliania.

— Vous lui avez donc abandonné la victoire, dis-je avec un mauvais pressentiment.

— Oui ; or dame Vanta avait manifesté à grand bruit son exultation quand elle avait gagné la troisième partie, en éclatant de rire, en poussant des cris de joie et en annonçant à la cantonade qu'elle m'avait battu ; nous étions donc le point de mire d'un groupe qui s'était formé autour de nous. Quand elle a remporté la dernière manche, elle s'est mise à chanter victoire, et une de ses amies m'a dit : “Ma foi, monseigneur, il semble que vous vous soyez trompé lourdement en affirmant qu'aucune fille ne pouvait apprendre ce jeu.” Alors j'ai répondu... Je voulais seulement faire de l'esprit, Tom, je vous l'assure, et non offenser qui que ce fût. J'ai répondu... » Il hésita.

« Eh bien, qu'avez-vous donc répondu ? demandai-je sèchement.

— Simplement qu'aucune fille ne pouvait l'apprendre, mais que c'était peut-être à la portée d'une jolie femme. Tout le monde a éclaté de rire et levé son verre pour saluer cette déclaration ; nous avons vidé nos coupes, puis chacun a reposé la sienne, et c'est alors seulement que j'ai remarqué Elliania, à la périphérie du groupe. Elle n'avait pas bu avec nous et elle ne disait pas un mot ; elle m'a regardé droit dans les yeux, le visage impassible, puis elle s'est détournée. J'ignore ce qu'elle a murmuré à son oncle, mais il s'est levé aussitôt et a laissé la victoire de la partie en cours à son père, alors qu'une somme rondelette était en jeu. Ils ont quitté ensemble la salle et regagné leurs appartements. »

Je m'adossai dans mon fauteuil et m'efforçai d'obtenir une vision claire de la situation, puis je secouai la tête et demandai : « Votre mère est-elle au courant de cette affaire ? »

Il soupira. « Je ne pense pas ; elle s'est retirée tôt hier soir.

— Et Umbre ? »

Ses traits se crispèrent : il redoutait d'entendre l'opinion du conseiller sur son inconséquence. « Non. Lui non plus ne s'est pas attardé ; je lui trouve l'air las et distrait ces temps-ci. »

Je ne le savais que trop bien. Je secouai la tête. « Ce n'est pas l'Art qui résoudra ce problème, mon garçon. Mieux vaut le soumettre sans attendre aux spécialistes de la diplomatie et suivre leurs recommandations.

— Que va-t-on exiger de moi, à votre avis ? » L'angoisse perçait dans sa voix.

« Je n'en sais rien. À mon sens, présenter des excuses sans détour serait une erreur : vous confirmeriez que vous avez insulté Elliania. Mais... Non, je ne sais pas, Devoir; je n'ai jamais été doué pour la diplomatie. Mais Umbre aura peut-être une idée; il vous conseillera peut-être de porter une attention particulière à la narcheska pour lui assurer que vous la jugez à la fois jolie et femme.

— Mais ce n'est pas vrai ! »

Je négligeai sa protestation acerbe. « Et, surtout, ne sortez pas seul en promenade avec dame Vanta; je crois même qu'il serait sage d'éviter complètement sa compagnie. »

Il frappa la table du plat des mains, furieux. « Je ne peux pas revenir sur l'enjeu du pari !

— Alors faites-la, votre promenade ! répliquai-je sèchement. Mais, à votre place, je m'arrangerais pour que Elliania chevauche près de moi et que ma conversation ne s'adresse qu'à elle. Peut-être Civil pourrait-il vous aider, s'il est si bon ami qu'il l'affirme; demandez-lui de détourner l'attention de dame Vanta, afin de donner l'impression que c'est lui qui l'accompagne.

— Et si je n'ai pas envie qu'on détourne son attention de moi ? »

Voilà qu'il se montrait contrariant et entêté, aussi agaçant que Heur la dernière fois que je l'avais vu ! Je le regardai sans rien dire, droit dans les yeux, jusqu'à ce qu'il détourne le visage. « Vous devriez vous en occuper tout de suite, dis-je.

— Vous voulez bien venir avec moi ? » Il parlait très bas. « Parler à mère et à Umbre ?

— C'est impossible, vous le savez bien. Et, même dans le cas contraire, il vaudrait mieux que vous vous en chargiez seul, à mon avis. »

Il s'éclaircit la gorge. « Alors tout à l'heure, pour la promenade, vous acceptez de m'accompagner ? »

J'hésitai puis proposai : « Invitez sire Doré. Voyez-y la promesse, non que je serai présent, mais que j'y réfléchirai.

— Et que vous suivrez les recommandations d'Umbre.

— Probablement. Il a toujours été plus doué que moi pour la subtilité.

— La subtilité ! Pouah ! J'en ai plus qu'assez, de la subtilité, Tom ! C'est pour ça que je préfère la compagnie de dame Vanta : elle, au moins, elle est naturelle.

— Je comprends », répondis-je, tout en réservant mon avis sur la question. Je m'interrogeais : dame Vanta était-elle une simple jeune femme qui avait entrepris la conquête d'un prince, ou bien un pion qu'on manipulait dans l'ombre pour déstabiliser le jeu de Kettricken ? Bah, nous ne tarderions sans doute pas à l'apprendre.

Le prince sortit en fermant la porte derrière lui. Je me levai sans bruit et parcourus la pièce du regard tout en écoutant ses pas décroître dans les marches ; j'entendis le salut du garde en bas de l'escalier. Après un dernier coup d'œil autour de moi, je soufflai la bougie sur la table et sortis à mon tour avec une autre chandelle pour éclairer mon chemin.

Je décidai de faire un crochet par la tour d'Umbre avant de me rendre dans ma chambre. Je poussai la porte secrète et m'arrêtai net, surpris de trouver mon vieux maître et Lourd ensemble dans la salle. À l'évidence, Umbre m'attendait ; Lourd paraissait maussade et ses paupières plus que mi-closes lui donnaient l'air encore plus endormi que d'habitude.

« Bonjour, fis-je.

— En effet, la journée s'annonce bonne », répondit

Umbre. Ses yeux brillaient et il arborait une mine réjouie. Je pensais qu'il allait m'annoncer quelque nouvelle plaisante, mais il déclara : « J'ai prié Lourd de se présenter tôt ce matin afin que nous puissions parler tous les trois.

— Ah ! » Je ne voyais que dire d'autre. Ce n'était pas le moment de reprocher à Umbre de ne pas m'avoir prévenu, et je ne voulais pas lui faire part de mon sentiment en présence de Lourd : je gardais le souvenir cuisant d'avoir jadis sous-estimé l'intelligence d'une petite fille et de m'être exprimé trop librement devant elle. Certes, Romarin était la créature de Royal, tandis que Lourd n'espionnait sans doute pour le compte de personne, mais je préférais me montrer prudent : ce qu'il ignorait, il ne pouvait pas le répéter.

« Comment va le prince ce matin ? me demanda Umbre tout à coup.

— Bien, répondis-je avec circonspection. Mais il faudra qu'il vous voie pour une question assez pressante. Il serait bon que vous restiez là où, euh... là où on peut vous trouver facilement.

— Prince triste », intervint Lourd d'un ton plaintif. Il secoua sa grosse tête d'un air compatissant.

Mon cœur manqua un battement, mais je résolus de mettre l'idiot à l'épreuve. « Non, Lourd, le prince n'est pas triste. Il est joyeux ; il est allé prendre un bon petit déjeuner avec tous ses amis. »

Lourd me regarda, l'œil noir ; un instant, sa langue sortit de sa bouche davantage que d'habitude et sa lèvre inférieure pendit mollement, puis il rétorqua : « Non. Le prince est une chanson triste aujourd'hui. Idiotes de filles ! Une chanson triste. La, la, la, la, li, lo, lo, lou. » Le simple d'esprit fredonna un petit air funèbre.

Je me tournai vers Umbre. Il prêtait la plus grande attention à notre échange. Les yeux fixés sur moi, il demanda à Lourd : « Et comment va Ortie aujourd'hui ? »

Je demeurai impassible et m'efforçai de respirer normalement, mais sans grand succès.

« Ortie est inquiète. L'homme du rêve ne veut plus lui parler, et son père et son frère se disputent, Gnagnagna, sa tête lui fait mal et sa chanson est triste. Na-na-na-na, na-na-na-na. » Sa mélodie pour la tristesse d'Ortie était différente de la précédente, empreinte de tension et de malaise. Brusquement Lourd s'interrompit à mi-note, me dévisagea et eut un sourire à la fois moqueur et triomphant. « Pue-le-chien n'aime pas ça.

— Non, en effet », répondis-je sans ambages. Je croisai les bras et reportai mon regard furieux de Lourd sur Umbre. « Ce n'est pas juste ! dis-je, avant de crisper les mâchoires en prenant conscience de l'infantilisme de mon expression.

— C'est exact, fit Umbre d'un air un peu narquois. Lourd, tu peux t'en aller si tu veux. Je crois que tu as terminé ton travail ici. »

L'intéressé eut une moue pensive. « Apporter le bois, apporter l'eau, prendre les plats, apporter le repas, changer les chandelles. » Il se cura le nez. « Oui, le travail est fini. » Il se dirigea vers la sortie.

Je l'interpellai : « Lourd ! » Il s'arrêta et se tourna vers moi, les sourcils froncés. « Est-ce que les autres domestiques frappent encore Lourd pour lui prendre son argent, ou bien est-ce que ça va mieux ? »

Il plissa le front. « Les autres domestiques ? » Il avait l'air vaguement inquiet.

« Oui, les autres domestiques. Tu disais : "Il frappe

Lourd et prend ses pièces", tu te rappelles ? » J'avais tenté d'imiter son inflexion et ses gestes mais, au lieu de réveiller ses souvenirs, je ne réussis qu'à le faire reculer devant moi, affolé. « Peu importe », repris-je précipitamment ; ma tentative pour lui signaler qu'il me devait peut-être un service n'avait fait que noircir encore son opinion sur moi. La lèvre inférieure protubérante, il s'écarta de moi.

« Lourd, n'oublie pas le plateau », fit Umbre avec douceur.

Le domestique se renfrogna encore mais revint prendre les plats où apparaissaient les reliefs du petit déjeuner d'Umbre, puis sortit rapidement de la salle, en crabe, comme s'il craignait que je ne l'attaque.

Une fois que le casier à vin eut repris sa place, je m'assis dans mon fauteuil. « Eh bien ? fis-je.

— En effet : eh bien ? répondit-il d'un ton amène. Comptais-tu me mettre un jour au courant ?

— Non. » Je me laissai aller contre mon dossier puis, après réflexion, jugeai que le chapitre était clos ; je détournai la conversation. « Je vous ai dit que Devoir voulait discuter avec vous d'une affaire urgente. Il faut vous tenir à sa disposition.

— Quelle affaire ? »

Je le regardai en face. « Il vaut mieux que mon prince vous l'expose lui-même, je pense. » Je me mordis la langue pour me retenir d'ajouter : « Naturellement, vous pouvez toujours demander à Lourd de quoi il s'agit.

— Dans ces conditions, je vais me rendre dans mes appartements sans trop tarder. Fitz, Ortie court-elle des risques ?

— Que voulez-vous que j'en sache ? »

Il fit un effort visible pour se contenir. « Tu sais très bien de quoi je parle : elle artise, n'est-ce pas ? Sans personne pour guider ses pas, elle a pourtant réussi à te dénicher – à moins que tu ne l'aies contactée le premier ? »

Était-ce le cas ? Je l'ignorais. M'étais-je introduit dans ses rêves durant son enfance comme j'avais partagé ceux de Devoir ? Avais-je sans m'en rendre compte coulé le socle du lien d'Art qu'elle cherchait aujourd'hui à établir ? Je m'étais tu, plongé dans mes pensées, et Umbre prit mon silence pour de l'entêtement. « Fitz, comment peux-tu réfléchir à si court terme ? Sous prétexte de la protéger, tu la mets en danger ! C'est ici qu'Ortie devrait se trouver, à Castelcerf, où elle pourrait apprendre correctement à maîtriser son talent.

— Et à servir les Loinvoyant. »

Il planta ses yeux dans les miens. « Naturellement. Si la magie est le don de son sang, son service en est le devoir. L'un ne va pas sans l'autre. À moins que tu ne veuilles lui dénier cet héritage parce que c'est une bâtarde elle aussi ? »

Une brusque bouffée de colère me suffoqua. Quand je pus à nouveau parler, je répondis à mi-voix : « Je ne considère pas mon attitude comme un déni de ce qui lui revient. Je cherche à la défendre, c'est tout.

— Ce point de vue provient uniquement de ton obstination à la maintenir loin de Castelcerf, quel qu'en soit le prix. Quel terrible péril la menacerait si elle venait ? Celui d'introduire dans son existence la musique, la poésie, la danse et la beauté ? De faire peut-être la connaissance d'un jeune homme de noble lignée, de se bien marier et de vivre à l'aise ? De permettre à tes petits-enfants de grandir sous tes yeux ? »

En présentant ainsi la situation, il paraissait parfaitement raisonnable et moi totalement égoïste. Je soupirai.

« Umbre, Burrich s'est déjà déclaré opposé à ce que sa fille se rende à Castelcerf ; si vous insistez, ou, pire, que vous tentiez de faire pression sur lui, il se doutera que ce n'est pas sans motif. En outre, comment voulez-vous révéler à Ortie qu'elle possède l'Art sans qu'elle demande aussitôt d'où elle tient ce don ? Elle sait que Molly est sa mère ; la seule possibilité, c'est son ascendance paternelle...

— On détecte parfois des enfants doués de l'Art sans lien apparent avec la lignée des Loinvoyant. Elle aurait pu hériter son talent de Molly comme de Burrich.

— Oui, mais aucun de ses frères ne le partage », fis-je observer.

Exaspéré, Umbre frappa la table, les mains ouvertes. « Je te l'ai déjà dit : tu es trop prudent, Fitz ! "Et s'il se passe ceci, et s'il se passe cela ?" Tu t'évertues à éviter à l'avance des problèmes qui ne se présenteront peut-être jamais ! Imaginons qu'Ortie se découvre la fille d'un Loinvoyant : serait-ce si terrible ?

— Si elle venait à la cour et apprenait qu'elle est non seulement une bâtarde, mais la fille d'un Loinvoyant doué du Vif ? Oui. Que deviendraient alors son bel époux et son avenir d'aristocrate ? Comment ses frères, Molly et Burrich supporteraient-ils de se trouver face à ce passé soudain ressuscité ? De plus, si Ortie s'installait ici, vous ne pourriez pas empêcher Burrich de venir s'assurer qu'elle va bien ; j'ai changé, je le sais, mais ni mes cicatrices ni mes années ne l'abuseraient. S'il me voyait, il me reconnaîtrait et il en serait anéanti – à moins que vous ne vouliez lui dissimuler des secrets, interdire à Ortie d'annoncer à ses parents qu'elle apprend l'Art, et surtout que son professeur est un homme balafré au nez cassé ? Non, Umbre ; mieux vaut qu'elle reste là où elle est, qu'elle épouse un jeune fermier qu'elle aimera et jouisse d'une vie paisible.

— Vision fort bucolique, fit Umbre avec ironie. Je ne doute pas que tes filles, si tu en avais d'autres, seraient enchantées à la perspective d'une existence aussi calme et rassise », poursuivit-il d'une voix dégoulinante de sarcasme. Puis, d'un ton normal, il demanda : « Et que fais-tu de son devoir envers le prince ? De la nécessité de créer un clan ?

— Je vous trouverai quelqu'un d'autre, répondis-je non sans témérité ; quelqu'un d'aussi doué qu'elle mais sans lien de parenté avec moi, qui n'amène pas de complications.

— J'ai le sentiment que de pareils candidats ne vont pas être faciles à dénicher. » Il fronça soudain les sourcils. « Ou bien en aurais-tu rencontré sans juger utile de m'en faire part ? »

Je remarquai qu'il ne se proposait pas comme aspirant, et je préférai ne pas réveiller le chat qui dormait. « Umbre, je vous en donne ma parole, je ne vois aucun autre postulant à l'Art – à part Lourd.

— Ah ! C'est donc lui que tu vas former ? »

Il avait posé la question d'un air dégagé dans l'espoir de m'obliger à reconnaître qu'il n'existait pas d'autre candidat sérieux. Il s'attendait à un refus catégorique de ma part, je le savais : Lourd me détestait, il avait peur de moi et, pour couronner le tout, il était simple d'esprit. J'aurais eu du mal à imaginer un élève que j'eusse moins envie de prendre en apprentissage, hormis Ortie – et une troisième personne aussi, peut-être. Acculé, je finis par déclarer : « Il n'est pas impossible qu'il existe un autre candidat.

— Et tu ne m'en as rien dit ? » Sa voix tremblait de rage à peine contenue.

« Je n'avais pas de certitude, et je n'en ai d'ailleurs toujours pas. C'est tout récemment que j'ai commencé à m'interroger sur lui, mais j'ai fait sa connaissance il y a des années. Et il est peut-être aussi dangereux de le former que Lourd, voire davantage, car non seulement il entretient des opinions très arrêtées mais il a le Vif.

— Son nom ? » C'était un ordre, non une question.

J'inspirai profondément et me jetai dans le gouffre. « Rolf le Noir. »

Umbre fronça les sourcils et, les yeux plissés, fouilla les greniers de sa mémoire. « L'homme qui t'a proposé de t'enseigner le Vif ? Tu l'avais rencontré sur la route des Montagnes, n'est-ce pas ?

— Oui, c'est bien lui. » Le vieil assassin était présent quand j'avais fait à Kettricken un compte rendu douloureusement complet de mes pérégrinations dans les Six-Duchés pour la retrouver. « Je n'ai jamais vu personne se servir du Vif comme lui ; on aurait presque dit qu'il entendait nos conversations, à Œil-de-Nuit et moi. Je n'ai jamais connu aucun autre vifier qui en soit capable ; certains sentaient nos échanges quand notre attention se relâchait, mais ils ne paraissaient pas en saisir le contenu. Rolf, si. Même lorsque nous nous efforcions de lui dissimuler nos contacts, j'ai toujours eu le sentiment qu'il en savait plus qu'il ne voulait bien le dire. Peut-être employait-il le Vif pour nous repérer et l'Art pour capter nos pensées.

— N'en aurais-tu pas eu connaissance ? »

Je haussai les épaules. « Je n'ai jamais rien perçu ; il est donc possible que je me trompe. Et, franchement, je ne suis pas pressé de le revoir pour m'en assurer.

— De toute façon, tu ne le pourrais pas. Je suis navré,

mais il est mort il y a trois ans ; la fièvre l'a pris, et son agonie n'a pas été longue. »

Je demeurai pétrifié, aussi abasourdi par la nouvelle que par le fait qu'Umbre la sût. À tâtons, je trouvai un fauteuil et m'y assis. Ce que j'éprouvais était non du chagrin, car mes relations avec Rolf le Noir avaient toujours été difficiles, mais du regret. Il était mort. Comment Fragon supportait-elle son absence ? Comment Hilda, son ourse, avait-elle vécu sa disparition ? Un long moment, je contemplai fixement le mur en voyant au loin une petite maison. « Comment l'avez-vous appris ? demandai-je enfin, non sans mal.

— Voyons, Fitz ! Tu avais parlé de lui à la reine, et je t'avais entendu prononcer son nom auparavant, quand l'infection de ta blessure au dos te jetait dans des accès de fièvre délirante. Je le savais important, et je garde toujours un œil sur les gens importants. »

Ces propos m'évoquèrent le jeu des cailloux : il venait de poser un nouveau pion sur le damier, un pion qui révélait sa vieille stratégie. Je dis tout haut ce qu'il avait omis. « Vous savez donc que je suis retourné chez lui et que j'ai étudié quelque temps auprès de lui. »

Umbre eut un petit hochement de tête. « Je n'en étais pas certain, mais je me doutais qu'il s'agissait de toi. Je m'en suis réjoui ; jusque-là, tout ce que je savais de toi, je le tenais de Kettricken et d'Astérie qui t'avaient laissé à la carrière. Alors découvrir que tu étais sain et sauf... Pendant des mois, j'ai espéré à demi te voir apparaître à ma porte ; j'attendais avec impatience de t'écouter décrire toi-même ce qui s'était passé après que Vérité-le-dragon avait quitté la carrière. Il restait tant de lacunes à combler ! J'ai imaginé cent façons dont nos retrouvailles pourraient se dérouler. Naturellement, mes espoirs étaient vains, tu le sais, et j'ai fini par comprendre que tu ne reviendrais jamais parmi nous de ton propre chef. » Il soupira, submergé par des souvenirs de peine et de désillusion, puis il ajouta dans un murmure : « Néanmoins, j'ai été heureux de te savoir vivant. »

Il ne me faisait pas de reproches : il avouait simplement avoir souffert. Mon choix l'avait attristé mais il l'avait respecté. Après mon séjour chez Rolf, il avait dû lancer ses espions sur ma trace ; ils ne savaient sans doute pas qu'ils recherchaient FitzChevalerie Loinvoyant, mais ils m'avaient certainement retrouvé ; autrement, comment Astérie serait-elle arrivée chez moi bien des années plus tôt ? « Vous m'avez toujours surveillé, n'est-ce pas ? »

Il baissa les yeux vers la table et déclara d'un ton buté : « Un autre que toi pourrait y voir une main excessivement protectrice. Comme je te l'ai dit, Fitz, je garde toujours un œil sur les gens importants. » Ses propos suivants semblèrent répondre à mes pensées. « J'ai tâché de ne pas interférer dans ta vie, Fitz, de te laisser trouver un semblant de paix, même si elle me coupait de toi. »

Dix ans auparavant, je n'aurais pas perçu la douleur dans sa voix ; j'aurais seulement vu en lui un vieillard fouineur et calculateur. À présent que j'avais un fils acharné à ne tenir aucun compte de mes conseils, je pouvais concevoir ce qu'il avait dû lui en coûter de me laisser agir à ma guise sans intervenir ; comme moi aujourd'hui devant Heur, il avait dû penser que je me trompais de route. Pourtant il m'avait laissé l'emprunter.

À cet instant, je pris ma décision, et je le déséquilibrai en déclarant : « Umbre, si vous le désirez, je puis tenter de... Voulez-vous que j'essaye de vous former à l'Art ? »

Son expression devint tout à coup impénétrable. « Ah ! Voici que tu me le proposes, maintenant ! Intéressant.

Mais je pense me débrouiller très bien en étudiant de mon côté. Non, Fitz, je ne désire pas que tu me formes. »

J'inclinai la tête. J'avais peut-être mérité son dédain. J'inspirai profondément. « Alors je vais accéder à votre demande, cette fois : je prendrai Lourd comme apprenti. Je trouverai un moyen de le persuader de me laisser l'instruire. Vu sa puissance, il suffira peut-être à lui tout seul à constituer le clan dont Devoir a besoin. »

Umbre resta muet de saisissement, puis il eut un sourire aigre. « J'en doute, Fitz. Quant à toi, tu n'en doutes pas : tu n'y crois pas du tout. Toutefois, nous en resterons là pour le moment et tu commenceras la formation de Lourd ; en retour, je laisserai Ortie tranquille. Tu as mes remerciements. À présent, je dois aller voir dans quel mauvais cas Devoir s'est fourré. » Il se leva avec raideur comme si son dos et ses genoux le faisaient souffrir. Sans un mot, je le regardai sortir.

10

RÉSOLUTIONS

Au dire de tous, Kebal Paincru et la Femme Pâle ont péri au cours du dernier mois. Ils ont embarqué à bord du seul Navire Blanc qui se rendît encore à Hjolikej, avec pour équipage leurs partisans les plus résolus. Nul ne les a plus revus et on n'a retrouvé aucun débris du bateau. On suppose généralement que, comme ce fut le cas pour bien d'autres bâtiments d'Outre-mer, les dragons les ont survolés et ont jeté les hommes dans une hébétude complète avant de détruire le vaisseau à l'aide des bour-

rasques et des vagues violentes que leurs ailes pouvaient susciter. Comme il était lourdement chargé de ce que l'on traduit de l'outrîlien par « pierre de dragon », il a sans doute sombré rapidement.

Rapport à Umbre Tombétoile rédigé à la fin de la guerre des Pirates rouges

*

Je pris à pas lents le chemin des appartements de sire Doré. J'essayais de ne penser qu'aux difficultés du prince mais je ne pouvais m'empêcher de me demander dans quel nouveau pétrin je m'étais fourré. Je peinais à instruire le prince, or c'était un élève aimable et doué ; j'aurais de la chance si Lourd ne me tuait pas quand je voudrais en faire autant avec lui. Cependant, mes réflexions se teintaient d'une obscurité plus pesante. Umbre avait réussi à me tenter, comme seul pouvait y parvenir quelqu'un qui me connaissait bien : Ortie à Castelcerf, là où je pourrais la côtoyer tous les jours, la voir s'épanouir et devenir femme, et peut-être lui donner accès à une existence plus facile que celle que Burrich et Molly pouvaient lui offrir ! Je m'efforçai de chasser cette idée de mon esprit : c'était un espoir égoïste.

Dans les passages secrets d'Umbre, je fis un petit détour par un des postes d'observation. Là, je restai un moment hésitant : ce serait la première fois que je m'y installerais intentionnellement pour espionner. Je finis par m'asseoir en silence sur le banc poussiéreux et collai mon œil au trou qui donnait sur la suite de la narcheska.

La fortune me sourit : les plats du petit déjeuner étaient encore disposés sur la table entre Peottre et la jeune fille ; ni l'un ni l'autre ne paraissait y avoir guère touché.

L'homme avait déjà revêtu sa tenue de monte en cuir ; Elliania portait une ravissante petite robe bleu et blanc, gonflée d'une foison de dentelle aux poignets et à la gorge. Peottre secouait la tête en regardant sa nièce. « Non, mon enfant. Comme pour un poisson, tu dois d'abord le ferrer avant de pouvoir jouer avec lui. Manifeste ta colère, et il évitera ce goût amer pour suivre les plumes éclatantes et l'œuf savoureux de l'appât d'une autre. Tu ne dois pas lui montrer tes sentiments, Ellia ; écarte l'insulte et feins de ne pas l'avoir remarquée. »

Elle fit violemment claquer sa cuiller sur la table, projetant sur le bois un globule de gruau. « Je ne peux pas ! Je suis restée aussi calme que j'en étais capable hier soir, mais ce matin il me faudrait un poignard affûté pour lui exprimer ce qu'il m'inspire, mon oncle !

— Ah ! Voilà qui servirait bien les intérêts de ta mère et de ta petite sœur. » Il n'avait pas haussé le ton, mais le visage d'Elliania se figea comme s'il lui avait dit que la maladie et la mort se tapissaient dans la pièce voisine. Elle inclina son fier menton, les cils baissés. Je perçus l'effort de volonté qu'elle accomplit pour brider sa fureur, et je pris conscience soudain des changements que ces mois de séjour à Castelcerf avaient opérés en elle. Certes, Peottre l'appelait toujours « petit poisson », mais la jeune fille que j'avais sous les yeux n'était plus celle que j'avais observée précédemment dans ses appartements. Sous les coups de bélier de la société de Castelcerf, les derniers vestiges de l'enfance l'avaient quittée, et elle s'exprimait désormais avec la fermeté d'une femme.

« J'agirai pour le bien de la maison de nos mères, mon oncle, vous le savez. Pour “ferrer” ce poisson, je ferai tout ce qui sera nécessaire. » Elle releva le regard vers lui : le pli de sa bouche était résolu mais des larmes brillaient dans ses yeux.

« Non, pas ça, répondit-il à mi-voix. Pas encore, et peut-être jamais ; c'est ce que j'espère. » Il soupira tout à coup. « Mais il faut te montrer agréable avec lui, Ellia ; il ne doit pas voir ta colère. Bien que cela me déchire le cœur de te le dire, tu dois feindre que son insulte ne t'a pas touchée. Souris-lui, fais comme si rien ne s'était passé.

— C'est encore insuffisant. » Je ne voyais pas qui avait parlé mais j'avais reconnu le ton de la domestique. Elle entra dans mon champ de vision, et j'en profitai pour l'étudier plus attentivement. À peu près de mon âge, elle était vêtue simplement, à la façon d'une servante, mais elle se comportait comme si elle détenait toute autorité. Ses cheveux et ses yeux étaient noirs, son visage large et son nez petit. Elle secoua la tête. « Elle doit paraître humble et docile. »

Elle s'interrompit et je vis Peottre crisper les mâchoires, le visage tendu. Cela fit sourire la femme ; elle poursuivit avec un plaisir manifeste : « Et vous devez lui laisser espérer que vous... vous donnerez peut-être à lui. » Elle prit une voix plus grave. « Soumettez le prince fermier, Elliania, et maintenez-le ainsi. Il ne doit pas en regarder une autre ; il ne doit même pas imaginer qu'il puisse coucher avec une autre avant le mariage. Il doit vous appartenir exclusivement. Il faut vous l'approprier corps et âme. Vous avez entendu la mise en garde de la Dame : si vous échouez, s'il s'écarte de vous et fait un enfant à une autre, vous et les vôtres êtes condamnés.

— Je n'y arrive pas ! » s'exclama Elliania. Elle prit sans doute le regard horrifié de Peottre pour un reproche, car elle continua d'un ton éperdu : « J'ai fait des efforts, oncle Peottre, je te le jure ! J'ai dansé pour lui, je l'ai remercié de ses cadeaux et j'ai feint d'être ravie en écoutant ses bavardages assommants dans sa langue de fermier ! Mais tout est vain, car il me considère comme une petite fille ; il ne voit en moi qu'une enfant sans intérêt, un cadeau de mon père destiné à sceller un traité ! »

Son oncle s'adossa dans son fauteuil en repoussant son assiette à laquelle il n'avait pas touché ; il poussa un profond soupir et tourna un œil noir vers la servante. « Tu l'entends, Henja : elle a déjà essayé ta répugnante petite tactique, et il ne veut toujours pas d'elle. C'est un garçon qui n'a pas de feu dans le sang. J'ignore ce que nous pourrions faire de plus. »

Elliania se redressa tout à coup sur son siège. « Moi, je sais. » Son menton s'était relevé, la flamme de ses yeux d'un noir d'encre s'était rallumée.

Peottre secoua la tête. « Elliania, tu n'es qu'une...

— Je ne suis plus une enfant ! Je ne suis plus une petite fille depuis qu'on m'a imposé ce fardeau. Mon oncle, tu ne peux pas me traiter comme une gamine et attendre des autres qu'ils me regardent comme une femme ; tu ne peux pas m'habiller comme une poupée, m'ordonner de me montrer aussi aimable et docile que la chouchoute d'une vieille tante sénile, et espérer que je séduise le prince. Il a grandi dans cette cour, au milieu de ces femmes douceâtres comme du poisson avarié ; si, pour lui, je ne suis que l'une d'entre elles, il ne me verra même pas. Permets-moi d'agir comme l'exige la situation, car tu sais aussi bien que moi que, si je ne change pas de cap, nous allons échouer. Laisse-moi essayer à ma façon ; si je trébuche sur ce chemin-là aussi, qu'aurons-nous perdu ? »

Il la dévisagea un long moment sans répondre. Elle se détourna de son regard perçant et s'occupa les mains en versant de la tisane dans les tasses devant elle. Elle prit ensuite la sienne et en but une gorgée en évitant toujours de lever les yeux vers son oncle. D'une voix chargée d'angoisse, il demanda enfin : « Qu'as-tu en tête, petite ? »

Elle posa sa tasse. « Pas ce que propose Henja, si c'est ce que tu crains. Non. La femme que je suis suggère que tu révèles mon âge au prince, aujourd'hui même, selon son calendrier de fermier et non celui des Runes du Dieu. Et que, pour ce jour tout au moins, tu me laisses me vêtir et me conduire comme une vraie fille de la maison de nos mères, insultée comme je le suis qu'il ait préféré la beauté d'une autre à la mienne, et l'annoncer à tous. Laisse-moi le soumettre, comme tu me l'as ordonné, non par des sucreries écœurantes mais par le fouet, comme le mérite le chien qu'il est.

— Elliania, non ! Je l'interdis. » La servante s'était exprimée d'un ton cassant.

Mais ce fut Peottre qui lui répondit. Il se dressa brusquement, sa grande main levée. « Dehors, femme ! Loin de ma vue ou tu es morte ! J'en fais serment, ma Dame ! Si votre servante ne sort pas immédiatement, je la tue !

— Vous le regretterez ! » gronda Henja, en quittant néanmoins la pièce à pas pressés. J'entendis la porte se fermer derrière elle.

Quand Peottre reprit la parole, ce fut d'une voix lente et monocorde, comme s'il voulait écarter Elliania d'un précipice par la seule force de sa parole. « Elle n'a pas le droit de te parler ainsi. Moi si, narcheska. Je te l'interdis.

— Vraiment ? » demanda-t-elle en le regardant sans ciller, et je compris que Peottre avait perdu la partie.

On frappa à la porte : c'était le père de la jeune fille. Il entra, salua l'oncle et la nièce, et sa fille prit congé presque aussitôt en affirmant devoir se vêtir pour une promenade avec le prince en milieu de matinée. Dès qu'elle fut sortie, son père se mit à entretenir Peottre d'une cargaison de marchandises en retard ; l'autre lui répondit, mais sans quitter des yeux la porte par où Elliania avait disparu.

Peu après, je pénétrai discrètement dans ma propre chambre et, de là, avec encore plus de circonspection, dans les appartements bien chauffés et spacieux de sire Doré. Attablé, seul, il terminait sa portion du copieux petit déjeuner qu'il commandait chaque jour pour nous deux ; la cour entière devait s'étonner de sa taille souple, étant donné l'appétit matinal qu'il manifestait.

Son regard d'or me parcourut des pieds à la tête alors que j'entrais sans bruit. « Hum... Assieds-toi, Fitz. Je ne te souhaite pas une bonne matinée, car il est visiblement trop tard. Aurais-tu envie de me faire partager ce qui a de la sorte assombri ton humeur ? »

Mentir était vain. Je m'installai dans un fauteuil en face de lui et, tout en piochant dans les plats, je lui confiai le faux pas diplomatique de Devoir. Me taire aurait été inutile : la scène avait eu assez de spectateurs pour que l'anecdote parvienne rapidement aux oreilles du fou, si lui-même n'en avait pas été témoin. En revanche, je ne lui dis rien d'Ortie. Craignais-je qu'il ne tombât d'accord avec Umbre ? Je l'ignore, mais, ce que je sais, c'est que je tenais à garder cette affaire pour moi. Je ne mentionnai pas non plus ce que j'avais vu et entendu par le trou d'observation ; il me fallait du temps pour trier mes réflexions avant d'en faire part à quiconque.

Quand j'eus achevé ma relation, il hocha la tête. « Je ne me trouvais pas à la salle de jeu hier soir ; j'avais préféré écouter un des ménestrels outrîliens qui sont arrivés récemment ; mais l'histoire m'a été rapportée avant que je ne me retire. J'ai déjà reçu une invitation à une promenade à cheval avec le prince ce matin ; veux-tu m'accompagner ? » J'acquiesçai de la tête et le fou sourit ; puis sire Doré tapota ses lèvres avec sa serviette. « Grands dieux, quelle bourde malencontreuse ! Les potins seront délectables. Je me demande comment la reine et son conseiller s'y prendront pour rétablir la situation. »

Il n'existait pas de réponse évidente, mais je savais qu'il profiterait du tumulte pour sonder les loyautés. Nous débarrassâmes la table du petit déjeuner et je descendis les couverts et la vaisselle aux cuisines où je m'attardai un moment. Oui, la domesticité parlait de l'affaire, et il se racontait qu'il n'y avait pas, entre dame Vanta et le prince, qu'un simple jeu de cailloux ; quelqu'un affirmait déjà les avoir vus un soir ensemble, seuls, dans les jardins enneigés, quelques jours plus tôt. Selon une servante, on disait le duc Shemshy satisfait, à tel point qu'il aurait déclaré ne voir aucun véritable obstacle à leur union. Ma gorge se noua : le duc était un homme influent ; s'il décidait de solliciter l'appui de ses pairs pour demander un mariage entre sa nièce et le prince, il risquait de mettre à mal les fiançailles officielles et l'alliance qui en découlait.

J'assistai aussi à une scène très brève qui me laissa intrigué : celle de la domestique de la narcheska, que j'avais vue peu avant se quereller avec Peottre, franchissant précipitamment les portes des cuisines pour sortir dans la cour. Elle était chaudement vêtue et portait une cape épaisse et de grosses bottes, comme en prévision d'une longue marche par la froide journée qui s'annonçait. Il était certes possible que sa maîtresse l'eût envoyée à Bourg-de-Castelcerf effectuer quelque course, mais elle n'avait pas de panier au bras ; en outre, ce n'était pas le genre de personne, me semblait-il, qu'on eût désignée pour une telle tâche. Je restai à la fois perplexe et inquiet. Si je n'avais pas quasiment promis au prince de l'accompagner en promenade, j'aurais volontiers filé la femme ; mais je me résignai à remonter me changer pour la sortie à cheval.

Quand je rentrai chez sire Doré, je le trouvai qui mettait la dernière main à son costume, et, l'espace d'un instant, je me demandai si l'aristocratie jamaillienne se vêtait vraiment de façon aussi voyante : sa silhouette élancée s'enveloppait de multiples couches de somptueux tissus, et une lourde cape de fourrure l'attendait, jetée en travers d'une chaise. Le fou avait toujours mal supporté le froid et le seigneur Doré partageait apparemment sa frilosité. Il était en train de relever un col de fourrure ; d'une main longue et fine, il me fit signe de me rendre promptement dans ma chambre, tandis qu'il s'examinait avec soin dans un miroir.

J'aperçus les vêtements posés sur mon lit et protestai : « Mais je suis déjà habillé !

— Pas comme je le souhaite. Il m'a été rapporté que plusieurs jeunes seigneurs de la cour ont embauché eux aussi des gardes du corps, en une pâle imitation de mon style. Il est temps de leur montrer que la copie ne vaut jamais l'original. En tenue, Tom Blaireau ! »

Je grondai en montrant les dents et il répondit par un sourire suave.

Du bleu de la domesticité, les vêtements étaient d'excellente qualité, et d'une coupe où je reconnus l'art de Scrandon ; sans doute, maintenant que le tailleur possédait mes mesures, sire Doré pouvait-il m'infliger à volonté des garde-robes élégantes. Le tissu était de premier choix et très chaud, et je reconnus là le souci du fou pour mon bien-être ; il avait aussi eu la bonté de prévoir l'habit assez ample pour ne pas gêner mes mouvements. Toutefois, quand je dépliai le bras d'une chemise à la facture curieuse, j'y découvris des incrustations plissées, en camaïeu de bleu, qui donnaient l'impression d'une aile d'oiseau s'ouvrant pour laisser voir les différentes teintes de son plumage. Je remarquai en enfilant le vêtement qu'on y avait cousu à des endroits stratégiques un certain nombre de poches discrètes ; j'approuvai cet ajout tout en regrettant que sire Doré eût dû l'ordonner au tailleur : j'aurais préféré que nul ne sût que j'avais besoin de ces petites cachettes.

Comme s'il percevait mes réticences, sire Doré déclara depuis le salon : « Vous noterez que j'ai demandé à Scrandon de munir votre tenue de poches afin de vous permettre d'y glisser certains menus objets qui me sont nécessaires, tels que mes fioles de sels, de digestifs, mes nécessaires de toilette et ma réserve de mouchoirs. Je lui ai fourni des mesures des plus précises.

— Bien, monseigneur », répondis-je d'un ton grave, et j'entrepris de remplir les pochettes selon mes besoins. C'est en soulevant le manteau d'hiver que je découvris la dernière addition à ma tenue. La garde de l'épée et le fourreau étaient décorés de si voyante façon que j'en fis la grimace ; mais, quand je tirai la lame, elle sortit avec un chuintement de mort et elle resta en équilibre parfait, comme un oiseau, sur mon index tendu. Avec un soupir, je levai les yeux et vis le fou qui s'encadrait dans la porte ; mon expression ahurie l'amusa et il eut un sourire espiègle. Je secouai la tête. « Mes talents de bretteur ne méritent pas une telle arme.

— En effet : tu mériterais d'arborer celle de Vérité. Celle-ci n'est qu'une piètre compensation. »

Nul remerciement ne pouvait suffire à pareil présent. Je me tus donc et agrafai la ceinture d'épée sur mes hanches devant le fou qui parut prendre autant de plaisir à me voir la ceindre que moi à la porter.

Lorsque nous descendîmes dans la cour où devait nous rejoindre le prince, nous y trouvâmes un attroupement plus vaste que je ne m'y attendais. Quelques nobles guettaient déjà l'apparition de Devoir ; Civil Brésinga était là, en train de s'entretenir avec dame Vanta. Était-ce mon imagination, ou bien avait-elle vraiment l'air mécontente en désignant les chevaux qui l'entouraient et laissaient prévoir un groupe beaucoup plus considérable que ce qu'elle espérait manifestement ? Deux autres jeunes femmes, des amies proches d'après leur attitude, compatissaient à ses remarques. Tous saluèrent chaleureusement sire Doré quand il se joignit à la troupe, et je fus soudain frappé par sa jeunesse apparente : on eût dit un bel aristocrate exotique et fortuné d'une vingtaine d'années, à peine plus âgé que ses compagnons. Les femmes se rapprochèrent de lui en bavardant tandis que trois jeunes gens, dont un parent de Shemshy d'après la forme de ses oreilles, restaient un peu en arrière : visiblement, dame Vanta avait déjà sa propre petite cour ; si elle réussissait à gagner le cœur du prince, ces courtisans à la fidélité de fraîche date l'accompagneraient dans son ascension.

Plusieurs domestiques tenaient leurs montures par la bride. Le juchoir rembourré du marguet de Civil, derrière sa selle, était inoccupé ; je ne croyais guère que le jeune garçon eût laissé son animal à Castelmyrte comme on me l'avait dit : aucun vifier n'aurait accepté de se séparer de son compagnon aussi longtemps. Non, la bête devait rôder dans les collines environnantes et Civil la rejoindre régulièrement. Je résolus de le suivre lors d'un de ces rendez-vous ; une petite confrontation avec son marguet et lui me vaudrait peut-être quelques renseignements sur la communauté du Lignage et les liens de Civil avec les Pie.

Mais je n'avais pas le temps de m'appesantir sur la question pour le moment. Je pris les rênes de Manoire et de Malta des mains d'un palefrenier, puis m'armai de patience tandis que sire Doré s'amalgamait à ceux qui devaient accompagner le prince. La bienséance m'interdisait de dévisager les nobles, mais pas d'examiner leurs montures et d'en déduire qui participerait à la promenade. Une des juments portait une parure si somptueuse qu'elle appartenait sûrement à la reine elle-même ; je reconnus aussi le cheval d'Umbre. Des serviteurs les tenaient au centre du groupe, avec l'animal du prince et trois autres bêtes magnifiquement équipées : l'oncle Peottre et Arkon Sangrépée seraient donc de la sortie eux aussi. La jument baie à la crinière ornée de clochettes devait attendre la narcheska.

On entendit soudain un tumulte de conversations et d'éclats de rire près de la grande porte, et les principaux acteurs firent leur apparition. Le prince était éblouissant dans une tenue bleu de Cerf bordée de renard blanc, emblème de sa mère ; la reine avait elle aussi choisi de porter du bleu et du blanc, soulignés de rayures jaune d'or sur sa cape ; pourtant, malgré l'éclat de ces couleurs qui faisaient si bien écho à celles de cette journée d'hiver, ses atours présentaient des lignes simples qui contrastaient avec la mode extravagante de sa cour. Élégant, Umbre arborait un costume tout en nuances de bleu et bordé de noir, et ses bijoux étaient exclusivement argentés. Le prince souriait, mais je le devinai mortifié à la façon dont il demeura en haut des marches à échanger des propos avec sa mère et Umbre au lieu de se joindre à ses compagnons de son âge. Il ne laissa entendre à personne que la sortie constituait le gage d'un pari inconséquent ; en passant ce détail sous silence, il espérait peut-être en diminuer l'importance aux yeux de ceux qui l'entouraient. Dame Vanta lui souriait au pied de l'escalier et capta son regard un instant ; il la salua courtoisement de la tête mais ses yeux se portèrent aussitôt sur Civil, à qui il adressa un salut exactement semblable, et je crus voir les joues de dame Vanta rosir. Il attendit qu'Umbre et la reine commencent à descendre les degrés pour leur emboîter le pas, et il resta aux côtés de sa mère.

Plusieurs nobles marchands outrîliens apparurent ensuite en compagnie d'Arkon Sangrépée ; ils avaient adopté les styles vestimentaires les plus débridés de Castelcerf : dentelles et rubans flottaient dans leur sillage comme des oriflammes, les épaisses fourrures de leur terre natale avaient cédé la place aux plus beaux tissus de Terrilville, de Jamaillia, voire de ports plus lointains. Kettricken, Umbre et Devoir les accueillirent avec effusion ; on échangea des amabilités, des remarques sur le temps magnifique, des compliments sur les garde-robes et d'autres civilités tandis qu'on attendait la narcheska et Peottre.

Et l'attente fut longue.

C'était un artifice manifeste mais, bien que je ne fusse pas dupe, il mit pourtant mes nerfs à vif. Kettricken ne cessait de jeter des coups d'œil vers la porte, et le rire de Devoir en réponse aux plaisanteries d'Umbre paraissait forcé. Arkon se renfrogna et glissa d'un ton brusque quelques mots à un homme à ses côtés. Le retard de la narcheska devint tel que la même idée nous vint à tous : c'était ainsi qu'elle montrait son mécontentement à Devoir. Elle comptait l'humilier devant ses amis et sa famille en l'obligeant à se morfondre en l'attendant. Si elle mettait son propre père dans l'embarras aux yeux de la reine, des frictions risquaient-elles d'en naître ? Enfin, alors qu'Umbre et Kettricken s'entretenaient pour savoir s'il fallait envoyer un domestique s'enquérir de la participation de la narcheska à la sortie, Peottre apparut.

À l'inverse des autres Outrîliens, il était revenu à la mode de ses îles natales ; pourtant, on ressentait en le voyant, non une impression de barbarie, mais de pureté. Son pantalon était de cuir, sa cape d'opulente fourrure, ses bijoux d'ivoire, d'or et de jade. La simplicité de sa ligne laissait entendre qu'il était prêt à monter à cheval, chasser, voyager ou se battre sans qu'aucune fanfreluche l'embarrasse. Il se présenta sur les marches au-dessus de nous et s'y arrêta comme au centre d'une scène. Il ne paraissait nullement réjoui de se trouver là, mais son visage exprimait la détermination. Comme il demeurait immobile, les bras croisés, le silence tomba sur l'assistance et tous les yeux se portèrent sur lui. Alors il prit la parole d'un ton affable, mais qui interdisait toute interruption.

« La narcheska me charge d'annoncer que l'âge se calcule autrement qu'ici dans les Runes du Dieu. Elle craint que l'ignorance de ce fait n'ait induit certaines personnes à se méprendre sur son statut dans notre peuple. Ce n'est plus une enfant selon nos critères, ni d'ailleurs selon les vôtres, je pense. Dans nos îles, où la vie est plus âpre que sur votre terre clémente et hospitalière, nous estimons de mauvais augure de compter un enfant comme membre d'une famille pendant les douze premiers mois où sa petite existence risque de s'étioler trop facilement ; nous ne lui donnons pas non plus de nom tant que cette année critique n'est pas écoulée. Par conséquent, selon le calcul des Runes du Dieu, la narcheska n'a que onze ans, bientôt douze. Mais, selon votre calendrier, elle en a douze et approche des treize. Elle a presque le même âge que le prince Devoir. »

La porte s'ouvrit derrière lui. Nul domestique ne la tenait, et la narcheska la referma elle-même une fois sortie. Elle alla se placer à côté de Peottre, vêtue semblablement à lui. Elle avait rejeté les atours raffinés de Castelcerf et portait un pantalon en peau de phoque tachetée avec une chemise en renard roux. La cape qui tombait de ses épaules jusqu'à ses genoux était en hermine blanche, ornée des petites extrémités noires de la queue en guise de glands. Elliania nous adressa un sourire glacial et releva sa capuche ; la bordure était en poil de loup. En nous observant, les yeux dans son ombre, elle déclara : « Oui, j'ai presque le même âge que le prince Devoir. Dans notre pays, nous calculons autrement le nombre des années. Il en va de même pour le rang : on ne m'a baptisée et on n'a pris en compte mes jours qu'à mon premier anniversaire, mais j'étais déjà la narcheska ; le prince Devoir, lui, ne deviendra pas roi, si j'ai bien compris, ni même roi-servant de sa Couronne, avant ses dix-sept ans. Est-ce exact ? »

Elle s'adressait à Kettricken, l'air interrogatif, debout en haut des marches, au-dessus de la reine. L'intéressée lui rendit son regard sans se démonter et répondit : « C'est exact, narcheska : on ne considérera mon fils comme prêt à recevoir ce titre qu'au jour de ses dix-sept ans.

— Je vois ; c'est une intéressante différence avec les coutumes de mon pays. Peut-être accordons-nous plus de foi chez moi à la force du sang : une enfant nouveau-née est déjà celle qu'elle deviendra plus tard, et on la juge digne de porter son titre dès son premier souffle, tandis que vous, dans votre monde de fermiers, vous attendez de voir si la lignée est restée pure. Je vois. »

Impossible de prendre cette déclaration pour une véritable insulte : avec son accent étranger et sa formulation curieuse, Elliania avait peut-être simplement employé par erreur une tournure malheureuse pour exprimer sa pensée. Mais j'étais convaincu du contraire, tout comme je suis persuadé qu'elle comptait bien que fussent entendus par tous les propos qu'elle tint à mi-voix, mais de façon tout à fait audible, à Peottre en descendant les marches. « Dans ces conditions, il vaudrait peut-être mieux que je n'épouse pas le prince tant qu'on n'est pas sûr qu'il deviendra roi. Nombreux sont ceux qui espèrent s'asseoir sur le trône, mais trébuchent avant d'y parvenir. Ne devrait-on pas repousser le mariage proprement dit jusqu'au moment où son peuple le jugera digne de régner ? »

Le sourire de Kettricken ne vacilla pas, mais son regard devint fixe, et les yeux d'Umbre se plissèrent brièvement. Devoir, lui, ne put contenir le rouge brûlant qui envahit ses joues ; il demeura silencieux, son humiliation visible par tous. Il me sembla qu'Elliania avait parfaitement exécuté sa vengeance : elle lui avait retourné à peu près le même camouflet qu'il lui avait infligé, et devant un public similaire. Toutefois, si je croyais qu'elle en avait terminé avec lui, je me trompais.

Quand, galamment, il s'approcha d'elle pour l'aider à se mettre en selle, elle l'écarta de la main en disant : « Permettez à mon oncle de s'en charger ; c'est un homme d'expérience, tant avec les chevaux qu'avec les femmes. Si j'ai besoin de soutien, c'est entre ses mains que je trouverai le meilleur appui. » Néanmoins, lorsque Peottre s'avança, elle lui assura en souriant être en mesure de monter seule. « Car je ne suis plus une enfant, comme tu le sais. » Et elle joignit le geste à la parole, bien que sa monture fût certainement beaucoup plus grande que les petits poneys râblés en usage dans les îles d'Outre-mer.

Une fois en selle, elle se porta au côté de Kettricken pour converser avec elle. La beauté simple de leurs atours offrait un contraste saisissant avec la splendeur et l'extravagance vestimentaires du reste de la troupe ; en les voyant, on avait l'impression, non seulement qu'elles allaient parfaitement ensemble, mais qu'elles seules avaient adopté une attitude sensée en prévision d'une promenade à cheval un jour d'hiver : l'une comme l'autre, si sa monture se mettait à boiter, serait en mesure de retourner facilement au château à pied. À côté d'elles, sans qu'elles l'eussent voulu, les aristocrates aux parures et aux chapeaux somptueux paraissaient ridicules et frivoles. Une réflexion me vint qui me fit plisser le front : en choisissant une tenue aussi dépouillée que celle de Kettricken tout en demeurant fidèle aux traditions de son peuple, la narcheska s'affirmait l'égale de notre reine.

Le prince Devoir lança un regard à ses jeunes amis ; je le vis croiser celui de Civil, qui haussa les sourcils, la mine interrogatrice. Mais, retenu par le coup d'œil sévère de sa mère, le prince prit place à la gauche de la narcheska. La jeune fille fit à peine attention à lui ; les rares occasions où elle se tourna pour lui adresser une remarque, ce fut de l'air de quelqu'un qui s'efforce d'inclure un étranger à la conversation, et il n'eut guère le temps d'y contribuer que d'un sourire ou d'un hochement de tête avant qu'elle ne se désintéresse de lui.

Derrière le trio venait Umbre encadré par Arkon Sangrépée et Peottre Ondenoire ; sire Doré s'insinua parmi les amis du prince et je restai à sa suite, un peu en retrait. Les jeunes gens formaient un groupe compact et bavard. Devoir sentait certainement leurs regards posés sur lui et devinait la teneur de leurs propos, la façon dont sa fiancée l'avait mouché et le fait qu'elle préférait parler à sa mère plutôt qu'à lui. Avec une habileté consommée, sire Doré se montrait transparent à leurs échanges, les encourageant par son intérêt manifeste mais sans y insérer la moindre remarque qui pût en modifier l'orientation. J'observai que dame Vanta, bien qu'enjouée avec ses amies et attentive à sire Civil, posait souvent les yeux d'un air songeur sur le prince mortifié ; obéissait-elle à ses propres ambitions ou bien à celles de son oncle, le seigneur Shemshy ?

Je connus un instant de stupeur quand Devoir, franchissant brutalement mes murailles, s'imposa dans mes pensées. *Je ne mérite pas un tel traitement ! J'ai commis une erreur purement accidentelle, mais elle se conduit comme si je l'avais humiliée exprès ! J'en viens presque à regretter que ce ne soit pas le cas !*

Ce contact imprévu m'ébranla violemment, mais le pire fut de voir sire Doré tressaillir sous le choc. Il se retourna vers moi, les sourcils levés, comme s'il croyait que je lui avais parlé ; et sa réaction ne fut pas isolée, bien qu'elle restât la plus visible : plusieurs cavaliers se mirent à jeter des regards alentour comme en réponse à un cri lointain. Je repris mon souffle, concentrai mon attention jusqu'à la taille d'une tête d'épingle et répondis au prince.

Silence ! Maîtrisez vos émotions et ne recommencez jamais ! Elliania n'a aucun moyen de savoir que vous ne l'avez pas insultée de façon intentionnelle, et d'autres qu'elle peuvent parfaitement partager son opinion : voyez l'attitude des jeunes femmes qui entourent Civil. Mais, pour le moment, n'oubliez pas ceci : vous dominez mal votre Art quand vous êtes la proie de vos émotions ; évitez de l'utiliser dans ces occasions.

Le prince courba le cou sous ma sévère réprimande. Je le vis inspirer profondément, puis redresser les épaules et se tenir plus droit dans sa selle ; il balaya les environs du regard comme s'il savourait la beauté de la journée.

Radouci, je tentai de le consoler un peu. *Je sais que vous ne méritez pas ça ; mais parfois un prince, ou n'importe qui d'ailleurs, doit supporter ce qu'il n'a pas mérité – tout comme Ellania hier soir. Efforcez-vous à la patience et acceptez l'épreuve.*

Il hocha la tête comme s'il réfléchissait à part lui, puis répondit à une brève remarque de la narcheska.

La promenade dans les champs enneigés ne dura guère, quoiqu'elle parût sans doute interminable à Devoir. Il supporta bravement son châtiment mais, quand le moment vint de mettre pied à terre, nos regards se croisèrent et je lus du soulagement dans le sien : voilà, c'était fini ; il avait expié sa gaffe de la nuit précédente, et tout allait revenir à la normale.

J'aurais pu le prévenir que ce n'était jamais le cas.

Il descendit de cheval, et la narcheska atterrit souplement près de lui avant qu'il pût lui offrir son aide. Elle se détourna de lui, et il prit les rênes de sa mère pour dissimuler son humiliation ; sans vergogne, Elliania s'approcha de la reine encore en selle et lui tendit la main. Kettricken ne put la refuser ni faire la sourde oreille à la conversation de la jeune femme qui demeura près d'elle tandis que la troupe rentrait dans le château. Encore une fois, Devoir se retrouva derrière elles, oublié. Malgré mes murailles mentales désormais toujours dressées, je percevais sa gêne et sa colère, et j'en éprouvais de la compassion, toutefois, le professeur que j'étais songeait qu'il devrait apprendre à mieux maîtriser ses émotions.

Un divertissement avait été prévu pour l'après-midi, une pièce jouée par des personnes costumées, à la jamaillienne, et non par des marionnettes. J'avais peine à imaginer comment c'était réalisable, mais sire Doré m'avait assuré qu'il avait assisté à de nombreuses représentations de ce type dans les cités du Sud et qu'il existait quantité de moyens pour détourner l'attention des spectateurs des défauts de cet art. Il avait paru se réjouir fort à la perspective de cette distraction, et encore plus à l'arrivée du navire qui amenait les comédiens. La guerre qui continuait d'opposer Terrilville à Chalcède restreignait considérablement le transport des voyageurs et des marchandises ; cependant, la flotte chalcédienne avait dû se faire provisoirement repousser, car deux vaisseaux venus du Sud étaient entrés au port ce jour-là, et l'on disait que d'autres les suivaient. J'avais vu le visage de sire Doré s'illuminer à ces nouvelles. Devant ses amis, il traitait la guerre par le mépris en la qualifiant de fâcheux contretemps qui interrompait son approvisionnement en eau-de-vie d'abricot, mais j'avais remarqué que les navires qui échappaient aux patrouilles chalcédiennes lui apportaient, non seulement de l'alcool, mais souvent aussi des paquets de lettres qu'il emportait aussitôt dans sa chambre ; je le soupçonnais de ne pas se soucier que de sa réserve de cordial et de son argent, mais il ne disait rien du contenu des missives, et je me gardais bien de l'interroger : manifester trop de curiosité était le meilleur moyen de pousser le fou à taire ce qu'il savait.

Je passai donc l'après-midi debout près de lui dans la pénombre de la grand'salle dont on avait fermé les tentures pour la pièce de théâtre. L'histoire, typiquement jamaillienne, ne parlait que de prêtres, de nobles et de complots ; à la fin, la divinité biface des gens du Sud apparaissait pour rétablir l'ordre et rendre la justice. Le spectacle me laissa plus perplexe qu'amusé, car je ne parvenais pas à m'habituer à voir des gens jouer plusieurs rôles ; une marionnette ne possède pas d'identité propre, sinon celle pour laquelle on l'a créée ; je trouvais donc déconcertant de reconnaître dans le domestique l'homme qui, un peu plus tôt, jouait un acolyte. J'avais du mal à me concentrer sur l'intrigue, et cela ne tenait pas seulement à ce que je n'arrivais pas à oublier que les comédiens n'étaient que des gens qui faisaient semblant d'en être d'autres : la détresse du prince s'étalait autour de lui tel un miasme qui venait lécher mon esprit dans la salle obscure. Il ne l'artisait pas exprès ; elle sourdait de lui comme l'humidité d'une outre pleine. Sur la scène, les comédiens gesticulaient, criaient et prenaient des poses, mais le prince, assis à côté de sa mère, macérait seul et malheureux dans sa gêne et son humiliation. Au cours du mois écoulé, la gaieté nouvelle qui s'était emparée de Castelcerf lui avait permis de connaître de nombreux jeunes gens de son âge, et, par le biais de Civil, il avait commencé à découvrir les plaisirs de la camaraderie et de la séduction ; or voici qu'il devait trancher tous ces liens en soumission à l'alliance politique que sa mère s'efforçait de forger. En lui s'affrontaient, je le sentais, un sentiment d'injustice et une compréhension intellectuelle des besoins du royaume : s'unir à la narcheska Ellianía par le mariage ne suffisait pas ; il devait donner l'apparence que cette union relevait de son choix.

Or c'était faux.

Plus tard, en fin d'après-midi, sire Doré m'accorda quelques heures de congé. Je remis une tenue confortable et descendis à Bourg-de-Castelcerf, au Porc Coincé. Après ce dont j'avais été témoin au château, je me sentais une plus grande tolérance à l'égard de l'amourette échevelée de Heur. Peut-être, me disais-je en marchant sous la neige, un équilibre se trouvait-il rétabli dans le monde du fait que Heur pouvait se laisser aller librement à ce qu'on interdisait au prince.

La taverne était calme. Je m'y rendais assez souvent pour en reconnaître les clients réguliers ; ils étaient présents, mais je ne vis guère d'autres visages. Sans doute les rafales de neige et la tourmente qui forcissait décourageaient-elles beaucoup de gens de sortir de chez eux. Je parcourus la salle des yeux sans repérer Heur, et je sentis un petit espoir s'allumer en moi : peut-être était-il déjà rentré se coucher ; peut-être la nouveauté de la vie citadine commençait-elle à s'estomper, et apprenait-il à organiser son existence de façon plus raisonnable. Je m'assis dans le coin favori de Heur et Svanja, et un garçon m'apporta une bière.

Ma rêverie s'acheva brutalement à l'entrée d'un homme rougeaud, d'âge moyen ; il ne portait ni manteau, ni cape ni chapeau, et ses cheveux sombres étaient parsemés de flocons. Il secoua rageusement la tête pour débarrasser ses cheveux et sa barbe de la neige et des gouttes d'eau qui y restaient accrochées, puis il jeta un regard furieux vers l'angle de la pièce que j'occupais. Il parut surpris de m'y trouver ; il se tourna vers le tavernier à qui il posa une question à voix basse mais d'un air irrité. L'homme haussa les épaules ; alors le nouveau venu serra les poings et réitéra sa demande, et son interlocuteur lui répondit en hâte en me désignant de la main.

L'homme me regarda, les yeux plissés, puis se dirigea vers moi à grands pas. Je me levai à son approche en maintenant prudemment la table entre nous. Il abattit ses deux poings sur la surface éraflée du bois et lança : « Où sont-ils ?

— Qui ça ? » répondis-je. Mais ma gorge s'était nouée :

je savais de qui il parlait. Svanja avait le front de son père.

« Vous le savez très bien ! D'après le tavernier, vous vous êtes déjà donné rendez-vous ici ! Je parle de ma fille Svanja et de ce paysan aux yeux de démon qui l'a séduite et arrachée au foyer de ses parents ! C'est votre fils, à ce que dit le patron. » Au ton qu'employait maître Cordaguet, ce n'était pas un compliment.

« Il a un nom : il s'appelle Heur. Et c'est mon fils, en effet. » La colère m'avait saisi aussitôt, mais une colère froide et claire comme la glace ; je déplaçai légèrement mon poids pour dégager ma hanche. S'il essayait de franchir la table pour m'attaquer, mon poignard l'attendrait.

« Votre fils ! fit-il avec mépris. À votre place, j'aurais honte d'être son père. Où sont-ils ? »

Et tout à coup, derrière sa fureur, je le sentis aux abois. Ainsi, Svanja ne se trouvait pas chez elle ni à la taverne en compagnie de Heur. Où pouvaient-ils bien se cacher par une nuit noire battue par la neige ? Quant à ce qu'ils faisaient, je ne me berçais guère d'illusions ; malgré mon accablement, je déclarai à mi-voix : « J'ignore où ils sont. Mais je n'ai pas honte de reconnaître Heur comme mon fils, et je ne pense pas qu'il ait "séduit" votre fille. S'il faut adresser des reproches à quelqu'un, c'est plutôt à votre Svanja qui enseigne à mon fils les mauvaises mœurs de la ville !

— Je ne vous permets pas ! s'écria-t-il en brandissant un poing charnu.

— Baissez la voix et la main, fis-je d'un ton glacé ; la voix pour sauvegarder la réputation de votre fille, la main pour sauvegarder votre vie. »

La posture que j'avais prise attira son regard sur mon

épée de service. Sa colère ne s'apaisa pas, mais elle se tempéra visiblement de prudence. « Asseyez-vous, lui dis-je, et c'était autant un ordre qu'une suggestion. Reprenez-vous et parlons entre pères de nos soucis communs. »

Lentement, il tira une chaise sans me quitter des yeux un instant ; je me rassis avec la même circonspection, puis j'adressai un geste au patron. Nous étions au centre de l'attention des autres clients ; cela ne me plaisait pas mais je n'y pouvais pas grand-chose. Peu après, un jeune garçon vint poser une chope pleine devant maître Cordaguet puis s'éloigna promptement. Le père de Svanja regarda la bière avec dédain. « Vous croyez vraiment que je vais rester ici à trinquer avec vous ? Il faut que je retrouve ma fille le plus vite possible.

— J'en déduis qu'elle n'est pas chez vous avec votre femme.

— Non. » Il pinça les lèvres, et je sentis les égratignures de son amour-propre dans ses propos suivants. « Svanja a dit qu'elle allait se coucher dans sa chambre de la soupente. Un peu plus tard, j'ai remarqué un travail qu'elle n'avait pas terminé ; je l'ai appelée pour qu'elle descende l'achever, et, comme elle ne répondait pas, j'ai monté l'échelle. Elle n'était plus là. » Cette dernière phrase parut désamorcer sa colère et le laisser face à sa déception et ses craintes de père. « Je suis venu aussitôt à la taverne.

— Sans prendre le temps d'enfiler un manteau ni de mettre un chapeau. Je comprends. Ne pourrait-elle se trouver ailleurs, chez une grand-mère, une amie ?

— Nous n'avons pas de famille à Bourg-de-Castelcerf ; nous ne sommes arrivés que le printemps dernier. Et Svanja n'est pas du genre à fréquenter d'autres filles. » À chaque mot, sa colère semblait l'abandonner un peu plus et le désespoir le gagner.

Un soupçon me vint alors : Heur n'était pas le premier jeune homme dont sa fille s'entichait, et ce n'était pas la première fois qu'il devait la chercher partout à la nuit tombée. Je gardai mes réflexions pour moi, saisis ma chope et la vidai. « Je ne vois qu'une seule autre maison où ils auraient pu se rendre. Venez ; nous irons ensemble ; c'est là que loge mon fils pendant que je travaille au château. »

Sans toucher à sa bière, il se leva et nous quittâmes la taverne sous les regards curieux des autres clients. Dehors, les tourbillons de neige étaient plus violents ; il rentra la tête dans les épaules et serra les bras sur sa poitrine. En forçant la voix pour me faire entendre malgré le vent, je posai une question que je redoutais mais dont je devais connaître la réponse : « Vous vous opposez complètement à ce que Heur courtise votre fille ? »

L'obscurité me cachait son visage mais j'entendis l'éclat scandalisé de son ton. « Si je m'y oppose ? Mais bien sûr ! Il n'a même pas eu le courage de se présenter à moi, de me dire son nom ni de déclarer ses intentions ! Et, s'il l'avait fait, je m'y opposerais toujours ! Il se prétend apprenti ; si c'est vrai, pourquoi n'habite-t-il pas chez son maître ? Et, s'il est bien apprenti, quelle lubie est-ce là de courtiser une femme avant même d'être en mesure de gagner sa propre vie ? Il n'a pas le droit ! Il ne convient pas du tout à Svanja ! »

Il n'avait pas parlé des yeux vairons de Heur, mais c'était inutile : en aucun cas mon fils ne trouverait grâce au regard de cet homme.

Nous n'eûmes pas longtemps à marcher pour parvenir chez Jinna. Je frappai à la porte, aussi anxieux à l'idée de la revoir qu'à celle de ne pas trouver Heur et Svanja chez elle. Un moment passa, puis Jinna demanda derrière le battant : « Qui est là ?

— Tom Blaireau, répondis-je, et le père de Svanja. Nous cherchons mon fils et sa fille. »

Elle n'ouvrit que la moitié supérieure de sa porte, ce qui indiquait clairement la piètre estime dans laquelle elle me tenait désormais, et s'adressa à maître Cordaguet. « Ils ne sont pas ici, fit-elle d'un ton sec, et je ne les ai jamais laissés ensemble chez moi ; malheureusement, je ne peux pas empêcher Svanja de venir ici chercher Heur. » Elle se tourna vers moi avec une expression de reproche. « Je n'ai pas vu Heur de toute la soirée. » Elle croisa les bras. Souligner qu'elle m'avait prévenu était superflu : l'accusation se lisait clairement dans ses yeux. Tout à coup, je ne pus plus soutenir son regard.

« Il faut que je me mette à sa recherche, alors », marmonnai-je, confus ; je me sentais aussi honteux de ma conduite que de celle de Heur. J'avais fait du mal à Jinna et je me retrouvais brusquement face à elle. La vérité me transperça comme une lance : je ne l'avais pas évitée pour de grands et nobles motifs, mais par simple peur, parce que je savais qu'elle deviendrait une facette de ma vie dont la maîtrise m'échapperait – à l'instar de Heur.

« Qu'il soit maudit ! Il ruine l'existence de ma fille ! » s'exclama Cordaguet, furieux à nouveau. Il fit demi-tour et s'éloigna d'un pas mal assuré dans les tourbillons de neige, puis, à la limite de la lumière qui s'échappait par la porte ouverte, il s'arrêta pour me menacer du poing. « Qu'il ne s'approche plus d'elle ! Débrouillez-vous comme vous voulez, mais je ne veux plus de votre démon de fils près de ma Svanja ! » Et il repartit, disparaissant en quelques pas dans les ténèbres et le désespoir. J'aurais voulu le suivre, mais je me sentais comme pris au piège dans la lumière.

Je rassemblai mon courage. « Jinna, je dois chercher Heur, mais je pense...

— Tu sais aussi bien que moi que tu ne les retrouveras pas, ni lui ni Svanja. Ils ne tiennent certainement pas à ce qu'on les dérange. » Elle s'interrompit mais, avant même que j'aie le temps d'ouvrir la bouche, elle reprit d'un ton égal : « Et Rori Cordaguet a raison, je crois : tu devrais empêcher Heur de fréquenter Svanja, pour le bien de tous. Maintenant, comment t'y prendre, je l'ignore. Il aurait mieux valu commencer par ne pas laisser ton fils partir à la dérive, Tom. J'espère qu'il n'est pas trop tard pour lui.

— C'est un bon petit, dis-je comme par réflexe, mauvaise excuse d'un homme qui a négligé son enfant.

— En effet. C'est pourquoi il mérite mieux de ta part. Bonne nuit. »

Elle ferma sa porte et me coupa de sa lumière et de sa chaleur. Je restai dans le noir, balayé par le vent glacé ; des flocons s'insinuaient dans mon col.

Je sentis un contact doux contre mes chevilles. *Ouvre la porte. Le chat veut rentrer.*

Je me baissai pour le caresser ; sa fourrure était parsemée de neige, mais tiède au toucher. *Tu devras te débrouiller, Fenouil. Elle ne s'ouvre plus pour moi. Adieu.*

Idiot ! Il suffit de demander, comme ça. Et il se dressa sur ses pattes arrière pour griffer le battant avec application tout en miaulant.

Ses appels me suivirent tandis que je m'éloignais dans la nuit et le froid. Au bout d'un moment, j'entendis la porte s'ouvrir et se refermer aussitôt : on l'avait laissé entrer. En prenant la route du château de Castelcerf, je regrettai de ne pas être à la place du chat.

11

NOUVELLES DE TERRILVILLE

« Passé Chalcède, que le vent t'aide. » Ce vieux dicton s'appuie sur de saines observations : une fois que votre navire a doublé les ports chalcédiens et leurs cités aussi anciennes que le mal lui-même, déferlez vos voiles et avancez rapidement. Les Rivages Maudits, au sud de Chalcède, portent bien leur nom : l'eau issue du fleuve des Pluies rongera vos barils et brûlera la gorge de vos marins ; les fruits de cette contrée attaquent la bouche comme un acide et laissent les mains couvertes d'ulcères. Après l'embouchure du fleuve, n'embarquez point d'eau puisée à terre : elle devient verte au bout d'un jour et grouille de vermine gluante au bout de trois. Elle souille si bien les tonneaux qu'elle les rend définitivement impropres à tout usage. Mieux vaut rationner durement l'équipage qu'accoster nulle part, que ce soit dans le but de s'abriter d'une tempête ou de mouiller dans une anse accueillante pour une journée de repos : rêves et visions se mettront à hanter l'esprit de vos hommes et votre bâtiment sera bientôt le théâtre de meurtres, de suicides et de mutineries imprévisibles. La baie qui paraît offrir un refuge sûr et hospitalier peut s'emplir de féroces serpents de mer à la nuit tombée ; à la crête des vagues se montrent des sirènes à la poitrine opulente et à la voix enchanteresse, mais celui qui plonge à la rencontre de ces délicieuses créatures se fera entraîner au fond pour servir de nourriture aux mâles aux crocs affûtés qui s'y tapissent.

Le seul port sans risque de cette région est celui de Terrilville. Le mouillage y est bon, mais il faut vous méfier des quais où des vaisseaux ensorcelés peuvent lancer des maléfices sur vos honnêtes navires de simple bois. Mieux vaut éviter de vous y amarrer. Jetez l'ancre au milieu de la baie des Marchands et rendez-vous à terre à bord de canots, et faites de même embarquer les cargaisons. L'eau et les vivres qu'on peut se procurer dans ce port ne recèlent aucun danger, mais certains articles que vendent les boutiques n'ont rien de naturel et risquent de faire peser le mauvais sort sur un voyage. On peut vendre et acheter toutes sortes de produits à Terrilville, et ceux qu'on y trouve ne ressemblent à rien de connu dans le reste du monde. Toutefois, interdisez à vos hommes de s'éloigner de votre bâtiment, et que seuls le commandant et le second se mêlent à la population : il est préférable pour les marins ignorants de ne pas poser le pied sur ce sol car il a le pouvoir de ravir l'esprit des individus à l'intellect limité. C'est à juste titre qu'on dit : « Ce qu'un homme peut imaginer, il peut l'acheter à Terrilville. » Mais tout ce qui est imaginable n'est pas de bon aloi, et c'est le cas de bien des choses qui se vendent dans cette cité. Prenez garde aussi aux habitants dissimulés de ce pays qu'on aperçoit parfois la nuit ; le capitaine qui croise un des Voilés de cette ville en regagnant son navire est assuré d'être victime de la plus terrible des malchances. Mieux vaut passer la nuit à terre et attendre le lendemain pour retourner à votre vaisseau plutôt que prendre la mer aussitôt après un présage aussi noir.

Au départ de Terrilville, quittez la sécurité du chenal intérieur et guidez votre bâtiment du côté du désert des Pluies : vous risquerez moins à braver les tempêtes et le gros temps qu'à tenter les pirates, les serpents, les sirènes et les Autres qui hantent ces parages, sans parler des hauts-fonds changeants et des courants perfides. Ne vous arrêtez pas avant d'arriver à Jamaillia la corrompue aux nombreux ports bruyants ; et, là encore, serrez la bride à votre équipage, car il est de notoriété publique que l'enrôlement de force des marins est pratique courante là-bas.

Conseils aux marchands navigateurs,
du CAPITAINE BANROP

*

Je laissai un billet au prince Devoir sur la table de la tour d'Art. Il disait simplement : « Demain. » Avant la relève de la garde à l'aube, je me trouvais devant l'établissement de maître Gindast. La lumière des lampes à l'intérieur s'étendait en longues et fines tranches dans la cour enneigée. Dans cette pénombre, les apprentis allaient et venaient à pas crissants, portant des fagots et de l'eau pour le logis et l'atelier de l'ébéniste, dégageant la neige des chemins et des toiles qui protégeaient les réserves de bois. Je cherchai en vain Heur parmi eux.

Le monde avait commencé à se parer de couleurs au soleil approchant quand il se montra enfin. On voyait au premier coup d'œil à quoi il avait occupé sa nuit : dans son regard brillait encore une étincelle d'étonnement, comme s'il ne parvenait pas à mesurer sa bonne fortune, et il y avait un chaloupé dans sa démarche qui aurait pu évoquer l'ivresse. Affichais-je cet air radieux au matin, après que Molly s'était donnée à moi ? Je tâchai d'endurcir mon cœur et criai : « Heur ! Je voudrais te dire un mot ! »

Il s'approcha de moi en souriant : « Il faudra faire vite, alors, Tom, car je suis déjà en retard. »

Le jour était bleu et blanc, l'air sec et froid, et mon fils me regardait d'un air rayonnant. Je me fis l'impression d'un traître à tout cela quand je dis : « Et je sais pourquoi tu es en retard, tout comme le père de Svanja. Nous vous avons cherchés hier soir. »

Je m'attendais à le voir baisser le nez, mais son sourire ne fit que s'élargir, un sourire de connivence entre hommes. « Eh bien, je suis content que vous ne nous ayez pas trouvés. »

Un désir irrationnel de le frapper me saisit, afin d'effacer de ses traits son expression béate. C'était comme s'il se tenait au milieu d'une grange en feu en compagnie de Svanja et se réjouissait d'avoir chaud sans penser au péril qu'ils couraient. Je compris alors que mon exaspération venait de là, de son inconscience face au danger auquel il exposait son amie, et je ne pus empêcher ma colère de percer dans ma voix alors que je tentais de le ramener à la réalité.

« J'en conclus que maître Cordaguet n'a pas réussi à vous dénicher non plus ; mais j'imagine qu'il sera chez lui au retour de Svanja. »

Si j'avais espéré doucher son insouciance, je me trompais. « Elle le savait, répondit-il d'un ton serein, et elle a estimé que le jeu en valait la chandelle. Allons, ne prends pas l'air si grave, Tom ! Elle connaît tous les trucs pour embobeliner son père ; tout se passera bien.

— Ça peut se passer de nombreuses façons, mais ça m'étonnerait que “bien” fasse partie du lot ! » La colère rendait ma voix grinçante ; comment pouvait-il afficher une telle désinvolture ? « Sers-toi de ta cervelle, mon garçon ! Comment ses parents vont-ils réagir, comment leur vie de tous les jours sera-t-elle affectée quand ils apprendront que leur fille a fait ce choix ? Et toi, que feras-tu si elle tombe enceinte ? »

Son sourire disparut enfin, mais Heur demeura droit comme un *i* et ne baissa pas le regard. « C'est à moi de m'en inquiéter, je crois, Tom. Je suis assez grand pour me prendre en charge. Mais, si ça peut te tranquilliser, elle m'a dit que les femmes disposent de moyens pour éviter ce genre d'accident – du moins en attendant que nous soyons prêts, que je puisse l'épouser. »

Peut-être les dieux nous punissent-ils en nous plaçant face à nos propres erreurs et en nous obligeant à voir nos enfants tomber dans les pièges qui nous ont laissés nous-mêmes estropiés. Pour la douceur des heures cachées que j'avais passées avec Molly, il y avait un prix à payer ; à l'époque, je croyais que nous le partagions, qu'il consistait simplement à garder notre amour secret. Mais elle connaissait la vérité, j'en suis sûr, et c'est elle qui avait payé, bien plus que moi. Si Burrich n'avait pas été là pour les prendre sous son aile, elle et Ortie, ma fille aurait elle aussi versé son tribut ; cela pouvait d'ailleurs encore arriver à cause de ses différences, à cause des périls qu'entraîne le fait d'être l'enfant d'un coucou et de ne pas ressembler à ses frères. Parviendrais-je à mettre Heur en garde ? M'écouterait-il davantage que je n'avais écouté Burrich ou Vérité ? Je refoulai ma colère pour lui exprimer les craintes que je nourrissais pour eux.

« Heur, prête attention à ce que je dis, je t'en prie. Aucun des moyens qui existent pour empêcher une femme de concevoir n'est certain ni sans risque ; tous représentent un danger et un prix à payer pour celle qui les utilise. Chaque fois qu'elle couche avec toi, elle se demande sûrement si elle ne va pas tomber enceinte, si elle ne va pas déshonorer sa famille. Tu sais que je ne te jetterais jamais à la rue pour quelque faux pas que ce soit, mais la situation de Svanja est plus précaire. Tu dois la protéger, non l'exposer au péril ; tu lui demandes de miser toute sa vie pour le plaisir de ta compagnie sans lui donner aucune garantie en retour. Que feras-tu si son père la met à la porte ? Ou la bat ? Que feras-tu si sa famille lui tourne le dos et que ses amis la condamnent ? Comment comptes-tu t'y prendre pour assumer une telle responsabilité ? »

Il me regardait, les sourcils froncés, l'air buté. Son côté entêté, si rarement éveillé, le dominait désormais. Il prit plusieurs respirations, chacune plus profonde que la précédente, et puis les mots jaillirent. « S'il la met à la porte, je la prendrai avec moi et je me débrouillerai pour subvenir à ses besoins. S'il la bat, je le tuerai. Et si ses amis la rejettent, c'est que ce n'étaient pas de vrais amis. Ne t'inquiète pas, Tom ; c'est à moi de m'occuper de cette affaire maintenant. » Il avait prononcé ces dernières paroles en les détachant soigneusement, comme si je l'avais trahi en lui faisant part de mes craintes. Il me tourna le dos. « Je suis un homme à présent ; je suis capable de prendre seul mes décisions et de choisir ma route. Si tu veux bien m'excuser, je dois me rendre au travail ; maître Gindast attend sûrement son tour de me sermonner sur mes responsabilités.

— Heur ! » fis-je sèchement. Il s'arrêta et pivota vers moi, surpris par mon ton cassant ; par un effort de volonté, je me contraignis à terminer ce que j'avais à lui dire. « Faire l'amour avec une fille ne te donne pas le statut d'homme. Vous n'avez pas le droit d'agir ainsi tant que vous n'avez pas les moyens de vous déclarer unis publiquement ni de subvenir aux besoins de vos enfants. Il faut que tu cesses de la fréquenter, Heur, du moins de cette façon ; si tu ne vas pas très vite affronter son père face à face, jamais il ne te considérera comme un adulte. Et... »

Il s'en allait. Au beau milieu de mon discours, il m'avait tourné le dos et avait commencé de s'éloigner. Abasourdi, je le regardai se diriger vers l'atelier. Il allait certainement s'arrêter, revenir me demander pardon, me prier de l'aider à remettre son existence sur le droit chemin ! Mais non : il pénétra dans l'atelier de maître Gindast sans même m'adresser un coup d'œil.

Je restai sans bouger dans la neige. Je n'étais pas calme, au contraire : la colère flamboyait en moi, si brûlante qu'elle aurait pu chasser l'hiver de tout le pays, et mes poings se crispaient à mes côtés. Jamais, je crois, je n'avais été aussi furieux contre Heur, au point d'avoir envie de le rosser pour lui inculquer de force quelques notions de bon sens s'il refusait d'écouter la voix de la raison. Je me voyais entrer comme un taureau enragé dans l'établissement pour l'en faire sortir sans ménagement et l'obliger à regarder en face la réalité de ses actes.

Et puis je fis demi-tour et m'en allai moi aussi. Aurais-je écouté la voix de la raison à son âge ? Non. Je pris conscience que je m'étais bouché les oreilles quand, à maintes reprises, Patience m'avait expliqué pourquoi je ne devais plus voir Molly ; pourtant, cela n'atténua pas mon exaspération envers Heur, ni le mépris que m'inspirait mon attitude d'adolescent : au contraire, je sentis naître en moi un sentiment de futilité à l'idée que j'étais aujourd'hui forcé de voir mon fils adoptif commettre les mêmes erreurs égoïstes et stupides que moi autrefois. Tout comme moi, il était convaincu que leur amour, à Svanja et lui, justifiait tous les risques qu'ils prenaient, sans même songer que l'enfant qui pouvait en naître aurait peut-être à payer le prix de leur intempérance. L'histoire paraissait se répéter et j'étais incapable d'en arrêter le cours. De façon fugitive, je compris alors, me semble-t-il, la passion qui animait le fou : il croyait en l'effrayante puissance du Prophète blanc et du catalyseur qui leur permettrait de tirer l'avenir de l'ornière du présent pour l'obliger à emprunter une meilleure voie ; il était convaincu que, grâce à un certain acte, nous pouvions miraculeusement empêcher que d'autres répètent les erreurs du passé.

Quand, arrivé à Castelcerf, je parvins en haut de l'escalier qui menait à la tour d'Art, la marche avait dissipé le plus violent de ma colère ; pourtant elle pesait toujours en moi, sourde, indigeste, empoisonnant mon esprit, et c'est presque avec soulagement que je constatai l'absence de Devoir, qui avait renoncé à m'attendre. Il avait seulement ajouté à mon mot un trait pour le souligner ; il apprenait la subtilité. Peut-être réussirais-je à le détourner, lui au moins, des égarements du passé. Et puis je me traitai de lâche devant cette pensée ignoble : avais-je donc décidé d'abandonner Heur, de le livrer à son seul et piètre discernement ? Non, certainement pas ! Malheureusement, cette affirmation ne m'aidait nullement à savoir ce que je devais faire.

Je descendis aux appartements de sire Doré à temps pour partager le petit déjeuner du fou. Toutefois, je ne le trouvai pas occupé à manger, mais simplement assis à table en train de faire tournoyer d'un air pensif un petit bouquet entre son pouce et son index ; l'objet attira mon attention, car les fleurs étaient composées de dentelle blanche et de ruban noir, ce qui me parut un subterfuge habile pour une saison sans floraison et m'évoqua l'habit de bouffon que portait mon ami jadis à pareille époque. Il vit que j'observais le bouquet et sourit de ma mine songeuse avant d'épingler soigneusement le petit ornement sur sa poitrine, puis il désigna d'un ample geste les mets disposés devant lui. « Assieds-toi et restaure-toi vite : on nous attend. Un navire est arrivé ce matin à l'aube chargé d'une délégation d'ambassadeurs de Terrilville ; et pas n'importe quel navire : une vivenef, avec une figure de proue qui bouge et qui parle ! Je crois qu'elle s'appelle la *Dune d'Or.* Autant que je sache, jamais aucun de ces vaisseaux n'a poussé jusqu'aux eaux de Cerf jusqu'ici. Il transportait un groupe d'émissaires du Conseil des Marchands de Terrilville qui ont demandé audience à la reine Kettricken le plus tôt possible. »

La nouvelle m'étonna. D'ordinaire, les seuls contacts entre les Six-Duchés et Terrilville restaient individuels, entre marchands et négociants, et ne mettaient jamais en présence les Loinvoyant et le conseil dirigeant de la cité. Je fouillai mes souvenirs : nous avait-elle envoyé des ambassadeurs pendant le règne de Subtil ? Je renonçai bientôt : on ne me tenait pas au courant de telles affaires quand j'étais adolescent. Je m'installai à table. « Et tu dois assister à l'entrevue ?

— Sur proposition du conseiller Umbre, nous y assisterons tous les deux. Pas de façon visible, naturellement ; tu dois m'y conduire par les passages secrets d'Umbre. C'est lui-même qui est venu m'en prévenir, et je dois avouer que l'idée de visiter ce labyrinthe m'émoustille au plus haut point. À part le bref aperçu que j'en ai eu la nuit où Kettricken et moi nous sommes enfuis pour échapper à Royal, je ne l'ai jamais vu. »

Je restai interdit. Il était inévitable que le fou connût l'existence des passages secrets, mais jamais je n'aurais imaginé qu'Umbre lui permît un jour d'y pénétrer. « La reine approuve-t-elle ce plan ? demandai-je en m'efforçant de ne pas le froisser.

— Oui, mais à contrecœur. » Puis, se dépouillant de son rôle d'aristocrate, il ajouta : « Comme j'ai séjourné à Terrilville et que je dispose d'une certaine connaissance du fonctionnement de son conseil, Umbre espère parvenir à une meilleure compréhension de la situation grâce à mon analyse des propos des ambassadeurs ; quant à toi, tu lui fournis une paire d'yeux et d'oreilles supplémentaire pour saisir les nuances qui pourraient lui échapper. » Tout en parlant, il avait placé devant moi un plat en guise d'assiette, et il nous servait avec adresse de généreuses portions de poisson fumé, de fromage mou, de pain frais et de beurre. Une tisanière pleine fumait au milieu de la table ; je me rendis dans ma chambre pour y prendre ma tasse. En revenant, je demandai : « Pourquoi la reine ne t'a-t-elle pas simplement invité à l'audience ? »

Il haussa les épaules en piquant un morceau de poisson avec sa fourchette, puis déclara au bout d'un moment : « Ne crois-tu pas que les ambassadeurs de Terrilville trouveraient curieux que la reine des Six-Duchés invite un noble étranger à sa première entrevue avec eux ?

— Peut-être, mais ce n'est pas certain. Il doit y avoir des dizaines d'années que le conseil de Terrilville n'a pas envoyé de délégation officielle à notre cour ; en outre, nous avons une Montagnarde comme souveraine aujourd'hui, une femme venue d'un royaume dont ces gens ignorent tout. Elle pourrait les accueillir en sacrifiant des poulets devant eux ou en répandant des roses sous leurs pas, ils n'y verraient que du feu ; quoi qu'elle fasse, ils supposeraient avoir affaire à une coutume de son pays et s'efforceraient d'y répondre courtoisement. » Je bus une gorgée de tisane puis ajoutai d'un ton sarcastique : « Même si elle invitait des aristocrates étrangers à leur première audience.

— Peut-être. » Enfin, il reconnut avec réticence : « Mais j'ai des raisons personnelles pour souhaiter ne pas être présent de façon visible.

— Par exemple ? »

Avec une lenteur intentionnelle, il coupa une bouchée de poisson dans son assiette et la mangea. Après l'avoir avalée et fait suivre d'une gorgée de tisane, il dit : « Ils risqueraient de remarquer que je ne présente de ressemblance avec les membres d'aucune famille noble de Jamaillia qu'ils connaissent. Les marchands de Terrilville entretiennent des liens beaucoup plus étroits avec Jamaillia qu'aucune entreprise des Six-Duchés ; ils perceraient à jour mon imposture et y mettraient fin. »

J'acceptai cette explication, mais j'étais quasiment sûr qu'il ne s'agissait pas là de la seule raison de sa dissimulation. Craignait-il d'être reconnu ? Je ne lui posai pas la question : il m'avait dit avoir vécu quelque temps à Terrilville, or, même vêtu comme un aristocrate, le fou conservait un aspect suffisamment singulier pour être identifié par qui l'avait côtoyé à l'époque. Il y avait longtemps que je ne l'avais pas vu aussi mal à l'aise, et je décidai de changer de sujet.

« Qui d'autre sera “présent de façon visible” à l'audience ?

— Je l'ignore ; les représentants des Six-Duchés qui résident actuellement à la cour, j'imagine. » Il prit une nouvelle bouchée, la mâcha d'un air pensif, l'avala et poursuivit : « Nous verrons bien. La situation risque de se révéler délicate ; si j'ai bien compris, des messages ont été échangés, mais de manière sporadique. On attendait il y a des mois la délégation arrivée aujourd'hui, mais les Chalcédiens ont durci la guerre entre-temps ; ce conflit qui les oppose à Terrilville désorganise complètement les contacts maritimes avec toutes les régions au sud de Haurfond. Je crois que la reine et Umbre avaient abandonné tout espoir.

— Des messages ? » Je n'avais aucune connaissance de ces tractations.

« Terrilville a ouvert des pourparlers avec la reine et proposé une alliance pour museler Chalcède une fois pour toutes ; ils lui ont fait miroiter des avantages commerciaux et un rapprochement des deux royaumes. Avec raison, Kettricken a jugé qu'ils n'offraient que du vent : le libre échange reste impossible tant que Chalcède ne cesse pas les hostilités sur les navires qui entrent dans le port de la cité et sur ceux qui en sortent. Une fois cet ennemi réduit et soumis, Terrilville sera de nouveau ouverte au commerce, que les Six-Duchés aient ou non pris part à l'écrasement de Chalcède. Terrilville vit uniquement grâce au négoce ; seule, elle n'est même pas capable de subvenir à ses propres besoins. Par conséquent, une froide évaluation indique que les Six-Duchés risquent d'attiser leurs désaccords déjà existants avec Chalcède sans avoir grand-chose à y gagner. Cela étant, la reine Kettricken a gracieusement refusé la demande de Terrilville d'intervenir dans le conflit. Mais aujourd'hui les conseillers de la cité laissent entendre qu'ils ont une autre proposition à nous faire, si prodigieuse et si secrète qu'ils ont préféré nous envoyer une délégation pour nous la soumettre plutôt que la confier à un manuscrit. La ruse est adroite, de jouer ainsi sur la curiosité de la reine et de ses nobles ; l'attention de l'assistance est assurée. Mangeons et allons-y, d'accord ? »

Nous fîmes rapidement un sort au petit déjeuner puis j'emportai la vaisselle sale aux cuisines où régnait la plus grande agitation. L'arrivée inattendue des visiteurs obligeait à confectionner un déjeuner exceptionnel et à préparer un banquet extraordinaire en leur honneur ; Sara elle-même, la vieille cuisinière, avait quitté son perchoir pour se mêler à la bataille culinaire en cours, en clamant haut et fort qu'elle ferait tout de ses propres mains et que ces gens de Terrilville ne pourraient jamais prétendre qu'on ne mangeait pas à sa faim dans les Six-Duchés. Je battis précipitamment en retraite et retournai chez sire Doré.

Je trouvai la porte fermée à clé. Quand je frappai en donnant mon nom à voix basse, elle s'ouvrit ; je la franchis, la refermai derrière moi, puis restai bouche bée : le fou se tenait devant moi – non le fou paré en sire Doré, mais le fou tel ou presque que je le connaissais quand nous étions jeunes. Cette impression venait de sa tenue, composée de chausses moulantes et d'une tunique d'un noir sans reflet ; ses ornements se réduisaient au clou d'oreille et au minuscule bouquet noir et blanc ; même ses escarpins étaient noirs. Seules sa taille et la coloration de sa peau paraissaient avoir changé ; je m'attendais à demi à le voir agiter un sceptre à tête de rat sous mon nez ou à exécuter un saut périlleux. Devant mon air ahuri, il déclara avec une pointe de gêne : « Je ne souhaitais pas risquer les vêtements de sire Doré dans tes dédales poussiéreux ; en outre, une tenue simple me permet de me déplacer sans bruit. »

Sans répondre, j'allumai une bougie et lui en remis deux autres en réserve, puis je le conduisis dans ma chambre. J'en fermai la porte extérieure, déclenchai l'ouverture de l'accès aux passages secrets et pénétrai devant lui dans le labyrinthe d'Umbre. Avec retard, une question me vint : « Où la reine tient-elle audience ?

— Dans la salle de réception de l'ouest. Umbre m'a chargé de te dire que le poste d'observation se situe dans la muraille extérieure.

— Des indications pour m'y rendre auraient été plus utiles ; mais peu importe, nous trouverons. »

Je péchais par optimisme. Je n'avais jamais exploré ce secteur des galeries du château ; à notre grande exaspération, je découvris la salle au-dessus de celle où se déroulait l'audience, puis celle d'à côté avant de comprendre qu'il fallait descendre de quelques étages puis remonter par l'enceinte extérieure. Dans un tournant, le passage s'étranglait brusquement, ce qui me causa quelque difficulté, et, quand nous parvînmes enfin à notre point de surveillance, nous étions l'un et l'autre décorés de toiles d'araignée des pieds à la tête. L'orifice d'observation était en fait une mince fente horizontale. Dissimulant la flamme de ma bougie derrière ma main, je soulevai le rabat de cuir, et, accroupis épaule contre épaule, nous réussîmes à coller un œil chacun à l'ouverture. La respiration du fou me paraissait trop forte et j'avais du mal à me concentrer pour entendre les voix indistinctes qui arrivaient jusqu'à notre cachette.

Nous étions en retard et avions manqué l'accueil officiel des ambassadeurs. Je ne voyais ni Kettricken ni Umbre ; la reine occupait sans doute le trône, Devoir debout à côté d'elle et son conseiller une marche plus bas. De notre position, nous avions vue sur toute la salle, probablement au-dessus de la tête de nos souverains. Au fond étaient assis les ducs et duchesses du royaume, ou, à défaut, leurs représentants à la cour ; Astérie assistait à l'audience, naturellement : nulle rencontre d'importance ne se tenait à Castelcerf sans la présence d'un ménestrel comme témoin. Elle portait de superbes atours, mais on lisait plus de solennité que d'intérêt sur ses traits, et je m'en étonnai ; elle paraissait pensive, voire absente. Je me demandai fugitivement ce qui pouvait ainsi la distraire, puis je me repris et concentrai résolument mon regard et mon attention là où mon devoir le commandait.

Au milieu de notre champ de vision se tenaient les quatre ambassadeurs de Terrilville. Comme on pouvait s'y attendre de la part de cette riche cité commerçante, il s'agissait de marchands et non de ducs ni de nobles ; néanmoins, la splendeur de leur vêture en faisait les égaux de n'importe quel aristocrate : ils scintillaient de bijoux et, dans la pénombre de la salle d'audience, certaines pierres paraissaient émettre leur propre lumière. Une femme de petite taille portait une robe coupée dans un tissu si fluide et fin qu'il semblait couler sur sa silhouette comme de l'eau ; sur l'épaule d'un des hommes était perché un oiseau dont le plumage affichait toutes les nuances du rouge et de l'orange, sauf sur la tête, nue et à la peau fripée ; il avait un énorme bec bleu-noir.

Derrière cette impressionnante délégation se tenait une seconde rangée de personnages, sans doute des serviteurs malgré leurs élégants vêtements, car on voyait entre leurs mains les coffrets et cassettes contenant les présents des ambassadeurs. Deux d'entre eux retinrent particulièrement mon regard ; tout d'abord une femme au visage couvert de tatouages exécutés sans art, équilibre, ni motif discernables ; ce n'était qu'une suite de gribouillis qui couraient sur ses joues. Cela signifiait, je le savais, qu'elle avait été esclave, et chaque marque représentait le sceau d'un propriétaire différent. Qu'avait-elle donc fait pour être achetée puis revendue tant de fois ? L'autre domestique portait une capuche et un voile ; sa cape et sa coule étaient en tissu splendidement brodé d'un motif complexe, le voile devant son visage en dentelle fine et pourtant opaque. Je ne distinguais pas ses traits, et même ses mains se dissimulaient dans des gants, comme si pas un pouce de sa peau ne devait rester au jour. Mal à l'aise, je décidai de garder l'individu à l'œil.

Nous étions arrivés au moment de la présentation des cadeaux. Il y en avait cinq en tout, chacun plus stupéfiant que le précédent, et ils furent offerts avec force compliments fleuris et civilités élégantes, comme si l'on pouvait acheter les faveurs de notre reine à l'aide de jolies paroles flatteuses. Les discours me laissèrent donc froid, mais les présents me fascinèrent. Le premier, longue fiole de verre, contenait du parfum ; comme la servante tatouée s'approchait pour le montrer à Kettricken, une femme de haute taille expliqua que l'essence apportait des rêves apaisants au dormeur le plus agité. Je n'aurais su garantir cette affirmation mais, quand on déboucha le flacon, la fragrance se répandit dans toute la salle et monta jusqu'à notre cachette ; loin d'être entêtante, elle évoquait plutôt l'haleine d'un jardin d'été ; pourtant, je vis se modifier l'expression des nobles au fond de la salle quand elle parvint à leurs narines : les sourires s'élargirent et les fronts plissés se détendirent. Moi-même, je sentis ma méfiance s'atténuer.

« Une drogue ? demandai-je au fou dans un souffle.

— Non ; rien qu'un parfum, une odeur qui vient d'une terre moins âpre. » Un vague sourire joua sur ses lèvres. « Je l'ai connue il y a longtemps, quand j'étais enfant. On voyageait loin pour l'acheter. »

Le domestique suivant s'avança et ouvrit sa cassette aux pieds de la reine ; il en tira un simple chapelet de clochettes tel qu'on peut en voir dans n'importe quel jardin, hormis l'aspect des petites cloches qui paraissaient faites de verre écailleux et non de métal. Il les tint immobiles jusqu'à un signe de l'homme au perroquet ; alors il les agita d'un frisson délicat qui les fit tinter ; chaque note était pure et douce, et leur mélange tout d'abord désordonné se mua bientôt en une mélodie perlée. Tout à coup, le serviteur les assourdit, beaucoup trop tôt à mon gré ; mais il leur imprima une nouvelle petite secousse et une musique chatoyante naquit aussitôt, aussi différente de la première que le crépitement d'un feu du gazouillis d'un ruisseau. Il laissa les clochettes sonner un moment sans que leur tintement parût faiblir le moins du monde. Enfin, il les fit taire à nouveau et l'homme au perroquet déclara : « Grande reine Kettricken, très noble dame des Montagnes et des Six-Duchés, nous espérons que ces sons vous plaisent. Nul ne sait exactement combien de mélodies renferme ce carillon ; chaque fois qu'on le libère, c'est un air nouveau qui semble s'en échapper. Votre royaume est vaste et honorable, vos goûts sans doute raffinés, mais nous avons la présomption de croire que vous jugerez ce présent digne de vous. »

Kettricken dut faire un geste d'acquiescement, car on replaça le chapelet de clochettes dans sa cassette et on le lui remit.

Le troisième cadeau était une pièce d'étoffe, semblable d'aspect mais non de couleur à celle de la robe que portait la femme de petite taille. On la sortit d'un coffret sans profondeur mais, quand l'ambassadrice et l'homme au perroquet la prirent des mains du serviteur, le tissu se déplia et se déplia encore jusqu'à une surface telle qu'il eût pu recouvrir la plus longue table de la grand'salle et retomber au sol. Des chatoiements le parcoururent quand ils le secouèrent, l'irisant de nuances bleutées qui allaient du violet le plus sombre à l'azur pâle du ciel, puis ils le replièrent sans effort et obtinrent un carré peu épais qu'ils rangèrent dans le petit coffre et déposèrent aux pieds de la reine. Le quatrième présent était un autre carillon aux cloches de taille différente ; leur son était agréable mais sans plus ; leur stupéfiante particularité tenait à leur métal, qui scintillait chaque fois qu'il sonnait. « Il s'agit de jizdin, très gracieuse reine Kettricken, souveraine des Six-Duchés et héritière du Trône des Montagnes, expliqua la petite femme, une des raretés que l'on ne trouve qu'à Terrilville. Vous offrir moins que la fine fleur de ce que nous possédons serait vous faire injure, et le jizdin fait partie de nos trésors les plus précieux – tout comme ces objets. » Elle fit signe à l'homme à la capuche qui s'avança. « Des bijoux de feu, noble reine Kettricken, pierres rares parmi les plus rares, pour une rare souveraine. »

Mes muscles se nouèrent quand l'homme voilé s'approcha de l'estrade où Kettricken et Devoir étaient assis. L'estomac crispé d'appréhension, je me répétai qu'Umbre se trouvait près d'eux ; le vieil assassin devait se tenir sur ses gardes et il ne laisserait pas faire de mal à la reine ni au prince. Néanmoins, j'envoyai une minuscule pensée d'Art à l'adolescent.

Ouvrez l'œil.

Entendu.

Je ne pensais pas qu'il accuserait réception de mon conseil, et il émit sa réponse à tous les vents au lieu de la canaliser soigneusement. Les poils de ma nuque se hérissèrent quand je vis l'homme voilé tressaillir comme si on lui avait donné un coup dans les côtes. L'espace d'un instant, il se figea, et je captai de lui un contact que je n'aurais su décrire.

Chut ! fis-je à mon prince par un filament de pensée. *Ne dites plus rien !*

J'aurais tout donné pour voir le visage de l'homme. Regardait-il Devoir ? Parcourait-il la salle des yeux à ma recherche ?

Quelle que fût son identité, il se maîtrisait parfaitement. Son arrêt brusque se mua en pause solennelle, puis il s'inclina profondément et présenta son cadeau. Il posa le coffret par terre devant lui, l'effleura des doigts, et l'écrin parut s'ouvrir seul. Il en sortit une petite boîte qui se révéla contenir un torque d'or incrusté de pierres précieuses. Il le montra à la reine, puis le tint bien haut afin que les nobles assemblés puissent le voir eux aussi ; dans cette position, il lui imprima une légère secousse, et toutes les pierres se mirent à irradier une lueur d'un bleu surnaturel dans la pénombre. Comme il se retournait vers la souveraine pour soumettre l'ornement à son regard, j'entendis le fou à mes côtés prendre brusquement son inspiration devant la beauté de la chose. D'une voix claire, malgré le voile épais qui cachait ses traits, et jeune comme celle d'un adolescent, l'homme déclara : « Les pierres bleues sont les plus rares des bijoux de feu, très gracieuse reine. Elles ont été choisies à votre intention de la couleur emblématique du duché de Cerf ; et, pour chaque gracieux et noble duc de chacun de vos gracieux et nobles duchés... »

Des exclamations de surprise étouffées montèrent du fond de la salle quand il tira du coffret cinq autres boîtes ; il les ouvrit l'une après l'autre pour en tirer de fins colliers d'argent et non plus d'or ; chacun n'était orné que d'une pierre mais restait d'une splendeur à couper le souffle. Ils résultaient manifestement d'une étude approfondie de notre royaume, car la teinte de chaque bijou correspondait exactement à celle du duché auquel il était destiné, au point qu'on distinguait sans mal le jaune pâle de la fleur de Béarns du jaune d'or de Bauge. Après que la reine eut accepté le sien, le serviteur encapuchonné se rendit auprès des nobles pour s'incliner gravement devant chacun et lui remettre le présent de Terrilville. Malgré son aspect étrange, je notai que nul ne marqua d'hésitation avant de recevoir son présent.

Pendant cette petite cérémonie, j'observai attentivement les émissaires de Terrilville. « Qui est leur chef ? » murmurai-je à part moi en constatant qu'aucun ne paraissait laisser la préséance à un autre. Le fou crut que je m'adressais à lui.

« Vois-tu la femme aux yeux verts, la plus grande des deux ? » La voix du fou était à peine plus qu'un souffle à mon oreille. « Je crois qu'elle s'appelle Sérilla. Originaire de Jamaillia, elle était autrefois Compagne du Gouverneur – c'est-à-dire qu'elle faisait fonction de conseillère du souverain de tout Jamaillia en tant que spécialiste de son domaine d'élection. Le sien était Terrilville et les régions alentour. Elle est arrivée dans la cité dans des circonstances singulières et n'en est plus repartie. La rumeur affirme qu'elle était tombée en profonde disgrâce aux yeux du Gouverneur et qu'il l'avait quasiment exilée à Terrilville pour avoir tenté, disent certains, de s'emparer du pouvoir. Cependant, au lieu de considérer son bannissement comme une punition, elle s'est installée à Terrilville, s'y est intégrée, et elle s'est élevée jusqu'au statut de négociatrice professionnelle pour les Marchands. Malgré sa mésentente avec le Gouverneur, sa profonde connaissance de Terrilville et de Jamaillia donne un avantage certain à sa cité d'adoption pour traiter avec la capitale. »

Je le fis taire. « Chut ! » J'aurais voulu savoir comment il était au courant de tout cela et en entendre davantage, mais cela pouvait attendre ; pour le moment, je ne devais laisser échapper aucune nuance des propos échangés dans la salle. Il obéit mais je sentis son esprit agité. Sa joue fraîche s'appuya contre la mienne tandis que nous reprenions notre observation par la mince fente du mur ; il posa la main sur mon épaule pour trouver son équilibre, et je perçus dans ce contact la tension de vives émotions contenues. Manifestement, cette rencontre revêtait pour lui une importance qui me demeurait mystérieuse, et il faudrait que je lui demande l'identité des autres ambassadeurs, mais plus tard : toute mon attention était concentrée sur la scène qui se déroulait sous mes yeux. Je regrettais seulement de ne pas voir la reine, Umbre ni le prince Devoir.

J'entendis Kettricken remercier ses visiteurs de leurs présents et leur souhaiter la bienvenue. Elle s'exprimait avec simplicité ; au lieu de compliments extravagants et de phrases fleuries, elle répondit par des mots sincères et francs : elle se réjouissait de la surprise de leur arrivée longtemps espérée, elle formait le vœu qu'ils passeraient un agréable séjour à Castelcerf et que leur délégation annonçait de plus amples échanges entre les Six-Duchés et Terrilville dans un proche avenir. La femme de haute taille, Sérilla, l'écoutait sereinement mais avec attention ; sa compagne tatouée pinçait les lèvres, faisant à l'évidence un effort pour se taire. L'homme à ses côtés lui jeta un regard inquiet ; massif, les épaules larges, il avait le visage tanné, et ses cheveux bouclés étaient coupés court. Il était visiblement plus habitué au travail physique et aux tâches pratiques en général qu'aux méandres du protocole et de la bienséance ; tandis qu'il attendait la fin du discours de la reine, il ne cessa de serrer et de desserrer les poings sans même s'en rendre compte, et l'oiseau posé sur son épaule s'agita constamment. Le deuxième homme, personnage frêle aux allures d'intellectuel, paraissait partager le point de vue de Sérilla et accepter de laisser à Kettricken le soin de fixer le rythme à la rencontre.

Ce fut Sérilla qui répondit quand la reine se tut. Elle remercia Kettricken et les Six-Duchés pour leur gracieux accueil, affirma que ses compagnons et elle-même se réjouiraient de l'occasion de se reposer dans notre royaume paisible, loin des horreurs de la guerre imposée par Chalcède. Elle évoqua brièvement la situation de Terrilville, les attaques inopinées sur ses navires provoquant un arrêt presque complet du commerce qui était le sang même de la cité, et les privations qui en résultaient dans une ville qui dépendait du négoce pour subvenir aux besoins de sa population ; elle parla aussi des agressions chalcédiennes contre des colonies issues de Terrilville.

« J'ignorais qu'ils avaient des colonies, chuchotai-je au fou.

— Il n'y en a guère, mais, comme le nombre des esclaves affranchis grossit celui des habitants, on s'efforce de trouver de nouveaux territoires cultivables.

— Les esclaves affranchis ?

— Chut ! » répondit le fou. Il avait raison : je devais écouter et garder mes questions pour plus tard. J'appuyai mon front contre la pierre froide du mur.

Sérilla passait rapidement en revue les griefs de Terrilville contre Chalcède ; la plupart n'avaient rien d'original, et beaucoup répétaient les querelles qui opposaient les Six-Duchés à notre avide voisin du Sud. Pirates chalcédiens, disputes de frontières, harcèlement et attaques de navires marchands de passage, taxes exorbitantes imposées aux négociants qui tentaient malgré tout de traiter avec Terrilville, toutes ces doléances m'étaient familières. Mais alors la femme se lança dans la relation de la résistance de Terrilville : la cité s'était dressée contre l'influence corruptrice de Chalcède pour affranchir tous les esclaves présents sur son territoire et leur donner la possibilité de devenir des citoyens de plein droit. Terrilville n'acceptait plus que les navires esclavagistes relâchent dans son port, qu'ils se rendent au nord en Chalcède ou au sud à Jamaillia. Grâce à un accord passé avec les nouveaux alliés des « îles Pirates », les transports de chair humaine qui mouillaient à Terrilville se faisaient arraisonner, leur cargaison saisir, et l'on offrait la liberté aux esclaves.

Cette entrave au commerce chalcédien constituait une des raisons principales du conflit, et elle avait porté sur le devant de la scène le vieux désaccord entre Terrilville et Chalcède sur leur frontière commune. Sérilla formait le vœu que, dans ces deux domaines, les Six-Duchés reconnaissent le bien-fondé de la position de sa cité. Elle savait que le duché de Haurfond accueillait les esclaves en fuite et les considérait comme des hommes libres, et aussi qu'il souffrait des opérations militaires de Chalcède pour récupérer des zones occupées par le duché. Peut-être pouvait-elle espérer, dans ces circonstances, que les Six-Duchés accorderaient ce que les précédentes délégations avaient demandé à sa très gracieuse et royale Majesté Kettricken : une alliance et un appui dans la guerre contre Chalcède. En retour, Terrilville et son allié avaient beaucoup à offrir aux Six-Duchés ; le libre commerce avec la cité plus une part des accords de négoce préférentiels avec les îles Pirates pourraient se révéler profitables à tous. Les cadeaux apportés par les ambassadeurs ne représentaient qu'un infime exemple de la diversité des produits qui deviendraient ainsi accessibles aux habitants des Six-Duchés.

Attentive, la reine Kettricken écouta Sérilla jusqu'au bout ; mais, à la fin de son discours, l'envoyée de Terrilville n'avait proposé rien de nouveau, et ce fut Umbre, dans sa fonction de conseiller, qui en fit la remarque d'un ton grave. Les merveilles des objets et denrées dont Terrilville faisait commerce étaient renommées, et à juste titre ; toutefois, même pour de telles merveilles, les Six-Duchés ne pouvaient envisager de prendre part au conflit. Il conclut ainsi sa réponse : « Notre très gracieuse reine Kettricken doit toujours et avant tout songer au bien-être et à la sécurité de notre peuple. Vous savez que nos relations avec Chalcède restent tendues dans le meilleur des cas ; nos griefs contre ces États sont nombreux, et pourtant nous avons toujours évité de nous lancer seuls dans un conflit déclaré avec eux. Chacun connaît l'adage : "Tôt ou tard, il y a la guerre avec Chalcède." Ces gens ont un fond querelleur ; cependant, le choc militaire de deux pays est onéreux et néfaste pour l'économie ; il est presque toujours préférable de le repousser à plus tard. Pourquoi devrions-nous encourir le courroux de Chalcède au nom de Terrilville ? » Umbre laissa quelques instants la question en suspens, puis il la reformula de façon encore plus brutale. « Qu'avez-vous à offrir aux Six-Duchés que nous n'obtiendrons pas de toute façon, quelle que soit l'issue de votre guerre ? »

Au fond de la salle, plusieurs ducs hochèrent gravement la tête : c'était ainsi qu'il fallait s'adresser aux Marchands ; ils ne connaissaient que les tractations et le maquignonnage. Ils attendaient d'Umbre qu'il négocie, et il négociait.

« Très gracieuse reine, noble prince, sage conseiller, fiers ducs et duchesses, nous vous offrons... » Sérilla s'interrompit, manifestement démontée par la franchise de la question. « Notre offre est délicate et nécessite peut-être une réflexion en privé avant que vous ne demandiez l'accord de votre aristocratie ; il vaudrait peut-être mieux... »

Elle ne regarda pas les seigneurs assis derrière elle, mais son silence soudain en dit long.

« Je vous en prie, Sérilla de Terrilville, parlez ouvertement. Exposez-nous votre proposition, afin que mes ducs, mes conseillers et moi-même puissions en débattre en toute connaissance de cause. »

La femme écarquilla les yeux, l'air abasourdi. Qu'exigeait donc l'étiquette de Jamaillia pour que la réponse sans détour de ma reine la prenne ainsi au dépourvu ? Comme elle cherchait ses mots, l'homme au perroquet toussota tout à coup. Sérilla lui lança un regard de mise en garde mais il s'avança tout de même. « Très gracieuse reine, puis-je avoir l'audace de m'adresser directement à vous ? »

Kettricken eut une expression presque perplexe. « Naturellement. Vous êtes le Marchand Jorban, je crois ? »

Il acquiesça solennellement de la tête. « En effet, très gracieuse reine Kettricken, souveraine des Six-Duchés et héritière du Trône des Montagnes... » Je me sentis mal à l'aise pour ce jeune homme qui égrenait maladroitement les titres : à l'évidence, ces formules protocolaires ne lui étaient pas familières ; néanmoins, en dépit du coup d'œil furieux de Sérilla, il poursuivit avec détermination : « Je crois que vous êtes quelqu'un... enfin, une reine qui apprécie qu'on aille droit au but. J'ai supporté avec difficulté les retards qu'a connus notre voyage, mais aujourd'hui, en apprenant que vous n'éprouvez pas plus d'affection que nous pour Chalcède, j'ose espérer que vous agréerez à notre proposition dès que nous vous l'aurons soumise. » Il s'éclaircit la gorge et se jeta à l'eau. « Nous désirons former avec vous une alliance contre un ennemi commun. Nous sommes en guerre contre Chalcède depuis trois ans ; cette situation nous saigne à blanc, et nous avons depuis longtemps renoncé à nos illusions de voir le conflit s'achever rapidement. Les Chalcédiens sont des gens obstinés ; à chaque défaite que nous leur infligeons, ils paraissent plus décidés que jamais à nous faire souffrir. La guerre est leur état naturel ; ils adorent les combats et les saccages, contrairement à nous. Terrilville a besoin de la paix pour prospérer, de la paix et de voies maritimes libres. Nous dépendons du commerce : c'est non seulement notre gagne-pain mais notre seul moyen de subsistance ; toute la magie et toutes les merveilles que nous possédons ne nourrissent pas nos enfants ; nous ne disposons pas de vastes champs où semer du grain ni faire paître des troupeaux. Les Chalcédiens veulent nous écraser par pure avidité ; ils sont prêts à nous tuer tous pour s'emparer de nos biens, mais ils ignorent ce que leur possession nous coûte, et, par le fait même de se l'approprier, ils détruiront ce qu'ils convoitent. Ce que nous avons ne peut nous être arraché, et pourtant cette chose existe par elle-même. C'est... » L'homme s'interrompit par à-coups, comme un navire qui s'échoue sur un banc de sable.

Kettricken garda le silence comme pour lui permettre de retrouver sa langue, mais il eut un geste d'impuissance, mains écartées. « Je suis un marchand et un marin, madame... euh, très gracieuse reine. » Il avait rajouté le titre comme s'il lui était revenu après coup. « C'est la nécessité qui me fait parler, mais je ne m'explique pas bien.

— Que demandez-vous, Marchand Jorban ? » Kettricken avait posé la question avec simplicité, d'un ton amène.

L'espoir brilla soudain dans les yeux de l'homme, comme si cette franchise le rassurait. « Nous savons que les gens de votre duché de Haurfond s'acharnent à maintenir en place votre frontière commune avec Chalcède. Vous contenez ses assauts, et votre vigilance retient une grande part de son attention. » Il se retourna brusquement pour s'incliner devant les nobles du fond de la salle. « Nous vous en remercions. »

Les ducs hochèrent gravement la tête en réponse, et le Marchand Jorban s'adressa de nouveau à la reine. « Mais nous devons vous demander davantage. Nous aimerions que vos navires de combat et vos guerriers harcèlent les Chalcédiens depuis votre territoire, qu'ils pourchassent et coulent les vaisseaux qui font obstacle à nos échanges avec vous. Nous souhaitons... mettre un terme à ces conflits que Chalcède nous impose depuis des générations. » Il reprit soudain son souffle. « Nous voulons réduire ce pays et faire cesser cette discorde qui n'a que trop duré. Si ces gens ne nous tolèrent pas comme voisins, il faut qu'ils nous acceptent comme souverains. »

Sérilla la Jamaillienne s'interposa tout à coup. « Marchand Jorban, vous allez trop loin ! Noble et gracieuse reine Kettricken, nous venons seulement soumettre des propositions, non présenter des plans de conquête ! »

Jorban crispa les mâchoires et reprit dès que Sérilla se tut : « Je ne soumets pas une proposition : je négocie avec des alliés potentiels. Je cherche à mettre fin à la guerre incessante que nous fait Chalcède, et je vais exposer clairement le fond de la pensée de nombreux Marchands. » Ses yeux bleus scintillèrent quand il croisa le regard de Kettricken, et il poursuivit avec franchise et passion : « Écrasons complètement les États chalcèdes et divisons-nous leur territoire. Nous avons tous à y gagner, Terrilville des terres arables et la fin des harcèlements, le duc de Haurfond la possibilité d'étendre son fief et d'avoir, non un ennemi dans son dos, mais un allié et un partenaire commercial. Le marché s'ouvrirait grand vers le sud pour les Six-Duchés !

— Écraser Chalcède ? » Au ton de sa voix, je compris que Kettricken n'y avait jamais seulement songé ; une telle pensée allait à l'encontre de toute son éducation montagnarde. En revanche, au fond de la salle, le duc de Haurfond affichait un large sourire : c'était là une opération qu'il verrait entreprise avec joie, une vengeance dont il mijotait l'envie depuis longtemps. Avec une certaine présomption, il leva le poing et déclara : « Invitons le duc de Bauge à cette répartition ; et peut-être votre père, le noble roi Eyod des Montagnes, aimerait-il lui aussi obtenir sa part, ma reine. Il partage comme nous une frontière avec Chalcède, pour qui, selon tous les dires, il n'a jamais manifesté de grande affection.

— Paix, Haurfond », répliqua la reine, mais d'un ton plus aimable que je ne m'y serais attendu. Le duc faisait-il allusion à des événements historiques que j'ignorais ? Le royaume des Montagnes avait-il eu maille à partir avec les États chalcèdes au sujet de cette frontière ? Ce conflit se compliquait-il d'une rancœur plus ancienne enfouie chez Kettricken ? C'est pourtant avec réserve qu'elle répondit à la délégation de Temlville : « Vous nous proposez une part de votre guerre comme s'il s'agissait de biens marchands que nous pourrions convoiter. Ce n'est pas le cas. Nous aussi avons connu un conflit, et nous nous efforçons en ce moment même de nouer des relations d'amitié avec nos ennemis de naguère. Votre guerre ne nous tente pas. Vous nous offrez des territoires de Chalcède si nous parvenons à battre ces États ; c'est là une victoire bien lointaine et incertaine ; en outre, tenir ces régions risquerait de représenter un fardeau plus qu'un avantage : un peuple conquis s'accommode rarement d'une férule étrangère. Enfin, vous nous promettez le libre commerce avec le Sud si nous remportons la partie, mais Terrilville cherche depuis toujours à traiter sans entrave avec nous ; je ne vois donc nul gain dans cette promesse. Encore une fois, je vous le demande : pour quelle raison devrions-nous envisager une alliance avec vous ? »

Les représentants de Terrilville échangèrent des regards, et j'eus un mince sourire : ainsi, leur offre ne s'arrêtait pas au dépeçage et au partage du territoire chalcédien ; toutefois, il avait fallu les réduire aux abois pour les contraindre à révéler les limites de leur proposition. Leur situation ne m'inspirait nulle compassion : ils auraient dû éviter de piquer la curiosité d'Umbre sur la profondeur de leur bourse. Le Marchand Jorban fit un petit geste de la main, paume en l'air, comme pour inviter un autre à tenter de réussir là où il avait échoué.

Soudain, d'un même mouvement, les délégués s'écartèrent, ouvrant entre eux un passage qui laissa l'homme au voile face à la reine ; ils avaient dû s'entendre entre eux sans avoir à parler.

Je révisai en hâte mon jugement sur le personnage : ce n'était pas un domestique, pas plus qu'aucun des autres, peut-être, y compris la femme aux tatouages. Il s'avança brusquement vers le trône, et je me crispai, redoutant un attentat ; mais il rejeta simplement sa capuche en arrière, ainsi que le voile qui y était fixé. Je sursautai, saisi par la vision ainsi révélée ; d'autres réactions, dont celle d'Umbre, furent moins subtiles.

« Eda toute-puissante ! » fit le vieil assassin, et j'entendis dans le fond de la salle des exclamations d'horreur et d'effarement.

L'ambassadeur était jeune, plus jeune que Devoir et

Heur, bien qu'aussi grand. Des écailles bordaient ses yeux et sa bouche, et ce n'était pas du maquillage ; une frange d'excroissances poilues pendait le long de sa mâchoire. Il redressa les épaules. J'avais cru que sa capuche accentuait sa taille, mais je remarquai alors la longueur anormale de ses bras et de ses jambes ; il émanait pourtant de lui une impression de grâce et non de gaucherie. Il regarda Kettricken dans les yeux sans se laisser intimider par sa position surélevée, et il s'adressa à elle d'une voix haute et claire d'adolescent.

« Je suis Selden Vestrit, des Marchands Vestrit de Terrilville, adopté par la famille Khuprus des Marchands du désert des Pluies. » La deuxième partie de sa présentation me laissa perplexe : nul n'habitait dans le désert des Pluies ; seuls des marais, des fondrières et des bourbiers bordaient le fleuve. C'était d'ailleurs une des raisons pour lesquelles la frontière qui séparait Chalcède de Terrilville n'avait jamais été nettement tracée : le fleuve et ses alentours marécageux interdisaient tout relevé précis d'un côté comme de l'autre. Cependant, ce que le jeune homme déclara ensuite était encore plus échevelé. « Vous avez entendu Sérilla, qui parle pour le Conseil de Terrilville. Mes autres compagnons s'expriment au nom des Tatoués, anciens esclaves et nouveaux citoyens de Terrilville, des Marchands de Terrilville et de nos vivenefs. Pour ma part, je représente les Marchands du désert des Pluies, mais aussi Tintaglia, le dernier vrai dragon, qui a prêté serment de secourir Terrilville en cas de nécessité. Ce sont ses paroles que je porte. »

Un frisson me parcourut à l'énoncé du nom du dragon, mais j'ignorais pourquoi.

« Tintaglia est lasse des attaques constantes de Chalcède contre ses congénères de Terrilville ; cela distrait leur attention et les détourne d'une entreprise de grande envergure à laquelle elle veut les atteler. Cette guerre que Chalcède s'acharne à poursuivre met en péril une destinée d'une tout autre dimension. » Il s'exprimait comme s'il n'appartenait pas à la race des hommes, avec un dédain qui réduisait à rien nos petites querelles humaines ; je m'en sentais à la fois glacé et exalté. Il parcourut l'assistance du regard, et je me rendis compte que la lueur bleutée que j'avais cru remarquer dans ses yeux était bien réelle. « Aidez Terrilville à détruire Chalcède et à mettre un terme à ce conflit, et Tintaglia étendra sa faveur jusqu'à vous ; et non seulement la sienne, mais celle de ses enfants qui grandissent rapidement en taille, en beauté et en sagesse. Aidez-nous et, un jour, les légendes des dragons qui surgissent pour protéger les Six-Duchés laisseront la place à la réalité d'un dragon allié. »

Un silence stupéfait suivit ces mots. Les délégués de Terrilville durent se méprendre sur son sens, car le Marchand Jorban eut un sourire impudent devant l'expression sans doute confondue de Kettricken, et ajouta effrontément : « Je ne vous reprocherai pas de ne pas nous croire, mais Tintaglia existe bel et bien, tout autant que moi. Si son devoir ne lui dictait pas de s'occuper d'abord de ses enfants, il y a des années qu'elle aurait mis fin aux attaques contre nous. N'avez-vous pas eu vent de la bataille de la baie des Marchands, où un dragon de Terrilville, bleu et argent, a chassé les Chalcédiens de notre côte ? J'y étais, moi, et je combattais pour libérer notre port. Cette histoire n'est ni une exagération outrancière ni un conte à dormir debout, mais la simple vérité. Terrilville dispose d'un allié rare et merveilleux : le dernier véritable dragon du monde. Aidez-nous à soumettre Chalcède et il pourra devenir le vôtre aussi. »

Il ne se doutait pas, je pense, que ses propos déclencheraient la colère de Kettricken ; il ne pouvait pas savoir à quel point le sujet des dragons des Six-Duchés était sensible pour nous.

« Le dernier véritable dragon ! » s'exclama-t-elle. J'entendis le bruissement de sa robe quand elle se dressa d'un bond et, descendant les degrés de l'estrade pour faire face aux effrontés de Terrilville, elle s'arrêta une marche au-dessus d'eux. Le courroux rendait grinçante la douce voix de mon aimable et raisonnable reine qui emplit soudain la salle. « Comment osez-vous parler ainsi ? Comment osez-vous traiter les Anciens de simple légende ? J'ai vu le ciel scintiller des feux, non pas d'un seul, mais d'une multitude de dragons qui volaient au secours des Six-Duchés ! J'en ai monté un moi-même, le plus fidèle de tous, qui m'a ramenée au château de Castelcerf. Il n'y a pas dans cette salle une personne d'âge adulte qui n'ait assisté à la déroute des Pirates rouges qui nous tourmentaient depuis des années quand ils ont étendu leurs vastes ailes au-dessus de nos eaux. Insinueriez-vous que nos dragons seraient faux, de cœur ou d'action ? Ce garçon peut plaider la jeunesse et l'inexpérience : il n'était sans doute pas né lors de notre guerre et il connaît mal les manières propres à manifester le respect dû à ces créatures ; vous, ses compagnons, en revanche, ne pouvez plaider que votre ignorance de notre histoire. Le dernier véritable dragon ! Peuh ! »

Je crois qu'aucune insulte personnelle n'aurait provoqué une réaction aussi indignée de la part de notre souveraine. Les visiteurs ne pouvaient pas savoir que c'était l'honneur de son roi, Vérité, son unique amour, qu'elle défendait ; même certains de nos nobles paraissaient surpris de voir leur reine, habituellement si placide, remettre à sa place un ambassadeur étranger avec une telle brutalité ; toutefois, leur étonnement n'impliquait pas qu'ils fussent en désaccord avec elle. Des hochements de tête ponctuèrent ses paroles, plusieurs ducs et duchesses se dressèrent, et la représentante de Béarns porta la main à son épée. L'adolescent au visage écailleux jeta des regards effarés autour de lui, la bouche entrouverte, et Sérilla leva les yeux au ciel ; les envoyés de Terrilville se resserrèrent instinctivement en un groupe plus compact.

Le garçon s'avança vers la reine ; avant qu'Umbre pût achever son geste pour lui interdire d'approcher davantage, il mit un genou en terre et déclara en regardant Kettricken : « Je vous implore de me pardonner si je vous ai offensée. Je dis seulement ce que je sais ; comme vous l'avez remarqué, je suis jeune, mais c'est Tintaglia elle-même qui nous a révélé, avec grande tristesse, qu'elle est le dernier véritable dragon du monde. S'il en est autrement, je me réjouirai de lui rapporter la nouvelle. Je vous en prie, permettez-moi de voir vos dragons, de leur parler ; je leur expliquerai sa détresse. »

Kettricken avait encore le souffle court de sa sortie. Sa respiration se calma enfin et, redevenue elle-même, elle répondit : « Je ne vous garde pas rancune d'avoir parlé de ce que vous ignoriez. Quant à vous adresser à nos dragons, c'est hors de question ; ce sont les dragons des Six-Duchés, réservés aux Six-Duchés. Vous outrecuidez, messire, mais vous êtes jeune et je vous pardonne. »

L'adolescent ne bougea pas et continua de regarder notre reine d'un air indécis, certes, mais nullement mortifié.

C'était à Umbre d'intervenir pour apaiser la tension. Il s'avança face à la délégation de Terrilville. « Il est peut-être naturel que vous mettiez en doute la parole de notre souveraine, comme nous la vôtre. “Le dernier véritable dragon”, dites-vous, mais, dans le même souffle, vous parlez de ses enfants, et cela me laisse perplexe ; pourquoi ne considérez-vous pas ses rejetons comme de véritables dragons ? Si cette créature existe, pourquoi ne vous a-t-elle pas accompagnés pour se montrer à nous et peser sur notre décision de nous allier à vous ? » Son regard vert et dur balaya les ambassadeurs. « Mes amis, votre proposition présente des aspects très étranges. Vous ne nous révélez pas tout, et vous jugez sans doute excellents les motifs qui vous y poussent ; cependant, à dissimuler vos secrets, vous risquez de perdre non seulement une alliance mais aussi notre respect. Pesez bien le pour et le contre. »

Je ne voyais que son dos, mais je sus qu'il se tenait le menton d'un air songeur. Il se retourna un instant vers la reine ; j'ignore ce qu'il lut sur ses traits, mais il prit sa décision. « Mes dames et mes seigneurs, je suggère que nous ajournions cette audience afin de laisser à notre noble et gracieuse reine le temps de débattre de votre proposition avec ses ducs et duchesses. Des appartements vous ont été préparés ; profitez de notre hospitalité. » J'entendis le petit sourire qui perça dans sa voix quand il ajouta : « Les ménestrels que nous mettons à votre service se feront un plaisir de vous éclairer, en chansons ou en récits, sur les dragons des Six-Duchés ; à notre prochaine rencontre, peut-être les ballades et le repos auront-ils calmé les esprits de tous. »

Devant un congédiement aussi ferme, les délégués de Terrilville ne purent que se retirer. La reine et le prince Devoir sortirent ensuite, et Umbre demeura en compagnie des nobles, apparemment pour décider d'un rendez-vous afin de discuter de l'offre des émissaires. Le duc de Haurfond allait et venait à grands pas, visiblement surexcité, tandis que la duchesse de Béarns se tenait immobile, grande et silencieuse, les bras croisés comme pour manifester son total désintérêt. Je m'écartai du trou d'observation et laissai retomber le rabat de cuir. « Allons-nous-en », dis-je tout bas au fou, et il acquiesça de la tête.

Je repris notre bougie et nous nous remîmes en route dans les étroites galeries à rats qui couraient dans les murs de Castelcerf. Au lieu de ramener directement le fou à ma chambre, je fis un crochet par la vieille salle d'Umbre. À peine entré, il s'arrêta, ferma les yeux un instant, puis inspira profondément. « Ça n'a pas tellement changé depuis la dernière fois que je suis venu », dit-il d'une voix étranglée.

Je me servis de ma bougie pour allumer celles de la table, puis je déposai une bûche sur les braises de l'âtre. « Je suppose qu'Umbre t'a conduit ici la nuit où le roi Subtil a été assassiné. »

Il hocha lentement la tête. « Je le connaissais ; j'avais bavardé un peu avec lui de temps en temps. Notre première rencontre avait eu lieu peu après mon entrée au service du roi Subtil. Umbre se présentait chez lui de nuit pour parler avec lui ; parfois ils jouaient aux dés ensemble ; le savais-tu ? Mais en général ils s'asseyaient près de la cheminée et discutaient de tel ou tel danger qui menaçait le royaume en buvant de l'eau-de-vie de la meilleure qualité. C'est ainsi que j'ai appris ton existence : lors d'une de leurs conversations au coin du feu. Quand j'ai mesuré la portée de leurs propos, mon cœur s'est mis à cogner si fort dans ma poitrine que j'ai cru m'évanouir ; eux, en revanche, avaient à peine remarqué que je les écoutais. Ils me prenaient pour un enfant, peut-être un peu simple et, en me présentant, j'avais pris soin de manifester une maîtrise imparfaite de votre langue. » Il secoua la tête. « Ç'a été une étrange période de ma vie ; j'en percevais l'importance, je voyais les augures qui la dominaient, et pourtant, grâce à la protection du roi Subtil, c'est à ce moment-là que j'ai connu ce qui se rapproche le plus d'une véritable enfance.

Je sortis deux verres et la bouteille d'eau-de-vie entamée d'Umbre ; je les posai sur la table puis nous servis. Le fou leva les sourcils. « Si tôt le matin ? »

Je haussai les épaules. « J'ai peut-être l'impression que la journée est bien avancée ; pour moi, elle a commencé il y a déjà longtemps, en compagnie de Heur. » Je me laissai tomber dans un fauteuil, le cœur alourdi par le souci que me causait mon fils. « Fou, t'arrive-t-il d'avoir envie de pouvoir revenir en arrière pour modifier tes actions ? »

Il s'assit à son tour mais ne toucha pas à son verre. « Oui, comme tout le monde. C'est un jeu stupide auquel nous aimons jouer. Qu'est-ce qui te pèse, Fitz ? »

Alors je m'épanchai comme un enfant, je lui dis mes craintes et mes déceptions comme s'il avait la capacité de les ordonner, de leur trouver un sens. « Quand je revois ma vie, fou, j'ai parfois le sentiment que c'est dans les moments où je me sentais le plus sûr de moi que j'ai commis mes erreurs les plus graves. Par exemple, quand j'ai pourchassé Justin et Sereine dans tout le château pour les tuer devant les ducs assemblés parce qu'ils venaient d'assassiner mon roi : songe à ce qui s'ensuivit pour nous tous, à la cascade d'événements que cela a provoquée. »

Il acquiesça de la tête. « Et ? » fit-il pour me relancer alors que je me versais une nouvelle rasade d'alcool.

Je vidai mon verre d'un trait et me jetai à l'eau. « Et coucher avec Molly », dis-je. Je soupirai sans me sentir mieux. « Cela me semblait parfaitement naturel ; c'étaient des moments doux, sincères, précieux ; c'était le seul domaine de ma vie qui n'appartenait qu'à moi. Mais si je ne l'avais pas fait... »

Il attendit que je poursuive.

« Si je ne l'avais pas fait, si je ne l'avais pas mise enceinte, elle n'aurait pas quitté Castelcerf pour cacher son état. Même quand j'ai commis l'autre erreur que j'ai mentionnée, elle aurait pu subvenir seule à ses besoins ; Burrich ne se serait pas senti obligé de l'accompagner, de la protéger jusqu'à l'accouchement ; ils ne seraient pas tombés amoureux, ils ne se seraient pas mariés. Quand... Après les dragons, j'aurais pu retourner auprès d'elle. J'aurais une vie à moi, aujourd'hui. »

Je ne pleurais pas. Cette douleur avait perduré bien au-delà des larmes ; la seule nouveauté, c'était que j'en reconnaissais l'existence. « Je ne peux m'en prendre qu'à moi-même ; tout est de ma faute. »

Le fou se pencha sur la table pour poser sa longue main fraîche sur la mienne. « Je te l'ai dit, c'est un jeu stupide, Fitz, murmura-t-il. Et puis tu t'attribues trop de pouvoir, et trop peu à la force des événements. À Molly aussi. Si tu pouvais remonter le temps et gommer ces décisions, qui sait lesquelles prendraient leur place ? Lâche prise, Fitz ; laisse aller. L'attitude de Heur n'est pas une sanction de tes actes passés ; ce n'est pas toi qui l'as obligé à faire ce choix. Mais cela ne te dispense pas de ton devoir de père, qui est de tenter de le détourner de cette voie. Crois-tu que, parce que tu as pris la même décision que lui autrefois, tu n'as pas le droit de lui dire que c'était une erreur ? » Il s'interrompit un instant, puis demanda : « As-tu déjà songé à lui apprendre la vérité sur Molly et Ortie ?

— Je... Non. Je ne peux pas.

— Oh, Fitz ! Ces secrets, tout ce qu'on ne dit pas... » Sa voix mourut sur une note attristée.

« Comme les dragons de Terrilville », fis-je d'un ton uni. Il ôta sa main de la mienne. « Comment ?

— Un soir, nous avons bu, et tu m'as raconté une histoire où il était question de serpents qui s'enfermaient dans des cocons de papillon et en ressortaient sous forme de dragons ; mais, pour une raison que j'ignore, ils restaient petits et chétifs. Tu avais l'air de t'en sentir fautif. »

Il se laissa aller contre le dossier de son fauteuil. Son teint doré avait pris une nuance cireuse. « Nous avions bu. Beaucoup bu.

— En effet. Tu étais assez soûl pour t'ouvrir à moi, et j'avais encore la tête assez claire pour t'écouter. » J'attendis sa réponse, mais il me regarda sans rien dire. « Eh bien ? fis-je enfin.

— Que désires-tu savoir ? demanda-t-il à voix basse.

— Parle-moi des dragons de Terrilville. Existent-ils vraiment ? »

À son expression, je vis qu'il prenait une décision. Quand ce fut fait, il se redressa sur son siège, remplit nos verres d'eau-de-vie et but une gorgée du sien. « Oui. Ils sont aussi réels que ceux des Six-Duchés, mais différemment.

— Comment cela ? »

Il soupira. « Il y a bien longtemps, nous avons eu une âpre discussion à ce sujet, je ne sais pas si tu t'en souviens. Je soutenais qu'à une époque il avait dû exister de vrais dragons de chair et de sang, et que les clans d'Art s'en étaient inspirés pour créer des dragons de pierre et de mémoire.

— Ça remonte à des années ; je me rappelle à peine cette conversation.

— C'est inutile. Sache seulement que j'avais raison. » Un sourire voleta sur ses lèvres. « Il fut un temps, Fitz, où il y avait de vrais dragons – ceux qui ont inspiré les Anciens.

— Non : les dragons, c'étaient les Anciens », répliquai-je.

Il sourit. « Tu as raison, Fitz, mais pas au sens où tu l'entends. Du moins, je crois ; j'en suis encore à essayer d'assembler les morceaux du miroir. Les créatures que nous avons tirées du sommeil, les dragons des Six-Duchés... c'étaient bel et bien des créations, des objets sculptés par des clans ou des Anciens. La pierre de mémoire avait pris les formes qu'on lui avait données et s'était éveillée à la vie sous l'aspect de dragons, de sangliers volants, de cerfs ailés, ou d'une fille sur un dragon. »

Il emboîtait les pièces un peu trop vite pour moi. Je hochai néanmoins la tête. « Continue.

— Pourquoi les Anciens ont-ils créé ces dragons de pierre et y ont-ils conservé leur esprit et leur vie ? Parce qu'ils se sont inspirés de véritables dragons, d'êtres qui, à l'instar des papillons, traversaient deux étapes au cours de leur existence. Ils éclosaient sous forme de serpents de mer et sillonnaient les océans où ils atteignaient d'énormes proportions ; quand le temps était venu, quand, au bout d'un certain nombre d'années, ils étaient parvenus aux dimensions d'un dragon, ils migraient jusqu'au territoire de leurs ancêtres. Là, jadis, les adultes les accueillaient et les escortaient pendant qu'ils remontaient les fleuves jusqu'en un lieu où ils se tissaient un cocon en mélangeant du sable – constitué de pierre de mémoire broyée – et leur propre salive. Les dragons adultes les aidaient dans cette tâche, et leur salive contenait leurs souvenirs qui participaient à la formation des jeunes dragons. Un hiver tout entier, ils se transformaient en dormant, sous la surveillance de leurs aînés qui les protégeaient des prédateurs, et, sous le soleil brûlant de l'été, ils éclosaient en absorbant la plus grande partie de leurs cocons et les souvenirs qu'ils renfermaient. De jeunes dragons apparaissaient alors, parfaitement achevés, forts, aptes à se défendre seuls, à chasser, à se battre pour s'accoupler, et, ultérieurement, à pondre des œufs sur une île lointaine, l'île des Autres, des œufs qui donnaient de nouveaux serpents. »

J'avais l'impression de voir ce qu'il décrivait, peut-être à cause de mes rêves. Combien de fois dans mon sommeil m'étais-je imaginé à la place de Vérité, en train de voler dans le ciel pour chasser et me nourrir ! Les paroles du fou faisaient écho à ces songes qui me semblaient tout à coup de véritables souvenirs et non plus des chimères de mon invention. Il s'était tu.

« Dis-moi la suite », fis-je d'un ton suppliant.

Il se radossa en soupirant. « Ils ont disparu, il y a bien longtemps ; j'ignore exactement de quelle façon. À cause d'un grand cataclysme qui a enseveli des cités entières en l'espace de quelques jours, peut-être ; les côtes se sont enfoncées, les villes portuaires ont été englouties et le cours des fleuves modifié. Les dragons ont été effacés de la surface du monde, et les Anciens aussi, je pense. Ce n'est qu'une hypothèse, Fitz, que je fonde non seulement sur ce que j'ai vu et entendu, mais aussi sur ce que tu m'as raconté et ce que j'ai lu dans tes mémoires : la cité déserte, fendue par une immense fracture, la vision que tu y as eue d'un dragon qui se posait au bord du fleuve, et la description des habitants bizarrement conformés qui l'accueillaient. À une époque, ces gens et les dragons vivaient côte à côte ; quand s'est produit le désastre qui les a tous tués, ils ont tenté de sauver quelques cocons, ils ont voulu les placer à l'abri dans leurs bâtiments, et tous ont fini enterrés vivants. Les gens sont morts mais, dans les cocons, loin de la lumière et de la chaleur qui sont le signal de l'éclosion, les dragons à demi achevés ont survécu. »

Pendu à ses lèvres comme un enfant, j'écoutais son incroyable histoire.

« Des gens d'un autre peuple ont fini par les découvrir : les Marchands du désert des Pluies, issus des Marchands de Terrilville, ont fouillé dans les anciennes cités ensevelies en quête de trésors, et ils en ont trouvé beaucoup. La plupart des cadeaux que tu as vus aujourd'hui offerts à Kettricken, les bijoux de feu, le jizdin, même le tissu, proviennent de ces sites où ont vécu les Anciens. Les chercheurs ont aussi découvert les cocons des dragons. Ils ignoraient de quoi il s'agissait, naturellement ; ils ont cru... mais qui peut savoir ce qu'ils ont cru d'abord ? Les cocons leur ont peut-être évoqué des sections de gigantesques troncs d'arbre, car ils ont donné à cette matière le nom de "bois-sorcier". Ils les ont découpés et ont employé les cocons comme matériau de construction, en jetant au rebut les dragons inachevés qu'ils abritaient. C'est de cette substance qu'ils fabriquent leurs vivenefs, et ces étranges navires puisent la vie dont ils sont animés dans les dragons qu'ils auraient dû devenir. Je pense que la majorité des embryons étaient morts depuis longtemps quand on a tronçonné leurs cocons ; mais l'un d'eux, au moins, était vivant, et, par un enchaînement d'événements dont je ne sais pas tout, son cocon s'est trouvé exposé à la lumière du soleil. Il a éclos et Tintaglia est née.

— Chétive et mal formée. » Je m'efforçais de faire le lien entre cette dernière partie de son récit et ce qu'il m'avait appris précédemment.

« Pas du tout : saine, bien-portante et bouffie d'une

morgue sans limite. Elle est partie à la recherche d'autres de son espèce ; elle a fini par renoncer à trouver des dragons, mais elle a découvert des serpents. Ils étaient très vieux et immenses, car – et, là encore, c'est une spéculation, Fitz – le cataclysme, quelle qu'eût été sa nature, qui avait anéanti les dragons adultes avait aussi modifié la géographie du monde, à tel point que les serpents étaient incapables de retourner sur leurs sites d'encoconnage. Pendant des dizaines, voire des centaines d'années, ils avaient essayé périodiquement d'emprunter le chemin du retour, avec pour seul résultat la mort de nombre d'entre eux. Mais aujourd'hui, avec Tintaglia pour les guider et les habitants de Terrilville pour curer les fleuves afin de leur ouvrir le passage, certains serpents ont survécu à la migration, et, en plein hiver, ils ont fabriqué leurs cocons. Ils étaient vieux, affaiblis, mal-portants, et ils n'avaient qu'un seul dragon pour les conduire et les aider à créer leur coque protectrice ; beaucoup ont péri en remontant le fleuve ; d'autres ont sombré dans le sommeil dans leur cocon pour ne jamais se réveiller, et, à l'arrivée de l'été, ceux qui ont éclos à la chaleur du soleil étaient des avortons. Peut-être les serpents étaient-ils trop âgés, ou bien ont-ils passé trop peu de temps dans leur chrysalide, ou encore n'étaient-ils pas en assez bonne santé quand ils ont entamé leur transformation ; en tout cas, ce sont des créatures pitoyables, incapables de voler ou de chasser, qui rendent Tintaglia folle de rage. Chez les dragons, on méprise la faiblesse, et ceux qui ne sont pas assez forts pour survivre sont condamnés ; mais si elle laisse mourir cette génération, elle se retrouvera complètement seule, à jamais, dernière de son espèce sans espoir de la ressusciter un jour. Aussi passe-t-elle tout son temps et toute son énergie à chasser et à rapporter des proies ; elle est convaincue qu'en leur donnant assez à manger elle parviendra à faire de ces chétives créatures des dragons dignes de ce nom, et elle souhaite – non, elle exige – que les Marchands du désert des Pluies l'aident dans cette entreprise. Mais ils ont eux aussi des enfants à nourrir, et la guerre fait obstacle à leur commerce. En résumé, tout le monde se bat sur tous les fronts. Telle était la situation le long du fleuve du désert des Pluies la dernière fois que j'y suis passé, il y a deux ans, et apparemment elle n'a pas changé. »

Je restai un moment silencieux, m'efforçant de trouver une niche convenable dans mon esprit à son récit extraordinaire. Je ne pouvais douter de ses paroles : au cours des années, il m'avait raconté bien d'autres histoires étranges qui s'étaient révélées vraies. Mais le croire m'obligeait aussi à réévaluer l'importance et la signification de nombre de mes propres expériences. J'essayai de songer uniquement à l'impact de ce qu'il décrivait sur Terrilville et les Six-Duchés.

« Umbre et Kettricken sont-ils au courant de ce que tu m'as appris ? »

Il secoua lentement la tête. « Non ; pas de mon fait, en tout cas. Umbre dispose peut-être d'autres sources ; mais je ne lui ai jamais rien dit.

— Eda et El, mais pourquoi donc ? Ils négocient avec les ambassadeurs en aveugle, fou ! » Une pensée encore plus effrayante me vint. « As-tu parlé aux Marchands de nos dragons ? Connaissent-ils la véritable nature des dragons des Six-Duchés ? »

Il secoua de nouveau la tête.

« Eda merci ! Mais pourquoi n'avoir rien dit à Umbre ? Pourquoi n'en avoir parlé à personne ? »

Il me dévisagea si longtemps en silence que je finis par croire qu'il ne répondrait pas. Il déclara enfin avec réticence : « Je suis le Prophète blanc. Mon but dans cette vie consiste à engager le monde sur une voie meilleure. Cependant... je ne suis pas le catalyseur, celui qui opère les changements ; c'est ton rôle, Fitz. Révéler à Umbre ce que je sais modifierait à coup sûr l'orientation des tractations avec les Terrilvilliens, mais j'ignore si cela contribuerait à ma mission ou la contrarierait. En cet instant, je doute plus que jamais du chemin que je dois emprunter. »

Il se tut et me regarda comme s'il espérait de ma part une remarque utile ; je n'en trouvai pas. Le silence s'éternisa entre nous. Enfin le fou croisa ses doigts sur ses genoux, les yeux baissés. « Je me demande si je n'ai pas commis une erreur à Terrilville ; en outre, je crains, au cours des années que j'ai passées là-bas et... ailleurs, de n'avoir pas accompli convenablement mon destin. J'ai peur de m'être trompé et d'avoir par avance faussé tous mes actes présents. » Il soupira tout à coup. « Fitz, je progresse dans le temps en me fiant à ce que je ressens, non un pas après l'autre, mais d'instant en instant. Qu'est-ce qui me paraît le plus juste ? Jusqu'à maintenant, il ne me semblait pas que je dusse faire part à Umbre de ces renseignements ; je les lui ai donc tus. Aujourd'hui, j'ai eu le sentiment qu'il était temps de te les apprendre, et je l'ai fait. J'ai transféré sur toi la décision, celle d'en parler à Umbre ou non, Changeur. C'est à toi de choisir. »

J'éprouvai une curieuse sensation, comme un coup d'aiguillon, à entendre le nom que me donnait Œil-de-Nuit prononcé tout haut par une voix humaine. « C'est ainsi que tu procèdes quand tu dois prendre parti ? Tu te fies à ce que tu ressens ? »

J'avais parlé d'un ton plus acerbe que je ne le voulais mais le fou ne cilla pas. Il me regarda dans les yeux et demanda : « Et comment pourrais-je m'y prendre autrement ?

— En te servant de tes connaissances, de signes, d'augures, de rêves prémonitoires, de tes propres prophéties, je ne sais pas, moi ! Mais pas simplement de ce que tu ressens ! Sacré nom d'El, fou, ça pourrait être le poisson du déjeuner qui ne passe pas, tout bêtement ! »

J'enfouis mon visage dans mes mains et réfléchis. Il s'en était remis à moi ; qu'allais-je faire ? Le choix me paraissait brusquement plus délicat que lorsque j'avais reproché au fou de s'être tu. Une fois qu'il serait au courant, quelle attitude Umbre adopterait-il à l'égard de Terrilville et d'une éventuelle alliance ? De vrais dragons... La faveur d'un vrai dragon valait-elle la peine qu'on s'engage dans une guerre ? Dans quelle situation nous retrouverions-nous si nous refusions de soutenir Terrilville, que la cité marchande sorte victorieuse du conflit et qu'elle finisse par disposer d'une phalange de dragons à ses ordres ? Et si j'avertissais plutôt Kettricken ? Les mêmes questions se poseraient, mais les réponses seraient certainement très différentes. Je poussai un brusque soupir. « Pourquoi m'avoir confié cette décision ? »

Je sentis la main du fou sur mon épaule et, quand je levai les yeux, je vis son étrange demi-sourire. « Parce que tu t'en es toujours bien débrouillé chaque fois que j'ai agi ainsi, depuis le jour où je me suis mis en quête d'un jeune garçon dans les jardins et que je lui ai dit : "Fitz débouche la bouche du bichon. Du beurre et ça biche." »

Je le regardai, ahuri. « Mais tu avais prétendu avoir fait un rêve et vouloir m'en prévenir ! »

Il eut un sourire énigmatique. « J'avais fait un rêve, c'est vrai, et je l'avais noté. J'avais huit ans alors. Quand j'ai senti que l'heure était venue, je t'en ai fait part, et, malgré ton jeune âge, tu as su quoi en faire, tu as su jouer ton rôle de catalyseur. Tu t'en tireras aussi bien aujourd'hui, j'en suis sûr. » Il se rassit.

« J'ignorais la portée de mes actes et de leurs conséquences, alors.

— Et aujourd'hui que tu en as conscience ?

— Je le regrette. Les décisions n'en sont que plus difficiles à prendre. »

Il s'adossa dans son fauteuil avec un sourire supérieur. « Tu vois ? » Il se pencha soudain vers moi. « Comment as-tu déterminé ta façon d'agir à l'époque, dans le jardin ? Ce que tu allais faire ? »

Je secouai lentement la tête. « Je n'ai rien déterminé ; il y avait une ligne de conduite toute tracée, et je l'ai suivie. Si j'ai opéré un choix, il se fondait sur ce que je considérais comme l'intérêt des Six-Duchés ; je n'ai pas réfléchi plus loin. »

Je tournai la tête un instant avant que le casier à vin pivote et révèle le passage secret qu'il dissimulait. Umbre en sortit. Il paraissait à bout de souffle et aux abois. Son regard tomba sur la bouteille d'eau-de-vie ; sans un mot, il s'approcha de la table, s'empara de mon verre et le vida d'un trait. Alors il poussa un soupir et dit : « Je pensais bien vous trouver cachés ici tous les deux.

— Cachés ? Non, rétorquai-je. Nous discutions tranquillement à l'abri des oreilles indiscrètes, rien de plus. » Je lui cédai mon fauteuil et il s'y laissa tomber avec soulagement. Manifestement, il avait grimpé quatre à quatre les marches qui menaient à sa tour.

« J'aimerais que cette audience avec les Marchands de Terrilville fût restée aussi secrète ! Les bavardages vont déjà bon train et la marmite commence à bouillir.

— Sur les avantages et les inconvénients d'une alliance

avec eux et d'un engagement dans la guerre qui les oppose à Chalcède, j'imagine. Non, ne me dites rien ; laissez-moi deviner ; Haurfond se déclare prêt à envoyer ses navires de combat dès demain, n'est-ce pas ?

— Haurfond, je pourrais m'en débrouiller, répondit Umbre d'un ton irrité. Non, c'est plus compliqué que cela. À peine Kettricken avait-elle regagné ses appartements et avions-nous commencé à examiner entre nous ce que Terrilville nous demande et nous offre en réalité qu'un page a frappé à la porte : Peottre Ondenoire et la narcheska exigeaient de nous voir sur-le-champ. C'était un ordre, pas une requête. » Il se tut pour nous laisser le temps de digérer ce détail. « Le ton du message était des plus urgents : nous n'avons pu qu'accepter. La reine craignait que la narcheska ne se fût offensée à nouveau d'une parole ou d'une attitude malheureuse de Devoir, mais, quand on les a introduits dans la salle d'audience privée, Peottre a déclaré que la narcheska et lui s'affligeaient fort de voir les Six-Duchés recevoir des ambassadeurs des Marchands de Terrilville. Ils paraissaient tous deux extrêmement troublés. Mais le plus intéressant a été la promesse claire et nette de Peottre d'annuler les fiançailles si les Six-Duchés formaient une alliance avec ces « éleveurs de dragons », pour reprendre son expression.

— Ce sont Peottre Ondenoire et la narcheska qui vous ont tenu ces propos, pas Arkon Sangrépée ? » demandai-je afin d'être sûr d'avoir une idée précise de la situation.

Au même instant, le fou s'exclama d'un ton d'intense intérêt : « Des éleveurs de dragons ? Ondenoire les a traités d'éleveurs de dragons ? »

Umbre nous regarda tour à tour. « Sangrépée n'était pas présent, dit-il en réponse à ma question, puis il poursuivit en s'adressant au fou : En réalité, c'est la narcheska qui a employé cette expression.

— Comment a réagi la reine ? » fis-je.

Umbre poussa un long soupir. « J'espérais qu'elle leur expliquerait que nous avions besoin de temps pour débattre du sujet, mais à l'évidence l'humiliation que son fils avait subie la veille l'avait agacée plus que je ne le croyais. J'oublie parfois qu'elle est mère autant que souveraine. Elle a riposté d'un ton sec que les accords entre les Marchands de Terrilville et les Six-Duchés seraient soumis aux intérêts de notre royaume, non aux menaces de quiconque.

— Et ensuite ?

— Ensuite ils sont ressortis. La narcheska marchait droite comme un *i*, apparemment très en colère ; Ondenoire allait le dos voûté comme un homme chargé d'un lourd fardeau.

— Leur retour pour les îles d'Outre-mer est prévu pour très bientôt, n'est-ce pas ? »

Umbre acquiesça de la tête, l'air chagrin. « Oui, dans quelques jours. Les événements se conjuguent pour tout laisser en suspens ; si la reine ne fournit pas rapidement une réponse aux Terrilvilliens, la question de la solidité des fiançailles restera posée lorsque la narcheska repartira. Tout ce travail pour renouer des relations, à la trappe ou pire ! Cependant, je pense qu'il ne faut pas donner notre verdict aux Marchands de Terrilville dans la précipitation ; leur proposition doit faire l'objet d'une étude minutieuse. Cette histoire de dragons... S'agit-il d'une tentative d'intimidation ? D'une manière de se moquer de nos dragons ? D'un va-tout, d'une offre aussi vide qu'une baudruche qu'ils nous font parce qu'ils sont à la dernière extrémité ? Il faut que je débrouille tout cela, que je dépêche des espions et que j'achète des renseignements. Nous ne pouvons pas donner de réponse tant que nous ne disposons pas de faits vérifiés. »

Le fou et moi échangeâmes un regard.

« Quoi ? Qu'y a-t-il ? » demanda Umbre d'une voix tendue.

Je pris mon courage à deux mains et jetai ma prudence par-dessus les moulins. « Il est nécessaire que je vous parle, à la reine et à vous. Il serait peut-être utile que Devoir soit présent lui aussi. »

12

JEK

Je ne suis pas un lâche ; j'ai toujours accepté la volonté des Nés-du-Dieu. Plus de dix fois j'ai déposé ma vie aux pieds du duc Sidder pour le bien de la glorieuse Chalcède, et je ne regrette pas ces risques. Mais, quand mon très gracieux et divinement juste duc Sidder nous reproche de n'avoir pas su tenir le port de Terrilville, il fonde malheureusement son jugement sur les rapports d'hommes qui ne se trouvaient pas sur place, et on ne saurait donc faire grief à notre très gracieux et divinement juste duc de parvenir à des conclusions erronées. Je veux tenter, par la présente, de corriger ces rapports.

Le scribe Wertin écrit que « toute une flotte de navires de combat aux équipages aguerris a été mise en déroute par des esclaves et des pêcheurs ». Ce n'est pas le cas. Certes, nombre de nos vaisseaux ont été victimes de sabotages perfides commis par des esclaves et des pêcheurs, en secret et à la faveur de la nuit, et non au grand jour au cours d'une vraie bataille. Toutefois, comme nos capitaines n'avaient pas été informés que les Marchands de Terrilville pouvaient disposer de forces aussi organisées, pourquoi auraient-ils dû se méfier d'une telle menace ? À mon sens, les responsables ne sont pas nos officiers : ce sont nos ressortissants de Terrilville, scribes, comptables, mais non guerriers, qui ont omis de nous mettre en garde. La pendaison est un sort encore trop doux pour ces gens-là : de nombreux et vaillants combattants ont trouvé une mort indigne à cause de leur incurie.

Le scribe Wertin laisse aussi entendre que les entrepôts auraient été vidés de leurs trésors avant d'être incendiés, et que certains commandants auraient conservé ces richesses par-devers eux à la suite de notre défaite. Je ne saurais trop dire combien ces assertions sont fausses. Les entrepôts, remplis des butins que nous avions assidûment réunis pour vous, ont entièrement brûlé avec leur contenu dans des incendies allumés par des Terrilvilliens fanatiques. Pourquoi les scribes éprouvent-ils tant de difficultés à s'en persuader ? On trouve pourtant mention, dans d'autres comptes rendus, de Terrilvilliens qui auraient tué leur famille avant de se suicider plutôt que d'affronter nos forces. Eu égard à notre réputation, je pense qu'on peut considérer ma version des faits comme parfaitement recevable.

Mais là où le scribe commet sa plus grave et sa plus injuste erreur, c'est quand il nie l'existence du dragon. Puis-je demander, en toute courtoisie et humilité, sur quoi il fonde cette négation ? Tous les commandants de navire qui ont regagné nos côtes ont signalé avoir vu un dragon bleu et argent, tous sans exception. Pourquoi rejette-t-on leur témoignage sous le qualificatif de lâches excuses, tandis qu'on proclame vérité incontestable les fables d'un eunuque sans muscles ? Il y avait bel et bien un dragon, et il nous a infligé des dommages désastreux. Votre scribe déclare sottement qu'il n'existe aucune preuve de son existence, que les rapports le concernant ne sont que « les inventions de poltrons qui se sont enfuis alors que la victoire était certaine, et peut-être un artifice pour conserver les trésors et les tributs dus au duc Sidder ». Quelle preuve plus parlante pourrait-on bien trouver, qu'on me permette de poser la question, que celle des centaines d'hommes qui ne sont jamais rentrés chez eux ?

Récusation du capitaine Slyke de son arrêt d'exécution,
traduit du chalcédien par UMBRE TOMBÉTOILE

*

Ce ne fut que plusieurs heures plus tard que je gravis à pas lourds l'escalier qui menait aux appartements de sire Doré ; je sortais d'une longue entrevue avec la reine et Umbre. Le vieil assassin avait refusé d'y inviter le prince Devoir. « Il sait que nous nous connaissons de longue date, toi et moi, mais je ne crois pas judicieux de renforcer l'image qu'il se fait de ce lien ; du moins pas pour l'instant. »

À y réfléchir, il n'avait peut-être pas tort : techniquement, Umbre était mon grand-oncle, même si ce n'était pas ainsi que je me sentais rattaché à lui ; je l'avais toujours considéré comme mon mentor. Pourtant, malgré son âge et mes balafres, nous avions un certain air de famille, et Devoir m'avait dit soupçonner une parenté entre nous. Mieux valait en effet ne pas nous montrer ensemble à lui au risque d'apporter de l'eau à son moulin.

L'audience avait duré longtemps. Umbre, qui n'avait jamais eu l'occasion de nous voir réunis dans la même pièce, Kettricken et moi, nous avait interrogés sur la véritable nature des dragons des Six-Duchés en buvant une de ces infâmes décoctions et en prenant d'innombrables notes jusqu'à ce que sa main décharnée se fatigue. Alors il m'avait remis la plume et ordonné d'écrire à sa place. Comme toujours, il avait posé des questions concises et mûrement pesées ; en revanche, il avait manifesté un enthousiasme et une ardeur inattendus devant le prodige des dragons de pierre éveillés à la vie à l'aide du sang, de l'Art et du Vif : il y voyait la démonstration des pouvoirs immenses de l'Art. La convoitise se lisait dans ses yeux tandis que, dans un élan spéculatif, il déclarait que les hommes avaient peut-être inventé cette magie dans l'espoir d'échapper aux crocs glacés de la mort.

Kettricken avait froncé les sourcils ; elle préférait sans doute croire que les dragons avaient été sculptés par des clans d'Art afin de servir un jour les Six-Duchés, et pensait sûrement que la création des plus anciens répondait aussi à quelque noble motif. Quand j'avais émis l'idée contradictoire que la dépendance à l'Art menait à de telles productions, je m'étais attiré le regard réprobateur de mes interlocuteurs.

Par la suite, j'avais eu droit à ce regard à de nombreuses reprises. Mes renseignements sur les dragons de Terrilville furent d'abord accueillis avec scepticisme, puis on me reprocha de ne pas les avoir révélés plus tôt. Je n'aurais su expliquer ce qui me poussait à protéger le fou, mais j'avais menti, quoique de façon oblique : Umbre avait été bon professeur. J'avais laissé croire à la reine et à son conseiller que le fou m'avait entretenu du sujet lors de sa première visite chez moi, à la chaumine, et que j'avais endossé la responsabilité de ne pas leur avoir transmis ce que j'avais appris. Avec un haussement d'épaules, j'avais déclaré d'un ton désinvolte n'avoir pas songé que ces histoires puissent affecter Castelcerf; je n'avais pas eu besoin d'ajouter qu'elles m'avaient paru relever de la plus haute fantaisie : tous deux semblaient encore avoir du mal à les accepter.

« Voilà qui jette un éclairage nouveau sur nos dragons, avait dit Kettricken d'un ton méditatif.

— Et qui rend les affirmations de l'homme voilé un peu moins insultantes, avais-je ajouté non sans audace.

— Peut-être. Je persiste pourtant à me sentir insultée qu'il ait osé douter de la réalité de nos dragons. »

Umbre s'était éclairci la gorge. « Il faudra glisser là-dessus pour le moment, ma dame. L'an passé, je suis entré en possession de certains documents qui décrivaient un dragon défendant Terrilville contre la flotte chalcédienne; je n'y ai vu alors que fariboles, comme on en invente souvent pour excuser une défaite. J'ai supposé que les Chalcédiens avaient entendu parler de nos vrais dragons et avaient préféré se prétendre mis en déroute par une de ces créatures que par une simple stratégie supérieure. J'aurais peut-être dû y prêter davantage attention; je verrai quels renseignements complémentaires je puis me procurer. Mais, pour l'heure, examinons ce dont nous disposons. » Il avait toussoté puis m'avait regardé d'un air inquisiteur, comme s'il me soupçonnait de lui cacher des informations vitales. « Ces cités enfouies qu'a mentionnées le fou... pourraient-elles avoir un rapport avec celle où tu t'es retrouvé ? » Au ton qu'il avait employé, il paraissait considérer sa question comme plus importante que les récriminations de la reine sur son amour-propre froissé.

J'avais haussé les épaules. « Je n'ai aucun moyen de le

savoir. La ville que j'ai vue n'était pas ensevelie : un grand cataclysme l'avait fendue en deux, comme un gâteau tranché d'un coup de hache, et l'eau du fleuve qui la baignait s'était précipitée pour emplir la fracture.

— Un séisme capable de fissurer la terre d'une cité aurait pu accélérer l'enfoncement du sol d'une autre, avait fait Umbre, réfléchissant tout haut.

— Ou susciter la colère d'une montagne, était intervenue Kettricken. Nous avons de nombreuses histoires sur ce sujet dans mon royaume d'origine. La terre tremble, et l'un des monts de feu s'éveille et crache de la lave et des cendres, obscurcit parfois le ciel et charge l'air de fumée suffocante. Quelquefois, c'est seulement un torrent d'eau, de boue et de pierres mélangées qui dévale ses flancs, comble les dépressions et se répand dans les plaines. On parle aussi, et l'anecdote n'est pas très vieille, d'une ville nichée dans une vallée près d'un lac profond ; la veille du tremblement de terre, elle bruissait d'activité, tout était normal ; mais des voyageurs s'y sont arrêtés trois jours plus tard et ils ont trouvé les habitants morts dans les rues, à côté des cadavres de leurs animaux. Les corps ne portaient aucune marque de violence ; on eût dit que les gens étaient tombés raides morts, d'un seul coup. »

Un long silence avait suivi ses propos, puis Umbre m'avait demandé de répéter une fois de plus tout ce que le fou m'avait appris sur les dragons de Terrilville. Il m'avait ensuite posé quantité de questions sur ceux des Six-Duchés, dont j'ignorais les réponses pour la plupart : Se pouvait-il qu'il y eût des dragons issus de serpents parmi ceux que j'avais éveillés ? Si ceux de Terrilville attaquaient les Six-Duchés, pensais-je possible de persuader les nôtres de sortir du sommeil pour nous protéger ? Ou bien risquaient-ils de passer dans le camp de leurs cousins écailleux ? Et, à propos d'écailles, qui était l'adolescent reptilien qui accompagnait la délégation ? Le fou avait-il des renseignements sur les gens de cette espèce ?

Quand ils me donnèrent enfin congé pour conférer entre eux, j'avais l'impression d'avoir sauté plusieurs repas. Je quittai les appartements privés de Kettricken par un passage secret, émergeai dans ma chambre où je constatai que sire Doré ne se trouvait pas chez lui, et descendis aux cuisines faire main basse sur quelque nourriture. Il y régnait un vacarme et une agitation intenses, et on m'en refusa l'accès ; je battis en retraite pour effectuer une incursion dans la salle des gardes où je m'emparai de pain, de viande, de fromage et de bière, ce qui suffisait amplement au contentement de mon âme.

En remontant les escaliers, je me demandai si je pouvais me permettre une petite sieste discrète pendant que sire Doré et le reste de la noblesse de Castelcerf dînaient en compagnie de la délégation terrilvillienne. Normalement, j'aurais dû enfiler ma livrée, me planter à côté de mon maître et ouvrir l'œil sur le déroulement de la soirée, mais mon cerveau me semblait déjà bourré à refus de faits et d'informations. J'avais transmis ce que je savais à Umbre et Kettricken ; à eux de se débrouiller. Ma situation vis-à-vis de Heur me rongeait le cœur, et je ne voyais pas comment l'améliorer.

J'optai finalement pour la sieste. Dormir me mettrait quelque temps à l'abri de mes tracas et, à mon réveil, ils m'apparaîtraient peut-être sous un aspect plus clair.

Je frappai à la porte de sire Doré, puis entrai. À mon apparition, une jeune femme se leva d'un des fauteuils près de l'âtre. Je parcourus la pièce du regard, pensant que c'était mon maître qui lui avait ouvert, mais je ne le vis nulle part ; peut-être se trouvait-il dans une autre salle, bien qu'il ne fût pas dans ses habitudes de laisser ses invités seuls. Il n'y avait sur la table ni collation ni vin qu'il n'eût certainement pas manqué de faire monter.

L'inconnue était impressionnante, à cause non seulement de l'extravagance de sa tenue, mais surtout de ses proportions. Au moins aussi grande que moi, elle avait de longs cheveux blonds, des yeux marron clair et une carrure de guerrier que soulignaient ses vêtements. Ses bottes noires montaient jusqu'à ses genoux et elle portait des chausses au lieu de jupes. Sa chemise était de toile ivoire et son gilet aux motifs fantastiques en daim souple. Ses manches plissées s'achevaient par des volants de dentelle aux dimensions mesurées afin de ne pas gêner ses mouvements. La coupe de ses habits était simple, mais la richesse des tissus employés ne le cédait qu'aux broderies qui les ornaient, et l'aspect masculin du costume ne faisait que mettre en valeur la femme qui le portait. Elle arborait plusieurs boucles à chaque oreille, certaines en or, d'autres en bois minutieusement sculpté en spirales où je reconnus la patte du fou. En or également, d'autres accessoires ornaient son cou et ses poignets, mais leur simplicité m'incitait à penser qu'elle s'en parait par plaisir plus que pour étaler sa fortune. Un poignard et une épée des moins ostentatoires pendaient à ses hanches.

Lors de ce premier instant de surprise mutuelle, son regard croisa le mien, puis il me parcourut de la tête aux pieds d'une façon que je ne connaissais que trop bien. Quand elle eut fini de m'examiner, elle me fit un sourire désarmant. Ses dents étaient très blanches.

« Vous êtes sans doute sire Doré. » Elle me tendit la main en s'approchant à grandes enjambées. Malgré son costume étranger, elle s'exprimait avec l'accent de Haurfond.

« Je m'appelle Jek; peut-être Ambre* vous a-t-elle parlé de moi. »

Je saisis sa main par réflexe. « Je regrette, madame, mais vous vous méprenez. Je suis le serviteur de sire Doré, Tom Blaireau. » Elle avait la poigne ferme, la paume calleuse et solide. « Je suis navré de n'avoir pas été là pour vous recevoir; j'ignorais que sire Doré attendait une visite. Puis-je vous apporter un rafraîchissement ? »

Elle haussa les épaules, lâcha ma main et retourna près du fauteuil. « Sire Doré ne m'attend pas vraiment. J'ai demandé où je pouvais le trouver et un domestique m'a dirigée ici. J'ai frappé, on n'a pas répondu, alors je suis entrée pour patienter confortablement. » Elle se rassit, croisa les jambes puis demanda avec un sourire entendu : « Alors, comment va Ambre ? »

Soudain mal à l'aise, je regardai rapidement les portes fermées qui donnaient sur la pièce. « Je ne connais personne du nom d'Ambre. Comment avez-vous pénétré ici ? » Je lui barrais la sortie. Elle paraissait redoutable, mais sa tenue et sa coiffure étaient impeccables; si elle avait violenté le fou, j'aurais décelé des traces de lutte sur elle; en outre, rien n'avait été déplacé dans la pièce.

« Par la porte. Elle n'était pas fermée à clé.

— Elle est toujours fermée à clé. » Je m'efforçais de conserver un ton aimable mais l'inquiétude me gagnait.

« Eh bien, pas aujourd'hui, Tom; de plus, j'ai d'importantes affaires à régler avec sire Doré; comme il me connaît bien, je ne pense pas qu'il s'offusquera de mon intrusion. J'ai opéré de nombreuses transactions en son nom au cours de l'année passée, avec Ambre comme intermédiaire. » Elle pencha la tête de côté et me lança un

* Voir la série *Les Aventuriers de la mer*, disponible chez France Loisirs

regard par en dessous. « Et je ne vous crois pas une seconde quand vous prétendez ne pas la connaître. » Elle inclina la tête dans l'autre sens, m'étudia attentivement puis eut un grand sourire. « Je vous préfère avec les yeux marron, vous savez ; ça vous va beaucoup mieux que le regard bleu de Parangon. » Devant mon air ahuri, son sourire s'élargit encore. J'avais l'impression de me trouver face à un fauve exagérément affectueux. Je ne percevais aucune animosité chez elle ; on aurait plutôt dit qu'elle s'efforçait de réprimer son hilarité et de me mettre mal à l'aise, mais de façon joueuse, amicale. Je n'y comprenais rien. Devais-je la jeter dehors ou la retenir jusqu'au retour de sire Doré ? La tentation devenait de plus en plus forte d'ouvrir la porte de la chambre du fou pour m'assurer qu'il ne lui était arrivé aucun mal pendant mon absence.

Avec un brusque soulagement, j'entendis sa clé tourner dans la serrure. Je gagnai rapidement la porte et l'ouvris à sa place en annonçant avant qu'il pût entrer : « Sire Doré, une visiteuse vous attend ; dame Jek. Elle dit qu'il s'agit... »

Sans me laisser achever ma mise en garde, il m'écarta de son chemin d'une façon qui ne lui ressemblait pas du tout, referma la porte derrière lui comme si Jek était un chiot qui risquait de se sauver dans le couloir, et la boucla avant de se tourner vers la nouvelle venue. Je ne l'avais jamais vu aussi pâle.

« Sire Doré ? » s'exclama la femme. Elle resta un long moment à le contempler, les yeux écarquillés, puis elle partit d'un grand éclat de rire en frappant sa cuisse de son poing. « Mais bien sûr ! Sire *Doré* ! Comment n'ai-je pas deviné ? J'aurais dû comprendre tout de suite ! » Elle s'avança vers le fou, manifestement sûre de recevoir un accueil chaleureux, le serra contre elle puis recula d'un pas. Elle le saisit par les épaules et parcourut son visage d'un regard ravi. Pour ma part, je lui trouvais l'air complètement médusé, mais le sourire de Jek ne vacilla pas. « C'est extraordinaire ! Si je n'étais pas au courant, je me serais laissé abuser ! Mais je ne comprends pas : à quoi sert ce subterfuge ? Cela ne vous complique-t-il pas la tâche pour être ensemble, tous les deux ? » Ses yeux allaient du fou à moi, et sa question s'adressait visiblement à nous deux ; le sous-entendu était évident, même si l'allusion à un « subterfuge » me restait obscure, et je sentis le rouge monter à mes joues. Je pensais que sire Doré allait clarifier la situation mais il garda le silence. Mon expression dut surprendre Jek, car elle ramena son regard vers sire Doré et demanda d'un ton incertain : « Ambre, mon amie, n'es-tu pas contente de me voir ? »

Le visage de sire Doré semblait taillé dans la pierre. Ses lèvres remuèrent quelques instants sans qu'il pût émettre un son, puis il réussit à parler. Il s'exprimait d'une voix basse et calme mais il paraissait avoir du mal à retrouver son souffle. « Tom Blaireau, je n'ai plus besoin de vos services pour aujourd'hui. Vous pouvez vous retirer. »

Jamais je n'avais éprouvé autant de difficulté à demeurer dans mon personnage, mais je l'avais senti aux abois derrière son formalisme de façade. Je serrai les dents et m'inclinai avec raideur en contenant la fureur qu'avait soulevée en moi l'insinuation de Jek sur nos relations. Je répondis d'un ton glacial : « Comme il vous plaira, monseigneur. J'en profiterai pour prendre un peu de repos. »

Et je me dirigeai vers ma chambre. Je me munis d'une bougie en passant près de la table, ouvris ma porte, la franchis et la refermai – mais pas complètement.

Je ne suis pas fier de ma conduite alors. Dois-je en rendre responsable Umbre qui me forma dès l'enfance à l'espionnage ? Je le pourrais mais ce serait manquer d'honnêteté. Non, en vérité, je brûlais d'indignation. Jek croyait à l'évidence que le fou et moi étions amants, or il n'avait même pas cherché à rétablir la vérité, et les propos et l'attitude de l'intruse m'indiquaient clairement qu'il était à l'origine de cette méprise. Pour un motif que j'ignorais, il la laissait continuer à se fourvoyer.

J'avais surtout été frappé par la façon dont Jek me regardait : on eût dit qu'elle en savait beaucoup plus sur moi que moi sur elle. Manifestement, elle avait connu sire Doré, mais ailleurs et sous un autre nom. Pour ma part, j'avais la certitude de ne l'avoir jamais croisée ; par conséquent, c'était du fou qu'elle tenait ses renseignements sur moi, et je justifiai mon indiscrétion par mon droit de savoir ce qu'il avait raconté sur moi à des étrangers, surtout si cela incitait les étrangers en question à nous regarder avec un sourire entendu et insultant. Mais qu'avait-il bien pu lui dire pour qu'elle aille imaginer de tels rapports entre nous ? Et pourquoi ? Pourquoi ? L'indignation menaçait de me submerger mais je la réprimais fermement. Le fou devait avoir une raison, un motif impérieux d'inventer un pareil mensonge ; il ne pouvait en être autrement. Je voulais bien lui faire confiance, mais j'avais le droit de connaître ce motif. Je posai la chandelle sur ma table, m'assis sur le lit, les mains crispées l'une sur l'autre, et m'efforçai de me débarrasser de toute émotion. Il y avait sûrement une raison, c'était obligatoire ! Et, si désagréable que fût ma situation, je devais garder l'esprit clair et rationnel. Je tendis l'oreille et la conversation me parvint faiblement.

« Que fais-tu ici ? Pourquoi ne pas m'avoir annoncé ta venue ? » Je détectai plus que de la surprise ou de l'agacement dans la voix du fou : il était presque au désespoir.

« Et comment ? répliqua Jek avec entrain. Les Chalcédiens coulent tous les navires à destination du Nord. D'après les rares lettres que j'ai reçues de toi, la moitié des miennes ont disparu en cours de route. » Un silence, puis elle reprit : « Allons, tu peux l'avouer : c'est donc toi, sire Doré ? C'est pour toi que j'opérais toutes ces transactions ?

— Oui. » Le fou paraissait exaspéré. « C'est le seul moyen, et c'est aussi le seul nom sous lequel on me connaît à Castelcerf ; je te saurais donc gré de ne jamais l'oublier.

— Mais tu m'avais dit que tu rendais visite à ton vieil ami le seigneur Doré et que je devais lui expédier la correspondance qui t'était destinée ! Et toutes les affaires que j'ai menées à Terrilville et Jamaillia ? Toutes les enquêtes que j'ai effectuées, tous les renseignements que je t'ai envoyés ? C'était aussi pour toi, en réalité ? »

D'un ton guindé, le fou répondit : « S'il faut absolument que tu le saches, oui. » Il poursuivit, brusquement implorant : « Jek, ne me regarde pas comme si je t'avais trahie : je ne t'ai pas trahie ! Tu es mon amie et c'est sans plaisir que je t'ai trompée ; mais il le fallait. Ce subterfuge, selon ton expression, est nécessaire. Et je ne puis t'en expliquer la raison ni t'exposer la situation dans son ensemble. Je te répète seulement que c'est nécessaire. Tu tiens ma vie entre tes mains ; raconte ce que tu sais dans une taverne un soir et c'est comme si tu me tranchais la gorge. »

J'entendis Jek s'asseoir lourdement dans un fauteuil, puis elle déclara d'un ton où l'on sentait de la peine : « Tu m'as trompée, et maintenant tu m'insultes. Après tout ce que nous avons vécu, me crois-tu vraiment incapable de tenir ma langue ?

— Les deux étaient involontaires », dit quelqu'un, et je sentis ma nuque se hérisser car la voix n'appartenait ni à sire Doré ni au fou. Elle était plus haute et sans trace d'accent jamaillien. C'était sans doute celle d'Ambre, nouvelle facette de la personne que je croyais connaître. « Mais... je ne t'attendais pas et j'ai eu très peur. Je suis entrée et je me suis trouvée face à toi, qui souriais comme si tu venais de me faire une bonne farce, alors qu'en réalité tu... Ah, Jek, je ne puis t'expliquer ! Je dois m'en remettre à notre amitié et à tout ce que nous avons vécu ensemble, tout ce que nous représentons l'une pour l'autre. Tu déboules sans prévenir dans ma partie et j'ai bien peur que tu ne sois obligée de jouer désormais un rôle : pour la durée de ton séjour, tu dois t'adresser à moi comme si j'étais vraiment le seigneur Doré et toi mon agent à Terrilville et à Jamaillia.

— Ça ne sera pas difficile, puisque c'est le cas. Et nous sommes amies, tu as raison ; je suis néanmoins chagrinée que tu aies jugé nécessaire cette comédie entre nous. Enfin, je peux te pardonner, je pense. Mais je regrette que tu ne puisses rien m'expliquer. Quand cet homme, ce... Tom Blaireau, quand il est entré et que j'ai reconnu son visage, je me suis sentie follement heureuse pour toi. Je t'ai vue sculpter la figure de proue : tu es amoureuse de lui, ne le nie pas. “Enfin, ils sont réunis”, me suis-je dit, et puis je t'ai entendue lui parler d'un ton cassant et le renvoyer comme un simple domestique... D'ailleurs, il s'est présenté à moi comme le serviteur de sire Doré. Pourquoi cette mascarade ? Ce doit être affreux pour vous deux ! »

Un long silence s'ensuivit. Je n'entendis pas marcher dans la pièce, mais je reconnus le cliquetis d'un goulot de bouteille contre le bord d'un verre : le fou devait servir du vin tandis que Jek et moi attendions sa réponse.

« C'est difficile pour moi, dit-il avec la voix d'Ambre. Ça l'est moins pour lui parce qu'il ne sait pas grand-chose. Ah ! Quelle sottise de ma part d'avoir laissé entrevoir ce secret si peu que ce soit et surtout de lui avoir donné forme ! Quelle monstrueuse vanité !

— Monstrueuse ? Monumentale ! Tu as sculpté une figure de proue à sa ressemblance, et tu espérais que personne ne se douterait de tes sentiments pour lui ? Ah, mon amie ! Tu sais remettre la vie des autres dans le bon chemin, tu sais garder leurs secrets, mais quand il s'agit des tiens... Bref ! Et il ne sait même pas que tu l'aimes ?

— Je crois qu'il préfère plutôt ne rien voir. Il le soupçonne peut-être... Non, après sa conversation avec toi, il le soupçonne certainement. Mais il ne fait rien. Il est ainsi.

— Alors c'est un fichu crétin. Fichu mais beau, il faut le reconnaître, malgré son nez cassé. Je parie qu'il était encore plus séduisant avant. Qui lui a gâché le visage de cette façon ? »

J'entendis un toussotement qui dissimulait un rire. « Ma chère Jek, tu l'as vu. Personne ne peut gâcher son visage à mes yeux. » Un petit soupir gracieux. « Mais brisons là ; j'aime autant ne pas aborder ce sujet, si tu le permets. Parlons d'autre chose ; comment va Parangon ?

— Lequel ? Le navire ou le petit prince pirate ?

— Les deux. Dis-moi, je t'en prie.

— Eh bien, sur l'héritier du trône des îles Pirates, je ne sais guère que ce qu'en racontent les potins : c'est un garçon solide et plein de feu, le portrait craché de Kennit, qui fait la fierté de sa mère – et de toute la flotte au corbeau, à vrai dire ; les marins sont béats devant lui. C'est d'ailleurs son deuxième prénom : prince Parangon Corbeau Ludchance.

— Et le bateau ?

— Toujours aussi sombre. Mais différemment : il ne s'agit plus de la dangereuse mélancolie dans laquelle il se vautrait autrefois ; on a plutôt l'impression de l'angoisse d'un jeune homme qui se prend pour un poète. C'est pourquoi je le trouve beaucoup plus agaçant quand il broie du noir ; naturellement, ce n'est pas complètement de sa faute : Althéa est enceinte et le bateau est obsédé par l'enfant à venir.

— Althéa est enceinte ? » À son intonation, « Ambre » prenait un plaisir tout féminin à cette nouvelle.

« Oui ; et ça la rend folle furieuse, alors que Brashen, lui, ne descend plus de son petit nuage et choisit tous les deux jours un nouveau nom pour l'enfant. Je crois d'ailleurs que c'est en partie pourquoi elle est aussi exaspérée. Ils se sont mariés lors du Rassemblement des Marchands du désert des Pluies... Je t'en avais parlé dans une de mes lettres, non ? À mon avis, ils souhaitaient davantage faire un geste d'apaisement envers Malta, qui paraissait humiliée de l'attitude désinvolte de sa tante face à sa liaison avec Brashen, qu'Althéa ne désirait ce mariage. Et aujourd'hui elle est grosse, elle vomit tripes et boyaux chaque matin, et elle envoie Brashen sur les roses dès qu'il s'inquiète de son état.

— Elle devait bien se douter, pourtant, qu'elle finirait par tomber enceinte ?

— Ça m'étonnerait. Ces Marchandes sont lentes à concevoir et, la moitié du temps, elles ne portent pas leurs gamins à terme. Sa nièce Malta en a déjà perdu deux, et je pense que ça explique aussi en partie l'énervement d'Althéa : si elle était sûre d'avoir un enfant au sortir de ses contractions et ses nausées, elle les accepterait peut-être de meilleure grâce, et qui sait même si elle ne s'en réjouirait pas. Mais sa mère veut qu'elle rentre chez elle pour accoucher, le navire exige que l'enfant naisse sur son pont, et, quant à Brashen, il est prêt à la laisser le mettre au monde dans un arbre, du moment qu'elle lui donne un bébé à dorloter et à montrer à tout le monde. Submergée de conseils et de recommandations, elle est à moitié folle de rage. C'est ce que j'ai tenté d'expliquer à Brashen. "Cessez donc de lui parler de ce gosse, lui ai-je dit. Faites semblant de rien, conduisez-vous avec elle comme d'habitude." Il m'a répondu : "Et comment voulez-vous que je fasse, alors que je vois son ventre frotter sur les cordages quand elle essaye de courir dans le gréement ?" Et naturellement, elle se trouvait juste à côté, elle l'a entendu et elle l'a incendié en le traitant de tous les noms. »

Et elles continuèrent à bavarder ainsi comme deux commères sur une place de marché, parlant de celles qui étaient enceintes, de celles qui ne l'étaient pas mais en auraient eu envie, des dernières nouvelles des ports et des cours jamailliennes, de la politique des îles Pirates et de la guerre qui opposait Terrilville et Chalcède. Si je n'avais pas su qui se trouvait dans la pièce, je ne l'aurais jamais deviné ; Ambre n'offrait aucune ressemblance avec sire Doré ni avec le fou. La rupture était totale.

Et ce fut la deuxième lance qui me perça le cœur ce soir-là : non seulement le fou avait parlé de moi à des étrangers de façon si détaillée que Jek avait pu m'identifier et me croire son amant, mais il m'avait caché une ou plusieurs autres existences. Étrange, comme on se juge toujours trahi quand on a été tenu à l'écart d'un secret.

Assis tout seul à côté de ma bougie, je me demandai qui était le fou, en vérité. Je réunis tous les petits signes et indices que j'avais recueillis au cours des années et les examinai. J'avais remis ma vie entre ses mains nombre de fois ; il avait lu tous mes journaux personnels, exigé un compte rendu détaillé de mes voyages, et je ne lui avais rien refusé. Mais que m'avait-il donné en échange ? D'infimes parcelles de lui-même, des énigmes et des devinettes !

Et, semblables à du goudron qui fige, mes sentiments envers le fou se refroidirent et durcirent. Plus j'y songeais, plus la blessure grandissait en moi : il m'avait exclu de sa vie, et le cœur ne connaît qu'une seule réaction à une telle atteinte : je devais l'exclure à mon tour. Je me levai, m'approchai de la porte et la fermai complètement, sans faire de bruit mais sans me soucier non plus qu'il remarque ou non que je l'avais laissée entrebâillée. Je déclenchai l'issue secrète puis traversai ma chambre pour l'ouvrir et pénétrai dans les galeries d'observation, en regrettant, alors que le panneau se rabattait derrière moi, de ne pouvoir abandonner de même tout le pan de mon existence qui concernait le fou. J'essayai tout de même : je m'éloignai.

L'amour-propre est un des points les plus sensibles de l'homme, et, en moi, la douleur le disputait à la colère pour former une masse que je sentais de plus en plus pesante dans ma poitrine à mesure que je gravissais les escaliers. J'entrepris de faire le compte de mes griefs contre le fou.

Comment osait-il me placer dans une pareille position ? Il avait compromis sa propre réputation lors de notre passage à Castelmyrte à l'époque où nous cherchions le prince Devoir : il avait embrassé Civil Brésinga, suscitant exprès un scandale qui avait conduit dame Brésinga à se méprendre sur le but de notre visite et à nous jeter à la porte de chez elle. Aujourd'hui encore, Civil évitait sire Doré avec répugnance, et je savais que le geste du fou avait soulevé à Castelcerf une tempête de commérages et de spéculations surexcités quant à ses préférences personnelles. Je croyais avoir réussi à demeurer à l'écart de ces rumeurs, mais je m'interrogeais désormais : le prince m'avait posé certaines questions, et mon affrontement avec les gardes, aux thermes, prenait soudain un sens nouveau. Je sentis mes joues devenir brûlantes. Jek, malgré l'assurance qu'elle avait donnée au fou de rester muette comme une tombe, n'allait-elle pas répandre néanmoins des rumeurs encore plus humiliantes ? D'après ce qu'elle avait dit, le fou avait sculpté une figure de proue à ma ressemblance ; qu'il eût pris une telle initiative sans mon consentement me donnait l'impression d'avoir été victime d'un viol. Et quels propos avait-il bien pu tenir alors qu'il effectuait ce travail pour que Jek nourrisse des idées aussi saugrenues sur nos relations ?

J'étais incapable de faire cadrer cette attitude avec ce que je savais du fou et avec ce que je savais de sire Doré ; c'était le fait de cette Ambre, d'une personne dont j'ignorais tout.

Ce qui signifiait que je ne le connaissais pas du tout, et que je ne l'avais jamais connu.

Je compris alors que, sans le vouloir, j'étais descendu jusqu'à la source la plus profonde de ma douleur : découvrir que l'ami le plus fidèle que j'avais jamais eu était en réalité un parfait inconnu me perçait le cœur comme un coup de poignard. C'était un nouvel abandon, un faux pas dans le noir, une promesse fallacieuse de chaleur et d'amitié. Je secouai la tête. « Idiot ! fis-je à mi-voix. Tu es seul au monde ; tu ferais bien de t'y habituer. » Mais, par pur réflexe, j'envoyai mon esprit là où je trouvais autrefois du réconfort.

Et aussitôt l'absence d'Œil-de-Nuit me broya la poitrine dans une terrible étreinte. Je fermai étroitement les yeux, fis encore deux pas et m'assis sur le petit banc installé devant le trou d'observation qui donnait sur les appartements de la narcheska ; je clignai les paupières, refusant mes larmes brûlantes d'enfant qui perlaient sur mes cils. Seul ! J'en revenais toujours là. C'était comme une maladie chronique qui s'accrochait à moi depuis que ma mère avait manqué du courage de s'opposer à son père pour me garder, et depuis que mon propre père avait préféré renoncer à sa couronne et à son héritage plutôt que me reconnaître.

J'appuyai mon front contre la pierre froide et m'efforçai de me ressaisir. Comme je calmais ma respiration, des voix me parvinrent faiblement de l'autre côté du mur. Je poussai un profond soupir puis, autant pour m'extraire de ma vie que pour toute autre raison, je collai mon œil au trou et tendis l'oreille.

La narcheska était assise sur un tabouret bas au milieu de la pièce. Elle pleurait sans bruit, les bras croisés, les mains crispées sur ses coudes, en se balançant d'avant en arrière ; des larmes avaient tracé des sillons sur ses joues avant de dégoutter de son menton et elles continuaient à sourdre de ses yeux fermés. Une couverture mouillée était jetée sur ses épaules. Elle conservait un tel silence dans sa souffrance que je finis par me demander si elle venait de subir un châtiment de la part de son père ou de Peottre.

Mais, à cet instant, son oncle entra précipitamment. À sa vue, la jeune fille laissa échapper un petit gémissement étranglé. Il avait les mâchoires serrées et, lorsqu'il entendit la plainte, ses traits se tendirent encore et il blêmit. Il portait sa cape, les coins réunis dans sa main pour former un balluchon. Il s'approcha rapidement de la narcheska, posa son sac improvisé par terre, s'agenouilla et agrippa les épaules de sa nièce pour qu'elle le regarde. « Lequel est-ce ? » demanda-t-il à voix basse.

Elle prit une inspiration hoquetante et répondit avec effort : « Le serpent vert, je crois. » Nouvelle inspiration. « Je ne sais pas. Quand il brûle, c'est si fort que les autres me semblent en feu aussi. » Elle porta soudain sa main à sa bouche et se mordit durement le pouce.

« Non ! » s'exclama Peottre. Il s'empara de l'ourlet dégoulinant de la couverture, le plia deux fois et le tendit à Ellianía. Il dut lui retirer de force le pouce de la bouche ; alors, les paupières closes, elle mordit le tissu. Je vis clairement l'empreinte de ses dents sur son doigt quand elle laissa retomber sa main. « Je regrette d'avoir mis si longtemps. J'ai dû agir discrètement afin que nul ne remarque ce que je faisais et ne pose de questions. Il fallait qu'elle soit fraîche et propre. Tiens, tourne-toi vers la lumière. » La prenant par les épaules, il fit pivoter la jeune fille dos à moi. Elle lâcha la couverture qui tomba au sol.

Elle était torse nu et tatouée de la nuque à la taille. Cette vision était déjà saisissante en soi, mais en outre les dessins ne ressemblaient à rien de ce que j'avais pu voir jusque-là. Je savais que les Outrîliens se tatouaient pour manifester leur appartenance à un clan, vanter leurs victoires et même exprimer le statut d'une femme, avec des motifs différents pour les mariages et les enfants, mais alors ces dessins étaient semblables à ceux qui ornaient le front de Peottre : un simple semis de marques bleues.

Ceux d'Ellianía n'avaient rien à voir avec ces emblèmes claniques ; je ne connaissais rien qui s'en rapprochât. Ils étaient splendides, les teintes brillantes et les traits nets et précis ; les couleurs avaient un aspect scintillant et métallique, et elles reflétaient la lumière des lampes comme une lame d'épée. Les créatures qui s'étiraient et s'entremêlaient sur les épaules et le dos d'Elliania luisaient comme de l'acier poli, et l'une d'elles, un serpent vert d'une facture exquise qui naissait sur sa nuque et descendait en sinuant se perdre parmi les autres, saillait sur la peau à la façon d'une brûlure cloquée. L'effet était curieusement superbe, car on avait l'impression que la bête se trouvait emprisonnée sous la peau, semblable à un papillon qui tente de s'échapper de sa chrysalide. À sa vue, Peottre émit une exclamation d'apitoiement et il ouvrit sa cape, révélant un petit tas de neige fraîche. Il en prit une poignée qu'il appliqua aussitôt sur la tête du serpent ; à ma grande horreur, j'entendis un chuintement grésillant comme celui d'une lame chauffée qu'on trempe dans l'eau. La neige fondit instantanément et dégoulina le long de l'épine dorsale en un mince filet. À ce contact, Elliania poussa un cri, non de douleur, mais de saisissement et de soulagement à la fois.

« Tiens, fit Peottre d'un ton brusque, un instant. » Il déplia complètement sa cape puis étala la neige en une couche uniforme. « Allonge-toi dessus », ordonna-t-il à la narcheska. Il l'aida à descendre de son tabouret, puis à s'étendre sur le lit glacé. Elle eut un petit gémissement quand le froid toucha sa peau brûlante. Je voyais à présent son visage, et la transpiration qui coulait de son front en se mêlant à ses larmes. Elle ne bougeait plus, les yeux fermés, sa jeune poitrine montant et s'abaissant au rythme haché de sa respiration. Au bout de quelques instants, elle fut prise de frissons mais demeura couchée. Peottre avait récupéré la couverture et s'employait à l'imprégner d'eau fraîche qu'il versait d'un broc. Quand il eut fini, il revint auprès d'Ellianía et l'étendit à côté d'elle. « Je retourne chercher de la neige, dit-il. Si celle-ci fond et cesse d'apaiser ta brûlure, essaye la couverture. Je reviens le plus vite possible. »

Elle desserra les mâchoires et se passa la langue sur les lèvres. « Dépêche-toi, fit-elle dans un sanglot suppliant.

— Je te le promets, ma petite, je te le promets. » Il se redressa puis il déclara gravement, en prononçant chaque mot avec solennité : « Nos mères te bénissent pour ce que tu supportes. Maudits soient ces Loinvoyant et leurs coutumes rigides ! Et maudits soient ces éleveurs de dragons ! »

La narcheska fit rouler sa tête de gauche à droite sur la couche de neige. « J'aimerais... j'aimerais seulement savoir ce qu'elle désire. Ce qu'elle veut de moi en plus de ce que nous avons déjà fait. »

Peottre avait commencé à se diriger vers la porte tout en cherchant un récipient ; il avait pris la bassine puis l'avait rejetée. Il décrocha la cape de la narcheska. « Tu sais comme moi ce qu'elle attend de toi, répondit-il durement.

— Je ne suis pas encore une femme, fit-elle à mi-voix. C'est contraire à la loi des mères.

— C'est contraire à ma loi, répliqua Peottre, comme si sa volonté seule comptait en la circonstance. Je refuse qu'on t'utilise ainsi ; il doit y avoir un autre moyen. » À contrecœur, il demanda : « Henja est-elle venue te voir ? T'a-t-elle expliqué la raison de tes souffrances ? »

Elle acquiesça d'un hochement de tête saccadé. « Elle répète que je dois le lier à moi indissolublement, que je dois lui ouvrir mes cuisses pour m'assurer de l'avoir ferré avant mon départ. C'est le seul moyen qu'elle juge efficace. » Elliania parlait les dents serrées. « Je l'ai giflée et elle est partie ; et alors la souffrance a quadruplé. »

Les traits de Peottre se figèrent sous l'effet de la colère. « Où est-elle ?

— Pas ici. Elle a pris son manteau avant de sortir ; elle cherche peut-être à éviter ton courroux, mais je pense plutôt qu'elle s'est de nouveau rendue en ville pour y faire avancer notre cause. » Elle eut un sourire tendu. « C'est préférable ; notre position est déjà suffisamment précaire sans qu'il nous faille expliquer pourquoi tu as tué ma femme de chambre dans une crise de rage. »

Ces propos parurent remettre les pieds sur terre à Peottre, même s'ils ne l'apaisèrent pas.

« Oui, il vaut mieux que cette garce se trouve hors de ma portée. Mais n'est-il pas un peu tard pour me recommander le calme ? Ma petite guerrière, tu as hérité du tempérament emporté de ton oncle. Ton geste était irréfléchi, mais je ne puis te le reprocher. Cette putain à l'âme vide ! Elle est vraiment convaincue qu'il n'y a pas d'autre moyen pour une femme de soumettre un homme. »

À mon grand étonnement, la narcheska partit d'un petit éclat de rire. « C'est le seul qui lui inspire confiance, mon oncle ; je n'ai pas dit que c'était le seul que je connaissais. On peut tenir un homme par l'orgueil, même s'il n'est pas question d'amour. C'est à cette idée que je me raccroche désormais. » Son front se plissa de douleur. « Va chercher de la neige fraîche, je t'en prie », fit-elle d'une voix hachée ; il hocha sèchement la tête et sortit.

La porte se ferma derrière lui ; alors la jeune fille s'assit lentement et reforma en plus réduite sa couche à demi fondue. Ses tatouages saillaient, aussi enflammés qu'avant ; tout autour, la peau nue avait pris une teinte rouge vif sous l'effet du froid. Doucement, elle se rallongea, puis elle inspira profondément et posa le dos de ses mains sur son front. Je me rappelai avoir lu dans un manuscrit que c'était l'attitude de prière des Outrîliens ; mais les seuls mots qu'elle prononça furent : « Ma mère, ma sœur, pour vous. Ma mère, ma sœur, pour vous. » Peu à peu, ces paroles répétées se transformèrent en une litanie monocorde accordée à sa respiration.

Je me redressai sur mon banc. Je tremblais à la fois d'admiration pour son courage et de pitié à cause de ses souffrances. À quoi venais-je donc d'assister et quelle en était l'importance ? Ma bougie s'était raccourcie de moitié ; je la pris et gravis à pas lents les escaliers qui me séparaient de la tour d'Umbre. Épuisé, accablé, j'avais besoin du réconfort d'un lieu familier. Mais, quand j'entrai dans la pièce, je la trouvai déserte et le feu éteint ; un verre de vin sale traînait sur la table près des chaises. Je nettoyai l'âtre en ronchonnant contre la négligence de Lourd et allumai une flambée.

Je me munis ensuite d'encre et de papier pour rédiger un compte rendu de la scène dont j'avais été témoin, que je rapprochai de celle que j'avais observée auparavant et qui mettait en présence Elliania, Peottre et la domestique, Henja. À l'évidence, il fallait garder cette dernière à l'œil. Je saupoudrai l'encre fraîche de sable que je fis ensuite tomber en tapotant le manuscrit, et je laissai mon rapport sur le fauteuil d'Umbre en souhaitant qu'il passe au cours de la nuit. Avec aigreur, je regrettai encore une fois son attitude stupide qui m'empêchait d'entrer directement en contact avec lui ; je savais que l'épisode que j'avais surpris était crucial et j'espérais qu'il m'en expliquerait l'importance.

Puis, à contrecœur, je regagnai ma propre chambre. Là, je restai un moment immobile, en silence, l'oreille tendue, mais en vain : si Jek et sire Doré se trouvaient toujours dans les appartements, ils ne faisaient pas de bruit ou bien ils s'étaient installés dans la chambre à coucher. Toutefois, les sous-entendus de la femme à mon sujet me portaient à en douter. Au bout de quelque temps, j'entrebâillai doucement la porte : le salon était plongé dans l'obscurité, le feu couvert dans la cheminée. Tant mieux : je n'avais nulle envie de les voir, ni l'un ni l'autre ; j'avais à leur parler, certes, mais je ne me sentais pas assez calme pour cela.

Je décrochai ma cape et quittai les appartements de sire Doré. Je devais sortir ; j'avais besoin de m'éloigner un moment du château et de ses entrelacs d'intrigues et de faux-semblants. Il me semblait étouffer sous les mensonges.

Je descendis les escaliers et me dirigeai vers l'entrée des domestiques ; mais, alors que je traversais la grand'salle, je perçus un brusque frisson qui agita le Vif. Je levai le regard et je vis venir vers moi, de l'autre bout de la salle, l'adolescent voilé de Terrilville ; son visage était dissimulé mais, à travers la dentelle, je distinguai la lueur bleuâtre de ses yeux, et je sentis la chair de poule me couvrir. J'aurais voulu m'écarter de son chemin, voire faire demi-tour et disparaître, bref l'éviter à tout prix, mais une telle attitude aurait suscité l'étonnement ; je m'armai donc de courage et continuai résolument d'avancer. Je détournai les yeux, mais j'eus l'effronterie de les lever un instant vers lui et je sentis qu'il me regardait. Il ralentit le pas comme nous nous rapprochions et, lorsqu'il se trouva près de moi, je le saluai de la tête, en bon domestique. Mais, sans me laisser le temps de passer mon chemin, il s'arrêta. « Bonsoir », dit-il.

Je me redressai et jouai mon rôle de serviteur stylé. Je m'inclinai. « Bonsoir, messire. Puis-je vous être utile ?

— Je... Oui... Oui, peut-être. » Tout en parlant, il souleva son voile et rejeta son capuchon en arrière, découvrant son visage écailleux. Je ne pus m'empêcher de l'examiner avec curiosité : de près, ses traits étaient encore plus étonnants que ce que j'en avais aperçu plus tôt dans la journée. Je m'étais trompé : il était beaucoup plus jeune que Heur ou Devoir, encore que je fusse incapable d'évaluer son âge exact; sa taille donnait un aspect incongru à son visage enfantin. L'aspect argenté des écailles qui couvraient ses pommettes et son front m'évoquait les tatouages à l'éclat métallique de la narcheska, et, tout à coup, je me rendis compte que c'était cette apparence reptilienne qu'imitait le maquillage jamaillien dont se servait parfois sire Doré. Je classais cette information inattendue parmi tous les autres détails intrigants que le fou n'avait jamais pris la peine de m'expliquer; sûrement, lorsque cela servirait son propos, il me renseignerait. Sûrement... L'amertume se mit à sourdre au fond de moi comme le sang d'une blessure récente. Mais le Terrilvillien me faisait signe de m'approcher alors que lui-même reculait, et je le suivis à contrecœur; il jeta un coup d'œil dans un petit salon et m'indiqua par gestes d'y entrer. Méfiant, je répétai néanmoins ma question comme un domestique bien formé : « Comment puis-je vous être utile ?

— Je... Enfin... J'ai le sentiment que vous devriez le savoir. » Et il me regarda d'un air attentif. Comme je ne réagissais pas, la mine perplexe, il fit une nouvelle tentative. « Comprenez-vous de quoi je parle ? » On eût dit qu'il m'encourageait à entamer une conversation.

« Je vous demande pardon, messire ? Avez-vous besoin d'aide ? » Je ne trouvai rien de mieux à répondre.

Après un rapide coup d'œil par-dessus son épaule, il déclara d'un ton pressant : « Je suis au service de Tintaglia, le dragon. J'accompagne les ambassadeurs de Terrilville et les représentants du désert des Pluies, car ils sont mes parents et mon peuple ; mais c'est Tintaglia que je sers, et ses objectifs passent avant tout pour moi. » À l'entendre, j'eus l'impression que ses paroles auraient dû revêtir un sens capital à mes oreilles.

J'espérais que ce qui se passait dans ma tête ne transparaissait pas dans mon expression : mes pensées partaient à la dérive, à cause non de son étrange discours, mais de l'émotion bizarre qui m'avait saisi au nom de Tintaglia. Je l'avais déjà entendu mais, quand le garçon l'avait prononcé, c'était comme si un éclat de rêve avait fait irruption dans la réalité. Je sentais à nouveau l'air s'écouler sous mes ailes, je retrouvais le goût des impalpables brumes de l'aube dans ma gueule. Et brusquement cet éclair de souvenir disparut, en ne me laissant que le sentiment troublant d'avoir été, lors d'une fraction de ma vie, quelqu'un d'autre que moi-même. Je dis les premiers mots qui me vinrent à l'esprit. « Comment puis-je vous aider, messire ? »

Il m'observa attentivement et je crois bien que j'en fis autant avec lui. Le tissu des pampilles qui pendaient à sa mâchoire était dentelé ; la régularité de cette frange de chair interdisait d'y voir le résultat d'une mauvaise cicatrisation ou une série d'excroissances monstrueuses : elle semblait appartenir à son visage aussi normalement que son nez ou ses lèvres. Il poussa un soupir, et je vis nettement ses narines se clore un instant. Il avait manifestement décidé de reprendre du début, car il me sourit et me demanda d'une voix aimable : « Avez-vous déjà rêvé de dragons ? De voler comme un dragon ou de... d'être un dragon ? »

Il avait mis presque dans le mille. Je hochai vigoureusement la tête comme un domestique flatté de converser avec un de ses maîtres. « Oh, comme tout le monde, messire ! Enfin, tout le monde dans les Six-Duchés, je veux dire. Je suis assez vieux pour avoir vu les dragons qui sont venus défendre le royaume, messire, alors j'imagine qu'il est naturel que j'en rêve quelquefois. Ils étaient splendides, messire. Terrifiants et dangereux aussi, mais ce n'est pas ce qu'on retient quand on les a vus ; c'est leur beauté qu'on se rappelle, messire. »

Il sourit. « C'est exact : splendeur, beauté... C'est peut-être ce que j'ai perçu chez vous. » Il scruta de nouveau mon visage avec attention, et je sentis que la lueur bleutée de ses yeux me sondait plus profondément que son regard lui-même.

Je me détournai pour tenter d'échapper à son examen. « Je ne suis pas le seul, messire. Beaucoup de gens des Six-Duchés ont vu voler nos dragons, et certains bien plus que moi, car j'habitais loin de Castelcerf à l'époque, dans la ferme de mon père. On cultivait de l'avoine, et aussi on élevait des porcs. D'autres que moi vous raconteraient de bien plus belles histoires, mais rien qu'entrevoir les dragons mettait le feu à l'âme, messire. »

Il eut un petit geste dédaigneux de la main. « Je n'en doute pas, mais ce n'est pas de cela que je parle. Je parle de vrais dragons, de dragons qui respirent, qui mangent, qui grandissent, qui se reproduisent comme n'importe quelle autre créature. Avez-vous déjà rêvé d'un tel dragon ? Qui se nommerait Tintaglia ? »

Je secouai la tête. « Je ne rêve pas beaucoup, messire. » Je me tus et laissai le silence durer jusqu'à ce que s'installe une certaine gêne. Alors je m'inclinai légèrement et demandai : « Et en quoi puis-je vous être utile, messire ? »

Il resta si longtemps à me regarder sans me voir que je finis par croire qu'il avait oublié ma présence, et je commençai à envisager de m'éclipser discrètement ; toutefois, une perception bizarre me troublait. Peut-on dire que la magie fredonne ? Non, ce n'est pas exactement cela, mais on ressent une vibration similaire, non dans son corps, mais dans la partie de l'esprit qui émet la magie ou la reçoit. Le Vif murmure et l'Art chante. Ce que j'éprouvais alors ressemblait à l'un et à l'autre, mais avec son caractère propre. J'en avais les nerfs à vif et les poils de ma nuque se hérissaient. Soudain le regard de l'enfant se planta de nouveau dans le mien. « Elle dit que vous mentez, fit-il d'un ton accusateur.

— Messire ! » Je déguisai autant que je le pus en indignation la terreur qui m'avait saisi. Une présence furieuse cherchait à m'atteindre et j'avais l'impression que des serres sans substance me fouaillaient. Mon instinct m'ordonna de ne pas toucher à mes murailles d'Art : la moindre tentative pour les renforcer me rendrait visible à celle qui m'attaquait – car c'était indiscutablement une créature féminine qui s'efforçait de s'emparer de moi. Je me répétai que j'étais un domestique, et un domestique de Castelcerf aurait manifesté une colère vertueuse devant un tel affront de la part d'un étranger. Je me redressai légèrement. « La cave de notre reine est excellente, messire, comme on le sait dans tous les Six-Duchés. Peut-être ses vins sont-ils trop capiteux pour vos sens ; c'est une mésaventure qui arrive parfois aux étrangers. Il serait peut-être préférable que vous vous retiriez quelque temps dans vos appartements.

— Il faut nous aider ! Vous devez les obliger à nous aider ! » Il ne m'avait apparemment pas entendu, et il s'exprimait d'un ton éperdu. « Elle est accablée. Jour après jour, elle se bat pour les nourrir mais elle est seule ; elle ne peut pas en nourrir autant et ils sont incapables de chasser. Cette tâche l'épuise et l'amaigrit ; elle désespère de les voir atteindre un jour leur taille et leur force adultes. Ne la condamnez pas à rester la dernière de sa race ! Si vos dragons sont de vrais dragons, ils voleront à son secours ! Mais, quoi qu'il en soit, le moins que vous puissiez faire est de persuader votre reine de s'allier avec nous ; aidez-nous à mettre un terme à la menace des Chalcédiens. Tintaglia tient parole : elle empêche leurs navires d'accéder au fleuve du désert des Pluies, mais elle ne peut guère plus ; elle n'ose pas s'éloigner davantage pour nous protéger, car alors les jeunes dragons périraient. Je vous en supplie, messire ! Si vous avez un cœur, parlez à votre reine ! Ne laissez pas les dragons disparaître de ce monde parce que les hommes n'ont pas su interrompre leurs pitoyables querelles pour venir à leur secours ! »

Il voulut saisir ma main. Je m'écartai précipitamment. « Messire, je crois que vous avez trop bu. Vous me prenez pour un personnage influent, mais vous vous trompez ; je ne suis qu'un domestique du château de Castelcerf, et je dois maintenant mener à bien les missions dont m'a chargé mon maître. Bonne nuit, messire. Bonne nuit. »

Et je sortis de la pièce à reculons, avec force inclinations du buste et saluts de la tête, comme un pantin actionné par des fils. Une fois dans la grand'salle, je m'éloignai rapidement. Il passa la porte à son tour et m'observa tandis que je m'en allais, car je sentis son regard bleu posé sur mon dos ; c'est avec soulagement que je tournai dans le couloir qui menait à l'aile des cuisines, et avec un soulagement plus grand encore que je fermai une porte entre lui et moi.

Dehors, de gros flocons tombaient avec le soir. Je franchis l'enceinte de la citadelle, saluant à peine de la tête les gardes en faction à la porte, et entamai la longue descente qui menait à la ville. Je n'avais aucune destination particulière à l'esprit, rien que le besoin de m'éloigner du château. Je suivais la route dans la nuit et l'averse de neige qui s'épaississaient, et je me sentais l'esprit encombré : les tatouages d'Elliania et leur signification, le fou, Jek et ce que l'une croyait de moi à cause de ce que l'autre lui avait raconté, les dragons, un enfant au visage écailleux, ce qu'Umbre et Kettricken allaient dire aux Terrilvilliens et aux Outrîliens. Toutefois, plus je me rapprochais du bourg, plus Heur s'imposait à mes pensées : je manquais à mes devoirs de père envers ce garçon que je considérais comme mon fils. Si graves que fussent les événements qui se déroulaient à Castelcerf, ils ne devaient pas le repousser à l'arrière-plan. Comment lui faire rebrousser chemin ? Comment l'inciter à se tenir à son apprentissage de son plein gré, avec application, comment l'obliger à mettre Svanja à l'écart en attendant d'avoir les moyens de demander sa main, comment lui faire comprendre qu'il devait loger chez son maître ?... Comment lui faire mener une vie rangée en se pliant à des règles qui lui assureraient une existence tranquille, mais jamais la gloire ni le bonheur ?

J'écartai cette dernière pensée perfide, mais elle avait éveillé ma colère, et je retournai cette colère contre le garçon. Je devais suivre les conseils de Jinna, adopter une attitude sévère et le punir de désobéir à ma volonté, le priver d'argent et de sécurité jusqu'à ce qu'il accepte de se soumettre, lui interdire la maison de Jinna et lui donner le choix entre habiter chez son maître et se débrouiller seul, bref, l'obliger à rentrer dans le rang. Je fronçai les sourcils : je voyais d'ici comment j'aurais réagi à son âge à pareille coercition ! Pourtant je ne pouvais pas rester les bras croisés ; il fallait faire entrer un grain de bon sens dans cette cervelle.

Mes réflexions furent interrompues par les claquements de sabot d'un cheval sur la route derrière moi ; aussitôt je songeai à la mise en garde de Laurier. Je m'écartai alors que le cavalier parvenait à ma hauteur et posai ma main sur le manche de mon poignard, pensant qu'il allait me dépasser sans même me regarder. C'est seulement quand la monture s'arrêta que je reconnus Astérie sur sa selle. Elle me considéra un moment sans rien dire, puis elle sourit. « Monte en croupe, Fitz. Je t'offre le trajet jusqu'à Bourg-de-Castelcerf. »

Le cœur accablé est ouvert à toutes les propositions ; je le savais et je tins fermement la bride au mien. « Merci, mais non. Cette route est traîtresse dans le noir ; ce serait dangereux pour ton cheval.

— Alors je marcherai à côté de toi en le menant par les rênes. Il y a longtemps que nous n'avons pas bavardé, et j'ai besoin d'une oreille amie.

— Je préfère rester seul ce soir, je crois, Astérie. »

Elle se tut un moment. Elle tenait la bride trop serrée à sa monture qui s'agitait. Elle déclara enfin sans chercher à dissimuler son irritation : « Ce soir ? Pourquoi dire "ce soir" alors que tu penses : "Je préfère toujours rester seul plutôt qu'en ta compagnie" ? Pourquoi inventer des excuses ? Pourquoi ne pas reconnaître franchement que tu ne m'as pas pardonnée, que tu ne me pardonneras jamais ? »

C'était tout à fait exact, mais il aurait été peu judicieux de le lui avouer. « N'en parlons plus, veux-tu ? Ça n'a plus d'importance », fis-je, ce qui était tout aussi vrai.

Elle eut un grognement de dédain. « Ah ! Je vois : ça n'a plus d'importance. Je n'ai plus d'importance, c'est ça ? Je commets une erreur, j'omets de te révéler un détail qui ne te regarde en rien, et monsieur décide qu'il ne me pardonnera jamais et qu'il ne m'adressera plus jamais la parole ? » Sa colère montait à une vitesse ahurissante. Je la regardai tandis qu'elle s'emportait. Je distinguais mal son visage dans la pénombre, mais elle me paraissait plus vieille et plus lasse que je ne l'avais jamais vue, et plus furieuse aussi. Je restai comme assommé sous le déluge de sa rage. « Et pourquoi cela ? Pourquoi le prétendu Tom Blaireau se débarrasse-t-il si facilement de moi ? Peut-être parce que je n'ai jamais eu d'importance pour lui, sauf dans un domaine où je m'avérais un instrument pratique, qui se déplaçait à domicile, un domaine que, croyais-je, nous partagions dans l'amitié, l'affection, voire l'amour ! Mais tu as décidé que tu n'en voulais plus, et du coup tu me rejettes tout entière ! Tu réduis notre relation à ce petit rien et tu m'écartes sans faire le détail ! Et pourquoi donc ? J'ai réfléchi à cette question beaucoup plus qu'elle ne le mérite, et je pense avoir découvert la réponse : c'est parce que tu as trouvé ailleurs de quoi satisfaire tes appétits ! Ton nouveau maître t'a-t-il inculqué ses mœurs jamailliennes ? Ou bien avais-je tort, il y a tant d'années ? Peut-être que le fou était bel et bien un homme, finalement, et que tu es simplement revenu à tes penchants véritables ! » Elle tira brutalement sur les rênes de son cheval. « Tu me dégoûtes, Fitz, et tu dégrades le nom des Loinvoyant. Je me réjouis que tu l'aies abandonné. Maintenant que je sais ce que tu es, je regrette d'avoir couché avec toi. Le visage de qui superposais-tu au mien, chaque fois que tu fermais les yeux ?

— Celui de Molly, espèce de garce imbécile ! Toujours celui de Molly ! » C'était faux : jamais je ne l'avais trompée ainsi, pas plus que moi-même ; simplement, je n'avais pas de réponse plus cinglante sous la main. Pourtant, elle ne la méritait peut-être pas, et j'eus honte d'employer le nom de Molly de cette façon. Mais la colère qui gangrenait mon âme avait enfin trouvé une cible.

Astérie respira profondément à plusieurs reprises comme si je lui avais jeté un seau d'eau glacée au visage, puis elle éclata d'un rire suraigu. « Et tu prononces sans doute son nom, la figure dans l'oreiller, pendant que sire Doré te chevauche ! Ah, oui, je vois le spectacle d'ici ! Tu es pitoyable, Fitz ! Pitoyable ! »

Et, sans me laisser le temps de riposter, elle éperonna cruellement sa monture et partit au grand galop dans la neige et la nuit. L'espace d'un instant de haine incontrôlée, je souhaitai que son cheval trébuche et qu'elle se rompe le cou.

Puis, alors que j'avais le plus besoin de ma fureur, elle m'abandonna, et je me retrouvai le cœur au bord des lèvres, plein de tristesse et de regrets, tout seul dans le noir. Pourquoi le fou me mettait-il dans une telle situation ? Pourquoi ? À pas lourds, je me remis en route vers la ville.

Au lieu de me rendre au Porc Coincé où je savais ne trouver ni Heur ni Svanja, j'allai au Chien au Sifflet, une vieille taverne que je fréquentais autrefois avec Molly. Je m'assis à une table dans un angle et regardai les clients entrer et sortir, en buvant deux chopes d'une bonne bière, bien supérieure à celle que j'avais pu nous offrir la dernière fois que nous nous étions installés là. Je la savourai en évoquant le souvenir de Molly : elle au moins m'avait aimé avec sincérité. Pourtant, cette consolation s'amenuisa rapidement puis disparut. J'essayai alors de retrouver ce que l'on éprouve quand on a quinze ans, qu'on est amoureux et qu'on a la certitude absolue que l'amour est synonyme de sagesse et façonne l'avenir ; je ne me le rappelais que trop bien, et le tourbillon de mes pensées se porta sur Heur. Une fois que j'avais couché avec Molly, aurait-on pu me convaincre que cela n'était pas à la fois mon droit et mon destin ? J'en doutais. Le mieux, conclus-je une chope plus tard, aurait été d'empêcher Heur de rencontrer Svanja. Jinna m'avait prévenu et je ne l'avais pas écoutée – pas davantage que Burrich et Patience quand ils m'avaient jadis conseillé de renoncer à mon idylle avec Molly. Ils avaient pourtant raison, j'aurais dû le reconnaître depuis longtemps, et, si cela avait été possible, je le leur aurais dit sur l'instant.

Et la sagesse que je puisais dans trois chopes de bière sur une nuit blanche et une longue journée où les mauvaises nouvelles n'avaient cessé de s'accumuler me convainquit que le mieux était d'aller voir Jinna pour lui avouer qu'elle avait vu juste. Cela ne pouvait qu'arranger la situation, même si j'ignorais par quel miracle, et le flou artistique qui baignait cette idée ne me rebuta pas : je me mis en route vers sa porte dans la nuit silencieuse.

La neige avait cessé de tomber et recouvrait Bourg-de-Castelcerf d'un manteau blanc presque intact ; elle masquait les gouttières, lissait les ornières et cachait tous les défauts. Elle crissait sous mes bottes tandis que j'enfilais les rues tranquilles. Je faillis retrouver mon bon sens une fois devant chez Jinna, mais je frappai quand même, peut-être parce que j'éprouvais le besoin vital d'une présence amie.

J'entendis le choc sourd que fit le chat sautant de ses genoux sur le plancher, puis les pas de la jeune femme qui s'approchait. Elle entrebâilla la demi-porte du haut. « Qui est là ?

— C'est moi, Tom Blaireau. »

Elle referma le battant puis, après ce qui me parut une

éternité, elle déverrouilla la porte entière et l'ouvrit. « Entre », fit-elle d'un ton indifférent.

Je ne bougeai pas. « Ce n'est pas la peine. Je suis seulement venu te dire que tu avais raison. »

Elle me regarda plus attentivement. « Et tu es soûl. Entre, Tom. Je ne tiens pas à ce que le froid de la nuit envahisse toute ma maison. »

Et j'obéis malgré mes résolutions. Fenouil s'était déjà installé dans le creux chaud qu'elle avait laissé dans le fauteuil, mais il se redressa pour me toiser d'un air réprobateur. *Poisson ?*

Pas de poisson. Je regrette.

« Regretter » n'est pas du poisson. À quoi sert « regretter » ? Et il se roula de nouveau en boule, le museau et les yeux cachés dans sa queue.

C'était juste. « Regretter ne sert pas à grand-chose, mais je n'ai rien de mieux à offrir. »

Jinna me lança un coup d'œil sombre. « Ma foi, c'est déjà beaucoup plus que ce que tu m'as offert ces derniers temps. »

Je restai planté dans son salon, la neige de mes bottes fondant sur son plancher. Le feu crépitait. « Tu avais raison à propos de Heur. J'aurais dû intervenir beaucoup plus tôt et je ne l'ai pas fait. J'aurais dû t'écouter. »

Au bout d'un moment, elle dit : « Veux-tu t'asseoir un peu ? Je crois que tu n'es pas en état de rentrer à pied au château, pour l'instant.

— Je ne suis pas soûl à ce point ! répondis-je en m'esclaffant.

— Tu l'es trop pour te rendre compte à quel point tu l'es », répliqua-t-elle. Tandis que je tentai de débrouiller cette phrase, elle poursuivit : « Enlève ta cape et assieds-toi. » Elle ôta son tricot d'un fauteuil, le chat de l'autre » et nous nous installâmes près de la cheminée.

Nous restâmes quelque temps à contempler les flammes, puis Jinna déclara : « Il faut que je te prévienne au sujet du père de Svanja. »

À contrecœur, je la regardai dans les yeux.

« Il te ressemble beaucoup, continua-t-elle à mi-voix. Il lui faut du temps pour se mettre en colère. Actuellement, il se lamente simplement de la conduite de sa fille, mais, quand toute la ville sera au courant de l'histoire, on va faire de l'ironie, le taquiner; alors le chagrin deviendra humiliation, et, peu après, fureur. Mais ce ne sera pas Svanja qui en fera les frais : il s'en prendra à Heur, qu'il rendra responsable d'avoir séduit et trompé sa fille. À ce moment, non seulement il sera en rage, mais il se sentira dans son bon droit; et il est fort comme un taureau. »

Comme je ne répondais pas, elle ajouta : « J'ai mis Heur en garde. » Fenouil s'approcha d'elle et sauta gracieusement sur ses genoux, écartant son tricot. Elle le caressa distraitement.

« Qu'a-t-il répondu ? »

Elle eut un grognement découragé. « Qu'il n'avait pas peur. Je lui ai dit que ce n'était pas la question, et que parfois l'absence de peur et la stupidité n'étaient que deux rameaux du même buisson.

— Voilà qui a dû lui plaire.

— Il est parti, et je ne l'ai pas revu depuis. »

Je soupirai. Je commençais à peine à me réchauffer. « À quand est-ce que cela remonte ? »

Elle secoua la tête. « Inutile de te mettre à sa recherche. Cela s'est passé il y a des heures, bien avant le coucher du soleil.

— De toute façon, je ne saurais pas par où commencer,

avouai-je. Je n'ai pas réussi à mettre la main sur lui hier soir, et il se tapit sans doute avec Svanja dans la même cachette qu'alors.

— Sans doute. Enfin, au moins, Rori Cordaguet ne les a pas trouvés non plus hier ; ils ne risquent probablement rien.

— Mais ne peut-il donc pas empêcher sa fille de sortir la nuit ? Tous ces ennuis n'auraient jamais existé ! »

Jinna me regarda, les yeux plissés. « Ils n'auraient jamais existé si tu avais été capable d'empêcher ton fils de sortir le soir, Tom !

— Je sais, je sais », fis-je d'un ton accablé. Je me tus un moment, puis repris : « Je regrette que tu sois mêlée à cette affaire. » Peu après, la suite de cette réflexion se fraya un chemin jusqu'à l'avant-plan de mes pensées. « Quand le père de Svanja décidera de chercher Heur, il commencera par chez toi. » Je fronçai les sourcils. « Je ne voulais pas t'amener tous ces soucis, Jinna. Tout ce que je désirais, c'était une amie. Aujourd'hui c'est la pagaille, et c'est ma faute. » La conclusion était inévitable. « Il faut que je voie Rori Cordaguet ; c'est le mieux.

— C'est ça, vautre-toi dans la mortification, Tom, fit Jinna d'un air écœuré. Et que vas-tu lui dire ? Pourquoi dois-tu toujours te rendre responsable de tout ce qui va mal dans le monde ? Si je me souviens bien, j'ai rencontré Heur et je suis devenue son amie bien avant de te connaître ; quant à Svanja, elle sème le trouble partout depuis l'arrivée de sa famille à Bourg-de-Castelcerf, voire avant, et elle a deux parents, elle. Heur non plus n'est pas un petit innocent qui commet des erreurs par naïveté ; ce n'est pas toi qui baguenaudes avec la fille de Cordaguet : c'est lui. Alors cesse de te lamenter et de battre ta coulpe pour rien, et oblige Heur à prendre ses responsabilités ! » Elle s'enfonça davantage dans son fauteuil et ajouta comme si elle pensait tout haut : « Tu as bien assez de tes propres dégâts à réparer sans te charger de ceux des autres. »

Je la regardai, sidéré.

« C'est tout simple, reprit-elle calmement. Heur a besoin d'apprendre les conséquences de ses actes. Tant que tu répètes que tout est ta faute parce que tu es un mauvais père, il n'est pas obligé de reconnaître qu'il est responsable pour une bonne part de ce qui lui arrive. Naturellement, pour le moment, il ne voit pas le revers de son aventure, mais, dès qu'il le percevra, il reviendra au galop te demander de régler la situation, et tu obéiras parce que tu te crois coupable. »

Pétrifié sur mon siège, j'absorbais ses paroles en m'efforçant d'y trouver un sens. « Que dois-je faire ? » demandai-je enfin.

Elle éclata d'un rire sans joie. « Je n'en sais rien, Tom ; mais sûrement pas dire à Heur que tout est ta faute. » Elle souleva le chat et le déposa par terre. « En revanche, je sais ce que j'ai à faire, moi. » Elle se rendit dans sa chambre et en ressortit quelques instants plus tard une bourse à la main. Elle me la tendit puis, comme je ne réagissais pas, la fit sauter dans sa paume. « Prends-la ; c'est l'argent qui me reste de l'entretien de Heur. Je te le rends. Cette nuit, lorsqu'il rentrera, je lui dirai que je le mets à la porte parce que je ne veux pas d'ennuis. » Elle rit de nouveau devant mon expression. « Ça s'appelle une conséquence, Tom ; il doit s'y heurter plus souvent. Et, quand il viendra pleurer dans tes jupes, je crois que tu devrais le renvoyer se débrouiller seul. »

Je songeai à la dernière conversation que j'avais eue avec lui. « Ça m'étonnerait qu'il vienne pleurer dans mes jupes, fis-je d'un ton morne.

— Tant mieux, répondit-elle, mordante. Qu'il se sorte lui-même de ce pétrin. Il est habitué à dormir sous un toit; il ne lui faudra pas longtemps pour comprendre qu'il a intérêt à s'installer dans le dortoir des apprentis. Et, si tu as deux sous de jugeote, tu le laisseras s'occuper seul de demander à maître Gindast de le loger. » Le chat était remonté sur ses genoux. Elle défroissa d'un coup sec son tricot au-dessus de lui et tira du fil de la pelote. Il glissa entre les griffes de la patte que Fenouil avait paresseusement posée sur lui.

Je fis la grimace en songeant à l'amour-propre que Heur allait devoir ravaler, puis, peu après, j'éprouvai un curieux sentiment de soulagement : il n'en mourrait pas, et je ne serais pas forcé de m'humilier pour lui. Jinna dut déchiffrer correctement mon expression.

« Tu n'es pas responsable de tous les maux du monde, Tom. Laisse les autres porter leur part. »

Je ruminai un moment ce conseil, puis répondis avec un sentiment de gratitude : « Jinna, tu es une véritable amie. »

Elle me jeta un regard en biais. « Ah ! C'est maintenant que tu t'en aperçois ? »

La nasarde me cuisit, mais j'acquiesçai. « Tu es une véritable amie, mais tu m'en veux toujours. »

Elle hocha la tête. « Et certains maux sont de ton seul fait, Tom. Du tien seul. » Elle m'observa, l'air d'attendre une réponse.

J'inspirai profondément et m'armai de courage en me promettant de mentir le moins possible. C'était une maigre consolation.

« La femme que tu as vue l'autre soir au Porc Coincé... Eh bien, nous ne sommes pas... Enfin, c'est seulement une amie. Je ne couche pas avec elle. » Les mots tombaient maladroitement de mes lèvres, se fracassaient comme de la vaisselle au sol et gisaient là en éclats coupants.

Un long silence s'ensuivit. Le regard de Jinna resta un moment sur moi, se tourna vers le feu puis revint vers moi. De petites étincelles de colère et de peine dansaient encore dans ses yeux, mais sur ses lèvres se dessinait un sourire imperceptible. « Je vois. Ma foi, j'aime autant le savoir. À présent, tu as deux amies avec qui tu ne couches pas. »

Le message était clair : je n'aurais pas droit à ce réconfort ce soir-là, ni plus jamais peut-être. Je ne prétendrai pas que je ne fus pas déçu, mais j'éprouvai aussi du soulagement : si elle me l'avait proposé, j'aurais dû refuser, et je ne tenais nullement à devoir affronter pour la deuxième fois de la journée une femme éconduite. Je hochai lentement la tête.

« L'eau bout, me dit-elle. Si tu as envie de rester, je peux nous préparer de la tisane. » Elle ne m'offrait pas son pardon, mais une chance de redevenir son ami, et je l'acceptai avec empressement. Je me levai pour sortir une théière et des tasses.

13

DÉFIS

Voici les règles que doivent observer ceux qui tracent les cartes; une carte terrestre doit être dessinée sur la peau d'un animal terrestre et ne montrer que le moins de mer possible. Maritime, elle ne peut être exécutée que sur la peau d'une créature marine et, bien qu'il faille y porter les côtes, c'est pécher d'indiquer les particularités de la terre sur une carte consacrée à la mer. Agir autrement est une offense au dieu qui a créé le monde tel qu'il est.

Nos îles sont telles que le dieu les a créées. Il a ainsi écrit sur les mers dans les temps anciens. Elles sont ses runes ; aussi, lorsqu'on les porte sur la carte des grands océans, il faut se servir du sang d'un animal terrestre en guise d'encre. Et si l'on veut noter un bon mouillage, une abondance de poisson, des hauts-fonds invisibles ou d'autres traits propres aux mers, il faut employer le sang d'une créature marine pour marquer ces points, car c'est ainsi que le dieu a fait le monde et nul ne peut tenter de le représenter autrement.

Nos îles sont les Runes du Dieu. Toutes ne nous sont pas compréhensibles, car nous ne sommes que des hommes et il ne nous est pas donné de connaître toutes les runes que le dieu peut écrire, ni ce qu'il a inscrit sur la face de la mer. Il recouvre certaines îles de glace, et nous devons respecter cela ; il faut donc dessiner la rune ainsi enveloppée, et cela avec le sang d'une créature de la glace, mais qui ne vole pas. Le sang d'un phoque convient, celui d'un ours blanc est idéal.

Si l'on souhaite exécuter une carte du ciel, l'heure est alors à utiliser le sang d'un oiseau et de dessiner avec légèreté sur la peau d'une mouette.

Ce sont là des lois très anciennes. Toute femme née d'une mère digne de ce nom les connaît. Si je les couche sur le papier, c'est uniquement parce que les fils de nos fils et leurs rejetons sont devenus stupides et ne prêtent plus garde à la volonté du dieu. À cause d'eux, le désastre s'abattra sur nous si nous ne leur rappelons pas qu'ils doivent nous écouter et que nous tenons ces lois de la bouche même du dieu.

La Formation des guides,
traduction d'un manuscrit outrîlien
par UMBRE TOMBÉTOILE

*

J'étais heureux de me trouver en meilleurs termes avec Jinna. Nous ne nous approchâmes pas de son lit ce soir-là et je ne la quittai pas sur un baiser, mais je m'en sentis l'esprit allégé, malgré les protestations de mon corps. En sortant de chez elle, je me promis de traiter notre amitié raccommodée avec délicatesse et de la maintenir dans des limites où je maîtriserais la situation. Jinna vit encore de la méfiance dans cette attitude, je pense, mais je suis ainsi fait. Du moins, c'est ce qu'Umbre m'a souvent dit.

Suivirent trois jours éprouvants pour moi. Le reste de mon existence demeurait instable. Je n'avais aucune nouvelle de Heur, et j'imaginais avec angoisse mon garçon dormant Eda savait où dans la neige, tout en me répétant avec agacement qu'il n'était pas bête à ce point. La reine et Umbre se réunissaient quotidiennement avec les représentants des Six-Duchés pour discuter longuement de la proposition d'alliance de Terrilville ; ils ne m'invitaient pas à partager leurs réflexions. Les ambassadeurs du Sud ne faisaient rien pour passer inaperçus au château et menaient auprès de tous les ducs et duchesses une cour assidue accompagnée de présents et d'attentions diverses. Kettricken enchaînait banquets et divertissements en s'efforçant d'apaiser les Outrîliens tout en restant gracieuse avec nos hôtes terrilvilliens ; le succès de ces soirées était mélangé. Assez curieusement, Arkon Sangrépée et ses marchands paraissaient irrésistiblement attirés par les gens de Terrilville, et ils parlaient avec eux, sans se dissimuler, de former des alliances commerciales fondées sur les fiançailles du prince Devoir et de leur narcheska. Toutefois, Elliania et Peottre Ondenoire s'abstenaient le plus souvent de participer à ces festivités, et, lors des rares occasions où la jeune fille faisait une apparition, elle se montrait grave et taciturne.

L'oncle et la nièce s'appliquaient à éviter par tous les moyens les Marchands de Terrilville, et la narcheska manifestait une aversion marquée pour le jeune garçon au visage écailleux, Selden Vestrit des Marchands du désert des Pluies ; je la vis même une fois avoir un mouvement de recul lorsqu'il passa près d'elle ; cependant, je me demandai si cette réaction avait vraiment un rapport avec la proximité de l'enfant, car elle resta ensuite assise très raide sur sa chaise tandis que des gouttes de sueur se formaient sur son front ; peu après, Peottre se retira avec elle au beau milieu d'un spectacle de marionnettes en donnant comme excuse qu'elle était fatiguée et que lui-même devait préparer leurs bagages. C'était une façon à peine voilée de nous rappeler le départ imminent de la délégation outrîlienne. Les Marchands de Terrilville n'auraient guère pu choisir pire moment pour nous soumettre leur proposition.

« Une semaine plus tard et les Outrîliens seraient partis à leur arrivée ; en outre, nous aurions certainement réussi à réparer le petit faux pas du prince à l'égard de la narcheska, et elle serait rentrée chez elle satisfaite. Mais aujourd'hui, nous avons l'air d'ajouter notre refus de rompre les discussions avec Terrilville à l'affront de Devoir envers Elliania ; nous apparaissons comme des interlocuteurs douteux. »

Umbre me fit ce résumé d'un ton bougon, un soir, devant un verre de vin. Une des raisons de sa mauvaise humeur était qu'Astérie avait voulu lui remettre un message pour moi ; elle l'avait abordé en privé, mais le vieil assassin jugeait tout à fait inconsidéré qu'elle déclare ainsi ouvertement être au courant de la relation entre lui et moi, et, j'ignore pourquoi, il m'en rendait responsable. Il avait refusé sa requête, et elle avait alors dit : « Dans ce cas, faites-lui part de mes excuses. Je m'étais disputée avec mon époux et j'avais besoin d'un ami. J'avais commencé à boire au château avant de descendre en ville terminer de me soûler ; je n'aurais pas dû lui tenir de pareils propos, je m'en rends compte. »

Profitant de ce que je restais bouche bée, il me demanda avec délicatesse si j'avais un quelconque « arrangement » avec Astérie ; furieux, je rétorquai que, même si cela était, cela ne regarderait qu'elle et moi, et qu'il n'y avait de toute façon rien entre nous. Il me prit alors par surprise en répondant que seul un imbécile voudrait provoquer la colère d'une ménestrelle.

« Mais je ne l'ai pas provoquée ! Tout provient de ce que je lui interdis mon lit depuis que j'ai appris qu'elle était mariée. Il me semble avoir quand même le droit de décider avec qui je couche, non ? »

Je m'attendais à le voir stupéfait de cette révélation ; peut-être même éprouverait-il assez de gêne pour ne plus avoir envie de fourrer son nez dans mes affaires personnelles. Mais non : il se frappa seulement le front. « Évidemment ! Te connaissant, il était naturel, dans ces conditions, que tu la chasses de tes draps, mais... Fitz, te rends-tu compte de ce que tu représentes pour elle ? Réfléchis. »

Je me serais senti offensé par sa question s'il n'avait pas pris son air de professeur que je connaissais bien, et je ne pus y voir que le prélude à une leçon. Il s'adressait souvent à moi de cette façon quand il s'efforçait de m'enseigner à discerner toutes les motivations possibles d'un acte au lieu de m'arrêter aux premières qui me sautaient aux yeux. « Elle est humiliée parce qu'elle a baissé dans mon estime quand j'ai découvert qu'elle couchait avec moi tout en étant mariée ?

— Non. Réfléchis, mon garçon. A-t-elle vraiment baissé dans ton estime ? »

À contrecœur, je secouai la tête. « Non, je me suis seulement trouvé d'une bêtise rare. D'une certaine façon, je n'ai même pas été étonné, Umbre ; Astérie s'est toujours donné ce genre de droit, et je le sais depuis que je la connais. Je n'espérais pas qu'elle modifierait ses habitudes de ménestrelle, mais je ne voulais pas m'en faire le complice. »

Il soupira. « Fitz, Fitz ! Ton plus grand défaut est ton incapacité à imaginer qu'on puisse avoir sur toi un regard différent du tien. Qu'es-tu, qui es-tu pour Astérie ? »

Je haussai les épaules. « Fitz, le Bâtard, un homme qu'elle connaît depuis quinze ans. »

Un mince sourire joua sur ses lèvres et il répondit à mi-voix : « Non. Tu es FitzChevalerie Loinvoyant, le prince caché. Elle avait composé une ballade sur toi avant même de te rencontrer. Pourquoi ? Parce que tu enflammais son imagination. Le bâtard Loinvoyant ! Si Chevalerie t'avait reconnu, tu aurais eu une chance d'accéder au Trône ; renié, rejeté par ton père, tu es pourtant resté fidèle, tu es devenu le héros de la bataille de l'île de l'Andouiller. Tu es mort ignominieusement dans les cachots de Royal et ressuscité tel un spectre vengeur pour tourmenter l'usurpateur durant tout son règne. Elle t'a suivi dans ta quête pour sauver ton roi, et, même si ta mission ne s'est pas terminée comme on l'espérait, le triomphe était tout de même au bout de la route ; et elle n'en a pas été seulement témoin, mais elle y a pris part.

— L'histoire paraît en effet très belle, ainsi présentée sans la crasse, la souffrance ni les malheurs.

— Elle reste belle même avec la crasse, la souffrance et les malheurs. Une belle et glorieuse histoire qui assiérait définitivement la réputation d'une ménestrelle si elle pouvait la chanter ; malheureusement, c'est impossible, car on le lui a interdit. Sa grande aventure, sa merveilleuse ballade, enfermée à double tour, jetée dans un cul-de-basse-fosse ! Toutefois, elle y a quand même participé, et elle a partagé la vie du bâtard royal ; elle est devenue sa maîtresse et fait désormais partie de ses secrets. Elle espérait, je suppose, que, lorsque tu reviendrais à Castelcerf, tu te trouverais encore une fois au centre d'intrigues et d'événements extraordinaires, et elle pensait y jouer aussi un rôle, devenir célèbre et profiter de la gloire qui rejaillirait de tes actions : la ménestrelle maîtresse du Bâtard au Vif ! La femme qui partageait ses aventures et son lit, celle qui connaissait ses joies et ses souffrances ! Si elle ne pouvait pas chanter elle-même sa ballade, elle était au moins assurée d'avoir une place dans l'épopée si un jour elle devait être racontée. Et tu peux être sûr qu'elle l'a déjà écrite sous forme de chanson ou de lai. Elle se voyait comme un des principaux personnages de ton histoire, grandie par ta gloire échevelée. Et, brusquement, tu la dépouilles de tout : tu l'éconduis, puis tu reviens à Castelcerf sous le déguisement déshonorant d'un domestique. Non seulement tu achèves ton histoire sur une note décevante, mais tu prives du même coup Astérie de toute importance. C'est une ménestrelle, Fitz ; comment croyais-tu qu'elle allait réagir ? Gracieusement ? »

Astérie m'apparaissait à présent sous un autre jour ; ses propos cruels à l'égard de Heur, son ton insultant avec moi... « Mais je ne me vois pas ainsi, Umbre.

— Je le sais bien, répondit-il avec douceur. Mais comprends-tu maintenant qu'elle a pu avoir de toi cette vision ? Et que tu as fracassé ses rêves ? »

Je hochai lentement la tête. « Mais je n'y peux rien. Je refuse de laisser entrer dans mon lit une femme mariée, et il m'est impossible de me présenter sous l'identité de FitzChevalerie Loinvoyant : ce serait me passer moi-même le nœud coulant autour du cou.

— C'est très probablement exact ; tu as raison, tu ne peux plus revenir sous le nom de FitzChevalerie. Quant au reste... Ma foi, permets-moi de te rappeler qu'Astérie est au courant de nombreux secrets ; nous sommes en position vulnérable vis-à-vis d'elle. Je compte donc sur toi pour que nous restions dans ses faveurs. »

Et, sans me laisser le temps de répondre, il me demanda pourquoi j'avais annulé toutes les leçons d'Art du prince pendant le séjour des ambassadeurs de Terrilville. Devoir m'avait posé la même question, et je donnai à Umbre la même réponse : je craignais que le garçon au visage écailleux ne possédât une certaine sensibilité à l'Art ; aussi, en attendant le départ des Marchands, nous limiterions-nous à traduire ensemble des manuscrits. Des études aussi terre à terre mettaient à rude épreuve la patience du prince, et mes soupçons à l'égard du Marchand voilé l'intriguaient autant qu'Umbre. Par trois fois, le vieil assassin m'avait obligé à lui répéter ma conversation avec Selden Vestrit, et nous n'y avions pas trouvé la moindre substance. Je commençais à m'apercevoir que, pour me simplifier la vie, il valait parfois mieux ne rien dire à

Umbre que lui fournir des bribes de renseignements qu'il lui était impossible de confirmer, comme dans le cas des tatouages de la narcheska.

Je sais qu'il passa quelques heures l'œil rivé au trou d'observation sans les apercevoir. Comme elle ne se plaignait pas de sa santé, il ne pouvait envoyer le guérisseur dans ses appartements vérifier ce que je prétendais avoir vu ; elle avait catégoriquement refusé à plusieurs reprises de sortir à cheval ou de participer à des jeux en compagnie du prince, si bien qu'il était impossible à Devoir de savoir si elle paraissait souffrir ; quant à la reine, elle n'osait pas lui lancer d'invitations trop fréquentes et trop pressantes de peur que les Six-Duchés n'aient l'air de désirer davantage que les îles d'Outre-mer consolident les fiançailles. Ainsi, j'étais le seul à avoir observé ces tatouages, qui nous laissaient aussi perplexes que l'attitude de la servante de la narcheska, Henja.

Cette femme demeurait une énigme, et ses allusions à une Dame indéchiffrables, à moins qu'elle ne désignât ainsi une doyenne de la famille dotée d'autorité sur Elliania ; mais de discrètes enquêtes sur ce sujet ne nous apprirent rien. Les espions d'Umbre n'avaient pas plus de succès : par deux fois ils l'avaient suivie à Bourg-de-Castelcerf et, par deux fois, elle avait échappé à leur vigilance, d'abord dans la foule d'un marché, ensuite en passant simplement le coin d'une rue. Nous ignorions qui elle allait voir, et même si cela était important ou non. La mystérieuse punition des tatouages qui infligeaient d'insupportables brûlures à la narcheska laissait entrevoir l'existence d'une magie dont nous ne savions rien. Nous aurions peut-être dû nous réjouir qu'une influence occulte veuille forcer la jeune fille à resserrer encore les liens de ses fiançailles avec le prince, mais son obscure cruauté ne laissait pas de nous inquiéter. « Tu es sûr que sire Doré ne pourrait pas nous éclairer ? me demanda brusquement Umbre. Je me rappelle l'avoir entendu dire un soir, lors d'un dîner, qu'un de ses passe-temps favoris était l'étude de l'histoire et de la culture outrîliennes. »

J'eus un haussement d'épaules éloquent.

Umbre grogna. « Lui as-tu déjà posé la question ?

— Non », répondis-je. Je voulus me taire mais, en le voyant froncer les sourcils, je repris : « Je vous l'ai dit : il est alité et ne sort pratiquement pas, même pour ses repas, qu'il se fait apporter. Ses rideaux restent tirés devant ses fenêtres et autour de son lit.

— Mais tu ne le crois pas malade ?

— Il ne s'est pas dit souffrant, mais c'est l'impression qu'il laisse répandre par son page. Je songe quelquefois que c'est en partie pour cela qu'il a embauché Calcin : pour propager les rumeurs qu'il souhaite faire circuler. La vérité, à mon avis, c'est qu'il préfère éviter toute apparition en public tant que les représentants de Terrilville demeurent à Castelcerf. Il a vécu dans leur cité pendant quelque temps, mais pas sous l'identité du fou ni de sire Doré, je pense, et il doit craindre des difficultés si on le reconnaît.

— Ah ! Si c'est le cas, son attitude est en effet raisonnable ; mais moi, elle ne m'arrange pas du tout ! Écoute, Fitz, ne peux-tu aller lui parler, tout simplement ? Lui demander son opinion sur la possibilité que Selden Vestrit sache artiser ?

— Comme il ne possède pas l'Art, je ne vois pas comment il aurait détecté son aura chez Vestrit. »

Umbre reposa sa coupe. « Mais tu ne lui as pas posé la question, n'est-ce pas ? »

Je pris mon vin et le bus à petites gorgées pour gagner quelques instants. « Non, dis-je quand j'eus fini, je ne lui ai pas posé la question. »

Il se pencha vers moi, m'observa de près, puis déclara, stupéfait : « Vous êtes brouillés, tous les deux, c'est cela ?

— Je préfère ne pas en parler, répondis-je d'un ton guindé.

— Bravo ! On peut dire que tout le monde choisit bien son moment ! Les Marchands de Terrilville viennent s'empêtrer avec les Outrîliens, tu réussis à te mettre à dos la ménestrelle favorite de la reine et, pour couronner le tout, le fou et toi vous prenez d'une querelle ridicule qui vous rend totalement inefficaces l'un et l'autre ! » Il se laissa aller contre le dossier de son fauteuil d'un air mécontent, comme si nous cherchions uniquement à le contrarier.

« Je doute qu'il ait des lumières sur le sujet », répondis-je. Ma rancœur m'avait empêché d'adresser plus de dix mots au fou au cours des trois jours passés, mais je ne tenais pas à le dire à Umbre. Le fou, s'il avait remarqué ma froideur, n'en avait rien montré ; il avait donné l'ordre à Tom Blaireau d'interdire les visites jusqu'à ce qu'il se sente remis, et j'avais obéi. Je passais le moins de temps possible dans nos appartements communs ; néanmoins, à plusieurs reprises, en regagnant ma chambre, j'avais observé à de petits détails que quelqu'un était entré pendant mon absence, et il ne s'agissait pas de Calcin, dont je connaissais la façon de faire le ménage. Jek allait et venait donc chez le fou quand j'avais le dos tourné, car c'était son parfum épicé que je sentais dans le salon aux rideaux tirés.

« Tu as peut-être raison. » Umbre me lança un regard noir. « En tout cas, j'ignore la raison de votre dispute, mais tu as intérêt à la régler au plus vite ; tu ne vaux pas une breloque quand tu es dans cet état-là. »

Je respirai profondément afin de garder mon calme. « Ce

n'est pas le seul souci qui me ronge ces temps-ci, dis-je pour m'excuser.

— En effet, nous avons tous trop de sujets de préoccupation. Que voulait ton fils, l'autre jour, quand il s'est présenté au château ? Tout va bien pour lui ?

— Pas vraiment. » Je me rappelai mon effarement quand un marmiton avait frappé à ma porte pour m'annoncer qu'un jeune homme me demandait dans la cour des cuisines ; je m'étais précipité pour trouver Heur dehors, l'air à la fois en colère et penaud. Il n'avait pas accepté d'entrer, même dans la salle des gardes, malgré mon assurance que nul ne s'en formaliserait : on avait pris l'habitude de m'y voir depuis quelque temps. Il ne voulait pas me retenir trop longtemps, car il savait que j'avais du travail. À cette réflexion, j'avais commencé à me sentir coupable, car j'avais été occupé les jours précédents, souvent trop pour aller le voir alors que je savais que c'était nécessaire, et, quand il trouva enfin le courage de m'apprendre que Jinna l'avait mis à la porte et pour quelles raisons, la fermeté dont j'avais résolu de faire preuve vacillait déjà.

Le regard perdu au-delà de mon épaule dans le ciel qui se couvrait, il avait déclaré : « Donc, sans le sou, j'ai dormi les deux dernières nuits dans des abris de fortune, mais je ne peux pas continuer ainsi tout l'hiver. Je n'ai pas d'autre solution que de m'installer à la pension des apprentis. Seulement... je suis très gêné de demander à maître Gindast de m'héberger alors que je refuse toujours quand il me le propose. »

Voilà qui était nouveau pour moi. « Il te le propose ? Pourquoi ? Ne pas avoir à te nourrir doit pourtant lui économiser pas mal d'argent. »

Heur s'était tortillé d'un air embarrassé, puis il s'était

jeté à l'eau. « Il m'en parle chaque fois que je travaille mal ; il dit que, si je dormais convenablement, si je me levais en même temps que les autres, si j'étais à l'heure au travail et au lit, j'obtiendrais de meilleurs résultats. » Il avait détourné les yeux puis ajouté avec une fierté hargneuse : « Il affirme que je serais capable de mieux, de beaucoup mieux, il s'en rend compte, si je me présentais moins fatigué le matin, mais je lui réponds toujours que je suis en mesure de tenir mes horaires. Et c'est ce que je fais. Bien sûr, il m'est arrivé d'être en retard une fois ou deux, mais je n'ai pas manqué une seule journée depuis que j'habite à Bourg-de-Castelcerf, je te le jure. »

Au ton qu'il avait employé, on aurait cru qu'il craignait que j'en doute ; je ne lui avais pas dit que je m'étais demandé, en effet, s'il respectait toujours les heures imposées par son maître.

Je m'étais tu un moment. « Eh bien ? Qu'est-ce qui te chagrine ? Puisqu'il t'a proposé plusieurs fois de te loger, il me semble qu'il devrait être content de te voir accepter, non ? »

Heur avait gardé le silence, mais ses oreilles avaient rosi. J'avais attendu qu'il se décide à répondre, et il avait fini par en trouver le courage. « Est-ce que, par hasard, tu ne pourrais pas aller le voir et lui dire qu'après réflexion tu juges que c'est le mieux pour moi ? Ça me paraît plus simple comme ça. Moins gênant. »

D'une voix lente, j'avais répondu, en me demandant si je ne commettais pas une erreur : « Moins gênant que donner l'impression que tu acceptes sa proposition contraint et forcé, peut-être ? Ou que te faire jeter dehors par Jinna parce qu'elle ne veut pas d'ennuis ? »

Heur était devenu cramoisi et j'avais su que j'avais tapé juste. Il avait commencé à se détourner mais j'avais posé ma main sur son épaule et, quand il avait voulu s'écarter, j'avais resserré ma prise. Il avait eu l'air surpris en constatant qu'il ne parvenait pas à se libérer; ainsi, mes exercices quotidiens de maniement d'armes donnaient des résultats : j'étais capable de retenir un adolescent malgré ses contorsions. Bel exploit ! J'avais attendu qu'il cesse de se débattre; il n'avait pas tenté de me frapper, mais il ne s'était pas non plus retourné vers moi. À mi-voix afin de n'être pas entendu par ceux qui s'étaient arrêtés pour observer notre petite épreuve de force, j'avais dit : « Affronte toi-même Gindast, fiston. En laissant croire que ton père t'a obligé à t'installer parmi eux, tu sauveras peut-être la face devant les autres apprentis mais, à long terme, Gindast te respectera davantage si tu vas le trouver pour lui expliquer que tu as bien réfléchi et que tu juges plus sage de loger chez lui. N'oublie pas non plus la générosité de Jinna envers toi, mais aussi à mon égard, une générosité qu'aucune somme d'argent ne peut rembourser, et bien au-delà de ce que nous méritons de sa part, toi et moi. Ne lui tiens pas rigueur d'avoir voulu éviter les ennuis; récolter des soucis ne doit pas être le prix à payer pour notre amitié. »

J'avais alors relâché ma poigne et je l'avais laissé repousser ma main d'un haussement d'épaules, puis s'éloigner à grandes enjambées. J'ignorais quelle voie il avait choisie; je n'étais pas allé voir ce qu'il devenait. Il devait seul mettre de l'ordre dans sa vie. Un toit et un couvert l'attendaient s'il décidait de les accepter selon les termes proposés; je ne pouvais pas l'aider davantage. Non sans mal, je revins à ma conversation avec Umbre.

« Heur connaît des difficultés pour s'adapter à la vie citadine, confessai-je. À la chaumière, il avait l'habitude de travailler le temps qu'il voulait, du moment que les corvées étaient exécutées. L'existence était plus simple alors, moins routinière, et les choix qui s'offraient plus nombreux.

— Avec moins de bière et de filles aussi, j'imagine », fit Umbre, et je le soupçonnai alors d'en savoir plus qu'il ne voulait bien le dire, comme d'habitude. Mais le sourire qui accompagnait sa remarque me dissuada de me hérisser : il ne cherchait pas à nous insulter, ni Heur ni moi, et surtout ce m'était un soulagement de lui voir l'esprit aussi vif que toujours. Apparemment, plus la situation devenait complexe à Castelcerf, mieux il se portait. « Enfin, tu sais, j'espère, que si ton Heur se fourre dans les tracas, tu peux me demander mon aide, si nécessaire. Sans contrepartie.

— Je le sais, oui », répondis-je d'un ton un peu brusque, et nous nous séparâmes. Il fallait que nous nous préparions pour l'après-midi : Umbre devait revêtir une tenue appropriée pour la cérémonie officielle d'adieux aux Outrîliens ; il se raccrochait à l'ultime espoir que les civilités et les présents de la soirée qui suivrait refermeraient les lézardes et les fractures, et que nos hôtes repartiraient au matin en ayant confirmé les fiançailles. Pour ma part, je devais réunir mon matériel, me rendre à mon poste d'observation secret et noter tous les détails qui pouvaient échapper à l'attention d'Umbre.

Il descendit s'apprêter dans ses appartements. Mes préparatifs furent très différents des siens : je me constituai une réserve de bougies, pris un oreiller de son lit, une couverture, une bouteille de vin et quelques victuailles. J'allais sans doute passer plusieurs heures accroupi dans ma cachette, et j'entendais cette fois me mettre à mon aise ; l'hiver avait resserré son étreinte sur le château durant les derniers jours, et les passages secrets étaient glacés et inhospitaliers.

Je fis un paquet de mes affaires, dont je dus écarter Girofle à plusieurs reprises. Le furet me manifestait une grande amitié depuis peu : il me saluait en frissonnant des moustaches et en me reniflant chaque fois que nous nous croisions dans les couloirs dissimulés. Malgré le plaisir qu'il prenait à chasser et les nombreux trophées qu'il laissait un peu partout comme preuve de ses prouesses, il m'étonnait souvent en venant mendier des raisins secs ou de petits morceaux de pain que, plutôt que de les manger, il paraissait préférer cacher derrière le casier à manuscrits ou sous les fauteuils. Son esprit filait en tous sens comme un oiseau-mouche, curieux et toujours en éveil. Comme la plupart des animaux, se lier à un homme ne l'intéressait nullement. Nos Vifs s'effleuraient souvent mais ne se mêlaient jamais. Il portait toutefois une attention amicale à mes activités, et, ce jour-là, il me suivit avec intérêt par les étroits passages des murs du château.

J'arrivai amplement à l'heure pour assister au banquet d'adieu. Je posai mon oreiller sur un tabouret bancal dont je m'étais muni en cours de route, mes vivres à côté de moi sur le sol poussiéreux et mes bougies, dont celle qui m'éclairait, un peu plus loin. Je m'assis, m'emmitouflai dans la couverture et me penchai vers le trou d'observation. Je constatai avec plaisir qu'il offrait une bonne vue sur l'estrade et près d'un tiers de la salle.

La décoration d'hiver de la grand'salle avait fait sa réapparition : branches de sapin et guirlandes encadraient les portes et les cheminées, et les ménestrels jouaient en sourdine tandis que les invités entraient et se rendaient à leurs places. L'ensemble me rappelait la cérémonie de fiançailles vue sous un angle différent. Des nappes brodées recouvraient les longues tables sur lesquelles du pain, des confitures et du vin attendaient les hôtes, et de l'encens du Sud, cadeau des Marchands de Terrilville, parfumait l'air. Cette fois, l'entrée des ducs et des duchesses se déroula de façon moins pompeuse : même la noblesse devait commencer à se lasser des fêtes et des apparats. J'observai avec intérêt que la délégation terrillvillienne se présenta en même temps que l'aristocratie mineure et se trouva installée loin de l'estrade réservée aux Outrîliens ; la distance suffirait-elle à empêcher les frictions ? Je n'en étais pas sûr.

Le groupe d'Arkon Sangrépée – du moins est-ce ainsi que je le désignais – entra ensuite ; hommes et femmes paraissaient d'excellente humeur et arboraient encore une fois leurs extravagantes adaptations de la mode de Castelcerf : les épaisses fourrures avaient été remplacées par du satin et du velours, la dentelle moussait en abondance et les couleurs tendaient nettement vers le rouge et l'orange. Curieusement, ces atours n'avaient rien de ridicule sur eux ; l'excès barbare qu'ils apportaient à nos tenues en faisait leur style propre. En outre, leur imitation de certaines de nos manières constituait pour moi l'indication que les portes s'ouvriraient bientôt largement à toutes sortes d'échanges commerciaux – à condition qu'Arkon Sangrépée ait son mot à dire.

Elliania et Peottre Ondenoire ne se trouvaient pas parmi eux.

Et ils n'étaient toujours pas arrivés quand la reine et le prince s'avancèrent vers la haute estrade, Umbre derrière eux, l'air réservé. Je vis les yeux de Kettricken s'agrandir d'effroi, mais cela n'affecta pas son sourire. Le prince Devoir conserva un calme digne de son rang et parut ne pas s'apercevoir que sa fiancée n'avait pas jugé nécessaire de se présenter à la cérémonie qui devait saluer son départ. Lorsque les Loinvoyant eurent pris leurs places, il s'ensuivit un petit flottement gêné. Normalement, la reine aurait fait signe aux domestiques de servir le vin et entamé un discours en l'honneur de ses hôtes. L'assistance commençait à murmurer quand Peottre Ondenoire apparut à l'entrée de la salle; comme toujours, il était vêtu à l'outrîlienne de pelisses ornées de chaînes, mais on reconnaissait une tenue d'apparat à la somptuosité de ses fourrures et des bracelets d'or qui alourdissaient ses avant-bras. Il demeura sans bouger jusqu'à ce que le brouhaha des commentaires se fût tu; alors il s'écarta de la porte et la narcheska entra. La tunique de cuir qu'elle portait était ornée de son narval emblématique en perles d'ivoire et bordée de fourrure blanche, du renard des neiges vraisemblablement. Une jupe et des pantoufles en peau de phoque complétaient sa mise. Ses mains et ses bras étaient vierges de tout bijou; sa chevelure tombait librement dans son dos comme un fleuve de nuit, et elle était coiffée d'un curieux ornement bleu qui rappelait une couronne. Cet objet éveilla en moi un souvenir que je ne parvins pas à préciser.

Elle resta un moment encadrée dans la porte. Son regard croisa celui de Kettricken et ne le lâcha pas. La tête droite, elle traversa la salle à pas mesurés en direction de la haute estrade, Peottre Ondenoire derrière elle; il la suivait d'assez loin pour ne pas détourner l'attention d'elle mais, comme d'habitude, suffisamment près pour s'interposer en cas d'agression. Elliania ne quitta pas la reine des yeux de tout son trajet, et, même quand elle gravit les marches, elle continua de la regarder. Lorsque enfin elle se tint devant Kettricken, elle lui fit une révérence solennelle, mais ne courba pas la tête et ne détourna pas les yeux.

« Je me réjouis que vous vous joigniez à nous », dit la reine à mi-voix d'un ton aimable, et sa sincérité n'était pas feinte.

Je crus déceler une indécision fugitive dans l'expression de la narcheska, mais sa résolution se raffermit aussitôt, et, quand elle répondit, ce fut d'une voix très jeune, certes, mais claire et forte, en détachant nettement ses mots. Elle voulait que ses propos fussent entendus par tous. « Me voici, reine Kettricken des Six-Duchés. Mais hélas, je commence à douter que je me joindrai jamais à vous en tant qu'épouse de votre fils. » Elle se retourna et parcourut lentement l'assemblée du regard. Son père se tenait très droit dans son fauteuil ; je supposai qu'il ne s'attendait pas aux paroles de sa fille et qu'il s'efforçait de dissimuler sa surprise. Le saisissement qu'avait d'abord affiché la reine avait cédé la place à une impassibilité froide et courtoise.

« Ces mots me déçoivent, narcheska Elliania Ondenoire des Runes du Dieu. » Et elle se tut. Elle ne posa pas de question, ne demanda nulle réponse. Je vis la jeune fille hésiter, chercher un moyen d'entamer le discours qu'elle avait préparé. Elle avait escompté sans doute que la reine réagirait plus vivement, exigerait une explication. Sans cette introduction, elle se trouvait contrainte d'adoucir son ton afin de se mettre au diapason de Kettricken et de ses regrets polis.

« Ces fiançailles ne répondent pas à mes attentes, qui sont celles de la maison de ma mère ; on m'avait dit que je viendrais ici promettre ma main à un roi, mais je la vois offerte à un enfant qui n'a statut que de prince, pas même de roi-servant, comme vous nommez celui qui apprend les devoirs de sa Couronne. Cela ne me satisfait pas. »

Kettricken ne répliqua pas aussitôt. Elle laissa d'abord

s'éteindre les échos de la déclaration de la jeune fille, puis, quand elle parla, ce fut avec simplicité, comme si elle donnait des explications à une enfant peut-être trop jeune pour les comprendre. L'impression était celle d'une femme adulte et patiente s'adressant à une adolescente indisciplinée. « Il est dommage qu'on ne vous ait pas instruite de nos traditions dans ce domaine, narcheska Elliania. Le prince Devoir doit avoir au moins dix-sept ans avant d'accéder au titre de roi-servant ; c'est ensuite aux ducs de décider quand il peut coiffer la couronne de roi. Je ne pense pas qu'il attendra longtemps avant de mériter cette responsabilité. » Tout en parlant, elle avait levé le regard vers ses ducs et duchesses. Elle les honorait en reconnaissant l'importance de leur rôle et ils y furent sensibles : la plupart acquiescèrent gravement de la tête à ses propos. C'était de la haute diplomatie.

Elliania dut sentir que l'initiative lui échappait, car c'est d'une voix légèrement stridente et peut-être une seconde trop tôt qu'elle repartit : « Peu importe. Si j'accepte dès à présent mes fiançailles avec votre fils, nul ne peut nier que je coure le risque de lier mon sort à celui d'un prince qui pourrait fort ne jamais être déclaré roi. »

Comme elle reprenait son souffle, Kettricken glissa calmement : « C'est très improbable, narcheska Elliania. »

Presque comme si c'était le mien, je sentais regimber l'amour-propre de Devoir. C'était le tempérament d'un Loinvoyant qui se dissimulait sous sa paisible façade montagnarde, et le lien d'Art qui nous unissait vibrait de sa colère croissante.

Du calme. Laissez agir la reine. Je m'étais efforcé de resserrer le plus possible le faisceau de ma pensée.

Je n'ai pas le choix, de toute façon, répondit-il sans faire preuve de la même prudence, *que cela me plaise ou non.*

C'est comme ce mariage arrangé que je dois accepter bon gré mal gré.

Dans l'emportement de sa frustration, sa maîtrise de l'Art était, non pas imparfaite, mais carrément inexistante. Je fis la grimace et me tournai vers le Marchand de Terrilville voilé. Selden Vestrit se tenait très droit sur son siège, et peut-être son attitude attentive n'avait-elle d'autre origine que l'intérêt qu'il portait à l'échange entre la reine et la narcheska, à l'instar de ses compagnons ; mais son immobilité absolue me donnait l'impression qu'il écoutait beaucoup plus largement avec tous les pores de sa peau. Il me faisait peur.

« Peu importe ! » répéta Elliania, et cette fois son accent déforma davantage les mots. Elle perdait son aplomb, je le voyais bien, et pourtant elle s'obstinait. Elle avait dû s'exercer à l'infini à réciter son discours dans ses appartements, mais à présent elle le débitait sans finesse ni effets d'emphase ; ce n'était plus qu'une succession de mots, des cailloux qu'elle jetait à la figure de la reine avec l'énergie du désespoir. Beaucoup, sans doute, croyaient qu'elle tentait d'échapper aux fiançailles ; je nourrissais pour ma part d'autres soupçons.

« Si je dois accepter la légitimité de votre tradition et donner ma promesse de mariage à un prince qui ne deviendra peut-être jamais roi, il me paraît juste et naturel qu'en retour je lui demande d'honorer une coutume de ma terre et de mon peuple. »

Je ne pouvais observer les réactions de chacun dans la salle, aussi concentrai-je mon attention sur Arkon Sangrépée. J'avais la certitude qu'il ne s'attendait pas du tout à la déclaration de sa fille, mais il parut se réjouir de la condition qu'elle imposait. Je songeai que c'était à l'évidence un homme qui aimait les défis et les paris autant que les coups de théâtre ; rien de plus naturel, donc, qu'il la vît avec satisfaction donner des coups de pied dans la fourmilière afin d'examiner ce qui allait en sortir. Peut-être pourrait-il en tirer avantage. Plusieurs de ses compagnons assis à ses côtés paraissaient moins optimistes : ils échangeaient des regards inquiets, redoutant manifestement que la hardiesse de la jeune fille ne mît en danger les fiançailles et leurs tractations commerciales.

Le rouge avait commencé à monter aux joues du prince Devoir ; par les yeux et par l'Art tout à la fois, je percevais le combat qu'il menait pour conserver une attitude sereine. Kettricken, elle, gardait son calme presque sans effort.

« Cette requête est peut-être recevable, dit-elle d'une voix posée et, de nouveau, on eut l'impression qu'elle se prêtait aux caprices d'une enfant. Auriez-vous la bonté de nous exposer cette coutume ? »

La narcheska Elliania parut se rendre compte que son attitude ne parlait pas en sa faveur. Elle redressa les épaules et prit le temps de respirer profondément avant de répondre : « Chez moi, dans les Runes du Dieu, la tradition veut que, lorsqu'un homme désire épouser une femme et que les mères de cette femme doutent de la force du sang ou du caractère du prétendant, elles lui proposent un défi grâce auquel il peut prouver sa valeur. »

Et voilà : l'insulte était lancée, assez claire pour qu'aucun duché n'eût reproché à la reine d'annuler aussitôt les fiançailles et l'alliance. Non, personne ne l'en eût blâmée, mais, sur plus d'un visage, l'orgueil le disputait à la crainte d'éventuelles pertes de profit. Échangeant de discrets coups d'œil, ducs et duchesses conférèrent entre eux, les traits immobiles, la bouche sans expression et les lèvres remuant à peine. Mais, avant même que la reine pût prendre son souffle pour formuler sa réponse, la narcheska compléta sa déclaration.

« Seule devant vous, sans ma maison maternelle pour parler à ma place, je propose de mon propre chef un défi qui permettra au prince de prouver qu'il est digne de moi. »

J'avais connu Kettricken à l'époque où elle était encore la fille de l'Oblat des Montagnes et non la reine des Six-Duchés, au temps où, d'adolescente, elle était devenue à la fois femme et souveraine. D'autres que moi l'avaient peut-être côtoyée plus longtemps ou avaient vécu davantage d'années de son règne auprès d'elle, mais je pense que ma relation avec elle à l'époque me permettait de déchiffrer ses pensées comme nul à part moi n'en était capable, et l'imperceptible crispation de ses lèvres me dit la profondeur de sa déception : tous les mois qu'elle et ses conseillers avaient passés à se rapprocher lentement, laborieusement, d'une alliance entre les Six-Duchés et les îles d'Outre-mer, tout ce travail venait d'être réduit à néant par le vent des paroles d'une jeune fille impétueuse. Kettricken ne pouvait tolérer que la qualité de son fils fût mise en doute ; quand Elliania regardait Devoir d'un œil sceptique, c'était le royaume des Six-Duchés tout entier qu'elle considérait avec défiance. C'était inacceptable, non pour des raisons d'amour-propre maternel, mais parce qu'une telle attitude risquait d'amoindrir la valeur d'une alliance avec les Six-Duchés. Je retins mon souffle en attendant de voir comment Kettricken allait rompre les négociations ; mon attention se trouvait à ce point concentrée sur les traits de la reine que je n'aperçus que du coin de l'œil Umbre qui tenta discrètement, mais en vain, de saisir l'épaule du jeune prince quand Devoir se dressa d'un bond.

« Je relève votre défi ! » Sa voix retentit, jeune et forte. À l'encontre de toutes les règles du protocole, il quitta son fauteuil et alla se planter devant la narcheska ; on eût vraiment dit deux amoureux en train de se quereller ; son geste paraissait exclure la reine, comme si elle n'avait pas à intervenir dans l'affaire. « Je le relève, non pour démontrer que je suis digne de votre main, narcheska, non pour prouver je ne sais quoi sur moi-même ni à vous ni à quiconque, mais parce que je refuse que les négociations que nous avons menées pour aboutir à la paix entre nos deux peuples soient mises en péril par les doutes qu'une enfant à la fierté trop chatouilleuse entretient à mon sujet. »

Elle répondit, blessée dans son orgueil : « Peu m'importent vos raisons, dit-elle, toute sa netteté de prononciation et d'élocution soudain retrouvée, du moment que la tâche est accomplie.

— Et quelle est-elle ? demanda-t-il sèchement.

— Prince Devoir ! » fit la reine. Tout fils aurait reconnu ce ton : en l'appelant ainsi, elle lui commandait de se taire et de reculer. Mais il ne parut même pas l'entendre : son attention était fixée sur la jeune fille qui l'avait humilié puis avait rejeté ses offres d'excuse.

Elliania prit une grande inspiration et, quand elle répondit, ce fut avec le débit égal d'un discours appris par cœur. Pareille à un coursier qui sent tout à coup un terrain solide sous ses pattes, elle bondit en avant.

« Vous connaissez mal nos Runes du Dieu, prince, et moins encore nos légendes – car beaucoup vous diront que le dragon Glasfeu n'est qu'une fable, mais je vous assure qu'il existe bel et bien. Il est aussi réel que l'étaient ceux de vos Six-Duchés quand ils sont passés au-dessus de nos villages en dépouillant ceux qui vivaient là de leurs souvenirs et de leur esprit. » Ces propos emplis de rancœur ne pouvaient réveiller que des images empreintes de colère chez les auditeurs des Six-Duchés. Comment osait-elle se plaindre du sort que nos dragons avaient infligé aux siens alors que son peuple nous y avait poussés par des années de guerre et de forgisation ? Elle s'avançait sur un chemin extrêmement périlleux, et les ténèbres affleuraient dans ses pas. Seul, je crois, l'aspect purement théâtral de la situation la sauva : tous l'auraient sûrement conspuée s'ils n'avaient ardemment désiré en apprendre davantage sur ce Glasfeu. Même les Marchands de Terrilville paraissaient suspendus à ses lèvres.

« Notre "légende" dit que Glasfeu, le dragon noir des Runes du Dieu, gît profondément endormi au cœur d'un glacier sur l'île d'Aslevjal. Il dort d'un sommeil magique qui préserve les flammes de sa vie en attendant qu'il se réveille en réponse à quelque urgent appel du peuple des Runes du Dieu ; alors, il brisera sa gangue de glace pour se porter à notre secours. » Elle se tut et parcourut lentement la salle des yeux avant d'ajouter d'un ton froid et dépourvu d'émotion : « N'aurait-il pas dû nous aider quand vos dragons nous ont survolés ? Nous avions pourtant un besoin pressant de lui. Mais notre héros n'est pas venu ; et pour cela, comme tout héros qui désobéit à son devoir, il mérite la mort. » Elle se retourna vers le prince. « Apportez-moi la tête de Glasfeu. Alors je saurai que, contrairement à lui, vous êtes preux et honorable ; je vous épouserai et serai votre femme sans réserve, même si vous ne devenez jamais roi des Six-Duchés. »

Je pressentis la réaction instinctive de Devoir et intervins. *NON !* fis-je d'un ton de commandement, et, pour la première fois depuis que j'avais imprimé dans son esprit l'ordre de ne pas me résister, j'espérai de tout mon cœur qu'il fût demeuré gravé en lui.

Il était toujours là. Je sentis Devoir heurter l'obstacle comme un lapin qui découvre la longueur d'un collet, puis se débattre pour s'opposer à la contrainte suffocante de mon ordre. Mais, à la différence d'un lapin, malgré son effroi et son indignation, il prit le temps d'examiner le nœud coulant, puis, vif comme la pensée, il leva la tête et je le sentis suivre comme du bout du doigt la corde qui menait jusqu'à moi.

Il la trancha. Ce ne fut pas facile : à l'instant où il rompit le contact avec moi, je perçus la transpiration qui l'inonda soudain. Pour ma part, j'eus l'impression qu'on me cognait violemment le front sur une enclume ; le choc me laissa assommé à demi, mais je n'eus pas le temps de m'occuper de ma douleur, car je m'aperçus alors que je voyais, à travers la dentelle qui dissimulait ses traits, la lueur bleutée des yeux du Marchand voilé, et que son regard était tourné, non vers le prince, mais vers le trou derrière lequel je me cachais. Que n'aurais-je donné pour apercevoir son expression en cet instant ! Tout en formant le vœu fervent qu'il ne s'agît que d'un hasard, j'avais envie de me faire tout petit, de fermer les yeux et de rester ainsi tapi jusqu'à ce que son regard m'eût quitté.

Mais c'était impossible. J'avais un devoir à remplir, non seulement en tant que Loinvoyant mais aussi en tant qu'espion d'Umbre ; je continuai donc à observer la salle. La migraine martelait mes tempes et Selden Vestrit persistait à regarder le mur censé me cacher. Et puis Devoir répondit à Elliania.

D'une voix tonnante, la voix de Vérité, une voix d'homme, il dit : « J'accepte le défi ! »

Tout s'était déroulé trop vite. J'entendis Kettricken étouffer un hoquet de saisissement ; elle n'avait pas eu le temps d'imaginer, et encore moins de formuler, une phrase de refus. Un silence abasourdi suivit la déclaration du prince. Des Outrîliens, dont Arkon Sangrépée, échangèrent des regards effrayés à la perspective de voir un prince des Six-Duchés tuer leur dragon. À la table des ducs et duchesses, on pensait manifestement que rien n'obligeait Devoir à relever ce défi étranger. Je vis Umbre prendre une mine accablée ; pourtant, un instant plus tard, le vieil assassin ouvrit grand les yeux et l'espoir y renaquit : des acclamations avaient brusquement éclaté, du côté des ducs, certes, mais aussi chez les Outrîliens. L'enthousiasme soulevé par un jeune homme mugissant comme un taureau qu'il tenait la gageure submergeait toute trace de bon sens chez les personnes présentes, et j'éprouvai moi-même un élan de fierté pour ce jeune prince Loinvoyant. À bon droit, il aurait pu refuser le défi sans y perdre une parcelle de son honneur ; mais non, il s'était dressé pour contredire la présomption insultante des Outrîliens qui ne le pensaient pas digne de leur narcheska. Je soupçonnais d'ailleurs qu'à leur table on pariait déjà sur son échec ; cependant, même s'il ne réussissait pas dans son entreprise, sa promptitude à relever le gant que lui avait jeté Elliania lui valait déjà un respect accru de leur part. Peut-être ne donnaient-ils pas leur narcheska à un prince fermier, finalement ; peut-être avait-il un peu de sang dans les veines.

C'est alors seulement que je remarquai l'expression atterrée, voire horrifiée, des Marchands de Terrilville. L'adolescent voilé avait détourné les yeux du mur qui me dissimulait ; avec force gesticulations, Selden Vestrit s'adressait à ses compagnons de table en essayant de se faire entendre par-dessus le vacarme qui emplissait la grand'salle.

J'entrevis Astérie Chant-d'Oiseau ; elle avait sauté sur une table et, la tête pivotant comme une girouette dans la tourmente, elle s'efforçait d'enregistrer la scène sur toutes ses coutures, de repérer toutes les réactions et de capter tous les commentaires. Il y aurait une ballade à écrire sur cet épisode, et elle en serait l'auteur.

« Ce n'est pas tout ! » cria le prince Devoir dans le tumulte, et le pli de ses yeux me laissa craindre le pire.

« Eda, par pitié ! » fis-je, tout en sachant que nul dieu ni déesse ne l'arrêterait. Son regard avait une expression à la fois exaltée et butée, et, bien qu'ignorant ce qu'il allait dire, je le redoutais à l'avance. Le tohu-bohu s'était tu soudain, et il s'adressa à la narcheska plusieurs tons plus bas ; néanmoins, sa voix resta clairement audible dans le silence suffocant de la grand'salle.

« J'ai moi aussi un défi à lancer. Si je dois prouver que je suis digne d'épouser la narcheska Elliania, qui n'a nul espoir de devenir reine d'aucun royaume sauf en m'accordant sa main, j'estime qu'elle doit tout d'abord démontrer qu'elle mérite d'accéder au statut de souveraine des Six-Duchés. »

Ce fut au tour de Peottre de sursauter puis de blêmir, car le prince avait à peine achevé de parler qu'Elliania répliqua : « Eh bien, lancez-le-moi, ce défi !

— N'ayez crainte ! » Le prince inspira profondément. Les deux jeunes gens ne se quittaient pas des yeux et ne prêtaient nulle attention à l'assistance ; ils auraient aussi bien pu se trouver seuls en plein désert. Le regard qu'ils échangeaient n'était pas fixe mais vivant, comme s'ils se voyaient pour la première fois à l'occasion de cette épreuve de volonté. « Mon père, comme vous le savez peut-être, était "seulement" roi-servant quand il a entrepris sa quête pour sauver les Six-Duchés. Sans guère d'autre guide que son courage, il s'est engagé dans la recherche des Anciens afin qu'ils viennent à notre secours et mettent un terme à la guerre que votre peuple nous imposait. » Il s'interrompit comme pour s'assurer, du moins fut-ce mon impression, que ses paroles avaient porté. Elliania garda un silence glacial et continua de l'observer d'un air farouche. Il reprit brusquement : « Les mois s'écoulant sans qu'on reçût la moindre nouvelle de lui, ma mère, devenue entre-temps reine des Six-Duchés, reine cernée par les ennemis mais légitime, ma mère est partie sur ses traces. Avec une poignée de compagnons, elle a cherché mon père, l'a retrouvé puis aidé à réveiller les dragons des Six-Duchés. » À nouveau une pause, et à nouveau Elliania se tut.

« Il me semble naturel que, de la même façon qu'elle a prouvé sa valeur en se joignant à la quête de mon père pour réveiller les dragons, vous jouiez un rôle semblable dans la mienne pour tuer le dragon de votre pays. Accompagnez-moi, narcheska Elliania; partagez mes épreuves et soyez témoin du haut fait que vous me demandez d'accomplir. Et s'il se révèle qu'il n'y a pas de dragon à tuer, soyez-en témoin également. » Devoir pivota soudain vers les spectateurs et s'écria : « Que nul ici ne puisse dire que c'est par la seule volonté des Six-Duchés que Glasfeu aura péri ! Que votre narcheska qui a ordonné cette exécution y assiste de bout en bout ! » Il se retourna vers la jeune fille et il ajouta dans un murmure suave : « Si elle l'ose. »

Elle retroussa les lèvres d'un air dédaigneux. « J'ose. »

Si elle en avait dit davantage, nul ne l'aurait entendu, car la salle s'emplit soudain d'un effrayant tumulte. Peottre restait figé, aussi pâle et immobile que s'il s'était changé en statue de glace, mais tous les autres Outrîliens, y compris le père d'Elliania, martelaient leur table à coups de poing ; de leur groupe s'éleva tout à coup un chant rythmique dans leur langue, empreint d'une détermination et d'une soif de sang qui auraient mieux convenu aux bancs de nage d'un navire pirate qu'à des négociateurs de paix en terre étrangère. Les seigneurs et dames des Six-Duchés hurlaient pour se faire entendre, et leurs avis paraissaient aller du soutien au prince, dont la narcheska avait bien mérité le défi méprisant, à l'admiration pour la jeune Outrîlienne qui avait réagi avec courage et dissimulait peut-être au fond d'elle une souveraine de valeur.

Au milieu de cette tempête, les épaules droites, ma reine ne bougeait pas et contemplait son fils. Je vis Umbre lui glisser quelques mots, et elle soupira. Je pensais savoir ce qu'il lui avait murmuré : il était trop tard pour revenir en arrière ; les Six-Duchés devaient suivre l'attaque lancée par Devoir. Non loin d'eux, sur le côté, Peottre s'efforçait tant bien que mal de dissimuler sa consternation, tandis que devant eux le prince et la narcheska se défiaient toujours du regard.

La reine prit la parole sans hausser le ton, dans le seul but de faire cesser le vacarme qui régnait dans la salle. « Mes hôtes, mes seigneurs et mes dames, écoutez-moi, je vous prie. »

Le tumulte s'éteignit peu à peu, et on n'entendit plus que le tambourinement des Outrîliens, qui se calma lui aussi et s'arrêta enfin. Kettricken inspira profondément et je vis une expression résolue affermir ses traits. Elle se tourna, non vers Arkon Sangrépée et les siens, mais du côté où elle savait désormais que résidait le véritable pouvoir. Regardant la narcheska, elle s'adressa en réalité à Peottre Ondenoire. « Nous sommes à présent parvenus, je pense, à un accord : de ce jour, le prince Devoir est fiancé à la narcheska Elliania Ondenoire des Runes du Dieu, sous condition que le prince Devoir lui rapporte la tête du dragon noir Glasfeu, et que la narcheska Elliania l'accompagne afin d'être témoin de l'accomplissement de sa tâche.

— QU'IL EN SOIT AINSI ! » rugit Arkon Sangrépée, sans se rendre compte que la décision avait été prise sans qu'il eût son mot à dire.

Peottre hocha la tête, grave et silencieux. La narcheska Elliania se tourna vers ma reine, le menton levé. « Qu'il en soit ainsi, répéta-t-elle d'une voix posée, et la cause fut entendue.

— Qu'on apporte le vin et les plats ! » commanda brusquement la reine. Ce n'était pas du tout ainsi que l'étiquette prévoyait qu'on ouvrît le banquet, mais Kettricken éprouvait sans doute le besoin de s'asseoir et de se revigorer d'un verre de vin. Moi-même, je tremblais, moins à cause de la crainte que m'inspirait l'avenir que de la migraine tonnante que Devoir avait déclenchée dans ma tête en se coupant de mon emprise. Sur un signe d'Umbre, les ménestrels se mirent à jouer tandis que les domestiques envahissaient la salle. Chacun reprit sa place, y compris Astérie qui descendit gracieusement de sa table et fut accueillie par les bras de son époux ; emporté par l'atmosphère exaltée qui régnait dans la salle, il la fit tournoyer un instant avant de la poser à terre. Apparemment, leur dispute était oubliée.

Comme s'il avait perçu mon questionnement sur la façon dont il s'était libéré de mon ordre d'Art, le prince investit tout à coup mon esprit. *Tom Blaireau, vous devrez répondre de ce que vous m'avez fait.* Et il disparut aussitôt. Quand, tâtonnant, je cherchai à le contacter, je me heurtai à une porte close. Je le sentais présent, mais j'étais incapable de trouver une prise pour ouvrir son Art au mien. Je poussai un grand soupir ; cela n'annonçait rien de bon. Il m'en voulait, et la confiance qui s'était instaurée entre nous avait sans doute été gravement écornée ; mon enseignement n'allait pas s'en voir facilité. Je resserrai ma couverture autour de mes épaules.

Dans la salle, les Marchands de Terrilville, seuls de tous les convives, faisaient preuve de discrétion, s'entretenant à mi-voix entre eux, ce qui ne les empêchait pas de profiter copieusement du banquet – à part Selden Vestrit, immobile sur son siège, apparemment plongé dans de profondes réflexions ; son assiette et son verre restaient vides et son regard semblait perdu dans le vague.

En revanche, aux autres tables, les invités bavardaient avec animation et dévoraient avec autant d'appétit que des hommes d'armes de retour du combat. Une exaltation presque palpable imprégnait l'air, ainsi qu'une impression de triomphe : on y était enfin arrivé ! Pour l'instant du moins, une entente ferme liait les Six-Duchés et les îles d'Outre-mer. On le devait à la reine, certes, mais aussi au prince, et les regards qu'on lui adressait paraissaient plus élogieux qu'auparavant. À l'évidence, le jeune homme avait prouvé qu'il avait du caractère, tant à ses seigneurs et nobles dames qu'aux Outrîliens.

Peu à peu, le dîner se mit en route ; un ménestrel entama un morceau entraînant et les conversations tombèrent tandis que les convives s'intéressaient sérieusement au repas. J'ouvris la bouteille de vin dont je m'étais muni, puis, de ma serviette qui m'avait servi de balluchon, je tirai du pain, de la viande et du fromage. Le furet apparut alors comme par magie près de moi et posa ses petites pattes de devant sur mon genou. Je lui coupai un morceau de viande.

Dans la salle, quelqu'un cria : « Je lève mon verre au prince et à la narcheska ! »

Une grande ovation accueillit ces mots.

Je levai ma bouteille avec un sourire sans joie et bus au goulot.

À paraître prochainement, chez le même éditeur, la suite des Secrets de Castelcerf.

TABLE

Prologue : Peines 9

1. Les Prince-Pie 16
2. Le serviteur d'Umbre 44
3. Échos 75
4. Les fiançailles 113
5. Douleurs partagées 155
6. Effaçage 179
7. Leçons 227
8. Ambitions 264
9. Pari de pierre 288
10. Résolutions 324
11. Nouvelles de Terrilville 351
12. Jek 399
13. Défis 440

Achevé d'imprimer par Novoprint
N° d'édition: 41006
Dépôt légal: août, 2004
Imprimé en Espagne

Photocomposition C*MB* Graphic
44800 Saint-Herblain